Hans-Jürgen Lerch

Schlafende Jungfrau

Glück und Leid in der Liebe

Roman

TWENTYSIX – Der Self-Publishing-Verlag
Eine Kooperation zwischen der Verlagsgruppe Random House und Books on Demand
© 2020 Lerch, Hans-Jürgen
Herstellung und Verlag: BoD – Books on Demand, Norderstedt
ISBN: 9783740769758

Bernd schlitzte umständlich mit dem scharfen, gezackten Brotmesser den Brief auf, den er gerade unten im Parterre des Studentenwohnheims in seinem Briefkasten inmitten der überflüssigen Reklamesendungen entdeckt hatte. Er was ohne Absender in Schreibmaschinenschrift an ihn adressiert. Sein Inhalt fühlte sich steif an. Er zog neugierig eine gefaltete, mit einem aufgedruckten Blumendekor umrandete Karte heraus. Auf der Vorderseite waren zwei ineinander verschlungene, goldene Ringe zusammen mit einer dunkelroten Rose abgebildet. Er zögerte ein wenig und öffnete dann doch gespannt die Karte.

Wir haben uns verlobt,
Ingrid Knabl und Hans Sierwald.
Bruckmühl, den 30. Mai 1999.

„Das darf doch nicht wahr sein!", stieß er verstört aus. Seine Ingrid hatte sich mit einem Hans Sierwald verlobt. Er empfand ein dumpfes Gefühl ohnmächtiger Wut und tiefer Enttäuschung. Die Verlobungskarte entglitt seinen Händen. Er umfasste hart den Griff des Brotmessers. Regungslos stierte er durch das Fenster hinunter auf die belebte Einbahnstraße.

Geschäftiges Treiben, pulsierendes Leben rollte wie immer vor seinen Augen ab. Der Autostrom bahnte sich wieder mühsam seinen Weg zwischen parkenden Lieferantenfahrzeugen, die entladen und beladen wurden. Auf dem Trottoir vor den großen Auslagen der Geschäfte eilten Fußgänger oder standen und bestaunten die Fülle von zum Verkauf angebotenen Waren.

Bernd nahm weder den Straßenlärm noch sonst etwas wahr. Es war alles nicht mehr wirklich. Er blickte auf eine veränderte Welt. Sie war weit entfernt von ihm. Plötzlich hatte alles keinen Sinn mehr, sein Psychologiestudium, seine Hobbies, die Beziehungen zu seinen Freunden, zu seinen Eltern und zu seinem Bruder. Er spürte nur noch das Messer in seiner Hand.

Vor drei Wochen hatte er den letzten Kontakt mit seiner Ingrid gehabt.

„Du brauchst mich nicht mehr anzurufen! Ich will nichts mehr von dir wissen!", hatte sie schrill und verärgert in das Telefon gerufen und dann abrupt den Telefonhörer aufgelegt.

Und er rief sie auch nicht mehr an. Er hatte ihr auch nicht mehr geschrieben und war auch nicht mehr zu ihr gefahren. So ging es dann drei erbärmliche Wochen lang. Jeden Tag hatte Bernd vergeblich auf einen Anruf von ihr gewartet, hatte gehofft, dass sie ihm ein paar versöhnliche Zeilen schreiben würde. Sie hätte ihn auch an den Wochenenden, wenn er daheim bei seinen Eltern war, besuchen können. Ihr Wohnort und seiner lagen nicht einmal zehn km auseinander.

„Diesmal bleibst du hart", hatte er sich geschworen. „Lauf ihr nicht ständig wie ein Hündchen nach. Wenn ihr auch nur ein kleines Bisschen an deiner Person gelegen ist, wird sie auf dich zukommen!"

Und nun war das für ihn Unfassbare geschehen. Er spürte, wie sich seine Augen langsam mit Tränen füllten. Er schluchzte. War das das Ende?

Es klopfte aufdringlich an der Tür seiner Studentenbude.

„Bernd, bist du da?"

Die Tür öffnete sich einen Spalt und ein schwarzhaariger Stiftenkopf, braungebrannt mit Nickelbrille, schielte neugierig ins Zimmer. Es war Christian. Er bewohnte das Zimmer nebenan. Bernd drehte sich nicht um.

„He, was ist los Bernd? Komme ich ungelegen? Bist wohl gerade beim Onanieren?", spöttelte Christian.

Da erblickte er das Messer. „Oder störe ich dich beim Harakiri?"

Er ahmte das jämmerliche, letzte Quieken eines gerade abgestochenen Schweines nach.

Bernd drehte sich verlegen um. Er steckte das Messer zurück in die Schublade des grün lackieren Wandschrankes der kleinen Kochnische und wischte sich mit dem Hemdsärmel die Tränen aus seinen dunklen Augen.

„Ingrid hat mit mir Schluss gemacht", grinste er verstört.

Er ließ sich schwer auf das offene Klappbett mit der alten, quietschenden Matratze fallen und starrte auf die bunt bemalte Decke seines Ein-Zimmer-Studentenappartements.

Es war winzig, enthielt aber alles, um als Student überleben zu können: eine mit Geschirr vollgestopfte, enge Kochnische, eine Nasszelle mit Toilette und Dusche, einen geräumigen Einbauschrank, einen großen Schreibtisch voll mit Büchern und Skripten und einen kleinen Besuchertisch mit zwei wackeligen Stühlen. An der Wand über seinem Klappbett klebte ein Poster, das ein eng umschlungenes, nacktes Paar zeigte, das eine rot glühend ins Meer eintauchende Sonne unter südlichem Abendhimmel bestaunte. Man hörte aus dem Bild das leise Rauschen des Meeres und das Flüstern des warmen Windes, der behutsam über die ausladenden Palmblätter und über die entblößten Körper strich. Christian setzte sich auf einen der wackeligen Stühle verkehrt herum und stützte seine Arme auf die harte Rückenlehne.

Bernd war sein bester Freund. Er musste ihn wieder aufmöbeln.

„Das ist doch nicht das erste Mal, dass Ingrid mit dir Schluss macht. Mir ist überhaupt unerklärlich, was du an ihr findest. Sie spielt mit dir Katz und Maus, und du lässt dir alles gefallen."

Natürlich wusste Christian, dass Ingrid etwas Besonderes war, mit ihrem blonden Lockenkopf, dem schönen Gesicht mit der zarten Nase und den großen, blauen Augen, mit der Figur eines Mannequins und ihrer bescheidenen, zurückhaltenden Art, wenn sie mit einem sprach. Bernd antwortete nicht.

„Du studierst doch Psychologie und nicht ich. Ich studiere nur Physik, da geht es lediglich um leblose Materie, um Beziehungen zwischen Kernteilchen und Elektronen."

Christian war sehr betroffen. Sein Freund Bernd tat ihm wirklich leid. Da war der Bruch zwischen Bernd und Ingrid wohl nicht nur vorübergehend. Er verstand Ingrid nicht. Bernd war doch ein toller Kerl. Zu keinem fühlte er sich so hingezogen wie zu seinem Bernd. Bernd sah sportlich aus. Vielleicht war er ein bisschen zu ernst und zu sensibel und er psychologisierte zu viel. Bei anderen wusste er sofort warum und wieso, wenn etwas schief gegangen war, nur bei sich selbst nicht.

„Warum hat es denn zwischen dir und Ingrid nicht geklappt?", fragte Christian vorsichtig.

Bernd atmete schwer. „Ich weiß es nicht", wich er verlegen aus.

„Natürlich weißt du es. Ich bin doch dein bester Freund. Du musst dich mit jemanden aussprechen. Du darfst nicht alles in dich hineinfressen. Du selbst hast mir doch erzählt, wie wichtig es für einen Menschen in einer Krisensituation ist, jemanden zu haben, der einem geduldig zuhört, der einfühlsam ist, der Wärme und Verständnis ausstrahlt und der einem wirklich helfen will."

„Ja doch", wehrte Bernd ab. „Aber ich kann jetzt einfach nicht!"

Es klopfte. Der lange Otto, ebenfalls ein Bewohner des Studentenwohnheims, öffnete stürmisch die Tür.

„Hello, boys and girls, Puppen zum Poppen hupen beim Galoppen", platzte er mit seinem üblichen, sinnigen Begrüßungsspruch ins Zimmer.

Er studierte Englisch und Französisch für das Lehramt am Gymnasium. „Bei euch ist es ja zappenduster. Habt ihr etwas zu verbergen?"

Er ahmte einen näselnden Oxford-Tonfall der High-Society nach. „Ich wollte eigentlich nur wissen, ob es bei heute Abend bleibt."

„Natürlich", antwortete Christian. „Du kommst doch auch mit, Bernd, oder?"

Bernd nickte gequält.

„Ja, Bernd kommt auch mit. Wir treffen uns dann um neun Uhr in der Scotch Bar."

„Stimmt irgendetwas zwischen euch zwei nicht?", fragte Otto.

„Nein, es ist schon alles in Ordnung", beschwichtigte Christian. „Bernd hat nur Liebeskummer."

„Liebeskummer?", rief Otto erstaunt aus. „Verdammt, Liebeskummer habe ich den ganzen Tag. Liebeskummer aus Liebeshunger!"

Er ahmte einen gierigen Gesichtsausdruck nach und schleckte mit der Zunge über seine Lippen. Otto war kein Adonis. Seine Devise lautete: Entscheidend ist nicht dein Aussehen sondern deine Ausstrahlung. Du musst gegenüber dem schwachen Geschlecht überzeugend wirken und dies gelingt dir vor allem über dem gehobenen sprachlichen Ausdruck! Um seiner weltmännischen These Nachdruck zu verleihen, hatte er dann immer einen passenden, im reichenbergischen Dialekt formulierten ironischen Spruch auf Lager. Seine Großeltern stammten aus Reichenberg.

„Reden, reden müsst' ma können, da möcht' ma ok a jedes Madel um die Ecke bringen."

Diesmal verkniff er sich aber seinen flotten Spruch. „Mensch Bernd", meinte er, „echter Liebeskummer lohnt nicht! Ich erzähle Euch einen süffisanten Witz, aber auf französisch wegen der Pointe, sonst wirkt er nicht: Savez vous la difference entre une fillette de huit ans et de 18 ans. La fillette de huit ans aime le chocolat, la fillette de 18 ans aime le choc au lit." (Kennen Sie den Unterschied zwischen einem achtährigen und einem achtzenjährigen Mädchen? Das achtjährige Mädchen liebt die Schokolade und das achtzehnjährige Mädchen den Stoß im Bett).

Christian lachte schallend. „Superbe!", rief er.

Bernd lächelte nur gequält.

„Mensch Bernd, Du hattest doch auch Französisch im Leistungskurs in der Kollegstufe des Gymnasiums. Du musst doch die Pointe verstanden haben", ereiferte sich Otto.

„Hat er auch", verteidigte ihn Christian. „Aber du musst eben noch an deiner Aussprache arbeiten!"

Otto war wieder verschwunden.

„Mir ist gar nicht nach Weggehen zu Mute", murmelte Bernd.

„Doch, du musst unter Leute. Enttäuschungen in der Liebe sind in unserem Alter lebensgefährlich. Außerdem, wer sagt denn, dass du Ingrid für immer verloren hast?"

Die Augen von Bernd leuchteten. Christian wusste sofort, dass er mit dem letzten Satz etwas Falsches gesagt hatte. Es war bestimmt nicht richtig, bei Bernd falsche Hoffnungen auf eine Versöhnung mit Ingrid zu wecken. Und Bernd griff auch in seiner Verzweiflung sofort nach dem Strohhalm.

„Glaubst du wirklich, dass es noch nichts Endgültiges ist?"

„Ich glaube, dass es für dein Seelenheil besser wäre, wenn du dir Ingrid aus dem Kopf schlagen würdest."

Bernd grinste plötzlich verbittert. „Ich sehe direkt, wie sie vor meinen Augen aus meinem Kopf purzelt. Aber sie ist nicht in meinem Kopf, sondern in meinem Herzen." Er seufzte. „Ich muss sie mir herausschneiden. Ich weiß aber nicht, ob ich das überleben werde."

„Ein guter Herzspezialist wird das schon schaffen", meinte Christian. „Sitzt sie in der linken oder rechten Herzkammer? Mit einem Katheter über eine Vene hindurch kann man das schnell herausfinden."

Sie fingen beide schallend zu lachen an.

„Das tut gut", stöhnte Bernd erleichtert.

Jetzt saß Bernd wieder allein in seiner Studentenbude. Vor ihm türmten sich die Psychologiemanuskripte und -bücher in einem wüsten Durcheinander auf. Sonderlich ordentlich war er wirklich nicht, aber entscheidend war doch die geistige Ordnung der Welt in seinem Kopf. So zumindest rechtfertigte er seine Bequemlichkeit, einmal in seiner Bude richtig aufzuräumen. Bernd war schon im neunten Semester und schrieb gerade an seiner Diplomarbeit, die eine wichtige Hürde für die Zulassung zur Diplomabschlussprüfung für Psychologen war. Als Thema seiner Arbeit hatte er sich eine empirische Untersuchung zur Aggression bei Schülern ausgewählt. Eigentlich war er ein sehr friedfertiger Typ und berichtete oder beobachtete Aggression von anderen löste bei ihm sehr leicht ein beklemmendes Unbehagen oder sogar Angstgefühle aus. Aber das Phänomen Aggression faszinierte ihn sehr.

Durch Zufall hatte er im amerikanischen Radiosender „Voice of America", den er wegen seiner interessanten Informationssendungen sehr schätzte, von einem neuen Fragebogen „At risk for violence" zur Gewalt bei Schülern erfahren, der in den USA in High Schools eingesetzt wurde, um gewaltbereite Schüler frühzeitig zu erkennen und ihnen präventiv Hilfe zu gewähren. Die Radiosendung hatte auf die unfassbaren Bluttaten in Springfield/Oregon und Littleton/Colodardo Bezug genommen, bei denen Schüler Schusswaffen in die Schulen mitgebracht und in einem Amoklauf Klassenkameraden und Lehrer getötet hatten.

In der Universitätsbibliothek hatte er schnell über das Internet die Adresse des Testinstituts herausgefunden, das den Fragebogen entwickelt hatte. Schon nach zwei Wochen war der angeforderte Fragebogen und ein Manual mit den Erläuterungen zur Handhabung und Auswertung des Tests in seinen Händen. Dr. Berghammer, der als Dozent am Lehrstuhl für Psychologische Diagnostik arbeitete, war sofort an der Entwicklung und Erprobung einer deutschen Version des amerikanischen Fragebogens interessiert und willigte ein, die wissenschaftliche Betreuung seiner Facharbeit zu übernehmen. Bernd hatte sich vorgenommen, heute mit der genauen schriftlichen Übersetzung des Fragebogens zu beginnen. Das Manual und die Testfragen hatte er schon einmal gründlich gelesen. Seine Englischkenntnisse waren nicht schlecht. Im Abitur hatte er Englisch mit sehr gut abgeschlossen. Natürlich hatte er im Lexikon öfters die deutsche Bedeutung von aufgetretenen Fachbegriffen nachlesen müssen, aber er hatte alles verstanden. Er wusste jetzt, worum es bei den Fragen ging. Es faszinierte ihn, wie der Autor „Anfälligkeit für Gewalt" – so übersetzte Bernd den amerikanischen Titel des Tests „At risk for violence" – mit seinen 68 Fragen erfasste.

Das Phänomen Aggression bei Schülern hatte der Autor nach zwölf Kategorien geordnet und dazu entsprechend Fragen, eigentlich waren es Statements, gestellt. Zur Beantwortung dieser Statements standen den Testpersonen immer vier Antwortmöglichkeiten zum Ankreuzen zur Verfügung. Sie liefen von „ich lehne sehr ab" bis „ich stimme sehr zu". Den Antwortmöglichkeiten waren Zahlen von eins bis vier zugeordnet. Die Psychologen nannten das Codierung. Bei jeder Frage bekam eine Testperson mit ihrer Antwort einen bestimmten Zahlenwert. Ein hoher, addierter Gesamtwert über alle Fragen signalisierte dann hohe Gewaltbereitschaft der betreffenden Person.

Die brisanteste Kategorie lautete „Befürwortung von Mord und Totschlag". Die Statements dazu gingen einem unter die Haut, und Bernd konnte sich gar nicht vorstellen, dass Schüler bereit waren, ihre innersten Gefühle und Einstellungen durch ihr Ankreuzen zu offenbaren. Das Statement Nr. 40 lautete „Ich denke, es würde mir Spaß machen, jemanden, auf den ich wütend bin, zu erschießen." Das Statement Nr. 44 besagte: „Es würde mir Spaß machen, einen Plan zu erstellen, wie ich jemanden umbringen könnte."

Als Bernd die acht Statements dieser Kategorie das erste Mal gelesen hatte, hatte er nur ungläubig und innerlich aufgewühlt den Kopf geschüttelt. Wie konnte man Schüler nur mit solchen menschenverachtenden Aussagen konfrontieren und ihre Zustimmung dazu überprüfen. Er hatte sich gefragt, ob es ethisch zu rechtfertigen war, dass sich Schüler im Alter zwischen 10 und 18 Jahren mit solchen gemeinen Aussagen auseinandersetzen sollten. So hatte er sich auch überlegt, ob er sich nicht ein anderes Thema für seine Diplomarbeit suchen sollte. Und nun saß er da am Schreibtisch und stierte verloren auf den Fragebogen, den er in gutes Deutsch übersetzen sollte, und war nicht mehr in der Lage, angemessen verständliche, deutsche Aussagen zu formulieren.

Immer wieder fiel sein Blick auf die Verlobungskarte mit dem unheilvollen Text „Wir haben uns verlobt, Ingrid Knabl und Hans Sierwald. Bruckmühl, den 30. Mai 1999". Ein Gefühl von Verzweiflung und Wut erfasste ihn aufs Neue. Seine Hände fingen leicht zu zittern an. Wer war sein Nebenbuhler, dieser Hans Sierwald? Warum hatte er Erfolg bei seiner geliebten Ingrid? Wie hatten sie sich kennengelernt?

„The winner takes it all, the looser standing small."

Die Melodie eines bekannten Songs drängte sich ihm auf. Diese dumpfen Hassgefühle auf jemanden hatte er noch nie verspürt. Der Frust saß tief.

„Ich bring ihn um", murmelte er.

Und plötzlich sah er das Phänomen Aggression mit ganz anderen Augen. Diese unkontrollierten, zerstörerischen Gefühle, die er empfand, machten ihm Angst. Er schrie seine Verzweiflung halblaut heraus: „Ich liebe dich doch, Ingrid!"

Auf das leere Blatt Papier, das er vor sich liegen hatte, zeichnete er mit dem Kuli grob die Umrisse eines unbekannten Männergesichtes mit grinsendem Gesichtsausdruck. Er stand ruckartig auf, heftete das Papier mit einem Reißzwecken an seine Dartscheibe an der Wand und schleuderte mit großer Wucht seine drei Dartpfeile auf das Gesicht.

„Du Hund!", schrie er und riss das Papier wieder herunter. „Ich liebe dich doch, Ingrid!", rief er noch einmal laut und ließ sich dann sichtlich verstört und beunruhigt über sein ungewöhnliches Verhalten auf sein Bett fallen.

Am Abend saßen die drei Freunde Bernd, Christian und Otto wie verabredet in der Scotch Bar, einer rauchigen Studentenkneipe mit schummrigem Licht und leiser Instrumentalmusik im Hintergrund. Die Barhocker an der langen Theke und die Tischgruppen waren schon alle gut besetzt. Der vierte Stuhl an ihrem Tisch blieb nicht lange leer. Eine hübsche Brünette mit langen Haaren, eng anliegender, violetter Bluse und schwarzer glänzender Lackhose hatte, als sie aus der Toilette an ihrem Tisch vorbeikam, Christian mit

„Hallöchen" begrüßt. Es war eine Kommilitonin aus seinem Semester, die ebenfalls wie er Physik studierte.

Otto schnalzte mit. der Zunge. „Toujour a votre service", baggerte er Manuela an.

„Qui vivra, verra", antwortete sie gekonnt.

„Hast du dir auch den Leistungskurs Französisch am Gymnasium reingezogen?", fragte Otto.

„So ist es, mon amour", lächelte sie Otto freundlich an.

„Das sind meine Freunde Bernd und Otto aus meinem Studentenwohnheim", stellte Christian Manuela seine Wohnheimmitbewohner vor. „Otto studiert Englisch und Französisch im sechsten und Bernd Psychologie im neunten Semester. Er ist schon kurz vor dem Abschluss und Manuela studiert mit mir die spezielle Relativitätstheorie von Einstein."

„Relativitätstheorie kenne ich", bemerkte Otto. „Zwei Sekunden mit dem nackten Po auf einer heißen Ofenplatte dauern länger als zwei Stunden mit einem hübschen Mädchen auf einer lauschigen Parkbank!"

„Sehr witzig", bemerkte Manuela belustigt und strich sich mit der Hand geziert über ihr glänzendes Haar. „Das hat wohl eher etwas mit Psychologie und Sinnesphysiologie zu tun als mit Physik, oder?", wandte sie sich an Bernd.

Bernd wirkte noch immer sehr niedergeschlagen. Die Frage berührte aber unmittelbar seine psychologische Fachkompetenz und ließ ihn seine treulose Ingrid vergessen. „Du hast Recht, Manuela", erwiderte er. „Und hier werden auch zwei unterschiedliche Phänomenkategorien angesprochen. Zum einen geht es um Schmerzwahrnehmung und zum anderen um das sog. Flow-Erleben. Bei der Schmerzwahrnehmung von Hitze, d.h. Temperaturreizen von extrem hoher Intensität, gibt es über die Zeit hinweg keine Adaptation, das bedeutet Gewöhnung, an das Schmerzgefühl. Der Schmerz ist unerträglich und Sekunden werden daher zur Ewigkeit. Beim Flow-Erleben geht man in einer Sache völlig auf. Man vergisst alles um einen herum, und die Zeit scheint still zu stehen."

„So stelle ich mir die wahre Liebe vor", seufzte Manuela.

Otto war bewegt von Manuelas schmachtender Äußerung. „Auf Manuela würde ich voll abfahren", dachte er.

„Bei uns in der Physik bedeutet aber Relativität etwas ganz anderes", bemerkte Manuela wieder ganz trocken.

„Was denn genau?", fragte Bernd.

„Wie soll man denn das einem Laien erklären, das ist schwer, nicht wahr, Christian?"

Christian nickte. „Weißt du, die spezielle Relativitätstheorie von Einstein baut auf dem Prinzip von der Konstanz der Vakuumgeschwindigkeit des Lichtes auf. Das hat ein Physiker namens Michelson im Jahre 1881 in Potsdam in ausgeklügelten Experimenten festgestellt. Normalerweise überlagern sich die Geschwindigkeiten von Körpern. Wenn du in einem Fluss mit einer bestimmten Strömungsgeschwindigkeit schwimmst, dann addiert sich deine Geschwindigkeit zu der Geschwindigkeit des Wassers und du bewegst dich für einen Beobachter am Ufer schneller und langsamer, wenn du gegen die Strömung schwimmst. Beim Michelsonversuch wird die Geschwindigkeit eines Lichtsignals gemessen und zwar zum einen in Richtung der Bahnbewegung der Erde um die Sonne und zum anderen entgegengesetzt dazu. In Richtung der Erdbewegung müsste die Geschwindigkeit des Lichtsignals größer sein als entgegengesetzt dazu, da sich die Geschwindigkeit der Erde zu der des Lichtsignals addiert. Ist sie aber nicht!"

Bis jetzt hatten Bernd und Otto alles verstanden. „Und wie geht es weiter?", fragte Bernd.

„Jetzt wird es kompliziert", sagte Christian.

„Leider", nickte Manuela zustimmend. „Jetzt kommt ein komplizierter mathematischer Formelapparat ins Spiel. Er nennt sich Lorentz-Transformation. Interessant sind aber die Folgerungen aus dieser Lorentz-Transformation."

„Und die wären?", fragte Otto interessiert.

„Einmal, es gibt überhaupt keine größere Geschwindigkeit als die Vakuum-Lichtgeschwindigkeit."

„Ist ja überwältigend!", grinste Otto frech.

„Okay", sagte Manuela, „aber das Zwillingsparadoxon wird euch interessieren. Von zwei Zwillingsbrüdern namens Anton und Bruno startet der Anton auf einer Rakete zu einem Stern, der 40 Lichtjahre entfernt sein soll, während Bruno auf der Erde zurück bleibt. Sagen wir, die Rakete fliegt mit 80 Prozent der Lichtgeschwindigkeit. Nehmen wir jetzt mal an, für den Zwilling Bruno auf der Erde sind 100 Jahre vergangen, bis die Rakete mit dem Anton wieder landet. Dann zeigt die Uhr von Anton nur 60 Jahre an, d.h. er ist 40 Jahre jünger geblieben."

„Und das ergibt sich aus der speziellen Relativitätstheorie von Einstein?", fragte Bernd ungläubig.

„Klar doch", meinte Manuela triumphierend.

„Wahnsinn!", rief Otto und schüttelte den Kopf. „Ich baue mir eine Rakete und haue ab zum nächsten Fixstern, zur Venus. Und wenn ich zurück komme, seid ihr schon so alt wie Methusalem, Grufties."

„Die Venus ist kein Fixstern sondern ein Planet unseres Sonnensystems", unterbrach ihn Manuela.

„Egal", erwiderte Otto. „Und wie lauten die anderen interessanten Folgerungen aus der Einsteinschen Relativitätstheorie?"

„Das würde jetzt zu weit gehen. Ich würde sagen, das ist hier nicht der richtige Rahmen. Aber komm doch mal zu mir nach Hause."

Otto war sofort Feuer und Flamme. In der Kollegstufe am Gymnasium hatte Otto aber Physik abgelegt. Alles was nach Mathematik roch, hasste er wie die Pest. Er war ein Sprachen-Fan. Darum studierte er auch Englisch und Französisch für das Lehramt am Gymnasium und das machte ihm auch großen Spaß. Aber die Gelegenheit konnte er sich nicht entgehen lassen. Ein Date bei Manuela zu Hause, das war vielversprechend. Sie vereinbarten einen Termin. Bernd und Christian sahen sich vielsagend an.

Am Wochenende war Christian wie immer nach Hause zu seinen Eltern nach Ebersberg gefahren. Ebersberg war eine kleine Stadt, eher ein Marktflecken, mit großer Tradition, mit einem alten Rathaus und einer wunderschönen Schlosskirche. Seine Eltern hatten sich vor zwei Jahren am Rande der Stadt in einem Neubaugebiet ein schmuckes Einfamilienhaus gebaut. Einen der Kellerräume hatte Christian mit schalldichten Dämmplatten verkleidet. Und dort übte er jeden Freitagabend mit seiner Band. Christian spielte Schlagzeug, Jochen bediente virtuos das Keyboard, Hans zupfte gefühlvoll die Hawaiigitarre und Vera trällerte die amerikanischen Songs mit kräftiger, leicht rauchiger Stimme in das Mikrofon. Sie wirkte mondän und wand sich profimäßig wie eine Schlange zu den Rhythmen der Musik.

Am Samstagabend fanden die Auftritte der Band in irgendeiner der vielen Diskos in der Umgebung, meist in einem der Kuhdörfer rund um die kleine Stadt, statt. Wenn sie die Verstärker voll aufgedreht hatten und die Lichtorgel ihr Feuerwerk aufblitzen ließ und sie in ihren schwarzen Jeans und roten Hemden die schummrigen Diskoräume zum Zittern brachten, dann war schon der Teufel los. Vera präsentierte sich meist in einem schwarzen langen Abendkleid mit offenherzigem Dekolleté und ihre langen blonden Haare schlugen bei den rasanten Rhythmen wie der Schweif eines Pferdes um ihren hübschen Kopf. Die Band nannte sich „Die Unersättlichen" und sie kam bei ihrem ländlichen Publikum, jungen Leuten ab 16 Jahren, sehr gut an.

Christian fungierte als Bandleader, war aber nicht nur für die finanziellen Angelegenheiten der Gruppe zuständig, sondern auch der technische Direktor der Band. Die Wartung und der Auf- und Abbau der elektronischen Verstärker und Lautsprecher wurde von ihm fachmännisch gemanagt. Sein Vater besaß eine kleine Elektronikentwicklungsfirma und schon als Kind wurde Christian mit technischen Geräten vertraut gemacht. Mit acht Jahren hatte er ein Radio selbst gebastelt und mit 14 Jahren aus einem Elektronikbaukasten für Fortgeschrittene einen Fernsehapparat, natürlich mit der Hilfe seines Vaters, zusammengebaut. Für ihn war es deshalb ganz klar gewesen, nach dem Abitur Physik oder Elektrotechnik zu studieren. Aber Musik war ihm auch sehr wichtig. Manchmal schob die Band als Einlage auch ein Heavy-Metal-Stück ein, dann schlug Christian voll unbändiger Lebenslust auf seine Trommeln und Metallteller ein und Tische und Stühle im Saal fingen zum Wackeln an. Zu oft durfte man aber sein ländliches Publikum nicht mit dieser krätzigen, lauten Musik überfordern.

Christian liebte diese Disko-Atmosphäre. Auf der Bühne hatte man Ansehen. Man wurde als Bandmitglied von allen respektiert und von vielen Mädchen angehimmelt. Unter diesen Landpomeranzen gab es schon hübsche Dinger. Mit Vera konnten sich die meisten zwar nicht messen, aber Vera und Hans waren schon seit vielen Jahren ein festes Paar. Vera hätte er gerne zur Freundin, aber er war nicht der Typ, in eine feste Beziehung einzubrechen. Das hätte die Band auch zerrissen. In den Pausen setzte man sich an die Theke und rauchte schnell eine Zigarette. Getränke waren meist frei. Er trank sowieso nur Mineralwasser, zum Schluss einer Veranstaltung dann vielleicht ein Bierchen. Christian war kein Frauenheld, aber auch kein Kostverächter.

Es war jetzt fast ein Uhr früh und die Band machte ihre letzte Pause. Heute spielten sie in der Hawaii-Disko in einem kleinen

Kaff, fünf Kilometer von Ebersberg entfernt. Das Haus war eine umgebaute Bauerngaststätte. Im Erdgeschoss hatte sich eine Pizzeria breit gemacht, die gut florierte. Ihr Pächter, Roberto, war ein freundlicher, etwas beleibter, aber agiler Italiener, der nicht nur ausgezeichnete Pizzen backen konnte, sondern alle möglichen exquisiten Fischgerichte seinen Gästen schmackhaft zubereitete. Der erste Stock war zu einer Disko umgebaut worden. Die Fenster waren alle mit dunkelroten, lichtundurchlässigen Samttüchern verhängt. Das Innere der Diskothek bestand aus einem nicht allzu großen Tanzraum mit Bühne, kleinen Nischen mit Tischen und einer langen Theke mit vielen Spirituosen. Die schummrig beleuchtete Disko war gerammelt voll mit jungen Leuten. Um die Theke herum war ein dichtes Gedränge. Beißender Zigarettenqualm schwängerte die verbrauchte Luft. Christian ergatterte sich noch einen Stehplatz an der Theke und gönnte sich einen tiefen, kühlen Schluck aus dem hochstieligen Bierglas. Das tat gut.

„Ihr spielt wirklich toll", flüsterte ihm eine rothaarige Schöne ins Ohr, die sich dicht an ihn herandrängte.

„Danke für das Kompliment", lachte Christian.

„Kommst du mit an die frische Luft?", fragte sie verführerisch. Christian nickte. Er trank sein Glas in einem Zug aus. Sie nahm seine Hand und zog ihn durch das Gedränge, die Treppe hinunter, ins Freie. Es war eine laue Sommernacht. Hinter einem großen Kastanienbaum des alten Biergartens blieb sie stehen und zog Christian fest an sich. Sie küsste ihn leidenschaftlich. Christian blieb der Atem weg. Es war ein herrliches Gefühl.

„Wie heißt du denn?", flüsterte Christian schwer atmend.

„Tina", hauchte sie geheimnisvoll. „Und du?"

„Christian."

„Wollen wir?", fragte sie ihn herausfordernd.

„Hier, auf die Schnelle?", antwortete er verblüfft.

„Natürlich." Sie kramte in ihrem Täschchen und zog zwei bräunliche Zigaretten und ein golden glitzerndes Feuerzeug heraus.

„Ah, einen Joint", antwortete er erleichtert. Eigentlich mochte er das Zeug gar nicht. Sie inhalierte den Rauch genüsslich.

„Schmeckt er dir nicht?"

„Doch, ist schon okay", antwortete er hastig.

„Wo spielt ihr nächste Woche?", fragte sie nach einer Weile neugierig.

„Wieder hier. Ich muss jetzt aber zurück zu meiner Band", antwortete er. An der Eingangstür zur Disko standen zwei Typen mit langen Haaren in schwarzen Lederjacken und Lederhosen. Der kleinere von ihnen händigte dem anderen gerade hastig etwas etwas aus.

„Ist vom Feinsten, du wirst schon sehen", flüsterte er und beim Anblick von Tina. „He Puppe, soll ich dich bedienen?"

Tina blieb stehen und Christian bahnte sich durch das Gedränge einen Weg zu den Musikinstrumenten.

Auch Bernd war an diesem Wochenende von München, seinem Studienort, nach Hause gefahren. Sein Elternhaus stand in Bad Aibling, einem malerischen Kurort etwa zehn Kilometer nördlich der Alpenkette. An Föhntagen waren die Berge zum Greifen nahe. Direkt südlich von Bad Aibling aus gesehen, erstreckte sich die Höhenkette der sogenannten „Schlafenden Jungfrau". Die sich gegen den Himmel abgrenzenden Konturen von drei nebeneinander stehenden Bergen vermittelten den spontanen Eindruck einer liegenden Frau. Nur hundert Meter vom Einfamilienhaus seiner Eltern entfernt schlängelte sich die Mangfall, ein breiter Fluss, durch ein wunderschönes Auengebiet. Wie oft war Bernd hier mit seiner Ingrid auf dem Dammweg mit den dichten Büschen eng umschlungen spazieren gegangen. Wie oft hatten sie sich hier hinter den Büschen versteckt, verstohlen geküsst und sich zärtliche Dinge ins Ohr geflüstert.

Bernd war Mitglied im Tennisclub von Bad Aibling, dessen Plätze direkt neben dem Kurpark lagen. Auch Marion, eine gute Freundin von Ingrid, war hier Mitglied. Sie müsste doch wissen, wer dieser Hans Sierwald war. Nein, anrufen und sie fragen wollte er nicht. Dazu war er zu stolz.

„Ich könnte sie zu einem Tennisspiel einladen", murmelte er. Er hatte zwar bisher nur einmal mit ihr gespielt, und dies war schon mindestens ein Jahr her, aber egal. Marion spielte miserabel Tennis und er, Bernd, war ein sehr guter Spieler. Sie würde sicher zusagen. Die Frage war nur, ob sie überhaupt zu erreichen war. Es war jetzt Samstagmorgen und zehn Minuten nach acht Uhr. Vielleicht war sie ein Morgenmuffel.

„Egal, ich versuche es einfach", redete er laut.

„Hast du etwas gesagt, Bernd?"

Seine Mutter hatte gute Ohren. Die waren als Lehrerin in einer siebten Hauptschulklasse auch wichtig, um Störenfriede in der Klasse frühzeitig aufzuspüren und zurechtzuweisen.

„Ein guter Lehrer hat Augen im Hinterkopf und verliert nicht die Kontrolle über die Klasse bei sich überlappenden Ereignissen. Während er an der Tafel mit einem Schüler arbeitet, weiß er genau, was in der letzten Bankreihe passiert." Das war ihre Devise.

„Mutter hört alles, sieht alles und weiß alles", charakterisierte Bernd seine Mutter.

„Ich habe nichts gesagt", antwortete Bernd in Richtung Küche. Durch die offene Tür sah er seine Mutter, die gerade das Frühstücksgeschirr aus dem Schrank holte.

„Das Frühstück ist gleich fertig", rief sie, während Bernd mit dem schnurlosen Telefon hastig in sein Zimmer verschwand.

„Hallo Marion, hier ist Bernd. Bist du schon auf?"

„Schon lange", antwortete sie verwundert über seinen Anruf.

„Aber was willst du denn so zeitig in der Früh?"

„Hast Du heute schon einen Tennistermin?"

„Nein", antwortete Marion spontan.

„Hättest du um zehn Uhr Zeit?"

Sie hatte Zeit.

Bernd setzte sich zu seiner Mutter und zu seinem kleinen Bruder Klaus an den Frühstückstisch im Esszimmer.

„Papa schläft noch", entschuldigte seine Mutter die Abwesenheit seines Vaters. „Gestern war seine Skatrunde und da ist es ein bisschen spät geworden. Aber erzähl doch einmal, wie geht es eigentlich Ingrid? Sie war schon lange nicht mehr bei uns."

Bernd errötete leicht.

„Ingrid geht es gut", stotterte er und hätte sich fast an dem Bissen im Mund verschluckt.

„Sag Ihr, ich lade sie morgen am Sonntag zum Mittagessen ein."

„Das wird nicht gehen", wandte Bernd schnell ein, „sie hat morgen schon einen Termin", log er.

„Schade, und was gibt es Neues in München?"

Bernd war froh, dass seine Mutter das Thema Ingrid so schnell gewechselt hatte. Er schämte sich, ihr zu sagen, dass Ingrid sich von ihm getrennt hatte. Seine Mutter mochte Ingrid sehr, auch sein Vater. Er spürte, dass seine Eltern stolz waren, dass er ein so hübsches und nettes Mädchen zur Freundin hatte.

Bernd erzählte von seiner Diplomarbeit. Das Thema Aggression bei Schülern war natürlich für seine Mutter als Lehrerin besonders interessant.

„Du bist ja jetzt ein Spezialist für das Phänomen Aggression", meinte sie. „Was sagen denn die Psychologen dazu? Was ist denn die Hauptursache für aggressives Verhalten?"

Bernd hatte die psychologische Literatur zum Thema Aggression wirklich gründlich studiert.

„Eine Forschergruppe sieht das so", psychologisierte er, „wenn ein Organismus über positive Verstärker verfügt bzw. freien Zugang zu ihnen hat, z.B. zu Nahrungsquellen oder Wasser usw. und ihm diese weggenommen werden oder ihr Zugang blockiert wird, kommt es zu Aggressionen. Schon vor 60 Jahren formulierte eine Forschergruppe um den Amerikaner Dollard diesen Zusammenhang als sogenannte Frustrations-Aggressions-Hypothese. In Tierexperimenten attackierten Ratten, die durch elektrische Stimulation ihres Lustzentrums im Gehirn für das Drücken eines Hebels belohnt wurden, den Experimentator, wenn die zu belohnenden Reize ausblieben."

„Das ist ja sehr interessant", meinte seine Mutter.

„Auch bei Experimenten mit Menschen führt der Ausfall von Belohnungen, der frustrierend erlebt wird, zu aggressiven Reaktionen."

„Ja, bei meinen Schülern habe ich so etwas auch schon erlebt", meinte seine Mutter nachdenklich. „Bei einem Schüler ist dieses Verhalten besonders ausgeprägt. Wenn ich ihn vor der Klasse für irgendeine Lappalie nicht gleich lobe, wird er plötzlich aufsässig oder attackiert seine Mitschüler."

„Bei Menschen, so wird vermutet, gilt dieser Zusammenhang nicht nur für kurzzeitige Interaktionen sondern auch für sog. Longterm-Situationen, z.B. bei langanhaltender Arbeitslosigkeit und erhöhter Aggressivität. So lassen sich auch Aufstände und Revolutionen im politischen Geschehen verstehen, wo unterprivilegierten Gruppen der Zugang zu besseren Lebensbedingungen versperrt wurde und damit zum Ausbruch aggressiver Gewalthandlungen führte."

„Das klingt einleuchtend", erwiderte seine Mutter. „So habe ich die Dinge noch gar nicht gesehen."

Während Bernd mit seiner Mutter fachsimpelte, löffelte der kleine Klaus genüsslich seine Crispies mit der übergossenen heißen

Milch und dem Löffel Honig aus einer großen Schale. Er fand das Gespräch von seiner Mutter und seinem Bruder ätzend langweilig.

„Quak, quak, quak", ahmte er das Geschnatter einer Ente nach und entfernte sich watschelnd aus der Küche.

„Blödmann", zischte ihm Bernd böse nach.

„Aber Bernd", entrüstete sich seine Mutter, „du lässt dich doch sonst von unserem Klaus nicht provozieren!"

Auch Bernd verließ das Esszimmer.

Warum reagierte ihr friedlicher Bernd so aggressiv auf seinen kleinen Bruder, fragte sie sich, während sie den Frühstückstisch wieder abräumte. Da mussten aber schon mächtig frustrierende Dinge passiert sein. Hatte dies vielleicht mit seiner Freundin Ingrid zu tun?

Als Bernd bei der Tennisanlage am Kurpark kurz vor zehn Uhr eintraf, stand Marion schon vor dem Clubhaus. In ihrem weißen Tennisdress mit dem kurzen Faltenrock sah sie richtig sexy aus. Um ihren Kopf vor der Sonne zu schützen, trug sie eine schicke weiße Tenniskappe mit langem Sonnenschild, aus der ihre schwarzen Locken lustig hervorquollen. Sie hatte ihr Namensschild und das von Bernd schon auf der magnetischen Reservierungstafel für den Platz gehängt.

„Wir spielen auf Platz drei", empfing sie Bernd.

Um diese Zeit war auf der großen Tennisanlage mit den zehn Plätzen noch nicht so viel los. Platz eins und zwei waren aber schon belegt. Nach ungefähr einer halben Stunde intensiven Übens legten Bernd und Marion eine kleine Pause ein. Auf jedem Tennisplatz stand eine Bank. Dort stellte man seine Tennistasche ab und nutzte sie auch für die kurzen Erholungspausen zwischen dem Spiel. Marion hatte einen knallroten Kopf.

„Du hetzt mich aber ganz schön", lachte sie außer Atem. Sie nahm einen tiefen Schluck aus ihrer Wasserflasche und setzte sich neben Bernd auf die Bank. Bernd wusste, das war jetzt die beste Gelegenheit für ihn herauszufinden, wer dieser Hans Sierwald war. Er hatte Glück, denn Marion fing selbst an, über seine Beziehung zu Ingrid zu reden.

„Warum hat es denn zwischen dir und Ingrid nicht mehr geklappt?", fragte sie Bernd.

Er spürte, wie ihn diese Frage psychisch stark belastete.

„Schwer zu sagen", antwortete Bernd niedergeschlagen. „Jeder hat eben bestimmte Vorstellungen von seinem zukünftigen Lebenspartner. Offensichtlich habe ich in das Partnerschema von Ingrid nicht so hundertprozentig hinein gepasst. Und dann trifft sie jemanden, der das Schema besser ausfüllt und schon ist man nur noch auf Rangplatz zwei."

„Wie beim Tennis", schmunzelte Marion, „the winner takes it all, the looser standing small. Und weißt du überhaupt, wer dir den Rangplatz eins streitig gemacht hat?"

„Nein."

„Es ist Jacky."

„Was heißt Jacky?"

„Ja, unser Jacky aus unserem Tennisclub!"

Das war doch nicht möglich. Hans Sierwald war Jacky. Er war schon über vierzig, Single und Lehrer an der hiesigen Realschule für Sport und Englisch. Okay, er hatte das Gesicht eines Dreijährigen, große Kulleraugen, Hamsterbacken, dicke fleischige Lippen und den Kopf glatt rasiert, dass man seine Glatze nicht sehen konnte. Er spielte exzellent Tennis in der Jungseniorenmannschaft des Clubs. Bei den Vereinsmeisterschaften des Tennisclubs hatte Bernd schon zweimal gegen ihn antreten müssen und hatte jedes mal hoch gegen ihn verloren.

„Und wo hat Ingrid Jacky kennen gelernt?"

„Hier im Club, tut mir leid Bernd." Sie sah ihn mitleidig an. „Ich habe Ingrid zum Tennisspielen hierher mitgenommen. Ich fühle mich direkt schuldig. Für mich kam diese plötzliche Verlobung auch völlig überraschend."

Bernd war sprachlos. Es entstand eine peinliche Stille. Nur das Schlagen der Bälle auf den anderen Plätzen war zu hören.

„Bist du mir jetzt böse?", fragte Marion nach einer Weile vorsichtig.

„Blödsinn", erwiderte Bernd und stand ruckartig auf. „Komm, wir spielen weiter!"

„Diese blöde Kuh, ihr verdanke ich es also, dass Ingrid mit einem anderen geht", dachte er.

Am liebsten hätte er sofort das Tennismatch abgebrochen. Aber das wäre auch völlig falsch gewesen. Marion war schließlich sein letzter Strohhalm um mit Ingrid noch einmal Kontakt aufzunehmen. Außerdem war Marion ein hübsches Mädchen. Vielleicht nicht sein Typ, aber trotzdem, was er gar nicht wollte, war, dass die anderen ihn wegen Ingrid bemitleiden oder Schadenfreude empfinden würden. Er schämte sich, dass Ingrid mit ihm Schluss gemacht hatte. Auch wenn er es sich nicht zugab, er hatte es doch genossen, dass ihn die anderen wegen Ingrid beneideten. Nein, er brauchte Marion. Als Single hatte man sowieso schlechtere Karten. Es war immer für Parties und Diskobesuche besser, wenn man nicht allein auftreten musste. Und seine Mutter würde dann auch nicht so viele unangenehm bohrende Fragen wegen Ingrid stellen, wenn er mit einer neuen auftauchen würde.

Marion war ihm von der Spielstärke her völlig unterlegen. Unbewusst fing er an, sie auf dem Platz wie ein Jäger seine Beute hin und her zu hetzen. Er genoss es sichtlich, mit ihr machen zu können, was er wollte. Es war die gerechte Strafe für ihr unglaubliches Vergehen.

„Bitte, Bernd, ich kann nicht mehr!", keuchte sie am Schluss der Tennisstunde.

Sie war puterrot angelaufen und völlig erschöpft. „Jetzt hilft nur noch eine heiße Dusche und dann eine kühle Limonade", japste sie.

Bernd fühlte sich wieder wohler. Nach dem Duschen genehmigte sich Bernd ein leichtes Weißbier. Er spendierte Marion eine Limonade. Sie setzten sich an einen noch leeren Tisch auf der Terrasse des Clubhauses. Von dort überblickte man alle Tennisplätze. Es war ein schöner Sommertag und Samstag. Die Tennisplätze waren nun alle belegt und auch im Clubhaus standen oder saßen schon Mitglieder, die auf ihr Spiel warteten.

„Sag mal Bernd", richtete Marion wieder das Gespräch auf seine Beziehung zu Ingrid, „habt ihr euch eigentlich ausgesprochen, bevor ihr miteinander Schluss gemacht habt?"

„Nein, wir hatten wegen irgendeiner Bagatelle Zoff miteinander. Ingrid hat dann drei Wochen nichts von sich hören lassen. Und dann kam diese verfluchte Verlobungskarte."

Marion spürte seine große Erregung. Irgendwie fühlte sie sich mitschuldig.

Für Bernd hätte sie alles getan. Bernd sah gut aus, war sportlich und intelligent. Er studierte Psychologie. Für Psychologie begeisterte sie sich sehr. Sie hatte kein Abitur. Arzthelferin war auch keine schlechte Sache. Sie war im dritten Lehrjahr. Menschen interessierten sie eben. Aber nicht so sehr der Körper und seine Gebrechen, sondern was sie taten, warum sie etwas taten, was sie fühlten, welche Ziele sie sich setzten und wie sie Probleme und Konflikte bewältigten. Partnerprobleme waren besonders interessant. In den Frauenzeitschriften, die im Wartezimmer ihrer Arztpraxis lagen, las sie verstohlen am liebsten die Ratschläge, die Psychologen den Hilfesuchenden gaben. Wenn sie jetzt Bernd in seiner Konfliktsituation half und das Ventil fand, um seinen Leidensdruck zu verringern, könnte sie ihn vielleicht an sich binden.

„Ich werde Ingrid dazu veranlassen, dass sie sich mit dir noch einmal trifft. Du weißt doch als Psychologe, wie wichtig es ist, sich in Ruhe auszusprechen."

Bernd war happy.

„Ich rufe dich heute noch an", erklärte sie, als sie sich voneinander verabschiedeten.

Otto war an diesem Wochenende in München geblieben. Er fieberte aufgeregt seiner Begegnung mit Manuela entgegen. Sie hatten telefonisch vereinbart, dass er am Samstag um vier Uhr nachmittags zum „Five-o'clock-tea" bei ihr erscheinen würde. Sie würde den Tee zubereiten und er hatte im Supermarkt gleich um die Ecke einen Sandkuchen besorgt.

Schon um drei Uhr fuhr er mit der U-Bahn zum Olympiazentrum. Manuela wohnte dort im Studentenwohnheim. Die Fahrt dauerte 15 Minuten. Von dort waren es nur noch zehn Minuten zu Fuß.

„Verdammt, jetzt bin ich eine halbe Stunde zu früh dran", murmelte er, als er auf seine Uhr sah und am Hauseingang des Wohnheims stand.

Da war auch ihr Namensschild: Manuela Gruber. Er traute sich doch nicht auf den Klingelknopf zu drücken.

„Was soll ich ihr sagen, dass ich zu früh dran bin? Ich bin zu früh gekommen, weil meine Uhr falsch geht? Blödsinn! Oder, ich konnte diese Ungewissheit nicht mehr ertragen. Welche Ungewissheit? Ich konnte diesen Zustand der Unwissenheit nicht mehr ertragen."

Das war besser. Schließlich wollte sie ihn über die weiteren Konsequenzen der Einsteinschen Relativitätstheorie aufklären. Das war überhaupt die Idee.

„Ich erkläre ihr, dass die Uhren in meinem Bezugssystem schneller gehen als in ihrem."

Er verlagerte sein Körpergewicht von einem Fuß auf den anderen. Er wagte es doch nicht, sofort zu klingeln. Er sah Manuela schon im Geiste vor sich. Sie öffnete ihm verführerisch in einem durchsichtigen, schwarzen Negligee die Tür. Er hörte sie flüstern: „Coffee, tea or me?" und er rief: „me!"

„Und was reimt sich auf me?", dachte er. Natürlich „nie".

Und seine Befürchtungen sollten sich auch bewahrheiten. Als er es dann nach zehn Minuten doch nicht mehr aushielt und die Klingel drückte, öffnete sich automatisch die Haustür und er stürmte nach oben. Im zweiten Stock stand eine Wohnungstür einen Spalt offen und ein junger Mann rief:

„Komm nur herein Otto, der Tee ist schon fertig!"

Und dann kam auch schon seine verführerische Manuela. Sie trug enge Blue Jeans und ein bauchfreies schwarzes Top.

„Hallo Otto, schön, dass du pünktlich bist", lächelte sie ihn freundlich an. „Und das ist Pit, er studiert wie du Anglistik für das Lehramt. Ihr müsst euch eigentlich schon einmal in den Veranstaltungen an der Uni gesehen haben, oder?"

Irgendwie kam ihm dieser zu kurz geratene Pit mit seinen langen, fettigen blonden Strähnen und dem Ziegenbart am Kinn bekannt vor. Oder kam ihm nur die Situation bekannt vor? Er, Otto, freute sich auf ein intimes Date in der Wohnung seiner Angebeteten und wie beim Wettlauf zwischen dem Hasen und dem Igel war der stachelige Igel mit seinem „Ich bin schon da" schneller am Ziel seiner Wünsche als er. Aber Otto machte gute Miene zum bösen Spiel.

„Hey, Pit!", wandte er sich seinem Nebenbuhler zu, „how are you?"

„Fine", grinste der. „The tea has been served."

Sie setzten sich an den kleinen Tisch neben der Einbauküche. Der Tee duftete aromatisch. Manuela schnitt den Sandkuchen auf und jeder griff nach einem Stück.

Manuelas Studentenbude bestand ebenfalls nur aus einem Wohnraum mit Kochnische und Nasszelle. Sie war aber sauber aufgeräumt und geschmackvoll eingerichtet. Auf einem großen, mit schwarzem Seidentuch überspannten französischen Bett mit Bettkasten für die Plumeaus waren drei weiße Samtpolster und zwei große Kuscheltiere, ein Tiger und ein Pandabär, liebevoll arrangiert. An den Wänden hatte sie mehrere Blumenbilder in leuchtenden bunten Farben aufgehängt. Der Schreibtisch war ein schönes, antikes, verschnörkeltes Möbelstück und auf dem grauen, abgetretenen Teppichboden lagen zwei kunstvoll geknüpfte, echte Perserteppiche.

„Schön hast du es hier", bewunderte Otto ihr kleines Appartement.

„Den Schreibtisch und die Teppiche haben mir meine Eltern mitgegeben."

„Und das Poster auch?", fragte Otto und schaute belustigt zu ihrer Wohnungseingangstür. Dort hing ein Riesenposter von Einstein, der den Betrachter mit listigen Augen ausbleckte, indem er seine große Zunge herausstreckte.

„Das habe ich mir natürlich selber gekauft", lachte Manuela.

„Dein großes Vorbild!", schmunzelte Pit.

„Ihr könnt euch gar nicht vorstellen, was das für ein Genie war", fuhr Manuela mit leicht erregter Stimme fort. „1921 bekam er für seine Forschungen den Physik-Nobelpreis. Er hat das physikalische Weltbild seiner Zeit revolutioniert. Aber er war auch sonst eine großartige Persönlichkeit. Von den Nazis bedroht, emigrierte er, weil er Jude war, 1933 in die USA. Er lehrte dort in Princeton und verhalf dann vielen anderen, von Hitler verfolgten, Juden zur Aufnahme in die Vereinigten Staaten."

„Er war also kein Forscher mit Scheuklappen, der nur in seinem Elfenbeinturm verrückte Ideen ausbrütete?", kommentierte Otto.

„Ganz und gar nicht", eiferte sich Manuela. „Als im Hitler-Deutschland die Kernspaltung gelang und das NS-Regime damit begann, Uran zu horten, schrieb Einstein an den US-Präsidenten Roosevelt und warnte ihn vor der unheilvollen Gefahr einer Atombombe in den Händen der Nazis, die alles vernichten konnte. Diese Warnung eines Nobelpreisträgers gab dann den Anstoß zum Bau der amerikanischen Atombomben."

„Und die lieben Amis haben dann mit ihren Abwürfen über Hiroshima und Nagasaki Hunderttausende von Menschen brutal gekillt, oder vielleicht nicht?", warf Pit empört ein.

„An der Entwicklung der Atombombe war Einstein aber nicht beteiligt", verteidigte Manuela ihr geniales Vorbild. „Nach den Einsätzen zeigte er sich entsetzt von dieser Perspektive einer allgemeinen Vernichtung der Menschheit und trat zu Beginn des kalten

Krieges mit anderen berühmten Persönlichkeiten wie z.B. Thomas Mann und Bertrand Russel für Frieden und Bürgerrechte ein."

Otto wagte es nicht, irgendetwas zu äußern, was Manuela verstimmt hätte. Sie war ihm zu wichtig. Natürlich ärgerte er sich, dass sie diesen Pit zu ihrem Tête-à-Tête mit eingeladen hatte. Vielleicht hatte sie ihn gar nicht eingeladen. Vielleicht war er nur zufällig aufgekreuzt, und sie hatte ihn aus Höflichkeit hereingelassen. Sie plauderten nun über belanglose Dinge. Die Teekanne war leer und der Kuchen aufgegessen. Manuela erhob sich und hantierte an der Spüle ihrer Einbauküche.

„Soll ich noch einen neuen Tee aufsetzen?", fragte sie zögernd.

„Für mich nicht, ich habe noch einen wichtigen Termin", erwiderte Pit. „Ich muss wieder abdampfen."

Otto war mit Manuela allein.

„Und was jetzt?", lächelte sie Otto verführerisch an.

Otto lächelte verlegen zurück.

„Jetzt werde ich dir in Ruhe die weiteren Konsequenzen aus der Einsteinschen Relativitätstheorie erklären."

„Das muss aber nicht sein", wehrte Otto ihre tolle Idee verzweifelt ab.

„Dummerchen", hauchte sie und zog ihn auf ihr französisches Bett.

Sie küssten sich hingebungsvoll. Otto schwebte im siebten Himmel. Als er Manuela mit seiner Hand in der Nähe ihrer Schamgegend streicheln wollte, löste sie die zärtliche Umarmung und erhob sich ruckartig. In diesem Moment klingelte ihr Handy, das auf ihrem Schreibtisch versteckt unter Manuskripten lag.

„Manuela Gruber am Apparat. Ach Mama, du bist es."

„Oh weh", dachte Otto, „jetzt bin ich abgeschrieben. Aber macht nichts, dann genieße ich eben ihren herrlichen Anblick."

Manuela sah wirklich hinreißend aus. Sie erinnerte ihn an Julia Roberts. Genau, Manuela hatte ebenfalls die Ausstrahlung seines Filmidols, das mit seinem bezaubernden Breitbild-Lächeln die Kinokassen klingeln ließ. Ein Poster mit ihrem Konterfei hatte Otto direkt an der Wand vor seinem Bett aufgehängt. Von Julia Roberts hatte er alle Filme gesehen. „Der Feind in meinem Bett" hatte ihm nicht so gut gefallen, aber ihre Liebeskomödien waren einmalig. „Pretty Woman" hatte er sich in einer Woche drei Mal hintereinander angesehen und „Notting Hill" war ebenfalls klasse. Otto fand, dass der Mund seiner Manuela nicht so groß war und auch nicht der von Julia Roberts. Den Ausspruch ihres Filmpartners Hugh Grant bei den Dreharbeiten von „Notting Hill", er habe Angst, bei den Kuss-Szenen in ihrem riesigen Mund zu verschwinden, fand Otto gar nicht komisch, und die Küsse von Manuela, die er eben noch verspürt hatte, waren der nackte Wahnsinn. Es dauerte wirklich eine Ewigkeit, bis Manuela ihr Telefonat beendete. Die ganze Romantik war natürlich im Eimer.

„Sag mal, Otto", redete ihn Manuela mit ihrem Kleiderbügel-Lächeln an, „hast du heute Abend und morgen schon etwas vor?"

„Nein", antwortete er spontan, „nicht dass ich wüsste."

„Meine Eltern machen morgen früh eine Bergtour auf den Wendelstein. Ich würde sehr gerne mitmachen. Es wäre schön, wenn du mich begleiten könntest."

„Ob das deine Eltern überhaupt wollen?", wandte er fragend ein.

Bergsteigen war so nicht sein Ding. Vielleicht war er auch nur zu bequem. Im öffentlichen Stadtschwimmbad faul in der Sonne liegen, wäre ihm eigentlich lieber gewesen. Aber mit Manuela den ganzen Tag zusammen zu sein, war natürlich verlockend.

„Okay, ich komme mit. Aber ich habe keine Bergschuhe, nur Turnschuhe."

„Das klappt schon. Wir hatten doch jetzt schon die ganze Zeit strahlenden Sonnenschein, da ist der Weg nicht rutschig. Morgen soll es noch schön bleiben. Vielleicht kann dir auch mein Vater ein Paar alte Bergschuhe leihen."

Sie musterte seine großen Füße. „Welche Schuhgröße hast du denn?"

Er hatte Schuhgröße 45. Otto war lang und ziemlich dürr. Die dunkelblonden Haare hingen ihm ein wenig zerzaust, halblang herunter. Er wusste, dass er kein Adonis war mit seiner großen Adlernase. Aber er hatte immer einen flotten Spruch auf den Lippen, wenn es darauf ankam und war stets gut gelaunt. Der prüfende Blick auf seinen Adoniskörper machte ihn nervös.

„Ich bin doch nicht etwa ungeeignet als Werbestar für Alpenmilchschokolade, oder?"

Er trippelte wie eine Balletteuse mit angewinkelten Armen auf sie zu und säuselte mit vorgebeugtem schräg geneigtem Oberkörper: „Otto, die zarteste Versuchung!"

Manuela lachte über seinen komischen Auftritt.

„Aber die blau-weiß bemalte Milchkuh spiele ich für dich bestimmt nicht."

Manuela kramte schnell ein paar Sachen zusammen, die sie dann in ihrem Wagen, den sie direkt vor dem Studentenwohnheim geparkt hatte, verstaute. Sie hatte zum bestandenen Abitur von ihren Eltern einen kleinen, knallroten Sportwagen, einen Mazda, geschenkt bekommen. Jetzt in der warmen Sommerzeit konnte sie ihn an regenfreien Tagen mit offenem Verdeck fahren.

Otto staunte über den schicken Wagen. Da konnte er mit seinem alten, klapprigen Fahrrad nicht mithalten. Seine Eltern waren nur einfache Leute. Sie wohnten in einer alten Mietskaserne, gleich neben dem Bahnhofsgelände in Rosenheim. Die Außenfassaden der Mietshäuser wurden zwar alle zehn Jahre frisch gestrichen, und das in freundlichen, bunten Pastellfarben, man sah aber doch, dass die gesamte Mietanlage schon sehr abgewohnt war.

Ottos Vater war Frührentner und eine Seele von Mann. Er hatte als Lagerist in einer Firma, die Faltboote und Sportartikel herstellte, gleich in der Nähe ihrer Wohnung gearbeitet. Seine Mutter war eine energische Frau. Sie war nicht berufstätig und führte ihren kleinen Haushalt mit großer Sorgfalt. Seine Eltern machten auf Otto einen zufriedenen Eindruck, obwohl sie sich nicht viel leisten konnten. Seine Mutter las gerne dicke Schmöker aus der Stadtbibliothek, am liebsten romantische Liebesromane aus dem Adeligen- und Ärztemilieu, und sein Vater konnte stundenlang in der Küche am großen Esstisch sitzen und lernte, so schien es jedenfalls Otto, den Inhalt der Tageszeitung auswendig. Aber ab und zu hatte er auch kreative Anwandlungen. Dann schrieb er Gedichte über „Herz und Schmerz", die Otto verdammt kitschig fand.

Manuela fuhr in flottem Tempo vom Olympiazentrum in die Türkenstraße zu Ottos Studentenbude. Otto musste noch ein paar Sachen für die Übernachtung bei Manuelas Eltern und für den Bergausflug abholen, vor allem seine Zahnbürste und seinen Schlafanzug. Für ihn überschlugen sich die Ereignisse. Vor zwei Stunden war er noch unbeweibt und ungeküsst und jetzt saß er an der Seite dieses wunderschönen Geschöpfs in einem rasanten Sportwagen. Und das war vielleicht erst der Anfang seines Glücks. Einstein hatte Recht.

„Alles im Leben ist relativ, heute so und morgen gestern", sinnierte er. „Qui vivra, verra!"

Manuelas Eltern wohnten in Bad Feilnbach, circa 60 Kilometer von München entfernt, in einem wunderschönen, idyllischen Kurort direkt am Fuße der „Schlafenden Jungfrau". Der schnellste Weg von München nach Manuelas Zuhause führte über die Salzburger Autobahn. Manuela legte den fünften Gang ein und gab Vollgas. Der Fahrtwind ließ ihre langen, braunen Haare lustig wehen. Sie hatte den Bayern-3-Sender auf volle Lautstärke eingestellt. Ein Heavy-Metal-Song erreichte gerade noch, vom lauten Motorengeräusch unterscheidbar, ihre Ohren.

„Du hast doch einen Führerschein?" Manuela richtete nach einer halben Stunde Fahrt ihren Blick von der Fahrtrichtung weg auf Otto.

„Klar, aber kein Auto", grinste er.

Vor der nächsten, mit grünen Hecken eingesäumten Parkbucht bremste sie den Wagen quietschend ab und stieg aus.

„Komm, jetzt gehst du ans Steuer. Ich sag dir dann schon, wo wir die Autobahn in Richtung Bad Feilnbach verlassen müssen."

In einem Sportwagen war Otto noch nie am Steuer gesessen. Das war schon ein geiles Gefühl.

„Drück nur voll auf das Gaspedal. Er macht spielend 5000 Umdrehungen in der Minute", fachsimpelte Manuela.

Sie hatte sich jetzt ein Kopftuch umgebunden und mit ihrer großen schwarzen Sonnenbrille wirkte sie sehr mondän.

„Ich bin der Anton von Tirol, und die Manuela, die ist toll", trällerte er Manuela überschwänglich ins Ohr.

„Aber pass trotzdem auf die anderen Autos auf!", dämpfte sie seine Hochstimmung, als sie auf der Überholspur sehr knapp an einem kleinen Lastwagen vorbeischossen.

Dass Manuela aus keinem Armenhaus stammte, hatte Otto schon vermutet. Aber über dieses prunkvolle Anwesen war er doch überrascht. Eine hohe, steinerne Mauer mit einigen runden, eisernen Gitterfenstern umgab einen schönen Landbesitz. Manuela betätigte vor dem großen, stilvollen Eingangstor eine Fernbedienung, die sie aus ihrem Handschuhfach heraus genommen hatte und schon öffnete sich automatisch das Tor.

„Fahr doch den Kiesweg entlang nach links zur Garage, da hinten", bat sie Otto.

Links und rechts von der mit sauber zugeschnittenen Büschen umrahmten Hauszufahrt standen in dem kleinen Park ein paar große, alte Eichen mit weit ausladenden grünen Baumkronen und einige knorrige Kiefern, die herrlich nach Waldluft dufteten. Vor dem völlig modernisiertem Landhaus im alten Gutsherrenstil mit viel Efeugewächs an den Hauswänden fuhr er an einem kleinen, malerischen Seerosenteich vorbei zum Garagenhaus.

„Gefällt es dir bei mir?", fragte sie den verdutzten Otto.

„My home is my castle", plapperte Otto, der sich hier wie ein Schlossbesitzer vorkam. „Alter Landadel?", fragte er vorsichtig.

„Quatsch", lachte sie. „Du weißt doch, dass ich nur Gruber heiße. Mein Vater ist eben ein erfolgreicher Immobilienmakler."

Ihre Augen leuchteten. „Das Anwesen stand vor drei Jahren urplötzlich zum Verkauf und mein Vater war eben an der Quelle. Er hat es für sich und seine zwei Frauen erworben."

Otto war platt. „Ist dein Vater Mohammedaner?", fragte er überrascht.

„Blödmann", lachte sie. „Mensch Otto, schalte mal deinen Computer ein!"

„Und du hast auch keine Schwester!"

„Jetzt hast du es gecheckt", antwortete sie schnippisch.

Otto holte aus dem Kofferraum seinen alten Seesack und die Reisetasche von Manuela und sie schritten auf dem mit weißen Marmorplatten belegten Weg zum Haus. Vor der Haustür drehte sich Otto noch einmal um und bewunderte alles, vor allem die Gartenpracht mit den vielen bunten Blumenbeeten.

„Einen Gärtner habt ihr sicher auch, oder?", meinte er irgendwie eingeschüchtert.

„Nein", meinte Manuela, „nur eine Haushaltshilfe und die hat am Wochenende immer frei. Um den Garten kümmern sich meine Eltern selbst, vor allem meine Mutter. Der Garten ist ihre ganze Liebe."

„Garten ist gut", erwiderte Otto, „das ist ja ein Park! Braucht ihr auch einen Parkwächter? In den Semesterferien stehe ich jederzeit zur Verfügung. Ich muss so und so jobben. Und wenn ihr noch ein paar Mark drauflegt spüle ich auch das Geschirr und mache die Schmutzwäsche. Spricht deine Mutter französisch? Ich könnte ihr auch Französischunterricht geben."

„Okay", meinte Manuela, „ich stelle dich jetzt zuerst meiner Mutter vor und dann zeige ich dir dein Zimmer."

Manuelas Mutter sah wie Manuela aus. Sie sah gut aus. Nur eben ein paar Jahre älter als Manuela. Sie trug auch enge Jeans und ein hellblaues Top. Den Unterschied machte nur der Goldschmuck aus. Manuelas Mutter trug große, goldene Ohrringe, eine goldene Panzerkette um den Hals und viele goldene Armreifen.

„Hallo Otto, ich freue mich, Sie kennen zu lernen", empfing sie Otto freundlich. „Sie fungieren also morgen als unser Bergführer? Gehen Sie oft in die Berge?"

„Eigentlich nur, wenn man mich raufträgt oder raufschiebt", antwortete Otto trocken.

„Es wird Ihnen gefallen", lächelte sie. „Der Wendelstein ist ein Kleinod der Alpenwelt. Das letzte Stück Weg besteht nur aus nacktem Felsen und ganz oben sind ein Observatorium und ein Fernsehturm."

Otto konnte den Wendelstein auch von Rosenheim aus sehen, hatte den Berg aber, wie auch seine Nachbarn, noch nie bestiegen.

„Übrigens ist der Wendelstein der Kopf unserer schlafenden Jungfrau", fuhr Frau Gruber fort. Lieber mit einer Jungfrau schlafen, als auf die schlafende Jungfrau mühsam klettern, dachte Otto.

„Ich freue mich schon auf die Bergtour morgen", log Otto.

„Ihr wollt euch doch sicher noch vor dem Abendessen frisch machen?" Zu Otto gerichtet sagte sie: „Hinter dem Haus haben wir einen einladenden Pool mit angenehmer Wassertemperatur." „Übrigens, Papa ist noch geschäftlich unterwegs, will aber zum Abendessen pünktlich da sein", wandte sie sich an ihre Tochter, die sie herzlich umarmte und küsste. Es war für Otto wie Weihnachten und Ostern zugleich.

Das Wasser im zwei Meter tiefen Swimmingpool war wirklich angenehm erfrischend, aber nicht kalt. Otto planschte übermütig mit Händen und Füßen und spritzte Manuela durch ruckartige Stöße seiner Beine mit einer Wasserfontäne an. Die alte Badehose ihres Vaters war zwar ein wenig weit, aber das Gummi um seinen Bauch herum war noch elastisch und fest genug, so dass er sie beim Schwimmen nicht verlor.

„Warte nur, du Feigling!", lachte Manuela und schon war sie vor ihm untergetaucht. Er spürte, wie jemand unter Wasser seine Badehose gewaltsam nach unten zog. Mit beiden Händen versuchte er die Hose fest zu halten, aber Manuela zerrte übermütig weiter. Er strampelte verzweifelt und schon war er mit dem Kopf unter der Wasseroberfläche und schluckte Wasser. Als er wieder, wie wild prustend, mit dem Kopf an der Luft auftauchte, spürte er, dass die Badehose nur noch an seinen Füßen hing.

Manuela lachte ihn übermütig aus. „Ätsch!", rief sie, kraulte mit ein paar eleganten Stößen zum Beckenrand und zog ihren nass glänzenden, braungebrannten Körper langsam an der Leiter empor. Sie hatte tolle, schlanke Beine, wie eine Barbiepuppe und in ihrem schwarzen Minibikini sah sie wirklich sexy aus. Das Gummi an Ottos Badehose war natürlich gerissen. Otto hielt mit einer Hand verzweifelt die Badehose um seine Hüften fest und mit der anderen Hand machte er rettende Schwimmbewegungen zur chromglänzenden Einstiegsleiter hin.

„Du Hexe!", schimpfte er auf Manuela und lachte: „Wenn ich dich erwische, bist du aber dran!"

Sie trocknete ihren nassen Körper mit dem flauschigen Badetuch ab und setzte sich mit angezogenen Beinen an den Beckenrand.

„Otto, wenn du mit dem Abtrocknen fertig bist, zeige ich dir noch mein Labor", sagte Manuela geheimnisvoll.

„Also doch Hexe", antwortete Otto überrascht. „Ich seh' dich schon in einer alten Alchemisten-Hexenküche mit brodelnden und dampfenden Flüssigkeiten in Retorten und dickbauchigen Glaskolben. Du hast einen riesigen schwarzen Hexenhut auf dem Kopf, eine schwarze Hexenkutte umgehängt und ein schwarzer Kater buckelt auf deiner Schulter."

„Und was stelle ich her?", fragte Manuela neugierig.

„Natürlich das Lebenselixier, um unsterblich zu werden. Ewige Jugend! Das ist doch das Ziel aller Frauen."

„Blödmann!", lachte Manuela.

In diesem Moment sprang eine dicke, schwarze Katze mit einem großen Satz auf Manuela zu und schmiegte sich schmusend an ihre Beine.

„Hallo, Morle, ist deine Mani wieder da!"

Manuela zog die Katze zu sich hoch und drückte ihren Kopf in ihr weiches, samtenes Fell.

„Ein Er oder eine Sie?", fragte Otto.

„Ein Nebenbuhler, Otto. Pass auf seine Krallen auf, wenn du ihn streichelst."

Manuela hatte im ersten Stock zwei Räume für sich. Das eine war ihr Mädchenzimmer. Es war hübsch eingerichtet, mit stilvollen Möbeln. Überall saßen oder standen pelzige Plüschtiere, Affen, Bären, Giraffen und viele süße Puppen, mit Dirndlkleidern bzw. langen Abendkleidern, mit schwarzem Anzug und Zylinderhut, usw. Das Blumenmuster der Tapete an den Wänden wirkte ein wenig kitschig. Aber so mögen es Mädchen halt, dachte Otto.

„Gefällt dir mein Zimmer?"

„Schön hast du es hier", erwiderte Otto. Wenn er da an sein mickriges Zuhause dachte.

„Und jetzt kommt die Überraschung, mein Labor, mein ganzer Stolz!"

Das war ja wirklich unglaublich. Ein Raum, voll mit physikalischen Geräten in Regalen an der Wand, ein Bunsenbrenner mit roter Gasflasche, ein Computer mit Drucker, sogar ein Abzug, wenn man mit giftigen Gasen hantierte, war vorhanden. Auf einem großen Experimentiertisch lag ein zerlegtes Gerät ohne Gehäuse, daneben ein Lötkolben und viele, mit elektronischen Bauteilen bestückte Platinen.

„Was machst du denn da?"

„Ich baue an einem Gerät mit einem komplexen Sensor, der automatisch die Wasserqualität von Seen und Flüssen überprüft. Hier siehst du die Kabel, die zum Computer führen. Mit den Daten füttere ich dann den PC. Ich habe dazu ein kleines Programm geschrieben, und über den Bildschirm oder den Drucker kann ich die Ergebnisse direkt ablesen."

„Wann hast du denn deine Liebe zu den Naturwissenschaften entdeckt?", fragte Otto ganz kleinlaut. „Für ein Mädchen ist das eigentlich ungewöhnlich."

„Ich glaube, das war der Einfluss meines Vaters. Er interessiert sich sehr für Biologie, Chemie und Physik. Er hat kein Abitur und konnte nicht studieren. Vielleicht bin ich auch sein Ersatzsohn, der stellvertretend für ihn ein zweiter Einstein werden soll. Ich habe als Kind nicht nur Mädchenspielzeug an meinen Geburtstagen und zu Weihnachten bekommen. Schon als Fünfjährige hat er mir einen Kosmos-Chemieexperimentierkasten geschenkt und mit mir zusammen die Versuche durchgeführt. Die Freude und das Interesse an den Naturwissenschaften habe ich ganz sicher von ihm mitbekommen."

Irgendwie hatte Otto vor ihrem Vater einen Bammel. Er war nicht nur ein erfolgreicher Geschäftsmann , sondern auch noch ein Universalgenie.

„Meine Eltern interessieren sich aber auch sehr für fremde Länder und ihre Kulturen. Sie haben schon die ganze Welt bereist. Vor allem über Asien weiß mein Vater sehr gut Bescheid."

„Und du warst immer bei den Reisen dabei?"

„Sehr oft. Letztes Jahr waren wir sogar in Kambodscha und haben die alte Khmerkultur bestaunt."

Da konnte Otto nicht mithalten. Immerhin, einmal war er schon drei Monate in England gewesen und einen Schüleraustausch mit Frankreich hatte er auch schon mitgemacht. Er studierte schließlich Englisch und Französisch. Da war es schon wegen der Aussprache sehr wichtig, mit „native speakers" live zu palavern.

„Manuela, Herr Otto, kommt ihr? Das Abendessen ist fertig. Manuela, hilfst du mir beim Aufdecken?"

„Wir kommen sofort, Mama!"

Otto hatte schon mächtig Kohldampf. Heute am Samstag war die Mensa der Universität geschlossen, und seit dem bisschen Frühstück hatte er nichts als die zwei Stücke Sandkuchen bei Manuela gegessen. Das Esszimmer war feudal eingerichtet. Ein riesiger, kristallener Luster hing über dem großen, dunklen Esszimmertisch aus Eiche. Die passenden Stühle dazu waren kunstvoll verziert. An den Wänden hingen golden eingerahmte, wunderschöne Landschaftsgemälde. An einer Wandseite stand eine mächtige Glasvitrine, voll gefüllt mit erlesenen Tassen, Tellern und Gläsern. Ein großer Rundbogen gab den Blick frei auf ein Herrenzimmer mit einem mit Marmor verkleideten Kamin im klassizistischen Stil, und einer weinrot genoppten, englischen Lederpolstergarnitur, bestehend aus einer großen Sitzcouch und zwei wuchtigen Sesseln.

„Kann ich beim Aufdecken helfen?", fragte Otto die Hausherrin devot.

„Sie sind doch unser Gast. Nehmen Sie hier Platz."

Manuelas Mutter wies ihm einen der Plätze zu. „Mein Mann sitzt immer hier, dieser Platz gehört mir, er ist der nächste zur Küchentür, und dort sitzt Manuela, wenn sie da ist."

Die Tür zur Küche stand weit offen und ein duftender Bratengeruch strömte in das Esszimmer.

„Gut, dass ich wenigstens gelernt habe, mit Gabel und Messer zu essen", dachte Otto.

Manuela lächelte ihm zu, als sie geschäftig die Teller, Gläser, Gabeln und Messer auf dem Tisch platzierte. Und da kam schon der ihm ein wenig Angst einflößende, erfolgreiche Hausherr. Herr Gruber, ein stattlicher Mann Mitte vierzig, streckte Otto freundlich die Hand entgegen. Ob er auch wusste, was er, Otto, von seiner süßen Manuela letztlich wollte? Natürlich, er war doch auch mal jung gewesen. Otto spürte den prüfenden Blick. Verhielt er sich eifersüchtig, wenn ein Freier sich seinem einzigen Kind näherte, oder war er ein toleranter Menschenfreund, der den sexuellen Leidensdruck junger, unbeweibter Männer kannte und ihre Nöte einfühlsam nachempfinden konnte.

„Sie sind also Otto, der uns morgen auf den Berg hinauf Begleitschutz geben wird? Ich habe gehört, dass Sie kein festes Schuhwerk mitgebracht haben. Schuhgröße 45, das ist auch meine Größe. Da finden wir schon etwas Passendes für Sie."

Herr Gruber war ebenfalls dunkelblond wie Otto, und hatte auch eine große Adlernase im Gesicht.

„Gemeinsamkeiten verbinden", dachte Otto.

Wichtig war jetzt, eher unterwürfig und bescheiden aufzutreten und dann doch wieder ein klein wenig selbstbewusst zu wirken.

„Summa summarum muss ich einen seriösen Eindruck vermitteln. Die erste Begegnung ist der entscheidende Moment, der über Sympathie oder Antipathie entscheidet". Das wusste er doch von seinem Freund Bernd, der Psychologie studierte.

Das Abendessen war ganz ausgezeichnet.

„Sie studieren Sprachen, nicht wahr?", fragte ihn Herr Gruber.

„Ja, Anglistik für das Lehramt an Gymnasien."

„Dann haben Sie sicher schon das ‚Merry old England' kennen gelernt."

„Natürlich", erwiderte Otto leicht aufgeregt, „es ist eine ganz andere Welt als bei uns. Ich kenne London ganz gut, mit dem Buckingham-Palace, mit seinem Denkmal von Admiral Lord Nelson auf dem Trafalgar Square, mit den wunderschönen Gemälden in der National Gallery und mit der Kathedrale von Westminster Abbey. Mir gefiel auch Stratford on Avon sehr gut, wo das Geburtshaus von Shakespeare steht und Oxford mit seinen wunderschönen Gebäuden auf dem Universitätsgelände" Otto kam in Fahrt. Jetzt konnte er seine Spezialkenntnisse von der Uni ausspielen und „reden, reden müsst' man können..." war doch seine Devise. Mit einem gehobenen sprachlichen Ausdruck war es möglich, Punkte zu machen. Aber Otto hatte auch keine unwissenden Gesprächspartner am Tisch. Das Ehepaar Gruber und auch Manuela hatten Britannien ebenfalls sehr ausführlich bereist, und jeder brachte so sein Wissen und seine Erfahrungen in das unterhaltsame Gespräch mit ein. Es wurde auch viel gelacht.

„Kennen Sie den netten Witz von dem englischen Reisenden in Paris?" Otto musste ihn erzählen. „Also, ein Engländer steht in Paris am Bahnhof am Fahrkartenschalter und verlangt vom französischen Beamten zwei Fahrkarten nach Toulouse mit den Worten: ‚Two to Toulouse', worauf der sich vergackeiert fühlt und antwortet: ‚Tätarätätä'."

Alle lachten herzlich. Otto hatte gepunktet.

Frau Gruber servierte nach dem üppigen Braten noch einen leckeren Nachtisch mit Vanilleeis und heißen Himbeeren.

„Waren Sie auch schon einmal in Asien?", fragte Herr Gruber Otto.

„Leider nein, das übersteigt mein Haushaltsbudget."

„Der Faszination von Asien kann man sich nicht entziehen. Es ist eine exotische, fantastische Welt, die herrliche Vegetation, diese Menschen, ihre andere Kleidung, ihre interessanten Bräuche und diese besonders eindrucksvollen Bauwerke. Letztes Jahr waren wir sogar in Kambodscha. Sie wissen ja, dort haben die Roten Khmer in den Siebzigerjahren eine Schreckensherrschaft errichtet. Über eine Million Menschen wurden unter dem Pol-Pot-Regime grausam verfolgt und hingerichtet. Den größten Blutzoll zahlte die Intelligenz des Landes, Lehrer, Ärzte, Verwaltungsbeamte und Offiziere. Die Unterschiede zwischen Städtern und Bauern sollten verschwinden. Das Geld wurde als Zahlungsmittel abgeschafft und der Tauschhandel eingeführt. Unruhen bei der Bevölkerung wurden blutig niedergeschlagen. Die Roten Khmer erschlugen ihre Opfer, um Munition zu sparen. Wir haben auf unserer Rundreise ‚Killing Fields', eine makabere Gedenkstätte in der Nähe der Hauptstadt Phnom Penh besucht. Diese vielen ausgestellten Totenköpfe flößen einem Angst ein."

Otto hatte im Geschichtsunterricht am Gymnasium davon gehört. Als französische Kolonie war Kambodscha einmal Teil von Indochina gewesen.

„Aber man bereist Kambodscha nicht wegen seiner Toten und Invaliden, sondern wegen seiner einzigartigen antiken Bauwerke", fuhr Herr Gruber fort, „vor allem wegen einer Tempelanlage nahe einer Stadt, die Siem Reap heißt und in der Nähe des großen Tonle-Sap-Sees liegt. Die riesige Anlage erstreckt sich auf einer Fläche von ungefähr 200 Hektar. Im neunten Jahrhundert wuchs dort am Nordufer des großen Sees das Königreich der Khmer heran. Der Tonle-Sap-See war für die Khmer, was für die alten Ägypter der Nil war. In der Monsunzeit schwillt er zum Vierfachen seiner Größe an. In der Trockenzeit fließt das Wasser ab und lässt eine fruchtbare Schlammschicht zurück. Schon vor langer Zeit lernten die Khmer das abfließende Wasser umzuleiten, um die Reisproduktion zu steigern. Dann begannen sie das Wasser auch für religiöse Zwecke zu nutzen. Sie legten rings um die Tempel breite Wassergräben und große Seen an, Symbole für die Ozeane, die den mythischen Berg Meru umgeben. So große Bauvorhaben waren ohne eine zentrale Planung und eine starke Hand eines mächtigen Herrschers nicht möglich. Diese Gottkönige verewigten sich dann in den Hunderten von Heiligtümern. Die schönste Tempelanlage ist Angkor Wat. Ich habe sehr schöne Panoramaaufnahmen in unserem Reisealbum von Kambodscha. Ich zeige sie Ihnen."

Herr Gruber stand auf und erschien nach ein paar Minuten mit einem dicken, großen Album. Ein Bild zeigte eine prächtige, gewaltige Tempelanlage.

„Für die alten Khmer war diese Anlage ein plastisches Abbild ihrer hinduistischen Kosmologie, ihrer in Stein gehauenen Weltanschauung. Die zentralen Türme, die Sie hier sehen, stellen die fünf Gipfel des mythischen Berges Meru dar. Er galt für die Khmer als Mittelpunkt des Universums und Sitz aller Hindugötter, und die äußere Mauer hier", Herr Gruber fuhr mit dem Zeigefinger das Bild entlang, „symbolisierte die Grenze der Welt, und der Wassergraben die Ozeane. Die Anlage ließ König Suryavarman I. errichten. Sie war dem Hindugott Wishnu geweiht."

Die Bilder des Albums aus dem Inneren der Tempelanlage waren beeindruckend. Am besten gefielen Otto die zierlichen Figuren der Tempeltänzerinnen mit prallen, nackten Brüsten.

„Sie heißen Asparas", fügte Manuela fachmännisch hinzu.

Aber auch die zahlreichen Flachreliefs an den Wänden, voll von Vitalität, waren toll anzusehen.

„Sie sind nur mythologisch zu verstehen", erläuterte Herr Gruber. „Die Szenen sind den Hinduepen Ramayana und Mahabarata entnommen. Kennen sie die Epen, Otto?"

38

Otto kannte sie nicht.

„Diese Epen spielen in der Hindu-Kultur eine große Rolle. Auf Bali z.B. werden sie in Puppen- oder Schattenspielen aufgeführt und in Indien als Bühnenstücke mit bunt kostümierten Schauspielern. Im Ramayana wird Sita, die Frau des Königs Rama, entführt und schließlich mit der Hilfe von magischen Kräften und der des Affenkönigs Hanoman wieder von ihrem Peiniger befreit."

„Und wie kam es dann zum Niedergang dieser Hochkultur?", fragte Otto wissbegierig.

„Der Niedergang der Angkor-Kultur setzte schon im 14. Jahrhundert ein. Um 1430 fielen schließlich die Siamesen aus dem heutigen Thailand vom Westen her in das Land ein. Die Khmer mussten Angkor aufgeben. Sie flohen und errichteten in Phnom Penh ihre neue Hauptstadt. Und dann verschlang der Dschungel mit seiner wuchernden Vegetation die alten, herrlichen Tempelanlagen von Angkor Wat. Erst im Jahre 1860 wurden die Tempelanlagen von dem französischen Naturforscher Henri Mouhot wiederentdeckt. In den vergangenen zehn Jahren haben leider Plünderer mehr Schaden angerichtet, als die Unbilden der Natur in 500 Jahren. Kunsträuber haben bei ihren Beutezügen durch das Dschungelgebiet viele unschätzbare Figuren und Reliefs zerstört oder mitgenommen."

Herr Gruber klappte das Album wieder zu.

„Nicht nur wegen seiner Kunstschätze ist Kambodscha eine Reise wert", meinte Frau Gruber. „Die Landschaft mit den gelbgrünen Reisfeldern und Palmenhainen ist wunderschön und die Menschen sind liebenswert. Sie genießen jetzt den Frieden und waren trotz der schlechten Erfahrungen mit den Europäern in der Kolonialzeit sehr freundlich zu uns. Sehr beeindruckend für mich war auch das Leben und Treiben in den Fischerdörfern am Tonle-Sap-See. In einem Fischerdorf wohnen die Menschen nur auf Hausbooten. Auch das Schulhaus steht auf einem großen Floß. Die Kinder rudern auf kleinen Booten zur Schule. Rolf, zeig doch Herrn Otto noch unsere Fotos von dem Fischerdorf."

Die Fotos waren wirklich originell. Auf einem der Bilder stand ein alter, zerzauster Pelikan erwartungsvoll auf nur einem Bein auf einem Hausboot und zwei kleine Buben im Adamskostüm löffelten, vor ihm sitzend, ihren Brei aus einem alten Blechnapf.

Manuela und Otto halfen Frau Gruber nach dem leckeren Abendessen noch beim Geschirrspülen in der Küche. Herr Gruber sah sich die Tagesthemen im ZDF an.

Herr und Frau Gruber waren schon zu Bett gegangen. Es war eine laue Sommernacht, wie geschaffen für frisch verliebte, junge Leute. Die Sterne funkelten schwach am dunkelblauen Firmament und die Sichel des Mondes schob sich an einer kleinen Wolke vorbei. Manuela und Otto saßen noch am Swimmingpool und wiegten sich leicht in der bequemen Hollywoodschaukel. Otto hatte liebevoll den Arm um ihre Schultern gelegt. Manuela schmiegte sich eng an ihn.

„Wie findest du meine Eltern?", fragte Manuela leise.

„Super", erwiderte Otto, „auch dein Vater ist mächtig okay."

„Das hat auch bisher noch jeder gesagt", entfuhr es Manuela.

Otto stutzte. Jetzt wusste er, wie er dran war. Er war einer unter vielen Bewerbern für sie. Die Kandidaten wurden also stets Mama und Papa vorgestellt und mussten dann eine Reihe von Prüfungen über sich ergehen lassen. Den Konversationstest hatte er sicher mit sehr gut bestanden. Er war schließlich nicht auf den Mund gefallen und die zweite Prüfung war morgen der Bergtour-Test. Da wurden physische Ausdauer und Willenskraft des zukünftigen Schwiegersohns gecheckt.

Manuela war ihre spontane Bemerkung ein wenig peinlich. Otto war doch süß. Sie wollte wieder etwas gut machen.

„Komm wir hüpfen noch einmal in den Pool!"

Otto war verdutzt. „In Kleidern?", fragte er erstaunt.

„Nein", flüsterte sie, „ohne Kleider, aber wir müssen leise sein."

Sie streifte ihr Top über den Kopf. Otto starrte auf ihre schönen, entblößten Brüste. Sie öffnete den Knopf am Bund ihrer Blue Jeans und stand nur noch in ihrem schwarzen Slip vor ihm. Otto staunte.

„Los doch!", feuerte sie Otto an, und schon stand sie wie Boticellis Aphrodite im fahlen Mondscheinlicht nackt in ihrer ganzen Schönheit vor ihm.

Es war schon ein besonderes Gefühl, nackt mit Manuela im angenehm warmen Pool zu baden. Sie schwamm zum Beckenrand und wartete im Wasser auf ihn. Sie schlug ihre Arme um seinen Hals und küsste ihn. Er spürte ihren nackten Körper auf seiner Haut. Mit den Kleidern in den Händen und triefend nass huschten sie dann wieder ins Haus.

„Bis morgen, ich wecke dich", flüsterte Manuela und verschwand in ihrem Mädchenzimmer.

Otto eilte ins Gästezimmer. Er trocknete sich fest ab, zog seinen Schlafanzug an und putzte sich seine Zähne.

„Du bist schon ein toller Kerl", redete er sein Spiegelbild an, und fragte übermütig vor Glück: „Spieglein, Spieglein an der Wand, wer ist der Schönste im ganzen Land?"

Und wie ein Bauchredner antwortete er sich selbst mit verstellter, tiefer Stimme: „Es ist der liebe Otto, er zieht den Hauptgewinn im Lotto."

Am nächsten Morgen, zeitig in der Früh, klopfte es an Ottos Tür.

„Otto, aufstehen, das Frühstück steht schon auf dem Tisch!", rief Manuela mit lauter Stimme.

Jetzt pressierte es aber.

„Le boeuf, der Ochs, la vache, die Kuh, fermez la porte, mach's Türle zu", murmelte Otto, als er in seine kurze, beige Tropenhose mit den vielen Taschen schlüpfte und den Reißverschluss des Hosenschlitzes hochzog.

Die alten Bergschuhe von Herrn Gruber passten ihm genau.

„Gut geschlafen, Herr Otto?", fragte Frau Gruber freundlich, als er sich an den reich gedeckten Frühstückstisch setzte.

„Ja, wunderbar, wie ein Murmeltier", grinste Otto.

Das war ein richtiges Frühstücksbuffet. Alles stand auf dem Tisch, eine Schüssel mit Rühreiern, ein Platte mit Speck, Schinken und Käse, ein Töpfchen Erdbeermarmelade, Toastbrot, warme Semmeln, Cornflakes, heiße Milch und eine Kanne mit Kaffee.

„Sie trinken doch auch Kaffee zum Frühstück?", fragte Herr Gruber.

„Natürlich."

Frau Gruber goss ihm eine Tasse dampfenden Kaffee ein. Familie Gruber war im Partnerlook angetreten. Sie trugen alle drei ein rotweiß kariertes Hemd mit langen Ärmeln und dazu eine altmodische olivgrüne Knickerbockerhose mit hellgrünen, wollenen Kniestrümpfen.

„Wir fahren zuerst ein kurzes Stück mit unserem Landrover zum Ausgangspunkt unserer Aufstiegsroute, dann steigen wir zu Fuß zur Wirtsalm und weiter zur Aiblinger Hütte und schließlich hinüber zum Wendelsteinkopf", erläuterte Herr Gruber die Tour.

Er hatte eine große Wanderkarte auf dem Tisch ausgebreitet und Otto konnte sich ein anschauliches Bild der Strecke machen.

„Wie viele Höhenmeter sind es denn bis ganz oben?", fragte er vorsichtig.

„Vielleicht elf- oder zwölfhundert", antwortete Herr Gruber. „Aber keine Angst, wir machen auch ein oder zwei kleine Pausen."

Es war ein wunderschöner Morgen. Die Sonnenstrahlen drangen tief durch das dichte Laub- und Nadelwerk der Bäume, der Wald dampfte ein wenig, die Luft war frisch und würzig und die Vögel pfiffen, als sie den Waldweg hinauf zur Wirtsalm schritten. Manuelas Vater trug einen schweren Rucksack mit Proviant und Schlechtwetterkleidung auf dem Rücken. Die Eltern von Manuela hatten eine schnellere Gangart eingelegt. Der Abstand zu Manuela und Otto betrug schon nach kurzer Zeit über 50 Meter. Otto zog Manuela hinter einen Baum und küsste sie.

„Du Schlimmer", lachte sie, „die Belohnung gibt es eigentlich erst ganz oben."

„Klar doch", antwortete Otto, „wenn ich schweißgebadet bin und mir meine Knochen hundsweh tun."

Sie versuchten jetzt wieder Anschluss an Manuelas Eltern zu finden.

„Wie stellst du dir eigentlich deine Zukunft vor?", fragte Manuela Otto unverblümt.

„Oh", sagte Otto, „ich sehe einen kleinen Park mit Seerosenteich, in dem ein wunderschönes Herrenhaus steht. Zwei Pfleger schieben zwei Rollstühle. In einem sitzt ein alter Mann. Er ähnelt deinem Vater, im anderen erkenne ich deine Mutter. Ich schiebe den Rollstuhl deiner Mutter und du den von deinem Vater."

„Blödmann", lachte Manuela, „Erbschleicher! Aber im Ernst, irgendwelche Pläne für die Zukunft wirst du doch haben?"

„Ach weißt du, ich komme aus ganz kleinen Verhältnissen. Wir wohnen in Rosenheim in einer Mietwohnung neben dem Bahnhofsgelände. Mein Vater ist Rentner. Es ist für meine Eltern schon ein sehr großer, sozialer Aufstieg, dass ich, ihr Sohn, das Abitur gemacht habe und jetzt auch noch studiere. Ohne staatliche BAFöG-Hilfe wäre das sowieso nicht möglich."

„Was hat denn dein Vater gemacht?"

„Er war Lagerist in einer Firma in Rosenheim und musste frühzeitig zum Arbeiten aufhören, weil er ein paar Mal in der Woche starke Rheumaschübe hat. Da schwellen ihm die Gelenke dick an und er hat große Schmerzen."

„Fällt ihm da nicht die Decke auf dem Kopf, wenn er nur zu Hause hockt?"

Der Weg war jetzt ein wenig steiler. Nach oben gehen und gleichzeitig reden war für Otto schon anstrengend. Otto blieb erschöpft stehen.

„Weißt du, mein Vater ist ein genügsamer Mensch. Am Tag die Zeitung lesen und am Abend fernsehen, dann ist für ihn die Welt schon in Ordnung."

Manuela konnte sich das gar nicht vorstellen. Wenn sie da an ihren Vater dachte. Der war immer aktiv, im Geschäftsleben erfolgreich und hatte viele Hobbies. Und obendrein war er noch sehr sportlich: Bergsteigen, Tennis, Joggen. Und dann ging er noch oft auf Reisen. Jedes Jahr machte er mindestens eine große Reise in ein fernes Land.

„Aber mein Vater macht manchmal schöne Gedichte", fuhr Otto fort.

Er freute sich, dass ihm zur Ehrenrettung seines Vaters auch etwas Positives über ihn eingefallen war.

„Wirklich?", fragte Manuela.

„Ja, sie sind zwar sentimental, aber meiner Mutter gefallen sie sehr."

„Hast du eines im Kopf parat?"

Ja, Otto hatte wirklich einmal ein Gedicht seines Vaters auswendig gelernt. Zur Wiedervereinigung der zwei deutschen Staaten hatte sein Vater, der sehr national dachte, ein schwulstiges Gedicht geschrieben. Das war jetzt schon über zehn Jahre her. Otto hatte es seinem Deutschlehrer am Gymnasium stolz erzählt und durfte es sogar vor der Klasse aufsagen.

„Na los", lachte Manuela, „fang schon an!"

Otto stellte sich in Pose und legte seine rechte Hand an sein Herz.

„Das Gedicht heißt ‚Deutsche Einheit'." Dann fing er pathetisch an:

> „Frei zu atmen, frei zu leben
> Ohne Fesseln, ohne Zwang –
> Aus der Knechtschaft sich erheben,
> Aufrecht geh'n ein Leben lang.

Alle Menschen werden Brüder,
Gorbatschow geht uns voran.
Rotarmisten singen Lieder,
Eine neue Zeit bricht an.

Hört ihr Völker die Signale!
Stacheldraht wird abgebaut.
Grenzen fallen für uns alle,
Freiheitsglocken schallen laut.

Mit der Hilfe der Madjaren
Dürfen Deutsche Brüder sein,
Voller Hoffnung und in Scharen,
Treffen sie mit Tränen ein.

Unser Glaube an die Freiheit,
Unser Glaube an das Glück,
Macht uns Deutsche unser Herz weit,
Bringt die Einheit uns zurück."

Als er fertig war, schaute ihn Manuela beeindruckt an.

„Gar nicht schlecht" meinte sie, „und klasse vorgetragen. Dein Vater ist gar nicht unbegabt. Aber meine Frage von vorhin hast du mir noch immer nicht beantwortet."

„Welche Frage?", stellte sich Otto dumm.

„Wie du dir deine Zukunft vorstellst?"

„Natürlich rosig, aber Spaß bei Seite. Ich bin jetzt im sechsten Semester. Vielleicht schaffe ich es, nach dem achten oder neunten Semester das erste Staatsexamen für das Lehramt an Gymnasien zu machen. Das wäre das Optimum. Dann die zwei Jahre Referendarzeit an einer Seminarschule als Paukerlehrling, und dann wird es sowieso schon kritisch. Du weißt ja, Anglistik studieren sehr viele, vor allem junge Damen. Ob man sich gegen diese bienenfleißige Konkurrenz durchsetzen kann, weiß ich nicht. Die Einserkandidaten werden natürlich alle sofort vom Staat übernommen. Für die anderen gibt es im Kultusministerium eine lange Warteliste. Ich stelle mir die Liste wie einen langen Bandwurm vor, und ich bin dann vielleicht auch nur eines der Bandwurmglieder, das hofft, einmal zum Vorschein, sprich zum Einsatz zu kommen." Otto ahmte in gebückter Haltung einen Bandwurm nach. Seine kurzen, trippelnden Schritte um Manuela herum erinnerten aber eher an die Bewegungen eines Tausendfüßlers.

„Du musst eben besonders fleißig sein beim Studieren. Dann gehörst du auch zu den Einserkandidaten, die sofort voll verbeamtet werden."

„Schön wäre es", seufzte Otto.

Er stand jetzt wieder in voller Länge vor ihr. „Vielleicht heirate ich einmal reich ein. Ich wüsste da schon eine. Ihre Eltern haben eine große Metzgerei gleich um die Ecke bei uns, und hübsch ist sie auch noch."

Manuela kommentierte seine letzte Bemerkung nicht mehr. Irgendwie war sie jetzt eingeschnappt. Im schnellen Schritttempo eilte sie ihren Eltern hinterher. Otto hatte Mühe mitzuhalten.

Nach der letzten Pause vor dem Gipfel hatte sich Otto angeboten, den Rucksack von Herrn Gruber auf seinen Rücken zu satteln. Im letzten Abschnitt schlängelte sich der Weg auf nacktem Fels steil nach oben. Das Gewicht des Rucksacks drückte doch erheblich. Jeder Schritt auf den Gipfel zu war bleiern schwer und mühsam. Otto konnte die herrliche Aussicht auf die anderen bewaldeten Bergrücken mit den grünen Almwiesen gar nicht genießen. Er bildete das Schlusslicht.

Herr Gruber war schon ein ganzes Stück vor ihm, dicht gefolgt von seiner Frau und Manuela. Otto stöhnte. Manuela war oben stehengeblieben und winkte ihm zu. Er war eben nicht durchtrainiert, wollte aber vor Manuela keine Schwäche zeigen. Bei der steilen Rinne, die er emporkletterte, musste er sogar seine Hände einsetzen. Plötzlich löste sich der Felsbrocken unter seinem linken Schuh, auf dem er sein Gewicht verlagert hatte. Otto verlor das Gleichgewicht. Er versuchte noch verzweifelt, mit den Armen eine Ausgleichsbewegung zu machen, aber der schwere Rucksack zog ihn nach hinten. Otto stürzte kopfüber zwei, drei Meter nach unten auf einen großen Felsen, der sein weiteres Abrutschen verhinderte.

„Papa, Otto ist abgestürzt!", schrie Manuela, die Ottos Missgeschick genau beobachtet hatte.

Im Nu war auch Herr Gruber bei Otto, der bewusstlos mit einer blutenden Schürfwunde am Kopf vor ihm lag.

„Otto, wach auf!" Manuela brach in Tränen aus.

Herr Gruber informierte sofort über sein Handy den Bergrettungsdienst.

Es war Montagmorgen und Bernd saß wieder in seiner Studentenbude in München und übersetzte den amerikanischen Fragebogen „At risk for violence" ins Deutsche. Am Ende dieser Woche musste die deutsche Version des Aggressionstests einfach fertig werden. Dann würde er mit Hilfe seines Word-for-Windows-Programms die einzelnen Fragen fein säuberlich zu einer Testvorlage zusammenschreiben, die er dann mit Hilfe seines Druckers zu Papier bringen konnte. Im Copyshop, im Erdgeschoss der Geisteswissenschaftlichen Fakultät des Rosa-Schweinchenbaus, so nannten die Psychologiestudenten ihr rosarot angemaltes Universitätsgebäude in der Leopoldstraße, würde er dann ein paar Hundert Exemplare des Fragebogens für die Untersuchung mit den Schülern herstellen lassen. Aber Bernd konnte sich nur schwer auf die Übersetzungsarbeit konzentrieren. Immer wieder ging ihm seine Ingrid durch den Kopf. Marion hatte am Samstag im Tennisclub versprochen, ihn anzurufen und ihn wegen einer Aussprache mit Ingrid zu informieren. Aber nichts dergleichen war passiert. Vergeblich hatte er auf den Anruf von Marion gewartet. Er war den ganzen Samstag und auch den ganzen Sonntag zu Hause geblieben, hatte viel in Büchern auf seinem Zimmer geschmökert und seiner Mutter sogar bei der Gartenarbeit geholfen.

„Gehst du heute Abend nicht weg?", hatte ihn seine Mutter verwundert gefragt, als er sich am Samstagabend mit der Familie „Wetten, dass..?" im Fernsehen ansah. Das war wirklich ungewöhnlich für Bernd, der diese Sendung sonst als Doofkopf-TV abkanzelte.

Natürlich wussten seine Eltern sofort, dass er Probleme mit Ingrid hatte. Ingrid hatten sie schon lange nicht mehr bei sich gesehen. Sonst gab es an den Wochenenden stundenlange Anrufe zwischen Ingrid und Bernd und gegenseitige Besuche oder Verabredungen. In Herzensangelegenheiten ihres Sohnes wollten sie sich aber nicht einmischen.

Das korrekte Übersetzen der amerikanischen Statements war wirklich nicht einfach. Die Übersetzung sollte doch in für Schüler verständliches Deutsch erfolgen. Beim Übersetzen des Statements Nr. 37 hatte Bernd große Probleme. Der Text lautete: „I often fly off the handle, losing my temper."

„Losing my temper" hieß einfach „verlor ich meine Beherrschung", das war klar, aber wie sollte man „I often fly off the handle" übersetzen?

Natürlich, da muss Otto her. Otto studiert Englisch. Am Montag Vormittag hatte er keine Veranstaltungen an der Uni. Otto musste also in seinem Zimmer sein. Bernd klopfte an die Tür seiner Studentenbude, die ein Stockwerk höher als sein Zimmer lag. Aber Otto meldete sich nicht. Die Tür war abgesperrt.

Die dickliche Concierge in der Parterrewohnung beim Hauseingang konnte Bernd auch nicht verraten, ob er vom Wochenende wieder zurückgekommen war.

„Er hatte am Samstag spätnachmittags Damenbesuch und ist mit dem schönen Fräulein, mit seinem großen Seesack beladen, wieder aus dem Haus gegangen", versicherte sie.

Otto und ein schönes Fräulein, das war etwas Besonderes.

„Otto ist sicher mit ihr versumpft und steckt jetzt bis über die Ohren in Schwierigkeiten."

Also, Otto war nicht da. Das war ärgerlich.

„Du bist ja zwanghaft", dachte er. „Lass einfach das Statement aus, übersetze die anderen und frage Otto, wenn er wieder im Studentenheim ist. Ach, ich rufe bei seinen Eltern in Rosenheim an."

Ottos Mutter war am Apparat.

„Was, Otto ist beim Bergsteigen verunglückt? Er liegt im Rosenheimer Krankenhaus mit einer schweren Gehirnerschütterung und hat sich einen Fuß gebrochen?!", wiederholte Bernd die aufgeregten Worte von Ottos Mutter.

Bernd ließ sich die Zimmernummer und die Telefonnummer von Otto im Krankenhaus geben.

Als er wieder nach oben, immer zwei Stufen auf einmal nehmend, zu seiner Bude stürmte, traf er im Treppenhaus Christian, der gerade zu einer Vorlesung an der Uni unterwegs war.

„Weißt du schon das Neueste? Otto liegt verletzt im Krankenhaus in Rosenheim."

Bernd erzählte Christian alles, was er gerade von Ottos Mutter erfahren hatte.

„Da müssen wir ihn heute noch unbedingt im Krankenhaus besuchen. Das sind wir Otto schuldig", meinte Christian bestürzt.

„Ich habe bis drei Uhr nachmittags Veranstaltungen an der Uni." Er stockte und überlegte. „Aber spätestens um halb vier bin ich wieder da. Wir können mit meinem Wagen fahren."

Der schnellste Weg von München nach Rosenheim ging über die Salzburger Autobahn. Christian fuhr einen alten, dunkelblauen Volvo, einen kastenförmigen Kombi, der viel Sprit fraß. Wenn er die rückwärtigen Sitze zusammenklappte, hatte Christian viel Platz für die Verstärker und Lautsprecher, die er für die Auftritte seiner Band brauchte. Christian wollte nicht von sich aus das für Bernd belastende Thema Ingrid anschneiden, und erzählte deshalb während der Fahrt von seinem Bandauftritt am Samstag in der Hawaii-Disco und von seiner verführerischen Begegnung mit Tina.

„Und als sie dich fragte ‚Wollen wir?' hast du gefragt ‚Hier auf die Schnelle?' und du hast gedacht, sie will mit dir poppen."

„Peinlich, oder?", erwiderte Christian.

„Und dann habt ihr einen Joint geraucht?"

„Genau so war es", bestätigte Christian.

„Und bringst du dann nach einem Joint wieder die hundertprozentige Leistung in deiner Band?", fragte Bernd.

„Eine Zigarette merke ich überhaupt nicht, obwohl ich wirklich kein Freund von Haschisch bin und auch nicht daran gewöhnt bin", erwiderte Christian.

„Ich habe einmal bei einer Party einen Joint geraucht. Es war irgendwie unheimlich für mich. Zuerst spürte ich ein seltsames dumpfes Gefühl der Beklommenheit. Auch mein Zeiterleben war verändert. Alles lief beängstigend langsamer ab und mich beschlich ein Gefühl der Ohnmacht."

Christian wunderte sich.

„Wenn ich die Augen schloss, sah ich meine Mutter, wie sie den Kinderwagen mit meinem kleinen Bruder schob, und das immer wieder. Dann hatte ich das Gefühl, dass der Raum sich weitet. Plötzlich wurde der Boden unter mir abschüssig. Alles, was ich sah war so farbig und wie in ein strahlendes Licht getaucht."

„Und dann?", fragte Christian.

„Keine Ahnung", erwiderte Bernd. „Am nächsten Tag hatte ich Halsschmerzen und sogar eine Bronchitis. Ich habe dann in einem Medizinbuch über Drogen nachgesehen, was Haschisch überhaupt ist und welche Folgen es hat."

„Und?" fragte Christian neugierig.

„Da stand, dass es im Orient und in Afrika gegessen oder geraucht wird. Und es gibt über 200 Millionen Süchtige auf unserem Erdball. In Lateinamerika sagen sie Marihuana, Rosa-Maria oder Donna Juanita zu Haschisch."

„Rosa-Marie, Rosa-Marie, sieben Jahre mein Herz nach dir schrie", trällerte Christian vergnügt am Steuer.

„In dem Buch stand, dass der Gebrauch von Haschisch zu Dämmerzuständen, Euphorie, Unruhe, Sinnestäuschungen und sexuellen Erregungen führt."

„Na, das passt doch alles zu dem, was du erlebt hast, bis auf die sexuellen Erregungen. Oder hast du mir die verschwiegen?" Christian schaute kurz zu Bernd herüber.

„Sexuelle Erregungen habe ich leider keine verspürt. Dafür habe ich meine Mutter mit dem Kinderwagen gesehen."

„Interessant", meinte Christian, „vielleicht eine sublimierte Form von sexueller Erregung. Irgendwie klingt das nach Ödipuskomplex und Inzestwünschen. Du hast mir das doch schon einmal alles erklärt, das mit Freud und seiner Theorie über abwegige Gelüste auf die eigene Mutter."

Bernd geriet in Verlegenheit.

„Okay", meinte Christian, „aber was Haschisch nun wirklich ist, weiß ich noch immer nicht."

„Haschisch ist ein aus dem Indischen Hanf, einer Pflanze, durch Extraktion gewonnenes Rauschgift; und zwar sondert die weibliche Hanfpflanze ein Harz ab, und dieses Harz wird gesammelt und zur Verstärkung der Wirkung nach besonderen Verfahren extrahiert."

„Na, das hätten wir uns denken können", lachte Christian. „Die weibliche Hanfpflanze! Alles was weiblich ist, versetzt uns in einen Rauschzustand."

„Weißt du, dass bereits 200 mg, in einer Pfeife oder Zigarette geraucht, genügen, um einen kräftigen Rauschzustand einzuleiten?", führte Bernd seine Belehrung fort.

„Bei mir Gott sei Dank nicht", erwiderte Christian trocken. „Und welche Bestandteile erzeugen dann bei Haschisch diesen Rauschzustand?"

„Es sind die sog. Tetrahydrocannabinole."

„Na, das ist ja einfach zu merken, einfacher als Donna Juanita oder Rosa-Maria", spöttelte Christian. „Aber Haschisch macht doch nicht süchtig, oder ist doch nicht schädlich?", bohrte Christian weiter.

„Ich habe gelesen, dass im Tierversuch schwerwiegende Entzugserscheinungen nicht aufgetreten sind. Und das gilt als Zeichen dafür, dass Haschisch nur zu einer psychischen und nicht zu einer körperlichen Abhängigkeit führt. Auch bei Menschen treten im Verlauf einer Entwöhnungskur keine körperlichen Entzugserscheinungen auf. Aber erfahrungsgemäß geht der Hascher von Haschisch als Einstiegsdroge oft auf andere, stärkere Suchtmittel über."

„Auf Kokain, das man schnupft oder Heroin, das man sich spritzt", ergänzte Christian.

„Zum Beispiel, oder auf irgendwelche andere, neumodische, synthetische Drogen. Aber eines ist sicher. Alle sind auf Dauer für den Menschen schädlich."

„Du studierst doch Psychologie. Warum brauchen die Leute Haschisch?", fragte Christian. Er war jetzt auf der Höhe von Holzkirchen und man hatte eine herrliche Aussicht auf die Alpenkette.

„Da gibt es viele Gründe", antwortete Bernd. „Einmal den Reiz des Verbotenen, und manche, besonders suchtgefährdete Personen sehen in Haschisch auch eine Möglichkeit, ungelöste Probleme ihres Alltags und die persönlichen Konflikte zu vergessen. Die Folge ist dann oft eine völlige Abkehr von der Wirklichkeit, und es kommt zu einer Persönlichkeitsstörung, zum Teil mit schwerster neurotischer Verwahrlosung. Das sind dann die Aussteiger. So eine richtige Massenbewegung bei Jugendlichen mit Marihuana und Gruppensex gab es doch bei den Blumenkindern in den Sechzigerjahren in den USA. Es soll ja, wenn man Haschisch jahrelang konsumiert, zu schweren Wesensveränderungen auf der Basis hirnorganischer Schäden bis hin zur Verblödung kommen."

„Kann es nicht sein, dass die Leute auch durch Drogen gefährlich aggressiv werden? Ich erinnere mich an diese Aussteigergruppe um diesen Guru, Mason hieß er, die in ihrem Drogenwahn dann gemordet hat. Diese hübsche Schauspielerin war ihr Opfer. Ich glaube, sie hieß Sharon Tate." Durch seine Diplomarbeit über Aggression bei Schülern hatte Bernd sehr viel über das Phänomen Gewalt gelesen. Aber zum Einfluss von Drogen auf aggressives Verhalten hatte er in der fachwissenschaftlichen Literatur nicht viel gefunden.

„So weit ich weiß, ist die Wirkung von Haschisch auf Aggression nicht eindeutig", beantwortete er die Frage von Christian. „Ich kann mich eigentlich nur an eine Forschungsarbeit erinnern. Da schreibt der Autor, ich glaube er hieß Calini, dass vor allem bei Nahrungs- oder Schlafentzug, also unter Stress, das Haschischrauchen aggressionsverstärkend wirkt. Aber bei anderen Drogen ist der Einfluss bekannt."

„Bei welchen?", fragte Christian neugierig.

„Na, beim Alkohol zum Beispiel. Es gibt doch Männer, die, wenn sie zu viel getrunken haben, brutal und gewalttätig werden. Sie pöbeln alle an und schlagen sofort zu."

„Bei mir hat der Alkohol aber eine andere Wirkung", erwiderte Christian lächelnd. „Zuerst muss ich über jeden Mist lachen und dann werde ich schläfrig und kann mich nicht mehr gerade auf den Beinen halten, so wie jetzt eben."

Bernd schaute ihn erschrocken an. „Du hast doch nicht getrunken, oder?"

„Natürlich nicht. Die zweistündige Vorlesung über Elektrodynamik war aber ganz schön anstrengend und ermüdend. Ein Kaffee vor Antritt unserer Fahrt wäre nicht schlecht gewesen."

„Was glaubst du, wie viele Verkehrsunfälle jährlich auf das Konto ‚Alkohol am Steuer' gehen?", redete Bernd weiter. „Die Leute wollen nicht glauben, dass Alkohol die korrekte Wahrnehmung stört, die Reaktionszeit verlängert, das logische Denken und das Entscheidungsverhalten verschlechtert und Hemmungen abbaut."

„Das mit den Hemmungen abbauen, hat auch seine positiven Seiten", grinste Christian. „Bei einem zärtlichen Tête-à-Tête mit einer neuen Flamme geht alles viel leichter und man kommt sich schneller näher, wenn man ein Gläschen getrunken hat. Ich studiere zwar nicht Psychologie, aber das ist meine Theorie: Alkohol fördert positive soziale Kontakte und das Poppen. Deshalb trinkt die Menschheit! Und in Staaten, in denen Alkohol verboten ist, wie bei den Moslems, dürfen die Männer zum Ausgleich von vornherein mehrere Frauen ehelichen."

„Deine Theorie musst du bei uns in einer psychologischen Fachzeitschrift veröffentlichen", lachte Bernd.

Mittlerweile hatten sie auf der Autobahn die Ausfahrt nach Rosenheim erreicht. Da sie sich vom Süden her der Stadt näherten, das Krankenhaus aber im Norden lag, mussten sie durch den dichten Stadtverkehr hindurch. Es war schon Rush Hour, und die Fahrt im dichten Autostrom verlief nur noch schleppend.

Endlich standen sie vor Ottos Krankenzimmer.

„Jetzt haben wir die Blumen für Otto vergessen", meinte Bernd.

„Egal, wichtig ist doch, dass wir gekommen sind."

Otto lag zusammen mit noch zwei anderen Patienten in einem Zimmer. Sein Bett stand direkt neben dem Fenster, das halb geöffnet war. Otto sah nicht gut aus! Der Kopf war dick einbandagiert. Aber an der großen Nase erkannte man sofort, dass es Otto war. Sein eingegipster Fuß hing an einem metallenen Gestänge über dem Bett.

Bernd und Christian begrüßten höflich die anderen zwei Patienten. Der eine war schon etwas älter, mit grauen Haaren und unrasiert. Er hatte die Bettdecke zurückgeschlagen, weil es im Zimmer sehr warm war. Die Umrisse eines dicken Knödelbauches unter seinem gestreiften, violetten Pyjama war nicht zu übersehen. Er grüßte freundlich zurück.

Der andere, ein jüngerer Mann mit schwarzen Haaren und schwarzem Schnurrbart, lag völlig apathisch da und erwiderte auch nicht ihren Gruß.

Otto war schon wieder voll ansprechbar. Er freute sich über den Besuch seiner Freunde.

„Mensch Otto", neckte ihn Christian. „Das Abrollen auf der Matte hast du doch in der Turnhalle so oft geübt, und wenn es darauf ankommt, vergisst du alles, was du gelernt hast."

Otto verzog sein Gesicht zu einem schmerzvollen Lächeln. Und dann erzählte Otto in groben Zügen von Manuela und wie es zu dem Unfall gekommen war.

„Es gibt eben keine Liebe ohne Leiden", stöhnte er am Ende seiner Ausführungen. Dass Otto bei Manuela gelandet war, brachte ihm die Bewunderung seiner zwei Freunde ein. Das hätten sie ihrem Otto nicht zugetraut.

„Und hat dich Manuela schon besucht?", fragte Bernd.

„Nein", antwortete Otto betrübt, „bis jetzt noch nicht. Aber meine Eltern waren heute Vormittag schon da. Sie waren sehr erschrocken, als sie mich sahen. Der Arzt hat dann aber meine Mutter beruhigt. Spätestens in zwei oder drei Wochen darf ich schon wieder raus, Gott sei Dank! Qui vivra, verra."

„Und dann wird schon die nächste Bergtour geplant, diesmal aber auf einen richtigen Berg. Ich schlage als Ziel das Matterhorn in der Schweiz vor", lachte Christian.

„Oder den Daulagiri im Himalaya", ergänzte Bernd. Der dickliche Patient im ersten Bett hatte offensichtlich das Gespräch zwischen den drei Freunden mitgehört.

„Ach, wenn man jung ist, ist man auch wieder schnell auf den Beinen", mischte er sich seufzend in ihr Gespräch.

„Sie machen aber auch schon wieder einen guten Eindruck", ermunterte ihn Christian. „Was fehlt ihnen den?"

„Mir hat man ein Drittel meines Magens wegoperiert, wegen einer bösartigen Geschwulst", antwortete er weinerlich. „Und man hat mich anfangs über eine Kanüle künstlich ernährt. Ich habe schon fünf Kilo abgenommen, und noch immer überhaupt keinen Appetit."

Nun, dann waren die angesammelten Fettreserven doch für etwas gut.

„Mit dem dicken Knödelbauch kannst du sicher noch einige Zeit ohne Essen bequem überbrücken", dachte Christian.

„Und was fehlt dem Herrn neben Ihnen?"

Der dickliche Patient winkte Christian zu sich und flüsterte ihm zu: „Hodenkrebs, man hat ihm einen Hoden wegoperiert."

Das war ja schrecklich. Bei der Vorstellung, man könnte ihm, Christian, die Eier wegschneiden, wurde ihm speiübel.

„Was ist denn, Christian?", fragte Bernd, der die plötzliche Blässe in seinem Gesicht beobachtet hatte.

„Gar nichts", murmelte Christian.

In diesem Moment ging die Türe auf und eine hübsche, junge Schwester in Weiß mit blonden, hochgesteckten Haaren erschien auf der Bildfläche.

„Abendessen, meine Herren!", rief sie energisch, und schon tauchte in einem hellgrünen Pflegeranzug ein junger Mann mit einem Essenswagen auf. Die zwei Freunde verabschiedeten sich von Otto.

Als sie wieder mit gleichmäßigem Tempo auf der Autobahn in Richtung München fuhren, sagte Bernd: „die Spritkosten teilen wir natürlich."

„Okay", antwortete Christian.

„Was hat dir denn der Dicke so geheimnisvoll über die Krankheit des Schnurrbarts zugeflüstert?", fragte Bernd neugierig.

„Der hat Hodenkrebs und man hat ihn zur Hälfte kastriert."

„Brutal!", antwortete Bernd.

„Geht dann eigentlich noch etwas?", fragte Christian.

„Ganz bestimmt", erwiderte Bernd. „Ich weiß das aus der Vorlesung über Sexualmotivation. Ich erinnere mich noch gut. Das Thema war dem Dozenten irgendwie peinlich. Mir auch. Ich saß eingekeilt zwischen zwei Kommilitoninnen, aber erregend war es. Da habe ich besonders gut aufgepasst. Wenn man leicht erregt ist, speichert man Informationen im Gedächtnis auch noch besser ein. Also, wenn beide Hoden entfernt werden, d.h. bei einer vollständigen Kastration im Erwachsenenalter, sind die Auswirkungen außerordentlich unterschiedlich."

„Und was heißt das?", bohrte Christian weiter.

„Also die Effekte reichen vom vollständigen Verlust der sexuellen Erregbarkeit bis zum Beibehalten des normalen Sexualverhaltens. Der Dozent hat den Fall eines kastrierten 43-jährigen Mannes beschrieben, der seit 18 Jahren, wie gewohnt, zweimal in der Woche mit seiner Frau geschlechtlich verkehrt hat."

„Das ist ja beruhigend", antwortete Christian erleichtert.

„Aber eben nur ein Einzelfall. Eine Nachfolgestudie von norwegischen Männern, die als Sexualstraftäter nach einem Gerichtsbeschluss kastriert worden waren, hat gezeigt, dass von etwa 150 zuvor sexuell aktiven Männern nur 50 über ein Jahr lang ihr sexuelles Interesse bewahrt hatten, und 75, also die Hälfte, gaben einen völligen Verlust unmittelbar im Anschluss an die Kastration an."

„Das hört sich dann nicht mehr so gut an", kommentierte Christian dieses Ergebnis.

„Ein wichtiger Faktor ist die Konzentration vom männlichen Sexualhormon Testosteron im Blut", erläuterte Bernd weiter. „Und das wird vor allem in den Hoden produziert. Und wenn die weg sind, ist eben bei den meisten die Liebe weg."

Die zwei Freunde schwiegen eine Weile. Der Motor erzeugte sein gleichmäßig brummendes Geräusch, während die malerische Alpenvorlandschaft an ihnen vorbeizog.

„Sex ist aber nicht alles", nahm Bernd wieder das Gespräch auf. „Das mit der Liebe habe ich falsch ausgedrückt", redete er mit deprimierter Stimme.

„Weißt du eigentlich, mit wem Ingrid jetzt geht?", fragte Christian.

„Ja, eine Freundin von Ingrid aus unserem Tennisclub, sie heißt Marion, hat mir alles erzählt. Es ist einer aus unserem Tennisclub, über 40 Jahre alt, fast schon ein Grufti!"

„Dann kennst du ihn ja gut."

„Leider, er spielt in der ersten Herrenmannschaft. Voriges Jahr bei den Clubmeisterschaften wurde er sogar Vize bei den Herren. Er ist Lehrer in der Realschule bei uns in Bad Aibling, ein Unsympath."

„Weißt du jetzt schon den Grund, warum Ingrid dich verlassen hat? Hattet ihr denn keine Aussprache?"

„Nein", antwortete Bernd ganz kleinlaut.

„Ruf sie doch einfach an und verlange eine Aussprache, oder bist du dir dafür zu stolz?"

Sie anrufen, um eine Aussprache mit ihr betteln, diese weitere Demütigung wollte Bernd auf keinen Fall erleben. Ja, er war sich dafür zu stolz.

„Ich kann das nicht. Marion hat mir versprochen, mit Ingrid zu reden. Eine Aussprache mit Ingrid wäre für mich sehr wichtig. Marion wollte mich am Samstag oder Sonntag anrufen und mich informieren; hat sie aber nicht."

„Und warum hast du denn Marion nicht angerufen?"

„Himmel, dieser blöden Marion verdanke ich es doch, dass Ingrid diesen Mistkerl kennengelernt hat!" Bernd war sehr aufgeregt.

Die beiden Freunde verstummten wieder. Es waren jetzt höchstens noch 20 Minuten bis zum Stadtrand von München. Sie überquerten gerade die Brücke von Weyarn, die ein tiefes Tal überspannte. Ein hoher, metallener Drahtzaun sicherte die Autobahn nach beiden Seiten ab. Von hier aus waren schon viele Verzweifelte in den Tod gesprungen.

„Drum prüfe, wer sich ewig bindet, ob sich das Herz zum Herzen findet. An diesen antiquierten Verszeilen von Schiller ist schon was dran", fing Christian das Gespräch mit Bernd wieder an.

„Weißt du, Bernd, ich habe die große Liebe bislang noch nicht entdeckt und erlebt, aber trotzdem schon Vorstellungen über eine ideale Partnerschaft zwischen zwei Menschen. Zum einen gehört dazu, dass man sich liebt und sich in der Nähe des anderen wohl fühlt, zum anderen, dass man auch für den Partner Verantwortung übernimmt, gegenseitige Anteilnahme zeigt, sich unterstützt und sich gegenseitig ergänzt. Außerdem glaube ich, dass es wichtig ist, dass man sich gemeinsame Kinder wünscht. Dazu gehört aber auch materielle Sicherheit."

Bernd gab keinen Kommentar zu den Äußerungen von Christian ab.

„Vielleicht spielt bei Ingrid der Kinderwunsch und die materielle Sicherheit unbewusst eine größere Rolle als du denkst. Ihr Neuer hat einen respektablen Beruf, er ist Lehrer, also auf Lebenszeit verbeamtet und verdient nicht schlecht. Er kann ihr schon etwas bieten. Mit ihm kann man sofort eine Familie gründen. Da hast du als Student schon schlechtere Karten. Zuerst musst du dein Examen bestehen und dann ist dann noch die Frage, ob du als Psychologe gleich eine Anstellung bekommst."

Bernd wollte es nicht wahrhaben. Aber vielleicht hatte Christian sein ganzes Dilemma auf einen Punkt gebracht.

„Aber die materielle Sicherheit ist doch heute nicht mehr so wichtig", wehrte er sich. „Viele Mädchen haben doch einen Beruf, sind emanzipiert und auf einen Mann als Versorger überhaupt nicht mehr angewiesen, auch wenn sie ein Kind bekommen. Ingrid arbeitet in einer Bank und verdient gut. Wenn sie ein Kind wollte, könnte sie es allein ernähren. Zum Schutz der Mutter hat der Staat doch auch den Mutterschaftsurlaub und das Erziehungsjahr eingeführt. So können die Frauen lange Zeit bei ihrem Baby bleiben."

„Und dann", sagte Christian, „dann wird das Kind an die Großeltern abgeschoben oder in die Kinderkrippe gesteckt. Die meisten arbeitenden Frauen wollen das sicher nicht. Ich bin kein Psychologe, aber mein gesunder Menschenverstand sagt mir, dass es für ein Kleinkind besser wäre, wenn ihm seine eigene Mama den ganzen Tag ihre Aufmerksamkeit und Liebe schenkt. Vielleicht denkt Ingrid genau so."

„Aber es geht doch noch gar nicht um Kinder. Es geht um Ingrid und mich, um meine Liebe zu Ingrid, um mein Gefühl für Ingrid; ein Gefühl, das nicht teilbar und das nicht auslöschbar ist und das ich auch nicht willentlich steuern kann. Ich kann jetzt nicht sagen, ich liebe Ingrid nicht mehr, weil sie mit einem anderen geht."

Christian wusste nicht, was er darauf antworten sollte. „Ich kann schon irgendwie nachempfinden, was du fühlst und was du mir sagen willst", erwiderte er betroffen. „Offensichtlich verbindet Liebe eine Person mit einer anderen, ohne dass dafür Gründe angegeben werden können. Du steigerst dich aber in irgend etwas hinein. Ingrid ist für dich alles. Das führt dann zu einer Idealisierung deiner Ingrid. Ich glaube, dass solch eine starke Anbindung an den anderen gefährlich ist. Ich denke, dass es zu einem gewissen Verlust der eigenen Identität führt und im Extremfall dann zu dem Gefühl, ‚ich kann ohne den anderen nicht mehr leben' und bei einer

Trennung zu dem Gefühl, ‚ich will nicht mehr weiter leben'. Nur so kann ich mir auch erklären, dass Menschen in ihrer Verzweiflung aus Liebeskummer fähig sind, Selbstmord zu begehen."

Bernd kannte dieses schreckliche Gefühl. Er antwortete aber nicht.

„Aber noch einmal zu den Gründen der Partnerwahl und Partnerbindung", fuhr Christian in seinen Ausführungen fort. „Es erstaunt mich jetzt schon, dass, wenn es um deine Person und um deine Liebe zu Ingrid geht, du von einem unauflösbaren Gefühl sprichst, bei dem man die Hintergründe nicht aufdecken kann oder darf. Aber vor etwa zwei Monaten hast du mir gesagt, dass euch einer der Dozenten erklärt hat, dass die Verhaltensbiologen sich interessante Theorien über die biologischen Gesetze der sexuellen Partnerschaft ausgedacht haben, die sich plausibel und logisch anhören. Und das Buch ‚Signale der Liebe', das er euch empfohlen hat, habe ich mir aus der Unibibliothek geholt und auch wirklich eifrig studiert."

„Ich habe es nicht gelesen", erwiderte Bernd. „Das ist mir alles zu mechanisch, zu naturwissenschaftlich. Ich bin eben humanistisch orientiert, wie mein Vorbild Carl Rogers. Für mich zählt mehr die Innensteuerung des Menschen, seine Wertschätzungen, Motive, Einstellungen und Empfindungen."

„Okay", erwiderte Christian. „Aber ich studiere Physik! Ich halte sehr viel von naturwissenschaftlichen Erklärungen und ich könnte dir einige im Zusammenhang mit Liebe und Partnerschaft nennen, die auch für dich interessant sein könnten."

„Tu dir keinen Zwang an", erwiderte Bernd.

„Bei Säugern produzieren die Männchen eine große Zahl von Spermien und können so viele Weibchen in schneller Aufeinanderfolge befruchten. Daher treten die Männchen miteinander in Wettbewerb. Weibchen produzieren im gleichen Zeitraum nur wenige befruchtungsfähige Eizellen und sind deshalb in der Auswahl der Männchen wählerisch. Beim Homo Sapiens, und dazu gehören wir, sollten Weibchen männliche Partner suchen, die die Fähigkeit und Bereitschaft zeigen, angemessene Ressourcen für den Nachwuchs zur Verfügung zu stellen. Diese Ressourcen beziehen sich auf Nahrung, Territorien, Schutz und Verteidigung. Eine These besagt nun, dass sich Weibchen in erster Linie mit Männchen einlassen, die größere Geschenke bringen, die bessere Territorien haben oder einen höheren sozialen Rang besitzen als andere. Bernd, was hast denn du deiner Ingrid Größeres geschenkt?"

„Du redest einen Unsinn!" Bernd war aufgebracht. „Zu ihrem Geburtstag habe ich ihr ein Blumenbild gemalt. Wir sind doch erst ein halbes Jahr miteinander gegangen."

„Also keinen Nerz, keine Lackstiefel, kein Kollier, keinen Sportwagen. Nun, die Evolutionsbiologen behaupten weiter, dass auch beim Menschen männliche Fähigkeiten, angefangen von Intelligenz und Innovationsfreude bis hin zur Aggressionsbereitschaft ein direktes Produkt der weiblichen Selektion sind."

„Alles Quatsch", unterbrach ihn Bernd.

„Das klingt aber doch sehr logisch, was sie behaupten", entgegnete Christian bestimmt. „Sie sagen, die sexuelle Auswahl hat nicht nur das äußere Erscheinungsbild sondern auch das Verhalten des Menschen mitgeprägt. Daher verfestigten sich in der Population diejenigen Merkmale, die als Auswahlkriterien benutzt wurden. Vorlieben für bestimmte Partner sind deshalb nicht zufällig sondern eben durch die sexuelle Partnerwahl entstanden. So wurden beim Mann vor allem Merkmale herangezüchtet, die ihn für eine Beschützer- und Versorgerrolle qualifizieren."

„Und was hat das mit mir und Ingrid zu tun?", fragte Bernd aufgebracht.

„Nun, dieser Jacky, dein Nebenbuhler, ist ein exzellenter Tennisspieler, hat hohes Ansehen bei euch im Club und auch ganz allgemein, ein sicheres Einkommen usw. Frag dich doch nur einmal, was heute für das schwache Geschlecht beim Mann wünschenswerte Merkmale sind: Unternehmungsgeist, Ehrgeiz, Fähigkeit zum Geldverdienen, Intelligenz, eine gute Berufsausbildung, Durchsetzungsvermögen und die Verfügung über Güter, die eine existenzielle Vorsorge und materielle Sicherheit gewährleisten."

„Mag schon sein", entgegnete Bernd jetzt kleinlaut. Auch wenn er es sich nicht eingestehen wollte, irgendwie war schon etwas dran, an dem,was sein Freund Christian ihm über die Partnerwahl der Frauen berichtete. Aber es war alles so desillusionierend. Wo blieb da die Liebe, die Sehnsucht und dieses herrliche Gefühl für den Partner.

„Die Verhaltensbiologen erklären sogar, warum in manchen Gesellschaften ein Mann mehrere Frauen sein eigen nennt."

„Weil die Frauen blöd sind!", erwiderte Bernd verärgert. „Weil sie es nicht verdienen, dass man sie liebt."

„Lass dich doch nicht so gehen", antwortete Christian. „Nur weil du von Ingrid so enttäuscht bist, sperrst du dich jetzt gegen alles, was vernünftig ist. Sonst bist du es doch, der den anderen zwischenmenschliche Beziehungen detailliert erläutert. Und jetzt geht es um deine zwischenmenschlichen Probleme, und da ist dir jede Erklärung zuwider. Soll ich dir jetzt das Polygamie-Schwellenmodell noch erläutern oder nicht?"

„Meinetwegen", murmelte Bernd zerknirscht. „Ich habe sowieso den Glauben an das andere Geschlecht verloren. Es wird schon alles so sein, wie du es sagst. Aber es tut trotzdem weh. Ich bin eben ein Habenichts und der andere ist mir in allem voraus."

„Also, die Vertreter des Polygamie-Schwellenmodells sagen, dass ungleiche Ressourcenverteilungen bei Männern zwangsläufig zur Polygamie führen, die z.B. bei den Moslems als partnerschaftliche Lebensform praktiziert wird. In einer solchen Gesellschaft sind die reicheren Männer die attraktiveren potentiellen Partner, weil ihre überlegenen Ressourcen, also ihr Besitz und ihr Einkommen, in mehr Nachwuchs übersetzt werden können."

„Okay", stimmte Bernd zu, „und wie geht es weiter?"

„Jetzt pass auf, Bernd, was die Verhaltensbiologen weiter sagen: Unter diesen Bedingungen sollte sich eine Frau mit dem reichsten Mann verpaaren, die nächste Frau mit den zweitreichsten usw. An irgendeinem Punkt ist die Schwelle erreicht. Dann wird es interessanter, sich einen Mann zu teilen, weil er trotz des Teilens noch mehr Ressourcen für den Nachwuchs der Frau zu liefern hat."

Bernd sagte zuerst nichts. Dann meinte er nur: „ist ja ein tolles Menschenbild, was hinter diesem Modell steht. Es würde mich nur interessieren, was die Frauen selbst zu solchen Erklärungen sagen. Das hört sich alles schon ganz schön frauenfeindlich an. Man sollte direkt eine psychologische Untersuchung dazu durchführen, was Frauen von solchen Erklärungsversuchen halten. Ich wüsste auch schon einen Titel für diese Untersuchung: Eine Analyse von Akzeptanzurteilen der Frau über verhaltensbiologische Aussagen zur Partnerschaft. Vielleicht gibt es aber so etwas schon. Ich schaue mal in unserer Fakultätsbibliothek nach."

„Wenn sich der Inhalt so geschraubt anhört, wie dein Titel für die psychologische Untersuchung, hat es bestimmt noch niemand gelesen", lachte Christian.

In der Türkenstraße in München wieder angekommen, hatte Christian Glück. Direkt vor dem Studentenwohnheim fand er für sein Auto eine Parklücke.

„Ich muss heute Abend noch an der Übersetzung meines Fragebogens weiter arbeiten", seufzte Bernd.

„Und ich muss bis morgen ein Übungsblatt für ein Seminar über die spezielle Relativitätstheorie von Einstein bearbeiten und das wird auch noch benotet. Wenn ich nicht weiter kommen sollte, rufe ich Manuela an. Sie ist eine Intelligenzbestie. Vielleicht hat sie die Übungsaufgaben schon gelöst. Aber sie war am Wochenende mit Otto zusammen. Na, vielleicht war sie heute, am Montag, fleißig."

Christians Studentenbude sah nicht viel anders aus als die von Bernd. Die Einzimmerappartements des Studentenwohnheims hatten alle die gleiche Struktur. Nur die persönlichen Dinge machten den Unterschied aus. Christian hatte an der Wand über seinem Bett ein großes Poster mit den Rolling Stones. Das zeigte die Band, als ihre Mitglieder noch ein bisschen jünger waren, und an die Wohnungstür hatte er ein Poster von Britney Spears geklebt. In ihrer eng anliegenden Lackhose, dem knappen, bauchfreien Top und den wehenden blonden Haaren sah sie richtig toll aus und erfolgreich war sie obendrein auch noch. Gut, ihre Songs törnten ihn nicht so an, aber insgesamt gesehen machte sie schon etwas her, wenn sie auf der Bühne ihren sexy Body zu den heißen Rhythmen ihrer Band wie eine Schlange wand und in das Mikrophon wie ein unschuldiges, kleines Schulmädchen trällerte.

Christian hatte sich schon öfters gefragt, was es wohl ausmachte, dass eine Band mit ihren Songs groß raus kam. Natürlich, die Musik, das Outfit, die Auftritte waren wichtig. Vera, ihre Sängerin hatte eine tolle Stimme und ihre Figur war ebenfalls okay. Wenn seine Band gut drauf war, konnte sie ihr Publikum schon mitreißen und er, Christian, am Schlagzeug schmiss sich dann ins Zeug, sodass die Schlagstöcke nur so durch die Luft wirbelten, die Verstärker dröhnten und die Diskosaaleinrichtung zum Zittern anfing. Was aber fehlte, waren gute, eigene Songs. Nur mit eigenen Liedern konnte man groß rauskommen, und das war eben der Knackpunkt. Christian hatte zwar schon eigene Stücke komponiert, aber so ganz zufrieden waren sie alle damit nicht gewesen. Zum Komponieren brauchte man viel Zeit und kreativ musste man natürlich ebenfalls sein. Sein Physikstudium war kein Honiglecken. So viel Zeit hatte er nicht zum Komponieren.

Christian merkte sehr schnell, dass er mit dem anspruchsvollen Studium an die Grenze seiner intellektuellen Fähigkeiten gestoßen war. Die Veranstaltungen „Höhere Mathematik" in den ersten vier Semestern bis zum Vordiplom hatten ihm schon große Probleme bereitet. Am Gymnasium war er immer in Mathematik und Physik der große King gewesen und wurde von seinen Mitschülern wegen seiner mathematischen Begabung und seinem logischen Denken bewundert. Aber die Anforderungen an der Universität waren extrem hoch. In Funktionentheorie jonglierte der Dozent mit komplexen Zahlen wie ein Akrobat mit vielen Bällen. Es war alles höchst abstrakt und oft war er nach der Veranstaltung sehr deprimiert, weil er nur immer „Bahnhof" verstanden hatte.

Da war er zufällig mit Manuela zusammen gekommen. Sie studierte wie er im gleichen Semester Physik. Ihr fiel alles leichter, und außerdem war sie noch sehr fleißig. Und was er besonders an Manuela schätzte, sie war sehr hilfsbereit. Hatte sie etwas verstanden, behielt sie ihr Wissen nicht für sich, sondern erklärte jedem bereitwillig alles. Sie war eine gute Lehrerin und dazu noch eine sehr hübsche.

Nach dem Vordiplom, das er noch mit einer einigermaßen guten Gesamtnote bestanden hatte, standen jetzt die Veranstaltungen über Theoretische Physik auf dem Spielplan. Dazu gehörten auch die Vorlesung und das Seminar über die Spezielle Relativitätstheorie von Einstein. Das war wieder happig. Und das Schlimmste war, jede Woche musste man ein Übungsblatt bearbeiten, das dann von dem Assistenten des Professors testiert wurde. Insgesamt musste man 80 Prozent der Aufgaben aller Übungsblätter richtig gelöst haben, sonst gab es am Schluss des Semesters keinen Schein, und das war ein Pflichtschein. Man brauchte ihn am Schluss des Physikstudiums, sonst wurde man nicht zur Abschlussprüfung für das Diplom zugelassen.

Christian hatte nach der langen Fahrt einen Mordshunger. Er verschlang schnell zwei Brotschnitten mit Butter, Wurst und Käse und trank hastig dazu ein Glas kalter Milch aus den Kühlschrank. Dann setzte er sich an seinen Schreibtisch und grübelte über die Aufgaben des Übungsblattes nach. Die erste Aufgabe hatte er schon am Sonntag bei sich zu Hause gelöst. Sie war sehr umfangreich gewesen und es waren bestimmt zwei Stunden verstrichen, bis er sie geknackt hatte. Die zweite und dritte Aufgabe des Übungsblattes waren ganz knapp in den Formulierungen. Eigentlich konnten sie nicht zu schwer sein. Die zweite Aufgabe lautete ganz schlicht: „Bei welcher Geschwindigkeit ist die Impulsmasse von Elektronen doppelt so groß wie die zugehörigen Ruhemassen?"

Das war ja nur eine simple Einsetzarbeit, wenn man die betreffenden Formeln kannte. Und schon hatte er die Geschwindigkeit der Elektronen berechnet. Sie betrug etwa 87 Prozent der Lichtgeschwindigkeit.

„Das hast du prima gemacht, Christian", lobte er sich selbst und war stolz auf seinen schnellen Erfolg.

Die Fragestellung bei der dritten Aufgabe umfasste nur drei Zeilen. Er las den Text laut vor: „Die Sonne gibt ständig Strahlung ab. Wie groß ist dabei der Massenverlust der Sonne in einer Sekunde? Wie groß ist demnach theoretisch die zu erwartende Lebens- oder Strahlungsdauer der Sonne?"

Das war eine interessante Frage. Alles Leben auf der Erde hing schließlich von der Wärme und vom Licht der Sonne ab, die grünen Wiesen und Wälder, die vielen Tiere und natürlich auch der Mensch. Wie herrlich war es, wenn die Sonne schien und wie angenehm warm war es im Sommer, wenn die Sonne ihren höchsten Stand hatte. Man konnte in den Seen baden, die Nächte waren lau, es war einfach wunderbar. Die Vorstellung, dass die Sonne nicht mehr scheinen könnte, war erschreckend. Im alten Ägypten hatten die Menschen die Sonne sogar als Gottheit verehrt und ein Pharao ließ sogar alle anderen Gottheiten ächten und begründete einen einzigartigen Sonnenkult. Die Sonne Aton verkörperte den Ursprung der Welt und die Strahlen, die von dem Hieroglyphen-Symbol für Scheibe ausgingen und die in Händen mit dem ägyptischen Henkelkreuz endeten, stellten das Symbol für alles Leben dar.

Natürlich wusste Christian, dass die Lebenserwartung der Sonne, die er jetzt mit dem bisher gelernten Formelapparat ausrechnen sollte, nicht mehr dem neuesten Stand der Forschung entsprach, aber die Aufgabe war trotzdem eine interessante Herausforderung und irgendwie unheimlich erschreckend für ihn.

In einer populärwissenschaftlichen Zeitschrift hatte Christian einen Artikel über Schwarze Löcher gelesen. Dort wurde ausgesagt, dass die Sonne in ungefähr fünf Milliarden Jahren soviel Wasserstoff in Kernfusionen verbrannt haben wird, dass sie dann, als roter Riese auf das 250-fache ihres Durchmessers aufgebläht, die Planeten Merkur, Venus und auch die Erde verschlucken wird. Wenn sich dann die Kernbrennstoffe der Sonne immer mehr erschöpfen, schrumpft sie wieder zusammen, bis sie ein Weißer Zwerg von der Größe der Erde geworden ist. Und schließlich konnte bei weiterem Kollabieren das Endstadium der Sonne ein Schwarzes Loch sein, das alle Materie, die sich in seiner Nähe befindet wie ein gefräßiges Ungeheuer verschluckt. Und die Astrophysiker behaupteten, dass solche Schwarze Löcher schon jetzt in unserer Milchstraße existierten.

Christian war schnell klar, dass er für die Lösung der gestellten Aufgabe bestimmte Größen brauchte. Er musste zuerst einmal wissen, wie viel Energie pro Quadratzentimeter in jeder Minute von der Sonne auf die Erde strahlt, dann den Abstand der Erde zur Sonne kennen und schließlich auch noch den Wert der Sonnenmasse. Christian blätterte in seinem Physikbuch nach den Größen. Die Werte für die Sonnenmasse und für den Abstand Erde - Sonne hatte er schnell herausgelesen. Mehr aber auch nicht!

Schließlich wurde es ihm zu dumm. Manuela hat die Aufgabe sicherlich schon gelöst.

Sofort, nachdem der Rettungshubschrauber Otto in die Klinik nach Rosenheim flog, waren Manuela und ihre Eltern wieder ohne Pause vom Wendelsteinmassiv abgestiegen. Sie waren alle drei sehr betroffen, und Manuela machte sich Vorwürfe, Otto zu der Bergtour überredet zu haben.

Zu Hause angekommen, telefonierte Herr Gruber mit dem Krankenhaus und erfuhr vom Stationsarzt, dass Otto nicht lebensgefährlich verletzt war, dass er aber an einer schweren Gehirnerschütterung litt und sich ein Bein gebrochen hatte, und dass es besser wäre, erst am Dienstag wieder mit Otto Kontakt aufzunehmen.

Manuela hatte sich vorgenommen, gleich am Dienstag zeitig in der Früh Otto zu besuchen, und dann sofort nach München an die Uni weiter zu fahren.

Am Montag Vormittag büffelte sie Physik und löste relativ spielerisch die drei Aufgaben des Übungsblattes, das sie am nächsten Tag für das Testat abgeben musste. Am Nachmittag half sie zuerst ihrer Mutter bei der Gartenarbeit. Dann hatten es sich die beiden

Frauen am Swimmingpool gemütlich gemacht. Sie tranken Kaffee zu einem Stück Erdbeerkuchen, planschten im Pool und schmökerten in den neuesten Frauenwochenzeitschriften, die Frau Gruber von ihrem Einkauf mitgebracht hatte.

„Hör mal Mama, was da unter der Überschrift ‚Abrakadabra! Ewige Liebe braucht manchmal eine kleine Zauberei.‘ steht."

„Und was steht denn da?", lächelte Frau Gruber.

„Elf mystische Anleitungen, die helfen, die großen Gefühle zu wecken und zu erhalten."

„Und, lies mal eine Anleitung vor."

„Vielleicht das Rezept sieben, der Treue-Test. ‚Zweifeln Sie an der Liebe Ihres Partners? Bevor Sie sich mit schlechten Gefühlen plagen: Zünden Sie ein Räucherstäbchen an und halten Sie es genau senkrecht. Wenn es mindestens drei Minuten brennen bleibt und die Asche nicht abfällt, ist alles gut. Wenn nicht, geht Ihr Partner fremd und führt etwas im Schilde.‘"

„Wenn das so einfach wäre, mit der Treue eines Partners."

„Geht Papa denn fremd?", fragte Manuela überrascht über die Reaktion ihrer Mutter.

„Quatsch, ich glaube natürlich nicht. Das heißt, bei Männern weiß man das wohl nie so recht. Wenn ihnen da so ein junges Ding schöne Augen macht, dann glauben ältere Herren vielleicht, ein zweiter Frühling naht für sie."

„Glaubst du, dass Papa schon einmal fremd gegangen ist?", bohrte Manuela weiter.

„Jetzt gehst du aber zu weit", wehrte Frau Gruber ab. „Da könntest du auch fragen, ob ich schon einmal einen Kavalier gehabt habe. Oder glaubst du, dass ich dafür nicht attraktiv genug bin?"

„Ich glaube, dass du Papa noch immer sehr liebst", entgegnete Manuela.

„Aber das genügt nicht, um einen Mann zu halten", erwiderte Frau Gruber. „Man muss auch wissen, woran die Liebe zerbrechen kann, und darüber hast du dir bisher keine Gedanken gemacht, Mani, obwohl du das schon ein paar Mal erlebt hast."

Natürlich, Otto war nicht ihr erster Freund. Hatte Sie schon einmal die große Liebe erlebt? Richtig intim war sie jedenfalls noch mit keinem geworden.

„Ich lerne gerne etwas dazu", meinte Manuela ganz ernst.

„Nun, woran die Liebe zerbrechen kann? Man darf seinen Partner auf keinen Fall erpressen. Sätze wie ‚Wenn du mich liebst, musst du...' setzen den Partner massiv unter Druck und zerstören Nähe und Vertrauen. Jede Form von Zwang weckt die Sehnsucht nach Freiheit. Und irgendwann bleibt für den Partner nur noch die Trennung."

„Das hört sich vernünftig an", meinte Manuela.

„Und was außerdem schlecht für die Partnerschaft ist, wenn man glaubt, den anderen in seiner Art ändern zu müssen. Man hat vielleicht ein bestimmtes Idealschema vom Mann, wie der sich zu verhalten hat, und versucht ihm all das abzugewöhnen, was nicht mit diesem Schema übereinstimmt. Wer hartnäckig versucht, den anderen zu ändern, treibt ihn in die Enge und provoziert Widerstand. Das kostet Kraft und kratzt an der Beziehung."

„Du bist gar keine schlechte Psychologin", lobte Manuela ihre Mutter.

„Und was ganz schlecht ist, das sind unter die Gürtellinie gehende Beleidigungen. An bösen Worten krankt so manche Partnerschaft noch sehr, sehr lange und manche Demütigung oder Verletzung bleibt dann an uns kleben wie ein Magnet. Man darf aber nicht nachtragend sein. Wer ständig alte Wunden leckt, nimmt der Partnerschaft die echte Chance zu einem Neubeginn."

„Hat es bei euch schon einmal gekriselt?", fragte Manuela neugierig.

„Eigentlich nur einmal richtig. Das ist jetzt aber schon sehr lange her. Du warst erst zwei Jahre alt. Und die Geschäfte von Papa gingen schlecht. Wir mussten uns finanziell sehr einschränken. Da wollte ich in meiner alten Firma wieder anfangen zu arbeiten und etwas zum Familienbudget beisteuern. Das war aber ein Ganztagsjob und Papa war strikt dagegen. Nach zwei Wochen habe ich dann wieder aufgehört zu arbeiten. Du hattest Probleme mit der Familie, die dich tagsüber betreut hat und du hast in der Nacht sehr oft jämmerlich geweint." Frau Gruber sah ihre Tochter liebevoll an. „Papa hatte damals schon Recht, das weiß ich heute. Es ging aber bei mir gar nicht um berufliche Selbstverwirklichung. Es war keine egoistische Entscheidung von meiner Seite. Aber an Egoismus kann die Liebe natürlich sehr leicht zerbrechen. Wer ständig nur die eigenen Bedürfnisse in den Mittelpunkt stellt, belastet die Liebe ganz erheblich. Nehmen und Geben spielen in einer guten Partnerschaft eine große Rolle. Nur wenn beide im Lot sind, bleibt die Partnerschaft stabil."

„Nehmen und Geben, das gilt ganz allgemein, nicht nur in der Liebe sondern in allen zwischenmenschlichen Beziehungen", ergänzte Manuela die Ausführungen ihrer Mutter.

„Man muss seinem Partner auch einen gewissen Freiraum lassen, auch wenn das sehr schwer fällt." Frau Gruber zupfte am Oberteil ihres Bikinis, das ein bisschen verrutscht war. „Sich an ihn klammern, kann gefährlich werden. Dahinter steht meist ein schwaches Selbstvertrauen und dies stellt ebenfalls eine Belastung für die Partnerschaft dar. Und ganz schlecht sind Machtkämpfe unter den Partnern. Meistens geht es dann um Geld oder die Kindererziehung. Wenn jeder mal gewinnt, mag das gut gehen aber wenn einer bloß immer einstecken muss, killt das negative Kräfteverhältnis auf Dauer die große Liebe."

Was ihre Mutter ihr da alles erzählte, leuchtete Manuela ein.

„Was ich an deinem Vater besonders schätze, ist, dass er mir zuhören kann, wenn ich ihn von meinen Sorgen, Nöten und Ängsten erzähle. Jemand, der nicht zuhört oder nur spöttelt, wenn der andere von seinen Gefühlen redet, verhält sich ihm gegenüber respektlos und nimmt ihm seine Würde. Ohne Respekt kommt aber keine Liebe aus. Und wer nur noch die Fehler beim anderen sieht, mehr kritisiert als lobt, wird mit großer Wahrscheinlichkeit vor den Trümmern seiner Liebe stehen. Loben ist ganz wichtig. Meine Mutter hat mir öfters gesagt, die Frau will wegen ihrer Schönheit gelobt werden und der Mann wegen seine Fähigkeiten. Das ist das ganze Geheimnis einer zufriedenen Partnerschaft."

„Ist das nicht zu einfach gedacht?", zweifelte Manuela.

„Aus meiner Erfahrung heraus kann ich das aber nur bestätigen", erwiderte Frau Gruber. „Frag doch mal den Freund von deinem Kommilitonen Christian, diesen Bernd. Du hast mir doch von ihm erzählt, dass er Psychologie studiert und sehr viel weiß. Es gibt sicherlich zahlreiche psychologische Untersuchungen zu diesem Thema."

„Ja, das kann ich schon manchen", meinte Manuela. „Aber über die Auswirkungen eines Seitensprungs auf die Liebe hast du jetzt nichts erzählt, Mama. Darüber habe aber ich schon etwas gelesen. Es war zwar nur in einem Frauenjournal, es hat sich aber sehr vernünftig angehört. Der Autor des Artikels hat durch anschauliche Beispiele von Betroffenen belegt, dass durch einen Seitensprung in der Partnerschaft meist nicht nur die Erotik, sondern auch das Vertrauen kaputt geht. Vor allem, so sagte er, wird dadurch die Einzigartigkeit einer Beziehung zerstört. Und es wurde statistisch nachgewiesen, dass ein großer Teil aller Frauen und Männer ihren Partner nicht mehr vergeben kann. So kommt es dann auch noch lange danach zu einer fortwährenden latenten Entfremdung, die sich wie eine dicke Wand zwischen die Liebenden schiebt."

Manuela schenkte sich noch eine Tasse Kaffee ein und ließ sich eine weitere Schnitte Kuchen schmecken.

„Soll ich dir auch noch ein Kuchenstück abschneiden?", fragte sie ihre Mutter. Mit dem weißen Sahnehäubchen auf den saftig roten Erdbeeren sah die Kuchenschnitte sehr verlockend aus.

„Lieber nicht", lächelte ihre Mutter. „In meinem Alter muss man jetzt schon besonders auf seine Linie achten." Frau Gruber hatte noch eine tolle Figur. „Die Konkurrenz schläft nicht", lachte sie und dachte dabei ahnungsvoll an die hübsche, junge Sekretärin ihres Mannes, die sie immer mit einem strahlenden Lächeln begrüßte, wenn sie in das Büro ihres Mannes kam.

„Du siehst wie meine fünf Jahre ältere Schwester aus." Manuela meinte es wirklich ehrlich.

„Aber ich muss auch etwas für mein Aussehen tun, Manuela. So einfach ist das in meinem Alter nicht mehr: Jeden zweiten Tag eine Schönheitsgesichtsmaske aufsetzen, um die hässlichen Krähenfüßchen um die Augenpartien und um den Mund zu vertreiben, die Feuchtigkeitscremes und Öle in der Früh und am Abend auf die Haut massieren, die Gymnastikübungen regelmäßig durchführen, damit der Körper geschmeidig bleibt, die Augenbrauen kräftig nachfahren, die Wimperntusche und die Lidschatten auftragen und sich mit Parfüms und Duftwässerchen einreiben. Nur um für deinen Vater attraktiv zu sein, opfere ich regelmäßig schon ein bis zwei Stunden am Tag." Frau Gruber seufzte.

„Das mach ich doch auch", entgegnete Manuela. „Aber ich mache das für mich und nicht für einen Partner. Ich selber will gut aussehen. Wenn ich das mache, geht es um mein persönliches positives Selbstwertgefühl."

„Natürlich", stimmte Frau Gruber zu, „aber wir Frauen wollen auch auf andere, vor allem auf Männer wirken. Es ist schon ein schönes Gefühl, wenn man merkt, dass die Blicke der anderen auf einen bewundernd gerichtet sind."

„Da hast du aber keine Probleme, oder?", fragte Manuela.

„Gott sei Dank nicht. Aber es gibt Tausende von Frauen, die, von ihrem Aussehen her gesehen, nicht so attraktiv sind. Und sie wissen das und versuchen entsprechend nachzuhelfen. Schau doch mal in so ein Playboyheft hinein, das sich Männer als Partnerersatz jede Woche am Zeitungskiosk kaufen. Dann weißt du, welche Idealvorstellungen Männer von Frauen haben. Und es gibt einen immer boomenden Wirtschaftszweig mit Millionenumsatz, der von diesen Bedürfnissen der Frau, schön und attraktiv zu sein, lebt: Push-up-BHs, Korsetts, hohe Stöckelschuhe, Diätkuren, modische Kleider, ausgefallene Frisuren, Schmuck usw."

Manuela nickte zustimmend. Ihre Mutter hatte wohl Recht. In diesem Zusammenhang hatte sie die Dinge noch gar nicht gesehen.

„Und nimm als extremes Beispiel diese exklusiven Modehäuser wie Dior, Escada und wie sie alle heißen", fuhr Manuelas Mutter fort. „Da geben einige Frauen sogar mehrere tausend Mark für die neuesten Kreationen aus, die sie auf einer dieser Modeschauen in Rom, Mailand oder Paris gesehen haben, nur um dann in einem illusteren Kreis Aufsehen mit ihrem extravaganten Outfit zu erregen. Und je älter die Frauen werden, um so mehr behängen sie sich mit Schmuck, um so mehr Schminke tragen sie auf und um so mehr Geld investieren sie in Wellnesskuren auf Schönheitsfarmen und begeben sich unter das Messer des Schönheitschirurgen oder lassen sich ihre Fettpolster absaugen." Frau Gruber sah ihre Tochter liebevoll und ein bisschen neidisch an. „Aber ihr jungen Mädchen braucht das alles nicht, ihr tut euch da leicht. Ihr seht alle toll aus, ihr seid schlank, ihr habt eine glatte Haut und immer ein natürliches Lächeln auf euren Lippen. Da beißt so einer wie der Herr Otto schon gerne an und bricht sich auch für dich ein Bein", neckte sie ihre Tochter. Manuela fand diese Bemerkung aber gar nicht so lustig.

„Findest du Otto sympathisch?", fragte Manuela ihre Mutter und sah sie neugierig und prüfend an.

„Ja doch, er ist sehr amüsant. Er sieht Papa ein wenig ähnlich, also zumindest hat er auch die große Nase und ist auch blond."

„Ich habe richtig Schuldgefühle wegen Otto", fuhr Manuela kleinlaut fort. „Ich hätte ihn heute sofort im Krankenhaus besucht, aber Papa sagt, der Stationsarzt findet es besser, wenn wir ihn erst am Dienstag besuchen."

„Papa hat doch heute Vormittag vom Büro aus noch einmal angerufen. Der Arzt sagte, die Kopfverletzung ist nichts Ernstes. Otto ist wieder voll ansprechbar und hat schon normal gefrühstückt. Da bin ich auch wirklich froh, auch Papa. Er macht sich Vorwürfe, dass er Otto den schweren Rucksack aufgebürdet hat. Vermutlich hätte er ohne Rucksack nicht das Gleichgewicht verloren. Ohne Rucksack ist man viel beweglicher und kann schneller Ausgleichsbewegungen durchführen, wenn man den Halt verliert."

Nach dem Abendessen sah Familie Gruber ein wenig fern. Auf der Terrasse konnte man sich nicht aufhalten, weil es leicht zu regnen angefangen hatte. Die Quizshow „Wer wird Millionär" war immer amüsant. Der Kandidat war schon bei der 32.000-Mark-Frage. Und die Kategorie war Geografie. Die zu beantwortende Frage lautete:

„In welchem Land befindet sich der Angkor-Wat-Tempel? In A, Thailand, B, Burma, C, Indien oder D, Kambodscha?" Für die Grubers war die Beantwortung dieser Frage natürlich ein Klacks. Sie hatten extra ihre Kambodscha-Reise wegen dieser herrlichen Anlage durchgeführt.

„D, Kambodscha!", rief Manuela und klatschte freudig in ihre Hände. Das Telefon in der Diele läutete.

„Manuela, das ist sicher für dich", forderte Frau Gruber Manuela zum Aufstehen auf.

„Gerade jetzt, wo es so spannend ist", murrte Manuela.

„Ach du bist es, Christian. Weißt du, dass du störst?!"

„Soll ich auflegen?", fragte Christian überrascht.

„Quatsch!", antwortete Manuela. „Aber beim Günther Jauch ist es gerade so spannend." Manuela stellte Christian die Frage von der Quizshow.

„Was, das weißt du nicht?!", lachte Manuela. „Das ist aber eine Bildungslücke. Schäm dich!"

Christian war ein bisschen irritiert.

„Aber warum rufst du denn an?", fragte Manuela. Eigentlich war es Christian jetzt peinlich, dass er fragen musste, ob Manuela die dritte Aufgabe des Übungsblattes gelöst hatte. Aber es half nichts. Er brauchte das Testat und morgen war Abgabetermin.

„Hast du die dritte Aufgabe in Physik gelöst?", fragte er.

„Ich glaube schon", antwortete sie stolz.

„Ich komme mit der Lösung nicht zurecht."

Er erklärte ihr, wie er vorgegangen und wo er stecken geblieben war. Manuela holte die Lösungsblätter aus ihrem Zimmer und erklärte ihm Schritt für Schritt den Lösungsweg. Sie gab ihm alle

Zwischenergebnisse und das Endergebnis an. Mit den Formeln der Speziellen Relativitätstheorie gerechnet, würde die Sonne noch eine Billion Jahre lang ihre Energie ausstrahlen, also Tausend Milliarden Jahre. Das war doch irgendwie beruhigend.

„Du bist ein Engel, Manuela", atmete Christian erleichtert auf. Das Testat war geritzt. „Vielleicht bist du auch eine Außerirdische von einem anderen Stern. Und ihr Aliens seid uns in Physik meilenweit voraus."

„Alles hat aber seinen Preis", meinte Manuela. „Du hast mir schon einmal versprochen, dass du mir das Schlagzeugspielen beibringen willst. Leben heißt ‚Nehmen und Geben'. Jetzt kommst du mir nicht mehr aus."

„Okay", erwiderte Christian, „nenne Ort und Zeit."

„Ich komme am Sonntag gegen Abend zu dir", antwortete Manuela bestimmt, „und anschließend fahre ich dann gleich nach München weiter. Bei mir zu Hause geht es nicht. Mein Vater würde durchdrehen bei dem Lärm. Du hast doch einen schalldichten Übungsraum im Haus."

Natürlich war Christian einverstanden.

„Manuela, du machst ja Sachen mit unserem Otto", wechselte Christian das Gesprächsthema.

„Ja, schrecklich", erwiderte sie mitfühlend. „Ich besuche ihn morgen früh im Krankenhaus. Es tut mir alles so leid."

Manuela schilderte lebhaft aus ihrer Sicht die Ereignisse.

„Bernd und ich haben Otto heute Nachmittag schon einen Krankenbesuch abgestattet", unterbrach Christian ihren Redefluss.

„Wirklich? Ich hätte ihn heute auch schon gerne besucht. Aber der Stationsarzt hat uns auf Dienstag vertröstet. Wie geht es Otto denn?"

„Den Umständen entsprechend ganz gut. Er macht schon wieder dumme Witze."

Christian schilderte Manuela sehr plastisch in welchem reparaturbedürftigen Zustand sich Otto befand.

„Zerreißen kann Otto im Augenblick jedenfalls nichts", spöttelte er.

Auch Bernd war an diesem Montag Abend noch fleißig. Der Besuch am Nachmittag bei Otto hatte ihn wieder einmal davon abgehalten, große Fortschritte bei der Übersetzung des Aggressions-

Fragebogens zu machen. Das wollte er jetzt in den späten Abend- und Nachtstunden wettmachen. Natürlich hatte er vergessen, Otto zu fragen, wie man beim Statement Nr. 37 „I often fly off the handle, losing my temper" den ersten Teil des Statements im Deutschen angemessen ausdrückt.

Wenn Bernd etwas wirklich wollte, konnte er sehr konzentriert und ausdauernd arbeiten. Dazu waren die Nachtstunden für ihn besonders geeignet. Der störende, hohe Lärmpegel von der Straße her war nur noch gedämpft hörbar, weil der Berufsverkehr wegfiel, und auch im Studentenwohnheim selbst vernahm man nur noch selten Schritte auf dem Gang oder das laute Zuknallen einer Türe. Bernd machte gute Fortschritte. Es war jetzt fast elf Uhr in der Nacht. Er legte eine kleine Pause ein. Bernd wusste, dass man nicht bis zur Erschöpfung arbeiten durfte. Und gerade geistige Arbeit war sehr anstrengend. Das konnten sich Leute, die nur mit ihren Händen ihr Brot verdienten, sicher gar nicht vorstellen. Natürlich musste man sich für das Geleistete auch belohnen oder erhielt die Belohnung vielleicht von anderen.

In der Vorlesung über Lernpsychologie hatte Bernd erfahren, dass sogenannte Verstärker für den Aufbau von Verhalten ganz wichtig sind und eben auch für das Lern- und Leistungsverhalten eines Menschen. Der Dozent hatte eine ganze Palette von potentiellen Verstärkern genannt, die nach getaner Arbeit effektiv zum Einsatz kommen konnten:

„In die Natur hinaus fahren". Dazu war es schon zu spät.

„Tischtennis spielen". Irgend jemand von den Nachteulen im Studentenwohnheim hätte er dazu schon noch auftreiben können. Im Aufenthaltsraum im Parterre stand eine Tischtennisplatte.

„Ein heißes Bad nehmen". Das war in der lauen Sommernacht keine so gute Idee.

„Ins Kino gehen". Das wäre zu überlegen. In der Nachtvorstellung im ARRI-Kino, ein paar Häuser weiter, lief vielleicht ein alter Eddie-Constantine-Film. Und während der Vorstellung war im Zuschauerraum immer etwas geboten. Schon ein Zwischenruf eines Zuschauers bei einer Liebesszene wie „Eddie bleib sauber!" löste ein allgemeines Gelächter des Publikums aus.

„Liebe Freunde besuchen". Das war auch ein guter positiver Verstärker. Aber um diese Zeit? Christian schlief wahrscheinlich schon und Otto lag im Krankenhaus.

„Schön lange ausschlafen". Das hörte sich gut an.

Oder „Sex haben". Verdammt, jetzt war es ihm den ganzen Abend gelungen, Gedanken an seine Ingrid zu verdrängen und jetzt klaffte wieder eine tiefe, breite Wunde auf. Er hatte ja noch nie Sex mit Ingrid gehabt. Er hätte schon gewollt, aber sie hatte ihm immer eingeredet, zärtlich zueinander zu sein und ein bisschen Petting dazu wären schon wunderbar und ausreichend, und wichtig war, dass man sich liebte. Den Sex könnte man sich doch für später aufheben. Ich möchte als Jungfrau heiraten und erst in der Hochzeitsnacht eine Frau werden. Mit diesen Worten hatte sie seine diesbezüglichen Annäherungsversuche erfolgreich abgewehrt. Und außerdem war Ingrid katholisch. Da war vorehelicher Sex eine Sünde und die musste man beichten. Und bevor man die Absolution bekam, musste man im dunklen Beichtstuhl auf peinliche Fragen des neugierigen Geistlichen antworten: Mit wem, wie oft usw. Der Gedanke an Ingrid wühlte ihn erneut auf. Er spürte wieder diesen dumpfen Schmerz in seinem Kopf, dieses Gefühl ohnmächtiger Hilflosigkeit, und dann überfiel ihn wieder diese apathische Depression.

Er stierte lange auf seine vollgeschriebenen Blätter, ohne irgend einen Gedanken zu fassen. Ohne Ingrid war doch alles sinnlos.

„Das macht dich alles kaputt", murmelte er verstört. Bedeuteten ihm denn seine Eltern, sein Bruder und seine Freunde gar nichts mehr?

„Ich muss mich zusammenreißen", dachte er. „Du darfst dich einfach nicht gehen lassen!" Er wusste doch, wie gefährlich eine länger dauernde Depression werden konnte. Es bestand Suizidgefahr!

„Der Depressive fühlt sich nutzlos und schämt sich für Ereignisse, die andere gar nicht bemerken oder als unwichtig erachten. Diesen Weg darfst du nicht gehen. Dieses Gefühl der Wert- und Nutzlosigkeit musst du unterdrücken und alle Gedanken im Zusammenhang mit Ingrid musst du verdrängen, sonst wünschst du dir, dass du nicht mehr existierst." Wie konnte er aus eigener Kraft dieser Sackgasse entrinnen? Er hatte ein Problem und musste es lösen. Er studierte doch Psychologie! Also, was hatte er gelernt: Um ein Problem zu lösen, muss man bestimmte äußere und innere Operationen durchführen. Damit lässt sich der vorhandene unerwünschte Anfangszustand verändern und unter Umständen, bei einem lösbaren Problem, in den gewünschten Zielzustand transformieren. Ein defektes Auto lässt sich durch bestimmte Hantierungen mit Werkzeugen wieder in ein fahrbereites umwandeln. Die möglichen Hantierungen, die den Zustand des Autos verändern, sind die Operationen im Realitätsbereich „Autoreparatur". Und bei seinem Problem lautete der Realitätsbereich „Veränderung der eigenen Stimmungslage". Dieser Realitätsbereich enthielt als zu verändernde Zustände alle möglichen Stimmungslagen in denen man sich befinden kann. Und mit welchen Operationen konnte man eine Stimmungslage ändern? Natürlich mit Vorstellungen! So arbeitete eben die Psyche. Also, die nützlichen Operationen lauteten:

„Sich vorstellen, man läge entspannt auf einer grünen Wiese." Oder „man hätte soeben für seine Diplomarbeit einen Nachwuchsförderpreis erhalten" usw.

Bernd legte sich auf sein Bett und versuchte sich zu entspannen. Er stellte sich vor, Ingrid läge neben ihm.

„Ich habe keine Kontrolle mehr über meine Gedanken", murmelte er, über sich selbst verärgert, und richtete sich auf. Diese Vorstellung war wirklich kontraproduktiv. Sein Handy läutete. Es war bei den Jungen Leuten nicht ganz ungewöhnlich, dass man auch noch zu fortgerückter Stunde miteinander telefonierte.

„Marion!", rief Bernd trotzdem erstaunt. „Was willst du denn noch um diese Zeit?"

„Pass auf Bernd, ich will es ganz kurz machen. Es ist ja wirklich schon spät. Ich habe dir doch versprochen, dass ich mit Ingrid wegen einer Aussprache zwischen euch rede. Ich habe mit Ingrid heute Abend sehr lange telefoniert und sie schließlich überredet, dass sie dir persönlich erklärt, warum sie mit dir Schluss gemacht hat. Du wolltest doch diese Aussprache, oder?", fragte Marion vorsichtig.

„Ja, natürlich", antwortete Bernd mit leiser Stimme. „Und wann und wo soll ich Ingrid treffen?"

„An einem neutralen Ort. Sie fährt mit ihrem Auto am Freitag zu Jacky. Und vorher könnt ihr euch sehen. Im Café Bihler beim Kurpark um acht Uhr abends. Ist dir das Recht?"

„Ja, danke Marion." Seine Stimme klang etwas zerknirscht.

„Ich würde gern mit dir am Sonntagvormittag wieder Tennis spielen. Hättest du Lust?", fragte Marion vorsichtig. Er hatte keine Lust. Andererseits konnte Marion für ihn noch sehr nützlich sein. Er brauchte sie als Kontaktperson für Ingrid.

„Okay, sagen wir zehn Uhr vormittags. Du musst dich aber um den Platz kümmern. Ich bin die ganze Woche in München."

„Mache ich. Tschüss Bernd, bis Sonntag. Ich freue mich." Marion hatte wieder aufgelegt.

Bernd spürte eine seltsame Erregung. Seine Depressionsgefühle waren wie weggeblasen. Er würde nach einem ganzen Monat seine geliebte Ingrid wieder sehen. Vielleicht löste sie die Verlobung mit Jacky wieder auf.

„Ich bringe ihr am Freitag ein Geschenk mit. Etwas Wertvolles, worüber sie sich freuen wird." Er war aber nicht gut bei Kasse. Egal, er hatte von seiner Bank in Bad Aibling eine Scheckkarte.

„Dann überziehe ich eben mein Konto. Ich könnte ihr einen goldenen Ring mit einem echten Edelstein kaufen, vielleicht mit einem roten Rubin als Zeichen für meine unendliche Liebe zu ihr." Diese Vorstellung machte ihn glücklich. Er hatte heute viel geleistet. Er war jetzt sehr müde und schlief mit einem leichten Lächeln im Gesicht sofort ein.

Es war ein herrlicher Sommertag an diesem Dienstagmorgen, als Manuela die Jalousien ihres Mädchenzimmers mit dem üblichen lauten Geräusch hochzog. Der Himmel war strahlend blau und die Sonne stand schon recht hoch. Die Vögel zwitscherten vergnügt, und ein leichter Wind bewegte die Blätter der alten Parkbäume.

Manuela war schnell mit der Morgentoilette fertig. Für Otto hatte sie sich heute besonders fein gemacht. Sie hatte ihre schwarze Bluse mit den Spitzen und ihr rotes, modisches Kostüm mit schicker Jacke und engem Rock angezogen. Dazu passten die übergroßen roten Ohrenclips in Herzform und eine Modeschmuckkette mit roten Korallen. Ihre Mutter hatte schon das Frühstück gemacht und ihr Vater war schon ins Büro gefahren.

„Heute schaust du aber besonders elegant aus, Manuela", wunderte sich ihre Mutter, als sie sich an den Frühstückstisch setzte und die Kostümjacke auf einen leeren Stuhl legte.

„Ach ja, du besuchst Otto im Krankenhaus. Da musst du aber auch unsere Genesungswünsche überbringen. Sag ihm, dass uns das alles sehr leid tut, und dass wir ihn auch noch persönlich besuchen werden."

„Mach ich", nickte Manuela und goss sich aus dem Milchkännchen heiße Milch über eine Schale voll mit Cornflakes.

„Soll ich dir noch ein Spiegelei mit Toast machen?", fragte ihre Mutter. Manuela nickte wieder und verputzte alles, was ihre Mutter auf den Frühstückstisch brachte.

„Wo du das alles nur immer hinisst", lachte Frau Gruber, „und dabei nimmst du kein Gramm zu. Was bringst du denn Otto mit?"

„Ich pflücke ihm einen großen Strauß deiner herrlichen Blumen. Darf ich doch, oder?"

„Natürlich".

Frau Gruber hatte ein Meer von bunten Blumen rund um ihr schönes, mit Efeu bewachsenem Landhaus.

„Wenn du schon nach Rosenheim fährst, könntest du dann nicht auch einen Sprung bei Tante Claudia vorbeischauen und Oma Hanna besuchen?"

Dazu hatte Manuela nun wirklich keine Lust. Sie antwortete nicht.

„Du musst natürlich nicht, wenn es dir zeitlich nicht mehr ausgeht", meinte Frau Gruber beschwichtigend, als sie das lange Gesicht sah, das Manuela zog.

„Das letzte Mal, als ich sie besuchte, hat mich Omi überhaupt nicht mehr erkannt", klagte Manuela. „Es war ganz schrecklich. Zuerst hat sie mich gar nicht beachtet, als ich in ihr Zimmer kam und dann, als ich sie umarmen wollte, hat sie mich weggestoßen und geschrien: ‚Raus mit dir du Fratz!' Und dann hat sie noch nach Tante Claudia gerufen und sie empört aufgefordert, das fremde, freche Mädchen rauszuschmeißen."

„Ich weiß, Mani, du hast uns ja alles erzählt. Aber es ist doch deine Hanna-Omi. Du hast sie immer lieb gehabt und sie dich auch. Hoffentlich passiert das Papa nicht auch, wenn er alt wird. Das wäre ganz fürchterlich. Ich habe einmal gelesen, dass die Alzheimerkrankheit vererbt wird."

„Das stimmt so nicht", entgegnete Manuela und wischte sich eine Träne aus den Augen.

Zwischen ihr und der Mutter ihres Vaters hatte immer eine herzliche Beziehung bestanden. Ihre Oma, Frau Gruber war schon über 70 Jahre alt und immer sehr rüstig gewesen. Ihr gehörte das Haus in Rosenheim, in dem auch die Schwester von Manuelas Vater mit Ihrem Mann und zwei fast erwachsenen Söhnen wohnten. Aber vor etwa zwei Jahren verdichtete sich bei Omi der Verdacht auf eine Demenzerkrankung. Das Tückische an der Krankheit war, dass sich die Krankheitszeichen nur langsam und allmählich entwickelten.

Oma Hanna bewohnte im Parterre ihres Hauses eine kleine Einliegerwohnung mit Wohnküche, Schlafzimmer und Bad mit Toilette. Zuerst vergaß sie öfters, die Herdplatte wieder auszuschalten, wenn sie sich ihr Essen selbst kochte, oder sie vergaß die Toilettenspülung zu betätigen. Der Fernseher lief manchmal die ganze Nacht. Wurde Omi von ihrer Tochter darauf aufmerksam gemacht, wurde sie sehr böse und beschimpfte ihre Tochter. Sie wollte nicht zugeben, dass ihre Aufmerksamkeit allmählich nachließ. Ihre Tochter, Tante Claudia, bemerkte aber sehr sensibel die beginnenden Persönlichkeitsveränderungen und behandelte sie sehr behutsam, wenn sie so aufgebracht war. Sie wechselte dann sofort das Thema, worauf sich Oma Hanna auch wieder schnell beruhigte.

Dann beschuldigte sie fortlaufend ihre Tochter und ihre zwei Enkel, sie hätten ihr aus ihrem Portemonnaie, das sie immer im unversperrten Küchenschrank aufbewahrte, Geld gestohlen. Als sie einmal vom Einkaufen im nahen Supermarkt nicht mehr nach Hause kam und erst durch eine gemeinsame Suchaktion mit Hilfe von Nachbarn und Freunden wieder unversehrt zu Hause landete, konnte Tante Claudia sie unter einem Vorwand zu einem Arztbesuch überreden.

Der Arzt diagnostizierte dann sehr schnell, nach einigen Tests, dass Oma Hanna an Alzheimer erkrankt war und erklärte ihr, dass Demenzerkrankungen vom Alzheimer-Typ nur schwer bzw. überhaupt nicht zu therapieren sind. Der Arzt erklärte Tante Claudia, dass es bei der Alzheimer Krankheit, zu der der überwiegende Teil der Demenzerkrankungen gehört, zu einem fortschreitenden Hirngewebeabbau und Nervenzellenverlust kommt. Er verschrieb Oma Hanna Tacrin, ein Medikament, das den Stoffwechsel im Gehirn verbessert. Aber Oma Hanna bekam von dem Mittel Durchfall als unerwünschte Nebenwirkung, worauf das Medikament wieder abgesetzt wurde.

So blieb als einzige Therapie ein Gehirntraining der Denk- und Gedächtnisleistungen, um die geistige Leistungsfähigkeit von Oma so lange wie möglich auf einen Stand zu halten, der eine weitgehend selbständige Lebensführung erlaubte. Oma löste gern Kreuzworträtsel und sah auch gerne Quizsendungen. Dieses Interesse nahm aber leider mit der Zeit stetig ab.

Die Zustandsverschlechterungen bei Oma traten schubweise auf. Jetzt hatte sie schon Probleme bei einfachen Handgriffen wie dem Öffnen und Schließen von Knöpfen bei ihren Kleidern. So musste Tante Claudia ihr jeden Tag beim An- und Auskleiden helfen, ihr das Essen kochen und ihr auf der Toilette behilflich sein. Tante Claudia umsorgte ihre Mutter sehr liebevoll, aber diese „Rund um die Uhr"-Pflege war schon eine große Belastung für sie und auch für ihre Ehe. Onkel Jürgen hätte Oma schon längst in ein Pflegeheim abgeschoben, dagegen wehrte sich Tante Claudia aber vehement. Es war schließlich ihre Mutter und außerdem war Tante Claudia sehr religiös.

„Und woher weißt du, dass die Alzheimer Krankheit nicht vererbt wird?", fragte Frau Gruber ihre Tochter.

„Das habe ich nicht gesagt", erwiderte Manuela bestimmt. „Ich habe gelesen, dass ein Vererbungsrisiko vor allem bei einer frühen Erkrankungsform besteht. Wenn Oma vor dem 60. Lebensjahr an Alzheimer erkrankt wäre, dann würde auch für Papa ein erhöhtes Risiko bestehen, selbst daran zu erkranken. Oma war aber schon 70, als die Krankheit ausbrach. Bei alten Menschen sind solche Demenzen, also Gehirnleistungsschwächen, schon fast normal."

Frau Gruber war erleichtert. „Hoffentlich stimmt das auch, was du da gelesen hast", schluckte sie.

„Weißt du. Mama, vor hundert Jahren haben diese Demenzerkrankungen überhaupt keine Rolle gespielt, weil die Leute nicht alt geworden sind. Heute gibt es Antibiotika gegen Infektionskrankheiten, und jeder weiß, wie wichtig Hygiene und gesunde Ernährung sind. Die Menschen werden jetzt deutlich älter und deshalb bekommen Erkrankungen mit fortschreitendem Abbau von Hirngewebe eine zunehmende Bedeutung. Heute sind schon über 20 Prozent der Bevölkerung in Deutschland älter als 60 Jahre und im Jahre 2030 wird jeder Dritte älter als 60 sein."

„Dann wird ganz Deutschland ein Altenheim und die Jungen sind nur noch Pfleger für die Alten."

„So sieht es fast aus", stimmte Manuela zu. „Das Schreckliche aber ist, dass mit zunehmendem Alter die Demenz sehr schnell zunimmt. Heute ist es so, dass ein Prozent der 60-jährigen, aber schon 20 Prozent der 80-jährigen und sogar die Hälfte der 90-jährigen an Demenz erkrankt sind."

„Das ist wirklich furchtbar", kommentierte Frau Gruber diese schrecklichen Zahlen.

„Und nur die ganz Reichen können sich dann Medikamente leisten, die den Ausbruch einer solchen Krankheit verzögern oder verhindern. Davon bin ich überzeugt. Nimm nur als Beispiel die Queen Mum von England. Sie ist noch mit über 100 Jahren geistig quicklebendig geblieben. Ich möchte nicht wissen, welche teuren Medikamente und Kuren sie sich hat leisten können!"

„Aber Mama", entgegnete Manuela. „Das hat doch nichts mit Reichtum zu tun! Entscheidend ist, welche Fortschritte die medizinische Wissenschaft bei der Bekämpfung dieser heimtückischen, schleichenden Krankheit macht."

Frau Gruber musste passen. Gegen die logisch klingenden Argumente ihrer Tochter konnte sie nichts mehr einwenden.

„Besuchst du jetzt Oma Hanna oder nicht?", fragte sie Manuela ein bisschen eingeschnappt.

„Meinetwegen", entgegnete Manuela, „aber höchstens zehn Minuten. Otto hat es verdient, dass ich bei ihm etwas länger bleibe, und vor zwölf Uhr Mittag muss ich noch das Übungsblatt in den Kasten am Lehrstuhl für Theoretische Physik an der Uni werfen, sonst wird es nicht mehr korrigiert."

Tante Claudia goss gerade mit dem Gartenschlauch ihre duftenden Heckenrosen neben der Haustür, als Manuela ihr Auto vor dem Einfamilienhaus mit der grünen Buchenhecke zur Straßenseite hin parkte. Sie war mittelgroß, blond wie Manuelas Vater, und hatte die Haare kurz geschnitten. Die große Nase hatte sie Gott sei Dank nicht vererbt bekommen. Im Gegenteil, sie hatte ein niedliches, Jugendliches Puppengesicht. Was man aber ein bisschen kritisieren konnte, war ihre Körperfülle. Sie wirkte ein wenig mopsig in den engen, hellgrünen Leggings und dem rosaroten T-Shirt.

„Hallo Tante Claudia, ich wollte nur Omi schnell guten Tag sagen, ich bin schon auf dem Sprung nach München an die Uni."

Tante Claudia freute sich über den Besuch ihrer hübschen Nichte am frühen Vormittag, auch wenn er nicht direkt ihr, sondern ihrer Mutter galt.

„Wie geht es denn Omi?", fragte Manuela besorgt.

„Du wirst es nicht glauben", antwortete Tante Claudia. „Seit einer Woche geht es ihr wieder überraschend gut. Sie nimmt jetzt ein neues Medikament ein. Das verträgt sie gut und es tut wahre Wunder. Sie ist gar nicht mehr so verwirrt. Man kann sich wieder fast normal mit ihr unterhalten. Vor allem, sie erkennt wieder, wer wir sind und erinnert sich an viele Dinge aus ihrem Leben. Aber komm doch rein. Du wirst sehen, sie wird sich über deinen Besuch freuen."

Und so war es wirklich. Oma Hanna ähnelte sehr Manuelas Vater. Sie war eine große, kräftige Frau.

„Manuela", lächelte sie ihre Enkelin an und drückte sie fest an sich. Manuela kamen die Tränen. Ihre Hanna-Omi hatte sie wieder erkannt. Die drei Frauen unterhielten sich über dies und jenes und die Oma konnte bei dem Gespräch gut mithalten. Dann öffnete ihre Oma den Küchenschrank und holte ein Briefkuvert mit dickem Inhalt heraus.

„Für dich, Manuela", flüsterte sie.

„Für mich?", wunderte sich Manuela.

„Nimm es nur", redete ihr Tante Claudia zu. Manuela öffnete das Kuvert und sah die vielen blauen Geldscheine.

„Freust du dich?", fragte ihre Oma.

„Das kann ich doch nicht annehmen. Ich habe doch erst im Dezember Geburtstag."

„Nimm es nur, es sind 1000 DM. Deine Oma hat gesagt, jedes Enkelkind bekommt 1000 Mark. Ich musste das Geld extra von der Bank abholen", sagte Tante Claudia.

„Ach Oma", freute sich Manuela. Sie drückte ihre Oma ganz fest an sich und gab ihr einen dicken Kuss.

Manuela wurde ein bisschen blass, als sie ihren Otto mit dem großen Kopfverband und dem eingegipsten, geschienten Bein in der Aufhängevorrichtung hilflos im Krankenbett liegen sah.

„Hallo Otto", flüsterte sie ihm zu und beugte sich über ihn. Sie gab ihm einen zarten Kuss auf seine Lippen. Ottos Augen strahlten.

„Manuela, ich freue mich so über deinen Besuch", sagte er leise.

„Wie geht es dir denn?", fragte sie ein wenig zögernd.

„Ich lebe", flüsterte er.

„Hast du Schmerzen?", wollte sie wissen.

„Ja, die Kopfschmerzen haben aber nachgelassen. Das Bein tut noch verdammt weh", klagte er.

„Ich habe genau gesehen, wie du abgerutscht und gestürzt bist. Ich war in dem Moment wie gelähmt. Wir sind dir dann sofort zu

Hilfe geeilt, aber du warst bewusstlos und hast am Kopf stark geblutet."

„Erzähl nichts", unterbrach Otto ihre Ausführungen. „Sonst wird mir schlecht. Schön, dass du mich besuchst. Du hast mir so herrliche Blumen mitgebracht. Die sind bestimmt aus eurem Garten."

„Ja", antwortete Manuela, „ich hole schnell eine Vase mit Wasser für die Blumen." Manuela brachte eine Vase aus dem Schwesternzimmer, arrangierte liebevoll die Blumen und stellte sie auf das Nachtkästchen neben Ottos Bett.

„Es war so schön mit dir, Manuela", bemerkte Otto leise. Man sah ihm an, dass er noch große Schmerzen hatte. Er wollte aber nicht, dass Manuela es bemerkte. Manuela fühlte sich für seinen Unfall und seinen Zustand verantwortlich. Otto sollte sich auf etwas freuen können. Sie fasste behutsam seine Hand.

„Otto", sagte sie spontan, um ihn für all sein Leid zu entschädigen, „wir sollten, wenn du wieder gesund bist, etwas ganz Tolles gemeinsam unternehmen."

„Was meinst du mit ‚etwas ganz Tolles' unternehmen?". fragte Otto überrascht.

„Ich denke da an eine exotische Reise, die wir zwei machen werden, noch heuer, vielleicht im September", antwortete Manuela geheimnisvoll.

„Wohin denn?" Ottos Stimme überschlug sich fast vor Aufregung.

„Wir fliegen gemeinsam nach Thailand. Asien ist so aufregend, so fantastisch. Es ist eine andere Welt. Wir besichtigen die schönsten Tempelanlagen und machen dann Badeurlaub auf einer Insel im Golf von Siam, auf Koh Samui, zum Beispiel. Da war ich schon einmal mit meinen Eltern. Da gibt es herrliche Sandstrände, kristallklares, türkisblaues Wasser, immergrüne Palmen! Und wir zwei, Otto, das wird wunderschön!" Ottos Augen leuchteten.

„Das wäre wirklich schön", seufzte Otto. Manuela drückte seine Hand ganz fest.

„Aber ich kann mir das wirklich nicht leisten, Manuela." Ottos Stimme klang ganz traurig. „In den Semesterferien arbeite ich immer einen ganzen Monat, nur um mein Studium zu finanzieren. Ich habe das Geld nicht für so eine große Reise."

„Deinen Flug nach Bangkok bezahle ich", sagte Manuela bestimmt. Sie erzählte ihm von dem unverhofften Geldsegen beim

Besuch ihrer Oma. „Das ist Schicksal, es ist unser Karma, dein Unfall und jetzt das viele Geld", klärte Manuela Otto auf.

„Was ist Karma?", fragte Otto neugierig.

„Du hast dich noch nicht mit den großen Religionen der Welt auseinandergesetzt, oder?", wollte Manuela wissen.

„Nein, hätte ich das sollen?"

„Es ist so, bei den Hindus und auch bei den Buddhisten wird der Kosmos von einem immanenten Gesetz der moralischen Vergeltungskausalität, des Karma regiert, das automatisch jeder guten oder jeder bösen Tat ihren Lohn oder ihre Strafe zuteil werden lässt."

„Und das glaubst du", fragte Otto, „wo du doch Physik studierst."

„Natürlich nicht", lächelte Manuela. „Aber es ist interessant. Weißt du Otto, ich war mit meinen Eltern schon in Burma, Kambodscha, Sri Lanka und wo überall noch. Und dort in Südostasien sind alle Buddhisten. Was glaubst du, wie viele schöne Tempel wir da schon besichtigt haben. In den Reiseführern wird dann auch beschrieben, was die Menschen glauben. Es geht immer um den Sinn des Lebens."

„Und was ist der Sinn des Lebens für die Buddhisten?" Otto vergaß sogar seine Schmerzen im Bein.

„Du stellst Fragen, Otto. Also, beim Buddha, dem Erleuchteten, geht es um die ‚Vier Edlen Wahrheiten'. Diese vier Wahrheiten lauten folgendermaßen: 1. Das Leid ist universell. Geburt ist Leiden, Alter ist Leiden, Krankheit ist Leiden, Tod ist Leiden, mit Unliebem vereint sein, ist Leiden, von Liebem getrennt sein ist Leiden, nicht erlangen, was man begehrt ist Leiden."

„Das hört sich aber trist an", unterbrach sie Otto. „Aber dass Krankheit Leiden ist, muss ich leider bestätigen", seufzte Otto schmerzlich.

„Umwerfend ist es nicht, was der Buddha seinen Anhängern gepredigt hat."

„Aber interessant ist, was Buddha als Ursachen des Leidens sieht."

„Und was wäre das?"

„Das ist seine zweite edle Wahrheit. Sie lautet: Ursache des Leides ist der Lüstedurst, der Werdedurst und der Vergänglichkeitsdurst."

„Und jetzt weiß ich auch schon, wie die dritte edle Wahrheit lautet", wandte Otto ein.

„Echt?", fragte Manuela erstaunt.

„Natürlich, du musst deinen Durst unterdrücken oder besiegen. Diese Religionsstifter waren doch alle weltfremde Asketen, die sich und niemanden etwas gegönnt haben."

„Es stimmt wirklich", sagte Manuela. „Die dritte edle Wahrheit ist die von der Aufhebung des Leidens durch Ausmerzung der Lebensgier. Die Aufhebung des Durstes durch restlose Vernichtung des Begehrens, ihn fahren lassen, sich seiner entäußern, sich von ihm lösen, ihm keine Stätte gewähren."

„Das hast du aber super gelernt, Manuela."

„Ich weiß auch nicht, ich habe mir das so gut gemerkt, weil mich diese Lehre irgendwie fasziniert. Und so muss es auch bei den Anhängern von Buddha gewesen sein. Die Lehren von Buddha sind die erste Zeit auch nur mündlich überliefert worden."

„Und jetzt weiß ich auch schon, um was es bei der vierten edlen Wahrheit von Buddha geht. Nämlich um einen Verhaltenskodex. Das ist doch bei der katholischen Kirche im Christentum ähnlich. Du darfst nicht, du sollst nicht, du musst usw."

„Stimmt", erwiderte Manuela, „wie bei den zehn Geboten und bei den Aussagen der Bergpredigt. Aber doch ein bisschen anders."

„Nun sag schon, wie komme ich als Buddhist ins Himmelreich?"

„Also, bei den Buddhisten von Südostasien gibt es kein Himmelreich. Da gibt es nur das Nirwana. Das ist das letzte geistige Ziel, in das der Buddhist nach der Erleuchtung eingeht. Das Nirwana ist zwar ein Nichts, aber kein absolutes Nichts. Es ist eine ‚Meeresstille des Gemütes' und wird von denen, die es erlangen, als eine unsagbare, überweltliche Wonne empfunden."

„Also ein Superorgasmus", spöttelte Otto. Es war ihm einfach so herausgerutscht. Manuela war ein bisschen irritiert und Otto wurde verlegen. Er überbrückte die aufgekommene peinliche Stille mit der Frage „Wie sieht jetzt die vierte edle Wahrheit im Detail aus?"

„Man merzt die Lebensgier aus, indem man die Extreme meidet und den ‚Mittleren Weg' einschlägt. Und das wird im ‚Edlen achtfachen Pfad' beschrieben. Dieser Pfad wird durch das achtspeichige Rad symbolisiert. Auf den Dächern der buddhistischen Klöster sieht man immer dieses Symbol."

„Ich könnte diesen Pfad nicht betreten", meinte Otto ernst.

„Warum denn nicht?", fragte Manuela überrascht. „Erstens, weil ich ihn nicht kenne und zweitens wegen meines gebrochenen Beins", grinste Otto trocken, „höchstens im Rollstuhl, wenn du mich schiebst."

„Ich sehe schon", seufzte Manuela, „du bist an religiösen Wahrheiten überhaupt nicht interessiert."

„Stimmt nicht", wandte Otto ein, „vielleicht bin ich nur eifersüchtig, dass du so viel weißt und ich bin nur ein kleiner, dummer Ignorant. Aber jetzt beschreibe schon den Pfad. Er führt doch hoffentlich nicht über den steinigen Bergweg auf den Wendelstein zum Himmel."

„Nein", lächelte Manuela. Ihr Blick ging von Otto auf die anderen zwei Patienten. Der freundliche, dickliche schnarchte ein wenig vor sich hin, der jüngere hatte Kopfhörer auf und starrte gebannt nach oben, auf das flimmernde Bild des Fernsehers, der ein Stück unterhalb der Zimmerdecke auf einem schwenkbaren Gestell befestigt war.

„Pass auf, Otto, der edle achtfache Pfad betrifft nur allgemeine Verhaltenseinstellungen. Er gibt dem Menschen nur Orientierungshilfen für sein Leben. Er besteht aus rechter Anschauung, rechter Gesinnung, rechter Rede, rechtem Handeln, rechtem Lebenserwerb, rechtem Bemühen, rechtem Überdenken und rechter Konzentration."

„Jetzt bin ich aber enttäuscht", knurrte Otto. „Das ist alles so allgemein und so abstrakt. Was ist denn z. B. rechte Rede oder rechtes Handeln. Wo bleiben denn da die Ausführungsbestimmungen? Als Verwaltungsbeamter könnte ich mit solchen Anweisungen von oben überhaupt nichts anfangen."

„Das gebe ich zu", meinte Manuela beschwichtigend. „Aber es wird schon noch konkreter. Diese Forderungen des edlen achtfachen Pfads markieren zuerst einmal eine Methode der Selbstbeherrschung, deren Erfüllung den Buddhisten zu einem Leben guter Werke und zu innerem Seelenfrieden führt. Die dritte und vierte Forderung, also rechte Rede und rechtes Handeln, werden in den sogenannten ‚fünf Vorschriften für das praktische Verhalten' noch näher umrissen. Sie verbieten erstens, Leben auszulöschen, zweitens, zu nehmen, was einem nicht gegeben wurde, drittens, unerlaubten Geschlechtsverkehr, viertens, Lügen und fünftens, den Genuss von Rauschgiften, weil sie den Geist umnebeln."

„Aha", kommentierte Otto. „Da haben wir den Salat. Das kenne ich schon alles aus dem katholischen Religionsunterricht von der Volksschule und vom Gymnasium her, z. B. sechstes Gebot ‚Du sollst nicht Unkeuschheit treiben, in Gedanken, Worten und Taten'."

„Blödmann", lächelte Manuela. „Wenn man sich wirklich liebt, darf man alles. Man muss nur zwischen den Zeilen lesen können."

„Findest du?" Otto himmelte Manuela sehnsüchtig an. „Also nach Thailand komme ich nicht mit. Ich lass mich nicht von dir aushalten. Das musst du verstehen. Das geht gegen meine Ehre."

„Hör mal, Otto! Das ist doch von mir nicht ganz uneigennützig. Ich bin zwar volljährig, aber meine Eltern würden mir nie erlauben, allein nach Thailand zu reisen. Und sie finanzieren meine Reise. Es ist die Belohnung für mein so gut bestandenes Vordiplom in Physik. Sagen wir mal so: Du bist mein Bodyguard und ich bezahle dich einfach für diese Tätigkeit. Für den Flug komme ich auf, und das restliche Geld für den Aufenthalt verdienst du dir durch Jobben in den Semesterferien im Sommer."

„Ich und dein Bodyguard?", lächelte Otto. „Ja, das rettet meine Ehre. So ein Bodyguard, wie ihn Stefanie von Monacco ihr eigen nennt?"

„Ja, genau so!", antwortete Manuela zustimmend.

„Er ist aber auch ihr Liebesknecht, habe ich gelesen", ergänzte Otto. „Manuela, das könnte wunderbar werden. Soll ich meinen Job sofort antreten? Du musst mir nur entgegenkommen wegen meines gebrochenen Beins!" Manuela musste herzhaft lachen.

„Alles zu seiner Zeit, Otto", dämpfte sie seine gespielte Euphorie.

„Toll wäre es schon. Eine Reise in das Königreich von Siam. Hoffentlich machst du dein Angebot nicht wieder rückgängig, wenn ich wieder humpeln kann."

„Dummerchen, natürlich nicht. Ich freue mich doch auch schon auf diese Reise mit dir. Die Hauptstadt Bangkok kenne ich schon. Da habe ich zusammen mit meinen Eltern einige Sehenswürdigkeiten besichtigt, den wunderschönen Königspalast und den herrlichen Königstempel, den riesige steinerne Wächter mit grimmigen Gesichtern bewachen. Originell war auch die Bootsfahrt zum schwimmenden Markt von Thonburin auf engen Kanälen, die die Thailänder Klongs nennen. Ihnen verdankt Bangkok seinen Namen ‚Venedig des Orients'. An den Ufern siehst du auf langen Stelzen gebaute Bambushäuser zwischen einem Wald von Bananenstauden, Kokospalmen und Brotfruchtbäumen, und überall bei den Häusern hängen höchst malerische Kästen mit prächtigen Orchideen. Im Gebiet des ‚schwimmenden Marktes‘ balancierten in den Morgenstunden Hunderte von Frauen in ihren exotischen Kleidern und geflochtenen Sonnenhüten riesige Obst- und Gemüseberge auf schmalen Kähnen durch das Wasser. Es war einfach traumhaft, und dazu noch die vielen Boote mit frischen Fischen, mit Körben von Gewürzen, mit kalten Getränken, und sogar mit Töpfen voller heißer Speisen.“ Manuela schwärmte.

„Ich habe schon einmal einen Reisebericht von Thailand im Fernsehen gesehen“, unterbrach sie Otto.

„Hat er dir gefallen?“, fragte Manuela.

„Er war einmalig schön“, meinte Otto. „Das Fernsehteam bereiste von Bangkok aus den Norden von Thailand. Sie fuhren nach Chiang Mai, dann nach Chiang Rai bis zum Golden Triangle, wo drei Staaten aufeinandertreffen, Burma, Thailand und Laos. In diesem Gebiet blüht noch immer der Rauschgifthandel. Sie hatten auch die Mohnfelder in den Bergen gefilmt.“

„Genau diese Route in den Norden nehmen wir auch. Und anschließend machen wir im Süden Badeurlaub auf der Insel Koh Samui, einem Aussteigerparadies.“

„Weißt du, dass mich gestern Bernd und Christian besucht haben?“, wechselte Otto das Thema.

„Ja, das weiß ich“, erwiderte Manuela. „Christian hat es mir erzählt. Da siehst du, was du ihnen bedeutest.“

„Ich habe mich auch sehr gefreut. Aber was wollte denn Christian von dir?“

„Er hat bei mir abgeschrieben. Es ging um die Lösung einer Physikaufgabe. Aber nichts ist umsonst im Leben. Dafür erhalte ich am Sonntag bei ihm zu Hause eine kostenlose Einführungsstunde in das Schlagzeugspielen.“

Otto sagte nichts dazu. Er lächelte ein bisschen gequält.

Die Vorstellung, dass er am Freitag Abend endlich seine geliebte Ingrid wieder sehen würde, beflügelte Bernd bei seiner Arbeit. Er verleugnete, dass es kein Date im üblichen Sinne, sondern eine Aussprache werden sollte, eine Aussprache, in der Ingrid ihm lediglich erklären würde, warum sie mit ihm Schluss gemacht hatte und sofort wieder eine neue Beziehung eingegangen war. Er glaubte fest daran, dass er diese Aussprache umfunktionieren konnte und Ingrid zu ihm zurückkehren würde. Bernd war euphorisch.

Der Fragebogen war übersetzt. Im Copyshop der Universität hatte er 300 Kopien für das Testen der Schüler abgezogen. In seiner empirischen Untersuchung wollte er auch herausfinden, ob ein Zusammenhang zwischen Gewaltbereitschaft und Intelligenz und zwischen Aggressivität und der Risikobereitschaft der Schüler bestand. Die Testblätter, mit denen er die Ausprägungen der Schüler bezüglich dieser zwei Persönlichkeitsmerkmale – Intelligenz und Risikobereitschaft – messen wollte, lagen schon sauber gestapelt in einem großen Pappkarton verstaut. Die Untersuchung sollte in der neunten Klasse Hauptschule, Realschule und am Gymnasium stattfinden. Er wollte auch herausfinden, ob Unterschiede in der Gewaltbereitschaft zwischen Schülern der verschiedenen Schularten vorhanden waren und ferner, ob sich Mädchen und Jungen in ihrer Einstellung zur Aggressivität voneinander unterschieden. Seine Mutter war Lehrerin an der Volksschule in Bad Aibling. Für sie war es nicht sonderlich schwer, Kollegen aus ihrer Schule zu überzeugen, Unterrichtsstunden für das Testen zur Verfügung zu stellen. Schwieriger war es aber, die entsprechenden Klassen an der Realschule und am Gymnasium zu bekommen. Aber Bernds Mutter hatte durch die Übertrittsverfahren der Schüler von der Volksschule an die Realschule und an das Gymnasium, an denen sie jedes Jahr mit beteiligt war, gute Kontakte zu den Direktoren der betreffenden Schulen in Bad Aibling. Bernd konnte auch hier testen und am Freitag, kurz vor neun Uhr, war es dann so weit. Bernd durfte an der Realschule in der Klasse 9b seine Untersuchung beginnen.

Bernd stand im Sekretariat der Schule mit einem Karton voll von Testblättern. Er war sehr aufgeregt. Hier im Sekretariat ging es wie in einem Taubenschlag zu. Es war gerade Stundenwechsel und er beobachtete ein ständiges Kommen und Gehen von Schülern und Lehrern, die irgendetwas von den zwei Sekretärinnen benötigten. Die jüngere Sekretärin hatte ihn freundlich begrüßt, als er seinen Namen genannt und den Zweck seines Besuches kurz erläutert hatte.

„So, sie sind der Sohn von Frau Helwig. Wir sind schon auf sie vorbereitet. Hoffentlich klappt alles zu ihrer Zufriedenheit. Sie wissen, sie haben jetzt zwei Unterrichtsstunden zur Verfügung. Der

Herr Sierwald wird sie abholen und zu der Klasse bringen. Die Klasse hätte jetzt bei ihm eine Doppelstunde Englisch." Und da stand Jacky schon mit seinem dämlichen Kleinkinderkopf mit den Hamsterbacken, den schwulstigen Lippen vor Bernd, groß, sportlich, in Blue Jeans, schwarzer Lederjacke und schwarzem Hemd, mit einer dicken, braunen Lederaktentasche in der linken Hand. Darauf war Bernd nicht vorbereitet. Sein Gesicht wurde knallrot.

„Ach, du bist es Bernd. Du stiehlst mir heute meinen Unterricht in der 9b", spöttelte er. Im Tennisclub duzten sich alle, Männlein und Weiblein, jung oder alt. „Ich wusste gar nicht, dass du Psychologie studierst", grinste er. „Hefte dich einfach an meine Fersen."

Und schon stürmte er aus dem Sekretariat und Bernd folgte ihm eiligen Schrittes, wobei er mit beiden Händen den großen Karton mit den Testblättern krampfhaft festhielt. In den Gängen des Schulhauses wälzten sich immer zwischen den Gongzeichen die Schülerströme von einem Unterrichtsraum zum anderen. Die einen hatten gerade Physik unten im Experimentierraum im Erdgeschoss genossen und wanderten zurück in ihr Klassenzimmer im ersten Stock, andere wiederum zogen mit ihren Sportsachen in Richtung Turnhalle. Jacky bahnte sich energisch einen Weg durch die Schülerströme. Das Sekretariat befand sich im ersten Stock, das Klassenzimmer

der 9b im zweiten Stock. Jacky nahm sportlich immer zwei Stufen auf einmal als es das Treppenhaus nach oben ging und Bernd keuchte mit dem schweren Karton hinterher.

„Alles klar?", drehte er sich nach Bernd um, als sie vor der Tür des Klassenzimmers der 9b standen.

Bernd nickte atemlos. Jacky öffnete schwungvoll die Tür und sofort sank der Lärmpegel in der Klasse um etliche Dezibel. In der 9b waren 24 Schüler, etwa gleich viel Jungen und Mädchen, alle in der aufsässigen Nachpubertätsphase, zwischen 15 und 17 Jahre alt, die meisten Jungen hochgeschossen und die Mädchen körperlich schon voll entwickelt.

Jacky postierte sich vor der Tafel, schmiss seine schwere Aktentasche auf den Lehrertisch und rief: „Shut your mouth, sit down, lean back and cross your arms, you nasty folks!"

Jacky hatte die 9b gut im Griff und alle wussten, dass seine Kraftausbrüche nicht ernst gemeint waren. Nur einer kam nicht klar mit seiner ironischen Art, Bruno Sedlak. Er war Wiederholer und unterschied sich schon von den anderen Jungen durch seine nachlässige Kleidung und seine kräftige Figur. Er war ein mittelgroßer, bulliger Typ, trug die Haare ganz kurz geschoren und hatte Probleme, sich in ganzen Sätzen ordentlich auszudrücken, wenn ihm die Lehrer Fragen zum Unterricht stellten. Durch seine ruppige, egoistische Art hatte er sich in der Klasse keine Freunde gemacht. In Auseinandersetzungen mit anderen Schülern neigte er dazu, nicht verbal zu kontern, sondern gleich handgreiflich zu werden. Auch die Mädchen mieden ihn wegen seiner ungehobelten, direkten Art. Er wirkte nicht sonderlich intelligent und sein Fleiß ließ des öfteren zu wünschen übrig.

„Also Kinder", grinste Jacky, „ihr wisst ja, Englisch fällt heute aus, stattdessen werdet ihr auf Herz und Nieren überprüft. Der junge Mann hier kommt von der Universität München und wird gleich erzählen, was er von euch will. Ich sammle jetzt zuerst eure Hefte mit der Übersetzung ein und bin dann im Lehrerzimmer, wenn irgendetwas nicht klappen sollte. Du brauchst mich doch nicht, oder, Bernd?", wandte er sich an Bernd.

Dieser verneinte. Er hatte noch immer einen roten Kopf. In der Klasse entstand eine leichte Unruhe. Die Schüler holten ihre Englischhefte aus ihren Taschen und Jacky ging durch die Tischreihen und sammelte sie ein. „Du brauchst wohl eine Extraeinladung?", redete er den Schüler Sedlak dumm an.

Der machte keine Anstalten, Jacky sein Englischheft auszuhändigen.

„Auf was wartest du denn?", fauchte ihn Jacky gereizt an. „Time is money!"

Sedlak beugte sich nach unten zu seiner Tasche und kramte umständlich sein Englischheft heraus. Jacky schlug das Heft auf und blätterte bis zur letzten Seite. „Wo ist deine Hausaufgabe?" fragte er.

Sedlak richtete sich patzig von seinem Stuhl auf und stemmte seine Hände in leicht gebückter Drohhaltung auf seinen Tisch. „Heute ist doch Testen dran, oder?", knurrte er.

„Mensch, Sedlak!", brüllte ihn Jacky an, „geht das in dein Spatzengehirn nicht hinein. Ich habe extra gesagt, die Übersetzung ist bis heute zu machen und ich sammle die Hefte ein. Die Arbeit zählt als mündliche Note. Dir ist das offensichtlich scheißegal. Die letzte Schulaufgabe hast du völlig versaut und die Gelegenheit, dich zu verbessern, hast du hiermit auch verpatzt."

Jacky schmiss das Heft wütend in Richtung Sedlak auf die Tischplatte und von dort segelte es auf den Fußboden.

„Das heben sie mir jetzt auf!", schrie der Schüler Sedlak Jacky an.

„Das ist aber nicht die feine Art!", mischte sich Bernd mit lauter Stimme ein.

Am liebsten hätte er diesen arroganten Blödmann von Jacky tätlich angegriffen. Mit drei Schritten war er bei den zwei Kampfhähnen, hob das Heft auf und reichte es dem Schüler Sedlak. Jacky verschwand wortlos mit den Schulheften und seiner Aktentasche aus dem Klassenzimmer. Als die Tür ins Schloss fiel, drohte Sedlak: „den Arsch nehme ich mir noch vor!"

Bernd nahm ein Stück Kreide und schrieb seinen Namen an die Tafel. Dann drehte er sich um und sagte mit lauter Stimme: „ich heiße Bernd Helwig und komme vom Institut für Pädagogische Psychologie der Universität München. Das Institut bildet die Lehrerstudenten für alle Schularten in Psychologie aus. Eine weitere wichtige Aufgabe des Instituts ist die pädagogisch-psychologische Forschung. Dazu machen wir auch Fragebogenuntersuchungen in den Klassen. Die Ergebnisse dieser Befragungen sollen dazu beitragen, dass die Lehrer die Schüler besser verstehen und sie effektiver unterrichten und erziehen. Dabei sind wir auf eure Mitarbeit angewiesen. Bitte beantwortet alle Fragen und Aufgaben der Tests nach bestem Wissen und Gewissen."

In der Klasse war es mäuschenstill. Alle hörten aufmerksam zu. Dass Bernd den Streit zwischen einem Lehrer und einem Schüler so mühelos beendet hatte, hatte ihm Respekt bei der Klasse eingebracht. Bernd nutzte die Gelegenheit, um sein auswendig gelerntes Einführungssprüchlein an den Mann zu bringen. Von anderen Psychologiestudenten, die ebenfalls in Klassen getestet hatten, war er darauf vorbereitet, dass die Schüler sehr unruhig und unaufmerksam sein konnten. Das verfälschte natürlich die Ergebnisse und machte eine Untersuchung fast wertlos.

„Alle eure Angaben werden vertraulich von mir behandelt und eure Eintragungen werte ich mit einem Computerprogramm nur statistisch aus. Kein Lehrer und auch nicht euer Direktor wird über Daten eines einzelnen Schülers informiert. Um aber für die Auswertung doch zu wissen, welche Testblätter zu welchem Schüler gehören, müsst ihr immer einen Code auf jedes Testblatt schreiben und zwar euer Geburtsdatum und dahinter den Vornamen eurer

Mutter. Es könnte doch sein, dass zwei von euch am selben Tag geboren sind, dass aber auch noch die Vornamen der Mütter gleich sind, ist unwahrscheinlich. Hat noch jemand Fragen?"

Niemand meldete sich. Bernd bestimmte eine Schülerin von der ersten Tischreihe, die ihm beim Austeilen der Testblätter half. Zuerst teilten sie den Fragebogen zur Aggression aus. Schon nach 20 Minuten hatten alle den Fragebogen beantwortet. Bernd war überrascht, dass alle Fragen des Aggressionstests ohne Murren und Zwischenfragen von den Schülern beantwortet wurden, auch die knallharten, eine tiefe Menschenverachtung ausdrückenden Statements der Kategorie „Befürwortung von Mord und Totschlag". Er sammelte die Testblätter wieder ein und legte den Stapel bearbeiteter Fragebögen auf den Lehrertisch.

Als nächstes wurde der Fragebogen zur Erfassung verschiedener Risikobereitschaftsfaktoren in realitätsnahen Lebenssituationen verteilt. Die betreffenden Fragen bezogen sich auf drei unterschiedliche Risikodimensionen, auf die physische, auf die soziale und die finanzielle Risikobereitschaft der Schüler. Die Autoren des Tests machten in dem Test-Manual, dem Begleitheft zu ihrem Fragebogen, darauf aufmerksam, dass erhöhte Testwerte auf der Skala „Physische Risikobereitschaft" auf eine Tendenz hinwiesen, sich auf schwierige, unbekannte, körperlich bedrohliche Situationen einzulassen und die Sorge um die eigene körperliche Unversehrtheit zu ignorieren. So lautete z.B. das Statement 48: „Ich hätte Angst, ein geladenes Gewehr in die Hand zu nehmen". Höhere Testwerte auf der Skala „soziale Risikobereitschaft" bedeuteten, sich in sozialen Situationen über Übliches hinwegzusetzen, bewusst Unbeliebtheit in Kauf zu nehmen und sich unabhängig von Billigung und Missbilligung seitens Dritter zu fühlen. Das Statement 35, "Ich sage meine Meinung, auch wenn sie anderen nicht gefällt", war ein Beispiel für diese Dimension. Die Autoren des Tests erläuterten weiter, dass ein hoher Testwert auf der Skala „finanzielle Risikobereitschaft" Ausdruck einer Neigung war, sich auf Transaktionen mit ungewissem Ausgang und nicht kalkulierbarem Risiko einzulassen, sowie eine Bereitschaft, sorglos und riskant mit Geld umzugehen. So lautete z.B. das Statement 20: „Ich spiele gerne Karten um Geld".

Bernd vermutete, dass zwischen Aggression und Risikoeinstellung ein positiver Zusammenhang bestand. Für ihn waren beide

Persönlichkeitsmerkmale auch Ausdruck von Impulsivität und Sorglosigkeit gegenüber möglichen negativen Konsequenzen. Und diesen Zusammenhang wollte er empirisch nachweisen und dann auch in einer psychologischen Fachzeitschrift veröffentlichen und damit der „Scientific Community" seine Ergebnisse zur Diskussion vorstellen. Nur so konnte man sich in der Fachwissenschaft Psychologie einen Namen machen. Und das hatte er auch vor. Bernd war sehr ehrgeizig. Ein positiver Zusammenhang zwischen Aggression und Risikobereitschaft bedeutete in der Statistik vereinfacht ausgedrückt, hatte ein Schüler einen hohen Gesamttestwert bezüglich der Aggression, sollte er auch einen hohen Wert bei der Risikobereitschaft aufweisen und umgekehrt, hatte ein Schüler einen niedrigen Wert bezüglich des ersten Merkmals, sollte er auch einen niedrigen Wert beim zweiten zeigen.

Auch der Fragebogen zur Risikobereitschaft wurde reibungslos von der Klasse bearbeitet. Als letztes teilte Bernd die Testblätter des Intelligenztests aus. Bernd stellte die plausible Hypothese auf, dass geringere Intelligenz zu schlechteren Schulnoten führen sollte und der erlebte soziale Misserfolg Frustration für den betreffenden Schüler bedeutete, die dann aus Ärger und Enttäuschung zu einer erhöhten Aggressionsneigung führen sollte. Mit anderen Worten, Bernd glaubte, dass ein negativer Zusammenhang zwischen Intelligenz und Aggression bestand. Ein Schüler sollte also bei niedriger Intelligenz höhere Werte bei der Aggressionsbereitschaft zeigen. Das war es jedenfalls wert, empirisch nachgewiesen zu werden und das hatte Bernd auch vor. Natürlich stellte er den Test bei den Schülern nicht ausdrücklich als Intelligenztest vor, wenngleich das „Prüfsystem für Schul- und Bildungsberatung", so nannte sich der Test, zur Messung des Intelligenzquotienten der Schüler bestimmt war.

Ein IQ-Wert zwischen 85 und 115 wurde von den Psychologen grob als durchschnittliche
Intelligenz klassifiziert, ein Wert zwischen 115 und 130 als überdurchschnittliche Intelligenz und ein Wert zwischen 70 und 85 als unterdurchschnittliche Intelligenz. Ein Schüler mit einem IQ-Wert, der im letzteren Intelligenzbereich lag, hatte auf der Realschule nichts mehr zu suchen. Er war intellektuell heillos überfordert und konnte den Anforderungen dieses Schultyps nicht mehr genügen. Ein Schüler im mittleren Intelligenzbereich musste sich

schon auf den Hosenboden setzen und fleißig lernen, wollte er im Unterricht gut mithalten.

Bernd führte den Test in der Klasse folgendermaßen ein: „Ich stelle Ihnen nun besondere Denkaufgaben. Nun, das ist so ähnlich wie bei einer Quizshow im Fernsehen, die jeder von Ihnen schon einmal gesehen hat. Die vorliegenden Denk- und Rätselaufgaben sind schon vielen Schülern vorgelegt worden. Ich bin gespannt, wie sie bei diesen Aufgaben abschneiden werden. Versuchen Sie ihr Bestes zu geben und so viele Aufgaben wie möglich zu lösen. Wie Sie dem Testblatt entnehmen können, enthält der Test zehn verschiedene Aufgabengruppen. Für die Bearbeitung der Aufgabengruppe 1 und 2 haben Sie sechs Minuten Zeit. Ich gebe das Zeichen, dass Sie beginnen dürfen und am Schluss wieder das Stoppsignal. So verfahren wir bei allen Aufgabengruppen. Bitte beginnen Sie."

Bernd drückte die grüne Taste seiner Stoppuhr. Der Intelligenztest war ein sogenannter Speed-Test. Man hatte nur wenig Zeit für die Lösung der einzelnen Aufgaben. Nach genau sechs Minuten drückte Bernd auf die rote Taste der Stoppuhr und sagte: „Halt!".

Ein Raunen ging durch die Klasse. Eine Schülerin rief: „ich bin aber noch nicht fertig!"

Bernd winkte ab. „Das waren die ersten beiden Aufgabengruppen. Wer hier nicht so viele Aufgaben gelöst hat, der schafft bei einer anderen Aufgabengruppe mehr. Es sind ja noch acht weitere Gruppen zu lösen und jeder von Ihnen hat noch die Gelegenheit, besser abzuschneiden."

Es waren sehr viele Denk- und Gedächtnisaufgaben. Dieser Test dauerte fast eine ganze Stunde. Man musste schon sehr konzentriert und überlegt mitarbeiten, um möglichst viele der Aufgaben richtig zu lösen. Besonders schwierig waren die Aufgabengruppen 3 und 4, die einen Intelligenzfaktor erfassten, den die Psychologen als „Reasoning", also Denkfähigkeit, bezeichneten. Genauso schwer waren die Fragen der Aufgabengruppe 7 zur „Raumvorstellung" und die der Aufgabengruppe 8 zur „Gliederungsfähigkeit".

Am Schluss des Tests waren alle Schüler sehr erschöpft und Bernd war glücklich und stolz über den Verlauf seines ersten Testeinsatzes. „Vielen Dank für eure Mitarbeit", lobte Bernd die Klasse.

Auch der Schüler Sedlak hatte alle Fragebögen bearbeitet. Die Schüler klopften als Zeichen ihres Respektes vor Bernd auf die Tischplatten als er nach den zwei Stunden das Klassenzimmer mit seinem großen Karton voll von bearbeiteten Fragebögen verließ.

Auf dem Parkplatz der Schule angekommen, verstaute Bernd den Karton auf dem Rücksitz seines kleinen Autos. Es war ein alter Ford Fiesta, den er erst vor kurzem über eine Zeitungsannonce preisgünstig erworben hatte. Nein, keine Rostlaube, aber eben nicht mehr das neueste Modell. Bernd war sehr stolz auf sein grün lackiertes Auto. Er hatte es aus eigener Tasche bezahlt. Das Geld dazu hatte er durch Jobben in den Semesterferien verdient. Sein Vater bezahlte die Haftpflichtversicherung und Kraftfahrzeugsteuer und seine Mutter steckte ihm jeden Monat Benzingeld zu.

Bernd setzte sich in sein Auto und atmete einmal tief durch. Das mit dem Testen heute hatte toll geklappt. Es machte ihn stolz und glücklich. Dass er aber mit Jacky zusammentreffen würde, war schon ein seltener, dummer Zufall. Die ganze Woche war er euphorisch beschwingt gewesen. Die Testvorbereitungen waren ihm leicht von der Hand gegangen. Aber das Aufeinandertreffen mit seinem Nebenbuhler hatte all seine Vorfreude auf die Begegnung mit Ingrid wieder gedämpft. Würde er es heute Abend schaffen, Ingrid wieder für sich zurückzugewinnen? Er war nur ein armer Student ohne Examen, ohne feste Anstellung und Jacky hatte schon einen angesehenen Beruf und zeigte ein überhebliches, selbstsicheres Auftreten. Warum hatte er ihn wegen Ingrid nicht zur Rede gestellt? Es war sein Mädchen und seine Frau. Er durfte sie ihm nicht kampflos überlassen. Wut und Verzweiflung überkamen ihn. Er musste Jacky für dieses Zerstören seiner festen Beziehung bestrafen. Für Bernd war Ingrid schon seine angetraute Ehefrau gewesen. Er wollte sie für immer. Er liebte sie für immer!

„Jacky muss weg! Ich muss ihn aus dem Weg schaffen, gnadenlos", murmelte er. „Dieses Schwein fasst mir meine Ingrid nicht mehr an!"

Bernd kannte Jackys Wagen, einen blauen BMW mit allen Extras, die Sportausführung der betreffenden Serie. Der Wagen musste hier auf dem Parkplatz der Schule stehen. Bernd stieg aus seinem Auto aus, öffnete den Kofferraum und kramte in seinem Werkzeugkasten. Er zog eine Bolzenschere heraus und prüfte mit dem Zeigefinger die Schärfe der Schneidekanten.

„Ich schneide ihm die Bremsschläuche seines Autos durch, dann sitzt der Tod hinter ihm auf seinem Rücksitz."

Bernd suchte den vollbesetzten Parkplatz nach Jackies Auto ab. Der Wagen stand günstig hinter Büschen, die zwei Parkreihen voneinander trennten. Man hatte von dem Schulgebäude aus keinen Einblick zu seinem Standort. Vielleicht sollte er aber doch das Gespräch zwischen ihm und Ingrid heute Abend abwarten. Dieser Gedanke schoss Bernd plötzlich durch den Kopf. Er war sich der Konsequenzen seines Handelns wohl bewusst. Andererseits war die Gelegenheit im Augenblick günstig. Jacky musste ja nicht gleich tödlich verunglücken, dann war es eben ein Denkzettel oder die Strafe von oben für sein fieses Vergehen. Wenn aber Ingrid zu ihm zurückkam, war es überflüssig, sich mit einer kriminellen Handlung zu belasten. Kriminell, nein, kriminell war es in seinen Augen nicht. Es war die immanente Gerechtigkeit, das höchste Prinzip, das hier zur Anwendung kommen würde.

In diesem Moment tauchte der Hausmeister der Schule in seinem grauen Arbeitsmantel mit einem vollbeladenen Handkarren auf. Er stutzte kurz, als er Bernd so irgendwie auffällig vor Jackys BMW stehen sah, entfernte sich dann aber wortlos in Richtung Hintereingang des Schulgebäudes.

Bernd hatte die Hand mit der Bolzenschere verstohlen hinter seinem Rücken versteckt. So günstig war die Gelegenheit, Jackys Wagen zu manipulieren, jetzt doch nicht mehr. Ein Hinweis des Hausmeisters bei einem etwaigen Unfall hätte Bernd doch schwer belastet. Nein, Zeugen konnte er keine brauchen.

Zähneknirschend ging Bernd zu seinem Grasfrosch zurück und verstaute die Bolzenschere wieder im Werkzeugkasten.

„Die Vorsehung hat dich gerettet, du Schweinekerl!", knurrte er gehässig, als ob Jacky ihm gegenüber stand.

Bernd lenkte den Wagen nicht nach Hause. Er fuhr in das Stadtzentrum von Bad Aibling und hielt vor einem Juweliergeschäft in der Kirchzeile. Der Gedanke, Ingrid einen schönen Ring als sichtbares Zeichen seiner Liebe zu kaufen, erregte ihn. Der Ärger über Jacky war wieder verflogen. Die Auswahl an Ringen war zwar nicht übermäßig groß, aber einer entsprach genau seiner Vorstellung. Es war ein zierlicher, etwas altmodisch geformter, goldener Ring mit einem echten, tiefroten Rubinstein. Der Juwelier war ein untersetzter, älterer Herr im dunkelblauen Streifenanzug mit dicker, brauner Hornbrille. Er bemerkte natürlich sofort, dass Bernd bei seiner Wahl diesen einen Ring präferierte.

„Für diesen Ring mache ich ihnen einen Vorzugspreis", köderte er Bernd zu einem schnellen Kauf.

„Was soll er denn kosten?", fragte Bernd mit zögernder Stimme.

„Schauen sie auf das Preiskärtchen. Er ist mit 600 Mark veranschlagt."

„600 Mark, soviel wollte ich nicht investieren."

Bernd war über den Preis enttäuscht.

„Entschuldigen Sie, wenn ich Ihnen zu nahetrete, er ist doch sicher für Ihre Herzensdame. Sie wird begeistert sein. Sehen Sie, wie schön der Ring verarbeitet ist. Der Rubin ist fachmännisch sauber gefasst und funkelt und strahlt blutrot wie ein liebendes Herz", pries er mit ausländischem Akzent die Qualität des Schmuckstückes, das auf einem kleinen weißen Samtpolster glitzerte. „Sie bekommen von mir zehn Prozent Rabatt bei Barzahlung."

„Ich bezahle aber mit Scheckkarte", wandte Bernd ein.

„Das ist kein Problem", konterte der Juwelier gewandt. „Scheckkarte, das ist wie Barzahlung für mich."

„Zehn Prozent Rabatt, dann kostet der Ring noch immer 540 Mark. Das ist für mich als Student ein kleines Vermögen," meinte Bernd ein wenig kleinlaut.

„Hören Sie, wenn der Ring nicht genau auf den Finger des Fräuleins passt, mache ich die Änderung umsonst."

Natürlich wusste Bernd nicht, ob der Ring Ingrid passen würde. Nun, die Anpassung des Ringdurchmessers kostenlos ausgeführt zu bekommen war wie ein zweiter Rabatt.

„Also gut."

Bernd war mit dem Handel einverstanden.

Als Bernd wieder auf der Straße vor dem Juweliergeschäft stand, war er über sein Kaufverhalten verärgert. In Arbeits- und Organisationspsychologie hatte er doch einiges über Marketing und über Werbestrategien erfahren. Erstens hätte er dem Verkäufer nicht so augenscheinlich zeigen dürfen, dass er gerade an diesem Schmuckstück besonders interessiert war und zweitens hätte er dem Verkäufer zuerst seinen Preis nennen müssen, d.h. den Preis, den er zu zahlen gewillt war. Und dann hätte man sich schon irgendwie in der Mitte treffen können. Oder er hätte gedroht noch andere Juweliergeschäfte aufzusuchen.

Egal, jetzt war es zu spät für langes Lamentieren. Der Ring war sehr schön und für Ingrid hätte er letztlich jeden Preis bezahlt. Wichtig war, dass sie sich über das schöne Schmuckstück freuen würde und begreifen würde, was sie ihm bedeutete. Es war ein Symbol seiner unendlich großen Liebe zu ihr. Ohne Ingrid war doch alles sinnlos. Er wollte sie für immer in seiner Nähe haben und der Ring von ihm, den sie tragen würde, sollte diese Verbundenheit für alle sichtbar machen.

Heute Abend würde er seine Ingrid nach so langer Trennung wieder sehen, ihre blonden, gelockten Haare, ihre strahlenden himmelblauen Augen, dieses wunderschöne Gesicht mit dem zarten Lächeln, ihre elfenhafte Figur. Er würde ihre sanfte Stimme wieder hören. Wenn sie seinen Namen aussprach, wurde ihm ganz warm ums Herz.

Er war davon überzeugt, dass durch die Aussprache mit ihr alles wieder wie früher werden konnte. Er würde in Zukunft mit ihr viel zurückhaltender umgehen. Die langen Gespräche, in denen er immer mit seinem Psychologiewissen vor ihr brillierte und sie belehrte, würde er vermeiden. Dieses Psychologisieren in ihren Unterhaltungen musste er unterdrücken. Er würde stärker auf ihre Bedürfnisse eingehen, sie reden lassen, sie nicht unterbrechen, auch wenn es unlogisch klang, was sie sagte.

An diesem Freitagnachmittag verließ Ingrid, wie jeden Freitag, kurz nach vier Uhr die Bank in der sie arbeitete. Sie freute sich auf das freie Wochenende. Es war ein heißer Sommertag mit strahlend blauem Himmel. Ingrid fuhr mit ihrem Auto die kurze Strecke bis zu ihrem Elternhaus.

Am Freitagnachmittag waren ihre Eltern immer zu Besuch bei ihren Großeltern, die idyllisch in der Nähe vom Tegernsee in einem gepflegten Seniorenheim wohnten.

Im Badezimmer mit den großen Spiegelfliesen hatte sie sich schnell entkleidet und genoss die Kühle des Wassers unter der aufgedrehten Dusche. Sie hatte die gertenschlanke Figur eines Mannequins mit üppigen, wohlgeformten Brüsten. Sie seifte sich überall ein. Es tat wohl, als sie das glatte Seifenstück an ihrer nackten Haut entlang führte, besonders bei den weichen Brüsten und zwischen den Oberschenkeln im Schambereich. Sie hüpfte erfrischt wie eine Elfe gewandt aus der Duschkabine und ribbelte sich mit dem weichen, großen Badetuch wieder trocken. Sie betrachtete ihren nackten Körper in der Spiegelwand und lächelte ein wenig stolz und zufrieden. Sie nahm die Pose der Aphrodite von Botticelli auf seinem herrlichen Gemälde ein und lächelte sich an. Kein Wunder, dass die Männer ihr seit dem 14. Lebensjahr bewundernd nachblickten. Ein Verehrer hatte sie mit Gracia Patricia in ihren ersten Filmen verglichen. Sie streichelte sanft mit der rechten Hand über die glatte, weiße Bauchpartie. Nein, sie lächelte, natürlich war da noch nichts zu sehen. Sie wusste erst seit zwei Wochen, dass sie in guter Hoffnung war. Ihre monatliche Regel war ausgeblieben und in der Früh musste sie sich übergeben. Der Schwangerschaftstest, den sie sich in der Apotheke gekauft hatte, fiel positiv aus und sie freute sich sehr darüber. Sie bekam ein Kind von Jacky. Es war alles so schnell gegangen.

Vor einem Monat hatte sie am Sonntagnachmittag mit Marion in Bad Aibling auf der Clubanlage Tennis gespielt. Und dann kam der Anruf auf dem Handy für Marion. Ihr Chef hatte sie aus der Arztpraxis angerufen, ein Notfall. Sie sollte doch bitte sofort kommen und assistieren. Sie hatten erst zehn Minuten gespielt. Marion ärgerte sich sehr, dass ihr Chef sie am Sonntag belästigte. Aber sie konnte natürlich bei einem Notfall nicht nein sagen. Das nächste Mal würde sie ihr Handy aber bestimmt ausschalten. Jacky hatte von der Terrasse des Clubhauses aus den Vorfall beobachtet. Ingrid war noch auf dem Platz, als Marion mit der Tennistasche an ihm vorbeirauschte.

„Soll ich für dich einspringen, Marion?", rief er Marion nach.

„Danke Jacky, das wäre toll. Ich muss bei meinem Arzt assistieren, ein Notfall."

Jacky war dann zu ihr auf den Platz gekommen. Mit einem Tennisschläger in der Hand, groß, braungebrannt, mit diesem lieben Kindergesicht und den dicken Lippen. Auf jedem Tennisplatz standen zwei weißlackierte Bänke zum Ausruhen für die Spieler. Sie hatte gerade ihren Schläger und die Tennisbälle in ihrer Tennistasche, die sie auf der Bank abgestellt hatte, verstaut. Er wusste sogar ihren Namen. „Hallo Ingrid, darf ich für Marion einspringen?"

Sie blickte erfreut auf. Sie kannte Jacky schon vom Sehen. Als sie einmal mit Bernd hier auf der Anlage trainierte, hatte Jacky auf dem Nachbarplatz ein hartes Match mit einem anderen Clubmitglied ausgetragen. Sie hatte sein Spielen sehr bewundert.

„Ja, gerne", erwiderte sie leise und lächelte ihn mit großen Augen an.

„Also, ich bin der Jacky. Ich habe dich hier schon einmal spielen sehen."

Er reichte ihr zur Begrüßung die Hand. Jacky duzte Ingrid und sie nahm das Du sofort auf.

„Ich dich auch", lächelte sie, „und deshalb glaube ich auch nicht, dass ich für dich der richtige Partner bin."

„Das denke ich schon", fiel ihr Jacky ins Wort. „Ich freue mich sogar sehr, mit dir zu spielen. Ich habe doch gesehen, dass du die Bälle schon sehr schön schlägst. Stell dir einfach vor, ich wäre dein Tennislehrer. Vor allem auf der Vorhand bist du schon ganz gut."

Jacky gab sich große Mühe mit ihr und retournierte mit großer Ausdauer auch von ihr völlig unkontrolliert geschlagene Bälle, die auf sein Feld irgendwohin gesprungen waren. Am Schluss der Stunde waren beide ziemlich erschöpft.

„Es hat mir großen Spaß gemacht." Jacky hielt ihre zarte Hand ganz fest. Es war beim Tennis üblich, dass man sich nach dem Spiel mit einem Händeschütteln bedankte.

„Mir auch", hatte Ingrid geantwortet und ihm vielleicht ein bisschen zu lange direkt in die Augen gesehen.

„Jetzt sollten wir aber noch etwas zusammen trinken", meinte Jacky.

„Ich bin dabei", hatte sie geantwortet. „Aber etwas Besonderes!"

Großen Durst hatte Ingrid aber nicht. Während des Spiels war sie öfters zu ihrer Tennisbank gegangen und hatte mehrere Schluck kühles Mineralwasser aus einer großen Flasche zu sich genommen, um den Wasserverlust durch das schweißtreibende Tennisspiel wieder wett zu machen.

„Wir könnten uns ein Glas Bellini gönnen."

„Hier im Clubhaus aus dem Getränkeautomaten?", lachte Ingrid.

„Nein", sagte Jacky, „aber zu Hause habe ich im Kühlschrank ein Glas weißes Pfirsichmus, da mixe ich für jeden von uns ein Sektglas voll Bellini."

Sie war sofort einverstanden.

Er fuhr mit seinem schweren BMW vor ihr her und zeigte ihr den Weg zu seinem Haus und sie folgte ihm in ihrem kleinen Auto nach. Irgendwie war sie bleiern müde vom Tennisspielen und doch angenehm freudig erregt. Jacky hatte von seinen Eltern, die beide schon verstorben waren, ein altes, aber noch gut erhaltenes Einfamilienhaus mit Garten in einer schönen Wohngegend geerbt. Jacky war Single, aber kein Kostverächter. Seine Haushälterin kam dreimal in der Woche und sorgte sich liebevoll um das Haus und um sein leibliches Wohl. Jacky führte Ingrid in ein gepflegt wirkendes Wohnzimmer mit gediegenen Möbeln und sie nahm etwas aufgeregt in einem der weichen, großen Polstersessel Platz.

„Ich bin noch so verschwitzt vom Spielen. Ich mache dir noch Schweißflecken", meinte sie besorgt, als sie sich in die weichen Polster fallen ließ.

Jacky verschwand in die angrenzende Essküche. Sie hörte ihn kurz hantieren. Ein Sektkorken knallte, und schon war er wieder mit zwei vollen Sektgläsern mit weißer Schaumhaube bei ihr.

„Auf unser Spiel, Ingrid", lachte er Ingrid mit seinem Bubigesicht an.

Die zwei Sektgläser klirrten wunderschön kristallen, als sie aufeinander stießen.

„Wir sind zwar schon per Du, Ingrid", flüsterte Jacky, „aber wir müssen noch den Bruderschaftskuss nachholen."

Es war ein zärtlicher, inniger Kuss. Ein wunderschönes Gefühl durchströmte ihren Körper, als sich ihre Lippen berührten. Das Glas Bellini schmeckte herrlich kühl und fruchtig. Ingrid leerte es in einem Zug.

„Entschuldige", sagte Ingrid, „aber es schmeckt so gut."

Jacky verschwand sofort in der Küche und brachte ihr ein zweites, volles Glas.

„Prost", lachte sie und leerte es wieder in einem Zug.

Jacky setzte sich zu ihr auf die gepolsterte Armlehne ihres Sessels. Sie hatten beide ihre Gläser auf dem kleinen, verschnörkelten Tisch aus Mahagoniholz abgestellt. Jacky umfasste vorsichtig ihren

Körper mit beiden Händen und flüsterte leise: „du bist so wunderschön, Ingrid."

Sie blickte ihm direkt in die Augen. Sie antwortete nicht und öffnete verlangend ihren Mund. Sie küssten sich leidenschaftlich. Ihr war so wohlig zu Mute. Die zwei Gläser Sekt verwirrten so herrlich ihre Sinne. Er kniete sich über ihren Körper und seine rechte Hand tastete sich zärtlich unter ihren Tennisrock zu ihrer Scham. Sie ließ es einfach willenlos geschehen, als er blitzschnell und leidenschaftlich ihr schwarzes Seidenhöschen mit dem Rosenmuster über ihre Oberschenkel und Füße zog und seine Zunge ihre Scham wild liebkoste.

„Ich bin doch noch Jungfrau, Jacky", hörte sie sich sagen, ohne irgendeinen Widerstand zu leisten.

Jacky knüpfte entschlossen seine Tennishose auf und mit ein paar ruckartigen Stößen drang er tief in sie ein. Es war wie eine Erlösung für sie. Als ob sie schon immer auf diesen Augenblick gewartet hätte.

„Ich liebe dich!", stöhnte Jacky leidenschaftlich.

Sie blickte ihn hingebungsvoll verloren, aber überglücklich erregt an. Es war ein wunderschönes Gefühl, als er sie wie ein wilder Stier nahm. Sie blickte ihm tief in die Augen und sah dieses Feuer der Leidenschaft, das ihn gepackt hatte. Es waren nur wenige Stöße, da sank er stöhnend auf sie. Er zitterte am ganzen Körper. Er küsste und herzte ihre Stirn, ihre Nase, ihre Ohren, ihren Mund.

„Du bist alles für mich", schluchzte er.

Sie hatte keinen Höhepunkt erlebt, aber es war sehr schön gewesen. Noch nie war ihr ein Mann so nahe gekommen.

„Ich liebe dich auch, Jacky."

Sie streichelte seinen Kopf. Es war ehrlich gemeint. Irgendwie war das schon komisch. Bernd war plötzlich weit weg. Er hatte keine Bedeutung mehr für sie. Schlagartig!

„Seltsam", dachte sie, „wie schnell sich Gefühle ändern können".

Sie war in den Tagen danach mit Jacky noch öfters zärtlich.

Jacky war überglücklich, als sie ihm sagte, dass sie ein Kind von ihm erwartete.

„Wir heiraten sofort!", hatte er übermütig gejubelt.

Er nahm sie in seine Arme, drückte sie fest an sich und liebkoste sie überschwänglich. Auch ihre Eltern nahmen die Botschaft freudig in auf. Es ging ihnen zwar alles zu schnell, aber Jacky war eine gute Partie: Ein Lehrer an der Realschule, fest verbeamtet auf einer Lebenszeitstelle mit gutem Gehalt und dazu noch Eigentümer eines schönen Hauses. Es passte alles.

Die Verlobungskarten hatten sie an alle guten Freunde, Verwandte und Bekannte geschickt. Auch an Bernd hatte sie eine Karte adressiert. Sie wusste, dass das für Bernd sehr, sehr enttäuschend sein musste. Sie hatte Bernd wirklich gern gehabt. Was hatten sie nicht alles gemeinsam unternommen und stundenlang über dies und jenes diskutiert. Aber für ihre Eltern war Bernd nur ein guter Freund ihrer Tochter und nicht schon ihr zukünftiger Ehemann gewesen, ein Student eben, der noch keine fertige Berufsausbildung hatte und keine Frau und Kinder ernähren konnte.

Was Ingrid aber gar nicht in den Kram passte, war, dass ihre Freundin Marion sie überredet hatte, sich heute Abend mit Bernd zu treffen. Sie wollte diese Aussprache mit Bernd nicht. Was sollte sie Bernd denn sagen? Es würde für ihn nur noch schmerzvoller werden, wenn sie ihm persönlich sagte, dass sie Jacky liebte und ihn heiraten wollte. Bernd würde ihr nur Vorhaltungen machen und sie verbal attackieren. Sie wusste, das bedeutete Stress, Stress und nochmals Stress. Das konnten sie und ihr Baby jetzt überhaupt nicht gebrauchen.

Sie lief nackt wie eine Nymphe zum Telefon in der Diele und wählte die Nummer von Marion.

„Hallo Marion!" rief sie aufgeregt ins Telefon. „Du musst mir helfen. Ich kann mich heute nicht mit Bernd treffen. Das wird keine Aussprache, sondern eine laute Auseinandersetzung vor fremden Leuten. Ich kann mir diesen Stress nicht leisten. Ich muss an mein Baby denken. Du musst das verstehen. Ich treffe mich nicht mit Bernd, ich treffe mich überhaupt nicht mehr mit ihm!"

Marion spürte die Aufregung und Angst in ihrer Stimme.

„Du bekommst ein Baby, Ingrid?", fragte sie ungläubig ins Telefon.

„Ja, von Jacky und wir werden in Kürze heiraten. Du musst dich heute an meiner Stelle mit Bernd treffen und ihm auch das mit dem Baby sagen. Das tust du doch für mich. Du bist meine Freundin!"

„Ich gehe hin", erwiderte Marion ein wenig zögerlich.

Eigentlich kam ihr das alles sehr gelegen. Sie mochte Bernd. Sie wollte auch am Sonntag wieder mit ihm Tennis spielen.

Bernd war schon eine halbe Stunde früher beim Treffpunkt im Café Bihler, direkt neben dem Kurpark, erschienen. Auf der weiten Terrasse des Cafés saßen schon etliche Leute an den zierlichen weißen Tischen mit den verschnörkelten Stühlen im Nostalgiestil von 1900 und genossen eine Kleinigkeit zum Essen oder tranken nur ein Glas Bier oder ein Mineralwasser. Vor der Terrasse erstreckte sich eine kleine, abgezäunte Wiese mit blühenden Jasminsträuchern. Auf einer mit Gartenplatten angelegten Fläche stand ein Tisch mit zwei Stühlen. Auf dem Tisch war eine zierliche weiße Vase mit drei Rosen platziert. Es war das Separee im Freien des Cafés. Es war noch nicht besetzt. Neben dem Tisch stand ein besonders großer Jasminstrauch, der einen betörenden, angenehmen Duft verbreitete und den lauschigen Platz gegen Blicke von der Terrasse fast vollständig abschirmte.

Bernd fand, dass dieser noch leere Tisch für eine intime Aussprache hervorragend geeignet war. Er bestellte sich ein Glas Weißbier, das in einem hochstieligen Glas serviert wurde. Er schlürfte die weiße Schaumkrone, die sich oben gebildet hatte, weg und nahm einen tiefen Schluck aus dem Glas. Er blickte ständig unruhig zum Terrasseneingang des Cafés, aber Ingrid war noch nicht zu sehen. Aufgeregt kramte Bernd das schwarze Schmuckschächtelchen aus seiner Hosentasche und öffnete den Deckel. Es war schon Abend und die Sommersonne warf lange Schatten von den Bäumen und Sträuchern auf die Wiese. Er holte den Rubinring aus der Schachtel und hielt ihn hoch. Er glitzerte feurig in der Abendsonne. Der Ring war wirklich schön. Bernd überlegte, ob er Ingrid den Ring sofort bei ihrem Eintreffen überreichen sollte, oder erst im Laufe ihrer Aussprache, wenn der Zeitpunkt dafür günstig war. Er war sehr nervös.

Er wollte etwas von Ingrid: Sie sollte wieder zu ihm zurückkehren. Er war der Bittende. Ein harmonisches Miteinander zwischen Menschen basierte auch immer auf Nehmen und Geben. Das hatte er in Sozialpsychologie gelernt.Er erinnerte sich auch an die Strategien des verbalen Bittens. Entscheidend war immer, wie gesichtsgefährdend der Bittende die Situation einschätzte.

Hatte er, Bernd, Angst sein Gesicht zu verlieren? Nein, aber man sollte sich so verhalten, dass möglichst noch viele Optionen offen blieben. Sollte er Ingrid sofort darum bitten, zu ihm zurück-zukehren? Er wusste, dass diese direkte Strategie nur angebracht war, wenn der Bittende mit dem von ihm gewünschten Erfolg sicher rechnen konnte und zwar ohne für ihn nachteilige Spätfolgen. Was wären denn in seinem Fall die nachteiligen Spätfolgen? Der sofortige Kontaktabbruch für immer und ewig! Ingrid würde, ohne ein Wort zu sagen, aufstehen und gehen. Das wäre natürlich für ihn der Supergau! Bei der Strategie der sogenannten intimen Höflich-keit des Bittens hatte er gelernt, dass drei Verhaltensregeln maß-geblich waren. Sie lauteten:

1. Berufe dich auf eine gemeinsame Basis.
2. Baue eine kooperative Beziehung auf oder berufe dich not-falls auf eine fingierte, und
3. Erfülle einige Wünsche des Adressaten.

Wie sollte er diese drei Verhaltensregeln jetzt in die Praxis um-setzen? Die Theorie sah dafür folgende Schritte vor: Man bezieht sich auf Gemeinsamkeiten durch Verwendung einer intimen All-tagssprache. Man sagt z.b. „mein Schatz" und geht auf die Bedürf-nisse des anderen ein. Man lässt ihn seine Wertschätzung wissen und äußert z.b. „du bist so einfühlsam". Man teilt ihm mit, dass man in Ansichten und Werthaltungen übereinstimmt und sucht dazu auch Gemeinsamkeit über sichere Themen, z.b. ruft man aus „duftet der Jasmin nicht ganz herrlich?". Man meidet Widerspruch, scherzt und drückt sich notfalls auch unklar aus und greift zu Zwecklügen, indem man z.b. sagt „ich weiß, dass ich Fehler ge-macht habe".

„Aber ich habe in Wirklichkeit gar keine Fehler gemacht", dachte Bernd. „Wir waren doch immer so glücklich miteinander. Ich habe ihr doch jeden Wunsch von den Augen abgelesen."

Zum Aufbau der kooperativen Beziehungen, also der zweiten Verhaltensregel gibt man im Gespräch zu erkennen, dass man die Bedürfnisse des anderen kennt, für seine Anliegen und Bedenken Verständnis zeigt, mit ihm in allem übereinstimmt und eine rezi-proke Beziehung anbietet und verspricht. Man bezieht den Partner in seine Rede ein, indem man im Plural „wir" statt von „ich" und „du" spricht. Wünsche, unbewusste, vielleicht sogar geheime des Partners, erfüllt man durch Geschenke wie z.b. durch einen golde-nen Ring mit einem blutroten Rubin. Ja, Bernd wusste alles über die Strategie der intimen Höflichkeit des Bittens. Er würde es heute schon schaffen. Er war sehr zuversichtlich oder vielleicht doch nicht?

Sollte er nicht doch nach der Superstrategie der Verblümung vorgehen? Die sozialpsychologische Theorie sah diese Strategie bei hohem Risiko des Gesichtsverlustes vor. Der Bittende drückt sein Anliegen so aus, dass Mehrdeutigkeit angeboten wird. Er gibt Hinweise, aber überlässt die Interpretation dem Adressaten, dem damit ein Ausweg bleibt, falls er dem Wunsch nicht entsprechen will. Bernd erinnerte sich auch an ein Beispiel, das der Dozent an dieser Stelle zur Veranschaulichung gegeben hatte. Man sagt nicht „Öffne doch endlich das Fenster!", sondern verblümt „Es ist warm hier im Zimmer."

Also, statt „Komm wieder zu mir zurück." sage ich nur „Es war sehr schön mit dir zusammen."

Ingrid ist sehr sensibel. Sie wird dann sofort wissen, was ich von ihr will. Bernd war jetzt sehr nervös. Er hatte Ingrid schon über einen Monat nicht mehr gesehen. Es war gleich acht Uhr. Er hatte sein Glas Weißbier schon fast geleert. Eigentlich trank er nur ganz selten alkoholische Getränke. Der schnell eingeflößte Alkohol hellte seine Stimmung auf.

„Du schaffst es, Bernd!", redete er sich euphorisch Mut zu. „Ingrid kommt zu dir zurück."

Sein Blick war jetzt konstant auf den Eingang des Cafés gerichtet. Immer wieder kamen neue Gäste, meistens Pärchen. Aber Ingrid war noch nicht zu sehen.

„Was will denn Marion jetzt hier?", schluckte Bernd aufgeregt.

Marion erschien am Eingang in einem bunten Sommerkleid und hochhackigen, roten Schuhen und schwenkte ihr rotes Handtäschchen, als sie Bernd am Tisch hinter dem Jasminstrauch erblickte. Das sah Ingrid ähnlich, dass sie sich zur moralischen Verstärkung ihre Freundin mitgebracht hatte. Bernd war aufgesprungen.

„Wo bleibt denn Ingrid?", rief er Marion nervös zu.

Marion kam näher und setzte sich auf den zweiten Stuhl, schlug ihre hübschen Beine übereinander, nestelte an ihrer roten Korallenkette, die ihren Hals schmückte und eröffnete Bernd: „Ingrid kommt nicht. Es tut mir leid, Bernd. Aber sie kann einfach nicht. Das mit Jacky ist etwas Ernstes. Ich glaube, du weißt es selber. Sie haben sich verlobt und wollen bald heiraten."

Bernd stierte in sein fast leeres Bierglas.

„Ich sollte es dir persönlich sagen. Ingrid hat mich angerufen und mich darum gebeten."

Bernd erkannte, dass er sich nur falsche Hoffnungen gemacht hatte. Er fühlte wieder dieses dumpfe Gefühl von Ärger, Enttäuschung und Schmerz.

„Ich weiß, dass du Ingrid liebst, Bernd. Aber glaube mir, du bist nicht der einzige, dem so etwas passiert ist. Ich habe auch schon eine solche böse Erfahrung hinter mir und das ist noch gar nicht lange her. Zuerst glaubt man, die Welt geht unter und man will gar nicht mehr weiterleben. Dann aber gewöhnt man sich an die Vorstellung, dass der andere von einem nichts mehr wissen will. Das tut weh, aber die Zeit heilt Wunden. Das Leben geht weiter. Heute bin ich wieder frei und auch für eine neue Beziehung bereit. Wir sind doch jung. Warum sollten wir nicht jemanden finden, der uns versteht und für den unsere Liebe etwas Wertvolles ist?"

Bernd konnte es immer noch nicht fassen, dass Ingrid nicht gekommen war. Marion meinte es gut mit ihm.

„Weißt du Bernd, Trübsal blasen bringt auch nichts. Ich würde mich sehr freuen, wenn du mich heute Abend zu Eva und Herbert begleiten würdest. Du kennst doch beide noch vom Gymnasium her. Sie sind schon seit zwei Jahren miteinander verheiratet. Eva hat mich heute zu ihrer Geburtstagsparty eingeladen und mir fehlt ein Begleiter."

Marion lächelte Bernd warmherzig an. Sie sah wirklich schick aus, hatte die Augenpartien stark geschminkt und ihre Lippen leuchteten blutrot.

„Okay", murmelte Bernd apathisch. „Ich kenne die beiden. Ich habe aber kein Geschenk für Eva."

„Das brauchst du auch nicht. Ich habe ein Geschenk gekauft, das zählt dann für uns zwei."

„Haben die zwei schon Kinder?", fragte Bernd.

„Nein, du brauchst also keine Angst zu haben, dass eine kleine Nervensäge unsere Party stören wird."

„So habe ich es auch nicht gemeint", erwiderte Bernd. „Außerdem habe ich nichts gegen Kinder, d.h. bis auf meinen kleinen Bruder. Der kann schon öfters verdammt nervig werden."

„Möchtest du auch Kinder, wenn du einmal verheiratet bist?", fragte Marion interessiert.

Bernd sah sie verdutzt an. „Darüber mache ich mir doch jetzt keine Gedanken. Weißt du, ich bin da vielleicht ein wenig altmodisch. Zuerst möchte ich mein Studium abschließen und wenn ich dann finanziell dazu in der Lage sein sollte, dann würde ich mich auf so etwas einlassen. Mit Ingrid hätte ich gern gemeinsam Kinder gehabt."

Marion sagte nichts dazu. Sie hielt es für besser, ihm jetzt nicht mitzuteilen, dass Ingrid ein Kind von Jacky erwartete. Bernd bezahlte sein Weißbier und sie verließen das Café.

„Bist du zu Fuß da?", fragte Bernd.

„Ja, ich wohne gleich hier in der Nähe. Du bist mit dem Wagen da, nicht wahr?"

Er nickte.

„Können wir mit deinem Auto zur Party fahren?"

„Natürlich", erwiderte Bernd.

„Zuerst müssen wir aber zu mir. Ich muss noch das Geschenk für Eva holen."

Sie forderte Bernd auf, noch schnell mit hoch zu kommen. Marion war Single und bewohnte allein ein Zweizimmer-Appartement in einem neugebauten Mietshaus. Sie hatte es nett eingerichtet, ganz modern mit bunten Möbeln. Die Wohnung war blitzsauber aufgeräumt. Überall standen grüne Topfpflanzen.

„Schön hast du es hier", lobte sie Bernd.

Das Geschenk war schon liebevoll eingepackt mit einem rosa Schleifchen und daran hing ein Geburtstagskärtchen.

„Was steckt denn unter dem Geschenkpapier?", fragte Bernd neugierig.

„Es ist eine anatolische, zierliche Teekanne aus Messing. Ich habe sie vor einer Woche auf einem Flohmarkt ergattert. Sie stammt aus der Türkei, hat mir das Mädchen, das sie mir verkauft hat, erzählt. Der verstorbene Onkel ihrer Mutter hat sie von dort mitgebracht. Ich habe die Teekanne so kunstvoll in Geschenkpapier eingewickelt. Ich will sie jetzt nicht wieder auspacken. Aber sie ist wirklich etwas Besonderes, mit einem Pflanzenmusterdekor und arabischen Schriftzeichen. Eigentlich wollte ich sie selbst behalten. Das Mädchen sagte mir, dazu gehörte noch ein Messingteller, ebenfalls mit dem gleichen Dekor verziert. Den hatte sie aber schon verhökert."

„Was hast du dafür ausgegeben?", fragte Bernd.

„Sag es aber nicht unseren Gastgebern", lachte Marion. „Sie hat sie mir für zehn Mark verkauft. Ich habe natürlich ein bisschen gehandelt."

Bernd machte ein ungläubiges Gesicht.

„Also, dass du nicht glaubst, dass ich ihr irgendeinen Kitsch schenke, wickle ich die Teekanne jetzt aus."

Sie fummelte am Geschenkpapier herum, löste die Schleife ab und da stand die Kanne in ihrer Pracht.

„Sie ist wirklich schön", staunte Bernd. „Ist ja wirklich ein Kleinod."

Er nahm sie prüfend in die Hand.

„Die ist ja wahnsinnig schwer," meinte er erstaunt. „Sie schaut so zierlich aus, mit dem langen dünnen Hals, dem filigranen, geschwungenen Griff und dem spitz zulaufenden Deckel. Sie muss aus massivem Messing hergestellt sein. Schade, dass man die arabischen Schriftzeichen nicht versteht. Höchstwahrscheinlich irgendein Spruch aus dem Koran."

Marion wickelte die Teekanne wieder fein säuberlich ein.

„Du kannst inzwischen meine Kostbarkeiten bewundern, bis ich hier fertig bin."

Marion hatte einige schöne Gegenstände in ihrem Glasschrank. Bernd lächelte.

„Die Teekanne hier sieht deinem Geschenk sehr ähnlich. Woher hast du denn den wohlgenährten Buddha?"

„Fast alles, was du hier siehst, habe ich auf Flohmärkten erworben."

Marion war stolz auf ihre Preziosen. Sie sammelte diese exotischen Artefakte.

„Hast du die Länder, aus denen sie stammen, auch schon bereist?"

„Leider nein", erwiderte Marion. „In der Türkei war ich schon einmal vor zwei Jahren mit meinen Eltern. Wir haben in der Südtürkei, in der Nähe von Alanya Badeurlaub gemacht. Der Ort hieß Avsallar und das Hotel, ein bisschen außerhalb vom Zentrum, aber direkt am Meer gelegen, Justiniano Beach."

„Gefallen dir die türkischen Männer?", fragte Bernd ein bisschen spöttisch.

„Ich finde, sie sehen gut aus. Im Hotel waren alle sehr zuvorkommend und höflich. Sie sprechen perfekt deutsch und sind auch nicht aufdringlich. Die sind ganz anders als diese Papagallos in Italien, die einen sofort anmachen."

„Aber Machos sind diese Südländer doch alle, oder vielleicht nicht?"

„Es ist ein ganz anderer Kulturkreis als bei uns", erwiderte Marion. „Die Türken sind Moslems und bei den gläubigen Türken bestimmt auch heute noch der Koran des Propheten Mohammeds ihr Leben viel strenger als bei den gläubigen Christen die Bibel. Wir haben in unserem Urlaub auch eine Dörferfahrt in die nahen Berge gemacht und dort in einem malerischen Bergdorf eine alte Moschee besichtigt. Da hat uns der türkische Reiseleiter, er hieß Ali, sehr ausführlich und anschaulich über die Sitten und Gebräuche der Moslems berichtet."

„Bei uns hier in Deutschland leben auch schon viele Türken. Ich finde, die Frauen sehen in ihren Kopftüchern ganz fürchterlich aus."

„Mag sein", erwiderte Marion. „Die Verhüllung der Frau geht auf eine Prophetenäußerung zurück. Aber die Türkinnen müssen wenigstens keinen Schleier tragen."

„Ich habe gehört, dass in der Türkei, vor allem in dörflichen Religionen, noch immer die Eltern den zukünftigen Ehemann ihrer Tochter aussuchen. Stimmt das?"

„Ja, das stimmt", bejahte Marion die Frage. „Das hat uns der Reiseleiter auch erzählt. Aber der Koran erlaubt nicht, dass ein herangewachsenes Mädchen von den Eltern zurückbehalten wird und am Heiraten gehindert wird. Ich erinnere mich noch, dass Ali gesagt hat, drei Dinge darf man nicht zurückstellen: Ein zeitlich fällig gewordenes Gebet, einen für die Bestattung vorbereiteten Leichnam und ein Mädchen bzw. eine Frau im heiratsfähigen Alter."

„Das hört sich gut an." Bernd musste lachen.

„Und es wird auch bei den Moslems nicht als erlaubt angesehen, ein Mädchen mit einem Mann zu verheiraten, den es nicht haben will. Das Mädchen ist um seine Meinung zu fragen."

„Ob so auch die Praxis aussieht?", wandte Bernd ein.

„Jetzt fragst du mich gleich, warum Vielweiberei bei den Moslems erlaubt ist", sagte Marion.

„Oh Gott, ich glaube nicht, dass mir nach Vielweiberei zu Mute ist", erwiderte Bernd kläglich.

Er liebte doch nur seine Ingrid.

„Warum sollte ich dich danach fragen? Du musst keinen Anwalt für türkische oder moslemische Sitten und Gebräuche spielen."

„Wenn man mit deutschen Männern über dieses Thema spricht, dann wird immer darüber dumm dahergeredet. Der Reiseleiter hat uns das Warum genau erklärt. Zur Zeit, als der Prophet gelebt hat, hat die Versorgung der Frau eine ganz andere Rolle gespielt als heute, wo die Frauen selbst einen Beruf ausüben und sich selbst ernähren können. In einem Koranvers gestattet der Prophet den Männern gleichzeitig bis zu vier Ehefrauen zu haben. Ali hat uns erzählt, dass es in diesem Vers heißt ‚Nehmt euch zu Weibern zwei oder drei oder vier und so ihr fürchtet, nicht billig zu sein, so heiratet nur eine.'"

„Billige Frauen gibt es nicht", murrte Bernd und dachte an die 540 Mark, die er für den schönen Rubinring für Ingrid ausgegeben hatte."

„Billigkeit bedeutet in dem Koranvers etwas ganz anderes", erläuterte Marion. „Billigkeit heißt hier Gerechtigkeit: Mit Gerechtigkeit ist nicht subjektive Gerechtigkeit im Sinne von Gleichheit hinsichtlich von Liebe und Zuneigung gemeint, sondern objektive Gerechtigkeit in Sinne von Gleichheit der Versorgung mit Speise, Trank, Unterkunft und Beiwohnung. Alle Frauen müssen in diesem Sinne von ihrem Mann gleich behandelt werden."

„Was heißt denn schon wieder Beiwohnung?", meinte Bernd mürrisch.

„Beiwohnung heißt einfach Beischlaf und was Beischlaf bedeutet, muss ich dir nicht erklären, oder?"

Bernd sagte nichts darauf. Solche Belehrungen war er nicht gewöhnt. Sonst war er es immer, der den anderen das Wie und Warum erklärte.

„Aber findest du es denn gerecht, dass sich nur die Männer mehrere Frauen nehmen können? Das ist doch eine Missachtung der Rechte der Frau, oder?", fragte Bernd.

„Das hat damals eine Frau aus der Reisegruppe unseren Ali auch gefragt", antwortete Marion.

„Und wie hat dieser Macho sich hinausgeredet?"

„Er wusste sofort eine Antwort. Diese Frage hat man ihm offensichtlich schon oft gestellt und er hat gleich mehrere Argumente parat gehabt."

„Da bin ich jetzt aber neugierig."

„Ali hat gesagt, es handelt sich nicht um ein Gebot, sondern um eine Gewährung, von der man Gebrauch machen kann oder nicht. Stellt die Frau bei der Trauung die Bedingung, dass der Mann mit ihr in Einehe zu leben hat, muss er sich danach richten."

„Das hört sich ganz passabel an", kommentierte Bernd.

„Die Gewährung ist auch nicht uneingeschränkt, sondern an die Bedingung der Billigkeit gebunden. Wer nicht imstande ist, in Billigkeit gegen mehrere Frauen zu verfahren, dem ist die Mehrehe verwert."

„Da hat euch dieser Ali mit seinen Argumenten schnell eingewickelt. Ich glaube, dass hinter diesem Prophetengesetz ganz nüchterne Gründe der Staatsraison standen. Durch die vielen Kriege in der damaligen Zeit kam es zu einer Abnahme der männlichen Population und dann musste einfach für die alleingebliebenen Frauen die Möglichkeit bestehen, sich wieder zu verheiraten und sei es als Zweitfrau. Und die Söhne, die dann geboren wurden, hat man wieder als Soldaten verheizt."

„Kann schon sein", meinte Marion, „dass dies auch ein triftiger Grund gewesen ist. Persönliche Gründe spielen in diesem Zusammenhang auch eine Rolle. In bestimmten Ehen mag einem potenten Mann, der sich Kinder wünscht, eine gefühlskalte, kranke oder unfruchtbare Frau gegenüberstehen. Um in solchen Situationen den Mann vor Unzucht zu bewahren, ohne dass die erste Ehe aufgelöst werden muss und der Familie zu der ersehnten Nachkommenschaft zu verhelfen, sah man in dieser Gewährung den rettenden Ausweg."

„Das hört sich schon sehr konstruiert an", meinte Bernd. „Aber gut, sei's drum, ein logisches Argument ist es."

„Wie ist es denn bei uns, wo die Einehe gesetzlich vorgeschrieben ist? Da gibt es etliche Männer, die sich nicht mit einer Frau begnügen wollen oder können und verbotene bzw. heimliche Beziehungen aufnehmen, die zur Zerrüttung der Familie, der Gesellschaft und der Moral führen."

„Stimmt eigentlich!", bejahte Bernd den Einwand. „Aber warum erlaubt der Prophet denn nicht, dass eine Frau mehrere Männer vor dem Gesetz nehmen darf?"

„Das hat uns Ali auch begründet. Der Prophet hat darauf hingewiesen, dass Mann und Frau mit unterschiedlichen Bestimmungen im Leben von Gott erschaffen wurden. Die bedeutendste davon ist die spezifische Fähigkeit der Frau, Kinder zu bekommen. Die Gesellschaft braucht die Familie, und die Kenntnis der Abstammung ist für die Familienbande unumgänglich notwendig. Erhielte die Frau die Gewährung, mehr als einen Mann zu haben, so wüsste man nicht ohne weiteres, von welchem Mann ein Kind abstammt. Die Familienbande wären gelöst und im Ergebnis geriete auch die Gesellschaft in Auflösung."

„Nun, das mag früher einmal so gewesen sein", antwortete Bernd. „Heute kann man mit der DNS-Analyse genau sagen, von welchem Mann die Frau ein Kind empfangen hat. Aber gut, aus der damaligen Sicht mag das schon wichtig gewesen sein. Ein Freund von mir, Christian, er leitet eine Band in Ebersberg, du wirst ihn nicht kennen, hat mir erzählt, die Verhaltensbiologen sagen, der Mann will nur in die eigene Nachkommenschaft investieren und nicht fremde Kinder aufziehen. In Wirklichkeit geht es nur um die Reproduktion der eigenen Gene. Deshalb haben Männer auch im Laufe der stammesgeschichtlichen Entwicklung der Menschheit eine Ablehnung gegen eine feste Beziehung mit promisken Frauen entwickelt. Sie investieren langfristig nur in Beziehungen, in denen ihnen keine Hörner aufgesetzt werden. So stehen Treue und Keuschheit der Frau und die Eifersucht des Mannes im Dienste der Vaterschaftssicherheit. Daher bewerten Männer die Keuschheit bei einer potentiellen Partnerin höher als dies umgekehrt Frauen tun."

Bernd war froh, gegenüber Marion auch einmal mit überlegenem Wissen auftreten zu können.

„Würdest du mit dem, was du über den Islam alles weißt, einen Moslem heiraten, einen Araber, Perser oder einen Türken?"

Die Frage überraschte Marion jetzt. Bernd redete weiter.

„Die meisten Mädchen bei uns sind doch so dumm, und träumen von einem reichen, arabischen Scheich oder türkischen Sultan, mit dem sie dann in seinem Palast wie im Märchen von Tausend und einer Nacht mit großem Hofstaat, mit Dienern und Dienerinnen residieren werden."

„Nun im Märchen von Tausend und einer Nacht wurden die Mädchen alle nach der ersten Liebesnacht umgebracht, oder so ähnlich", wandte Marion ein. „Aber verlockend und aufregend wäre das schon irgendwie", lächelte Marion. „Andererseits, wenn man den Film ‚Nicht ohne meine Tochter' gesehen hat, dann weiß man, was man alles aufgibt, wenn man als Frau in so einen Kulturkreis hineinheiratet. Die Frauen haben dort offensichtlich nur wenig Rechte. Und die schönen Worte des Propheten bringen dann auch nichts mehr."

„Du denkst wenigstens vernünftig, Marion", meinte Bernd.

„Solange man hier in Deutschland mit einem Moslem lebt, ist sicher alles okay. Aber wenn man in sein Heimatland zieht, ändert sich bestimmt vieles. Seine Familie übt dann Druck auf ihn aus und er behandelt dich dann wie ein unmündiges Kind. Das hat der Film sehr drastisch gezeigt. Was die wenigsten Frauen bei uns wissen ist, dass der Prophet den Ehemännern im äußersten Fall auch erlaubt, sie zu schlagen. Als eine Frau aus unserer Reisegruppe unseren Ali mit dieser Feststellung konfrontierte, hat er das ganz freimütig zugegeben und auch gleich einen Koranvers zitiert: ‚Diejenigen aber, für deren Widerspenstigkeit ihr fürchtet, warnet sie, verbannet sie in die Schlafgemächer und schlagt sie'. Ali hat aber gleich einschränkend erwähnt, dass der Prophet sein Leben lang nie gegen eine Frau die Hand erhoben hat und geäußert hat ‚Wer von euch sie schlägt, gehört nicht zu den Besten unter euch.'"

„Andere Länder, andere Sitten!", kommentierte Bernd Marions interessante Äußerungen. „Man müsste einfach unsere Mädchen schon in der Schule besser auf solche Dinge vorbereiten."

„Das stimmt", ergänzte Marion. „Vielleicht in Fächern wie Sozialkunde oder Erziehungskunde. Man sollte nicht nur theoretisches Wissen vermitteln, sondern stärker praktische Lebenshilfe leisten. Bei uns in Deutschland leben schon Millionen von Türken. Da sind Verbindungen zwischen deutschen Mädchen und türkischen Jungen sicher an der Tagesordnung und die kulturellen Probleme kommen dann, wenn sie heiraten und die Liebeseuphorie dem Alltag gewichen ist. Wie soll das Kind erzogen werden, nach moslemischem Gesetz oder nach christlichen Wertvorstellungen?"

„Christian hat mir da den Fall eines Mädchens, einer sehr guten Bekannten aus seiner früheren Clique aus Ebersberg geschildert", fing Bernd zu erzählen an. „Sie heißt Julia. Sie stammt aus einem guten Elternhaus. Der Vater ist Zahnarzt. Christian sagt, der Vater schaut wie ein Türke aus, ist aber keiner. Jedenfalls, das Mädchen hat sich in einen jungen Türken verliebt. Er hat in München eine Banklehre gemacht. Seine Eltern sind reich und haben eine großes Teppichgeschäft in Alanya. Die Hochzeit zwischen den beiden wurde pompös mit 200 geladenen Gästen in Alanya gefeiert. Christian sagt, er war auch eingeladen. Es war sehr interessant und alles vom Feinsten. Als der junge Ehemann seine Banklehre in München

112

beendet hatte, sind die Jungvermählten nach Alanya in das Haus seiner Eltern gezogen und Julia hat auch gleich einen Sohn zur Welt gebracht. Ihr Ehemann war wahnsinnig eifersüchtig. Das ging alles nur zwei Jahre gut. Dann war ständig Zoff zwischen den beiden. Julia durfte am Schluss nicht mehr ohne Begleitung das Haus verlassen. Als sie ihrer Schwiegermutter andeutete, dass sie sich von ihrem Sohn trennen würde, hat die ihr das Kind weggenommen. Jetzt lebt Julia wieder bei ihren Eltern in Ebersberg und darf ihr eigenes Kind nicht mehr sehen."

„Drum prüfe, wer sich ewig bindet, ob sich das Herz zum Herzen findet; der Wahn ist kurz, die Reu ist lang", rezitierte Marion ironisch Schiller. „Aber tragisch ist so etwas allemal. Der Hang zu Ausländern, wie ich ihn bei manchen meiner Freundinnen beobachte, ist bei mir nicht so ausgeprägt. Du wirst im Ausland sicher von den Einheimischen nicht voll akzeptiert und bleibst die Fremde. Und dazu hast du auch noch Probleme mit der fremden Sprache und mit fremden Sitten und Gebräuchen. Ich halte mich da lieber an die deutschen Jünglinge. Mir wäre auch einer aus Bad Aibling oder der nahen Umgebung am liebsten. Mir gefällt es hier sehr gut und hier möchte ich auch bleiben."

Sie blickte Bernd lange an. Bernd war nicht unsensibel, aber Marion war für ihn nur ein Notnagel. Als sie wieder im Auto auf dem Weg zur Geburtstagsparty unterwegs waren, fragte Bernd: „Was machen denn unsere beiden Gastgeber beruflich?"

„Herbert ist seit einem Jahr Lehrer in der Hauptschule hier in Bad Aibling. Deine Mutter wird ihn sicher kennen. Sie ist doch auch Lehrerin. Eva ist freiberuflich tätig. Sie hat sich auf Hinterglasmalerei spezialisiert und macht wirklich schöne Sachen. Herbert ist außerdem ehrenamtlicher Heimatpfleger. Das ist schon seit langem sein Hobby. Er weiß alles über die Geschichte des Landkreises und kennt jede Kapelle und jede Kirche in und auswendig. Wenn du etwas über Sitten und Gebräuche unserer Vorfahren in Bayern erfahren willst, dann brauchst du ihn nur zu fragen."

Bernd wollte im Augenblick nichts über Sitten und Gebräuche von Leuten erfahren, die überhaupt nicht mehr lebten. Er hatte gehofft, heute Ingrid nach langer Zeit wieder zu sehen. Er wollte sie für sich zurückgewinnen und hatte ihr ein wunderschönes Geschenk gekauft. Nun saß er hier im Auto und fuhr mit Marion zu Leuten, die er nur oberflächlich kannte. Was wollte er denn dort?

Andererseits hatte er auch keine Lust nach Hause zu fahren und sich zu seinen Eltern und zu seinem Bruder zu setzen und „Wer wird Millionär" anzuschauen, wenngleich er diese Sendung sonst ganz amüsant fand. Warum ist Marion nicht Ingrid? Wie schön könnte das Leben sein. Ingrid war jetzt sicher mit Jacky zusammen. Dieser Gedanke machte ihn ganz krank. Die Vorstellung, dass seine Ingrid mit Jacky auch noch intim werden konnte, war für ihn ganz fürchterlich. Nein, Ingrid hatte Prinzipien. Sie wollte als Jungfrau in die Ehe gehen. Bernd beruhigte sich mit dieser Aussage Ingrids.

Die Party fand im Garten eines Reihenhauses statt, das Eva und Herbert gemietet hatten. Das Gartengrundstück war klein und durch eine hohe Ligusterhecke ringsum von neugierigen Blicken der Nachbarn gut abgeschirmt. Marion und Bernd waren offensichtlich die letzten noch fehlenden Gäste, die zum Geburtstag von Eva eingeladen worden waren. Mit Eva und Herbert zusammen waren sie fünf Paare. Marion begrüßte Eva überschwänglich.

„Alles, alles Liebe zu deinem Geburtstag! Und hier habe ich dir ein kleines Geschenk und für mich Bernd mitgebracht."

Marion und Eva lachten übermütig. Bernd gratulierte ebenfalls und erhielt auch ein angedeutetes Küsschen von Eva auf die Wange.

„Wir kennen uns vom Gymnasium. Du warst eine Klasse unter mir, nicht wahr?", meinte Eva.

„Ja, das stimmt", erwiderte Bernd. „In der Unterstufe haben wir zusammen im Schülerchor gesungen. Ich erinnere mich noch ganz gut."

Marion und Bernd bekamen ein Glas kühler Erdbeerbowle gereicht, und wurden reihum allen Gästen mit großem Hallo vorgestellt. Marion kannte fast alle persönlich. Der Hausherr Herbert brutzelte saftige Steaks am offenen Kohlegrill auf der Terrasse. Mit einer Grillzange drehte er gerade die wohlduftenden Fleischstücke um.

„Hallo Bernd, schön dich nach so langer Zeit wieder einmal zu sehen. Das ist schon eine Ewigkeit her, dass wir in der Schulmannschaft zusammen Basketball gespielt haben."

Natürlich, an Herbert konnte sich Bernd auch erinnern.

„Was treibst du denn so immer?", fragte der Hausherr freundlich.

„Ich studiere noch Psychologie und sitze gerade an meiner Diplomarbeit", antwortete Bernd.

„Und Tennis spielst du auch noch?", fragte Herbert weiter und nahm einen Schluck kühlen Bieres aus dem Glas, das er auf dem Tisch neben dem Grill mit einer großen Schüssel mit rohen Fleischstücken stehen hatte. In der Nähe des Kohlengrills war es verdammt heiß.

„Ja, Tennis spiele ich auch noch. Aber nicht mehr in der Herrenmannschaft. Dafür habe ich jetzt keine Zeit mehr. Ich muss sehen, dass ich mein Studium erfolgreich abschließe, und das kostet Zeit."

„Und du bist schon bestallter Lehrer hier in der Hauptschule, hat mir Marion erzählt."

„Ja, es gefällt mir auch sehr gut. Ich komme auch prima mit meinen Schülern aus. Übrigens hat mich deine Mutter gefragt, ob du bei mir testen darfst."

„Ach du bist das!", antwortete Bernd. „Ich komme schon am Montag in deine Klasse zum Testen."

„Ja, ich weiß Bescheid. Mit der Klasse geht alles glatt. Es sind sehr nette Mädchen und Jungen. Die meisten sind auch sehr lernmotiviert. Sonst heißt es immer: Hauptschule ist gleich Restschule. Das stimmt aber für meine Klasse überhaupt nicht. Sie wollen fast alle den Qualifizierten Abschluss machen."

„Ich wusste gar nicht, dass du schon verheiratet bist", redete Bernd weiter.

„Seit einem halben Jahr und bis jetzt glücklich", lachte Herbert. „Wir haben aber nur standesamtlich geheiratet, ohne großes Aufsehen. Eva wollte das so. Vielleicht kann ich sie noch überreden, und dann holen wir die kirchliche Hochzeit mit großem Pomp und vielen geladenen Gästen nach."

Marion und Eva gesellten sich zu den zwei.

„Wie weit sind denn deine Steaks schon?", fragte Eva ungeduldig. „Unsere Gäste verhungern gleich."

„Es dauert nicht mehr lange, Schatz", antwortete Herbert.

„Also, wenn ich einmal heirate, Eva, dann nur in Weiß, mit einer Kutsche und Brautjungfern usw.", führte Marion das Gespräch von Herbert und Bernd fort.

„Ihr könnt euch gar nicht vorstellen, mit welchem Aufwand vor hundert Jahren hier in den ländlichen Gebieten eine Hochzeit gefeiert wurde!", lächelte Herbert.

„Erzähl doch", ermunterte ihn Marion. „Das interessiert uns doch alle. Außer euch zwei hat von uns noch keiner geheiratet, oder?"

Sie drehte sich den anderen Gästen zu und rief laut: „Herbert erzählt uns jetzt, wie man richtig heiratet, mit allem Pipapo."

„Okay", sagte Herbert," aber nicht hier beim rauchigen Grill. Wenn das Fleisch fertig ist, und wir alle beim Essen sitzen und wenn es euch nicht langweilt."

Sie saßen alle ein wenig beengt, aber wohl gelaunt um den großen Gartentisch und ließen es sich schmecken. Jeder hatte ein saftiges, gegrilltes Stück Fleisch auf seinem Teller. Zusammen mit den schmackhaft zubereiteten Salaten war das Geburtstagsessen wirklich eine feine Sache. Herbert hatte eine große Karaffe mit Rotwein auf den Tisch gestellt und sie ließen Eva mit klingenden Gläsern hochleben.

„Gefällt es dir hier?", flüsterte Marion Bernd ins Ohr.

„Alles paletti", grinste Bernd.

Es waren wirklich alles nette Leute. Herbert hatte gehofft, dass Marion seine angekündigte Hochzeitsstory vergessen hatte, aber dem war nicht so.

„Also, jetzt leg los Herbert! Wie war das mit dem Heiraten vor hundert Jahren hier auf dem Lande?", ermunterte sie ihn.

„Wir können uns das alles gar nicht mehr so vorstellen. Aber vor hundert Jahren waren die Zeiten für junge Leute auf dem Land viel schlechter als heute. Es gab keine Discos, wo man schnell Liebschaften knüpfen konnte oder sonstige Freizeitvergnügungen, wo Männlein und Weiblein sich treffen konnten; keine Autos, keine Motorräder, die jeden Ort sofort erreichbar machten. Einem Bauernsohn wurde erst dann der Hof übergeben, wenn er die Richtige gefunden hatte,um eine Familie zu gründen, und ein junges Mädchen hatte kaum die Möglichkeit, einen Beruf zu erlernen. Die meisten blieben, wenn sich in ihrer Jugend nicht Gelegenheit zur Einheirat bot, ihr Leben lang Dienstboten."

„Dienstboten – wie sich das schon grässlich anhört", kommentierte Marion die Ausführungen von Herbert.

„Und deshalb war Heiraten so wichtig, um einen gewissen Grad an Selbständigkeit und Ansehen in einer Gemeinde zu bekommen. Und da man hier tiefkatholisch war, haben die Mädchen die heilige Katharina als christliche Fürbitterin in besagtem Anliegen angerufen: ‚Heilige Kathi, dich ruf ich an, schick mir doch endlich einen Mann!‘"

Eva kicherte vergnügt.

„Auch mit abergläubischen Praktiken haben die Mädchen versucht, einen Blick in die Zukunft zu werfen."

„Mit was denn?", fragte Susanne interessiert, die mit ihrem Freund Peter zur Party gekommen war.

„Das heiratswillige Mädchen hat z.b. einen Obstbaum in der Nacht umarmt und dabei gerufen: ‚Baum, I schüttel di, heiliger Andrä, I bitt di, laß mir ein Hünderl bellen von durt, wo mein Zukünftiger herkommen tuat.‘"

Peter prustete los. Fast hätte er sich verschluckt. Aber auch die anderen konnten sich nicht mehr halten. Selbst Bernd lachte laut mit.

„Geht's noch?", fragte Herbert in die Runde.

„Na klar", meinte Marion. „Da schmeckt das Essen noch viel besser, wenn ein Geschichtenerzähler etwas zum Besten gibt."

„Ihr müsst euch das so vorstellen", fuhr Herbert fort, „Heiraten auf dem Lande waren nicht nur Herzens- sondern vor allem Geschäftsangelegenheiten. Je größer der Besitz, desto mehr stand das Geld im Vordergrund."

„Ich möchte auch eine gute Partie machen!", warf Marion ein.

„Vielleicht einen reichen Arzt mit gutgehender Praxis", meinte Eva schnippisch. „Aber dein Chef ist schon verheiratet und hat drei Kinder."

„Dann eben als Zweitfrau", bemerkte Bernd ironisch.

Marion sah Bernd leicht verletzt an.

„Aber Gelegenheiten zum Kennenlernen geeigneter Partner und Partnerinnen gab es damals nicht viele und nur bei Kirchweihfeiern und Wallfahrten überschritt man Dorf- und Landgerichtsgrenzen. Nur die Viehhändler wussten über die Leute und Besitzstände in den verschiedenen Dörfern Bescheid. Und aus ihnen rekrutierte sich der Stand der Brautvermittler, der Schmuser, die bei erfolgreicher Vermittlung eines Paares mit dem Schmu bezahlt werden musste. Die Braut besuchte zuerst meist in Begleitung ihrer Eltern oder des Schmusers den Hof ihres Zukünftigen und wenn man über die Vermögensverhältnisse Handels eins geworden war, kam der Freier ins Haus der Braut und zahlte ihr das sogenannte Haftlgeld, weil er sich damit an sie band. Beim Notar wurde sodann der Hochzeitsbrief und Übergabevertrag protokolliert. Am selben Tag noch meldete sich das Brautpaar zum Stuhlfest im Pfarrhof an. Das war die vor zwei Zeugen durch den Geistlichen vollzogene Verlobung. Vorher musste das Paar noch das Brautexamen über sich ergehen lassen. Das bestand in der Aufsagung der Glaubensartikel und des Vaterunsers."

„Da hätte mein Peter schon die ersten Probleme", lachte Susanne.

„Bitte stell mich jetzt nicht vor den anderen bloß", grinste Peter.

„Und wann fand dann die eigentliche Hochzeit statt?", fragte Marion ungeduldig.

„Bevorzugte Termine waren nach der Erntezeit. Dann blieb wegen der Feier noch am wenigsten Arbeit liegen. Besonders gern wurde die Zeit zwischen Erntedank und Kirchweih gewählt. Zwischen Verlobung und Hochzeit lag die Verkündzeit. An drei aufeinanderfolgenden Sonntagen wurde die bevorstehende Hochzeit in der Kirche verkündet."

„So etwas gibt es doch auch heute noch", meinte Susanne.

„Eine wichtige Person während der Verkündzeit war die Näherin, die ‚Nahderin'. Sie richtete die Geschenke der Braut für die Gäste her, seidene oder baumwollene Taschentücher von bunter Farbe, die als Glücksbringer galten, und kümmerte sich um die bräutliche Ausstattung. In den Tagen unmittelbar vor der Hochzeit wurde der sogenannte Kammerwagen der Braut mit dem Brautbett hergerichtet und geschmückt. Die Braut besprengte dann die Pferde und den mit der Aussteuer beladenen Wagen mit Weihwasser und zusammen mit der Nahderin ging dann die Fahrt zum Hof des Bräutigams. Am Abend vor der Hochzeit schaute der Herr Pfarrer herein und sprach über das Ehebett, die Wohnstätte und über alle vollgefüllten Kästen und Schränke den Segen nach römischem Ritual. Die Braut fuhr dann auf dem leeren Wagen wieder heim und die männliche Jugend des Dorfes feierte mit dem Bräutigam mit Tanz, Musik großem Geschrei und dem Zerschlagen von altem Geschirr, um drohendes Unheil zu verscheuchen, den Polterabend."

„Der Polterabend ist auch heute noch lebendig", meinte Bernd. „Aber dass das etwas mit dem Vertreiben von bösen Geistern und Dämonen zu tun hat, habe ich nicht gewusst."

„Am Hochzeitstag schon um drei Uhr in der Früh erfolgte dann das Anschießen. Und um sechs Uhr erschien die Musikkapelle, um den freudigen Tag anzustimmen. Im Haus des Bräutigams versammelten sich in der Zwischenzeit die geladenen Gäste. Sie wurden mit einer Morgensuppe bewirtet. Am Hochzeitstag sollte die Braut nicht viel lachen. Das brachte Unglück. Interessant ist, dass früher bei der Feier in der Kirche keine Eheringe ausgetauscht wurden. Einen Ring erhielt nur die Braut, den sogenannten Gmachelring, den Ring vom Gemahl, und man schrieb diesem Ring wegen der hochzeitlichen Weihe große Zauberkraft zu. Es hieß, er könne einen untreuen Gatten zur Rückkehr zwingen, vor Impotenz bewahren und vor einem Vertausch der Kinder schützen. Nach der Einsegnung des Paares durch den Geistlichen fand dann ein feierliches Hochamt statt."

„So stelle ich mir auch meine Hochzeit vor, ganz feierlich, in einer wunderschönen Barockkirche mit einem großen Chor und Orgelspiel und vielen Freunden", hauchte Marion verklärt.

„Nach der Kirche führte der Weg des Hochzeitszuges in das Wirtshaus, wo die Braut von der Köchin mit der Aufforderung ‚Braut, probier's Kraut' empfangen wurde. Damit sollte das kompetente Urteil der frischvermählten Braut unterstrichen werden. Natürlich wurde diese Ehre mit einem Trinkgeld honoriert, das die Braut in einem ihr von der Köchin vorgehaltener Kochlöffel legen musste. Durch das gemeinsame Mahl wurde die Zusammengehörigkeit der Hochzeitsgäste betont und gefestigt. Einen vollen Wirtshaussaal mit allen Verwandten und Freunden sah man als Vorbedingung für einen glücklichen Ehestand an. Darum nahm auch von jedem Hof zumindest eine Person an der Hochzeit teil."

„Gab es damals auch schon den Brauch des Brautstehlens?", fragte Bernd.

„Ja, das Brautstehlen hat schon eine lange Tradition", erwiderte Herbert. Er schenkte sich ein neues Glas Rotwein ein und nahm einen Schluck. „Leider weiß man aber eigentlich nicht, wie es entstanden ist. Es gibt nur Spekulationen darüber."

„Es ist der letzte verzweifelte Versuch des Bräutigams, Junggeselle zu bleiben. Er hat die frechen Brauträuber dazu angestiftet und dafür bezahlt", lachte Peter.

„Nein, das stimmt natürlich nicht", meinte Herbert ein wenig zu ernst. „Einige Brauchtumsforscher vermuten hinter dem Brautstehlen den alten Wettstreit des Standes der Verehelichten mit den Junggesellen und daneben auch eine eindringliche Mahnung an den Bräutigam, seine neuerworbenen Rechte und Pflichten des Schutzes sorgsam zu warten. Andere glauben, es könnte der Wunsch dahinter stehen, durch den kurzzeitigen ‚Besitz der jungen Frau' am

Glück der Neuvermählten teilzuhaben. Und eine weitere Spekulation glaubt, durch die Entführung werden lauernde, böse Dämonen abgelenkt und überlistet."

„Vielleicht ist an allen Erklärungen etwas dran", versuchte Marion ein Résumé.

„Für die Mehrzahl der geladenen Hochzeitsgäste war aber die herzhafte Arbeit des Schmausens vor einem reich gedeckten Tisch das Wichtigste an so einem Festtag. Was man nicht zwingen konnte, wurde in einem Tüchlein eingepackt und mit nach Hause genommen", fuhr Herbert in seinen interessanten Ausführungen fort.

„Bernd, hast du für mich ein sauberes Taschentuch dabei?", kicherte Marion, während sie mit der Gabel ein Stück gegrilltes Fleisch aufspießte.

Alle lachten. Der süffige Rotwein tat sein Übriges.

„Bei einem so üppigen Mal war ab und zu Bewegung von Nöten. Die Musikanten spielten auf und so unterbrach der Tanz von Zeit zu Zeit das viele Essen. Und das gilt auch heute noch."

Herbert stand auf und legte eine Tanzmusikkassette in den Recorder seiner Musikanlage ein. Heiße, südamerikanische Rhythmen animierten zu einem flotten Tänzchen auf der Terrasse und alle schwangen begeistert das Tanzbein. Es wurde eine ausgelassene Geburtstagsparty. Aber zu laut durfte man nicht werden, wegen der Nachbarn. Bernd hatte schon viel getrunken. Der Alkohol nebelte seine Erinnerung an den frustrierenden Vorfall mit Ingrid, die nicht zur Aussprache gekommen war, ein, und Marion hielt ihn mit immer neuen Tänzen auf Trab.

Gegen ein Uhr morgens waren nur noch gefühlvolle, langsame Rhythmen zu hören. Marion tanzte Wange an Wange mit Bernd und schmiegte ihren Körper eng an ihn. Es war eine laue Sommernacht. Um drei Uhr gingen die Lichter in den bunten Lampions, die, um die Terrasse herum, für Beleuchtung gesorgt hatten, aus. Der Hausherr und die Hausherrin nötigten ihre Gäste durch die Blume zum Gehen. Bernd konnte nicht mehr Auto fahren.

„Doch, ich fahre! Ich habe den Schlüssel", begehrte Bernd auf.

Marion nahm ihm den Schlüsselbund weg und bugsierte Bernd auf den Beifahrersitz. Marion fuhr zu ihrer Wohnung.

„Ich mache dir noch einen starken Kaffee. Komm mit rauf zu mir", ermunterte sie Bernd zum Aussteigen, als sie vor dem Mietshaus parkte.

Bernd stolperte ein paar Mal auf der Haustreppe nach oben, aber Marion stützte ihn tatkräftig und schließlich ließ sich Bernd auf einen ihrer knallgelben Wohnzimmersessel schwer fallen. Marion hantierte eine Ewigkeit in der Küche und kam dann mit einer duftenden Tasse Espresso zu Bernd.

„Jetzt wirst du gleich wieder putzmunter", redete sie Bernd an.

Bernd war eingeschlafen. Sie rüttelte an ihm.

„Hallo Bernd, aufwachen!"

Sie tätschelte seine Wange. Bernd schlief schon zu tief. Sie konnte ihn nicht mehr aufwecken.

„Schade!", rief sie enttäuscht. „Es hätte noch so schön werden können."

Sie holte eine Decke aus ihrem Schlafzimmerschrank und hüllte ihn vorsichtig ein. Marion hatte auch schon einiges getrunken. Sie schlüpfte vor Bernd aus ihrem Sommerkleid, öffnete ihren schwarzen Spitzen-BH und zog ihren Slip aus. Sie stand nackt vor Bernd, der tief schlief.

„Du dummer Junge", murmelte sie und strich ihm sanft über die Haare. „Heute hättest du von mir alles haben können."

Sie griff nach ihren Kleidern am Boden und verschwand enttäuscht in ihr Schlafzimmer.

Als Bernd am Samstagmorgen erwachte, es war bereits nach zehn Uhr, hatte Marion schon ein üppiges Frühstück auf den Esszimmertisch gezaubert. Der Kaffee duftete aromatisch. Marion hatte sogar für jeden ein weiches Frühstücksei gekocht. Ein Teller mit Butter, Wurst und Käse bot sich lecker an und ein Glas Erdbeermarmelade stand einladend auf dem Tisch. Marion bediente gerade den Toaster.

„Ich habe gar nicht gemerkt, dass ich gestern Abend bei dir gelandet bin", gähnte er Marion an.

„Ich hoffe, ich habe dir nichts angetan."

„Vielleicht doch", lächelte Marion. „Aber das verstehst du jetzt nicht."

Bernd fragte nicht weiter nach.

„Ich sitze hier ungewaschen und unfrisiert bei dir am Tisch", quatschte er mit vollem Mund. „Es stört dich aber nicht, oder?"

„Nein", antwortete Marion, „so ist es eben, wenn man schon lange zu zweit zusammenlebt. Dann kann man sich vor dem Partner richtig gehen lassen. Aber du riechst wenigstens nicht aus dem Mund."

„Eine Hose und ein Hemd habe ich angezogen, während du noch im Morgenmantel dasitzt."

„Aber ohne Lockenwickler, und ein Frühstücksei habe ich dir auch schon gekocht."

„Ich weiß das zu schätzen. Außerdem hast du mich vor einer großen Dummheit bewahrt. Ich erinnere mich jetzt, dass du mein Auto gesteuert hast. Sonst wäre ich vielleicht jetzt meinen Führerschein los. Dafür bekommst du morgen wieder umsonst eine Tennistrainerstunde von mir."

„Hat dir die Party gestern gefallen?"

„Das war das Beste, das mir passieren konnte, nachdem mich Ingrid wieder einmal versetzt hat",   antwortete Bernd traurig.

„Es war wirklich schön bei der Geburtstagsparty von Eva. Herbert ist ein netter Kerl. Ich kannte ihn schon von früher. Wir haben zusammen in der Schulmannschaft vom Gymnasium Basketball gespielt. Ich wusste gar nicht, dass er so unterhaltsam und interessant sein kann."

„Hast du die schönen Hinterglasmalereien von Eva in ihrer Bauernstube gesehen?"

„Da bin ich gar nicht reingekommen."

„Du hast mir doch einmal erzählt, dass du dich auch künstlerisch betätigst. Du zeichnest und malst, nicht wahr?", fragte Marion.

„Ja, das stimmt", antwortete Bernd. „So als Hobby, zur Entspannung. Aber zur Zeit geht gar nichts. Ich sitze an meiner Diplomarbeit und dann kommen die Abschlussexamen. Da heißt es büffeln und büffeln."

„Schau mal, an dieser Wand wäre viel Platz für ein schönes Bild von dir!"

Marion zeigte auf die nackte Wand hinter der Wohnzimmercouch.

„Okay, ich bring dir morgen zum Tennisplatz ein paar Bilder aus meiner Kunstmappe mit. Vielleicht gefällt dir eines davon. Ich fühle mich geehrt, dass du mich in deiner Wohnung aufhängen willst."

„Hast du schon Vorstellungen, wo du einmal arbeiten willst, wenn du mit dem Studium fertig bist?", wollte Marion näheres über seine Zukunftspläne wissen.

„Eigentlich nicht. Zuerst muss ich mal sehen, ob die Diplomarbeit interessante Ergebnisse bringt und ob ich im Examen gut abschneide. Dann könnte ich vielleicht noch am psychologischen Institut promovieren. Dr. Brandstätter, der meine Diplomarbeit wissenschaftlich betreut, hat ein neues Forschungsprojekt bei der Deutschen Forschungsgemeinschaft beantragt und wenn es bewilligt wird und die Gelder fließen, hätte ich Aussicht mindestens eine halbe BAT-Stelle zu bekommen, so etwas ähnliches wie eine bezahlte Doktorandenstelle. Davon könnte ich leben, bis ich meine Doktorarbeit geschrieben habe. und dann werde ich Universitätsprofessor."

„Echt?", erstaunte sich Marion.

„Quatsch!", antwortete Bernd. „Um Professor zu werden, muss man sich an der Fakultät habilitieren. Das ist ein kompliziertes Qualifikationsverfahren. Da muss man nicht nur gut sein, sondern auch noch allen Lehrstuhlinhabern der Fakultät in den Hintern kriechen."

„Igitt!", meinte Marion.

„Eben, und da bin ich nun wirklich nicht der Typ dafür, mit meinem großen Dickschädel", lachte Bernd.

„Du kannst ja richtig spaßig sein", wunderte sich Marion. „Aber du wirst doch auch Psychologe. Du musst die Leute eben mit ihren eigenen Waffen schlagen."

„Ich bin aber kein großer Diplomat. Ich bin immer zu direkt heraus, wenn ich anderer Meinung bin oder etwas von jemandem will. Darum habe ich auch die Probleme mit Ingrid."

„Aber du bist noch jung und lernfähig", wandte Marion belustigt ein.

„Das erinnert mich an eine Vorlesung von Dr. Brandstätter. Er ermunterte uns Studenten am Semesteranfang zum Fragenstellen und Mitdenken bei seiner Veranstaltung, indem er sagte: ‚Dumm sein ist keine Schande, aber dumm bleiben!'"

„Das klingt witzig", lachte Marion.

„Ja, aber vor den anderen Kommilitonen Fragen zu stellen, wenn man etwas nicht verstanden hat, erfordert großes Selbstvertrauen in die eigene Person. Die meisten bleiben stumm, weil sie

Angst haben, sich mit ihren Fragen zu blamieren. Keiner möchte, dass ihn die anderen als doof einschätzen."

„Da habe ich noch nie Probleme gehabt", meinte Marion, kreuzte ihre schönen Beine übereinander und strich sich den Morgenmantel glatt.

„Bei Frauen ist es auch etwas anderes. Da ist Intelligenz nicht alles."

Marion hatte eine tolle Figur und ein anmutiges Gesicht. Ihre Augen konnten feurig blitzen und ihr Lächeln war aufregend. Bernd seufzte innerlich. Warum war Marion nicht sein Typ. Mit Marion Sex machen, das konnte sich Bernd gut vorstellen. Aber sie lieben, das war einfach im Augenblick nicht drin.

„Weißt du Bernd, ich war am Gymnasium nicht so erfolgreich. Ich bin nach der zehnten Klasse abgegangen und habe Arzthelferin gelernt. Das ist auch schon ganz schön anspruchsvoll. Wenn es um Intelligenz geht, fällt mir immer diese Versstrophe ein. Ich weiß jetzt nicht von wem, ich glaube von Oscar Blumenthal, ist auch egal."

„Wie heißt dieser Vers?"

Marion erhob sich, richtete ihren Blick leicht nach oben und begann, wie ein griechischer Dichter in einer Arena, mit ihrem Vortrag:

„ Dem Dummen ist auf dieser Welt
  Der Dümmere zum Trost gesellt.
  Drum nie das Selbstvertrauen verloren,
  Der Dümmste ist noch nicht geboren."

„Sehr gut", lachte Bernd, „ich werde mir diese Strophe merken, und du hast sie sehr gut vorgetragen. In dir schlummern ungeahnte Talente. Du musst sie nur wecken."

Bernd spürte, dass ihm Marion immer sympathischer wurde. Was fehlte, war dieses Feuer der Leidenschaft. Er hätte sich vor ihr auf die Knie fallen lassen, sie mit seinen Armen umschlingen, ihr den Morgenmantel herunterreißen und ihren nackten Körper liebkosen sollen. Aber das war's einfach nicht.

Marion setzte sich wieder anmutig vor ihm auf den Stuhl.

„Was hast du heute noch vor?", fragte sie vorsichtig.

„Ich habe gestern zum ersten Mal in einer Klasse getestet. Ich fahre jetzt nach Hause und schaue, wie die Daten ausgefallen sind. Vielleicht bin ich heute Abend noch in der Hawaii-Disco. Mein Freund Christian spielt dort mit seiner Band."

„Hawaii-Disco", sagte Marion, „dort war ich schon einmal. Die ist in einem kleinen Kaff in der Nähe von Ebersberg. Vielleicht schau ich dort auch vorbei."

Bernd stand auf und griff nach seiner Jacke.

„Ich verdrücke mich jetzt, Marion. Und vielen Dank für alles. Wir sehen uns spätestens morgen beim Tennis."

„Tschüs Bernd."

Marion gab Bernd noch ein Küsschen. Er schloss die Wohnungstür hinter sich und Marion widmete sich ihrer Morgentoilette.

Christian und seine Band waren heute Abend besonders gut drauf. Die Hawaii-Disco war wieder gerammelt voll. Das schummrige Licht des Raumes wurde nur durch die grellen farbigen Blitze der Lichtorgel kurzfristig aufgehellt, die die heißen Rhythmen synchron begleiteten. An der langen Theke tummelte sich wieder viel junges Volk. Mehrere Paare wiegten in ruckartigen Bewegungen ihre geschmeidigen Körper auf der Tanzfläche, hüpften verzückt zu den Melodien und klatschten begeistert zu den Trommelwirbeln, die Christian mit seinem Schlagzeug hervorzauberte. Die Verstärker waren voll aufgedreht. Die Musik dröhnte. Es war eine ausgelassene, fröhliche Stimmung.

Christians Blick schweifte des öfteren von der Tanzfläche zur langen Theke und wieder zurück. Er suchte einen bestimmten roten Bubikopf, konnte aber seine Aufmerksamkeit nicht so gezielt auf bestimmte Ausschnitte des abgedunkelten Raumes mit den vielen Gästen lenken. Er musste voll konzentriert sein Schlagzeug bedienen. Hans holte die tollsten, durch Mark und Bein gehenden Klänge aus seiner Hawaii-Gitarre heraus, Jochen zog alle Register an seinem Keyboard und Vera sang wieder himmlisch schön und verführerisch in einem langen roten Kleid mit großes Ausschnitt, der ahnen ließ, was alles darunter verborgen war.

Endlich war es wieder Zeit für die große Pause. Christian schaltete den Recorder an und leise Hintergrundmusik erfüllte den Raum. Die Tanzfläche leerte sich schnell und alles drängte sich um die lange Theke. Christian gönnte sich auch ein Bierchen. Tina hatte er nicht erspäht. Es war eigentlich auch nicht so wichtig. Bernd hatte ihn am Nachmittag angerufen, dass er auftauchen würde. Aber Bernd war ebenfalls nirgends zu sehen. Egal, dachte er.

Jochen trank ebenfalls ein Bier. Die zwei plauderten ein wenig über neuere Hits, die sie vielleicht in ihr Musikrepertoire aufnehmen sollten. Christian ließ aber während des Gesprächs die Eingangstür zur Disco mit dem schweren, schwarzen Samtvorhang davor, nicht aus den Augen.

Da kam sein Rotschopf. Sie sah blass aus, war aber verführerisch gekleidet, ein bisschen nuttig mit dem knallroten Top, dem kurzen, schwarzen, eng anliegenden Lederrock und mit den schwarzen Lederstiefeln. Sie war in Begleitung von einem Macker, der sich wie ein Mafiaboss verkleidet hatte, mit dunklem Anzug, schwarzem Hemd mit silbriger Krawatte und Sonnenbrille auf der Nase. Der konnte doch bei dem schummrigen Licht gar nichts mehr sehen.

„Wo hast du deinen Blindenstock gelassen?", murmelte Christian irgendwie verärgert und hob seine Hand, um Tinas Aufmerksamkeit auf sich zu lenken.

Sie steuerte auch sofort auf ihn zu und der Macker folgte ihr.

„Hallo Christian", begrüßte ihn Tina, „das ist Joe, mein Lieferant."

Christian Konnte sich schon denken, was Joe lieferte. Die drei unterhielten sich über neue Songs. Joe war gar nicht so übel. Er hielt sich bei ihrem Gespräch bescheiden im Hintergrund.

„Du schaust so blass aus, Tina, oder ist es nur das fahle Licht hier?", fragte Christian vorsichtig.

Er strich Tina behutsam über die Wange.

„Du bist so blass um die Nase, so nass um die Blase", witzelte Tina, „und ich war auch schon Pipi machen. Alles ist bestens bei mir."

Tina ärgerte sich, dass Christian ihren augenblicklichen Gesundheitszustand in Zweifel zog. Natürlich hatte sie wieder einmal Drogen genommen. Dieses Zittern ihrer Augenlider und das nervöse Spiel ihrer Hände verrieten, dass sie ein bisschen high war.

„Komm, wir gehen kurz frische Luft schnappen," schlug Christian ihr vor.

Sie nickte. Sie kamen nicht bis zur Eingangstür. Plötzlich entstand ein Tumult. Die Tür wurde aufgerissen und eine Gruppe Männer stürmte in den Disco-Saal.

„Polizei! Keiner verlässt den Raum!"

Die drei Fahnder in Zivil und zwei Polizisten in ihren grünen Uniformen verteilten sich im kleinen Saal.

„Ihre Ausweise!", schrie ein Uniformierter direkt in der Nähe von Christian und Tina.

Blitzschnell griff Tina in ihre Handtasche und drückte Christian ein Päckchen in die Hand.

„Bitte verstecke es bei den Musikinstrumenten", flüsterte Tina Christian hastig ins Ohr.

Die Oberdeckenlichter waren alle eingeschaltet worden. Der Raum war nüchtern hell beleuchtet. Christian verdrückte sich ganz langsam durch die aufgeschreckten Gäste in Richtung Bühne. Kein Polizist beachtete ihn. Er zwickte das Päckchen unter dem Crashbecken seines Schlagzeugs zwischen zwei sich kreuzenden Metallteilen ein.

Joe wurde natürlich wegen seines auffälligen Aussehens von unten bis oben gefilzt. Er hatte dem aufgeregten Zivilfahnder brav seinen Personalausweis in die Hand gedrückt und seine Rock- und Hosentaschen geleert. Keine Drogen! Alles war bestens. Tina hatte nur stumm ihren Ausweis aus der schwarzen Handtasche gekramt und sittsam wie ein kleines, zehnjähriges Schulmädchen ihre Augen nach unten gerichtet. Zwei Burschen und ein Mädchen hatten keinen Ausweis dabei und einer die Hosentasche voller Ecstasy-Pillen. Die drei wurden abgeführt.

Zwanzig Minuten hatte der ganze Spuk gedauert. Die Drogenfahnder waren wieder außer Haus. Die Bandmitglieder waren nicht überprüft worden. Die Musiker versuchten wieder Stimmung zu machen, aber irgendwie war jetzt der Ofen aus. Die Disco leerte sich. Auch Tina und Joe waren nicht mehr zu sehen. Christian rechnete noch im Hinterzimmer der Diskothek mit dem Geschäftsführer ab. Dieser bezahlte immer korrekt das vereinbarte Honorar für die Live-Musik. Er fluchte, dass ihm die Polizei das Geschäft verderbe. Eine Razzia in der Hawaii-Disco war aber eher eine Seltenheit.

Christian und seine Bandmitglieder bauten routiniert die Verstärker und Lautsprecher auf der Bühne ab und verstauten sie zusammen mit den Musikinstrumenten in Christians Kombiwagen. Als Christian auf der Fahrerseite Platz nahm, öffnete sich die Beifahrertür und Tina steckte ihren Rotschopf hinein.

„Nimmst du mich mit?", fragte sie aufgeregt.

Christian nickte. Tina machte es sich auf dem Beifahrersitz bequem.

„Rauchst du noch einen Joint mit mir?", machte sie Christian an.

„Pass auf", sagte Christian. „Du hast mich völlig überrumpelt. Blöd wie ich bin, habe ich dieses Zeug hier für dich vor der Polizei versteckt. Das passiert mir kein zweites Mal."

Er warf ihr ihr Päckchen verärgert auf den Schoß.

„Wegen dir sitze ich dann im Knast. Du spinnst doch, wenn du mich da in deine Drogengeschäfte hineinziehst."

„Es tut mir leid", antwortete Tina kleinlaut. „Es kommt nie wieder vor. Ich bin auch nicht drogenabhängig, bestimmt nicht!", versicherte sie ihm.

Sie verstaute das Päckchen in ihrer Handtasche.

„Dann schmeiß es weg, jetzt, hier!", rief Christian wütend.

„Das wäre doch schade, das kann ich doch noch teuer verhökern."

„Ich will mit Mädchen, die Drogen nehmen oder mit Drogen handeln nichts zu tun haben."

„Ich mag dich aber Christian", himmelte sie Christian an. „Und wenn ich verspreche, mich zu bessern?"

Tina sah gut aus und das wusste sie auch. Sie hatte die Augen stark geschminkt und die Blässe stand ihr nicht schlecht. Sie küsste Christian zart auf die rechte Wange.

„Komm wir fahren zu mir", hauchte sie Christian ins Ohr. „Ich wohne bei meiner Oma und die schläft um diese Zeit tief."

Christian war hin und her gerissen. Natürlich war ihm Tina nicht gleichgültig. Er hatte ihren Rotschopf fast den ganzen Abend von der Bühne aus gesucht. Aber er mochte eigentlich keine „One-Night-Stand"-Bekanntschaften. Er suchte schon lange ein festes Mädchen. Aber immer wieder landete er bei irgendwelchen dubiosen Disco-Feen, die ihn wegen seiner Musik, die er machte, anhimmelten und dann mit ins Bett nahmen. Okay, ganz zuwider war ihm das natürlich auch nicht.

„Du musst nicht, wenn du nicht willst", meinte Tina ein wenig erstaunt, dass er ihr Angebot nicht schätzte. „Dann fahr mich wenigstens nach Hause. Ich habe Joe schon weggeschickt und stehe jetzt auf der Straße."

„Da landest du so und so einmal", erwiderte Christian zynisch. „Beim Anschaffen auf der Straße für deine Drogen."

Tina war schwer beleidigt. Sie stieg aber nicht aus. Christian ließ den Wagen anspringen.

„Wohin soll ich dich jetzt fahren?", fragte er.

Sie nannte ihm ihre Adresse. Die ganze Fahrt über sprachen sie kein Wort.

„Gib mir deine Handynummer", sagte Christian versöhnlich, als sie bei ihr angekommen waren.

Sie gab ihm ihre Handynummer und verschwand beleidigt mit einem leisen „Tschüs".

Christian gähnte. Er war sehr müde und doch ärgerte er sich jetzt, dass er ihr Angebot ausgeschlagen hatte.

Am nächsten Tag, es war Sonntag, weckte ihn seine Mutter zu Mittag: „Christian, aufstehen, das Mittagessen steht schon auf dem Tisch und nur du Schlafmütze fehlst noch. Vati und ich waren schon um neun Uhr in der Kirche und haben für dich mitgebetet. Ich habe schon gekocht. Es gibt Rouladen mit Rotkraut und Knödel, eine deiner Lieblingsspeisen."

Sie gab Christian einen Kuss auf die Stirne.

„Ich komme sofort", gähnte Christian.

Und wirklich, nach fünf Minuten saß er mit seinen Eltern am Mittagstisch und ließ es sich schmecken.

„Ist gestern alles nach Plan gelaufen?", fragte sein Vater neugierig.

„Nicht ganz", erwiderte Christian.

Er erzählte die Story von der nächtlichen Razzia in der Hawaii-Disco. Er verschwieg natürlich, dass ihn Tina abschleppen wollte.

Seine Mutter hätte es gern gesehen, dass er mit einem Mädchen fest gegangen wäre und er hatte dann immer die Ausrede mit dem Studium und der Band. Die Wahrheit war, dass er bisher die Richtige noch nicht gefunden hatte.

„In der Kirche sind immer so hübsche und liebe Mädchen. Da wäre sicher eine für dich dabei. Aber du hast es ja nicht nötig mitzukommen", hatte ihn seine Mutter schon oft genervt.

Nötig hätte er es schon gehabt. Christian war durchaus religiös. Das hatte er seinen Eltern abgeschaut, mit denen er prima auskam. Sie verwöhnten ihn. Schließlich war er ihr einziges Kind. Aber er nutzte diese Situation nicht aus. Früher war er stets brav mit zum Gottesdienst gegangen. Aber die Band spielte immer von Samstagabend bis Sonntag in der Früh und dann musste er am Sonntagvormittag ausschlafen. Er war mit seiner Band bei einem besonderen Jugendgottesdienst sogar schon einmal in der Kirche aufgetreten. Seine Mutter war sehr stolz gewesen, und es hatte allen von ihnen großen Spaß gemacht. Vera war ganz toll mit ihren Gospelliedern angekommen.In ihrem wallenden, weißen Gewand und den langen blonden Haaren hatte sie toll ausgesehen. Wie ein Engel, der vom Himmel herabgestiegen war, um den versammelten Gläubigen eine frohe Botschaft zu verkünden bzw. vorzuträllern.

„Das Thema in der Kirche hätte dich auch interessiert, Christian", fuhr seine Mutter fort. „Es ging um die Bergpredigt und das ist, wie du dich sicher noch aus deinem Religionsunterricht in der Kollegstufe erinnerst, der programmatische Kern der Lehre Jesu."
„Das ist alles schon so lange her", wandte Christian ein.

Natürlich war er grundsätzlich an religiösen Fragen interessiert. Aber er war jetzt in einer Lebensphase, in der andere Fragen für ihn wichtiger waren. Immer wieder musste er an Tina denken. Sollte er sich mit ihr einlassen? Er fühlte sich zu ihr hingezogen. Aber ob sie die Richtige war? Sie hatte Drogenprobleme. Vielleicht konnte er ihr helfen. Nun, bei ihr den Samariter spielen, war eigentlich nicht sein wahres Motiv.

Als ob seine Mutter wusste, dass Probleme mit dem anderen Geschlecht für ihn im Augenblick viel bedeutsamer waren, sagte sie: „In der Bergpredigt geht Jesus auch auf das Verhältnis von Mann und Frau ein. Hast du das gewusst, Christian?"
„Nein", erwiderte Christian ganz ehrlich. „Und du, Vati?"
„Ich auch nicht, aber jetzt weiß ich es, nach der interessanten Predigt", grinste ihr Mann.

130

„Übrigens, die Roulade schmeckt ausgezeichnet", lobte er seine Frau.

„Ja", stimmte Christian sofort zu. „Und der Rotkohl auch, und die Knödel sind ein Gedicht."

Seine Mutter strahlte. Sie war eine gute Köchin. Aber sie beharrte auf ihrem Gesprächsthema. Offensichtlich bewegte sie das, was Jesus in der Bergpredigt geäußert hatte.

„In der Bergpredigt setzt sich Jesus mit zentralen Sätzen des Alten Testaments auseinander und stellt ihnen seine neue Lehre entgegen. Jesus denkt über Ehe und Ehebruch ganz anders als es das mosaische Gesetz vorschreibt."

„Wie denn?", fragte Christian neugierig.

„Ich kann das nicht so ausdrücken wie unser Herr Pfarrer. Aber das musst du schon gehört haben."

Sie stand aufgeregt auf und kam mit ihrer dicken Bibelausgabe zurück. Sie blätterte nervös darin.

„Also, es war das Matthäus-Evangelium."

„Aber iss doch erst zu Ende", meinte ihr Mann, und wunderte sich über ihr aufgeregtes Verhalten.

„Nein", antwortete sie. „Da habe ich schon die Stelle mit der Bergpredigt und dem Ehebruch."

Sie las laut und bestimmt vor: „Ihr habt gehört, dass zu den Alten gesagt ist: ‚Du sollst nicht ehebrechen.‘ Ich aber sage euch: Wer ein Weib ansieht, ihrer zu begehren, der hat schon mit ihr die Ehe gebrochen in seinem Herzen. Ärgert dich aber dein rechtes Auge, so reiß es aus und wirf's von dir."

„Brutal!", unterbrach Christian die Ausführungen seiner Mutter. „Dann würden nur noch Einäugige auf der Straße rumlaufen."

Seine Mutter las unbeirrt weiter. „Es ist dir besser, das eins deiner Glieder verderbe und nicht der ganze Leib in die Hölle geworfen werde. Es ist auch gesagt: ‚Wer sich von seinem Weibe scheidet, der soll ihr geben einen Scheidebrief.‘ Ich aber sage euch: Wer sich von seinem Weibe scheidet, der macht, dass sie die Ehe bricht; und wer eine Abgeschiedene freit, der bricht die Ehe."

„Da sage noch einer, die katholische Kirche sei frauenfeindlich", spöttelte Christian. „Und die Ehe ist also für Jesus ein unauflöslicher, heiliger Bund. Findest du nicht, dass das alles wahnsinnig überzogen ist?"

„Finde ich nicht", meinte Christians Mutter. „Wie oft kommt es doch vor, dass Männer, wenn sie in die Jahre kommen, meinen, sie müssten mit so einem jungen Ding einen zweiten Frühling erleben und die Ehefrau hat dann das Nachsehen."

„Du hast ja Ängste, Mama. Schau doch Vati an. Den hast du viel zu gut gemästet. Den will doch keine andere mehr", beruhigte Christian seine Mutter.

„Das sind tolle Komplimente", lachte Christians Vater. „Aber ich habe die Botschaft deiner Mutter verstanden. Eifersucht ist eine Leidenschaft, die mit Eifer sucht, was Leiden schafft", frotzelte er.

„Das war heute der Wink mit dem Zaunpfahl von deiner Mutter. Ich stelle schon morgen meine junge Sekretärin aus. Sie ist zwar eine sehr gute Kraft, aber trotzdem."

„Nein, das brauchst du natürlich nicht zu tun. Das war auch nicht auf dich bezogen, sondern nur ganz allgemein gesagt. Ich glaube, dass das Christentum auch sehr viel zur Harmonisierung des Zusammenlebens der beiden Geschlechter geleistet hat und auch heute noch viel für die Familie tut."

Das war ein Argument.

Zum Nachtisch gab es Vanilleeis mit heißen Himbeeren. Christian half dann seiner Mutter beim Geschirrabräumen. Er verschwand mit dem schnurlosen Telefon seiner Eltern in sein Zimmer und rief Tina an. Sie war auch sofort am Apparat.

„Hallo Tina", redete Christian versöhnlich. „Bist du schon auf?"

„Schon lange", antworte sie etwas zögernd. „Ich habe heute Mittag sogar schon für meine Oma gekocht."

„Sehr löblich", freute sich Christian. „Hast du heute Nachmittag schon etwas vor?"

„Nein", antwortete sie erwartungsvoll.

„Bei dem schönen Wetter könnten wir zum Baden an einen See fahren. Hättest du Lust mitzukommen?"

Sie hatte Lust.

„Aber vorher müssen wir noch einen kurzen Krankenbesuch bei einem Freund von mir in Rosenheim machen."

Sie war damit einverstanden.

Kurz nach zwei Uhr holte Christian Tina mit seinem Auto zu Hause ab. Sie sah super aus, in ihrem knallroten Mini-Sommerkleidchen und trug große, rote, herzförmige Ohrclips und rote Sandalen. In der rechten Hand hielt sie eine große, bunte Badetasche und unter dem linken Arm hatte sie sich eine eingerollte Liegematte eingeklemmt.

„Schick siehst du aus", begrüßte sie Christian.

Sie gab ihm einen feuchten Kuss auf seine Lippen. Ein angenehmer, betörender Parfümduft ging von ihr aus. Er verstaute ihre Sachen auf dem Rücksitz seines Kombiwagens.

Otto freute sich riesig über Christians Besuch. Auch Ottos Mitpatienten waren für jede Abwechslung dankbar. Otto schaute wieder relativ gut aus. Christian stellte ihn Tina vor.

„Wie ist dir denn das passiert?", fragte Tina Otto mitleidsvoll.

Bevor Otto seine Unfallstory erzählen konnte, antwortete Christian: „Das ist Otto beim Ice-Climbing passiert."

„Ice-Climbing? Das habe ich noch nie gehört", antwortete Tina überrascht.

„Was?", lachte Christian. „Das kennst du nicht? Breitensport ist out und Extremsportarten sind in: Sky-Surfing, Rafting, Base-Jumping, Ice-Climbing usw. Mehr als eine Million Deutsche stürzen sich bereits am Bungee-Seil von Brücken oder Türmen, paddeln im Schlauchboot durch tosende Wildwasser oder erklimmen zugefrorene Wasserfälle, die jede Sekunde einstürzen können. Risk is fun! Das sind die wahren Drogen, Tina. Der Nervenkitzel wirkt wie ein Rausch, besser als jede Ecstasy-Pille."

„Ist das wirklich so?" meinte Tina ungläubig und neugierig.

„Natürlich", tat Christian begeistert. „In diesen Extremsituationen schüttet dein Körper einen Hormon-Cocktail aus, vom Stresshormon Adrenalin bis zum Glückshormon Dopamin. Du taumelst zwischen Todesangst und Jubelstimmung und fühlst dich anschließend wie neu geboren. Aber schau dir Otto an, wie er aussieht. Das ist alles nicht ungefährlich. Die Sucht nach dem Risiko fordert auch seine Opfer."

Otto grinste kläglich. Tina war überrascht.

„Was ist denn Ice-Climbing überhaupt?", fragte sie stockend und leicht beschämt über ihr Unwissen.

„Ice-Climbing ist Bergsteigen extrem. Beim Eisklettern müssen Felswände überwunden werden, die komplett mit Eis und Schnee bedeckt sind, z.B. zugefrorene Wasserfälle", belehrte sie Christian.

„Und da bist du verunglückt?", fragte Tina.

„Krampf", antwortete Otto. „Christian zieht dich doch auf. Ich bin ein Extrem-Flachlandbewohner. Das Überqueren einer verkehrsreichen Straße in München ist für mich schon Risiko genug. Da schnellt mein Adrenalinspiegel in die Höhe. Tatsache ist aber, dass ich wirklich beim Bergsteigen verunglückt bin."

Er erzählte ihr seine Story.

„Aber spätestens in zwei Wochen darf ich hier raus."

„Wie schlägst du dir hier die Zeit tot?", fragte Tina. „Das muss fürchterlich sein, den ganzen Tag nur im Bett liegen."

„Das ist auch fürchterlich", meinte Otto. „Aber meine Eltern haben mir einen Reiseführer über Thailand zum Lesen mitgebracht. Den studiere ich jetzt. Der ist wirklich interessant. Außerdem bereite ich mich für eine Prüfung an der Uni vor."

„Wieso gerade Thailand?", fragte Christian.

„Weil ich im September mit Manuela für drei Wochen Thailand besichtige, und Badeurlaub machen wir dort auch."

„Ist ja toll!"

„Ja und ein bisschen Thai sprechen lerne ich auch."

„Echt?", bewunderte ihn Tina. „Sag doch mal was auf Thai."

„Phom mai shop hongnii", stotterte Otto drauflos.

„Das hört sich ja geil an", meinte Tina. „Was heißt denn das auf Deutsch?"

„Das heißt: Mir gefällt dieses Zimmer nicht."

„Das kann ich verstehen", lachte Christian. „Ich könnte es hier in dieser Krankenstube auch nicht länger aushalten. Aber Thailand hört sich gut an. Im September, da sind doch Semesterferien. Da hätte ich auch Zeit. Glaubst du, dass Manuela etwas dagegen hätte, wenn ich mich euch anschließe?"

„Manuela nicht, aber ich", sagte Otto gerade heraus.

„Verstehe", meinte Christian. „Aber ein flotter Dreier wäre doch eine Bereicherung."

Otto fand seine Bemerkung gar nicht lustig.

„Für Thailand könnte ich mich auch begeistern", mischte sich Tina in das Gespräch der zwei Freunde ein.

„Musst du im September nicht arbeiten? Oder arbeitest du überhaupt nicht?", mokierte sich Christian über Tina.

„Ich muss mir meine Brötchen selber verdienen", erwiderte Tina. „Ich arbeite in Grafing in einer Drogerie. Aber meinen Jahresurlaub habe ich noch nicht genommen. Drei Wochen, das könnte durchaus klappen."

„Dann wären wir zwei Pärchen", meinte Otto beruhigt.

Seine Manuela hätte er nicht gerne mit Christian geteilt.

„Manuela sehe ich heute noch", wandte sich Christian wieder an Otto. „Ich soll ihr heute Abend eine Schlagzeugstunde geben."

„Davon hat sie mir erzählt. Das passt mir aber gar nicht!"

Otto war eifersüchtig auf Christian.

„Das ist doch nicht das erste Mal, dass sich Manuela mit mir trifft. Ich wildere deshalb nicht schon in fremden Revieren. Wir studieren doch zusammen Physik an der Uni. Ohne mich hättest du Manuela erst gar nicht kennengelernt."

„Du studierst Physik an der Uni?"m fragte Tina erstaunt. „Ich dachte, du bist Bandleader von den ‚Unersättlichen'."

„Das mache ich doch nicht hauptberuflich, Tina", erwiderte Christian. „Bei den anderen ist es dasselbe. Wir sind eine Hobby-Band. Wir spielen, weil es uns Spaß macht und wir werden dafür auch nicht schlecht bezahlt."

„Dafür seid ihr aber wirklich gut", meinte Tina.

„Schaut mal", sagte Otto, „Manuela hat mir einen Prospekt von Travel Overland mitgebracht. Sie sagt, die sind die billigsten Anbieter für Flugreisen. Wir Studenten bekommen einen Extrarabatt. Der Flug nach Bangkok kommt im September nur auf etwa 1000 Mark."

Er zeigte ihnen einen Prospekt, den er unter seinem Thailand-Reiseführer hervorkramte.

„Billig ist das trotzdem nicht", meinte Christian. „Aber Manuela kennt sich bei Auslandsflügen aus. Sie hat mit ihren Eltern schon die ganze Welt bereist."

„Glaubst du, dass eure Manuela etwas dagegen hätte, mich auch mitzunehmen?", fragte Tina vorsichtig.

„Manuela bestimmt nicht", meinte Christian, „aber ich."

Christian lachte und Tina wusste nicht, ob er es ernst meinte. Als sie sich wieder von Otto und seinen Mitpatienten verabschiedet hatten und im Auto saßen, meinte Christian: „Eigentlich wollte ich mit dir noch von Rosenheim zum Chiemsee zum Baden weiterfahren. Aber Manuela kommt heute noch zu mir und dann wird es vielleicht zu spät, wenn wir weiter in Richtung Osten fahren. Wir fahren jetzt über Wasserburg nach Ebersberg. Bei Wasserburg kenne ich einen malerischen Moorsee mit schöner Liegewiese. Sogar ein Badehäuschen zum Umziehen mit Toilette ist dort dabei. Und wir müssen keinen Eintritt bezahlen."

Tina war einverstanden. Die Fahrt ging durch das wunderschöne Alpenvorland mit seinen grünen Wiesen, goldgelben Kornfeldern und blaugrünen Fichtenwäldern. Es war ein heißer Sommernachmittag. Christian kurbelte auf der Fahrerseite die Fensterscheibe ganz herunter. Tina hatte auf der Beifahrerseite ebenfalls einen Spalt offen. Der Fahrtwind strich angenehm kühl durch den Innenraum des Autos.

„Dass du mich in Thailand nicht dabei haben willst, war doch nur ein Scherz?", beschwerte sich Tina bei Christian.

Er antwortete nicht.

„Ich bin auch ganz lieb zu dir."

„Was waren die letzten Worte, die du gerade gesagt hast?"

Tina drehte das Autoradio leiser und wiederholte ihr Versprechen: „Ich bin auch ganz lieb zu dir."

Sie hatte sich zu ihm herübergedreht und direkt in sein rechtes Ohr gesprochen. Christian lächelte.

„Das hört sich gut an", grinste er. „Das reicht aber nicht."

„Willst du ein Kind von mir?", fragte sie ihn unverblümt.

„Unsinn", lachte Christian. „Das könnte ich so brauchen als armer Student. Du nimmst doch hoffentlich die Pille?"

„Das ist mein Geheimnis", meinte sie.

„Okay", sagte Christian, „ich will, dass du mit den Drogen aufhörst."

„Ganz?", tat Tina überrascht. „Auch keinen Joint mehr?"

„Du weißt, dass fast alle Drogenkarrieren mit einem Joint anfangen. Du arbeitest doch in einer Drogerie. Das müsste dir doch genügen. Da brauchst du keine Drogen mehr."

„Was hat denn Drogen mit Drogerie zu tun?", fragte Tina.

„War nur ein Scherz", antwortete Christian verschmitzt. „Aber es ist mir ernst mit dem, was ich da von dir verlange. Wenn ich dir wirklich etwas bedeute, dann musst du mit den Drogen Schluss machen."

An der Straße zur Liegewiese am Moorsee parkten schon sehr viele Autos.

„Hoffentlich ergattern wir noch ein Plätzchen für unsere Liegematten auf der Wiese", meinte Tina.

„Lass doch deine Liegematte im Auto. Wir nehmen meine weiche Autodecke mit dem schönen Karomuster vom Rücksitz. Auf ihr haben wir beide Platz genug."

Die Liegewiese war natürlich gerammelt voll mit Badegästen, jungen Leuten zwischen 15 und 25. Der Platz war ein Geheimtipp für Singles. Hier durften die Schönen des schwachen Geschlechts fast alles zeigen. Oben ohne war in, eine Fleischbeschau eben und die Männer ließen ihre Muskeln spielen. Trotz der vielen offenherzigen Leute ging es aber sittsam zu. Christian ergatterte für sich und Tina noch einen super Platz vor einem dichten Heckenrosenbusch direkt am Wasser. Er war kurze Zeit vorher von einem anderen Pärchen verlassen worden. Tina verschwand im Badehäuschen und zog sich um. Christian hatte es da leichter. Er streifte einfach sein T-Shirt und seine Bluejeans ab. Seine schwarzen Badeshorts hatte er schon zu Hause angezogen. Christian war schlank und braun gebrannt. Vom Aussehen her war er ein südländischer Typ. Die schwarzen Haare hatte er kurz geschnitten. Die Nickelbrille mit den kleinen, runden Gläsern verlieh ihm einen intellektuellen Eindruck. Da kam Tina schon mit ihren Kleidern auf dem Arm. Sie hatte einen aufregenden Bikini im „Rosenrausch" an, mit Strasspangen und Tüllschärpe am Slip. Die weiß-rote Färbung ihres Bikinis passte ganz toll zu ihren roten Haaren. Ihre Haut war elfenbeinweiß mit zarten Sommersprossen.

„Gefalle ich dir so, oder soll ich mein Oberteil ablegen?", neckte sie Christian.

Sie sah hinreißend aus.

„Du siehst aber noch käsig aus", grinste Christian.

Er musste ihr nicht gleich seine wahren Gefühle für sie offenbaren.

„Danke für das Kompliment", erwiderte sie ein bisschen eingeschnappt und kramte eine Tube Sonnencreme aus ihrer Badetasche. „Ich bin Hauttyp 1, da ist man stark sonnenbrandgefährdet. Ich möchte auch so knackig braun werden wie du, aber Sonnenhungrige vom Hauttyp 1 leben gefährlich."

„Was heißt das?", fragte Christian neugierig.

„In unserer Drogerie muss ich auch Beratung für unsere Kunden für Sonnencremes machen. Deshalb weiß ich das genau. Hauttyp 1 bezieht sich auf die UV-Strahlung der Sonne. Hinter jeder ungeschützten UV-Dusche und jedem Sonnenbrand lauert der Hautkrebs. Hauttyp 1 sind die Rotblonden. Deren Haut reagiert besonders empfindlich auf die UV-Strahlen."

„Welcher Hauttyp bin dann ich?"

„Du bist ein dunkler Typ. Du wirst bei Hauttyp 4 eingeordnet. Für dich besteht eine geringe Gefahr für das Entstehen von Hautkrebs."

Tina begann sich gründlich einzuschmieren, das Gesicht, den Hals, die Arme, den Bauch,die Beine.

„Es ist schön, dir beim Eincremen zuzusehen." lächelte Christian. „Das wirkt so richtig erotisch auf mich."

„Jetzt wird es gleich noch erotischer für dich!"

Tina legte sich auf den Bauch und kreuzte ihre Arme vor dem Kopf.

„Komm, jetzt ist mein Rücken dran."

Irgendwie war das ein herrliches Gefühl, die Sonnencreme in ihre weiße Haut einzumassieren, in ihren nackten Frauenkörper und das so mitten in der Öffentlichkeit. Er spürte, wie seine Männlichkeit zu wachsen begann. Das war ihm peinlich in den knappen Badeshorts.

„Warum sind eigentlich die UV-Strahlen so schädlich für die Haut?", lenkte er sich mit seiner Frage ab.

„In der Aufklärungsbroschüre in meiner Drogerie steht, dass die UV-Strahlung das Erbgut im Inneren einer Zelle verändern kann. Die kurzwelligen UV-B-Strahlen wirken direkt auf die DNA und sind insbesondere an der Entstehung des Sonnenbrands beteiligt. Das langwellige UV-A-Licht, von dem man früher geglaubt hat, es sei harmlos, begünstigt Freie Radikale. Sie beschleunigen die vorzeitige Hautalterung und lösen Zellentartungen aus."

„Zellentartungen, das heißt doch Hautkrebs, oder?"

„Genau", sagte Tina und dann flüsterte sie: „du bist begabt, Christian."

„Diesen Zusammenhang zu sehen, war auch nicht sonderlich schwer", kommentierte Christian ihre positive Bemerkung.

„Das meine ich auch nicht", seufzte Tina. „Wie du mich einmassierst, das machst du begabt, wie ein erfahrener Masseur."

Christian lächelte. Er las die Schrift auf der Tube.

„Da steht die Zahl 24. Was heißt denn das?"

„Das ist der Lichtschutzfaktor der Sonnencreme. Er gibt an, um wie viel sich die Eigenschutzzeit der Haut verlängert; d.h. wenn du dich mit dieser Sonnencreme einschmierst, dann kannst du viel länger in der Sonne braten, ohne dass es deiner Haut schadet. Ein Lichtschutzfaktor zwischen 20 und 30 ist schon ein hoher Intensivschutz. Grundsätzlich sollte man höchstens eine Stunde in der prallen Sonne und den Rest des Tages im Schatten verbringen. Allerdings erreicht ein Sonnenschirm nur Lichtschutzfaktor 5 und große Bäume schützen bis zu Lichtschutzfaktor 15. Und das wissen die wenigsten: Man muss sich auch für den Sonnengenuss im Schatten eincremen."

„Ich verstehe gar nicht, warum Hautkrebs so gefährlich sein soll. Der sitzt doch direkt, gut sichtbar an der Oberfläche des Körpers. Den kann man doch sofort wegschneiden."

„Also, in der besagten Broschüre steht, die Früherkennung ist so wichtig, weil der Krebs bei verzögerter Behandlung häufig Metastasen im Körper bildet und dann verläuft die Krankheit tödlich."

„Ich habe mich bisher nie mit Sonnencreme eingeschmiert. Höchstens meine Nase, weil die leicht knallrot wird, und das schaut nicht gut aus."

„Dann creme ich dich aber jetzt ein."

Christian hielt brav still und Tina wurde aktiv.

Tina las dann, bäuchlings gelegen, die neuesten Klatschnachrichten über das norwegische Königshaus in ihrer mitgebrachten Frauenzeitschrift und Christian studierte ein Kapitel in seinem Physikbuch. Nach etwa zwanzig Minuten kitzelte Christian Tina mit einem Grashalm an der Fußsohle.

„Komm, wir haben uns lange genug aufgeheizt. Jetzt stürzen wir uns in die Fluten"

Das Wasser des Sees war herrlich erfrischend. Christian drehte sich dann im tiefen Wasser auf den Rücken und strampelte heftig mit den Beinen. Das Wasser schäumte wie bei einem Wasserfall. Beide tummelten sich übermütig und spritzten sich gegenseitig an.

„War das jetzt schön!", lachte Tina außer Atem, als sie wieder das Ufer erklommen.

Sie trockneten sich ab und Christian meinte bedauernd: „die ganze schöne Sonnenmilch ist im Wasser geblieben. Jetzt ist unser Sonnenschutz futsch."

„Stimmt nicht", antwortete Tina. „die Haut hat die Wirkstoffe aufgenommen und der Fettanteil der Sonnencreme verhindert, dass alles abgewaschen wird."

Irgendwie war das mit dem Hautkrebs doch beängstigend für Christian, zumal er sich bisher nie gegen das UV-Licht geschützt hatte.

„Woran erkennt man denn den Hautkrebs?", forschte er nach.

„Man muss seine Pigmentflecken auf Veränderungen beobachten", antwortete Tina.

„Darauf habe ich noch nie geachtet. Schau mal hier mein Bein, da habe ich ein großes Muttermal. Aber ob das früher kleiner war, könnte ich nicht sagen."

Christian steckte Tina sein linkes Bein unter die Nase.

„Verdächtig sind z.b. Flecken oder Muttermale, die unregelmäßig geformt sind oder unscharf begrenzt sind. Ich bin ja kein Hautarzt, aber das ist bei deinem Muttermal nicht der Fall, glaube ich. Außerdem bist du Hauttyp 4."

Christian war trotzdem mit Tinas Antwort nicht ganz zufrieden. Er studierte Physik und in den Naturwissenschaften musste man für alle Kriterien exakte Verfahren zu ihrer Bestimmung angeben.

„Ich möchte wissen, woran der Hautarzt erkennt, ob eine Hautveränderung harmlos oder krankhaft ist."

„Da hilft die ABCD-Regel. Warte mal. Meine Sonnencreme ist eine medizinische. Das habe ich doch schon einmal auf dem Beipackzettel der Schachtel gelesen."

Sie kramte in ihrer Badetasche und zauberte die betreffende Schachtel heraus.

„Da ist auch noch der Beipackzettel." Tina las vor: „A steht für Asymmetrie. Ein Hautfleck ist dann auffällig, wenn seine Form nicht gleichmäßig rund oder oval ist. B steht für Begrenzung. Ist der Rand ausgefranst, sollten Sie den Hautarzt konsultieren. C steht für Couleur (Farbe). Ein mehrfarbiges Muttermal gilt als auffällig. D steht für Durchmesser. Ist der Fleck größer als zwei Millimeter, sollten sie ebenfalls einen Facharzt befragen."

Tina verstaute die Schachtel mit der Sonnencreme wieder in ihrer Tasche und legte sich auf den Rücken.

„Bist du jetzt zufrieden?", fragte sie Christian.

„Natürlich", antwortete er. „Gefährlicher könnte dir allerdings ein Schalenkrebs werden, Tina."

Christian ahmte mit seinen Fingern die Scheren eines Krebses nach und zwickte sie leicht in ihre hübschen Beine.

„Du Schlimmer!", lachte sie.

Er beugte sich über sie und küsste sie. Sie erwiderte seine Liebkosungen.

„Und alles hier, vor den anderen Leuten", tadelte sie ihn.

Aber niemand nahm Notiz oder sogar Anstoß an ihren Zärtlichkeiten. Auf der Liegewiese ging alles sehr leger zu.

Es war schon nach fünf Uhr spätnachmittags, als sie wieder in Richtung Ebersberg vom Badesee wegfuhren.

„Und vergiss nicht, wenn deine Manuela heute zu dir kommt, ihr zu sagen, dass ich auch ein Asien-Fan bin. Ich würde mich schon sehr freuen, wenn ich die Thailandtour mitmachen könnte", sagte Tina beim Aussteigen.

„Ich würde mich auch sehr freuen", erwiderte Christian ganz verliebt. „Das wird schon klappen", fuhr er fort.

„Wir müssen nur vorher noch ein gemeinsames Treffen mit Manuela vereinbaren. Sie will bestimmt wissen, wer da alles in ihr Boot mit einsteigt. Manuela ist sehr sympathisch. Ich bin überzeugt, dass ihr zwei euch gut verstehen werdet. Ihr habt ja auch gleiche Interessen."

„Gleiche Interessen, welche denn?", fragte Tina überrascht.

„Na, die geile Musik, mit der meine Band euch verzaubert."

„Angeber", lachte Tina. „Hat sie euch denn schon einmal gehört?"

„Schon oft", erwiderte Christian stolz. „Aber so berühmt wie Britney Spears mit ihrer Band sind wir leider noch nicht."

Manuela kam etwa gegen acht Uhr abends bei Christian vorbei. Sie hatte ein luftiges Sommerkleid an und war gut gelaunt.

„Heute entscheidet es sich, ob ihr mich in eure Band aufnehmen werdet", scherzte Manuela.

Der Übungsraum im Keller roch ein bisschen muffig. Christian öffnete beide Kellerfenster und lüftete erst einmal den Raum. Er führte Manuela zum aufgebauten Schlagzeug.

„Okay, meine Schlagzeuginstrumente kennst du alle schon."

Er zeigte auf die verschiedenen Becken, die an metallenen Ständern befestigt waren. Das hier ist das Crash-Becken und das da das Ride-Becken und das sind die Trommeln, die Snares."

Er nahm die Trommelstöcke in die Hand und ließ gekonnt einen Trommelwirbel los. Manuela war beeindruckt.

„Zuerst schlage ich dir einmal ein paar Grooves vor und du machst sie immer gleich nach. Frauen haben den Rhythmus im Blut", grinste Christian und blickte bewundernd auf ihre schlanke Figur.

„Ich werde mein Bestes geben", erwiderte Manuela leicht angespannt. „Aber was sind denn Grooves?"

„Das sind einfach Grundrhythmen, die man schlägt", antwortete Christian fachmännisch.

Manuela stellte sich wirklich nicht dumm an. Aber laut waren diese Trommelschläge schon.

„Mach lieber das Fenster zu. Deine Eltern sitzen doch sicher auf der Terrasse."

Große Ausdauer hatte Manuela aber nicht. Nach einer halben Stunde meinte sie erschöpft: „Schlagzeugspielen ist doch etwas ganz anderes als Klavierspielen. Mein Flügel in unserem Wohnzimmer ist leichter zu bedienen als deine Trommeln hier. Aber es hat Spaß gemacht"

Sie stiegen die Treppe hoch zu seinem Mansardenzimmer unter dem Dach. Christian hatte das Fenster weit geöffnet und ein angenehmer, frischer Wind wehte durch das aufgeheizte Zimmer. Aus dem Kühlschrank in der Küche hatte er eine Flasche mit kaltem Apfelsaft geholt.

„Das tut gut", lächelte Manuela gut gelaunt, nachdem sie einen großen Schluck aus dem angebotenen Glas genommen hatte. „Schlagzeugspielen ist ganz schön anstrengend. Man könnte es als Kalorienfresser bei einer Schlankheitskur einsetzen". meinte sie übermütig.

„Heute habe ich Otto besucht", fiel ihr Christian ins Wort. „Da habe ich von ihm erfahren, dass ihr zwei eure Konfession wechseln und in einem buddhistischen Kloster in Thailand die Gebetsmühlen drehen wollt."

„Aha", lachte Manuela. „Hat er dir schon von unserer großen Reise erzählt, die wir im September machen werden?"

„Ganz schön aufregend, du mit Otto."

Manuela lächelte.

„Könntet ihr da nicht noch zwei Wegbegleiter brauchen?", fuhr Christian vorsichtig fort.

„Warum nicht?", antwortete Manuela spontan. „Du möchtest also mit. Und wer ist dann die vierte Person?"

Christian erzählte ihr von seiner neuen Freundin Tina. Manuela wurde ein bisschen eifersüchtig. Sie mochte Christian sehr. Schon das gemeinsame Physikstudium verband sie miteinander. Vielleicht war es auch etwas mehr. Aber Christian bei der Reise dabeizuhaben, war auf keinen Fall falsch. Außerdem hatte sie ihren Otto, der ihr sehr gut gefiel.

„Als Rucksacktouristen ist es zu viert bestimmt noch lustiger als zu zweit und sicher auch weniger anstrengend. Vier Personen sehen mehr als nur zwei". stimmte sie dem Vorschlag von Christian, sich der Thailand-Reise anzuschließen, noch einmal zu. Christian begleitete Manuela nach draußen, zu ihrem schnittigen Sportwagen.

„Ich fahre erst morgen früh wieder nach München. Wir sehen uns dann in der Vorlesung, Tschüs", verabschiedete sich Christian von ihr.

Manuela gab ihm sogar ein Küsschen auf den Mund und blickte ihm dabei tief in die Augen und brauste dann los. So von Manuela verwöhnt zu werden, war er von ihr gar nicht gewöhnt. Sie war schon ein steiler Zahn.

In dieser Woche war Bernd wieder mächtig aktiv. Am Montag und Dienstag führte er seine Tests in den Hauptschulklassen durch. Es ging alles reibungslos. Die Schüler arbeiteten fleißig mit. Am Donnerstag sollte er am Gymnasium testen. Am Tag zuvor war am Nachmittag eine Lehrerkonferenz und der Direktor der Schule hatte ihn, Bernd, als Experte für Aggression und Gewalt bei Schüler, gebeten, ein dreißigminütiges Referat über dieses wichtige Thema vor seinen Lehrern zu halten. Das war natürlich Erpressung und Stress für Bernd. Aber ablehnen konnte er dieses Anliegen nicht. Dafür durfte er in den Klassen testen. Natürlich kannte er fast die gesamte Literatur zum betreffenden Thema, sogar die amerikanische. Er hatte auch schon für seine Diplomarbeit den theoretischen Teil fertig geschrieben, aber ein Referat halten, war doch wieder eine besondere Herausforderung, dazu noch vor Gymnasiallehrern. Vor lauter klugen Köpfen, die jede Aussage von ihm auf ihre Logik und innere Stimmigkeit abklopfen würden. Bernd musste bei diesem weiten Thema eine gezielte Auswahl treffen. Der Vortrag durfte nicht zu hochgeschraubt sein, mit allen möglichen abstrakten Definitionen, was Aggression eigentlich sei, usw. Ferner musste man exemplarisch wichtige Ursachenerklärungen der Aggression klar herausstellen und dazu griffige Beispiele anbieten. Natürlich musste er auch über präventive und therapeutische Maßnahmen sprechen. Wie man schon im Vorfeld aggressive Handlungen verhindern konnte und Schülern, die besonders zu Gewalttätigkeit neigten, helfen konnte, aggressive Impulse zu kontrollieren, das interessierte die Lehrer besonders.

Bernd war an diesem Mittwochnachmittag besonders aufgeregt. Es würden auch Lehrer seinen Vortrag anhören, die ihn bisher nur als Schüler gekannt hatten. Nun sollten sie von ihm etwas lernen und das in einem ganz offiziellen Rahmen bei einer Lehrerkonferenz. Einerseits fühlte er sich sehr geschmeichelt, dass der Direktor der Schule soviel Vertrauen in sein psychologisches Wissen und Können steckte, andererseits hatte er doch Angst, den gehobenen Anforderungen der Gymnasiallehrer nicht zu entsprechen. Er hatte das Referat sehr sorgfältig vorbereitet und auch Folien mit der Gliederung seines Vortrags und mit wichtigen Begriffen und Aussagen seines Referats hergestellt, die er mit dem Tageslichtprojektor an die Wand werfen wollte. Sie sollten das Gesagte auch noch visuell unterstreichen und als Gedächtnisstütze dienen. Im Sekretariat hatte er schon aufgeregt auf seinen Einsatz gewartet. Endlich holte ihn ein Lehrer ab und bugsierte ihn in den Lehrerkonferenzraum. Der Raum war gerammelt voll. Der Direktor stellte ihn kurz seinen Kollegen vor und bedankte sich für sein Kommen. Bernd bedankte sich seinerseits für die große Ehre, dass er vor seinen ehemaligen Lehrern über sein Spezialgebiet referieren durfte und auch dafür, dass er vom Direktor die Erlaubnis erhalten hatte, Schüler des hiesigen Gymnasiums im Rahmen der Erstellung seiner Diplomarbeit zu testen.

Als erstes legte er die Folie mit der Gliederung seines Vortrags auf und erläuterte die einzelnen Gliederungspunkte. Der erste Gliederungspunkt befasste sich allgemein mit dem Phänomen der Aggression und Gewalt. Bernd zeigte auf, dass in der fortschrittlichsten und führenden Industrienation der westlichen Hemisphäre, in den USA, die immer als Vorbild für die anderen Staaten genannt wurde, die Verbrechensrate erschreckend hoch ist und dass nach den „Uniform Crime Reports" des FBI alle 15 Sekunden ein Gewaltverbrechen, Mord, Vergewaltigung, Raubüberfall und schwere Körperverletzungen inbegriffen, verübt wird. Er legte eine Grafik über eine Statistik auf, die zeigte, dass die Verbrechensrate in den USA von Jahr zu Jahr stieg.

Aus dem Lehrerkollegium kamen Rufe: „Ist ja entsetzlich!"
„Unglaublich!"
„Typisch für die USA!"

144

„Und ihre Sex und Crime Schrottkultur exportieren sie zu uns in die Bundesrepublik, und unsere Kinder werden dadurch verdorben."

Bernd wies darauf hin, dass dieser Kriminalitätsanstieg nun auch besorgniserregend in Deutschland zu beobachten ist und dass die Jugendkriminalität sich hier sei 1984 mehr als verdoppelt hat. Der Anstieg der Jugendgewalt sei zu 85 Prozent den Jungen und zu 15 Prozent den Mädchen anzurechnen. Beängstigend sei auch, dass die Täter immer jünger werden und dass die Gewalthandlungen in den letzten fünf Jahren in allen Schularten zugenommen haben, also auch ein Problem für das Gymnasium seien. Ein unglaubliches Raunen ging durch das Lehrerkollegium.

Bernd zitierte den Aggressionsforscher Weiss, der aussagte, dass noch nie so viele Schüler mit Angst in die Schule gegangen sind, nicht nur weil sie Angst vor einer Prüfung haben, sondern weil sie Gewalttätigkeiten von Mitschülern befürchten.

„Beispielsweise nehmen drei Prozent der Schüler des neunten Schuljahres schon scharfe Waffen mit in die Schule. Die Bereitschaft, Konflikte gewaltsam zu lösen, hat sich in den letzten Jahren drastisch erhöht."

Natürlich musste Bernd auch etwas zur Definition von Aggression sagen. Man musste als Redner klarstellen, worüber man überhaupt sprach. Das war bei fachwissenschaftlichen Referaten eine Notwendigkeit. Bernd wusste, was er seinen Gymnasiallehrern mit vorwiegend humanistischer Vorbildung schuldig war.

„Der Begriff Aggression leitet sich vom lateinischen ,aggredi = herangehen' im Sinne von angreifen aber auch von ,sich einer Herausforderung stellen' ab", begann er mit seiner Aggressionsdefinition. „Eibl-Eibesfeldt, ein Verhaltensbiologe, macht darauf aufmerksam, dass wir im übertragenen Sinn auch Probleme in Angriff nehmen und uns in Aufgaben verbeißen. Die Terminologie drückt also aus, dass es sich um ein Durchsetzen von Zielen und Absichten gegen Widerstände handelt und zwar durch gewaltsame Überwindung eines Widerstandes. Dabei wird im Verlauf der Auseinandersetzung ein Gegner unterworfen, vertrieben oder sogar getötet. Wir Psychologen definieren ein Verhalten im allgemeinen dann als aggressiv, wenn dadurch ein anderer oder eine Sache absichtlich beschädigt wird."

Natürlich ging Bernd bei seiner Aggressionsdefinition auch auf den Begriff „Mobbing" ein. Dieser Begriff hatte die Bedeutung von Gewalt und Belästigung am Arbeitsplatz und wurde daher auch für die Gewalttätigkeit in der Schule, dem „Arbeitsplatz" des Schülers verwendet.

Im Lehrerkollegium war es mucksmäuschenstill. Man merkte, dass Aggression und Gewalt ein Thema war, das allen Lehrern unter die Haut ging. Sonst waren Begriffsdefinitionen immer ätzend langweilig, hier aber hörten alle gespannt zu.

Bernd fuhr in seinen Ausführungen fort: „Ein Schüler ist Gewalt ausgesetzt oder wird gemobbt, wenn er wiederholt und über längere Zeit den negativen Handlungen eines oder mehrerer Schüler ausgesetzt ist. Mit negativer Handlung ist gemeint, dass jemand einen anderen absichtlich Verletzungen zufügt, was sowohl mit Worten, also z.B. Drohen, Hänseln, Beschimpfen als auch durch Körperkontakt, d.h. Schlagen, Festhalten, Stoßen und durch Gesten oder durch Ausgrenzung geschehen kann. Um eine negative Handlung als Mobbing bezeichnen zu können, ist außerdem noch ein zwischen den Beteiligten bestehendes Kräfteungleichgewicht Voraussetzung. Der Schüler, welcher der negativen Handlung ausgesetzt ist, hat Mühe, sich selbst zu verteidigen und ist in irgendeiner Weise hilflos gegen den oder die ihn drangsalierenden Mitschüler."

Das war präzise formuliert. Bernd hatte dazu auch ein drastisches Anschauungsbeispiel aus der Literatur parat: „Eine Schulbande erpresst von einem elfjährigen Mitschüler zuerst kleinere und dann größere Geldbeträge. Der Schüler stiehlt dafür Geld von seiner Mutter, getraut sich aber niemand etwas zu sagen, da sie ihn sonst vor den Zug werfen wollen. Zur Abschreckung schleifen sie ihn so über den Schulhof an den Füßen, dass seine Handrücken bis auf den Knochen durchgeschürft wurden. Er schwänzt eine Woche lang die Schule, bekommt panikartige Angstzustände, bis das Mobbing in der Schule bekannt wird und der Fall auch disziplinarisch behandelt wird."

Die Reaktionen bei seinen Zuhörern waren heftig: „Das ist ja unglaublich erschreckend! Das könnte bei uns nie passieren! Das würden wir doch sofort merken und hart bestrafen! Solche Schüler fliegen bei uns sofort von der Schule!", waren die tumultartigen Kommentare.

Bernd räumte ein, dass es sich bei dem Vorfall um eine Schulbande aus einer Hauptschulklasse in einer Großstadt gehandelt hatte, dass aber ähnliche Vorfälle schon bei allen Schularten aufgetreten seien.

Nachdem wieder Ruhe im Konferenzraum eingetreten war, berichtete Bernd, wie man Aggressionshandlungen einteilen konnte. In der Fachliteratur unterschied man zwischen vier Arten von Aggression: der Erlangungsaggression, der Abwehraggression, der spontanen Aggression und der Vergeltungsaggression. Besonders beunruhigend war die Vorstellung, dass beim Menschen auch spontane Aggression beobachtet wurde. Dieses Verhalten konnte auftreten, ohne von einem äußeren Ereignis ausgelöst worden zu sein. Die Fachleute sagten, es ist intrinsisch motiviert und findet seine Befriedigung in der Ausführung der aggressiven Handlung. Oft werden Scheingründe vorgegeben, indem z.b. ein anderer zu einer Provokation getrieben wird, um so die Aggression nach außen zu rechtfertigen.

Bernd zeigte weiter auf, dass sich zwei Varianten spontaner Aggression unterscheiden lassen, zum einen die Streit- und Kampflust, die wegen des Nervenkitzels und /oder zur Erhöhung des Selbstwertgefühls, durch die Demonstration von Männlichkeit und Stärke, zur Schau geführt wird, zum andern der Sadismus, die extremste Form von Aggression, bei welchem die Qual des Opfers die Voraussetzung für die Befriedigung ist, da sie als Zeichen für die absolute Macht über den anderen gewertet wird.

Im Lehrerkollegium wurde ungläubig der Kopf geschüttelt. Menschen, die solch spontane Aggressionen zeigten, waren in ihrem Verhalten nicht normal, das waren doch Psychopathen. Da hatte man für die Vergeltungsaggression schon mehr Verständnis.

Bernd erläuterte sie mit klarer, lauter Stimme: „Die Vergeltungsaggression ist durch aggressive Ärgergefühle oder Hass aufgrund eines Vergehens, einer Provokation oder einer Frustration motiviert. Sie ist primär gegen die betreffende Person oder Personengruppe gerichtet, die provoziert hat und zielt darauf ab, diese zu schädigen. Befriedigung findet diese Aggressionsform im Schmerz oder Schaden des Provokateurs, so dass Schmerzäußerungen nicht aggressionshemmend, sondern sogar als Anreiz fungieren können. Bei der Vergeltungsaggression ist diese Befriedigung so motivierend, dass sogar eigene Nachteile bis hin zur Selbstschädigung in Kauf genommen werden. Der Schmerz oder Schaden des Provokateurs wirkt deshalb so befriedigend, weil dadurch die Vorstellung und das Gefühl entstehen, für Gerechtigkeit gesorgt zu haben, indem eine Normenverletzung bestraft und damit wieder eine Art Gleichgewicht hergestellt wurde. Zum anderen geht es auch um das eigene Selbstwertgefühl, seine Ehre wieder hergestellt zu haben."

Bernd hätte noch alles mögliche zum Thema Aggression sagen können. Aber er musste sich auf das Wesentliche beschränken. Man hatte ihm nur eine halbe Stunde für das Referat genehmigt und anschließend sollte noch eine Diskussion stattfinden. Da konnte er, falls entsprechende Fragen kommen sollten, noch zusätzliche Informationen einbringen. Er war auf alle Fälle auf fast jede Frage vorbereitet und hatte entsprechende Unterlagen dabei, um kompetent Rede und Antwort zu stehen. Für diese Diskussion hatte der Direktor noch einmal eine halbe Stunde vorgesehen.

Beim Gliederungspunkt „Persönlichkeitsfaktoren und Aggression" ging Bernd auf neuere Forschungsanalysen von Baumeister ein, der das Charaktermerkmal „Narzissmus" als einen wichtigen Ursachenfaktor für Aggression und Gewalt ansah. In der klinischen Psychologie galt Narzissmus in reiner Form als Geisteskrankheit. Charakteristisch für narzisstische Menschen war ein aufgeblähtes, übersteigertes Selbstbild, das Streben nach übermäßiger Bewunderung, ein überzogenes, hochgeschraubtes Geltungsbedürfnis, ein Mangel an Einfühlung in andere, ein Hang zum Ausnutzen anderer, der Hang zum Neid oder der Wunsch Neid zu erregen, ausgeprägte Größenfantasien und Arroganz.

Mit Hilfe eines Laborexperiments hatte Baumeister nahe gelegt, dass oft hinter Gewalttaten bedrohte Eigenliebe steckt. Bernd schilderte kurz den Aufbau und die Ergebnisse dieses Experiments und erläuterte dann, wie Baumeister seine Hypothese von der „bedrohten Eigenliebe" an Hand einer Feldstudie mit Gewaltverbrechern bestätigen konnte. Baumeister legte Gewalttätern, die eine Gefängnisstrafe abbüßten, einen Fragebogen zur Erfassung von Narzissmus vor. Die Daten verglich er mit Normwerten, die er mit College-Studenten gewonnen hatte. Es zeigte sich, dass die Gefängnisinsassen viel höhere Werte als die Studenten auf der Narzissmus-Dimension hatten.

Die Lehrer nickten interessiert. Diese Hypothese erschien wirklich plausibel.

Bernd führte weiter aus, dass auch die individuelle Informationsverarbeitung als ein bedeutsames Persönlichkeitsmerkmal im Zusammenhang mit Aggression gesehen werden musste. So wurde bei aggressiven und delinquenten Jugendlichen eine verzerrte und realitätsunangemessene Informationsverarbeitung beobachtet.

Bernd las zur Illustration ein Beispiel aus einer Arbeit von Petermann und Warschburger vor: „Andreas steht im Bus und spürt plötzlich einen Stoß von der Seite. Andreas nimmt diesen Stoß wahr und sondiert die Situation. Direkt neben ihm steht ein anderer Junge, etwas weiter entfernt eine ältere Frau. Der Stoß kam wahrscheinlich von dem Jungen.

Andreas denkt: ‚Warum rempelt mich der denn an, was soll das? Was mache ich denn jetzt? So was kann man sich doch nicht gefallen lassen! Ich remple zurück, nein besser. Ich trete ihn mal ganz unabsichtlich ans Schienbein.'

Und genau das tut er dann auch. Wieviel anders könnte diese Situation verlaufen, wenn Andreas registriert hätte, dass der Junge sich nicht richtig festgehalten hatte und beim kleinen Ausweichmanöver des Busfahrers den Halt verloren hatte. Andreas hält dann den Stoß wahrscheinlich für eine unabsichtliche Berührung, auf die man am besten überhaupt nicht reagiert oder nur ein verständnisvolles Lächeln zeigt."

Nach dem Zitat erläuterte Bernd: „Dieses Beispiel verdeutlicht sehr anschaulich, wie sich eine realitätsunangemessene Informationsverarbeitung einer Situation verhängnisvoll auf das konkrete Handeln auswirken kann. Aggressive Kinder und Jugendliche unterscheiden sich auf allen Stufen des Informationsverarbeitungsprozesses von unauffälligen Gleichaltrigen. Ihre vermeintlich selbstwertbedrohenden Wahrnehmungsverzerrungen resultieren in einer erhöhten Aggressionsbereitschaft. Man könnte sie, wie man es bei Schäferhunden tut, als Angstbeißer charakterisieren. In Untersuchungen zeigt sich, dass aggressive Kinder und Jugendliche anderen Personen aus ihrer Umgebung eher eine feindselige Absicht unterstellen und dies vor allem dann, wenn sie sich bedroht fühlen oder die Situation mehrdeutig ist."

Das hörte sich alles gut an. Die Namen der Aggressionsforscher, die Bernd in seinem Referat zitierte, warf er mit dem Tageslichtprojektor immer an die Wand und in Klammern dazu die Jahreszahl ihrer Veröffentlichung, in der sie die betreffenden Aussagen gemacht hatten. Das machte einen wissenschaftlichen Eindruck. So hatte es Bernd in den Colloquien an der Universität kennen gelernt, wenn die Dozenten Vorträge hielten.

Bernd fuhr in seinen Ausführungen weiter fort: „Aggressive Kinder verfügen über weniger alternative Konfliktstrategien und bevorzugen direkte Aktionen gegenüber verbalen Beschwichtigungen. Sie weisen auch eine verminderte Fähigkeit auf, sich in andere Personen hineinzuversetzen. Vor allem beim konkreten Umgang mit anderen zeigen sich die Defizite aggressiver Kinder: Sie spielen seltener mit anderen, unterhalten sich weniger mit ihnen, ignorieren deren Fragen, reagieren häufiger feindselig und verhalten sich egozentrisch. Aggressive Kinder werden auch häufiger, aufgrund ihres unangemessenen Sozialverhaltens, durch Gleichaltrige zurückgewiesen und abgelehnt. Neben den Konflikten im Umgang mit Gleichaltrigen kann es auch zu Schulschwierigkeiten kommen. Schlechte Schulleistungen und wenig Interesse und Leistungsbereitschaft für schulische Anforderungen verfestigen aggressives Verhalten. In diesem Zusammenhang spielt auch die Intelligenz eine große Rolle. So haben Untersuchungen gezeigt, dass aggressive bzw. delinquente Jugendliche einen geringeren Intelligenzquotienten als unauffällige besitzen."

An dieser Stelle des Referats erläuterte Bernd auch die Ziele seiner eigenen Untersuchung. Er wollte nachweisen, dass schlechtere Schulleistungen und niedrigere Intelligenz mit höherer Aggressionsbereitschaft der Schüler einhergeht. Ferner wollte er aufzeigen, dass auch höhere Risikobereitschaft und größere Impulsivität mit einer höheren Aggressivität korrelierten.

Das wohlwollende Nicken einiger Lehrer und der Zuruf des Direktors, „Solche Untersuchungen sind auch wichtig und werden von uns auch unterstützt!", zeigten, dass Bernds Unterrichtsforschungen am hiesigen Gymnasium die volle Zustimmung der Lehrerschaft bekamen.

Natürlich war es auch wichtig, beim vorliegenden Thema den Einfluss der Medien auf Aggression und Gewalt aufzuzeigen. Untersuchungen des Aggressionsforschers und Lerntheoretikers Bandura, die schon vor einigen Jahrzehnten durchgeführt worden waren, hatten gezeigt, dass aggressives Verhalten durch Nachahmung aufgebaut bzw. verstärkt werden kann. Gewaltdarstellungen im Fernsehen und Computerspiele mit aggressivem Inhalt können dabei das Aggressionsverhalten vor allem von jungen Menschen maßgeblich negativ beeinflussen. Und dies galt insbesondere für Risikogruppen. Zu ihnen zählte man Kinder bis zum siebenten Lebensjahr, bei denen das kognitiv-affektive Steuerungssystem noch nicht voll funktionstüchtig ist, gedemütigte und geschlagene Kinder, Jugendliche ohne Perspektive und sog. „Loser-Typen". Als besonders schädlich wurde auch der frühe Einstieg der Kinder in die

Gewaltmedien angesehen, da hierbei die individuelle Aggressionsbereitschaft durch Stimulation und Abstumpfung gesteigert wird.

Bernd führte auch aus, dass hierbei Präferenzen für bestimmte
gewalttätige, filmische Handlungen induziert werden. Durch die in
den Gewaltfilmen vorgeführten Modelle, so nannte man in der Psychologie die darin vorkommenden falschen Helden, die sich alles
erlauben dürfen, erfolgt bei den Kindern ein Einfrieren des moralischen Urteils auf einem niedrigen Niveau. So berichtete der Ge-
waltforscher Lamnek von einer Steigerung der Gewaltbereitschaft
bei Schülern, z.B. der Lust etwas kaputt zu schlagen.

„Oder im Schulbus Sitze aufzuschlitzen!", rief ein Lehrer dazwischen.

„Schon in den 80er Jahren wurde in den USA eine Studie
durchgeführt, die zeigte, dass bei 700 erfassten Grundschülern ein
positiver Zusammenhang zwischen ihrer totalen Fernsehkonsum-
zeit und ihrer Aggressivität bestand. In einer Langzeitstudie fand
man heraus, dass Kinder, ihr Alter betrug im Durchschnitt acht Jahre, die sehr viele Gewaltfilme sahen, ungefähr zehn Jahre später
von ihren gleichaltrigen Freunden als aggressiver eingeschätzt
wurden."

Das waren wirklich bestürzende Ergebnisse.

„Und trotz dieses Wissens werden Schundfilme aus Amerika in
unseren Sendern gezeigt!", kam ein weiterer Zwischenruf.

Bernd freute sich, dass seine Ausführungen das Lehrerkollegium so aufrüttelte. Er nickte in Richtung des Zwischenrufers und
meinte: „die Verantwortlichen sollten dafür zur Rechenschaft gezogen werden."

Bernd schaute auf seine Uhr. Er hatte noch zehn Minuten Zeit
für seine weiteren Ausführungen.

„Neben den kumulativen Effekten von länger dauerndem Ge-
waltkonsum gibt es auch eine Vielzahl von forensisch dokumen-
tierten Fällen, bei denen von einer direkten Umsetzung beobachte-
ter Straftaten in eigenes Delinquenzverhalten ausgegangen wird.
Die Ursachen liegen in einer Identifikation mit den normverletzen-
den filmischen Modellen, die als Protagonisten in den Horror- und
Gewaltfilmen ohne Rücksicht auf Verluste ihr Recht gewaltsam
durchsetzen, sich das Recht auf Selbstjustiz nehmen, keine Rücksicht bzw. Reue zeigen, kein Mitleid empfinden, sondern immer
cool bleiben und selbst bestimmen was gut oder böse ist."

Das klang sehr wissenschaftlich. Aber Bernd hatte damit den Nagel auf den Kopf getroffen.

Nun musste man das Gesagte noch mit Filmbeispielen veranschaulichen: „In vielen, von der freiwilligen Filmkontrolle indizierten Gewaltfilmen wird die Rolle des verletzten und gedemütigten Helden raffiniert als Aufhänger für eine verhaltensprägende und normsetzende Instanz benützt, z.B. in den Action-Gewaltfilmen ‚Rambo‘, ‚Cyborg‘ oder ‚Terminator‘. Wie attraktiv diese Negativhelden für Kinder und Jugendlichen sind, zeigt der Konsum von Horror- und Gewaltvideos. So konsumierten schon vor fast zehn Jahren in Deutschland zehn Prozent der Schüler im Alter von 10 bis 18 Jahren entsprechende Filme regelmäßig, und in den Förderschulen waren es sogar mehr als zwanzig Prozent."

Ein Raunen ging durch das Lehrerkollegium.

Beim letzten Gliederungspunkt seines Referats ging es Bernd um die Möglichkeiten der Prävention und der therapeutischen Maßnahmen, aggressives Verhalten bei Schülern zu verhindern bzw. zu reduzieren. Bei diesem Schlussteil seines Vortrags konnte Bernd auch Reklame für seinen Fragebogen machen. So erläuterte er den Lehrern kurz seinen Test und wies darauf hin, dass eine flächendeckende Anwendung seines Fragebogens in allen Schulen als diagnostische Maßnahme gegen Gewalt wichtig und wünschenswert wäre. Nur auf diese Weise sei es möglich, extrem gewaltbereite Schüler zu erkennen. Er wies darauf hin, dass Tötungsdelikte immer wieder zur großen Überraschung der Freunde, Familie und Nachbarn passieren, die den Täter vorher als normal eingeschätzt haben.

„Wir können uns nicht immer auf den Eindruck verlassen, den wir von Personen haben, auch dann nicht, wenn wir glauben, sie gut zu kennen."

„Darf ich jetzt gleich einen Einwand bringen, der mir hier sofort aufstößt?", fragte ein Lehrer.

„Natürlich", erwiderte Bernd.

Er war exzellent vorbereitet und wusste, dass er auf jede Frage eine Antwort parat hatte.

„Einige Schüler könnten doch absichtlich falsch antworten, um ihre gewalttätigen Neigungen zu verdecken bzw. um den Testleiter für dumm zu verkaufen und aus Spaß gewalttätig zu erscheinen. Verliert der Test damit nicht seine Gültigkeit?"

„Das gilt vielleicht für einige Schüler", antwortete Bernd. „Kein Testverfahren ist perfekt. Einige Jugendliche mit einem hohen Gesamtwert werden ‚falsche Positive' sein, nicht aber wirklich gewaltbereit. Gültigkeitsanalysen des amerikanischen Fragebogens bestätigen aber, dass die meisten Schüler mit hohem Gesamtwert gewaltbereiter sind als solche mit niedrigem Wert."

Bernd war mit seinem Referat noch nicht zu Ende. Aber einigen Lehrern brannten die Fragen schon unter den Nägeln.

Einer der Mathematiklehrer erhob sich und wandte ein: „Die Wahrscheinlichkeit, dass es an einer Schule zu Schießereien und Totschlagdelikten kommt, ist statistisch gesehen sehr gering. Warum sollte denn der Staat oder die betreffende Gemeinde so viel Geld für das Testen aller Schüler mit einem Fragebogen ausgeben? Die ausgefüllten Testblätter müssen auch noch durch Fachpersonal ausgewertet und begutachtet werden, und das kostet alles Geld."

Auch auf diese Frage wusste Bernd eine Antwort: „Die Wahrscheinlichkeit einer Massenschießerei an einer Schule mag relativ gering sein, aber schulbezogene Todesfälle kommen leider immer wieder vor. Um nur ein Beispiel aus den USA zu nennen. Vor jetzt schon fast zehn Jahren starben im Schuljahr 92/93 über 250 Schüler, die meisten durch Schusswaffen. Gewalt ist ein generelles Problem. Was wir über jemanden nicht wissen, kann uns verletzen! Wir müssen allen Schülern klar machen, dass Gewalttaten nicht wieder gut zu machen sind, dass wir uns um jeden Schüler Sorgen machen und uns fragen, ob er die Neigung zur Gewalt verspürt und dass er bei uns Hilfe findet."

Es kamen keine weiteren Zwischenfragen mehr.

Bernd stellte dann noch eine Reihe von Thesen vor, die der Aggressionsforscher Weiss für eine ganzheitliche Prävention in der Schule aufgestellt hatte.

Eine dieser Thesen lautete: „Einzelne Schüler müssen als Mitstreiter, Opinion-Leader und Mediatoren gewonnen werden um destruktive Klassenstrukturen zu verändern."

Bernd berichtete von den sog. Streitschlichterprogrammen, bei denen Schüler als Mediatoren zwischen Konfliktparteien ausgebildet werden. Dabei ging es um die Vermittlung in Konflikten. Die Streitschlichter fungierten als unparteiische, neutrale Dritte, die von allen Seiten akzeptiert werden. Diese Mediation war ein konkretes Verfahren und eine Sichtweise, Jugendliche selbst zu befähigen, Auseinandersetzungen eigenständig zu bewältigen.

Als letzte effektive Maßnahme, um Aggression zu reduzieren, nannte Bernd noch das gemeinsame Aufstellen von Klassenregeln gegen Gewalt. Bernd legte eine Folie auf und las den Text mit einem Vorschlag für solch eine Klassenregellaut vor: „Wir grenzen niemand aus der Klassengemeinschaft aus. Wir machen uns über keinen lustig, der einen Fehler macht. Wir reden nicht schlecht über Fehler anderer, wenn diese nicht dabei sind. Wir erpressen niemanden. Wir schlagen nicht zu, wenn wir uns über etwas ärgern. Wir lehnen es ab, einem anderen den Freund auszuspannen. Wir provozieren niemanden. Wir führen keine Machtkämpfe auf Kosten der Schwächeren."

Dann deutete Bernd eine Verbeugung an und sagte: „Damit bin ich am Schluss meines Referats. Ich bedanke mich für das Zuhören und stehe ihnen jetzt für weitere Fragen zur Verfügung."

Alle klatschten in die Hände. Bernd war sehr stolz. Herr Oberstudiendirektor Schäfer stand auf und schüttelte Bernd voller Bewunderung die Hand.

Dann wandte er sich an seine Kollegen und sagte: „Ich nehme die Handzeichen für die Fragen entgegen. Herr Helwig kennt nur noch einen Teil unserer Lehrer. Es ist schon über vier Jahre her, seit er unsere Schule verlassen hat."

Als erstes meldete sich der Beratungslehrer der Schule. Er wollte mehr über das Streitschlichterprogramm wissen. Bernd nannte ihm die betreffende Literatur. Dort konnte er genaueres erfahren.

Dann stellte Bernds ehemaliger Biologielehrer, Herr Huber, seine Fragen: „Ich habe gleich mehrere Fragen, Bernd. Das darf ich doch?"

„Natürlich", erwiderte Bernd ein bisschen aufgeregt.

„Meine erste Frage betrifft den Einfluss von Hormonen auf das Aggressionsverhalten des Menschen. Also, bei den Arbeiten mit Zugtieren, z.B. mit Pferden oder Stieren in der Landwirtschaft, fanden die Menschen bald heraus, dass die frühzeitige Entfernung, d.h. Kastration der männlichen Geschlechtsdrüsen, der Hoden, einen wilden Stier in einen zahmen Ochsen und einen nicht zu bändigenden Hengst in einen braven Wallach verwandelt. Nun, heute weiß man, dass die männlichen Geschlechtsdrüsen Testosteron produzieren und dass das fehlende Testosteron im Blut bei den kastrierten Tieren diesen Effekt bewirkt. Meine erste Frage lautet daher, hat der Testosteronspiegel des Mannes in seinem Blut auch diesen Einfluss auf gezeigtes Aggressionsverhalten?"

Bernd blätterte hastig in seinen mitgebrachten Unterlagen. Da war auch schon das Blatt mit der Überschrift „Hormonelle Faktoren des Aggressionsverhaltens".

„Es ist so", antwortete Bernd, während er schnell den Inhalt des Blattes überflog, „beim Menschen sind die entsprechenden Befunde nicht so eindeutig. Bliss und Sheard berichten in einer Untersuchung aus dem Jahre 1974 von einer positiven Korrelation zwischen dem Testosteronspiegel und vergangenen und gegenwärtigen Gewalthandlungen bei Insassen eines Gefängnisses. Olweus beobachtete 1983 einen positiven Zusammenhang bei Jungen im Alter von etwa 16 Jahren zwischen ihrem Bluttestosteronspiegel und provoziertem, aggressiven Verhalten. Die Forschergruppe von Olweus kommt aufgrund ihrer Untersuchungen zu dem Schluss, dass Testosteron ein wichtiger Verursachungsfaktor für Aggression bei Jungen darstellt."

„Wie sieht es dann mit der Aggression bei Männern aus, die z.B. durch einen Gerichtsbeschluss kastriert wurden?", fragte sein Biologielehrer.

Bernd wusste es nicht. Doch, da fand er in seinen Blättern die passende Antwort.

Er las sie einfach vor: „In einer Untersuchung aus dem Jahre 1959 stellte Bremer fest, dass sich auch die Aggression bei Männern, insbesondere wenn sie im Zusammenhang mit Sexualdelikten auftrat, nach der Kastration verminderte."

„Bei zu viel Testosteron im Blut gehen dem Mann auch die Haare aus", flüsterte der Beratungslehrer seinem Nachbarn ins Ohr.

Dieser grinste und erwiderte leise: „Wir zählen einmal, wie viele unserer Kollegen schon eine Kopfglatze haben. Durch eine frühzeitige Kastration hätte man das verhindern können."

Herr Huber stellte seine zweite Frage. Natürlich war es wieder eine biologische: „Wir haben in unserer Videothek einen Lehrfilm über die Strukturen und Funktionen des Gehirns beim Tier. Da wird gezeigt, dass durch elektrische Stimulierung einer Gehirnstruktur per Funk, ich glaube im sog. Hypothalamusgebiet, bei Katzen aggressives Verhalten ausgelöst wird. Die Katze wird zu einem gefährlichen Ungeheuer. Sie faucht, sträubt die Haare, macht einen Katzenbuckel und schlägt mit offenen Krallen zu, obwohl kein Angreifer vorhanden ist, gegen den sie sich wehren müsste. Stoppt der Experimentator die auslösenden elektrischen Impulse, wird sie wieder eine brave Miezekatze. Gibt es im Gehirn des Menschen ähnliche Aggression auslösende Strukturen? Das ist meine zweite Frage."

Darüber wusste Bernd nun gut Bescheid. Er legte eine Folie auf, die einen Schnitt durch das Gehirn des Menschen zeigte und suchte einfach das Blatt mit der Überschrift „Das Zentralnervensystem des Menschen als Steuer- und Kontrollorgan für Aggression".

„Also", begann Bernd, „dazu gibt es mehrere interessante klinische Fallstudien. Heath im Jahre 1955 war einer der ersten, der durch elektrische Stimulierung der Strukturen des vorderen Mittelhirns Wut und Ärgergefühle bei seinen Patienten auslöste. Im Jahre 1961 stimulierte King die sog. Amygdala und löste dadurch bei seinen Patienten beim Einsetzen der elektrischen Reizung Ärgergefühle und Angriffsbereitschaft aus."

Bernd zeigte auf einen mandelförmigen Körper des Gehirnschnittes, der mit dem Wort Amygdala beschriftet war.

„Mark und Ervin reizten 1970 den Hippocampus bzw. die Amygdala bei einem ihrer Patienten über Fernsteuerung und zeigten beeindruckend durch Videoaufnahmen, wie sich bei der isolierten Person Aggression aufbaute und sich gegen die Wände des Zimmers richtete, auf die sie mit Fäusten wie wild einschlug. Reeves und Plum zitierten 1969 den Fall einer Buchhalterin, die im Laufe der Jahre immer reizbarer wurde und auch an Gewicht beträchtlich zunahm. Bei den klinischen Untersuchungen benahm sie sich plötzlich unkooperativ und feindselig und attackierte schließlich den Arzt. Die Quelle ihrer Probleme war ein Tumor im Bereich des ventromedialen Kerns des Hypothalamus."

Bernd legte eine neue Folie auf. Diesmal sah man einen Querschnitt durch das Gehirn.

„Dieses Gebiet hier ist der Hypothalamus."

Er zeigte auf ein Gebilde an der Basis des Gehirns.

„Er besteht aus mehreren Kernen. Kerne, das sind einfach Nervenzellanhäufungen. Dies ist der sog. ventromediale Kern. Ähnliche Symptome wie eben berichtet, waren schon aus der Tierforschung bekannt. Zerstört man bei Katzen den ventromedialen Kern, so erzeugt man ein permanent böses und gefräßiges Tier. Offensichtlich befindet sich hier ein Hemmungszentrum für Aggression und Nahrungsaufnahme."

Bernds ehemaliger Biologielehrer war mit der Antwort auf seine Frage zufrieden. Er strich sich mit der Hand über sein schütteres, graues Haar. Das bestätigte sein Weltbild. Für ihn war der Mensch nur ein Tier, wenn auch ein sehr exponiertes unter den vielen Arten.

Darwin hatte schon im vorigen Jahrhundert mit seiner revolutionären Arbeit „On the origin of species" (Über den Ursprung 177 der Arten) den Menschen vom hohen Ross herunter geholt und gezeigt, dass der Homo sapiens sapiens mit den anderen Arten viele gemeinsame Körperstrukturen aufwies und eben auch gemeinsame Gehirnstrukturen, die ähnliches Verhalten in bestimmten Situationen zur Folge hatte. Das Gehirn war eben das oberste Steuerungs- und Kontrollorgan, wenn es darum ging, auf die Umwelt angemessen zu reagieren.

„Noch weitere Fragen?"

Der Direktor ließ seine Blicke über das Lehrerkollegium schweifen.

„Nein, dann können wir die Fragestunde beenden. Ach, da ist noch eine Wortmeldung. Bitte Herr Kowaltschik. Aber das ist dann die letzte Frage. Wir haben auch noch einige Programmpunkte unserer Konferenz zu absolvieren. Es geht dabei um unsere Jahresschlussfeier."

Herr Kowaltschik, ein etwas dicklicher, untersetzter Mann mit schwarzer Hornbrille unterrichtete Deutsch, Geschichte und Sozialkunde. Er nestelte ein wenig nervös an seiner Krawatte, bevor er zu sprechen begann.

„Herr Helwig, ihr Vortrag behandelte in erster Linie das Phänomen ‚Aggression bei Schülern'. Aber wir haben alle gemerkt, dass sie ganz allgemein ein Experte für das Phänomen Aggression sind. Deshalb bitte ich sie, dass sie uns noch abschließend ein paar Worte zur politischen Gewalt sagen."

Diese Frage passte natürlich zu einem Sozialkunde- und Geschichtslehrer.

„Es ist ja so unfassbar, dass ganze Völker in Kriegen aufeinander einschlagen, sich gegenseitig umbringen und vernichten, und sich dabei sonst so friedliche Menschen gegen andere Menschen so aggressiv verhalten."

Bernd blätterte in seinen mitgebrachten Unterlagen und dann sagt er: „Politische Gewalt, Herr Kowaltschik, das ist ein weites Feld. Da bin ich kein Experte. Aber ein klein wenig kann ich Ihnen dazu aus der Sicht der Psychologie schon erzählen. Der Psychologe Nolting z.B. unterscheidet Aggressionsphänomene auch nach dem Aspekt des Handlungskontextes, wobei individuelle und kollektive

Aggression von ihm als verschiedene Phänomene behandelt werden. Ein wichtiges Wesensmerkmal einer kollektiven Aggression, d.h. von Krieg, ist nun, dass meist eine Gruppe gegen eine andere vorgeht und nur selten eine Einzelperson von einem ganzen Kollektiv angegriffen wird. Der Krieg zwischen zwei Gruppen stellt einen bewaffneten Konflikt dar. Das Ziel des Krieges ist die Bewahrung oder Veränderung gesellschaftlicher Zustände."

Das hatte Bernd sehr gut formuliert. Alle hörten aufmerksam zu.

Bernd fuhr fort: „Im Laufe einer längeren Auseinandersetzung zwischen Staaten können auch emotionale Faktoren wie die Liebe zur eigenen Gruppe und der Hass auf die anderen mehr und mehr handlungsbestimmend werden. Ich erinnere sie beispielsweise an den ersten Weltkrieg. Da rollten in Deutschland die Züge mit den aufgehetzten Soldaten unter der Parole ‚Jeder Stoß ein Franzos, jeder Tritt ein Brit, jeder Schuss ein Russ, Serbien muss sterben!‘ an die Kriegsfront. Und die kriegerischen Auseinandersetzungen mündeten als Folge der brutalen Gewalt in sinnlose gegenseitige Vergeltungsakte."

„Aber woher kommt denn diese Bereitschaft zu kollektiven Aggressionshandlungen? Mir ist das unverständlich. Diese Männer sind doch alle christlich erzogen worden", unterbrach ihn Herr Kowaltschik.

„Kennzeichen der Zwischengruppenaggression ist, dass sie unter Einsatz von Waffen auf die Verletzung und Tötung von Feinden abzielt. Dazu müssen als erstes die biologischen Aggressionshemmungen, den Artgenossen zu schaden, ausgeschaltet werden. Diese angeborenen Hemmungen sprechen auf Signale der Unterwerfung und auf verschiedene Appelle der Beschwichtigung, Bandstiftung und Mitleidserweckung an. Durch den Einsatz auf Distanz tötender Waffen und durch Indoktrinierung werden die Aggressionshemmungsmechanismen des Menschen ausgeschaltet. Bei der Indoktrinierung wird der Gegner dehumanisiert. Der Verhaltensforscher Eibl-Eibesfeldt berichtet, dass die kriegerischen, auf Steinzeitniveau lebenden Eipos auf Neuguinea ihre Feinde als Dungfliegen, Eidechsen oder Würmer herabsetzten. Sollen größere Verbände in einen Krieg ziehen, muss die Bereitschaft des einzelnen zu Aggressionshandlungen erst propagandistisch aufgebaut werden, und sehr oft ist es der Ehrgeiz und das Machtstreben einzelner, die die Gruppe in Bewegung setzen."

„Solche Propagandafilme kennen wir von den Nazis aus dem dritten Reich. Da wurde z.B. der Hass gegen die russischen Untermenschen geschürt!", kam ein Zwischenruf von den Lehrern.

„Das ist ein gutes Beispiel", nickte Bernd. Dann fuhr er wieder fort: „Für Eibl-Eibesfeldt wird die Bereitschaft zu kollektiven Aggressionshandlungen, und das war die Kernfrage von Herrn Kowaltschik, beim Mitläufer durch die folgenden Dispositionen unterstützt:

1. der Neigung, einander in der Gruppe loyal beizustehen;

2. der Bereitschaft, bei Bedrohung von Gruppenmitgliedern aggressiv zu reagieren;

3. der Motivation des Mannes zu kämpfen und zu dominieren;

4. der Neigung Territorien zu besetzen und zu verteidigen;

5. der Fremdenscheu und

6. der Intoleranz gegen Abweichungen von den eigenen Gruppennormen."

Bernd wandte sich an Herrn Kowaltschik und sagte: „Ich hoffe, dass ich ihre Frage angemessen beantwortet habe. Aber ich möchte noch einmal betonen, dass ich kein Experte in Sachen politischer Gewalt bin."

Herr Kowaltschik fand Bernds Ausführungen auf seine Frage sehr interessant und aufschlussreich. Er nickte Bernd wohlwollend zu und Bernd bekam abschließend von allen Lehrern noch einmal einen Applaus für seine fachmännischen Antworten auf die gestellten Fragen der Lehrer. Der Direktor bedankte sich noch einmal bei Bernd und begleitete ihn persönlich bis zur Tür des Konferenzraumes.

„Super gelaufen", murmelte Bernd, als er die breite Treppe hinunter zum Ausgang der Schule stieg.

Morgen würde er noch hier am Gymnasium testen. Dann hatte er alle Daten, die er für die Fragestellung seiner Diplomarbeit benötigte, im Kasten und konnte sofort mit der statistischen Gesamtauswertung beginnen.

Nach München würde er in dieser Woche nicht mehr fahren. Am Wochenende begannen die Vereinsmeisterschaften in seinem Tennisclub. Er hatte sich auch in die Liste der Turnierteilnehmer bei den Herren eingetragen. Die letzten fünf Jahre hatte er immer um den Titel des Vereinsmeisters mitgekämpft. Er war zwar nie bis ins Endspiel vorgerückt, aber es hatte immer Spaß gemacht.

„Dabei sein ist alles", war die Devise. Neben dem Leistungsanreiz zählte doch auch der gesellschaftliche Aspekt. Die Vereinsmeisterschaft des Clubs war immer ein großes Ereignis für alle. Wer gleich beim ersten Spiel verlor, durfte noch in einer Trostrunde weiter mitspielen. So hatten die schlechteren Spieler auch noch die Chance der sog. B-Meister zu werden und am Schluss bei der Preisverleihung im Rampenlicht der Cluböffentlichkeit zu stehen. Am letzten Tag der Meisterschaft fanden dann die Finalspiele statt und die meisten Clubmitglieder ließen sich dieses Spektakel nicht entgehen. Der Tag endete immer mit einer großen Feier, in der den stolzen Siegern mit großem Applaus ihrer Bewunderer die Pokale überreicht wurden und mit einem Clubessen. Meistens wurde gegrillt und es wurden mehrere Fässer Freibier ausgeschenkt.

Die Auslosung, wer mit wem sein erstes Spiel zu absolvieren hatte, musste doch schon stattgefunden haben. Nun, wer sein erster Gegner sein würde, das wollte Bernd natürlich wissen. Er fuhr zum Clubhaus und ließ seinen Wagen auf dem Parkplatz vor dem großen Kurpark stehen. Der Parkplatz war ca. hundert Meter von den Tennisplätzen entfernt. Aber mit dem Auto durfte man eben auf dem breiten Kurparkweg nicht näher an die Plätze heranfahren. Im Schaukasten des Clubhauses hing die Liste mit den ausgelosten Spielern. Der Austragungsmodus war ein „k.o.-System". Bernd war sehr gespannt, wer sein erster Gegner sein würde. Er las zweimal den Namen seines Gegners. Das durfte doch nicht wahr sein.

„Leide ich denn an Verfolgungswahn?"

Die Vorsehung hatte es nicht gut mit ihm gemeint. Da stand der Name Hans Sierwald. Jacky war also sein erster Gegner.

„Das tue ich mir nicht an", dachte Bernd. „Ich ziehe meine Anmeldung wieder zurück."

Andererseits, wenn er Jacky schlagen würde, wäre das ein großer Prestigeerfolg und Ingrid würde merken, dass sie auf das falsche Pferd gesetzt hatte.

Als Bernd wieder zu Hause war, fragte ihn seine Mutter neugierig: „Na, wie ist denn dein Vortrag über Aggression bei den erlauchten Gymnasiallehrern angekommen?"

„Sehr gut", lächelte Bernd. „Es hat alles wunderbar geklappt. Ich glaube, bei denen habe ich Eindruck gemacht. Ihr ehemaliger Schüler Helwig hält ihnen bei einer Lehrerkonferenz einen Vortrag.

Das hätten sie sich wohl nicht träumen lassen. Am Schluss meines Referats haben sie alle laut geklatscht. Ihre Fragen konnte ich alle beantworten. Ich habe meine ganzen Fachunterlagen dabei gehabt. Und die konnte ich auch gut gebrauchen."

„Wenn dein Vortrag so toll angekommen ist, dann könntest du ihn auch bei uns in der Grund- und Hauptschule noch einmal halten."

„Gott bewahre", erwiderte Bernd. „Den Stress brauche ich kein zweites Mal. Ich wurde ja förmlich dazu erpresst. Dafür darf ich morgen am Gymnasium testen."

„Übrigens", sagte seine Mutter, bevor sie in der Küche verschwand, „ein Herr Sierwald hat angerufen. Ich soll dir ausrichten, dass er, Jacky, mit dir am Samstag um neun Uhr für die Vereinsmeisterschaft spielen will. Wenn es bei dir um diese Zeit nicht geht, sollst du ihn anrufen."

Na toll, Jacky wusste also auch schon, wer sein erster Gegner war und brannte wohl darauf, sich mit ihm zu messen und ihm eine Niederlage bereiten zu können. Beim Testen in der Realschule hatte Jacky kein gutes Bild gemacht. Aber er, Bernd, hatte gepunktet.

„Natürlich kann ich am Samstag um neun Uhr. Am Samstag schlage ich dich", dachte Bernd.

Er schloss die Finger der rechten Hand zu einer Faust und murmelte grimmig: „Ich werde alles geben und dich besiegen!"

Der Vortrag vor den Gymnasiallehrern war wirklich Stress gewesen. Bernd legte sich in seinem Zimmer auf das Bett und entspannte sich. Aber einschlafen konnte er nicht. Er ließ seinen Gedanken freien Lauf. Aus der Küche im Parterre des Hauses hörte er schwach die Stimmen seiner Mutter und von Kläuschen. Was sie redeten verstand er aber nicht. So lag er etwa fünf Minuten völlig entspannt da. Dann griff Bernd in die psychologische Trickkiste. „Mental Training" hieß die Zauberformel. Er stellte sich die Tennisclubanlage vor. Jacky und er begrüßten sich auf dem Platz. Bernd drückte bei der Begrüßung fest seine Hand. Der feste Händedruck signalisierte Jacky, dass er entschlossen war, ihn zu besiegen. Jacky wich seinem durchbohrenden Blick aus und schaute unterwürfig nach unten auf den Boden.

„The winner takes it all", den Tennissieg und Ingrid, „the loser standing small".

Diese mentale, erzwungene Vorstellung des Tennisgeschehens kostete Bernd Kraft. Er spürte die Entschlossenheit zu siegen. Seine Aufschläge kamen wie Bomben. Er hetzte Jacky von links nach rechts und von vorne nach hinten. Netzfehler! Ausfehler! Jacky hatte keine Chance. Am Schluss zeigte die Anzeigetafel seinen Sieg der zwei Sätze an, 6:2 und 6:0. Jacky verschwand wie ein geprügelter Hund vom Platz und Ingrid winkte ihm, Bernd, jubelnd zu.

Dann war Bernd doch eingeschlafen.

An diesem Samstag morgen war Ingrid, obwohl sie nicht in die Bank musste, schon früh aus den Federn. In dem kurzen Nachthemdchen mit dem Blumenmuster sah sie wie eine Nymphe aus. Nur der Blumenkranz in ihren blonden Haaren fehlte. Sie zog die Gardinen zurück, öffnete das Fenster ganz weit, stützte ihre Hände auf das marmorne Fensterbrett und atmete ganz tief durch. Die frische Morgenluft tat gut. Der Himmel war, wie in den letzten zwei Wochen, wieder strahlend blau. Heute war ein Tag, an dem man so richtig gammeln konnte. Um neun Uhr spielte Jacky mit ihrem Verflossenen Tennis für die Vereinsmeisterschaft des Clubs. Der Sieger würde weiter kommen. Vielleicht sollte sie nach Bad Aibling fahren und beim Spiel zuschauen. Sie wusste es noch nicht.

Jacky hatte ihr gesagt, dass Bernd keine Chance gegen ihn habe. Zur Zeit sei er in Hochform.

Sie wusste, dass die Trennung von ihr, Bernd sehr verletzt haben musste. Sie hatte es früher genossen, dass er so verknallt in sie war. Aber wenn sie zuschauen würde und Bernd dann verlor, war das für Bernd eine doppelte Niederlage. Das wollte sie ihm eigentlich ersparen. Andererseits wäre es eine gute Gelegenheit gewesen, Bernd nach langer Zeit zu sehen, ohne mit ihm sprechen oder sich seine Vorwürfe anhören zu müssen.

Ungewaschen und ungekämmt wie sie war, eilte sie die Treppe zur Haustür hinunter, wo ihr zotteliger Hund Fipsi schon wartete und als er sie kommen sah, aufgeregt mit seinem buschigen Schwanz hin und her wedelte. Er war eine süße Promenadenmischung, vielleicht eine Kreuzung aus einem Dackel und einem Lassy, jedenfalls ein ganz ein Lieber. Sie streichelte ihm über den Kopf, öffnete ihm die Tür und er flitzte auf die Wiese hinter dem Haus, wo er sein Geschäft verrichtete. Ingrid ließ für den Hund die

Haustür einen Spalt offen und ging in die Küche. Offensichtlich schliefen ihre Eltern noch. Heute würde sie das Frühstück machen. Rühreier mit Speck mochte ihr Vater besonders gern. Sie holte vier Eier und die Milchflasche aus dem Kühlschrank und rührte alles in einer Pfanne an. Der Kaffee in der Kaffeemaschine verbreitete einen angenehmen Duft in der Küche. Der Speck spritzte in der heißen Pfanne. Sie legte über das Brotkörbchen mit den warmen Toastbroten ein Tuch, um sie warm zu halten. Den Frühstückstisch hatte sie reichlich gedeckt. Aus dem Garten holte sie noch schnell ein paar Blumen und arrangierte einen hübschen Strauß. Sie stellte ihn in eine Vase und platzierte ihn in die Mitte des Esszimmertisches.

„Der Kaffee ist fertig!", rief sie zum Schlafzimmer ihrer Eltern hinauf.

Ihre Eltern standen sonst immer sehr zeitig auf. Sie waren sicher schon ausgeschlafen.

„Wir kommen", kam die gedämpfte Stimme ihres Vaters. „Dürfen wir auch ganz leger im Morgenmantel erscheinen?"

„Natürlich", lachte Ingrid. „Ich habe auch nur mein Nachthemd an".

Ingrid mochte ihre Eltern sehr. Sie war ihr einziges Kind und wurde von ihnen sehr verwöhnt. Ihr Vater war eine elegante Erscheinung. Ihre Schönheit hatte sie von ihm geerbt. Ihre Mutter wirkte neben Ingrid etwas unscheinbar. Sie verstand sich aber sehr gut mit ihrer Mutter. Eines hatten ihre Eltern aber gemeinsam. Sie hatten keinen guten Draht zu Bernd gehabt. Schon nach dem ersten Mal, als sie Bernd mit nach Hause gebracht hatte, hatte sie das gespürt. Nachdem Bernd gegangen war, hatte sie ihre Mutter beiläufig gefragt, wie ihr Bernd denn so gefallen hatte. Ihre Mutter hatte ausweichend geantwortet und schließlich „ganz nett" bemerkt.

„Aber er redet sehr viel", hatte ihre Mutter dann ihre knappe Bewertung ergänzt.

Nun, Bernd war im letzten halben Jahr sehr oft bei ihnen gewesen. Zu oft, nach der Meinung ihrer Mutter. Gegenüber ihrem Vater hatte Bernd noch einen schwereren Stand. Bernd war ihr erster Freund, den sie mit nach Hause gebracht hatte. Ihr Vater war eifersüchtig auf Bernd. Sie fühlte, dass er Bernd ablehnte. Er sprach von Bernd immer als „der Herr Psychologe". Als sie einmal ungewollt ein Gespräch ihrer Eltern mithörte, hatte ihr Vater abfällig von Bernd als den „Neunmalgescheiten" gesprochen und sich über ihn lustig gemacht.

„Egal", dachte Ingrid, „Bernd ist passé und Jacky haben sie akzeptiert. Der zweite Freund hat es bei dem Vater der Braut immer leichter als der erste. Außerdem bekomme ich von Jacky ein Kind."

Sie streichelte sanft ihren Bauch. Ingrid freute sich riesig auf ihr Baby. Sie würde es kosen und herzen.

Jacky freute sich auch auf das Kind. Er hatte schon einen Hochzeitstermin für die standesamtliche Vermählung in der Gemeindeverwaltung von Bruckmühl arrangiert und mit dem katholischen Pfarrer in Bruckmühl hatte er auch gesprochen. Jacky war zwar evangelisch, aber nachdem er einverstanden war, ihre Kinder katholisch zu taufen und zu erziehen, hatte der Pfarrer keine Einwände gegen die kirchliche Trauung.

Ingrid und ihre Eltern ließen sich das Frühstück schmecken.

„Die Rühreier mit Speck hast du hervorragend gemacht", lobte der Vater Ingrid.

„Wenn ihr in vier Wochen heiraten wollt, dann wird es aber knapp mit den Hochzeitsvorbereitungen", meinte ihre Mutter ein bisschen vorwurfsvoll.

„Jacky macht das schon", erwiderte Ingrid und versuchte sie zu beruhigen. „Er ist ein hervorragender Organisator. In seiner Schule stellt er die Stundenpläne für alle Klassen auf. Weißt du, was das heißt? Das erfordert ein wahnsinniges Organisationstalent und planerisches Können. In seinem Tennisclub in Bad Aibling ist er Sportwart und richtet jedes Jahr die Vereinsmeisterschaft aus. Ihr seid zwar die Brauteltern, müsst euch aber um nichts kümmern. Ihr müsst mir nur sagen, wer von unserer Verwandtschaft zur Hochzeit eingeladen werden soll. Die Einladungskarten sind auch schon gedruckt. Jacky will sie mir heute zeigen."

„Von meinen Leuten müssen wir meine Schwester Paula mit ihrem Mann und den drei Kindern einladen und natürlich meinen Bruder Robert mit Frau und ihrem Sohn Sebastian." Ingrids Mutter zögerte: „Das sind dann schon acht Personen. Ob deine Großtante den Trubel noch mitmachen kann, weiß ich nicht. Man müsste sie auch im Altersheim in Bad Wiessee abholen. Du weißt ja, Ingrid, es ist unsere Erbtante. Sie ist die einzige Person in unserer Familie, die wirklich vermögend ist. Also, einladen müssen wir sie auf jeden Fall."

„Nur gut, dass ich keine Geschwister habe", grinste Ingrids Vater. „Von meiner Seite müssen wir nur deine Oma Lisa einladen. Die hole ich persönlich von ihrer Wohnung hier in Bruckmühl ab. Sie wird sich sicher sehr freuen, wenn sie hört, dass du heiratest."

„Wenn du kirchlich heiratest, musst du natürlich in Weiß erscheinen. Dein Brautkleid hast du auch noch nicht ausgesucht", meinte ihre Mutter etwas ungehalten.

„Da musst du mir eben helfen, Mama. Das Brautkleid könnten wir doch noch heute zusammen aussuchen. Um neun Uhr spielt Jacky ein Tennisspiel. Da möchte ich gerne zuschauen. Ich bin um spätestens elf Uhr wieder da und dann begutachten wir zusammen in einem Brautmodengeschäft die neuesten Modelle. Die Geschäfte schließen am Samstag erst um 13 Uhr. Da haben wir noch viel Zeit zum Aussuchen."

„Zeitlich würde das gut passen. Dein Vater und ich wollen jetzt gleich nach dem Frühstück im Supermarkt einkaufen. Um elf Uhr sind wir dann auf alle Fälle wieder da", meinte Ingrids Mutter.

„Kommst du mit in das Brautmodengeschäft, Martin?", fragte sie ihren Mann.

„Gott bewahre", antwortete Ingrids Vater abwehrend.

Er war von Beruf Werkmeister in einer nahe gelegenen Traktorenfabrik.

„Ich muss im Heizungskeller noch einen Flansch am Wasserboiler auswechseln. Der Boiler tropft schon seit zwei Wochen."

Ingrid zog sich in ihrem Zimmer ein hübsches Sommerkleid an und schminkte sich für ihren Jacky ein wenig mondän. Sie setzte ihren großen Strohhut mit den hübschen hellblauen Schleifen an der Krempe auf und fuhr zur Tennisanlage nach Bad Aibling. Ganz gleichgültig war ihr Bernd nicht, aber sie freute sich auf Jacky. Er hatte sie zur Frau gemacht und sie hatte mit ihm schon wunderschöne Stunden erlebt. Jacky redete nicht sehr viel, wenn sie zusammen waren. Aber er las ihr jeden Wunsch von den Augen ab. Er war sehr einfühlsam. Der Gedanke, mit ihm in Zukunft ihr Leben gemeinsam zu verbringen, machte sie glücklich.

Es war kurz vor neun Uhr, als sie die Terrasse des Clubhauses betrat. Jacky und Bernd spielten auf dem „Center Court", also direkt vor der Clubterrasse mit den Tischen und Stühlen. Ingrid zog aus dem Getränkeautomaten eine Flasche Apfelsaft und holte sich aus dem Geschirrschrank im Clubhaus ein sauberes Glas. Das

Clubhaus war immer ordentlich aufgeräumt, obwohl es von keinem Pächter bewirtschaftet wurde. Die Clubmitglieder achteten selbst auf peinliche Ordnung, und vor allem die Frauen nahmen die Gelegenheit wahr, durch ihren geleisteten Küchendienst ihre Pflichtstunden für den Club abzuarbeiten.

Auf der Terrasse standen bzw. saßen schon einige Mitglieder, die sich das spannende Spiel von Jacky und Bernd nicht entgehen lassen wollten. Ingrid setzte sich bescheiden etwas im Hintergrund an einen leeren Tisch und goss sich ein Glas Apfelsaft ein. Jacky hatte sie sofort gesehen. Er warf ihr galant ein Kusshändchen zu und sie winkte lächelnd zurück. Nun hatte auch Bernd Ingrid erkannt. Jacky und Bernd spielten im ersten Satz. Die Anzeigetafel des Punktestandes wurde von den Spielern selbst immer auf den aktuellen Stand gebracht. Es stand 5:3 für Jacky.

„Wie erwartet", dachte Ingrid.

Der Anblick von Ingrid setzte bei Bernd ungeahnte Kräfte frei. Er kämpfte wie ein Löwe um jeden Ball. Jacky schlug einen knallharten Aufschlag in das gegnerische Feld von Bernd, aber dieser konterte reflexartig mit einem scharfen Longline-Ball, der Jacky völlig überraschte. Bernd punktete. Jetzt hieß es nur noch 5:4 für Jacky und sie wechselten die Seiten.

Jacky war ganz in Weiß gekleidet und trug eine Tenniskappe mit langen Schild, um seine nackte Kopfhaut vor der Sonne zu schützen. Bernd hatte eine Sonnenbrille aufgesetzt. Er trug ein dunkelrotes T-Shirt und eine schwarze, kurze Sporthose. Die Kleiderordnung des Clubs war den internationalen Regeln angepasst worden. Man musste nicht mehr in weißer Tenniskleidung spielen.

Die zwei Kontrahenten ruhten sich kurz auf den Bänken des Tenniscourts aus. Bernd drehte die Anzeigetafel von 3 auf 4 weiter. Beide Spieler nahmen einen tiefen Schluck aus ihren mitgebrachten Wasserflaschen und wischten sich mit ihren Handtüchern den Schweiß von der Stirn ab. Es war schon verdammt heiß, und es konnte noch ein langes Match werden.

Nun hatte Jacky die Sonne im Gesicht. Sie blendete beim Aufschlagen. Bernd griff sofort wieder an. Jetzt dirigierte er das Spiel. Jacky wurde durch seine harten Bälle überrumpelt. Die Zuschauer klatschten über die toll anzusehenden, aufregenden Ballwechsel. Bernd holte auf. 5:5 war der neueste Spielstand. Bernd blickte verstohlen zu Ingrid, aber Ingrid hatte nur Augen für ihren Jacky. Sie war aufgestanden und feuerte ihn durch das Zeigen einer geballten Faust an. Eigentlich war das nicht ihre Art. Sie hielt sich sonst lieber bescheiden im Hintergrund zurück. Aber ihr Jacky sollte den Sieg davontragen und nicht Bernd.

Jacky hatte das Zeichen der geballten Faust verstanden. Er peitschte mit seiner Vorhand den Ball in das feindliche Feld. Wie ein Wirbelwind lief er mehrmals nach vorne ans Netz und schlug aus der Luft harte, gezielte Volleybälle außerhalb jeder Reichweite von Bernd. Nun war Jacky wieder am Drücker. Bernd konnte nicht mithalten. Der erste Satz endete mit 7:5 für Jacky. Ingrid klatschte bei jedem Punkt, den Jacky machte. Bernd resignierte.

Im zweiten Satz ging Bernd sang- und klanglos unter. Er hatte keine Chance mehr. Der Satz endete mit 6:0 für Jacky. Ohne dem Sieger mit einem Händeschütteln zu beglückwünschen, wie es nach einem Tennismatch sonst üblich war, verließ Bernd fluchtartig den Tennisplatz. Er vermied es, Ingrid anzusehen. Ingrid fiel Jacky um den Hals, als er die Clubterrasse betrat. Sie hatte schon sehnsüchtig auf diesen Augenblick gewartet. Jacky wurde von den anderen Zuschauern umringt. Jeder schüttelte ihm die Hand.

„Super gespielt!", war die Reaktion der anderen Tennisspieler.

„Ich geh mich nur schnell duschen", wandte sich Jacky wieder an Ingrid.

„Du hast wirklich toll gespielt", lobte sie ihn. „Ich kann aber nicht auf dich warten, bis du dich frisch gemacht hast. Meine Mutter und ich wollen heute noch ein Brautkleid aussuchen. Das darfst du aber vor der Hochzeit nicht sehen."

Jacky lachte. Er war überglücklich mit seiner schönen Braut. „Du holst mich aber heute Abend, wie ausgemacht, pünktlich ab", flüsterte sie in sein Ohr und gab ihm einen zarten Kuss.

Ingrid holte ihre Mutter zu Hause mit ihrem Wagen ab.

„Ingrid, such dir das schönste Brautkleid aus. Du heiratest nur einmal! Geld spielt keine Rolle. Das Kleid ist ein zusätzliches Geschenk deiner Eltern", rief Ingrids Vater den zwei Frauen noch nach, als sie in Ingrids Auto stiegen.

Die Auswahl im Brautmodengeschäft war überwältigend. Lange, kurze, ganz altmodisch geschnittene mit vielen Rüschen und sogar einer Schleppe, die Stoffe aus Satin, aus Kunstseide, verrückt moderne mit einer Schärpe, sogar ein Brautkleid mit Jacke-Hosenschnitt waren darunter. Und dazu gab es noch die verschiedensten Braut- Kopfbedeckungen, kleine und große weiße Hüte mit und ohne Gesichtsschleier. Die meisten Modelle sahen hinreißend aus. Die Verkäuferin hatte viel Geduld mit Ingrid.

„Ich zeige Ihnen auch noch unsere Brautmodenkataloge. Vielleicht ist ein Modell dabei, das Ihnen ganz besonders gut gefällt", meinte die freundliche Verkäuferin, die sie bediente und legte ihr zwei Kataloge auf den Verkaufstisch.

„Ich glaube, ich finde schon etwas hier aus Ihrer Kollektion", erwiderte Ingrid.

Die in Frage kommenden Brautkleider wurden alle zusammen auf einem fahrbaren Ständer aufgehängt. Ingrid stellte sich vor den großen Spiegel und die Verkäuferin rollte den Ständer mit den schönen Modellen dazu. Sie hielt die einzelnen Kleider vor Ingrids Körper und Ingrid durfte wählen.

„Die guten ins Töpfchen, die schlechten ins Kröpfchen", lachte Ingrid.

Am Schluss blieben drei Kleider für die engere Wahl übrig.

„Ach Mama, die sehen alle drei so bezaubernd aus", stöhnte Ingrid ganz entzückt von den Modellen. „Was glaubst du, in welchem werde ich Jacky am besten gefallen?"

„Ach Kind", lächelte ihre Mutter, „du siehst in jedem wie eine Märchenprinzessin aus."

„So eine schöne Braut sehen wir hier selten", unterstrich die Verkäuferin die positive Bewertung ihrer Mutter.

Natürlich probierte Ingrid alle drei Modelle und auch jeweils den passenden Haarschmuck dazu. Jacky hatte mit Ingrid wirklich das große Los gezogen. Ingrid entschied sich für ein Spitzenmodell, das ihre schlanke Taille und ihre schönen Brüste betonte. Sie sah zum Anbeißen aus. Das Kleid passte, als ob es als Einzelstück für Ingrid angefertigt worden war.

„Ach Kind, du siehst so wunderschön in diesem Brautkleid aus", meinte ihre Mutter.

Ingrid wurde von allen Anwesenden, es waren nur Frauen im Geschäft, umringt. Jeder war begeistert von der schönen Braut in dem herrlichen Brautkleid. Das Kleid hatte auch seinen Preis. Ihre Mutter zahlte mit Scheckkarte. Als sie schon das Geschäft verlassen wollten, kam die Geschäftsinhaberin, ein Tablett mit vier Gläsern und einer kleinen Auswahl von Pralinen in den Händen, und öffnete eine Flasche Sekt.

„Auf die Braut und auf eine glückliche Ehe", prostete sie Ingrid zu.

Nach dem etwas verspäteten Mittagessen zu Hause musste Ingrid das Brautkleid noch einmal probieren. Ihre Mutter half ihr beim Anziehen.

„Papa, Papa, komm doch bitte!", rief Ingrid nach ihrem Vater.

Ihr Vater war ebenfalls von seiner Tochter in diesem schönen Brautkleid begeistert.

Ingrid lief im Brautkleid zum Telefon und rief Jacky an. Sie wollte ihm mitteilen, dass sie ein Brautkleid nach ihrem Geschmack gefunden hatte. Sie war überglücklich. Aber Jacky meldete sich nicht. Ein Handy besaß er nicht. Sie klingelte mehrmals bei ihm an. Vielleicht ist er noch im Tennisclubhaus, dachte sie. Sie suchte die Telefonnummer heraus und rief dort an.

Man sagte ihr, dass Jacky nach seinem Sieg seinen Freunden eine Runde Weißbier spendiert hatte, aber dann nach zwölf Uhr die feuchtfröhliche Runde in Richtung Parkplatz verlassen hatte.

„Na egal", dachte Ingrid. „Am Abend holt er mich ja ab. Da erfährt er es noch früh genug."

Heute Abend wollten sie sich etwas Besonderes leisten. Jacky lud sie ins Nationaltheater nach München ein. Opernmusik war zwar nicht etwas, was Ingrid jeden Tag hören musste, aber so ab und zu eine Oper mit allem vornehmen Drumherum live erleben, das war schon ein großes gesellschaftliches Ereignis für sie. Sie würde dazu ihr trägerloses, kleines Schwarzes anziehen und die goldene Halskette, die ihr ihr Vater zum 18. Geburtstag geschenkt hatte, tragen. In dem vornehmen schwarzen Kleid würde sie wie Grace Kelly in ihren ersten Filmen aussehen, so anmutig und so elegant. La Traviata von Verdi stand auf dem Spielplan. Jacky hatte ihr schon vor zwei Wochen den Opernbesuch angekündigt. Ein Kollege von Jacky, der ein Opernabonnement hatte, konnte den Termin nicht wahrnehmen und Jacky hatte ihm die zwei Karten sofort abgekauft.

„In zwei Wochen schauen wir uns in München ein Nutten-Stück an", hatte er ihr frech verkündet und sie neugierig gemacht.

Die Arien in La Traviata waren wunderschön. Die Hauptdarstellerin der Oper, Violetta, war, vornehm ausgedrückt, wirklich eine Lebedame, die nur kurze Zeit einen Traum von wirklicher Liebe mit einem ihrer Freier erlebt. Ingrid besaß eine CD mit den schönsten Arien von Maria Callas gesungen. Die Arie der Violetta „Addio del passato" berührte Ingrid immer sehr. Statt stürmischer Leidenschaften erweckte die fast klagende Stimme der Callas bei ihr eine schmerzlich-süße Seelenregung, die, auch wenn die Musik schon verklungen war, noch lange bei ihr nachwirkte.

Nach dem üppigen Mittagessen half Ingrid ihrer Mutter beim Abwaschen des Geschirrs. Dann tranken alle noch eine Tasse Kaffee auf der Terrasse und ihre Eltern zogen sich in ihr Schlafzimmer zu einer kurzen Siesta zurück. Ingrid machte es sich, nur in einem Bikini bekleidet, in einem Liegestuhl auf der Terrasse bequem und blätterte in einem Reisemagazin. Das Ziel ihrer Hochzeitsreise mit Jacky durfte Ingrid allein bestimmen. Sie hatte ein bisschen Flugangst und deshalb schied eine lange Flugreise für sie aus. Es schwebte ihr eine romantische Insel im Mittelmeer vor. Sie dachte an Mallorca oder Korsika.

Mallorca hieß es, war vor allem an den Stränden im Süden von Touristen sehr überlaufen, aber im Landesinneren und vor allem im Norden gab es wunderschöne Plätze zu besichtigen. Auch in ihrem Reisemagazin wurde der wildromantische Norden Mallorcas gepriesen. Hier waren, so las sie, auf der Panoramastraße, die von Port de Pollença über die Halbinsel Formentor zum Leuchtturm am Cap de Formentor führt, an der steilen Küste nur wenige Touristen unterwegs. Eines der farbigen Prospektbilder zeigte den Blick von der Küstenstraße hinunter in die Tiefe. Dort schimmerte eine kleine Bucht in atemberaubendem Türkis und weiße Boote schaukelten auf dem glasklaren Wasser. Empfohlen wurde ein Hotelbadeaufenthalt am kilometerlangen, feinsandigen Strand von Arenal, der sich östlich der Inselhauptstadt Palma erstreckte. Und nur wenige Kilometer weiter östlich lockten die stille Bucht von Cala Pi, der berühmte Naturstrand von Es Trenc und der malerische Fischerort Colonia de Sant Jordi. Ein Erlebnis, das man sich nicht entgehen lassen durfte, war die Fahrt vom Promi-Städtchen Port d'Andratx entlang der Westküste über Valdemossa und Deia bis hinauf nach Fornalutx, das mehrfach zum schönsten Ort Spaniens gekürt worden war.

Ingrid war begeistert von dem, was sie da las und was sie da sah. Sie würden sich einen Wagen mieten und all die schönen Orte besichtigen und im karibikblauen Meer baden und verliebt die langen, warmen Nächte in ihrem Hotelzimmer genießen.

Ingrid blickte versonnen in den blauen Nachmittagshimmel. Das Leben war herrlich. Alles war binnen weniger Wochen verändert. Sie träumte so mit offenen Augen vor sich hin. Der Prospekt glitt ihr aus den Händen und fiel raschelnd auf den Terrassenboden.

Jacky war ihr strahlender Held, der sie, die schöne Prinzessin erobert hatte und in sein Schloss mitnehmen würde. Heute hatte er im Turnier seinen Nebenbuhler endgültig besiegt. Bernd tat ihr leid. Sie hatte Jacky zugejubelt. Das war doch sonst gar nicht ihr Art. Sie war eigentlich in der Gegenwart anderer immer bescheiden und zurückhaltend. Bernd war wie ein geprügelter Hund davongeschlichen. Sie wollte sich nicht ausmalen, was in Bernd nach seiner Niederlage vorgegangen war. Er musste sehr enttäuscht und verbittert sein. Vielleicht hasste er sie für ihr Verhalten und natürlich auch Jacky. Dieses Aufbäumen von Bernd im ersten Satz. Fast hätte er den Satz noch gewonnen. Und dann dieser krasse Leistungsabfall. Bernd hatte sicher in seinem Herzen um sie, Ingrid, gespielt. Er hatte wohl alles gegeben und alles verloren.

„Armer Bernd", murmelte Ingrid. „Ich mochte dich. Aber lieben kann ich nur Jacky."

„Ingrid, schnell, Telefon für dich!", hörte sie die schrille Stimme ihrer Mutter. „Es ist etwas Schreckliches passiert."

Ingrid sprang mit einem Satz auf und rannte ins Haus ans Telefon. Ihre Mutter reichte ihr völlig verstört den Telefonhörer.

„Hier Ingrid", rief sie aufgeregt in die Telefonmuschel.

„Ingrid, es tut mir so leid. Es ist ganz schrecklich", hörte sie die verzweifelte Stimme von Marion. „Jacky ist tot."

Ingrid erstarrte. „Was ist denn passiert?", schrie sie entsetzt ins Telefon.

„Jacky ist mit seinem Wagen tödlich verunglückt", schluchzte Marion.

Ingrid war leichenblass geworden. Sie setzte sich apathisch auf den Stuhl neben dem Tischchen mit dem Telefon.

„Bist du noch da?", hörte sie die gedämpfte Stimme von Marion.

. „Wie ist es passiert?", fragte Ingrid nach einer Weile.

„In Bad Aibling wissen es schon alle. Jacky hat zu Mittag nach einem Tennisspiel gleich in der Nähe des Parkplatzes beim Kurpark einen Kleinlaster gerammt. Jacky kam von der Nebenstraße mit hoher Geschwindigkeit, hat dem anderen die Vorfahrt genommen und ist direkt in seine Beifahrerseite geschossen. Zum Glück saß dort niemand."

Ingrids Mutter hatte alles mitgehört. Beide Frauen umarmten sich und weinten ganz bitterlich.

„Es ist alles aus", schluchzte Ingrid. „Ohne Jacky will ich nicht länger leben."

„So darfst du nicht reden, du versündigst dich", beschwichtigte sie ihre Mutter. „Denk an das Kind, das du von Jacky unter deinem Herzen trägst. Er wird in dem Kind für dich weiterleben. Wir freuen uns alle auf dein Baby, auch Papa."

Ingrids Vater war genauso bestürzt von der schrecklichen Nachricht. Er rief in der Polizeistation in Bad Aibling an. Dort bestätigte man ihm, dass Herr Hans Sierwald zu Mittag einen tödlichen Autounfall erlitten hatte. Er hatte sich bei dem Zusammenstoß das Genick gebrochen und war auf der Stelle tot gewesen. Am Montag stand schon ein genauer Bericht über den Unfall in der Tageszeitung. Da las man auch,dass der verunglückte Fahrer, Hans S., 0,8 Promille Alkohol im Blut hatte und nicht angeschnallt war. Das war alles sehr tragisch. Die Beerdigung im Stadtfriedhof von Bad Aibling war für Mittwoch vorgesehen.

Für die Beerdigung hatte Ingrid nichts Passendes zum Anziehen. Das trägerlose, kurze, schwarze Kleid war für diesen traurigen Anlass nun wirklich nicht geeignet. Ingrid kaufte sich am Montag ein schwarzes Kostüm, eine schwarze Bluse und schwarze Seidenstrümpfe dazu. Ihre Mutter half ihr wieder beim Einkauf. Ingrid war am Boden zerstört. Jacky war zwar ein rasanter Fahrer und auch kein Alkoholverächter gewesen, war aber wahnsinnig reaktionsschnell. Selbst drei Halbe Weißbiere, die er kurz vor dem Unfall mit seinen Freunden in kurzer Zeit getrunken hatte, so stand es in der Zeitung, sollten seine Aufmerksamkeit und sein Reaktionsvermögen nicht so beeinträchtigt haben, dass es zu diesem tödlichen Vorfall hätte kommen müssen.

Ingrid hatte sich für die ganze Woche frei genommen. In der Bank zeigte man großes Verständnis für ihre Situation. Am Montagabend besuchte Marion Ingrid, um sie zu trösten. Ingrid war froh über ihren Besuch.

Ingrid erzählte Marion minutiös, was sie am Samstag alles gemacht hatte. Sie berichtete zuerst über das Vereinsmeisterschaftsspiel von Jacky und Bernd, bei dem sie zugesehen hatte.

Marion bemerkte dazu, wenn sie gewusst hätte, dass Bernd so ein wichtiges Match spielen würde, hätte sie auch zugeschaut, um Bernd die Daumen zu drücken.

Ingrid ging auf diese Bemerkung gar nicht ein. „Dann habe ich mit meiner Mutter ein Brautkleid für mich ausgesucht", heulte sie. „Da hat Jacky noch gelebt. Warum bin ich nicht auf der Tennisanlage geblieben. Dann hätte Jacky auch nicht so viel getrunken."

„Du darfst dir keine Vorwürfe machen", tröstete sie Marion. „Das ist Schicksal. Keiner kann seinem Schicksal entkommen. Du kannst überhaupt nichts dafür. Ich bin ja nicht religiös. Ich glaube aber, dass es wirklich so etwas wie eine Vorsehung gibt. Es ist alles schon vorherbestimmt."

„Vielleicht werde ich dafür bestraft, dass ich Bernd so verletzt habe", sagte Ingrid nach einer Weile.

„Also, an eine solch immanente Gerechtigkeit kann ich nicht glauben, an so etwas wie eine Vorsehung jedoch schon eher. Aber es nützt keinem, wenn du jetzt Schuldgefühle hast und dir das Leben noch schwerer machst. Es ist alles so schrecklich."

„Weiß Bernd schon, dass Jacky tot ist?", fragte Ingrid.

„Ja", antwortete Marion. „Wir haben gestern zusammen Tennis gespielt. Da haben wir über den Unfall gesprochen. Bernd war auch sehr betroffen. Er sagte, er wolle dir telefonisch sein Beileid ausspreche."

„Weiß Bernd eigentlich, dass ich ein Baby von Jacky erwarte?", fragte Ingrid.

„Von mir nicht", erwiderte Marion.

Am Dienstag stand ein weiterer makabrer, sensationeller Bericht über den tödlichen Verkehrsunfall in der Zeitung. Unter der Überschrift „Mordanschlag auf Lehrer Hans S." las man, dass am motorstarken BMW von Jacky manipuliert worden war. Sowohl vorne als auch hinten waren die Bremsschläuche mit einer Bolzenschere gekappt worden, und beim ersten Bremsmanöver hatte das Bremssystem versagt und Jacky war voll in den Kleinlaster gerammt. Das gab dem Unfall eine ganz neue Wende. Alle Leser waren entsetzt. Ein Mord in ihrem kleinen, beschaulichen Kurstädtchen. Das hatten die Aiblinger noch nicht erlebt.

Am Mittwochnachmittag strömten Hunderte von Trauergästen zu Jackys Beerdigung. Jeder wollte durch seine Anwesenheit seine Anteilnahme und Betroffenheit demonstrieren. Auch Hauptkommissar Heiler von der Mordkommission in München war zusammen mit einem Assistenten zur Beerdigung gekommen. Die beiden Kriminaler hofften wohl, dass der Täter ebenfalls anwesend sein würde und sich durch irgendeinen Vorfall verraten könnte.

Es war eine riesige Trauergemeinde, die sich an diesem Nachmittag am offenen Grab versammelt hatte. Die Trauergäste waren feierlich von der Einsegnungshalle, vorbei an gepflegten, mit Engelsfiguren, steinernen Gedenkplatten und schwarzen, schmiedeeisernen Kreuzen verzierten Grabstätten, zu der offenen Grube gezogen, die sich in einem neu ausgewiesenen Bereich des Friedhofs befand: Voran der Herr Pfarrer mit den Ministranten in den langen, wallenden Gewändern, dann die Leichenträger mit dem schweren, eichernen Sarg, in dem die sterbliche Hülle von Hans Sierwald lag, dahinter ein paar Verwandte von Jacky, Ingrid, links und rechts von ihren Eltern gestützt, der Bürgermeister der Stadt mit einigen Stadträten, die Direktoren der hiesigen Schulen, viele Lehrer aus den Lehrerkollegien der verschiedenen Schularten, Schüler der Realschule, Vertreter der Sportvereine und Freunde und Bekannte aus dem Tennisclub. Auch Bernd und Marion waren anwesend.

Bernd war der letzte aus dem Tennisclub gewesen, der mit Jacky ein Match gespielt hatte. Der Vorsitzende des Clubs wollte, dass Bernd daher im Namen des Tennisclubs ein paar Abschiedsworte für das verstorbene Mitglied sprach, aber Bernd weigerte sich.

Der Pfarrer zelebrierte mit tiefem Ernst den feierlichen Begräbnisakt und fand tröstende Worte zur Vergänglichkeit allen irdischen Lebens. Am Schluss seiner ergreifenden Ansprache betete er:

„Herr, erfülle Herrn Studienrat Sierwald seine Sehnsucht und vollende sein Leben in Dir. Lass ihn Dein Angesicht schauen. Gott, Du hast Deine Heiligen mit Deinem Geist und Deinem Glanz erfüllt und sie mit neuem Leben beschenkt. Wir loben und preisen zusammen mit ihnen Deine Herrlichkeit. Schenke auch dem Verstorbenen, Herrn Sierwald, dieses neue Leben und gib ihm die Gnade, Dich zu schauen und zu loben. Nimm ihn auf in die Gemeinschaft Deiner Heiligen. Du bist allen gegenwärtig, die zu Dir rufen. Auch wir rufen zu Dir in unserer Not. Lass uns nicht verzweifeln und tröste uns durch Deine Nähe. Schenke uns die Kraft Deiner Liebe, die den Tod besiegt hat. Führe auch uns zusammen mit unserem Dahingeschiedenen zu neuem und ewigem Leben."

Kommissar Heiler stand nahe bei der offenen Grube. Er hatte schon einige Ermittlungen durchgeführt. Er vermutete einen feigen Racheakt hinter dem tödlichen Unfall. Sein Blick schweifte über die Trauergemeinde. Nach seinen bisherigen Erfahrungen war es durchaus möglich, dass der Täter bei der Beerdigung anwesend war. Der Direktor der Realschule begann mit einem kurzen Nachruf für seinen verstorbenen Kollegen.

„Liebe Angehörige, liebe Trauergemeinde. Voller Entsetzen haben wir am vergangenen Samstag erfahren, dass unser verehrter Kollege, Herr Sierwald, durch einen schrecklichen Verkehrsunfall ums Leben gekommen ist. Wir stehen hier alle tief erschüttert an seinem Grab und können es noch nicht fassen, dass er durch einen gemeinen, hinterhältigen Anschlag mit seinem Auto in den Tod gerast ist. Er befand sich in der Blüte seines Lebens, und wie ich gehört habe, wollte er in den nächsten Wochen den Bund der Ehe mit einer geliebten Frau eingehen."

Der Direktor blickte betroffen in Richtung Ingrid und verneigte sich kurz vor ihr. Ingrid zitterte benommen vor Schmerz und stützte sich hilfesuchend an ihren Vater.

„Herr Sierwald war ein liebenswerter Kollege, hilfsbereit, sehr engagiert und aufgeschlossen für alle Belange unserer Schule. Er organisierte meisterhaft unsere Schulsportkämpfe und betreute seit Jahren die Volleyballmannschaft unserer Schule, die heuer beim Landeswettbewerb der Schulen sogar den Vizemeister gestellt hat. In der Schulverwaltung war unser Kollege schon seit längerem für mich unentbehrlich, insbesondere bei der Erstellung der Stundenpläne für alle Klassen am Anfang eines Schuljahres. Er war ein Freund aller Schüler und ein hervorragender Lehrer, der seine Erziehungsaufgabe sehr ernst genommen hat. Herr Sierwald hat Sport und Englisch an unserer Schule unterrichtet. Sowohl die geistige als auch die körperliche Ertüchtigung unserer Jugend war ihm ein großes Anliegen. Sein Wahlspruch lautete ‚A healthy mind in a healthy body' (Ein gesunder Geist in einem gesunden Körper). Wir Lehrer und Schüler schulden ihm großen Dank. Er hinterlässt eine nicht zu schließende Lücke. Wir werden sein Andenken in der Schule durch eine Gedenktafel bewahren."

Nach dem Direktor der Realschule sprach der erste Vorsitzende des Tennisclubs. Auch er sprach von einer unfassbaren Tat. Auch er lobte die sportlichen Aktivitäten von Jacky und bedankte sich für seine jahrelange Tätigkeit als Sportwart im Tennisclub. Am Schluss seiner Abschiedsrede verschlug es ihm fast die Stimme. Er schluckte mehrmals und stotterte dann unter Tränen:

„Wir werden dich sehr vermissen, Jacky."

Das war nicht gespielt. Jacky hatte im Club viele Freunde. Sein exzellentes Tennisspiel hatten alle bewundert.

Als der Sarg schließlich in der Tiefe der Grube verschwand, sang der Chor der Schule mehrstimmig „Wir sind nur Gast auf Erden". Es war eine ergreifende Szene und viele hatten Tränen in den Augen. Ingrid weinte ganz bitterlich.

Als die tiefbewegte Trauergemeinde sich gerade aufzulösen begann, klopfte der Kommissar Bernd von hinten auf die Schulter und sagte:

„Sie sind doch Herr Helwig."

„Ja, und wer sind sie?", antwortete Bernd überrascht und musterte den untersetzten, aber athletischen Herrn im schwarzen Anzug.

„Ich bin Hauptkommissar Heiler und das ist mein Assistent von der Mordkommission München, Herr Wiegand."

Der Assistent war ein großer, sportlicher Typ mit einer dunklen Sonnenbrille. Beide Männer machten einen intelligenten, entschlossenen Eindruck auf Bernd.

„Was kann ich für sie tun?". fragte Bernd hastig.

„Wir würden sie gerne kurz allein sprechen. Wir ermitteln im Fall Sierwald."

„Dauert das lange?", fragte Marion. Sie blickte verwundert auf Bernd und die zwei Männer.

„Nicht länger als fünf Minuten", meinte der Kommissar.

„Gut, ich schaue mir in der Zwischenzeit die alten Grabstätten da drüben an. Sie deutete mit dem Zeigefinger auf ein eingezäuntes Terrain mit hölzernen Totenbrettern.

„Wir sehen uns dann am Ausgang", sagte Marion zu Bernd und entfernte sich von den drei Männern.

„Herr Helwig, es ist folgendes. Wir haben schon einiges im Falle Sierwald in Erfahrung gebracht. Der Direktor der Realschule hat uns erzählt, dass ein Schüler namens Sedlak ein sehr schlechtes Verhältnis zum Verunglückten hatte. Es wäre sogar fast zu Handgreiflichkeiten zwischen den beiden gekommen. Der Schüler Sedlak soll erst vor einigen Tagen vor anderen Schülern geäußert haben, er würde Herrn Sierwald liquidieren. Stellen sie sich diese Ausdrucksweise vor. Ein Schüler, der sonst kaum fähig ist, einen ganzen Satz zu sprechen, so hat es mir der Direktor erzählt, benützt diesen gemeinen Politjargon. Mittlerweile wissen wir, dass er Mitglied bei einer Neonazi-Gruppe ist. Sie haben doch in der betreffenden Realschulklasse eine Befragung über Anfälligkeit für Aggression und Gewalt durchgeführt. Der Direktor hat mir den leeren Fragebogen, den sie ihm zur Ansicht gegeben haben, gezeigt. Da sind sehr brisante Statements enthalten. Statements, so bezeichnen sie doch die Fragen, nicht wahr?"

„Ja, Statements ist der Fachausdruck für Fragen bei uns Psychologen."

„Ich habe gesehen, dass sie am Schluss des Fragebogens auch noch Platz für individuelle Bemerkungen der Schüler zum Phänomen Aggression und Gewalt gelassen haben. Es würde mich schon sehr interessieren, was der Schüler Sedlak hier geschrieben hat und seine Antworten zu den Statements wären für uns auch sehr aufschlussreich."

„Die Fragebögen sind aber nicht namentlich ausgefüllt worden. Die Schüler haben zur Kennzeichnung ihrer Person einen Code benützt und ich habe ihnen versichert, dass die Befragung völlig anonym ist."

„Wie sieht denn der Code aus?", fragte der Kommissar.

„Er besteht aus dem Geburtsdatum des Schülers plus Mädchenvorname der Mutter."

„Nun", mischte sich der Assistent ein, „dann können sie den Fragebogen von Sedlak eindeutig bestimmen. Der Direktor hat doch von jedem Schüler die persönlichen Daten in seiner Kartei."

„Grundsätzlich ja", erwiderte Bernd, „aber eigentlich habe ich den Schülern versprochen, dass ihre Daten nur statistisch ausgewertet werden und dass mich die Angaben eines einzelnen Schülers nicht interessieren", wandte Bernd ein.

„Bei einem Mordfall werden sie wohl eine Ausnahme machen müssen", sagte der Kommissar bestimmt.

„Ist das jetzt alles, was sie von mir wissen wollen?", fragte Bernd nervös.

„Da wäre noch etwas", antwortete der Kommissar. „Sie haben doch am Samstagvormittag, kurz vor dem Unfall, noch mit Herrn Sierwald Tennis gespielt."

„Ja, das stimmt", erwiderte Bernd. Auf was wollte Kommissar Heiler denn hinaus?

„Stand der BMW von Herrn Sierwald schon auf dem Parkplatz, als sie dort mit dem Wagen eintrafen?"

„Ja, das weiß ich ganz sicher. Ich habe neben dem Wagen geparkt. Außerdem standen noch zwei andere Autos da und ein Leichtmotorrad. Ich glaube, es war eine Suzuki."

„Welche Farbe hatte das Motorrad?", fragte der Inspektor.

Bernd überlegte kurz. „Es war knallrot."

„Erinnern sie sich auch noch an das Kennzeichen?"

„Bestimmt nicht", erwiderte Bernd. „Das habe ich überhaupt nicht beachtet."

„Als sie nach dem Tennisspiel in ihr Auto stiegen, war da das Motorrad noch da?"

„Das könnte ich jetzt nicht sagen. Aber der BMW von Jacky stand noch da. Was hat es denn für eine Bewandtnis mit dem Motorrad?"

„Herr Helwig, behalten sie aber bitte die Information, die ich ihnen jetzt gebe, für sich. Der Schüler Sedlak fährt eine knallrote Suzuki."

Das waren ja merkwürdige Zufälle.

Bernd wartete dann am Ausgang des Friedhofs auf Marion. Die Trauergemeinde hatte das Friedhofsgelände schon längst verlassen. Endlich erschien auch Marion. Sie hatte ein Grinsen im Gesicht.

„Was freust du dich denn so?", fragte Bernd erstaunt.

Marion wurde verlegen und kicherte dann laut. „Ich habe die Inschriften auf den alten Totenbrettern studiert."

„Welche Totenbretter?", fragte Bernd neugierig.

„Du kennst doch auch Herbert."

„Ja und?", sagte Bernd, „du meinst Herbert, der Lehrer und Heimatpfleger ist?"

„Genau, wir waren ja erst vor kurzem auf der Geburtstagsparty seiner Frau."

„Und was ist mit Herbert?"

178

„Herbert hat Eva und mir erzählt, dass auf unserem Friedhof noch alte Totenbretter aufgestellt sind. Die habe ich mir vorhin angeschaut."

„Jetzt weiß ich immer noch nicht, was Totenbretter sind", bemerkte Bernd irritiert von ihrem albernen Verhalten.

„Herbert hat uns erzählt, dass in früheren Zeiten die meisten Leichen keine Särge erhielten, sondern sie wurden nur auf das Brett, worauf sie nach den Tod lagen, gebunden. Das Brett wurde mit dem Toten so in das Grab gestellt, dass er mit den Füßen in der Grube stand. Hierauf machte man den Leichnam los und ließ die Leiche in das Grab rutschen. Herbert hat uns erzählt, dass man das Sterben in ländlichen Gebieten auch heute noch als Brettlrutschen bezeichnet und dass man statt ‚der ist schon lange gestorben' sagt, ‚der ist schon längst nuntergerutscht'."

„So lustig ist das aber auch nicht", meinte Bernd.

„Das weiß ich selbst", erwiderte Marion und fing wieder zum Kichern an. „Aber die Inschrift auf dem einen Totenbrett ist schon sehr komisch."

Bernd war die ganze Situation vor dem Friedhof etwas peinlich.

„Also, die eine Inschrift, es ist ein Vers zum Gedenken an den Verstorbenen, lautet:

> Hier liegt der Huber Hias,
> Er starb an Nierengrieß.
> Er war ein schlechter Brunzer,
> Bet's ihm ein Vater unser."

Marion prustete los und auch Bernd musste laut lachen. Als sie sich wieder beruhigt hatten, meinte Bernd: „Irgendwie ist das alles ganz schön makaber."

Bernd fuhr Marion mit seinem Wagen nach Hause.

„Was wollten eigentlich die zwei Kriminaler von dir?", fragte Marion.

„Ach, es geht um einen Schüler der Realschule. Offensichtlich steht er in Verdacht, den Anschlag auf Jacky verübt zu haben."

Am nächsten Tag rief Bernd im Sekretariat der Realschule an und ließ sich das Geburtsdatum des Schülers Sedlak geben. Die

Mutter von Sedlak hieß Jana. Aus dem Karton mit den ausgefüllten Testblättern zog Bernd den betreffenden Fragebogen zur Anfälligkeit von Gewalt und die anderen Testblätter mit demselben Code heraus. Er brauchte nicht lange, dann hatte er den Fragebogen ausgewertet. Bei allen Kategorien hatte der Schüler Sedlak einen hohen Wert und sein Wert bei der Kategorie „Befürwortung von Mord und Totschlag" war beunruhigend hoch. Was Sedlak unter der Überschrift „Meine persönliche Ansicht zum Phänomen Gewalt" in die leeren Zeilen hineingeschrieben hatte, war schon beängstigend:

„Gewalt heißt, sich durchsetzen. Der Starke setzt sich durch. Wenn man dich fesselt, musst du die Ketten sprengen. Wenn dir einer blöd kommt, dann schlag ihm ins Gesicht. Keiner darf dich ungestraft demütigen. Sierwald, du Arsch, du bekommst noch dein Fett ab, du scheiß Untermensch."

Hinter diesen Worten steckte eine ungeheure, explosive Ladung Gewalt. Gegen seinen Lehrer Sierwald hatte sich offensichtlich beim Schüler Sedlak eine große Wut aufgestaut. Vielleicht hatte Sierwald diesen Schüler auch mit Absicht ungerecht behandelt und vor der Klasse bloßgestellt.

Dann wertete Bernd noch den Fragebogen zur Risikobereitschaft und den Intelligenztest des Schülers Sedlak aus. Seine Gesamtrisikobereitschaft war sehr hoch und beim Intelligenztest hatte er nur einen IQ von 90. Das war für den erfolgreichen Besuch der Realschule schon sehr wenig.

Das Telefon läutete. Der Kommissar ließ fragen, ob Bernd schon den Fragebogen des Schülers Sedlak identifiziert und ausgewertet hatte.

Nach zehn Minuten erschien ein weiß-grüner Streifenwagen mit zwei Polizisten. Bernd händigte dem Polizisten, der ausgestiegen war, den Fragebogen aus.

„Besitzen sie eine Bolzenschere?", fragte der Polizist höflich.

„Nein, warum?", antwortete Bernd überrascht.

„Die Bremsschläuche des BMW von Herrn Sierwald können nur mit einer Bolzenschere gekappt worden sein. Die Schläuche sind mit einem Stahldraht umwickelt. Mit einem normalen Messer oder einer Schere kann man sie nicht durchschneiden."

„Ist das hier ihr Auto?", fragte der Polizist weiter und zeigte auf Bernds alten Wagen, der vor dem Hausstand.

„Ja, das ist mein Wagen", erwiderte Bernd.

„Öffnen sie doch bitte einmal den Kofferraum."

Bernds Auto war nicht abgesperrt. Hinten im Kofferraum war ein wüstes Durcheinander von allem möglichen Zeug. Der Polizist stöberte ein bisschen angewidert in dem Wirrwarr herum.

„Ist das hier ihr Werkzeugkasten?"

„Ja."

Bernd öffnete den Kasten. Er war ölig schmutzig, voll mit Schraubenziehern und Schraubenschlüsseln und einem dreckigen Lappen. Ein scharfes Messer war auch zu sehen, aber keine Bolzenschere.

„Alles klar!", grinste der Polizist und stieg wieder in das Polizeiauto. Der Motor heulte auf und schon war das Auto außer Sichtweite.

Otto machte gute Genesungsfortschritte. Nach drei Wochen durfte er schon das Krankenhaus verlassen. Es war ein glatter Knochenbruch gewesen und der Heilungsvorgang war ohne Komplikationen verlaufen. Mit den zwei Krücken konnte Otto zu Hause schon selbständig umherhumpeln. Aber ein bis zwei Wochen würde es schon noch dauern, bis er wieder ganz ohne Gehhilfen laufen konnte, hatte ihm der Arzt vorhergesagt.

Das Sommersemester war schon fast vorüber. In englischer Landeskunde hatte er ein Seminar über mittelalterliche Architektur besucht und auch ein Referat über die Kathedrale von Lincoln gehalten.

Bei seinem Aufenthalt in England hatte er dieses eindrucksvolle, gewaltige Bauwerk selbst bewundern können und war von dieser Anlage mit dem riesigen Kirchenschiff, dem St. Hugh's Chor, dem Chapter House und dem langen Kreuzgang sehr beeindruckt. Wenn man diesen Kreuzgang entlang schritt, befand man sich urplötzlich in der Welt des Mittelalters und fühlte sich hier wie ein Mönch in seiner braunen Kutte mit Kapuze, einen Rosenkranz in den Händen haltend und Gebete zur Buße murmelnd. Eine seltsame Mystik erfüllte dieses Bauwerk aus Stein mit den kunstvollen, düsteren Säulengängen. Und doch hatte auch hier immer die weltliche Macht das Sagen gehabt. Der nördliche Gang war ebenfalls im

Stil des 13. Jahrhunderts vollendet worden aber dann von dem berüchtigten Dean Macworth für den Bau seines neuen Pferdestalls abgerissen worden. Erst gegen Ende des 17. Jahrhunderts war dieser Teil des Kreuzgangs von Sir Christopher Wren wieder restauriert worden, der einen klassischen Säulengang von neuen Bögen errichten ließ, die eine palastartige Bibliothek stützten, fast im gleichen Stil gefertigt, wie seine entsprechende Arbeit beim Trinity College von Cambridge.

Otto hatte sich durch sein Referat Spezialkenntnisse über dieses Bauwerk angeeignet, die er für die Abschlussklausur des Seminars gut brauchen konnte. Aber die Klausurfragen würden sich nicht auf sein Referatsthema beschränken. Der Dozent hatte am Anfang des Semesters zwölf Referatsthemen vergeben und die letzten Referate hatte Otto wegen seines Unfalls nicht gehört. Zum Glück hatte er aber die Liste mit allen Referatsthemen. So wusste er auch, dass er die Referate über St. Albans Abbey, über Coventry Cathedral und über Trinity College bereits versäumt hatte.

Otto war ein sehr fleißiger Student. Nachdem der Dozent die Liste mit den Referatsthemen am Anfang des Semesters ausgeteilt hatte, war Otto schon in der Fakultätsbibliothek der Anglisten gewesen und hatte sich die entsprechende Literatur schnell ausgeliehen. „Wer zuerst kommt, mahlt zuerst", war Ottos erste Devise. Am Anfang des Semesters herrschte immer ein fürchterliches Gedränge um die Bücher in der Bibliothek. Die Bücher selber kaufen, war einfach zu teuer. Otto machte sich Kopien von den wichtigsten Seiten eines Buches, vor allem von den Zusammenfassungen. Die heftete er dann feinsäuberlich in einen Aktenordner. Davon hatte er ganze Stöße in seinen Regalen an den Wänden stehen. „Ordnung ist das halbe Leben" war seine zweite Devise.

Wenn man Otto mit seinen strähnigen Haaren und seinen abgetragenen, geflickten Blue Jeans sah, und seine frechen Sprüche hörte, hätte man es wohl nicht geglaubt, aber Otto war wirklich ein Pedant. Das hatte er wohl seinen Eltern abgeschaut. Die kleine Wohnung seiner Eltern war immer peinlich sauber und aufgeräumt. So sah es auch in Ottos Zimmer aus.

Otto finanzierte sich sein Studium mit einem BAFöG-Darlehen und mit Nachhilfestunden, und in den Semesterferien arbeitete er als Werkstudent. Er wusste, dass sein sozialer Aufstieg direkt vom Erfolg in seinem Studium abhing. Er brauchte gute Noten, vor allem für die spätere Verbeamtung.

Im Krankenhaus war er im Bett nicht untätig gewesen. Seine Eltern hatten ihm alle Seminarunterlagen mitgebracht. Da er seine Aktenordner zu Hause brav beschriftet hatte, musste seine Mutter auch nicht lange nach ihnen in seinem Zimmer suchen. Seine Eltern waren sehr stolz auf ihn. Er würde der erste Akademiker in der Verwandtschaft sein. Otto bereitete sich schon intensiv auf den Stoff für die Abschlussklausur vor. Die Atmosphäre zu Hause war jedoch etwas spießig und das Lernen in seiner Studentenbude in München irgendwie effektiver, und das Leben im Studentenwohnheim interessanter. Die meisten anderen Studenten im Wohnheim mochten ihn gut leiden. So hatte er dort viele Freunde, mit denen man quatschen konnte. Den engsten Draht hatte er zu Bernd und Christian. Jetzt hatte er auch noch Manuela. Sie hatte ihn mehrfach im Krankenhaus besucht. Otto war sehr verknallt in Manuela.

Heute war Samstag. Es war spätnachmittags. Da war Manuela sicher zu Hause bei ihren Eltern in Bad Feilnbach. Otto humpelte zum Telefon und rief Manuela an. Manuela war selbst am Apparat.

„Hallo, Manuela, sie haben mich wegen guter Führung schon ein paar Tage früher entlassen", scherzte Otto.

„Auf Bewährung?", scherzte Manuela zurück. „Das freut mich für dich. Ich hätte dich heute noch im Krankenhaus besucht. Das kann ich mir jetzt sparen."

„Wir könnten am Abend nach Kolbermoor in die Disco gehen und bis morgen früh durchtanzen", meinte Otto.

Manuela lachte. „Ich würde dich heute auch noch gerne sehen", flüsterte Manuela.

„Ich habe einen Angriff auf dich vor, Manuela. Hier zu Hause kann ich nicht so gut lernen. Könntest du morgen Abend einen

Umweg fahren und mich in deinem Wagen nach München mitnehmen? Mit meinem Seesack zum Bahnhof humpeln und in München
dann bis zum Studentenwohnheim ist noch zu mühsam für mich."

„Ist doch selbstverständlich. Aber eigentlich wollte ich dich
schon heute sehen. Warte doch einen Augenblick."

Otto hörte nur noch ein Knacken in der Leitung. Nach einer
Ewigkeit vernahm er wieder Manuelas Stimme.

„Bist du noch da, mein Süßer?", fragte sie.

„Du warst für kleine Mädchen, nicht wahr?", grinste Otto.

„Blödsinn", wehrte Manuela ab. „Pass auf, meine Eltern würden sich freuen, wenn du das Wochenende bei uns verbringst. Am
Sonntagabend fahren wir dann zusammen nach München weiter."

Natürlich wollte Otto. Otto war Feuer und Flamme. Das Wochenende mit Manuela verbringen. Er jubelte innerlich.

„Aber alles hat zwei Seiten", sagte Manuela.

„Wo ist der Haken?", fragte Otto. „Muss ich dafür euren Rasen
mähen oder den Swimmingpool ausputzen?"

„Du musst gar nichts, d.h. doch. Meine Eltern wollten heute,
Samstagabend in Rosenheim ein Konzert in der Stadthalle besuchen und jetzt hat mein Vater leider eine Sommergrippe. Er fühlt
sich einfach nicht wohl. Meine Eltern haben mir die Karten überlassen, für mich und eine Begleitperson meiner Wahl."

„Was, ein Konzert mit Britney Spears, da komme ich sofort
mit!"

„Dummerchen, so aufregend ist diese Tussi ja wieder auch
nicht. Nein, es ist ein Sinfoniekonzert. Du hörst doch auch manchmal klassische Musik, hast du mir erzählt, oder stimmt das nicht?"

„Doch, natürlich", antwortete Otto kleinlaut. „Tam tam, tim
tam, tim tam ta", sang Otto ins Telefon.

„Also, die Abschiedssinfonie von Haydn ist nicht auf dem Programm, aber von Haydn spielen sie tatsächlich etwas. Warte einen
Augenblick."

Manuela holte das Programmheft und las Otto daraus vor. „Das
dritte Musikstück ist wirklich ein Konzert für Trompete und Or-

chester in Es-Dur von Josef Haydn mit den Teilen Allegro, Andante cantabile und Finale allegro."

„Zweimal allegro, das hört sich fast wie Allergie an."

„Bist du allergisch gegen Haydn?", fragte Manuela ein bisschen sarkastisch. „Kommst du jetzt mit oder nicht?"

Manuelas Stimme klang schon ein bisschen verstimmt.

„Natürlich", sagte Otto schnell. „Mit dir gehe ich durch dick und dünn. Aber meine Hose vom schwarzen Kommunionsanzug kann ich nicht über mein eingegipstes Bein ziehen. Meine grellfarbigen Bermudashorts passen auch nicht zu dem festlichen Anlass."

„Es ist doch Sommer. Hast du keine schwarze, kurze Hose? Dazu würde ein schwarzes Hemd passen."

„Habe ich beides. Das ist eine gute Idee. Ich sehe mich schon in den Kleidungsstücken. Aber ich schaue wie ein Schiedsrichter auf dem Fußballplatz aus. Die Trillerpfeife verstecke ich besser, wenn ich die Konzerthalle betrete."

„Ich hole dich kurz nach sieben Uhr ab und vergiss nicht, deinen Seesack zu packen."

Manuela hängte wieder ein.

Ottos Eltern waren gar nicht begeistert, dass er das Wochenende nicht bei ihnen verbringen würde.

„Und das mit München ist auch keine gute Idee", bemerkte seine Mutter mürrisch. „Du bist noch gar nicht so weit mit deinem Bein", meinte sie besorgt.

Andererseits war sie stolz, dass ihr Otto nun plötzlich eine feste Freundin hatte und heute Abend würden sie sie sogar sehen.

Manuela sah in ihrem schwarzen, trägerlosen Sommerkleid gut aus. Sie hatte die Haare mit einem goldenen Haarkamm hochgesteckt und trug eine Perlenkette um den Hals. Ottos Mutter öffnete ihr die Wohnungstür. Sie war überrascht über das schöne Mädchen, das Ottos Freundin war.

„Bitte kommen Sie doch näher, Otto wartet schon auf Sie."

Sie führte Manuela in das kleine Wohnzimmer, in dem der Fernseher flimmerte.

„Papa, stell doch bitte den Ton ab", sagte Ottos Mutter.

Manuela wurde sehr herzlich empfangen.

„Darf ich Ihnen etwas anbieten?", fragte Ottos Mutter.

„Nein, vielen Dank, ein anderes Mal sehr gern. Wir sind schon etwas spät dran."

Otto stand bereits reisefertig da. In seinem Dress mit der kurzen, schwarzen Hose und dem schwarzen, kurzärmeligen Hemd sah er wirklich wie ein Schiedsrichter auf dem Fußballplatz aus.

„Vergiss die Trillerpfeife nicht", spöttelte Manuela.

„Welche Trillerpfeife?"m fragte Ottos Mutter erstaunt.

„War nur ein kleiner Scherz", erwiderte Manuela.

Manuela und Otto verabschiedeten sich. Manuela trug den schweren Seesack und Otto humpelte mit seinen Krücken mühevoll die Treppe hinunter.

Als sie Ottos Habseligkeiten verstaut hatten und im offenen Sportwagen saßen, fragte Otto vorsichtig: „Meine Eltern sind doch für dich okay?"

„Natürlich", entgegnete Manuela. „Man spürt es, du bist alles für sie, ihr kleiner, lieber Otto."

„Und ich spüre mein Bein", stöhnte Otto.

„Ist es schlimm? Wir haben uns noch gar nicht begrüßt."

Sie küssten sich zärtlich. Ottos Schmerzen waren wie weggeblasen.

Mit Ottos Krücken war der Weg zu ihren Plätzen im Konzertsaal ganz schön lang. Der Saal war schon gut gefüllt. Das Orchester stimmte bereits die Instrumente. Alle Musiker waren festlich, schwarz gekleidet. Ein Sinfoniekonzertbesuch war immer ein außergewöhnliches Ereignis. Auch Otto war ein bisschen aufgeregt. Manuela blätterte im Programmheft.

„Was spielen sie denn als erstes?", fragte Otto nervös.

„Als erstes hören wir die Overtüre zur Oper ‚La Clemenza di Tito' von Mozart", antwortete Manuela leise.

„Ich wusste gar nicht, dass Mozart sogar für Tito ein Musikstück geschrieben hat. Na, der würde sich im Grab umdrehen, wenn er sehen könnte, was mit seinem Jugoslawien passiert ist."

„Nicht so laut, du Dummerchen", flüsterte Manuela. „Die Leute neben dir müssen nicht gleich merken, was du für ein Musikbanause bist."

Otto grinste. „Wenn du mich vor den anderen bloßstellst, hole ich meine Trillerpfeife heraus und du bekommst die rote Karte", drohte Otto.

„Und dann?" fragte Otto weiter.

„Was heißt und dann?" sagte Manuela.

„Was kommt nach Tito?"

„Das Chaos", antwortete Manuela jetzt frech. „Dann spielen sie die Sinfonie in g-Moll von Franz Anton Rosetti."

„Rosetti? den Namen habe ich noch nie gehört", meinte Otto. „Ich kenne nur den Stein von Rosette."

„Den kenne wiederum ich nicht. Darüber musst du mir etwas in der Pause erzählen. Und als letztes vor der Pause kommt dann das Konzert für Trompete und Orchester in Es-Dur von Josef Haydn."

„Also Onkel Satchmo und Lalaby."

„Genau", erwiderte Manuela.

Der Dirigent erschien im schwarzen Schwalbenrock, ging mit schnellem Schritt auf das Podium und verbeugte sich tief. Alle Zuhörer klatschten ehrerbietig. Die Overtüre war einmalig schön. Der gute Mozart hatte schon eine herrliche Musik komponiert. Aber auch die Sinfoniemusikstücke von Rosetti und Haydn fanden großen Anklang beim Publikum.

Nach dem letzten Musikstück vor der Pause spendeten alle rauschenden Beifall. Der Dirigent verschwand hinter einer Tür zu einem Vorbereitungsraum neben der Bühne und wurde dann durch das begeisterte, anhaltende Klatschen der Zuhörer immer wieder ins strahlende Rampenlicht gelockt, wie eine Grille, die durch einen Grashalm aus ihrem Erdloch herausgekitzelt wird. Er verbeugte sich tief bewegt und forderte seine Musiker auf, sich von den Stühlen zu erheben.

Als der Applaus schließlich abgeklungen war, strömten die meisten Zuhörer ins Foyer. Auch Otto humpelte, gestützt auf seine Krücken, mit Manuela aus dem Konzertsaal. Sie fanden zwischen den vielen Leuten noch ein Plätzchen zum Stehen neben einem großen Fenster und Otto lehnte sich aufatmend an die Wand.

„Ganz schön mühsam, mein Humpeln", beschwerte er sich bei Manuela.

„Das schaffst du schon", ermunterte sie ihn. „Bei einem Konzert von Britney Spears würdest du alles sogar ohne Krücken schaffen und wie ein Storch auf nur einem Bein hüpfen", lachte Manuela. „Aber das Sinfoniekonzert gefällt dir, oder? Und die Musik von Rosetti doch auch?"

„Doch", erwiderte Otto. „Aber Rosetti war mir wirklich unbekannt."

„Was wolltest du mir jetzt über den Stein von Rosetti erzählen?"

„Stein von Rosette", korrigierte Otto Manuela. „Da geht es aber um etwas ganz anderes, um die Entschlüsselung der ägyptischen Hieroglyphen."

„Das klingt geheimnisvoll. Darüber möchte ich mehr wissen."

„Nun, dass ich mich für Sprachen interessiere, das weißt du ja. Deshalb studiere ich auch Englisch und Französisch. Aber ich interessiere mich auch für den Ursprung der Sprache und für die Entwicklung der Schrift in der Menschheitsgeschichte. Die Anfänge der Schrift bilden die Bildersprachen. Dazu gehören die ägyptischen Hieroglyphen, die heiligen Zeichen auf den Tempeln der Pharaonen."

„Darüber wollte ich schon immer mehr wissen", unterbrach ihn Manuela.

„Es gibt da ein interessantes Buch über die Entzifferung alter Schriften und Sprachen und darin habe ich gelesen, dass man die Entzifferung der Hieroglyphen dem seltsamen Fund eines Steins aus schwarzem Basalt verdankt, der über und über mit Schriftzeichen bedeckt war."

„Wann und wo hat man denn diesen Fund gemacht?", fragte Manuela neugierig.

„Das war auf dem Feldzug Napoleons in Ägypten, also vor über 200 Jahren. Die Engländer griffen die Franzosen an und in dem Fort Julien, etwa sieben km von Rosette, im Niltal gelegen, hat die Spitzhacke eines arabischen Soldaten den Stein beim Schanzen freigelegt."

„Welche Bewandtnis hat es mit dem Stein?"

„Es stellte sich heraus, dass die oberste der drei Inschriften des Steins aus Hieroglyphen bestand, die unterste aus griechischen Buchstaben und wie man erst viel später erkannte, die mittlere in neuägyptischer Sprache, in der sogenannten demotischen Schrift abgefasst war. Alle drei Inschriften enthielten den gleichen Inhalt, ein Dekret aus dem Jahre 200 v. Chr., in dem sich die Priesterschaft von Memphis beim König Ptolemaios V. bedankt. Den griechischen Text konnte man sofort übersetzen. Bei den Hieroglyphen musste man nur die entsprechenden, passenden Wörter dazu finden. Das war eine Sisyphusarbeit. Die Namen der Pharaonen waren immer mit einem ovalen Ring umgeben. Das wusste man schon. Man nennt solche Namensringe Kartuschen. Im Hieroglyphentext auf dem Stein von Rosette befand sich ebenfalls eine solche Kartusche. Vom griechischen Text her wusste man, dass der Name des Königs Ptolemaios heißt. So hatte man schon einen Anfang für die Zuordnung von Zeichen. Heute weiß man, dass die Hieroglyphen sowohl Wortzeichen als auch Lautzeichen sein können."

„Aber eines verstehe ich nicht", wandte Manuela ein. „Warum haben die Priester den Text in drei verschiedenen Schriften eingemeißelt?"

„Eine gute Frage", sagte Otto. Otto dachte nach. „Jetzt weiß ich es wieder. In dem betreffenden Buch, das ich gelesen habe, stand ein anschaulicher und einleuchtender Vergleich, um das zu verstehen. Da hieß es in etwa: Denken wir uns statt des Ägyptens der damaligen Zeit eine italienische Provinz der österreichischen Monarchie und nehmen wir an, dass die dortige Geistlichkeit einen Beschluss zu Ehren des Kaiserhauses verfasst hat. Dieser Beschluss wurde dann vielleicht in der alten Kirchensprache, in Latein, außerdem auf Italienisch, der Landessprache und in der deutschen Sprache des Herrscherhauses und seiner Beamten veröffentlicht. Gerade so wurde wahrscheinlich auch das Dekret von Rosette abgefasst."

„Das klingt sehr einleuchtend", sagte Manuela und bewunderte ihren Otto.

Otto war stolz auf sich. Nicht nur Manuela wusste viel über Gott und die Welt. Das mit den Hieroglyphen hatte Manuela sehr beeindruckt. Es war wie eine kleine Zeitreise zu den Pharaonen des antiken Ägyptens.

„Sieh mal, wer da kommt, Otto!"

Manuela zeigte mit ihrer Hand in Richtung des Foyerbuffets. „Unser Bernd, das ist wirklich ein Zufall. Wen hat er denn da dabei?"

Otto und Manuela freuten sich über das nicht erwartete Zusammentreffen mit Bernd. Bernd stellte den Zweien Marion vor.

„Wie gefällt euch das Konzert?", fragte Marion.

„Sehr gut", erwiderte Manuela.

„Meinem Begleiter, der eigentlich geglaubt hat, Britney Spears tritt hier mit ihrer Band auf, gefällt es auch, oder Otto?"

Otto grinste.

„Es ist geil, dass du wieder gehen kannst, Otto", sagte Bernd.

„Gehen ist zu viel gesagt, auf Krücken humpeln. Aber ich bin froh, dass ich der Klinik entflohen bin."

„Es ist unglaublich, dass man ein Trompetensolo so in eine Konzertmusik einbinden kann", wandte sich Manuela an Marion.

„Ja, das stimmt. Spielst du ein Instrument?", fragte Marion.

„Ich habe als Kind Klavier gelernt. Aber in letzter Zeit spiele ich nicht mehr häufig. Ich habe einfach zu wenig Zeit. Ich studiere in München Physik. Das ist ganz schön anspruchsvoll. Manchmal setze ich mich am Wochenende, wenn ich zu Hause bei meinen Eltern bin, an unseren Flügel. Aber meine Mutter spielt oft. Sie ist sehr gut. Sie traut sich sogar an Stücke wie die Appassionata von Beethoven."

Marion war erstaunt.

Manuela wechselte das Thema. „Meine Mutter hat mir erzählt, dass bei euch in Bad Aibling vor zwei Wochen ein Lehrer ermordet wurde. Wisst ihr darüber etwas Genaueres?"

Marion blickte Bernd vielsagend an.

„Viel mehr als in der Zeitung stand, wissen wir auch nicht. Er war auch bei uns im Tennisclub. Wir nannten ihn Jacky", sagte Bernd.

„Jacky? Mensch Bernd, das gibt es nicht. Doch nicht Jacky, der dir Ingrid weggeschnappt hat, wie mir Christian erzählt hat?", redete Otto ganz aufgeregt.

„Doch, derselbe", antwortete Marion.

„Du bist doch ein ganzer Kerl, Bernd. Beseitigst einfach deinen Nebenbuhler. Wer hätte das von dir gedacht, wo du sonst keiner Fliege etwas zu Leide tun kannst."

Bernd sagte kein Wort zu seiner Verteidigung.

„Bernd war es bestimmt nicht!", entrüstete sich Marion. „Bernd ist überzeugter Pazifist. Er hat den Militärdienst verweigert und den Zivildienst bei den Schwerbehinderten im Betreuungszentrum in Steinhöring geleistet. Das würde nicht jeder machen."

Die Pause war zu Ende. Es klingelte.

„Ich muss sofort wieder in den Konzertsaal. Es dauert eine Ewigkeit, bis ich zu meinem Platz gehumpelt bin. Vielleicht sehen wir uns noch nach dem Konzert."

Otto griff nach seinen Krücken und verschwand mit Manuela in Richtung Eingangstür zum Konzertsaal.

Nach der Pause spielte das Orchester noch zwei Musikstücke von Komponisten, von denen weder Manuela noch Otto vorher etwas gehört hatten. „Memoires für Streicher" von Violeta Dinescu und die Sinfonietta Nr. 1 „A memoria de Mozart" von Heitor Villa-Lobos.

„Und?", fragte Manuela, als sie wieder in ihrem Auto saßen, „Wie hat dir das heutige Konzert gefallen?"

„Die Musik vor der Pause war die schönere", sagte Otto fachmännisch.

„Kein Wunder", entgegnete Manuela, „nach der Pause bist du eingenickt. Da hast du von der Musik überhaupt nichts mehr mitgekriegt."

„Stimmt überhaupt nicht!", wehrte sich Otto. „Ich habe nur ab und zu die Augen geschlossen, um die Musik stärker auf mich einwirken zu lassen."

Manuela fuhr in flottem Tempo in Richtung Bad Feilnbach.

„Zieht es dir?", fragte sie Otto besorgt.

„Überhaupt nicht."

Otto legte seine linke Hand auf ihren Oberschenkel. Es war ein schönes Gefühl.

„Lenk' mich nicht ab", lachte Manuela.

Die Eltern von Manuela waren schon zu Bett gegangen.

„Komm, wir trinken noch ein Gläschen Rotwein am Swimmingpool und essen eine Kleinigkeit", schlug Manuela vor.

Es war eine schöne Nacht.

„Hoffentlich hat Bernd keine Dummheit gemacht", meinte Manuela, als sie sich dann eng umschlungen in der Hollywoodschaukel sanft hin und her wiegten.

„Das kann ich mir bei Bernd überhaupt nicht vorstellen", antwortete Otto und küsste Manuela auf den Mund.

„Was ich da im Foyer gesagt habe, war doch von mir nicht ernst gemeint."

„Ich habe es auch nicht anders verstanden", erwiderte Manuela.

„Schön ist es hier mit dir zusammen in dieser lauen, tiefschwarzen Nacht", flüsterte Otto.

„Mit dir auch", antwortete Manuela nach einer Weile leise.

Am anderen Morgen wurde Otto von Manuela mit einem Kuss geweckt.

„Du Langschläfer", schimpfte Manuela. „Es ist schon fast zehn Uhr. Ich habe für uns das Frühstück auf der Terrasse am Swimmingpool gedeckt. Meinem Vater geht es wieder gut. Meine Eltern machen gerade einen Morgenspaziergang."

Otto hatte einen Bärenhunger. „Habt ihr keinen Rollstuhl?", fragte er Manuela.

„Ich hatte doch da so eine Vision über meine Zukunft. Ich glaube, das Bild, dass ich da sah, war nicht ganz scharf. Heute weiß ich, dass ich selbst in dem Rollstuhl saß und du warst es, die mich geschoben hat."

„Das könnte dir so passen."

Das Frühstück zusammen mit Manuela schmeckte ausgezeichnet.

„Hast du den heutigen Tag für uns schon verplant?", fragte Otto.

„Eigentlich nicht, d.h. eine Schulfreundin von mir heiratet heute. Die kirchliche Trauung ist um elf Uhr. Ich bin zwar nicht eingeladen, aber schön wäre es schon, sie in ihrem weißen Brautkleid in der Kirche zu sehen."

„Du bist ja sehr romantisch veranlagt. Das passt eigentlich gar nicht zu einer zukünftigen Physikerin, die sich nur in einer rationalen Welt mit Elektronen und Atomteilchen beschäftigt."

„Das eine schließt das andere nicht aus. Physiker sind auch nur Menschen und die haben auch ihre Emotionen und Träume. Liebst du die Physikerin oder die Frau in mir?", fragte Manuela ein bisschen gekränkt.

„Ich liebe dich, wie du bist. Je t'aime mon amour", entgegnete Otto mit säuselnder Stimme diplomatisch. „All I need is love."

„Dann kommst du mit in die Kirche?"

„Ja, aber du musst mich auf deinen Händen hineintragen."

Manuela grinste. „Spitaler", spöttelte sie.

„Spitaler ist ein Schimpfwort in Tirol", konterte Otto, „und ist in Bayern nicht gebräuchlich."

„Dann richte dich danach, Otto. Wir sind hier in Bayern. Da gibt es nur ,gestandene Mannsbilder'", erwiderte Manuela.

„Ich weiß schon", antwortete Otto zerknirscht. „Beim Bergwandern-Fitnesstest bin ich durchgefallen."

„Genau", lachte Manuela. „Zuerst umgefallen und dann durchgefallen."

Die kirchliche Trauung in der schönen Barockkirche hatte schon angefangen. Die Braut und der Bräutigam saßen vorne beim Altar, der festlich geschmückt war. Es war nur eine kleine Hochzeitsgesellschaft. Die Zeremonie war sehr feierlich. Der Pfarrer zitierte in seiner Lesung gerade Worte des Apostel Paulus in seinem Brief an die Epheser, die Otto, der mit Kirche nur wenig am Hut hatte, aber sehr verwirrend und doch interessant fand.

„Ihr Männer, liebet eure Weiber, gleich wie Christus auch geliebt hat die Gemeinde und hat sich selbst für sie gegeben, auf dass er sie heiligte. Also sollen auch die Männer ihre Weiber lieben wie ihre eigenen Leiber. Wer sein Weib liebt, der liebt sich selbst. Denn niemand hat jemals sein eigenes Fleisch gehasst; sondern nährt es und pflegt es, gleich wie auch der Herr die Gemeinde. Denn wir sind Glieder seines Leibes, von seinem Fleisch und von seinem Gebein. Das ist ein großes Geheimnis. Aber ich spreche von Christus und der Gemeinde. Doch auch ihr, ja ein jeglicher habe lieb sein Weib als sich selbst; das Weib aber habe Ehrfurcht vor dem Mann. Der Mann sei der Kopf der Frau."

Das hörte sich für Otto gut an. Er grinste zu Manuela hinüber. Die hatte verstanden, was er meinte und streckte ihm kurz die Zunge heraus. Die Lesung ging noch weiter.

„Gott hat die ersten Menschen als Mann und Frau erschaffen – um deswillen wird ein Mann verlassen Vater und Mutter und seinem Weibe anhangen und werden die zwei ein Wesen sein – und sie zu seinem heiligen Lebensbund zusammengeführt. So hat er die Ehe im Paradiese eingesetzt. Christus hat die Ehe durch seinen Tod geheiligt und sie zu einer Quelle der Gnaden gemacht; er hat sie zu einem Sakrament erhoben. Die christliche Ehe ist ein Abbild der gnadenvollen Verbindung Christi mit seiner Braut, der Kirche."

Nach der Trauung gratulierte Manuela ihrer Schulfreundin zur Vermählung. Otto hielt sich abseits. Als sie wieder im Auto saßen, hatte Manuela noch Tränen in den Augen.

„Bis auf einen einzigen Satz war der Inhalt der Lesung nur Gequatsche", bemerkte Otto grinsend.

Manuela blieb stumm.

„Was ich überhaupt nicht verstanden habe, war der Satz ‚Jesus hat die Ehe zu einem Sakrament erhoben.' Was ist denn ein Sakrament?"

„Hast du in der Schule keinen Religionsunterricht gehabt?", fragte Manuela verärgert.

„Doch, aber ich kann mich nicht erinnern, dass wir das durchgenommen haben."

„Ich mich schon", erwiderte Manuela. „Das wurde bei mir sogar in Religion in der mündlichen Abiturprüfung abgefragt. Von der Geburt bis zum Tod werden die Hauptstationen des Lebens durch die heiligen Sakramente in den christlichen Heilsraum hineingestellt. Ein Sakrament ist eine heilige Handlung zur Vermittlung einer heiligmachenden Gnade, die dem Seelenheil der Menschen dient. Der heilige Augustinus hat gesagt, dass ein Sakrament ein sichtbares Zeichen einer unsichtbaren Gnade ist."

„Das kapiere ich nicht", erwiderte Otto.

„Das ist doch einfach zu verstehen. Durch Vollzug eines äußerlichen Aktes, der aus einem Wort oder einer Tat Jesu abgeleitet ist, empfängt der gläubige Christ die Gnade Gottes. Zu Jedem Sakrament gehört ein äußeres Zeichen, z.B. bei der Taufe das Abwaschen mit Wasser und die dabei gesprochenen Worte. Durch das äußere Zeichen wird eine bestimmte innere Gnade angedeutet und zugleich auch mitgeteilt. Für den Gläubigen steht fest, dass im Sakrament übernatürliche Kräfte entbunden werden und durch natürliche Mittel hindurch wirken."

„Und welche Konsequenzen hat das, wenn ein Brautpaar durch den Pfarrer das Sakrament der Ehe empfangen hat?", fragte Otto ungläubig.

„Für Katholiken bedeutet es, dass ihre Ehe unauflöslich ist. Es gibt keine Scheidung. Bei Lukas heißt es: ‚Jeder, der seine Frau entlässt und eine andere heiratet, bricht die Ehe, und wer die von dem Mann Geschiedene freit, der bricht auch die Ehe.'"

„Für einen gläubigen Katholiken gibt es also kein Zurück mehr", sinnierte Otto. „Das ist ja fürchterlich! Drum prüfe, wer sich ewig bindet, ob sich das Herz zum Herzen findet. Der Wahn ist kurz, die Reu ist lang."

„Heute sieht man das doch nicht mehr so eng, Otto. Wie viele Katholiken lassen sich trotzdem scheiden, wenn ihre Ehe einfach nicht mehr klappt? Aber die kirchliche Trauung, als Sakrament verstanden, ist eine heilige Handlung. Braut und Bräutigam geben vor der Gemeinde der Gläubigen das Treueversprechen ‚bis dass der Tod euch scheidet' ab, ihre Ehe in gemeinsamer Verantwortung vor Gott zu führen. Du musst auch die psychologische Seite sehen, Otto. Durch die Erhebung der Ehe zu einem Sakrament bekommt der Bund fürs Leben eine Aufwertung. Das bedeutet eine Festigung und Überhöhung ihres natürlichen Wesens."

„Aber es ist doch ein großes Risiko, sich auf jemanden einzulassen und sogar für immer und ewiglich. Man weiß ja nicht, wie sich der Partner entwickeln wird", wandte Otto ein.

„No risk, no fun!", lachte Manuela und startete den Motor.

„Mit dir möchte ich aber alt werden", himmelte Otto seine Manuela an.

„Das will ich doch hoffen", antwortete sie keck.

Es war Sonntagnachmittag. Der Vorfall mit Jacky lag jetzt schon über zwei Wochen zurück. Der Schüler Sedlak hatte sich am besagten Tag mit einem Mädchen im Kurpark getroffen. Man hatte das Mädchen ausfindig gemacht und es hatte die Aussage des Schülers bestätigt, der seine Unschuld beteuerte. Der Schüler Sedlak war dann mit dem Mädchen auf dem Rücksitz seines Motorrads noch in eine Eisdiele gefahren.

Bernd saß im Zimmer seines Elternhauses vor seinem Computer und wertete die Daten der Fragebogenuntersuchung aus. Der Datensatz bezog sich auf über 300 Schüler, die er insgesamt getestet hatte. Von jedem Schüler hatte er eine Datenzeile angefertigt, die nur aus Zahlen bestand. Jede Zahl in der Zeile bezog sich auf ein anderes Merkmal. Die erste Zahl charakterisierte jeden Schüler durch eine Personennummer. Der Schüler Sedlak, nur von ihm wusste er den Namen, war durch die Nummer 112 charakterisiert. Die zweite Zahl gab den Schultyp an, also 03 stand für die Realschule, die dritte Zahl kennzeichnete die Klasse, die vierte das Alter des Schülers in Monaten ausgedrückt usw. Die neunte Zahl drückte den Gesamtwert eines Schülers für Aggressionsbereitschaft aus.

Mit seinem Computerprogramm „SPSS for Windows", die Abkürzung SPSS stand für „Statistical Package for the Social Sciences", konnte Bernd nun aus den vorliegenden Daten alle statistischen Größen und Graphikabbildungen erstellen, die ihn interessierten. Bernd war gerade dabei, eine Verteilung der Intelligenzwerte aller Schüler auszudrucken, als seine Mutter vom Erdgeschoss aus nach ihm rief.

„Bernd, Telefon für dich. Es ist Ingrid."

Bernds Puls ging schlagartig in die Höhe. Er erhob sich mit einem Satz von seinem Stuhl und hechtete die Treppe hinunter.

„Hier Bernd", meldete er sich aufgeregt.

Es war wirklich Ingrid. Er atmete tief durch.

„Könntest du bei mir vorbeikommen?", hörte er ihre leise Stimme.

„Wann?", fragte Bernd.

„Könntest du gleich kommen? Meine Eltern sind gestern für eine Woche an den Bodensee gefahren. Ich bin allein zu Haus. Ich möchte mich mit dir aussprechen."

„Ich bin in zwanzig Minuten bei dir", sagte Bernd und legte den Hörer auf.

Sein Herz raste. Eine Aussprache mit Ingrid. Darauf hatte er immer gehofft. Er rannte nach oben, schaltete den Computer aus und ergriff seinen Schlüsselbund.

„Den Ring!", rief er plötzlich.

Wo hatte er nur die kleine Schatulle mit dem Ring verstaut? Seine Mutter sollte ihn nicht gleich sehen. Jetzt erinnerte er sich wieder. Im Handschuhfach in seinem Auto.

„Ich fahre zu Ingrid!", rief er ins Wohnzimmer seiner Eltern und schlug die Haustüre hinter sich zu. Bernd fuhr wie der Teufel in Richtung Bruckmühl. Er jubelte laut.

„Ingrid will sich mit mir aussprechen!"

Das Autoradio dröhnte.

Ingrid öffnete Bernd die Haustür in einem fast durchsichtigen, schwarzen Top mit großem Ausschnitt und roten, eng anliegenden Shorts. Unter dem Top trug sie keinen BH. Sie hatte die Augenwimpern und Augenbrauen stark nachgezogen und die Lippen kaminrot geschminkt. Ihre blonden Locken schmeichelten um ihr schönes Gesicht.

„Hallo, schön, dass du kommen konntest", begrüßte sie Bernd mit leiser Stimme.

Sie sah hinreißend aus. Sie stiegen die Treppe nach oben, Ingrid zuerst. Bernd bewunderte ihre Figur.

Ingrid hatte unter dem Dachgeschoss ein großes Mansardenzimmer mit schräger Wand zur Dachseite hin. Das Zimmer war sehr hübsch eingerichtet. In ihm stand ein großes, mit einer roten Decke überzogenes Bett, das man tagsüber auch als Liege zum Schmökern eines Buches oder einer Illustrierten benutzen konnte. Auf der Seite zur schrägen Wand hin waren bunte Polster und viele Stofftiere liebevoll angeordnet. Bernd war hier schon oft gewesen. Er setzte sich auf das Bett und streckte die Füße von sich. Ingrid nahm neben ihm Platz. Sie kreuzte ihre schönen Beine übereinander. Bernd hatte sich vorgenommen, diesmal nichts falsch zu machen. Heute sollte nur Ingrid reden und er würde zuhören.

„Willst du etwas trinken?", fragte sie Bernd.

„Gern", antwortete er.

Sie stand auf und holte aus dem Mini-Kühlschrank eine Flasche Martini und füllte zwei Gläser halbvoll auf. Sie reichte Bernd ein Glas. Sie stießen miteinander an, ohne sich direkt in die Augen zu schauen. Bernd trank einen großen Schluck. Eigentlich mochte er das Zeug gar nicht. Aber als Psychologe wusste er, dass er in dieser kritischen Situation keine ablehnenden Reaktionen zeigen durfte. Vor allem durfte er auf keinen Fall den Beleidigten oder den Hintergangenen spielen. Er musste Verständnis für ihr Verhalten signalisieren. Jetzt war Ingrid wieder frei und er wollte sie für sich haben, für immer.

„Ich habe dir sehr weh getan, nicht wahr?", fragte sie ihn in ihrer behutsamen Art.

Er antwortete nicht.

„Ich wollte, ich könnte alles rückgängig machen. Man weiß so wenig von sich selbst. Aber heute bin ich mir sicher, dass wir zwei zusammengehören. Es war immer schön mit dir. Ich möchte dort wieder anfangen, wo wir in unserer Beziehung stehen geblieben sind."

Ingrid fasste Bernd zärtlich an der Hand. Sie blickte ihn mit ihren blauen Augen verklärt an. Bernd war ganz still. Ein heißes Glücksgefühl durchströmte ihn. Dann schlang er seine Arme um ihren schönen Körper und küsste sie leidenschaftlich.

„Ich liebe dich noch immer", flüsterte er ihr ins Ohr.

„Ich mache alles wieder gut", sagte sie leise und zog sich ihre Kleider aus.

Zum ersten Mal durfte Bernd seine Ingrid so lieben, wie er es sich immer erträumt hatte

„War es schön für dich, Ingrid?", fragte er sie, als sie erschöpft aber zufrieden nebeneinander lagen.

„Sehr schön", antwortete Ingrid. „Ich liebe dich auch, Bernd", hauchte sie.

Bernd setzte sich plötzlich mit einen Ruck auf und griff nach seiner Hose, die zerknüllt am Boden lag. Er holte die kleine Schatulle aus einer der Hosentaschen und reichte sie Ingrid.

„Ein Geschenk für mich?", fragte sie neugierig.

Bernd nickte stolz.

Sie war entzückt von dem schönen Schmuckstück.

„Er passt genau auf meinen Ringfinger", sagte sie und streckte ihm freudig ihre Hand mit dem Rubinring entgegen. „Der Ring ist wunderschön. Ich liebe dich, Bernd."

Ingrid schaltete ihren CD-Player ein und sie lauschten eng umschlungen den Klängen der Musik. Nach etwa einer halben Stunden huschte Ingrid dann hinunter in die Küche und kam mit einem Tablett mit belegten Broten zurück.

„Du bist sicher hungrig", lächelte sie Bernd an.

„Ausgehungert und ausgezehrt von der Liebe zu dir", schmunzelte Bernd und ließ sich die Brote schmecken.

„Wie weit bist du denn mit deiner Diplomarbeit?", fragte Ingrid.

„Es geht ganz flott voran. Die Untersuchung in den Klassen ist super gelaufen. Zur Zeit werte ich die Daten statistisch aus und da bin ich auch schon sehr weit. Morgen fahre ich wieder an die Uni und zeige dem Dozenten, der meine Arbeit betreut, die Untersuchungsergebnisse."

„Wann machst du die Abschlussprüfung für dein Diplom?", fragte Ingrid weiter.

„Am Ende des kommenden Wintersemesters, wenn alles klappt."

„Dann bist du im Frühjahr nächsten Jahres schon fertiger Diplompsychologe."

„Ich hoffe es", sagte Bernd mit Stolz in seiner Stimme.

„Und dann?"

„Dann würde ich noch gerne promovieren, d.h. den Doktor machen."

„Bei deinem Dozenten?"

„Das ist nicht so einfach. Dr. Brandstätter ist nicht habilitiert. Er könnte meine Arbeit nur betreuen. Aber den Doktorvater muss sein Vorgesetzter, der den Lehrstuhl hat, spielen. Nur er hat die Berechtigung, Doktorarbeiten zu vergeben."

„Das ist aber kompliziert", meinte Ingrid.

„Dr. Brandstätter wäre schon interessiert, dass ich für ihn weiterhin arbeite. Er hat bei der Deutschen Forschungsgemeinschaft ein größeres Forschungsprojekt zum Thema Aggression beantragt. Wenn das genehmigt wird und die Gelder fließen, könnte ich auch eine bezahlte BAT-Stelle bekommen und im Rahmen dieses Projekts meinen Doktor machen."

„Wo ist dann das Problem?"

„Es wird gemunkelt, dass der Lehrstuhlinhaber, Professor Perlhuhn, eifersüchtig auf den wissenschaftlichen Erfolg seines Untergebenen, Dr. Brandstätter, ist. Er soll ihm Knüppel in den Weg legen, wo es nur geht. Es könnte dann passieren, dass er meine fertige Doktorarbeit nicht akzeptiert, um Brandstätter wieder eins auszuwischen."

„Das darf doch nicht wahr sein", meinte Ingrid entrüstet.

„Nach außen hin geben sich die Herrn Lehrstuhlinhaber immer sehr freundlich und untereinander sehr kollegial, vor allem in Gegenwart von Studenten. In Wirklichkeit sind die meisten machtbesessen und wollen den anderen dreinreden und über sie dominieren."

„Und euch Studenten gegenüber spielen sie die integren Persönlichkeiten."

„Ja, einer von ihnen, Professor Werther, säuselt immer salbungsvoll und spielt die höchste ethische Instanz. Dabei hat Dr. Brandstätter bei mir durchblicken lassen, dass er mindestens eine Affäre mit einer Studentin hatte, aber andere Dozenten, die nicht zu seiner Clique gehören, als moralisch nicht tragbar anschwärzt, wenn es um ihre Berufung auf einen Lehrstuhl geht."

„So etwas kann man eigentlich gar nicht glauben. Gibt es denn so etwas wie Cliquen bei den Professoren?"

„Offensichtlich ja. Einmal war ich bei Dr. Brandstätter in der Sprechstunde. Da wurde er von der Sekretärin zu Professor Perlhuhn gerufen. Als er zurückkam, war er ganz wütend. Er hat vor mir kein Blatt vor den Mund genommen und die Professoren des Instituts als Mafiosi bezeichnet, eine verschworene Gemeinschaft, die nur ihre eigenen Leute fördert und protegiert."

„Wie sieht das im konkreten Fall denn aus?"

„Z.B. bei neuen Lehrstuhlbesetzungen führen sie untereinander Vorbesprechungen, welcher ihrer Mitarbeiter den Lehrstuhl bekommen soll, und die Verhandlungen in den betreffenden Berufungskommissionen sind dann nur eine Farce."

„Um was ging es im konkreten Fall, als dein Dr. Brandstätter so aufgebracht war?"

„Ich glaube, es ging um Gelder für die Drucklegung einer wissenschaftlichen Arbeit von ihm, die das Institut übernehmen sollte. Ich kann da nicht mitreden, aber ich habe gehört, dass die Arbeit von Dr. Brandstätter ausgezeichnet war. Die Gelder für die Buchveröffentlichung bekam aber ein Mitarbeiter von Professor Werther für eine mittelmäßige Arbeit."

„So geht es doch überall gleich zu", meinte Ingrid. „Vitamin B ist eben das effektivste Beförderungsmittel. Bei uns in der Bank ist es genau so. Ein verdienter Mitarbeiter wurde übergangen und der Sohn von einem Busenfreund unseres Direktors wurde Abteilungsleiter auf der vakanten Stelle. Vielleicht würden wir genau so handeln, wenn wir das Sagen hätten. In der Politik ist es noch schlimmer. Da spricht man dann vom roten Filz oder von der Amigo-Affäre."

„Wenn wir Gerechtigkeit wollen, müssen wir unser Schicksal selbst in die Hand nehmen." Bernds Stimme wurde laut. „Der Starke ist der Mächtige. Er bestimmt was recht ist und der Frevler wird von ihm bestraft."

„Das hört sich aber gar nicht mehr nach meinem Bernd an, wie ich ihn früher kannte", meinte Ingrid verwundert.

Sie strich ihm mit der Hand behutsam über die Haare.

„Ich liebe dich, Ingrid", sagte Bernd leise und seine Augen wurden wässrig.

„Bleib heute über Nacht bei mir. Meine Eltern sind nicht da und ich schlafe nicht gern allein in dem großen Haus. Wir könnten noch ein bisschen spazieren gehen und dann machen wir uns einen gemütlichen Fernsehabend."

Bernd blieb gerne. Er rief zu Hause an und informierte seine Eltern, dass er erst morgen wieder erscheinen würde.

Der Gerichtssaal war gerammelt voll. Die Zuschauer riefen im Chor „Lebenslänglich, lebenslänglich!", und einer schrie sogar „steckt ihn in die Gaskammer!"
Bernd saß geknickt auf der Anklagebank, zusammen mit seinem Verteidiger.
„Ruhe! Gerichtsdiener, sorgen Sie sofort für Ruhe!"
Der Richter in seiner schwarzen Robe auf dem erhöhten Podest klopfte mit seinem Hämmerchen laut auf den eichenen Tisch.
„Wenn keine Ruhe einkehrt, lasse ich den Saal räumen."
Die Proteste verstummten.
„Der Zeuge Sedlak soll vortreten", rief der Richter. „Sedlak, erzählen sie uns, was sie am besagten Vormittag beobachtet haben."
Der bullige Sedlak stellte sich mit hämischem Grinsen breitbeinig in seiner schwarzen Motorradlederkluft vor die Richterbank und zeigte mit der ausgestreckten Hand auf Bernd.
„Der da war es!", schrie er laut und bestimmt.
„Erzählen sie uns detailliert in der richtigen, zeitlichen Reihenfolge, was sie gesehen haben."
„Ich kam mit einer Braut zum Parkplatz, gegen Mittag. Ich hatte sie schon so weit. Ich wollte mit ihr in die Mangfallauen auf meinem Feuerstuhl reiten. Da liegt dieses Schwein unter dem blauen BMW und macht da was. Und wie er uns sieht, klettert er schnell wie ein Affe heraus. In der rechten Hand hält er eine Bolzenschere. Das habe ich genau gesehen. Dann rennt er zu einem Grasfrosch und braust davon und Susi sagt noch ‚der hat nicht alle Tassen im Schrank', und dann sind wir selbst auch losgezischt. So war es. Und der da war es. Ich kenne ihn genau. Der war bei uns in der Schule zum Testen, der Psychologe von der Uni München."
Bernd zitterte am ganzen Körper.
„Herr Verteidiger, haben sie noch Fragen an den Zeugen?", fragte der Richter bestürzt.

„Keine Fragen, Euer Ehren", murmelte der Verteidiger kleinlaut.

„Haben sie noch etwas zu ihrer Verteidigung zu sagen, Herr Helwig?", fragte der Richter.

Bernd schwieg betroffen.

Der Staatsanwalt hielt sein Abschlussplädoyer und forderte eine lebenslange Haftstrafe für dieses gemeine Verbrechen.

„Gäbe es bei uns die Todesstrafe, würde ich sie für Bernd Helwig beantragen", schrie er am Schluss in den Saal.

„Steckt ihn in die Gaskammer!", brüllte der Schreier von vorhin wieder.

Bernd drehte sich in seine Richtung um. Da saßen seine Freunde, Christian, Otto, Marion, Manuela, seine Eltern und Kläuschen. Alle hatten die Augen weit aufgerissen und starrten gebannt auf ihn.

„Herr Verteidiger, jetzt sind sie noch an der Reihe!", rief der Richter.

„Ich habe dem nichts mehr hinzuzufügen", sagte der Verteidiger verstört, „außer, dass mein Mandant sich vorher nie etwas zu Schulden hat kommen lassen."

Der Verteidiger schluchzte plötzlich. „So ein tragischer Fall, so ein Unglück!" Er setzte sich wieder und schlug die Hände über dem Kopf zusammen.

Bernd sprang erregt auf und schrie: „Man hat mir mein Mädchen geraubt. Ich habe mich nur gewehrt. Es war gerecht, dass ich den Frevler bestraft habe. Ich bin unschuldig. Ich bin unschuldig, Herr Richter!"

„Bernd, was ist denn?"

Ingrid knipste die Lampe bei ihrem Bett an und blickte beunruhigt auf Bernd. Der lag schweißgebadet neben Ihr.

„Ach Ingrid", sagte er hilflos mit weit aufgerissenen Augen.

„Hast du schlecht geträumt?", fragte Ingrid besorgt und strich ihm liebevoll über den Kopf. „Du hast ,ich bin unschuldig, ich bin unschuldig, Herr Richter!' gerufen. Komm kuschle dich ganz fest an mich."

Sie machte das Licht aus. Bernd drehte sich auf ihre Seite und schlief sofort wieder ein.

Am Montagvormittag traf Bernd Herrn Dr. Brandstätter in seinem Zimmer im Pädagogisch-Psychologischen Institut der Universität. Er zeigte ihm die Ergebnisse seiner statistischen Auswertungen. Alle Hypothesen, die Bernd aufgestellt hatte, wurden durch die Forschungsresultate bestätigt.

„Die graphischen Abbildungen gefallen mir auch sehr gut", kommentierte der Dozent Bernds Analysen.

Jetzt brauchen sie nur noch den Theorieteil mit dem Empirieteil verbinden und ihre Diplomarbeit ist fertig."

„Da bin ich schon froh, dass sie mit meinen Analysen zufrieden sind", meinte Bernd erleichtert.

„Ihre Ergebnisse sollten sie noch im letzten Institutskolloquium des Sommersemesters den Institutsmitgliedern vorstellen. Das wäre heute in einer Woche."

Bernd verzog das Gesicht.

„Gefällt ihnen der Vorschlag nicht? Es ist eine Ehre, Herr Helwig, vor diesem erlauchten Kreis sprechen zu dürfen." Dr. Brandstätter grinste.

„Ich habe erst vor kurzem ein Referat über Aggression am Gymnasium, an dem ich getestet habe, halten müssen", wandte Bernd ein. „Die Vorbereitung darauf hat mich viel Zeit gekostet."

Dr. Brandstätter überlegte. Dann meinte er: „Gut, dann stelle ich ihre Ergebnisse vor. Sie machen mir Kopien von ihren Ergebnissen. Aber sie müssen mir bei dem Vortrag assistieren. Wenn Fragen zur Durchführung der Untersuchung kommen, greife ich auf ihr Wissen zurück."

Bernd war erleichtert.

„Übrigens schaut es momentan so aus, als ob die Deutsche Forschungsgemeinschaft mein Projekt über Aggression finanziell unterstützen wird. Wann sind sie denn mit ihren Diplomhauptprüfungen fertig?"

„Im Frühjahr nächsten Jahres."

„Nun, das könnte passen. Das Bewilligungsverfahren dauert sicher noch ein halbes Jahr. In meinem beantragten Projekt fordere ich zwei BAT-Stellen an. Wenn Sie mit den Prüfungen rechtzeitig fertig sind, könnten Sie eine der Stellen besetzen. Sie wären für mich der richtige Mann. Sie sind durch ihre Arbeit und ihre Erfahrung Experte für Aggression."

Für Marion blieb es nicht lange ein Geheimnis, dass Bernd und Ingrid wieder zusammen waren. Ingrid rief Marion noch am Montagabend an und berichtete ihr von der Versöhnung mit Bernd. Das tat Marion sehr weh. Sie hatte sich in letzter Zeit ein paar Mal mit Bernd am Wochenende getroffen. Am Samstagabend waren sie in Rosenheim gemeinsam im Konzert gewesen und anschließend hatten sie in Bad Aibling auf der Terrasse des Café Bihlers noch einen Schoppen Rotwein getrunken. Es war eine schöne Nacht gewesen. Natürlich, sie waren kein Liebespaar, aber sie waren sich näher gekommen. Marion hatte schon geahnt, dass sie nur ein Notnagel für Bernd war.

„I'll be your substitute, whenever you need me."

Nein, andere Mütter hatten auch noch interessante Söhne. Warum war Bernd für sie so wichtig? War es vielleicht Mitleid mit Bernd, dass sie ihn so attraktiv fand und ihre mütterlichen Fürsorgeinstinkte geweckt wurden, oder war es dieser weibliche Herdeneffekt: Ein Mädchen schwärmt begeistert für einen Jüngling und alle anderen Mädchen kreischen hysterisch mit und buhlen ebenfalls um die Gunst des Schönlings, wie sie es in ihrer Pubertätsphase am eigenen Leib mehrmals verspürt hatte. Bernd hatte sich doch in den letzten Wochen an sie gewöhnt. Sie hatte den Eindruck, dass er sie brauchte. Sie schätzte sein Wissen über zwischenmenschliche Beziehungen. Sie war eine gute Zuhörerin. Bernd wusste sehr viel über menschliches Verhalten. Ob er auch wusste, dass Ingrid ein Kind von Jacky erwartete? Nein, das konnte gar nicht sein. Sie hatte es ihm nicht erzählt, damals, als er auf die Aussprache mit Ingrid wartete und sie dann als Stellvertreterin erschienen war. Ob Ingrid es ihm gebeichtet hatte? Sicher noch nicht. Wer wusste denn von dem Kind? Wahrscheinlich nur noch ihre Eltern. Wie würde Bernd wohl reagieren, wenn er erfahren würde, dass Ingrid ein Kind von Jacky erwartete. Könnte er das verkraften, oder würde er sich von Ingrid trennen? Ob der Kommissar überhaupt wusste, dass Jacky Bernd sein Mädchen ausgespannt hatte? Wer hätte es dem Kommissar erzählt? Das war eigentlich ein starkes Motiv für einen Täter. Natürlich traute sie Bernd so etwas nicht zu. Bernd war überzeugter Pazifist. Und sie, Marion, hatte Bernd erst am Samstagabend beim Konzert vehement verteidigt, als dieser Schnösel, dieser Otto, so saudumm ihren Bernd attackiert hatte. Natürlich hatte Otto alles nur im Spaß gesagt. Aber ihr wurde plötzlich klar, dass Bernd wirklich der Täter sein könnte. Er hatte sich auch gar nicht verteidigt und sich so merkwürdig still verhalten. Ob Bernd zum Letzten gegriffen hatte, um seine Beziehung zu Ingrid zu retten? Sollte sie den Kommissar anrufen und ihm alles berichten? Nein, sie war keine Denunziantin. Aber Ingrid war doch auch nicht dumm. Sie musste auch einen Verdacht hegen. Oder war das alles zu absurd, Bernd und ein Mordanschlag auf Jacky? Wie sollte sie sich jetzt Ingrid und Bernd gegenüber verhalten? Marion dachte nach.

„Das Grübeln bringt mich jetzt auch nicht weiter", sprach sie laut zu sich. „Entweder ich erzähle Bernd das mit dem Kind oder nicht. Erzähle ich es ihm, und Bernd trennt sich von Ingrid, sind meine Chancen bei Bernd wieder groß. Macht er aber nicht Schluss mit Ingrid, verliere ich auch noch eine Freundin. Erzähle ich es Bernd aber nicht, habe ich Bernd für immer verloren."

Dabei sah alles zwischen Bernd und ihr schon so gut aus. Gut, Bernd hatte sie noch nie zu seinen Eltern nach Hause mitgenommen. Aber sie hatte mit Bernds Mutter schon am Telefon gesprochen, natürlich nur zur Überbrückung, bis Bernd dann am Telefon selbst erschienen war. Immerhin, Bernds Mutter wusste von ihrer Existenz.

„Ich könnte Bernd anonym von dem Kind informieren, durch einen Brief."

Irgendwie war das alles aber nicht ihre Art. So ein hinterhältiges Verhalten passte nicht zu ihr. Ingrid war offensichtlich Bernds große Liebe. Vielleicht sollte sie das einfach nur akzeptieren und Ingrid mochte sie doch auch. Sie waren gute Freundinnen.

Es war Ende Juli. Das Sommersemester war gelaufen. Manuela und Christian hatten die nötige Gesamtpunktzahl für den Semesterschein in Spezieller Relativitätstheorie mit ihren Lösungsblättern erreicht und den wichtigen Pflichtschein in der Tasche. Otto hatte sich sehr intensiv auf die Klausur in Englischer Landeskunde vorbereitet und hatte nach der schriftlichen Prüfung ein gutes Gefühl. Seit einer Woche war der Gips ab und Otto konnte sein Bein wieder normal belasten.

Heute war ein großer Tag. Manuela, Otto, Christian und Tina trafen sich im Mensagebäude der Universität, das hinter dem Rosa-Schweinchen-Bau gleich neben einem kleinen, anschließenden Park gelegen war. Manuela und Tina verstanden sich auf Anhieb, obwohl Manuela Tina ihren Christian nicht ganz gönnte. Aber Manuela hatte doch Otto, und zwei Männer gleichzeitig lieben, überforderte sie ohnehin. Christian mochte sie schon auch. Es war schön, sowohl Otto als auch Christian bei der Reise nach Thailand dabei zu haben.

Das Reisebüro Travel Overland im Mensagebäude hatte für Studenten Superangebote für Fernreisen. Der Flug nach Bangkok und zurück kostete im September nicht einmal 1000 Mark. Das war sehr günstig, verglichen mit anderen Anbietern. Zwischenstation wurde auf der Arabischen Halbinsel in Abu Dhabi gemacht.

„Da kann man billig Goldschmuck und andere Preziosen einkaufen", erklärte Manuela als Expertin für Fernreisen.

„Und Frauen gegen Kamele eintauschen", grinste Otto.

Tina kicherte.

Manuela reagierte ein bisschen säuerlich: „Pass lieber auf, dass wir dich nicht als Kameltreiber verkaufen, Otto. Da lernst du dann auch kostenlos und spielend arabisch."

Otto zog ein großes Taschentuch aus der Hosentasche, legte es sich auf den Kopf und machte eine tiefe Verbeugung vor Manuela. „Salem aleikum, zahlen tu ich, wenn ich wieder vorbeikum", sprach Otto feierlich.

Es sah so komisch und echt aus, dass auch Manuela lachen musste. Nachdem die vier die Buchung der Fernreise getätigt und auch gleich bezahlt hatten, und im Computer alle ihre Daten gespeichert waren, meinte das nette Fräulein, das sie bediente:

„Die Flugtickets bekommen sie in den nächsten zwei Wochen zugeschickt. Sie fliegen am 5. September um 18 Uhr vom Flughafen Erding weg und landen dann nach Ihrem Zwischenstopp in Abu Dhabi ca. um zehn Uhr vormittags in Bangkok."

„Das ist ja ein ewig langer Flug", rechnete Christian die Flugzeit aus.

„In Abu Dhabi haben sie mindestens eine Stunde Zwischenstopp und außerdem ist da noch die Zeitverschiebung von fast sechs Stunden", erklärte die Reisekauffrau.

„Das ist kein Problem", sagte Manuela. „Die Zeit vergeht wie im Flug. Zuerst servieren sie das Abendessen, dann zeigen sie einen Spielfilm. Dann sind wir schon in Abu Dhabi. Und nach dem Stopp sehen wir wieder einen Spielfilm."

„Für was ist denn der Zwischenstopp gut?", fragte Christian.

„Fürs Geschäft", sagte Tina. „Manuela hat es doch gesagt. Die Touristen sind dann im Goldrausch und kaufen und kaufen."

„Außerdem wird der Flieger mit Billigflugbenzin voll aufgetankt", sagte Manuela. „Auf der Arabischen Halbinsel sprudelt das Öl aus dem Sand wie bei uns das Wasser aus einer Bergquelle."

„Darf ich jedem von ihnen einen Reiseführer für Rucksacktouristen in Thailand als Geschenk unserer Reiseagentur überreichen?", unterbrach das Fräulein ihr Gespräch.

„Gern", sagte Christian, „einen Reiseführer für Globetrotter können wir sehr gut gebrauchen."

In der Cafeteria der Mensa war nicht mehr viel los. Die meisten Studenten waren schon nach Hause abgereist. Otto und Christian genehmigten sich ein Weißbier, Manuela und Tina ein Glas Coca Cola.

„Auf unsere exotische Asienreise", sagte Manuela und hob ihr Glas in die Höhe.

Sie stießen alle miteinander an.

„Ich freue mich schon riesig!" Tina war ganz aufgeregt. „Habt ihr schon die Reiseroute für die drei Wochen fix und fertig aufgestellt?", fragte sie in Richtung Manuela und Otto.

„Natürlich, aber ihr sollt nicht übergangen werden", meinte Manuela. „Die Hauptroute liegt schon fest. Zwei Wochen Bangkok und Nordthailand und dann eine Woche Badeurlaub auf Koh Samui. Aber das hat dir Christian sicher schon detailliert erläutert. Sonderwünsche werden noch gern in das Programm integriert. Also Tina, wenn du irgendetwas zusätzlich besichtigen willst, wir sind dabei."

„Nein", antwortete Tina, „für mich ist alles neu und phantastisch. Ich bin mit allem, was ihr vorhabt, einverstanden. Ich freue mich nur ganz einfach, dass ich bei eurer Reise dabei sein darf."

„Das ist die richtige Einstellung", grinste Otto. „Vielleicht kannst du auch noch ab und zu mein Handgepäck tragen."

Tina lachte.

„Blödmann!", reagierte Manuela auf seine Bemerkung. „Das hättet ihr gerne. Die Herren der Schöpfung spielen und sich nur bedienen lassen. Und bevor man sich mit euch einlässt, versprecht ihr einem den Himmel auf Erden. Aber in Thailand und vor allem dort in ländlichen Gebieten ist es wirklich so. Da müssen sich die Frauen unterordnen, auch wenn die Verfassung seit dem Jahre 1921 die Gleichheit von Mann und Frau garantiert. Ich habe gelesen, dass es den Frauen bis Anfang der 30er Jahre generell verwehrt war, ein politisches Amt zu übernehmen. In Thailand müssen die Frauen,

die in der Geschichte des Landes als ‚Hinterbeine des Elefanten'
bezeichnet werden, auch heute noch um ihren Platz im öffentlichen
Leben kämpfen."

„Warum werden die Frauen als die Hinterbeine des Elefanten
bezeichnet?". fragte Christian neugierig.

„Das ist allegorisch gemeint", antwortete Manuela. „Die Vor-
derbeine sind die Männer. Sie geben die Richtung an, in die der
Elefant schreitet. Aber ohne die Hinterbeine, d.h. ohne die Frauen
kann der Elefant nicht laufen."

„Sehr blumig formuliert", meinte Christian.

„So ist es", sagte Otto. „Ich habe mich im Krankenhaus auch
schon ein wenig in die thailändische Sprache und Kultur eingelesen. Ich hatte ja Zeit. Die Thai-Sprache ist sehr bildhaft und blumig. So kann z.B. bei den Thais ‚ein Herz stolpern'. Das bedeutet,
man ist überrascht; oder ‚das Herz kann fallen' d.h, man hat sich
erschrocken. Wenn die Thais sagen, dass ihr Herz feucht ist, dann
drücken sie aus, dass sie sich wohlfühlen und wenn das Herz von
jemandem voll von Wasser ist, dann ist der Betreffende ein barm-
herziger Wohltäter."

„Aber die Thai-Sprache müssen wir doch nicht bis zu unserem
Reiseantritt lernen, oder?", fragte Tina ein wenig besorgt.

„Das ist auch gar nicht möglich. Die Sprache und auch die
Schrift sind völlig anders als bei uns", belehrte sie Otto. „Thailän-
disch, früher sagte man siamesisch, ist wie das Chinesische, eine
isolierende, monosyllabische Sprache."

„Was heißt das?", fragte Tina mit offenen Mund und bewunderte Ottos Sachverstand.

„Das heißt, dass die Sprache fast nur aus einsilbigen Wörtern
besteht und die Tonhöhe in der das Wort gesprochen wird, seine
Bedeutung festlegt. Durch die Einsilbigkeit ist die Zahl möglicher
Wörter relativ gering. Um die Zahl der Wörter aber zu vergrößern,
gibt es sechs verschiedene Tonhöhen. Das ist der Grund, warum es
für einen Europäer fast unmöglich ist, die Thai-Sprache perfekt zu
beherrschen."

„Da bin ich aber beruhigt, dass ich nicht versucht habe, die Thai-Sprache zu lernen", lachte Christian. „Ich spreche nur chinesisch."

„Wirklich?", fragte Tina.

„Blödsinn!" mischte sich Manuela ein. „Christian spricht weder Thai noch chinesisch."

„Hör mal zu", sagte Christian zu Tina, „ein deutscher Geschäftsmann muss nach Peking fliegen. In seinem Sprachführer lernt er, dass ‚Zimmer' auf chinesisch ‚kentumi' heißt. Die Betonung liegt auf der ersten Silbe. Im Hotel an der Rezeption in Peking angekommen, will er wissen, ob noch ein Zimmer frei ist. Er sagt zu dem Mann an der Rezeption ‚kentumi'. Und der antwortet ‚ne, wie heit du denn?'"

Alle lachten herzlich.

„Also, die Frage nach den freien Zimmern in den Lodges in Thailand übernehme lieber ich", kicherte Manuela. Sie hatte sich vor lauter Lachen an ihrer Cola verschluckt. „Und zwar in englisch. Mit englisch kann man sich in Asien gut verständigen."

„Aber Thailand war nie eine englische Engländer Kolonie", wandte Otto ein.

„Das stimmt", sagte Manuela. „Die Engländer haben sich in Asien viele Länder unter den Nagel gerissen, Indien, Burma, Malaysia usw.. Aber Thailand lag genau zwischen den Interessensgebieten der Engländer und Franzosen. Ganz Indochina war unter französischer Vorherrschaft: Kambodscha, Laos und Vietnam. Das Stammland Siam lag zwischen Burma und Indochina. Die Franzosen haben das frühere Siam den Engländern nicht gegönnt und diese wiederum Siam den Franzosen nicht überlassen. Deshalb blieben die Thailänder immer selbständig. Thailand heißt ja ‚Land der Freien'. Aber die Engländer hatten einen großen Einfluss auf die zivilisatorische Entwicklung der Thais"

„Ich glaube, englisch ist bei ihnen in der Schule die erste Fremdsprache, wie bei uns in Bavaria", sagte Otto: „But Oxford English, as I pronounce it, is only something for the High Society (aber Oxford Englisch, wie ich es ausspreche,ist nur etwas für die High Society)", näselte Otto.

„So einige Redewendungen in der Thai-Sprache zu beherrschen, so wie ich es kann, macht dich bei den Thais schon zu einem Insider, den sie bewundern", sagte Otto angeberisch.

„Großkotz", antwortete Manuela, „was kannst du denn schon in der Thai-Sprache Wichtiges ausdrücken?"

„Z.B., wo ist hier das nächste Bordell?", antwortete Otto übermütig.

Manuela zog ein verärgertes Gesicht.

„War doch nur ein Scherz", lenkte Otto ein. „Aber eine wichtige Redewendung, mit der der Tourist schon kurz nach seiner Ankunft in Berührung kommt, so steht es in meinem Reiseführer, heißt ‚mai penrai'. Das bedeutet so viel wie ‚macht nichts'."

„Das kenne ich auch in anderen Sprachen", sagte Manuela überlegen. „Im Italienischen heißt es ‚null problemo' und in Suaheli, das sprechen sie z.B. in Kenia, sagt man ‚akuna matata'."

„Das mit ‚null problemo' weißt du von Alf dem Außerirdischen", erwiderte Otto. „Und ‚akuna matata' kann ich mir leicht merken."

„Warum?", stocherte Manuela nach.

„Ich konstruiere mir eine Eselsbrücke aus dem Französischen und Englischen."

„Wie sieht die denn aus?"

„Akuna, dazu gibt es im Französischen das Wort ‚aucune', das heißt ‚keiner oder keine' und matata, dazu gibt es im Englischen das Wort ‚matter', das soviel wie Ursache heißt. Also, insgesamt heißt das dann ‚keine Ursache' oder ‚kein Problem'. So merke ich mir akuna matata."

Manuela war beeindruckt von seiner Kreativität. Ihr Otto war doch kein Dummerchen, auch wenn sie ihn manchmal scherzhaft mit „Blödmann" titulierte.

„Ich habe mir schon eine kleine Reiseapotheke zusammengestellt", wechselte Tina das Thema. „Das ist löblich und auch wichtig", sagte Otto.

„Tina arbeitet in einer Drogerie, müsst ihr wissen", erläuterte Christian das Verhalten von Tina. „Daher kommt ihr Interesse für alles Medizinische und Kosmetische."

„Darüber brauchen wir uns dann keine Gedanken mehr zu machen. Was tust du denn alles in deine Reiseapotheke?", fragte Manuela Tina neugierig.

„Eine Packung Kondome", redete Otto unaufgefordert.

Christian war der einzige, der lachte.

„Nur das Notwendigste, Heftpflaster, Wundsalbe, Sonnencreme, Autan gegen Mücken, Agiolax-Kautabletten."

„Für was sind die denn gut?", redete Otto wieder dazwischen.

„Gegen Verstopfung", lächelte Manuela.

„Habe ich nicht nötig," erwiderte Otto. „Ist vielleicht nur für Mädchen wichtig."

„Blödmann!", sagte Manuela gereizt. „Aber gegen Montezumas Rache hast du doch hoffentlich etwas dabei?", fragte Manuela Tina.

„Natürlich, eine Schachtel Immodium."

„Montezumas Rache, was ist denn das schon wieder?", staunte Otto.

„Du weißt auch wirklich überhaupt nichts, Otto", lachte Manuela ihn aus. „Das ist gegen Durchmarsch."

„Ah, Durchmarsch kenne ich", meinte Otto und hielt sich die Nase zu.

„Ich war schon öfters in Asien." sagte Manuela weltmännisch. „Das mit dem Durchmarsch ist wirklich eine ernste Sache. Das schwächt den Körper enorm und man wird völlig schlapp. Wir werden fast nur in Garküchen auf der Straße essen. Die Gerichte dort sind wirklich lecker. Man muss sich aber eine Garküche aussuchen, in der es hygienisch zugeht. Grundsätzlich verzichtet man lieber auf den Genuss roher Speisen. Die Früchte, die wir kaufen, müssen alle vor dem Verzehr geschält werden und Speiseeis ist tabu. In Thailand ist es schwülheiß. Trotzdem darf man keine offenen Getränke, vor allem Fruchtsäfte mit vielen Eiswürfeln, zu sich nehmen. Das ist nur in den großen Hotels möglich, wo das Wasser abgekocht wird."

„Du willst uns aber nicht von der Reise abhalten?", sagte Christian leicht eingeschüchtert.

„Nein, natürlich ist übertriebene Angst nicht angebracht. Aber gegen Malaria sollte man für den Ernstfall etwas dabei haben. Die Mücken in den Hotels und Lodges sind eine große Plage und können infiziert sein. Bei einer grippeähnlichen Erkrankung sollte man sofort etwas unternehmen. Man könnte an Malaria erkrankt sein. Meine Eltern haben immer Fansidar dabei. Beim Akutfall schluckt man mehrere Tabletten."

„Gut zu wissen", meinte Tina. „Das fehlt noch in meiner Reiseapotheke."

„Was hast du denn gegen HIV dabei?", fragte Otto mit bewusst dämlichem Blick.

„Du wiederholst dich, Otto. Ich bringe dir aus unserer Drogerie ein Büchlein mit einem Verhaltenscodex beim Geschlechtsverkehr für junge Leute mit", antwortete Tina bestimmt.

„Spaß beiseite", meinte Manuela. „Aber der Sextourismus spielt in Thailand wirklich eine sehr große Rolle. Eine Hochburg ist z.B. der Badeort Pattaya, nicht weit von Bangkok entfernt. Ich habe gelesen, dass ein Großteil der allein reisenden Männer nach Thailand nur auf der Suche nach Sexualkontakten ist"

„Aber Prostitution gibt es in Thailand nicht erst seit dem Sextourismus-Boom", bemerkte Christian. „Das soll schon in der Tradition und Kultur des Landes verwurzelt sein. Viele thailändische Ehemänner gehen ein Mal in der Woche zu einer Prostituierten."

„Das weiß ich nicht", sagte Manuela. „Ich weiß nur, dass eine der Grundlagen der Massenprostitution die ‚Erholungszentren' für die amerikanischen GIs während des Vietnamkrieges wurden. Die thailändische Regierung hat damals der Stationierung von kriegsmüden, erholungsbedürftigen US-Soldaten zugestimmt. In Pattaya soll es 20.000 Prostituierte geben. Davon sind die Hälfte Kinder im Alter von 12 bis 14 Jahren. Die Zuhälter dort sollen mafiaähnlich organisiert sein und die Mafiabosse stammen angeblich auch aus Europa und den USA."

„Woher stammen dann die vielen Prostituierten? Aus der Hauptstadt Bangkok?", fragte Christian.

„Nein", antwortete Manuela. „Das ist vor allem ein wirtschaftliches und soziales Problem. Frauen, Mädchen und Jungen aus dem ganzen Land, vor allem aber aus ärmlichen, ländlichen Gebieten werden von Schleppern mit falschen Versprechungen an die von Touristen frequentierten Orte gebracht. Man verspricht ihnen einen regulären Arbeitsplatz mit gutem Einkommen oder den Eltern der Kinder eine Schulausbildung für ihren Nachwuchs. Viele der Prostituierten stammen aus den ärmsten Landesteilen, wie dem Nordosten oder den Nachbarländern Laos, Kambodscha oder Burma, das heute Myanmar heißt. Prostitution wird eigentlich durch den buddhistischen Glauben geächtet. Aber die meisten Prostituierten in den Bordellen unterstützen durch ihre Tätigkeit ihre Familien auf dem Lande finanziell."

„Das ist ja tragisch", sagte Otto betroffen, „da kann man ja gleich den Spaß an der Freud verlieren."

„Die Sexualmoral ist für Frauen in Thailand eigentlich streng. Außereheliche sexuelle Kontakte sind den Mädchen und Frauen streng untersagt, während sie scheinheilig, wie in vielen anderen Ländern, bei Männern geduldet werden. Durch ihre Tätigkeit als Prostituierte ist eine Frau gesellschaftlich stigmatisiert."

„Bei uns aber auch", wandte Christian ein.

„Mag schon sein. Bei uns ist man aber gegenüber Prostituierten toleranter geworden. Ihre Tätigkeit soll ja auch besteuert werden. Aber in Thailand haben diese Frauen keine Chance mehr, ein normales, bürgerliches Leben zu führen. Am schlimmsten ist aber die Erkrankung an AIDS. Angeblich werden bis Ende 2000 vier Millionen Thailänder infiziert sein."

„Vielleicht sollten wir uns ein anderes Reiseziel aussuchen", meinte Otto bestürzt.

„Der normale Tourist merkt von alledem doch gar nichts. Auf der Insel Koh Samui, wo ich schon mit meinen Eltern war, gibt es auch Prostituierte. Aber man muss diese bestimmten Bars und Eta-blissements, in denen sie auftreten, nicht aufsuchen. Ich habe mei-nem Vater heimlich einen Sender in die Hosentasche gesteckt. Da wusste meine Mutter immer, wo sich mein Daddy gerade aufhielt."

„Das finde ich gemein, aber auch genial", erstaunte sich Otto.

„Mensch Otto, lass dich von Manuela nicht auf den Arm neh-men", grinste Christian.

Tina lachte laut, und Otto ärgerte sich über seine einfältige Be-merkung. „Manuela ist doch Physikerin. Der traue ich das zu, also fachlich gesehen."

„Danke Otto, und menschlich auch?"

Otto zog sein Portemonnaie aus der Hosentasche und stülpte dann beide Hosentaschen um. „Nein", sagte er, „es ist kein heimli-cher Sender darin versteckt. Also, menschlich gesehen traue ich es dir nicht zu."

„Wisst ihr eigentlich, dass Thailand noch ein Königreich ist?", fragte Manuela in die Runde.

„Klar", sagte Otto, „da regiert doch König Brummikohl mit sei-ner Gemahlin Sissy."

„Den Reiseführer über Thailand, den du im Krankenhaus stu-diert hast, kannst du auf den Müll werfen", lachte Manuela. „Ers-tens heißt der König Bhumibol und zweitens ist seine Frau nicht die Sissy. Die war im vorigen Jahrhundert Kaiserin von Österreich. Seine Frau heißt Sirikit. Sie war in ihrer Jugend bildhübsch. Was sie redete und tat, stand bei uns in Deutschland in allen Klatschzei-tungen."

„Die muss aber schon uralt sein", meinte Otto, „weil ich nie et-was über sie gelesen habe. Meine Eltern haben den Lesezirkel abonniert. Der besteht fast nur aus Illustrierten, und die enthalten alle Stories über die europäischen Königshäuser. Frag mich, wer Diana oder Sylvia ist, und Otto weiß es."

„Mit diesem Wissen kannst du aber kein Geld verdienen, Otto", lachte Christian.

„Ich nicht", sagte Otto, „aber die Regenbogenpresse lebt ganz gut davon."

„Ihr werdet es nicht glauben", redete Manuela weiter. „Der jetzige thailändische Monarchist wurde in Cambridge in den USA geboren, und schon 1958 zum König gekrönt. Seine Mutter war die hochverehrte ‚Princess Mother'. Sie hatte den Titel ‚Königliche Himmelsmutter'."

„Das ist wieder charakteristisch für die blumige Sprache der Thais", meinte Otto.

„Aber für diesen Titel gibt es auch einen konkreten Hintergrund", erklärte Manuela. „Die Bezeichnung ist wörtlich gemeint, denn bei ihren ersten Besuchen von entlegensten Dörfern der Bergstämme im Norden Thailands schwebte sie mit einem bis dahin unbekannten Himmelsvogel, nämlich mit einem Hubschrauber, ein. Es war der Beginn ihrer großen Kampagne, die medizinische Versorgung der Bevölkerung in ganz Thailand zu verbessern."

„Und welche Verdienste hat sich der Bhumibol erworben, dass sich die Thais auch heute noch ein kostspieliges Königshaus leisten?", fragte Christian.

„Der König ist die Integrationsfigur, mit der sich alle Thailänder identifizieren können. Es ist erst ein paar Jahre her, da waren die Blicke der Weltöffentlichkeit auf Thailand gerichtet. Das Militär hatte Massendemonstrationen demokratisch gesinnter Thailänder, vor allem von Studenten, mit Waffengewalt niedergeschlagen und für ein Blutbad unter den Demonstranten gesorgt. Der König hat dann zwischen den Kontrahenten vermittelt. Die Audienz beim König wurde live im Fernsehen übertragen. Die rivalisierenden Parteien gaben dem Monarch das Versprechen, die blutigen Kämpfe einzustellen. Dass er eine Befriedung der gefährlichen Situation in Thailand erreichte, zeigt, welch hohes Ansehen der König hat. In der kleinsten Hütte hängt sein Bild und das von seiner Gemahlin Sirikit. Der König trägt den offiziellen Namen Rama IX. und führt den offiziellen Beinamen ‚der Große'. Den Titel bekam er über eine Volksabstimmung. Das muss man sich einmal vorstellen."

„Ich kann mir das gut vorstellen", meinte Otto. „Ich nenne mich dann Otto der Große."

Otto richtete sich am Tisch auf und sagte salbungsvoll: „Kniet nieder, gemeines Volk, vor Otto dem Großen."

Tina kniete sich wirklich vor Otto kurz hin und deutete auch noch einen Hofknicks an.

„Sehr gut", sagte Otto. „Die Entscheidung, dich auf die Reise mitzunehmen, war goldrichtig. Und wo bleibt deine Huldigung, Christian?"

„Du nervst, Otto", erwiderte Christian.

Ein paar Cafeteriabesucher am Nebentisch wunderten sich belustigt über die komische Einlage.

„Eines hat sich jedenfalls gezeigt, Otto", sagte Manuela ein wenig ironisch. „Mit deinen Kenntnissen über Thailand ist es nicht so weit her. Ich glaube, du hast zusammen mit deinem Zimmernachbarn im Krankenhaus mehr auf den Fernsehbildschirm geguckt als in den Reiseführer."

„Nur weil ich nicht wusste, dass die Königin Sirikit heißt. Oh gitigitt, wer ist die Sirikit?", mokierte sich Otto. „Aber über die Geschichte Thailands weiß ich sehr gut Bescheid."

„Gleich wird Otto uns erzählen, wer die Siamesischen Zwillinge waren", spöttelte Tina.

„Könnte ich auch, sie hießen Eng und Chang, tu ich aber nicht. Aber ich weiß, woher die Thais gekommen sind. Sie stammen aus Südchina, aus der Gegend um Kanton. Als Kublai Khan, ein Enkel des berüchtigten Dschingis Khan im 13. Jahrhundert das dortige Königreich überfiel, kam es zu einer Völkerwanderung. Die Leute flohen bis ins heutige Thailand. Der erste König von Siam wählte Sukhothai im hohen Norden von Thailand zur Hauptstadt seines Reiches. Sukhothai liegt übrigens auf unserer Reiseroute. Das könnten wir uns auch ansehen."

„Das ist sehr interessant", bemerkte Manuela, „die Thais stammen also aus China. Deshalb haben die Mädchen im Norden Thailands so eine schöne, weiße Hautfarbe."

„Und eignen sich daher besonders für ein bestimmtes Gewerbe", spöttelte Otto. „Aber Spaß beiseite, das größte Verdienst dieses ersten Königs war die Einführung des heute noch gültigen

Thai-Alphabets und eine in Stein geritzte ‚Regierungserklärung‘, die erstaunlicherweise schon sehr viele demokratische Elemente enthält. Diese Tafel werden wir im Nationalmuseum in Bangkok sehen. Soll ich noch fortfahren?", fragte Otto devot.

„Natürlich, Herr Dozent", lächelte Manuela.

Die anderen nickten ebenfalls.

„In der Nachbarschaft dieses Königreichs entstanden auch noch andere Thai-Fürstentümer. Ein König verlegte dann seine Hauptstadt von Sukhothai noch nördlicher nach Chiang Mai, das heißt soviel wie ‚Neue Stadt‘. Sein Königreich nannte er ‚Lan Na‘. Das bedeutet ‚Königreich der 10.000 Reisfelder‘. Und weiter im Süden entstand dann später ein weiteres, bedeutendes Königreich in Ayutthaya. Das liegt nur 75 km nördlich von Bangkok entfernt und ist ebenfalls auf unserer Besichtigungstour. Anfang des 16. Jahrhunderts kamen dann schon die ersten Europäer nach Siam."

„Da war doch Amerika noch gar nicht entdeckt", wandte Christian ein.

„Deine Geschichtskenntnisse lassen aber zu Wünschen übrig", lächelte Manuela. „Kolumbus hat schon 1492 seinen Fuß auf amerikanischen Boden gesetzt."

„Egal", sagte Christian leicht mürrisch, „und wer waren jetzt die ersten Europäer in Thailand?"

„Die Auflösung dieses Rätsels kommt später. Ich muss mal." Otto stand auf und entfernte sich rasch in Richtung Toilette.

„Hätte Bernd nicht auch Lust gehabt, mit nach Thailand zu kommen?", fragte Manuela Christian.

„Ich habe ihm von unserer Reise erzählt. Er sagte, heuer geht es bei ihm auf keinen Fall. Zuerst muss er die Diplomarbeit fertig schreiben und dann für das Hauptdiplom lernen."

Christian erzählte dann Tina über den Mordanschlag auf den Lehrer in Bad Aibling. Otto war wieder zurück.

„Du strahlst ja, Otto. und siehst so erleichtert aus", foppte ihn Christian.

„Bin ich auch", grinste Otto. „Gehen wir?"

„Was denn, Otto. Du wolltest uns doch über die Geschichte Thailands mehr erzählen", beschwerte sich Tina.

„Okay", sagte Otto, „aber für Manuela ist das stinklangweilig. Die weiß mehr über Thailand als ich."

„Stimmt gar nicht", erwiderte Manuela. „Ich weiß viel über den Buddhismus, aber mit der Geschichte Thailands habe ich mich nicht so auseinandergesetzt. Otto, du wolltest uns gerade erzählen, wer die ersten Europäer im Königreich Siam waren."

„Es waren die Portugiesen. Im Auftrag ihres Vizekönigs Alfonso de Albuquerque von Malakka im heutigen Malaysia, das grenzt im Süden an Thailand, fuhren sie mit ihren Schiffen vom Golf von Siam den breiten Menam-Strom hinauf nach Ayutthaya. Ein Jahr vorher hatten sie Malakka eingenommen und dort erfahren, dass das eroberte Land eigentlich dem König von Siam gehörte. Ihr Angebot, Feuerwaffen und Schießpulver für einen Feldzug gegen das benachbarte Burma zu liefern, nahm der König sofort an. Im Gegenzug erteilte er den Portugiesen Wohn- und Handelsrechte in seiner Hauptstadt, sowie die Erlaubnis, die christliche Religion praktizieren zu dürfen."

„Das war und ist doch auf unserer Welt überall und immer das gleiche", meinte Tina. „Man verbündet sich mit einem Staat gegen einen dritten und erhält dafür Land oder irgendwelche Vergünstigungen."

„So ist es", grinste Otto. „Bei uns hat doch der Hitler mit seinem Erzfeind Stalin auch einen Pakt geschlossen, und die zukünftige Aufteilung Polens zwischen den beiden war schon klar geregelt. Aber Mitte des 16. Jahrhunderts haben die Burmanen dann zurückgeschlagen. Sie eroberten Chiang Mai und besetzten Ayutthaya. Drei Jahrzehnte später haben die Siamesen ihre Hauptstadt wieder zurückerobert. Aber Ayutthaya ist heute nur noch eine Ruinenstadt. Damals lebten schon über eine Million Menschen hinter ihren Mauern. Die Hauptstadt soll unglaublich schön und reich gewesen sein. Das heutige Bangkok dagegen war damals nur ein unscheinbares Dorf von Olivenbauern. Die europäischen Händler erkannten aber die strategisch und wirtschaftlich günstige Lage des Ortes und gründeten an den Ufern des Menams ihre ersten Handelsniederlassungen. Im 17. Jahrhundert pflegten die Siamesen schon Kontakte mit dem französischen Königshof in Versailles. Hundert Jahre später zerstörten die Burmanen die Hauptstadt Ayutthaya. Aber fünfhundert Soldaten unter ihrem Befehlshaber Taksin retteten sich nach Thonburi. Das liegt auf der anderen Seite des Menam-Flusses gegenüber dem heutigen Bangkok. Taksin hat sich zum König ausgerufen und eine schlagkräftige Truppe aufgestellt und alle besetzten Gebiete wieder zurückerobert. Später fiel er wegen seines Größenwahns beim Volk in Ungnade und wurde öffentlich hingerichtet. Seinem Freund und Feldherrn wurde die Krone angeboten. Und dieser begründete als Rama I. die bis heute regierende Chakri-Dynastie."

„Und alle darauf folgenden Herrscher führen auch den Namen Rama?", fragte Tina.

„So ist es", erwiderte Otto. „Unser Bhumibol nennt sich Rama IX. Thailand ist aber heute kein Königreich mehr mit einem absolut regierenden Monarchen, sondern eine parlamentarische Monarchie, so ähnlich wie in England. Der König von Thailand ist nur noch der erste Repräsentant seines Landes."

„Dann kann er ja gar nichts mehr falsch machen und man kann ihm keine Verfehlungen nachweisen. Somit wird es sehr schwer, die Chakri-Dynastie zu stürzen und die Ramas durch die Ottos zu ersetzen", zog Christian Otto auf.

„Nun, es gibt vielleicht sublimere Mittel, um den Thais ihren Rama zu verunglimpfen und ihnen den Otto schmackhaft zu machen", meinte Otto lächelnd.

„Du musst den Thais nur klarmachen, dass Rama ein Brotaufstrich und dieser Name für einen König nicht tragbar ist, und damit das Land der Lächerlichkeit preisgegeben wird."

„Genau", sagte Tina. „Otto ist doch der Größte. Und dieser Beiname wird dir durch eine Volksabstimmung bestätigt werden."

„Ihr glaubt nicht, welche Macht diese Thai-Könige in den früheren, vergangenen Jahrhunderten hatten. Sie wurden von den Untertanen wie Götter verehrt", mischte sich Manuela in das Gespräch ein. „Dieses Gottkönigtum verbot jegliche körperliche Berührung eines Mitglieds der königlichen Familie bei Todesstrafe. Dieses Verbot wurde erst aufgehoben, als bei einem Bootsunglück eine Königin mit ihren Kindern ertrank, weil niemand der Diener es wagte, sie vor dem Ertrinken zu retten."

„Das ist ja grauenvoll", meinte Tina bestürzt.

„Aber menschlich", grinste Otto. „In ihrem Größenwahn glaubten die Herrscher zu allen Zeiten, sie seien Götter oder gottähnlich. Das war bei den Pharaonen so, bei Alexander dem Großen, den römischen Kaisern wie z.B. Nero und auch bei den Azteken und Inkas. Unsere frühen deutschen Kaiser glaubten auch, dass sie durch Gottes Gnade regierten und ihr Staatsgebiet bezeichneten sie als heiliges, römisches Reich deutscher Nation. Dieser generelle Zusammenhang zwischen Macht und Gottähnlichkeit ist schon auffällig."

„Aber nicht zufällig", meinte Christian. „Damit legitimierten die Herrscher ihre hohe Rangposition, und ein Angriff auf den Regierenden war dann ein Gottesfrevel."

„Dafür musstest du dann in der Hölle braten", lachte Manuela. „Wir machen uns jetzt lustig darüber, aber in früheren Zeiten war das alles bitter ernst und die Menschen wurden brutal unterdrückt."

„Es hat schon etwas für sich, dass wir jetzt in einem freiheitlichen, demokratischen Rechtsstaat leben", ergänzte Christian. „Und nicht gleich geköpft werden, wenn wir gegen unseren Bundeskanzler aufmucken."

Tina schaute auf ihre Uhr. Dann fragte sie: „Sehen wir uns eigentlich vor unserer großen Reise im September noch einmal?"

„Wenn ihr wollt, dann treffen wir uns alle bei mir zu Hause in Bad Feilnbach. Wir können dann noch einmal über unsere Reiseroute in Thailand sprechen", antwortete Manuela. „Wie schaut es bei dir aus, Christian?"

„Ende August würde gut passen. Ich nehme dann Tina zu dir mit. Ich arbeite jetzt einen Monat lang bei meinem Vater in seiner kleinen Elektronikfirma. Er bezahlt mich fürstlich. Das Geld kann ich für die Reise gut gebrauchen."

„Mensch, Christian! Gut, dass du mich daran erinnerst", zuckte Otto zusammen. „Ich muss ja unbedingt jobben. Durch den blöden Beinbruch habe ich ganz vergessen, mir eine geeignete Arbeit in den Semesterferien zu suchen. Das muss ich jetzt schleunigst nachholen. Ich brauche das Geld ganz dringend."

„Wenn du in Rosenheim nichts finden solltest, kommst du zu mir nach Ebersberg und arbeitest bei meinem Vater. Platinen bestücken. Da bist du im Nu eingearbeitet. Du kannst auch bei uns wohnen. Wir haben ein zusammenklappbares Feldbett mit einer weichen Matratze für den Notfall. Das Bett stellen wir in meinem Zimmer auf."

„Danke für das Angebot, aber zuerst versuche ich etwas in Rosenheim zu finden."

„Einen Ferienjob brauche ich nicht", sagte Manuela. „Aber das heißt nicht, dass ich gar nichts tue. Meine Mutter werkelt von früh bis spät im Haus und um unser Haus herum. Ihr wisst ja, die Anlage ist riesengroß und muss gepflegt werden. Von nichts kommt nichts. Da werde ich von meiner Mutter vom ersten Tag an in Beschlag genommen. Es macht mir aber Spaß. Es ist ein schöner Ausgleich zum Studium. Also, es bleibt dabei. Ihr kommt zu mir. Sagen wir mal, wir treffen uns am letzten Samstagnachmittag vor unserem Abflugtag."

Alle waren damit einverstanden.

Otto war mit seiner Jobsuche wirklich schon spät dran. Am Bau hätte er sofort bei einer Firma beginnen können, natürlich nur als Bauhelfer. Otto hatte schon schlechte Erfahrungen beim Bau gemacht. Deshalb fragte er sofort nach, welche Arbeiten denn für ihn anfallen würden. An der Mörtelmaschine Sand, Zement und Kalk mit der Schaufel in die rotierende Birne hineinwerfen, das ging noch. Das war Bodybuilding, ohne dass man dafür in einem Sportstudio teures Geld bezahlen musste. Aber es gab auch noch schlechtere Arbeiten am Bau. Und so wäre es auch hier gewesen: Mit einem schweren Presslufthammer auf wackeligem, hohem Gerüst Türöffnungen herausbrechen und Löcher in eine Betonwand bohren, das war Knochenarbeit. Otto hatte dies schon vor zwei Jahren einmal versucht. In schwindelnder Höhe hatte man ihm einen Presslufthammer in die Hände gedrückt. Das Gewicht des Hammers hatte ihn schon fast auf die Gerüstbretter niedergedrückt. Und als dann ein bulliger, türkischer Bauhelfer die Pressluftmaschine eingeschaltet hatte, verlor Otto fast das Gleichgewicht. Nach einigen vergeblichen Anläufen hatte man ihn schließlich von dieser Aufgabe erlöst. Nein, diesen Job nahm Otto nicht an.

Otto rief dann im Personalbüro einer großen Antennenfirma an. In dieser Firma hatte er schon im letzten Jahr als Werkstudent in der Galvanikabteilung gearbeitet. Da wurden metallene Bauteile verzinkt und verchromt. Die Rohlinge mussten vorher von Fett gereinigt werden. Dazu gab es große Bottiche mit ätzend scharf riechender Salzsäure und anderen Reinigungsmitteln wie z.B. Tri. Das Tri aber roch fantastisch gut, und wie ihm die Arbeiter dort erzählten, konnte man von den Dämpfen richtig süchtig werden. Einen älteren Arbeiter hatte der Werksarzt sogar in eine andere Abteilung versetzen lassen, weil dieser das Zeug den ganzen Tag über geschnüffelt und damit seine Gesundheit aufs Spiel gesetzt hatte. In der Mittagspause tauchte er aber immer wieder in der Galvanikabteilung auf und zog sich weiterhin die Tri-Dämpfe durch die Nase. Nach den Reinigungsbädern bekamen die Rohlinge dann den metallenen Schutzüberzug. Das geschah über Elektrolyse. In einem großen, viereckigen Behälter befand sich z.B. die Chromsalzlösung, in die die Gegenstände eingetaucht wurden. Dann wurde ein elektrischer Strom durch die Lösung geschickt und das Rohteil, das mit der negativen Elektrode verbunden war, überzog sich mit den Chromatomen. Nur die Stromstärke und die Zeitdauer mussten bei diesem Vorgang exakt eingestellt werden. Und das hatte Otto sehr schnell gelernt. Schon nach dem ersten Arbeitstag war Otto eine vollwertige Arbeitskraft gewesen und vom Meister sehr gelobt worden.

Die Dame im Personalbüro der Firma teilte Otto aber mit, dass in diesem Jahr diese Werkstudentenstelle für den Monat August schon vergeben war. Überhaupt seien schon alle Ferienstellen für Schüler und Studenten besetzt. Nur im Stanzenraum, in der großen Werkhalle, wäre noch ein Job frei. Otto sagte zu. Es war eine sitzende Tätigkeit und für sein frisch geheiltes Bein, das er noch nicht stark belasten sollte, war das auch günstig.

Als Otto am Montag um halb acht Uhr in der Früh im Stanzenraum erschien, wurde es ihm ganz mulmig ums Herz. Vier Stanzen, metallene Ungeheuer, befanden sich in dem Raum und machten einen Höllenlärm, wenn ihr schwerer Hammer nach unten schlug und die eingelegten Rohlinge in die gewünschte, eingestellte Form zusammenpresste. Drei Stanzen waren schon besetzt und Otto nahm den Arbeitsplatz vor der vierten Stanze ein. Der Vorarbeiter zeigte Otto die nötigen Handgriffe. Aus einer Schachtel mit den Rohlingen nahm man ein Teil heraus und legte es unter den schweren Hammer. Nur durch das gleichzeitige Drücken zweier Hebel mit der linken und rechten Hand schlug dann der mächtige Stanzenhammer nach unten und verformte das Teil.

„Das beidhändige Drücken ist eine wichtige Schutzmaßnahme, sonst bringt man vielleicht versehentlich eine Hand unter den Hammer und der Fleischbrei taugt dann nur noch für Katzenfutter", schrie der Vorarbeiter in Ottos Ohr.

Bei dieser Vorstellung wurde Otto ganz übel. Der Lärm im Stanzenraum war unerträglich. Otto bekam einen Ohrenschutz aufgesetzt. Dieser dämpfte den fürchterlichen Krach ein wenig.

„Oh Gott, auf was habe ich mich denn hier eingelassen?", dachte Otto.

Der ältere Arbeiter neben ihm grinste Otto freundlich an.

„Macht Spaß, oder?", rief Otto in seine Richtung.

Der andere hatte auch einen Ohrenschutz wie Otto auf und nickte. Verstanden hatte er sicher nichts. Die Arbeit war ohne Anforderung, völlig monoton und geisttötend. Es war immer dasselbe. Links vom Sitzplatz war die Kiste mit den Rohlingen, rechts die leere Kiste, in die die durch die Stanze geformten Teile kamen. Man bückte sich vom Sitz aus ein wenig nach links, nahm den Rohling heraus, legte ihn auf die Vorlage, drückte mit beiden Händen die seitlich angebrachten Hebel, und Rumms, schlug der Hammer mit Getöse nach unten. Man nahm das Teil, drehte sich ein wenig nach rechts und warf es in die andere Kiste. Das tat Otto jetzt schon eine ganze Stunde lang. Der Vorteil bei dieser Arbeit war, man musste nichts denken.

„Cogito ergo sum" (ich denke, darum bin ich) hatte Descartes, der französische Philosoph und Reiteroffizier in seinen „Meditationen" geschrieben. Otto hatte das Büchlein in französischer Sprache gelesen. Er war sehr stolz darauf.

„Hier muss man nicht denken. Also existiere ich auch nicht", sinnierte Otto.

„Vielleicht ist das hier schon das ersehnte Nirwana, und kein anderer Sterblicher weiß es."

Der Stanzenraum war das Nirwana. Nur er, Otto, hatte diese Einsicht wie Buddha, der Erleuchtete. Manuela würde staunen, wenn er ihr das erzählte. Und die anderen drei Arbeiter, waren die auch Erleuchtete? Die waren sicher schon ewig hier. Wenn die schon ewig hier sind, schmunzelte Otto vor sich hin, dann sind es Götter, natürlich die Vorläufer von Buddha, die drei hinduistischen Götter: Brahma, Shiva und Vishnu.

Otto schaute auf seine Armbanduhr. Es müsste doch schon Mittag sein. Nein, es war erst kurz nach acht Uhr. Es war noch nicht einmal eine Stunde vergangen. Das war brutal. Alles ist eben nur relativ. Hier vergehen die Minuten wie Stunden.

Er blickte zu seinen Arbeitskollegen. Wie konnten die das nur aushalten. Diesen unerträglichen Lärm und diese geistlose Tätigkeit. Was dachten diese Leute, wenn sie hier saßen und dies nicht nur eine Stunde oder einen ganzen Tag, sondern Monate und Jahre, vielleicht ihr ganzes Leben lang.

Kurz vor zwölf Uhr verließ Otto den Stanzenraum. Er hielt es hier nicht mehr länger aus und marschierte schnurstracks zum Personalbüro.

„Ich kündige", sagte Otto verärgert zu der Dame im Büro, die seine Daten aufgenommen hatte. „Das ist ja nicht auszuhalten. Dieser Lärm und diese geisttötende Arbeit."

„Ich verstehe sie", erwiderte die Bürodame verständnisvoll. „Sie sind nicht der erste, der wieder aufgibt. Keiner von den Studenten will dort arbeiten. Aber es tut mir leid, ich habe sonst keine Arbeit für sie. Alle Ferienstellen sind schon besetzt. Vielleicht nächstes Jahr wieder. Voriges Jahr waren sie auch bei uns, und der Meister in der Galvanikabteilung war mit ihnen sehr zufrieden gewesen."

Sie reichte Otto seine Lohnsteuerkarte und zahlte ihn für die geleisteten Stunden bar aus.

„Ich rechne ihnen fünf Stunden an", sagte sie, als sie ihm das Geld überreichte, „und Abzüge gibt es auch keine."

Es waren 75 Mark.

Seine Eltern wunderten sich, als er zum Mittagessen schon wieder zu Hause erschien.

„Das war das Letzte." schimpfte Otto.

Seine Mutter beruhigte ihn. Otto rief sofort bei Christian an.

„Mensch Christian", jammerte Otto ins Telefon. „Das mit der Arbeit heute in der Fabrik war wie der Rheinfall von Schaffhausen."

Er berichtete Christian von seinem Ferienjob, der nur einen Vormittag lang gedauert hatte.

„Pack deinen Seesack zusammen und setz dich in den Zug. Ich erwarte dich noch heute Abend. Mein Vater kann dich gut gebrauchen und angelernt wirst du von mir."

Otto war erleichtert. Das Geld brauchte er dringend sowohl für die Reise als auch für das kommende Semester.

Otto blätterte schnell im Fahrplan, der unter dem Telefonverzeichnis lag.

„Also, in Grafing Bahnhof steige ich in die S-Bahn um", klärte er Christian auf. „Dann bin ich um 19:10 Uhr in Ebersberg."

„Alles paletti, ich hole dich mit dem Auto vom Bahnhof ab. Ich freue mich, Otto."

Otto hängte wieder ein. Das war zu guter Letzt doch noch zufriedenstellend verlaufen.

Das Bestücken der Platinen in der Elektronikfirma bereitete Otto keine allzu großen Schwierigkeiten. Christian war ein guter Lehrmeister. Es machte Otto direkt Spaß, mit Christian in der kleinen Elektronikentwicklungsfirma seines Vaters zusammen zu arbeiten. Natürlich war er nur angelernt worden. Von Schaltplänen verstand Otto nichts, im Gegensatz zu Christian. Aber das war für diese Tätigkeit auch nicht notwendig.

Am Dienstagabend, als Otto und Christian nach Ottos erstem Arbeitstag oben in Christians Zimmer saßen, das Abendessen hatten sie auch schon hinter sich, meinte Christian: „So anstrengend war das heute für dich nicht, oder?"

„Körperlich bestimmt nicht. Nur von der Konzentration her", erwiderte Otto.

„Willst du noch etwas unternehmen?"

„Wir könnten noch eine kurze Radtour machen, so zum Ausgleich. Du nimmst das Rad von meinem Vater, aber nur, wenn du dein Bein schon belasten kannst."

„Ich sitze ja nur im Sattel. Ein Ritt auf einem Drahtesel müsste schon drin sein."

Christians Vater hatte ein mountainbikeähnliches Tourenrad mit vielen Gängen. Es war spielend zu treten, auch wenn es bergauf ging. Die Fahrt auf dem Waldweg durch den tiefen Ebersberger Forst machte richtig Spaß.

Am Ebersberger Aussichtsturm hielten sie kurz an. Er war schon eine Attraktion, vielleicht 30 Meter hoch. Von oben hatte man in Richtung Norden einen tollen Blick über den ausgedehnten Forst mit den dunklen Nadelbäumen. Da sah man erst, wie riesig groß dieses Waldgebiet war. Nach Süden überblickte man die Häuser der Stadt mit den roten Ziegeldächern und die alte Schlosskirche mit dem hohen Turm. An einem klaren, späten Nachmittag wie heute sah man die ganze Alpenkette.

„Kennst du die ganzen Berge hier?", fragte Otto mit einer ausladenden Handbewegung.

„Eher nein", antwortete Christian. „Nur ein paar, vor allem die mit einer besonderen Kontur. Schau mal, der Berg mit dem runden Buckel da, das ist der Wendelstein. Dort wohnt deine Angebetete."

„Tatsächlich, der ist von hier aus gut zu sehen. Aber erinnere mich nicht an ihn. Der Name Wendelstein ist für mich ein rotes Tuch. Manuela hat mir gesagt, dass man den Wendelstein zusammen mit den links anschließenden Bergen als ‚Schlafende Jungfrau' bezeichnet."

„Von hier aus gesehen versteht man das auch", nickte Christian. „Aber woran erkennt man, dass es sich um eine schlafende Jungfrau und nicht ganz einfach um eine schlafende Frau handelt?"

Otto stutzte ein wenig. „Eine interessante Frage", antwortete er. „Früher gingen wohl nur Männer in die Berge. Eine Jungfrau zu besteigen war vielleicht attraktiver für sie, daher die Namensbezeichnung."

Christian grinste. Otto hatte doch für alles eine saloppe Erklärung parat. „Weißt du eigentlich, dass unser Bernd wieder seine Ingrid hat?", sagte Christian.

„Im Ernst? Dann war es also von Bernd richtig, seinen Nebenbuhler kurzerhand zu beseitigen."

„Mensch Otto, sag sowas doch nicht laut. Bernd war es bestimmt nicht." Er zögerte. „Obwohl die Sache schon ein bisschen stinkt", redete er weiter. „Makaber ist die Angelegenheit auf jeden Fall. Bernd hat sich mit Ingrid wieder versöhnt. Ich glaube, ich könnte das nicht. Wenn sich mein Mädchen einen anderen anlachen würde, dann wäre sie für mich gestorben. Und verlobt hat sie sich mit dem Neuen auch noch, und das in Windeseile. Das stinkt doch alles zum Himmel. Die waren doch sicher gleich intim miteinander. Du hast erzählt, der Neue war schon über vierzig. Da hat der mit Ingrid bestimmt nicht nur Händchen gehalten", grinste Otto.

„Da stimme ich dir zu", meinte Christian. „Ich hätte sie auch sausen lassen. Es war auch nicht das erste Mal, dass Ingrid Zoff gemacht hat und tagelang oder sogar wochenlang nichts mehr von sich hat hören lassen. Aber Bernd läuft ihr ja wie ein Hündchen nach. Er hat aus seinen Fehlern nichts gelernt. Er hat es mir zu erklären versucht. Du kennst ihn ja. Er psychologisiert gern. Er sagte, Versöhnung ist die Kunst neu anzufangen und das ist typisch für Bernd. Er macht aus seinen Fehlern eine Tugend. Ich würde mir sofort die Frage stellen ‚Wie kann der andere mir das nur antun?‘ Und ein normaler Mensch würde seinen treulosen Partner durch Liebesentzug bestrafen bzw. die Beziehung völlig abbrechen. Aber Bernd sagt, er kann die Beziehung zu Ingrid nicht aufgeben, er braucht Ingrid und er muss ihr verzeihen, sonst würden die Kränkungen bei ihm Hass erzeugen, und dieser nicht endende Groll würde ihn zu einem Gefangenen seiner verletzten Gefühle machen."

„Verzeihen ist in einer Beziehung natürlich schon wichtig", meinte Otto. „Aber das hat auch Grenzen. Wenn jemand eine verletzende Bemerkung über den anderen macht, oder meinetwegen seinen Geburtstag vergisst, das lässt sich schon leichter verzeihen als einen Seitensprung oder eine tiefergehende Beziehung mit einem anderen."

„Bernd drückt das natürlich ganz pathetisch aus. Er sagt, die Fähigkeit oder das Unvermögen zu verzeihen, prägt die Qualität unserer sozialen Beziehungen und entscheidet über unseren Seelenfrieden. Im Religionsunterricht in der Schule hat man uns ja eingebläut, dass Verzeihen wichtig ist. Wenn dir jemand auf die linke Backe schlägt, dann halte ihm auch noch die rechte hin. Verzeihen ist im Christentum ein Muss."

„Bei den Buddhisten erst recht", erwiderte Otto. „Manuela hat mir das schon eindringlich erläutert. Aber dieses großmütige Verzeihen ist wohl nur etwas für Heilige und Erleuchtete. Ich könnte das, was Ingrid unserem Bernd angetan hat, Manuela nie verzeihen. Da bin ich vielleicht ein ganz anderer Charakter. Ich hätte sicher nur Rachegefühle, und so geht es auch vielen betrogenen Eheleuten. Diese Verletzung, diese Kränkung ist doch höchster Frust und erzeugt Groll und Hass gegen den Betrüger, und das mündet dann in einem verheerenden Rosenkrieg."

„Und manche Männer oder auch Frauen bringen dann aus Enttäuschung und Wut sogar ihren Partner um", ergänzte Christian die Ausführungen Ottos. „Bernd sagte, verzeihen können setzt eine gesunde Selbstliebe voraus. Hasserfüllte Gedanken, die kurzzeitig nach einer tiefen psychischen Verletzung unser Denken bestimmen, sind aber nichts Ungewöhnliches. Es sind unsere Erfahrungen aus der Kindheit, die letztlich unser Verhalten bestimmen, wie wir kurzfristig mit einer tiefgehenden, sozialen Frustration fertig werden."

„Das klingt aber jetzt sehr weit hergeholt", schüttelte Otto ungläubig und leicht belustigt den Kopf.

„Bernd sagte, wenn die elterliche Liebe nicht sicher genug internalisiert worden ist, durchleiden wir später in tausend Situationen die Abfolge von Kränkung, Wut und Trennungsangst. Entscheidend ist das Selbstwertgefühl, das wir in der Kindheit in uns aufgebaut haben. Ist es sehr labil, dann wiederholen sich unsere Kindheitsmuster in unseren Beziehungen zu anderen Menschen und machen sich in den unterschiedlichsten Situationen negativ bemerkbar."

„Wie denn und wo denn?", fragte Otto neugierig.

„Wenn du dich ausgeschlossen fühlst, kommt die Ablehnung oder Gleichgültigkeit seitens deiner Eltern hoch. Wenn du dich zurückgesetzt oder missachtet fühlst, steigt die Erinnerung daran auf, wie deine Eltern ein Geschwister bevorzugt haben."

„Ich habe gar keine Geschwister", wandte Otto ein.

„Mensch Otto", sagte Christian, „stell dich doch nicht so. Das sind allgemeine, psychologische Einsichten. Die müssen für den besonderen Einzelfall nicht immer anwendbar sein."

„Okay", meinte Otto, „du quatscht schon wie Bernd."

„Ich habe das ja alles von Bernd. Ich finde, es hört sich durchaus vernünftig an. Denk doch mal an deine eigene Kindheit zurück. Bernd sagte noch weiter, wenn du dich beleidigt oder zu unrecht kritisiert fühlst, hörst du wieder die vorwurfsvollen Stimmen der Eltern und reagierst mit Trotz oder Rückzug. Bei einem labilen Selbstbild durchleiden wir immer wieder diese Abfolge von Kränkung, Wut und Trennungsangst. Und die Reaktionen sind immer die gleichen: Schuldzuweisungen und Anklagen. Wir werden Gefangene unseres Hasses und finden keine Seelenruhe mehr. Bernd sagt, verzeihen aber bedeutet, wir verschaffen uns wieder unseren Seelenfrieden. Wir retten vielleicht die Beziehung, wenn das noch möglich sein sollte, oder wir beenden sie. Dann quält sie uns nicht länger und wir geben unsere Opferrolle auf und werden wieder voll handlungsfähig für neue Aufgaben und Anforderungen."

Die beiden Freunde schwiegen eine Weile.

"Was immer auch passiert, Bernd will mit Ingrid zusammen bleiben. Sie hat ihm gesagt, dass ihr alles sehr, sehr leid tut."

„Für mich ist sie eine falsche Schlange", sagte Otto. „Ich hoffe nur, dass Bernd mit ihr nicht eine weitere Enttäuschung erlebt. Er hat das nicht verdient."

„Andererseits muss man natürlich Ingrid zugestehen", sagte Christian nachdenklich, „dass sie ihren Partner fürs Leben selbst bestimmt. In einer Beziehung ist man sich eben nie ganz sicher, dass es für die Ewigkeit ist. Plötzlich kommt ein anderer, der dem Partner besser gefällt und alles ist vorbei. Das gilt für Männlein und Weiblein gleichermaßen."

„Das mit Tina, ist das etwas Ernstes bei dir?"

„Da bin ich mir noch nicht ganz sicher", antwortete Christian. „Irgendwie ist sie schon mein Typ. Aber sie geht die Männer sehr direkt an. Also zumindest war das bei mir so. Da hat sie die Initiative sehr zielstrebig ergriffen. Eigentlich sind mir solche Mädchen ein bisschen suspekt. Vielleicht ist sie aber auf mich voll abgefahren. Das könnte mich stolz machen."

Vom Aussichtsturm aus ging die Fahrt dann rasant bergab zurück nach Ebersberg. Als die zwei wieder oben in Christians Zimmer waren, sagte Otto ganz erledigt, aber mit zufriedenem Gesicht:

„Das mit der Radtour war eine tolle Idee. Das war jetzt ein schöner, körperlicher Ausgleich. Das können wir öfter machen. Und mein Bein habe ich auch nicht gespürt."

„Machen wir", sagte Christian. „Aber das nächste Mal nehmen wir eine andere Route. Vielleicht radelt Tina auch mit. Wir könnten zum Steinsee fahren. Ein kühles Bad zur Erfrischung wäre auch nicht schlecht. Das ist für Tina sicher auch ein attraktives Ziel für eine Radeltour."

An diesem Abend rief Manuela noch Otto an. Sie hatte von Ottos Mutter erfahren, dass er bei Christians Vater jobbte und auch dort wohnte.

„Was wollte denn deine Holde?", fragte Christian, als Otto wieder bei ihm im Zimmer saß.

„Sie wollte nur wissen, ob ich einen Job gefunden habe. Ich habe ihr meine Story vom Stanzenraum erzählt, und dass sich die Produktion in eurer Elektronikfirma, seit ich hier arbeite, verdreifacht hat. Manuela hilft ihrer Mama im Haus und Garten und morgen am Spätnachmittag holt sie mich mit ihrem Flitzer ab."

„Das trifft sich gut. Morgen wollte ich mich mit Tina treffen. Dann bist du auch nicht allein."

„Was habt ihr vor?", fragte Otto.

„Wir sehen uns einen Film ‚Am Stoa' an."

„Was heißt das, ‚Am Stoa'. Heißt so der Film oder ist es ein besonderer Ort, an dem der Film läuft?"

„Du bist begabt, Otto, es ist wirklich ein besonderer Ort. Wenn man von Ebersberg nach Wasserburg fährt, sieht man rechter Hand ein großes Beton- und Kieswerk. Und gegenüber biegt eine Straße in Richtung Kesselsee ab, einem Naturschutzgebiet. In der Nähe des Sees war früher eine Kiesgrube mit einem riesigen Findling, eben einem großen Stein. Dort wurde in liebevoller Kleinarbeit eine Art Amphitheater hineingebaut. Im Juli und August gibt es in diesem Open-Air-Kino mit einer großen Leinwand interessante Nachtvorstellungen. Um halb zehn, wenn es schon zappenduster wird, gehen die Filme los. Die Vorstellungen dort sind ein richtiges

Happening. Man kann auch schon um vier Uhr Nachmittag antanzen. Wie in einem Biergarten gibt es dort Tische und Bänke und etwas zum Essen und Trinken, und das alles in der wunderschönen, freien Natur, in der Nähe des Moorsees."

„Dürfen Manuela und ich uns anschließen oder willst du allein mit Tina während der Vorstellung verstohlene Küsschen austauschen?", fragte Otto ironisch.

„Natürlich könnt ihr mitkommen. Dann gewöhnt sich Manuela schon an meine Tina. Aber du fragst gar nicht, welcher Film gezeigt wird."

„Und welcher Film wird gezeigt?"

„Otto, der Film."

„Wirklich?", fragte Otto überrascht.

„Schmarrn", lachte Christian. „Sie zeigen einen alten Schinken, ein Drama: Alexander der Große."

„Und wirklich nicht Otto der Große."

„Leider nein, aber es ist ein prächtiger Historienfilm aus dem Jahre 1956 mit Richard Burton in der Rolle des Welteroberers. Ich habe den Film schon einmal bei Filmfesttagen in München gesehen. Die Ausstattung des Films ist monumental. In diesem historischen Kolossalfilm wird der Aufstieg des Königssohnes Alexander zum Herrscher des Vorderorients gezeigt, seine Siege über Ägypten, Palästina und den Perserkönig Darius. Die Schlachten sind imponierende Massenszenen. Und die Liebe kommt in dem Film auch nicht zu kurz."

„Weißt du eigentlich, dass dieser Alexander einen berühmten Lehrer hatte?", trumpfte Otto auf.

„Weiß ich nicht", antwortete Christian ehrlich. „Der Hauslehrer vom jungen Alexander war der berühmte, griechische Philosoph Aristoteles."

„Aristoteles kenne ich. Aber, dass er der Lehrer des Alexanders von Mazedonien war, habe ich nicht gewusst."

„Aristoteles war ein großer Denker und hat durch seine wertvollen Beiträge auf allen Gebieten, ob Ethik, Staatskunst oder Erkenntnistheorie, die abendländische Kultur bestimmt. Man hat ihn Jahrhunderte lang als den großen Papst der Wissenschaft gefeiert."

„Aber für die Naturwissenschaften, also auch für die Physik, war er eine große Bremse", grinste Christian.

„Wie das denn?", wollte Otto wissen.

„Die zwei Königsmethoden der Naturwissenschaften, das Experiment und die systematische Beobachtung, waren bei ihm verpönt. Erkenntnisse wurden für ihn nur durch den klaren Verstand geschaffen. Im Vordergrund seiner wissenschaftlichen Arbeiten stand nur die reine Idee. Eine empirische Überprüfung seiner Aussagen lehnte er ab. Für den Erkenntnisfortschritt in der Physik war das fatal. Aristoteles hat z.B. gesagt, alle Körper bewegen sich zu dem ihnen vorgeschriebenen Platz. Also, Steine fallen nach unten, heiße Gase wirbeln nach oben usw. Keiner hat dann weiter nach dem Warum und dem Wie gefragt."

„Hätte ich auch nicht, wenn die Physiklehrer in der Schule mich nicht dazu gezwungen hätten", grinste Otto.

„Erst Galilei fragte nach dem Wie und Warum und hat seine berühmten Experimente zum freien Fall auf dem schiefen Turm von Pisa durchgeführt."

„Und was hat er herausgefunden?", stellte sich Otto dumm.

„Er hat das Weg-Zeit-Gesetz bei einer beschleunigten Bewegung durch empirische Messungen entdeckt. Das war dann für Kepler und Newton ein wichtiger Baustein zur Entschlüsselung der Gravitationskräfte."

„Oh Gott", sagte Otto, „das kenne ich: Zwei Körper ziehen sich an. Aber das weiß ich auch ohne Galilei, Kepler und Newton. Manuela und Otto ziehen sich an."

Otto streckte die Arme aus und zog eine nicht vorhandene Manuela an sich und schmatzte leidenschaftlich.

„Du bist ein Schmarrer, Otto", lachte Christian.

„Das hättest du nicht sagen dürfen", tat Otto beleidigt. „Aber über die Erkenntnislehre von Aristoteles habe ich im Rahmen meiner Sprachstudien in einer Vorlesung über Aussagentheorie schon viel gehört, und zwar über Syllogistik. Das ist ein Zweig der formalen Logik, die Aristoteles begründet hat."

„Gib was zum Besten", forderte ihn Christian auf.

„Also, es geht dabei um das logische Schließen, und da hat Aristoteles sogenannte Syllogismen aufgestellt, wie den ‚modus camestres‘."

„Ich verstehe jetzt nur Bahnhof", grinste Christian.

„Ich gebe dir ein Beispiel, und dann weißt du, was Aristoteles darunter versteht. Pass auf! Alle Hunde haben einen Schwanz. Und dieses Objekt hier", Otto zeigte auf sich selbst, „hat keinen Schwanz. Also ist dieses Objekt, der Otto, kein Hund. Hast du verstanden? Diesen Sachverhalt nennt man ‚modus camestres‘."

„Ich wusste gar nicht, dass Otto keinen Schwanz hat. Aber ein Hund bist du schon, dass du das alles weißt", zog ihn Christian auf.

Otto überging die Anspielung. „Die Syllogistik wurde von Aristoteles entwickelt und ist eine Klassenlogik, eine Logik der Beziehungen zwischen Klassen von Objekten. Das verstehst du doch. Klassen von Objekten, das bedeutet Zusammenfassungen von Dingen."

„Habe ich schon kapiert", erwiderte Christian.

„Alle Hunde bilden eine Klasse, alle Menschen bilden eine Klasse und alle Stühle bilden eine Klasse usw."

„Was immer wir aus vernünftigen Gründen zusammenfassen, das ist eine Klasse."

„Wofür ist das alles gut?"

„Für unsere Erkenntnisse, für unsere Schlussfolgerungen, für unser Denken, für das Begreifen der Dinge in der Welt. Wir fassen die Dinge zu Klassen zusammen. Das sind die Begriffe. Wir erfahren die Welt durch unsere Begriffe, die wir dann sprachlich etikettieren: Der Mensch, der Hund, der Stuhl. Die Syllogistik als Klassenlogik ist ein System von Regeln, das angibt, wie wir von bestimmten Behauptungen über die Beziehungen zwischen den Klassen zu anderen Behauptungen über die Beziehungen von Klassen übergehen können."

„Jetzt wird es schon ein bisschen schwierig zu verstehen, was du sagen willst."

„Also, wie wir erschließen können, was außerdem noch wahr ist, wenn wir annehmen, dass bestimmte Voraussetzungen, man sagt Prämissen, wahr sind."

„So wie beim modus camestres?"

„Genau. Aber es gibt noch viele andere Syllogismen, z.B. den ‚modus barbara'."

„Barbara hört sich gut an", lächelte Christian.

„Ich gebe dir wieder ein Beispiel: Christian ist ein Mensch. Alle Menschen sind sterblich. Wie lautet dann die Schlussfolgerung, die Conclusio, aus diesen zwei Prämissen?"

„Natürlich ‚Christian ist sterblich'", antwortete Christian.

„In der Syllogistik werden also aus der Annahme, dass bestimmte Beziehungen bestehen, Schlüsse hinsichtlich anderer Beziehungen gezogen."

„So ist es", nickte Otto. „Die Conclusio ist eine sprachliche Aussage, die wahr ist, wenn die Prämissen wahr sind."

„Jetzt merke ich erst, dass logisches Denken auch wichtig ist, wenn man, wie du, Sprachen studiert. Und ich war der Meinung, Denken ist nur beim Studium der Naturwissenschaften bedeutsam. Ich erinnere mich jetzt auch, dass ich schon einmal mit Bernd über ähnliche Dinge diskutiert habe."

„Worum ging es denn da?", fragte Otto wissbegierig.

„Es ging um die Arbeit der Psychologen, wenn sie z.B. in einer Beratungsstelle diagnostisch tätig sind. Bernd sagte mir damals, was er am diagnostischen Schließen so faszinierend findet, ist, dass man anhand eines Tests, den man mit dem Klienten durchgeführt hat, über das gewonnene Testergebnis hinaus auch noch Aussagen über andere, nicht gemessene Persönlichkeitsmerkmale des Betreffenden machen kann."

„Das musst du mir an einem konkreten Beispiel erklären." Otto schüttelte ungläubig den Kopf.

„Bernd sagte, diagnostisches Schließen ist statistisches Erklären, aber nicht viel anderes als das Schließen bei Aristoteles. Ich wollte auch gleich ein Beispiel hören. Das Beispiel von Bernd lautete: ‚Otto hat einen hohen Wert für Neurotizismus‘. Das hat der Psychologe durch einen Test herausgefunden. Und das ist jetzt die erste Prämisse, so wie vorhin im ersten Beispiel von Aristoteles die Prämisse ‚Christian ist ein Mensch‘. Die zweite Prämisse lautet Jetzt: ‚Die meisten Personen, die einen so hohen Neurotizismuswert aufweisen, haben Schwierigkeiten in der sozialen Anpassung‘. Wie lautet jetzt die Conclusio, lieber Otto?“

„Das ist trivial“, lächelte Otto. „Die Schlussfolgerung lautet natürlich: ‚Otto hat wahrscheinlich Schwierigkeiten in der sozialen Anpassung‘.“

„Richtig“, bemerkte Christian. „Und Bernd sagte, so sieht das diagnostische Schließen der Psychologen aus.“

„Also, statt ‚alle Menschen sind sterblich‘, heißt es bei den Psychologen eingeschränkt ‚die meisten‘?“

„Sehr gut“, lobte Christian Otto.

„Aber woher kennen die Psychologen diesen Zusammenhang ‚die meisten Personen, die einen so hohen Neurotizismuswert haben, haben Schwierigkeiten in der sozialen Anpassung‘? Es geht doch da um die Gültigkeit der zweiten Prämisse.“

„Diese Beziehung wurde durch empirische Untersuchungen an einer größeren Versuchspersonengruppe in einem Forschungsprojekt von Psychologen gefunden und kann vom Diagnostiker in entsprechenden Lehrbüchern nachgelesen werden. Das Faszinierende ist aber, der Psychologe hat Otto nie in seinem Verhalten mit anderen Mitmenschen gesehen und kann trotzdem, weil Otto im Test einen hohen Neurotizismuswert zeigte, sagen, dass Otto wahrscheinlich Schwierigkeiten in der sozialen Anpassung hat.“

„Ich werde doch Lehrer am Gymnasium. Da habe ich auch eine Veranstaltung in Schulpädagogik besucht. Und jetzt fällt mir ein, dass der Dozent uns im Zusammenhang mit der Vorhersage des Lernerfolgs von Schülern gesagt hat, dass solche Prognosen auch eine Art von logischem Schließen sind.“

„Wie sieht denn deine Prognose aus, dass Manuela dich zum Ehemann nimmt?“, scherzte Christian.

„Gut", antwortete Otto trocken.

„Und woraus schließt du das?", stocherte Christian nach.

„Weil sie noch nichts Gegenteiliges gesagt hat. Aber zurück zu den Schulprognosen. Der Dozent sagte uns, dass Schüler, die einen IQ größer 115 haben, mit hoher Wahrscheinlichkeit das Abitur schaffen."

„Diesen Sachverhalt soll ich wohl als statistischen Schluss formulieren. Das willst du doch jetzt Otto, oder?"

„Ja, mir ist das so eingefallen, dass dahinter dieser logischer Schluss steht."

„Ganz einfach. Die erste Prämisse lautet: ‚Schüler Otto hat einen IQ größer 115'. Die zweite Prämisse heißt: ‚Die meisten Schüler mit einem IQ größer 115 schaffen das Abitur'. Dann lautet die Conclusio: ‚Schüler Otto wird wahrscheinlich das Abitur schaffen'. Bist du zufrieden?"

„Bin ich", sagte Otto. „Ich habe das Abitur auch geschafft."

„Und das, obwohl dein IQ vielleicht unter 100 liegt."

„Das ist jetzt gemein von dir. Das können wir aber klären. Wir werden Bernd bitten, dass er mit uns beiden den IQ-Test macht. Dann werden wir schon sehen, wer von uns der intelligentere ist, der Christian oder der Otto."

„Ich wollte schon immer wissen, wie hoch mein IQ ist. Einstein soll einen Höchstwert von fast 200 gehabt haben."

„Du scheinst dich mächtig für psychologische Fragen zu interessieren."

„Das stimmt", erwiderte Christian. „Da beneide ich Bernd. Physik ist zwar auch faszinierend, aber da geht es immer nur um die unbelebte Materie. Das, was man in Psychologie lernt, berührt einen als Mensch so unmittelbar. Darum diskutiere ich auch sehr gerne mit Bernd. Die psychologischen Erkenntnisse, die die Wissenschaftler auf diesem Gebiet zusammengetragen haben, verhelfen dir zu einem besseren Selbst- und Fremdverständnis. Im Mittelpunkt ihrer Wissenschaft steht eben das Verhalten und Erleben des Menschen."

„Als zukünftiger Lehrer werde ich auch in Psychologie und Pädagogik im ersten Staatsexamen an der Uni geprüft. Vor allem die Lernpsychologie ist für uns Lehrer sehr bedeutsam. Da habe ich schon ein Seminar bei den Psychologen besucht und eine Klausur mitgeschrieben", sagte Otto.

„Was ist dann für dich als zukünftiger Lehrer die wichtigste Erkenntnis, die du aus diesem Seminar mit nach Hause genommen hast?", fragte Christian neugierig.

„Auf einen Nenner gebracht, das Wichtigste ist, die Schüler für die Themen, die man im Unterricht durchnimmt, zu motivieren. Die Referate über Lern- und Leistungsmotivation waren für mich die interessantesten."

„Wie definieren denn die Psychologen Leistungsmotivation?"

„Als Auseinandersetzung mit einem inneren Gütemaßstab, den man internalisiert hat. So eine Auseinandersetzung liegt immer dann vor, wenn die eigene Tätigkeit unter dem Gesichtspunkt des ‚Besser oder Schlechter‘ gesehen wird. Ein Gütemaßstab kann sach-, subjekt- oder sozialbezogen sein. Sachbezogen ist er dann, wenn das sachlich bestmögliche Tätigkeitsprodukt als Bezug dient. Z.B. fertigt ein Künstler für ein Museum in New York eine genehmigte Kopie eines Rembrandtgemäldes, das in der alten Pinakothek in München hängt, an. Das sachlich bestmögliche Tätigkeitsprodukt ist hier der alte Schinken von Rembrandt."

Christian grinste. „Was heißt dann subjektbezogen?"

„Subjektbezogen ist der Gütemaßstab, wenn auf das eigene Leistungspotential Bezug genommen wird. Und sozialbezogen dann, wenn man sich an den Leistungen anderer orientiert. Ein Gütemaßstab besteht immer aus zwei Teilen, die Erfolg oder Misserfolg bedeuten. Deshalb gibt es bei der Leistungsmotivation auch immer zwei Komponenten, die verhaltenswirksam werden. Die eine heißt Hoffnung auf Erfolg und die andere Furcht vor Misserfolg. Die Stärke dieser Motivkomponenten lässt sich bei jedem Menschen über Tests messen. Der Erfolgs- und der Misserfolgsbereich einer Güteskala sind durch eine mehr oder weniger scharfe Grenzlinie voneinander getrennt. Diese Grenzlinie ist allerdings nicht fest. Je nach dem aktuellen Leistungsniveau einer Person verschiebt sie sich nach oben oder nach unten."

„Nenne ein Beispiel", fiel Christian Otto ins Wort.

„Also, für einen Sportler in einem Lauftraining gilt die Zeit, die er noch vor einer Woche als Erfolg empfunden hat, bereits als Misserfolg, wenn er diese ursprüngliche Erfolgszeit im Verlauf der Woche ständig unterboten hat."

„Klingt plausibel", nickte Christian.

„Als Beispiel für einen sozialbezogenen Gütemaßstab führe ich dir das Verhalten meiner Mutter vor. Wenn ich aus der Schule gekommen bin und ihr sagte, dass ich in der Mathe-Schulaufgabe noch eine Vier bekommen habe, jammerte sie: ‚Was, so eine schlechte Note!' Wenn ich ihr aber erwiderte, die meisten haben nur eine Fünf oder eine Sechs bekommen, und nur ein Schüler hatte eine Drei und zwei Schüler hatten eine Vier, war sie stolz auf ihren Sohn."

„Stimmt, der Vergleich mit den anderen entscheidet oft, ob man mit einer Leistung zufrieden ist."

„Die Psychologen haben weiter herausgefunden, dass man die Leute danach einteilen kann, ob sie eher erfolgsmotiviert oder misserfolgsmotiviert sind."

„Und was charakterisiert die Erfolgs- bzw. die Misserfolgsmotivierten?"

„Sie erklären ihre eigenen Erfolge und Misserfolge ganz unterschiedlich."

„Wie denn?", stocherte Christian nach.

„Das ist aber ein bisschen kompliziert."

„Spuck's schon aus!", grinste Christian. „Oder glaubst du, dass ich dafür zu dumm bin."

„Wenn Erfolgsmotivierte gute Leistungen bringen, dann führen sie das auf ihre große Begabung zurück, und wenn sie schlechte Leistungen zeigen, dann sagen sie, sie haben sich nicht angestrengt, oder sie haben einfach Pech gehabt. Aber bei den Misserfolgsmotivierten ist das ganz anders. Haben sie Misserfolge, so sagen sie, ihre mangelnde Begabung ist schuld und bei Erfolgen glauben sie, dass sie nur Glück hatten."

„Die Misserfolgsmotivierten glauben also nicht an ihre Fähigkeiten?"

„So ist es, und wenn ich für etwas unbegabt bin, dann brauche ich mich auch nicht mehr länger anzustrengen. Das ist dann ein Teufelskreis, ein Circulus vitiosus, sagen die Fachleute. Und das führt bei solchen Schülern zur erlernten Hilflosigkeit. Sie trauen sich nichts mehr zu und strengen sich in der Schule nicht mehr an, weil das nach ihrer Auffassung nichts bringt."

„Da musst du dann als gelernter Pädagoge eingreifen und ihnen helfen", meinte Christian.

„Wenn das so einfach wäre", erwiderte Otto. „Die Psychologen nennen natürlich Strategien, aber die musst du erst in die Praxis umsetzen können."

„Wie sehen diese Strategien aus?"

„Eine Strategie heißt Neugierde wecken. Neugierde lässt sich insbesondere dadurch wecken, dass die Schüler mit etwas konfrontiert werden, was sie überrascht oder verblüfft. Aber es muss sich um eine dosierte Diskrepanz handeln. Das Neue darf nicht zu fremd sein. Optimal motivierend sind Informationen von nicht zu hohem Neuigkeitsgrad. Solche Überraschungen regen die Schüler an, nach dem Warum zu fragen. Eine zweite Strategie heißt, personalisierte Aufgaben stellen. Man kann z.B. in Schulbüchern das Interesse der Schüler für die Texte wecken, wenn in ihnen Personen vorkommen, mit denen sich die Schüler identifizieren können und die beschriebenen Situationen authentisch gestaltet werden. Eine dritte Strategie ist das wohldosierte Loben. Für Lob sind wir alle anfällig."

„Ich bin mir nicht sicher, ob unsere Lehrer solche Strategien bewusst eingesetzt haben, aber bei manchen Lehrern haben wir begeistert mitgearbeitet", erinnerte sich Christian an seine Schulzeit.

„Begeistert mitgearbeitet haben wir vor allem, wenn wir gemerkt haben, dass unsere Lehrer Vertrauen in unsere Fähigkeiten hatten", erwiderte Otto. „Dann sprechen die Psychologen von ‚self fulfilling prophecy'. Der Lehrer traut dir etwas zu und du schaffst es dann auch."

„Ich weiß noch, wie ich in der 13. Klasse in der letzten Chemieklausur eine 1 geschrieben habe, also die maximale Punktzahl bekommen habe. Als mir der Lehrer die benotete Arbeit reichte, sagte ich: ‚Hoffentlich schaffe ich das auch in der Abiturprüfung', und er erwiderte: ‚Das wirst du auch.' Das war echt motivierend."

„Und hast du es geschafft?"

„Ja, natürlich", antwortete Christian. Ich hätte auch Chemie studieren können. Das hat mich genauso wie Physik interessiert."

„In Chemie schwankte ich während der ganzen Schulzeit zwischen den Noten 4 und 5. Aber die Formel für die giftige Blausäure habe ich noch immer im Kopf."

„Gott sei Dank nicht im Magen", schmunzelte Christian. „Aber du solltest jetzt Manuela fragen, ob sie morgen mit in das Open-Air-Kino will und ihr sagen, dass der Kultfilm ‚Alexander der Große' gezeigt wird. Wenn sie die Idee mit dem Kinogehen gut findet, soll sie eine dicke Decke zum Einwickeln von Otto und Manuela mitbringen. In der Nacht kann es im Amphitheater schon saukalt werden."

Manuela fand Ottos Vorschlag Spitze.

Am nächsten Tag, es war gegen sieben Uhr abends, kam Manuela mit ihrem Sportwagen angebraust. Der Himmel war zwar wolkenverhangen, aber es regnete nicht. Christian hatte schon Tina abgeholt. Die Vier saßen gutgelaunt in Christians Zimmer. Bei so vielen Personen war es schon ein wenig eng in Raum, der mit elektronischen Geräten vollgestopft war. Das Klappbett, in dem Otto schlief, nahm noch zusätzlich Platz weg. Christian holte aus dem Kühlschrank aus der Küche eine angefangene Flasche Martini und vier Gläser.

„Ich habe in meinem Zimmer nicht aufgeräumt, aber wir fahren ja gleich", entschuldigte Christian die Unordnung in seiner Bude.

„Bitte schenke mir nur ein klein bisschen ein", wehrte Manuela Christian ab, der die anderen Gläser fast randvoll eingoss. „Ich muss noch Autofahren."

„Auf einen schönen Abend", sagte Tina, als sie mit den Gläsern anstießen.

Otto freute sich, dass er Manuela wieder sah. Er hielt ihr Händchen ganz fest.

„Wie geht es dir bei den kapitalistischen Ausbeutern hier?", neckte ihn Manuela.

„Wie groß ist denn der Mehrwert, den ihr aus Ottos Fronarbeit in eurer Firma herausholt?", wandte sie sich an Christian.

„Bis wir Otto voll einsetzen können, vergeht bestimmt noch ein Monat. Otto weiß zwar, wie die elektronischen Bauteile im Englischen und Französischen heißen, aber bis er die Platinen ordentlich bestücken kann, wird noch viel Wasser die Ebrach hinunter fließen."

„Ich war heute im Bestücken schon schneller als du", entrüstete sich Otto.

„Das stimmt", gab Christian zu. „Otto ist ehrgeizig und pflichtbewusst. Ich habe auch nur Spaß gemacht. Otto müsste überhaupt nicht studieren. Er könnte sich seinen Lebensunterhalt auch bei uns verdienen. Vielleicht würde es sogar für eine Familie reichen."

„Da ziehe ich einen verbeamteten Gymnasiallehrer aber vor", lachte Manuela.

„Und im Notfall, wenn ich nach meinem Physikstudium keine Anstellung bekomme, gründe ich selbst eine Elektronikfirma. Dann kann Otto bei mir Platinen bestücken. Und der Mehrwert seiner Arbeit kommt nur seiner Ehefrau zugute."

„Hörst du, Otto", foppte ihn Christian, „das war schon ein versteckter Heiratsantrag."

„Schön wär's", seufzte Otto. „Jede Arbeit, die mir Manuela anschafft, werde ich zu ihrer Zufriedenheit erledigen, und jeder Anforderung, die sie mir stellt, fühle ich mich gewachsen."

Er sah Manuela treuherzig wie ein Hündchen an.

„Das klingst schon nach Hörigkeit und blinder Abhängigkeit",
lachte Christian Otto aus.

„Erinnere dich, Otto, was in den Präambeln der Curricularen
Lehrpläne der Kollegstufe für hehre Leitziele gestanden sind."

„Was denn?", fragte Otto.

„Du als zukünftiger Lehrer solltest das noch wissen. Drei Ziele
sollten durch den Unterricht in der Kollegstufe erreicht werden: 1.
Studierfähigkeit, 2. Methodenwissen, und 3. Selbstbestimmung in
sozialer Verantwortung. Und mit der Selbstbestimmung hapert es
jetzt bei dir, nach allem, was wir jetzt so von dir hören."

„Die Lehrplankommission für die Kollegstufe wusste eben noch
nichts von meiner Emmanuelle", grinste Otto.

„Manuela", korrigierte ihn Manuela.

„Mein Schicksal liegt nur in der Hand von Manuela und sie
übernimmt die ganze soziale Verantwortung für mich."

„Wie bei den meisten Ehepaaren", lächelte Tina. „Es ist auch
besser für die Familie, wenn die Frau die Hosen anhat."

„Und der Ehemann sitzt unter dem Tisch und hat die Hosen gestrichen voll", ergänzte Otto ihre sinnige Bemerkung.

„Das müssen wir aber jetzt nicht ausdiskutieren. Davon sind wir
doch noch alle hier meilenweit entfernt. Wir freuen uns auf einen
schönen Kinoabend. Tina fährt mit mir mit und Otto mit dir."

Manuela nickte. „Wie finde ich zu dem Open-Air-Kino?"

„Fahr einfach immer hinter mir her", antwortete Christian. „Das
geht natürlich ein bisschen langsamer, als du es sonst gewöhnt
bist."

Es war kurz nach acht Uhr abends, als sie ‚Am Stoa' eintrafen.
Sie bezahlten am Eingang ihre Eintrittskarten und begaben sich in
das eingezäunte Gelände. Es war noch sehr hell, trotz der Bewöl-
kung am Himmel. Die Kinovorstellung sollte auch erst nach halb
zehn beginnen. Da tummelten sich schon viele Besucher. Es
herrschte fast eine volksfestähnliche Stimmung. Oberhalb des Am-
phitheaters mit der großen Leinwand war, zusätzlich zu den schon
gut besetzten Sitzplätzen, noch ein flacher Wiesenhang, auf dem

auch schon etliche Besucher auf Decken und Isomatten saßen oder knieten und picknickten. Es gab einige Buden, in denen man Getränke und sogar Essen kaufen konnte. Eine Live-Band spielte heiße Songs. Alle Vier hatten schon zu Hause zu Abend gegessen. Sie fanden noch vier Plätze nebeneinander mit guter Sicht zur Leinwand.

„Ich genehmige mir ein Bierchen, das habe ich mir nach dem langen Arbeitstag verdient. Und was darf ich dir bringen, Manuela?"

„Eine Cola", antwortete Manuela.

Sie legte die mitgebrachte, zusammengefaltete Decke auf ihren Stuhl und setzte sich darauf. Auch Christian hatte für sich und Tina eine Decke aus seinem Auto dabei. Er holte sich ein Pils und für Tina brachte er ein Glas Rotwein mit.

„Die Musik ist super", sagte Tina. „Hör mal, Christian. Sie spielen meine Lieblingsmelodie ‚Love is in the air'. Darauf möchte ich tanzen."

Natürlich musste auch Otto für Manuela herhalten. Das nächste Stück war eine Samba. Sie tanzten ausgelassen auf den Steinplatten vor der großen Filmleinwand. Die Zeit verging wie im Flug.

Es war stockdunkel geworden und die Filmvorstellung begann. Der Film hatte Überlänge und deshalb gab es auch eine Pause.

„Ganz schön professionell ist das alles hier", meinte Otto. „Wer organisiert denn den Betrieb hier?"

„Der Besitzer vom Wasserburger Utopia Kino. Die Vorstellungen ‚Am Stoa' finden nur im Juli und August bei schönem Wetter statt. Es werden fast nur Kultfilme gezeigt, wie auch im Kino in Wasserburg", antwortete Christian.

„Also keine normalen Kassenschlager?"

„Genau, fast nur Auslesefilme oder eben ganz alte Filme, wie unser ‚Alexander der Große'. Das Utopia Kino ist schon mehrfach mit einem Kulturpreis ausgezeichnet worden."

Die Pause dauerte nicht allzu lang. Nach dem Film meinte Otto: „Wahnsinn, dieser Alexander, der ist doch mit seinem Heer von Griechenland über Persien bis zum Indus gezogen."

„Ja, und das hat Jahre gedauert", sagte Tina. „Und wir fliegen in nur zwölf Stunden bis nach Thailand."

„Wir halten uns auch nicht mit überflüssigen Schlachten auf", grinste Otto. „Und zwei Spielfilme sehen wir während des Fluges noch obendrein. So ist es doch, oder nicht, Manuela?"

„Ja, stimmt. Aber nur, wenn du nicht einschläfst, Otto", scherzte Manuela.

Manuela fuhr allein von Wasserburg direkt über Rosenheim zurück nach Bad Feilnbach. Das war viel kürzer für sie. Otto wurde von Christian wieder nach Ebersberg mitgenommen. Es wartete wieder ein ganz normaler Arbeitstag mit Platinenbestücken auf ihn.

Der Sommermonat August verging schneller als allen lieb war. Für Christian und Otto bedeutete es während der Woche um sieben Uhr aufzustehen, um acht Uhr mit der Arbeit in der kleinen Elektronikentwicklungsfirma zu beginnen, und, abgesehen von der Stunde Mittagspause, bis 17 Uhr vor den Platinen zu sitzen und die elektronischen Einzelteile einzubauen.

An zwei Wochenenden fuhr Otto zu seinen Eltern nach Hause und ließ sich von seiner Mutter verwöhnen. Einmal holte ihn Manuela am späten Nachmittag zum Baden ab und an einem Samstagabend waren Otto, Manuela und Tina in der Hawaii-Disco und hörten Christian und seiner Band zu.

Bernd blieb während der Woche in München und schrieb seine Diplomarbeit zu Ende. Der Vortrag von Dr. Brandstätter mit seinen Forschungsergebnissen im Institutskolloquium am Ende des Sommersemesters war einigermaßen gut gelaufen. Nur ein einziges Mal gab es eine kurze, fachliche Auseinandersetzung mit Professor Werther, der die Repräsentativität der Stichprobe in Zweifel zog. Hätte man in anderen Schulen getestet, so kritisierte er, wären die

Ergebnisse vielleicht ganz anders ausgefallen. Dr. Brandstätter verwies darauf, dass, wegen der Kürze der Zeit, kein Antrag für die Genehmigung der Untersuchung beim Kultusministerium gestellt worden war und man dankbar sein musste, dass man überhaupt Schuldirektoren gefunden hatte, die ihre Schüler für das Testen zur Verfügung stellten. Die Ergebnisse seien aber alle gegen den Zufall statistisch abgesichert worden und außerdem sei die Untersuchung als Pilotstudie zu verstehen und praktisch nur eine Voruntersuchung für ein größeres Projekt, dessen Finanzierung man schon beantragt habe. Dr. Brandstätter machte dann noch eine abfällige Bemerkung über die kulturvergleichenden Untersuchungen von Professor Werther. Da müsste man die Repräsentativität dieser Studien ebenfalls in Frage stellen, konterte Dr. Brandstätter, wenn in den verschiedenen Ländern jeweils nur zwanzig Personen getestet wurden. Da ging dann die Klappe bei Professor Werther zu und er äußerte keine weiteren kritischen Fragen mehr. Die Verhaltensregel „quod licet jovi, non licet bovi" (was den Göttern erlaubt ist, ist dem Ochsen nicht erlaubt), war eben bei öffentlichen, fachlichen Diskussionen außer Kraft gesetzt. Auch den Ranghöheren durfte man mit einer berechtigten Gegenkritik in Bedrängnis bringen.

Ingrids Eltern waren plötzlich wie umgewandelt zu Bernd. Vor allem Ingrids Vater, der hinter Bernds Rücken über ihn des öfteren gelästert hatte, war auf einmal kumpelhaft freundlich und behandelte ihn respektvoll.

Der Kriminalhauptkommissar hatte auch Ingrid über den Tod von Jacky befragt und hatte wissen wollen, ob Jacky Feinde hatte. Dies hatte sie verneint, obwohl ihr später sehr klar geworden war, dass Bernd, als von ihr zurückgestoßener, fester Freund, ein schwerwiegendes Motiv für diese schreckliche Tat hatte. Sie wusste, dass Bernd sie grenzenlos liebte, und sie hatte seine Abhängigkeit von ihr auch sehr genossen. Wenn Bernd der Täter war, war sie mitschuldig für sein Verhalten; davon war sie überzeugt. Nach dem Tod von Jacky war Bernd wieder wichtig für sie. Auf einmal spürte sie, dass es sie innerlich sehr bewegte, dass Bernd für sie alles tun würde. Für sie war er zu jedem Opfer bereit und zu jeder Tat fähig. Und dann hatte sie ihn angerufen und jetzt war sie mit Bernd auch körperlich vereint.

Otto war froh, dass der August mit dem stumpfsinnigen Bestücken der Platinen zu Ende war. Christians Vater hatte ihn für seine Arbeit fürstlich entlohnt und für Essen und Wohnen hatte er keinen Pfennig bezahlen müssen. Das Geld reichte leicht für den Lebensunterhalt in Thailand aus. Manuela hatte ihm erzählt, dass das Essen in den Garküchen auf der Straße schmackhaft und sehr billig war, und die Fahrten mit dem Bus, der Eisenbahn oder dem Schiff, die sie bei ihrer Rundreise machen würden, kosteten auch nicht die Welt. Sie würden in einfachen Lodges übernachten. Otto fieberte schon der tollen Reise nach Thailand entgegen. Es war Samstagmittag. Morgen, am Sonntag, den 5. September ging der Flug nach Thailand um 18 Uhr. Heute Nachmittag wollten sich alle, wie vereinbart, bei Manuela treffen und sich gegenseitig noch Informationen zur Reise austauschen. Jeder hatte sich auf die Reise gut vorbereitet. Otto hatte sich in der Stadtbibliothek noch einen schönen Bildband mit einem interessanten Reisebericht über Thailand ausgeliehen, den er eifrig studiert hatte. Seinen Thai-Wortschatz hatte er in den letzten Tagen ebenfalls erweitert. Von seinen Eltern hatte Otto für die Reise einen nigelnagelneuen, großen Trekking-Rucksack geschenkt bekommen. Darin hatte er seine ganzen Habseligkeiten für die Reise verstaut. Natürlich hatte ihm seine Mutter dabei fachmännisch geholfen. In solchen Dingen war Otto ein bisschen clumsy. Otto hatte sich aber erfolgreich gegen jeden Versuch seiner Mutter gewehrt, irgendwelche wollenen Kleidungsstücke hineinzupacken. Manuela hatte ihm versichert, dass es in Thailand schwülheiß war. Sein Geld und seinen Reisepass hatte er in einem ledernen Brustbeutel verstaut, den er unter dem Hemd an einem Band um den Hals tragen würde. Manuela hatte versprochen, ihn gegen zwölf Uhr mit ihrem Wagen abzuholen. Ottos Mutter bestand darauf, dass Manuela bei ihnen zu Mittag aß.

In der Essküche duftete es schon ganz hervorragend. Es gab gebratene Ente mit Blaukraut und Semmelknödel. Manuela hatte sich das Gericht aussuchen dürfen. Pünktlich um zwölf Uhr parkte sie ihren Wagen vor dem Mietshaus in Rosenheim. Sie war ganz leger gekleidet, trug kurze, dunkelgrüne Shorts und ein grün-weißes Ringelhemd dazu. Die Haare hatte sie hinten in einem Knoten mit einem grünen Kamm anmutig hochgesteckt. Sie sah, wie immer, bezaubernd aus. Ottos Eltern waren aufgeregter als Otto selbst. Das Essen schmeckte ausgezeichnet. Manuelas bescheidene und freundliche Art kam bei Ottos Eltern gut an.

„Lassen sie unseren Otto nicht aus den Augen", scherzte Ottos Vater. „Ich habe in einer Illustrierten gelesen, dass immer mehr deutsche Männer mit einem mandeläugigen, anhänglichen Thai-Mädchen nach Deutschland zurückkehren."

„Da habe ich keine Sorgen", lächelte Manuela. „Die aufzubringenden Kosten für den Flug nach Deutschland für ein Thai-Mädchen sind da schon für einen Studenten ein großer Hemmschuh für solche Eskapaden."

Otto äußerte sich nicht dazu.

„In Thailand regiert König Bhumibol mit seiner schönen Gemahlin Sirikit", sagte Ottos Mutter ganz stolz über ihre Weltkenntnisse.

„Das stimmt", antwortete Manuela. „Das Königshaus ist sehr beliebt beim Volk."

„Ich habe Bilder vom Inneren der Residenz des Königspaares gesehen. Die wohnen da in einem Schloss wie im Märchen von Tausend und einer Nacht", setzte Ottos Mutter das Tischgespräch fort.

„Das Märchen spielt aber in Arabien, d.h. in Vorderasien. Wir fliegen aber nach Asien. Das sind tausende Kilometer weiter", klärte Otto seine Mutter auf. „Und umgebracht wird dort, wo wir sind, im Gegensatz zum Inhalt des Märchens, auch niemand."

„Das weiß ich alles selbst", erwiderte Ottos Mutier ein wenig eingeschnappt. „Aber aufpassen muss man immer in einem fremden Land. Wichtig ist, dass man wieder heil und gesund nach Hause zurückkehrt. Es gibt dort auch Räuber und Piraten und sie entführen Touristen und verlangen Lösegeld für sie. Wenn nicht gezahlt wird, dann erschießen sie ihre Geißeln."

„Aber doch nicht in Thailand. Das ist ein Law-and-Order Land. Da geht es ganz gesittet zu. Du verwechselst das mit den Philippinen. Da gibt es diesen moslemischen Terroristen, diesen Abu Sajaf, mit seinen Anhängern. Der ist gefährlich!"

„Aber ich habe gelesen, dass in den malayischen Gewässern Piraten Schiffe aufbringen und auch die Passagiere bedrohen."

„Thailand ist ein sicheres Touristenland", beruhigte Manuela Ottos Mutter. „Die Einwohner sind Buddhisten. Es sind sehr friedfertige und freundliche Menschen, die keiner Fliege etwas zu Leide tun."

Ottos Mutter war trotzdem beunruhigt. „Junge Männer aus der westlichen Welt sind dort besonders gefährdet und wenn sie blond sind, noch mehr", fuhr Ottos Mutter aufgeregt fort. „Die Mädchen haben alle AIDS und stecken die Touristen an, und die sterben dann jämmerlich bei uns in den Krankenhäusern. Das habe ich erst neulich gelesen."

„Ich passe ganz fest auf Otto auf", versicherte Manuela. „Wie eine Katze mit scharfen Krallen und lasse keine Thai-Maus an Otto heran", lachte Manuela.

„Ob deine Mutter das mit den Thai-Mäuschen verstanden hat?", lächelte Manuela, als sie mit Otto im offenen Wagen nach Bad Feilnbach fuhr. Sie kicherte belustigt über ihre süffisante Bemerkung am Mittagstisch.

„Bestimmt! Sie macht vielleicht auf Leute, die sie nicht näher kennen, einen etwas naiven Eindruck. Aber sie hat einen gesunden Menschenverstand. Sie weiß genau, auf was es ankommt, und sie ist sehr energisch, aber auch besorgt um ihren einzigen Sohn. Sie hat ihre Prinzipien. Eigentlich ist sie ehrgeizig. Was sie und mein Vater im Leben nicht erreichen konnten, das muss ich, ihr Sohn, jetzt schaffen. Sie identifiziert sich mit meinen Leistungen. Wenn ich mit schlechten Noten aus der Schule kam, war sie völlig aufgebracht. Wieso hast du nur eine Vier, warum hast du keine Zwei oder Eins? Sie war nie ganz zufrieden mit meinen Leistungen. Bernd sagt, das ist gut für die Entwicklung der Leistungsmotivation eines Sohnes, wenn die Mutter, aber nicht der Vater, den Brotkorb immer etwas höher hängt. Dazu gibt es Ergebnisse aus entwicklungspsychologischen Untersuchungen."

„Bei dieser Einstellung deiner Mutter wundert es mich aber, dass dein Vater nur einfacher Lagerist geblieben ist."

„Mich auch", grinste Otto. „Das kommt daher, dass mein Vater sich in seine Krankheit geflüchtet hat. Nur so ist er dem Leistungsdruck meiner Mutter entkommen."

„Du meinst seine Rheumaschübe mit den dick geschwollenen Gelenken?"

„Genau", erwiderte Otto nachdenklich. „Meinem Vater hat meine Mutter alles entschuldigt. Er konnte ihr kein Schloss bauen. Dafür ist sie dann in Luftschlösser eingezogen. In den Romanen,die sie liest, bewegt sie sich nur in den feinsten Kreisen, verkehrt nur bei Adeligen und der High Society. Aber keine Sorge, Manuela, ich habe meiner Mutter nichts von eurem Schloss erzählt. Du musst also vor ihrem überraschendem Besuch bei euch keine Angst haben."

„Warum nicht?", erwiderte Manuela und blickte kurz zu Otto hinüber. „Irgendwann werden sich unsere Eltern schon kennenlernen müssen, und wir haben die größere Wohnung für so ein Zusammentreffen."

Otto freute sich über ihre Bemerkung. Er bewunderte seine Manuela, wie sie da neben ihm zielstrebig am Steuer mit diesem entzückenden Lächeln im Gesicht saß, und rasant die von Wiesen und Feldern eingerahmte Landstraße am Fuße der herrlichen Alpenkette in Richtung Bad Feilnbach fuhr.

Um vier Uhr nachmittags saßen alle vier Asienfans am Kaffeetisch auf der Terrasse von Manuelas wunderschönem Landhaus. Otto hatte auf einem Tablett aus dem Esszimmerschrank die Kuchenteller und -tassen geholt und unter Anleitung von Manuela fein säuberlich den Terrassentisch gedeckt. Manuelas Mutter hatte eine Erdbeersahnetorte gebacken, die ausgezeichnet schmeckte. Die Eltern von Manuela hatten sich aus dem Staub gemacht und überließen das Feld den jungen Leuten. Manuelas Eltern machten eine kleine Nachmittagswanderung rund um den Wallfahrtsort Birkenstein, der nicht weit von Bad Feilnbach entfernt, umgeben von einer herrlichen Bergkulisse, idyllisch am Fuße eines mit Fichten bewaldeten Berghangs lag.

Tina gingen die Augen über, als sie das schöne Landhaus mit dem großen Park sah. Sie war zum ersten Mal hier und bewunderte das gepflegte Anwesen.

„Schön habt ihr es hier", sagte sie bewundernd zu Manuela. „Ihr habt sogar einen eigenen Pool."

„So ein großes Haus macht aber auch viel Arbeit", erwiderte Manuela stolz. „Die ganze letzte Woche habe ich mit meiner Mutter den Dachboden aufgeräumt."

„Und die aufgestellten Mausefallen geleert", grinste Otto hintersinnig.

Manuela warf Otto einen verschmitzten Blick zu. Alle vier waren sehr aufgeregt. Der Flug nach Asien am nächsten Tag war für sie alle schon etwas Besonderes. Auch Manuela war ein bisschen nervös, obwohl sie mit ihren Eltern schon viele Fernreisen gemacht hatte. Jeder von ihnen hatte seinen Reiseführer über Thailand studiert und jeder brachte seine Informationen über das Königreich Siam in das angeregte Tischgespräch ein.

„Ihr habt doch eure Badesachen dabei, um in den Pool zu hüpfen?", fragte Manuela.

„Natürlich", sagte Otto, „in meinem Wäschefach meines Trekkingrucksacks ganz unten steckt meine Badehose. Da muss ich aber alles herausholen, was meine Mutter so ordentlich eingepackt hat, um an die Badehose zu gelangen."

„Ich habe keine Badehose dabei", bemerkte Christian enttäuscht.

„Ich auch nicht", sagte Tina betrübt.

„Kein Problem", meinte Otto, „dann springen wir alle nackt hinein, oder Manuela? Deine Eltern sind ja nicht da. Wir eröffnen heute den FKK-Strand bei der Familie Gruber."

Manuela war sich nicht so sicher.

„Und es gibt dann auch Eis am Stiel?", grinste Christian ironisch.

„Ich habe nichts gegen das Nacktbaden. Was sagst du dazu, Tina?", fragte Manuela. „Aber wenn meine Eltern vorzeitig nach Hause kämen?"

Tina zögerte ebenfalls.

„Tina, für dich habe ich einen Bikini von mir und Otto und Christian springen in ihren Dessous ins Wasser."

„Dessous ist gut", lachte Christian. „Gut, dass ich eine frische Unterhose anhabe."

„Ich auch", sagte Otto. „Die schauen heute sowieso alle wie Badehosen aus. Aber nur nicht hudeln. Zuerst esse ich noch ein weiteres Stück Erdbeertorte mit Sahne."

„Es ist schon unglaublich", meinte Tina, „heute sitzen wir um diese Zeit hier in Bad Feilnbach am Kaffeetisch und morgen sind wir dann schon im Flieger und übermorgen Tausende von Kilometer von hier entfernt in einem fremden, exotischen Land. Eigentlich ist das Wahnsinn."

„Mit dem Schiff bräuchten wir mindestens zwei Wochen", entgegnete Christian.

„Und zu Fuß auf dem Landweg über Russland und China vielleicht ein ganzes Jahr. Das wäre schrecklich. Ich spüre die vielen Blasen auf meinen wundgelaufenen Füßen", meinte Otto.

„Wahrscheinlich fliegen wir mit einer Boeing 747. Die wird häufig bei Überlandflügen eingesetzt", sagte Manuela fachmännisch. „Das ist ein Riesenkasten, ein Jumbo. Da passen bestimmt 300 Passagiere hinein. Kommt mit nach oben. Ich habe da eine Broschüre mit allen Daten über die Maschine. Ich möchte Tina sowieso mein Labor zeigen. Es ist mein ganzer Stolz."

Tina war mächtig überrascht. Manuela klärte Tina kurz über ihr Forschungsprojekt auf.

„Vielleicht kann ich die Ergebnisse sogar für meine Diplomarbeit, die ich am Schluss meines Studiums machen muss, verwenden", wandte sich Manuela an Christian.

„Dann wärst du mir schon um ein ganzes Stück im Studium voraus", bemerkte Christian ein wenig neidisch.

„Da habe ich die Broschüre über die Boeing 747."

Manuela kramte eine Zeitschrift aus einer Schublade heraus. „Ich habe sie bei einem unserer Flüge mitgehen lassen. Diese Broschüren der Fluggesellschaften stecken immer im Ablagenetz jedes Sitzplatzes. Und darin stehen die Daten über den Flugzeugtyp. Der vollbeladene Jumbo hat beim Start etwa die Masse $M = 320.000$ kg, das sind also 320 Tonnen. Er führt 120.000 kg Treibstoff mit sich. Das ist mehr als 1/3 des Gesamtgewichts."

„Und in welcher Höhe fliegt der Jumbo?", fragte Christian.

„In 10.000 bis 12.000 m Höhe. Da wird die Außenluft schon dünn und die Außentemperatur beträgt ca. minus 50 Grad Celsius."

„Darum hat der Jumbo keinen Balkon. Sonst müssten die Stewardessen die Passagiere als gefrorene Eiswürfel mit Schaufel und Besen wieder einsammeln und in das Innere befördern," grinste Otto.

„Das Fliegen in der großen Höhe ist für den Piloten ein Klacks. Er schaltet auf Automatik und überlässt alles dem Bordcomputer."

„Da fällt mir der nette Witz mit der rothaarigen Stewardess ein", schmunzelte Otto.

„Erzähl, Otto!", ermunterte ihn Christian.

„Also, der Kapitän ist gerade gut gestartet und fliegt die Maschine schon in großer Höhe. Er schaltet das Mikrophon ein und belehrt die Passagiere: ,Wir fliegen jetzt in 9000 m Höhe. Es wird ein ruhiger Flug ohne Turbulenzen. Wir sind in etwa drei Stunden an unserem Zielort. Ich wünsche ihnen einen angenehmen Aufenthalt an Bord.' Dann vergisst er das Mikrophon abzuschalten und die Passagiere hören alles mit, was im Cockpit gesprochen wird. Der Kapitän sagt zu seinem Co-Piloten: ,Wir schalten jetzt auf Automatik und dann machen wir es uns gemütlich. Zuerst trinken wir genüsslich eine Tasse Kaffee und dann vernaschen wir unsere rothaarige Stewardess.' Die rothaarige Stewardess befindet sich gerade im hinteren Teil des Passagierraumes. Als sie das hört, läuft sie erbost nach vorne zum Cockpit. Ein älterer Herr hält sie aber am Arm fest und flüstert: ,Geduld, sie hören doch, die Herren nehmen zuerst den Kaffee ein.'"

Christian lachte schallend laut und auch Manuela und Tina kicherten.

„Doch, der Witz ist amüsant", meinte Tina, als sie sich wieder beruhigt hatte.

„Soll ich noch etwas über den Flieger erzählen?", fragte Manuela.

„Natürlich", antwortete Otto eisern.

„Die schwierigsten Abschnitte beim Fliegen sind die Start- und die Landephase. Da werden die Triebwerke auch am meisten belastet. Die Ingenieure müssen beim Bau eines Jumbos berechnen, welche Beschleunigung längs der Startbahn vorliegen muss, damit die Fluggeschwindigkeit für das Abheben innerhalb der gegebenen Startbahnlänge erreicht wird."

„Bei welcher Geschwindigkeit hebt denn der Jumbo ab?", fragte Christian.

„Bei etwa 300 km/h, und die Rollstrecke der Startbahn ist mit ca. 2 km vorgegeben."

„Hast du schon einmal ausgerechnet, wie hoch die Beschleunigung des Jumbos beim Starten ist?", wollte Christian noch wissen.

„Habe ich", sagte Manuela stolz. „Der Zettel mit den Berechnungen ist sogar noch hier in der Broschüre."

„Oh Gott, bitte nicht!", jammerte Otto.

„Warum nicht? Es ist toll, was Manuela alles weiß und kann", bewunderte Tina Manuela.

„Ich erkläre es so, dass es auch Tina versteht, und die studiert nicht an der Uni", sagte Manuela versöhnlich. „Den Namen Galilei hast du sicher schon einmal gehört, Tina. Der hat als erstes die Jupitermonde entdeckt und am Schiefen Turm von Pisa das Weg-Zeit-Gesetz anhand eines herabfallenden Steines gefunden. Stell dir vor, du stehst oben auf dem Turm von Pisa – die Höhe sei s Meter – und du lässt einen Stein fallen. Dann gilt zwischen der Höhe s und der Zeit t, die der Stein braucht, bis er auf den Boden kracht, der Zusammenhang $s = \frac{1}{2} \times g \times t \times t$; g ist die Beschleunigung, die der Stein durch die Anziehungskraft der Erde erfährt. Das ist ein fester Wert. Galilei hat ihn zu 10 Meter pro Sekunde im Quadrat berechnet. Dieses Gesetz hat Galilei mit seinen Versuchen gefunden. Wahnsinn, was!"

Manuela schrieb die Formel des Weg-Zeit-Gesetzes mit Kreide an eine kleine, grüne Tafel, die neben dem Fenster an der Wand, wo alle Vier standen, befestigt war.

„Bis jetzt hast du doch alles verstanden, Tina", ermunterte Manuela Tina zum Mitdenken.

Diese nickte vorsichtig.

„Jetzt stell dir vor, ein Rennfahrer gibt richtig Gas. Dann wird sein Wagen durch die Motorkraft beschleunigt."

„Und er wird immer schneller", fügte Tina hinzu.

„Diese Beschleunigung nennen wir jetzt a. Dann gilt auch das Weg-Zeit-Gesetz. Es heißt jetzt: $s = \frac{1}{2} \times a \times t \times t$."

Manuela schrieb diese Gleichung wieder an die Tafel.

„Sagen wir mal, a beträgt 2. Dann hat der Rennwagen nach 10 Sekunden wie viele Meter zurückgelegt?"

Tina schrieb $\frac{1}{2} \times 2 \times 10 \times 10 = 100$ an die Tafel.

„Richtig, nach 10 Sekunden würde der Wagen bei dieser Beschleunigung 100 Meter zurückgelegt haben."

„Du bist ja begabt, Tina", wunderte sich Otto ganz ehrlich.

„Da staunst du, Otto", sagte Manuela. „Nimm dir ein Beispiel an Tina. Die hat keine Angst vor physikalischen Formeln. Und jetzt Tina, denke daran, was du vorhin gesagt hast. Wenn ein Körper konstant beschleunigt wird, wird er immer schneller, d.h. seine Geschwindigkeit v nimmt zu. Dann gilt der Zusammenhang: $v = a \times t$."

Manuela schrieb die Gleichung ebenfalls an die Tafel. Durch mathematische Umformungen kann man aus diesen zwei Gleichungen eine einzige neue machen, in der die Zeit t nicht mehr vorkommt. Diese Gleichung enthält nur noch die Größen zurückgelegter Weg s, Geschwindigkeit v und Beschleunigung a."

Manuela schrieb diese Gleichung ebenfalls an die Tafel.

„So", sagte sie stolz, „wir haben gesagt, der Jumbo legt auf der Startbahn, bevor er abhebt, 2 km zurück und hat am Schluss die Geschwindigkeit 300 km/h. Diese Werte setze ich jetzt in die letzte Gleichung hier ein."

Sie schrieb die Zahlen an die Tafel.

„Komm Christian, jetzt rechne mal aus, wie groß die Beschleunigung ist, die durch die Schubkraft der vier Triebwerke auf den Jumbo wirkt. Hier, nimm meinen Taschenrechner."

Manuela drückte Christian ihren Taschenrechner in die Hand. Christian tippte die Zahlen in den Rechner.

„Die Beschleunigung des Jumbos in der Startphase beträgt 1,6 Meter pro Sekunde im Quadrat."

„Sie ist kleiner als bei unserem Beispiel mit dem Rennauto", sagte Tina spontan.

„Aber die Schubkräfte der Triebwerke sind natürlich im Vergleich mit der Motorkraft des Autos viel größer, um diesen schweren,voll beladenen Jumbo zu beschleunigen", belehrte Christian Tina.

„Kann man auch ausrechnen, wie groß die sind?", fragte Tina.

„Natürlich", sagte Manuela, „aber da muss ich dir erst ein paar Vorinformationen geben, damit du das besser verstehst."

Manuela holte eine Hantel mit gelbem Lacküberzug, die neben dem Heizkörper unter dem großen Fenster lag und legte sie vorsichtig zu Tinas Füßen.

„Was wiegt die denn?", fragte Tina.

„Versuch sie mal aufzuheben. Die wiegt fünf Kilogramm."

Tina bückte sich. „Die ist ja wahnsinnig schwer", plagte sie sich und hob sie nur kurz vom Fußboden auf.

„Kilogramm ist eigentlich nur eine Massenbezeichnung", belehrte Manuela Tina und Otto.

„Wir Physiker messen das Gewicht in Newton. Statt Gewicht sagen wir Gewichtskraft. Im Schwerefeld der Erde wird jeder Körper durch die Gewichtskraft mit g nach unten beschleunigt. Das haben wir beim Pisaturm-Versuch von Galilei schon besprochen. Dabei gilt das Gesetz Kraft F ist Masse m mal Beschleunigung g.“

Manuela schrieb die Gleichung $F = m \times g$ wieder an die Tafel. „Jetzt setzen wir die Zahlen ein und schon kennen wir die Gewichtskraft unserer Hantel: $5 \times 10 = 50$. Wir messen die Gewichtskraft in der Einheit Newton. Bei unserer Hantel beträgt sie also 50 Newton. Wenn du die Hantel in der Luft frei hältst, Tina, musst du eine Gegenkraft von 50 Newton aufbringen. Jetzt hast du ein Gefühl dafür, wie groß eine Kraft von 50 Newton ist.“

Manuela wandte sich wieder an Christian: „Christian wird uns jetzt ausrechnen, wie groß die Schubkraft der Triebwerke sein muss, um unseren Jumbo so zu beschleunigen, dass er abheben kann.“

Christian sagte: „Das ist ganz einfach. Die Gleichung zwischen der Kraft F und der Beschleunigung lautet: $F = m \times a$. Jetzt setze ich die Zahlen vom Jumbo ein. Die Masse beträgt 300.000 kg und die Beschleunigung 1,6 Meter pro Sekunde im Quadrat.“

Er tippte die Werte wieder in den Taschenrechner.

„Dann lautet das Ergebnis: die notwendige Schubkraft beträgt 500.000 Newton.“

„Das ist wirklich gewaltig“; sagte Otto überrascht.

„Toll“, bemerkte Tina, „dass ihr das alles ausrechnen könnt. Da bewundere ich euch.“

„Ist ja auch kein Wunder“, schmälerte Otto ihre Leistung. „Die studieren doch Physik. Wenn wir zwei Physik studieren würden, könnten wir das auch. Im Raumschiff Enterprise brauchen die überhaupt keine plumpen Jumbos, um von einem Ort zu einem weiter entfernten anderen zu kommen. Da werden die Leute einfach durch Beamen befördert. Lass dir doch einmal von Christian und Manuela ausrechnen, wie groß die Kraft beim Beamen sein muss, damit wir Vier mit unseren 10 Zentnern zusammen mit unseren Rucksäcken in Thailand wieder materialisiert aufkreuzen.“

„Du bist wirklich ein Blödmann“, lachte Manuela gequält. Ein bisschen verärgert war sie jetzt schon, wo sie sich so große Mühe gegeben hatte, diese interessanten Zusammenhänge zwei blutigen Laien zu erklären.

„Ärgere dich nicht über das, was Otto da verzapft. Er kann eben nicht zwischen Science-Fiction und der Realität unterscheiden. Letzten Endes ist er doch stolz, so eine intelligente Freundin zu haben", sagte Tina versöhnlich.

„Ich fand das, was du uns da erklärt hast, sehr, sehr interessant. Ich bedauere, dass ich frühzeitig vom Gymnasium abgegangen bin."

„Verzeih mir, holdes Weib", grinste Otto.

Im Swimmingpool herrschte dann wieder eine ausgelassene Stimmung. Manuela tauchte unbemerkt von hinten an Otto heran und drückte ihn überraschend mit beiden Händen kräftig nach unten. Otto zappelte wie ein Fisch an der Angel. Als er wieder prustend und mit beiden Armen um sich schlagend an der Wasseroberfläche erschien, lachte ihn Manuela aus.

„Hallo, Mr. Spock, sie waren ja nicht mehr zu sehen. Man hat sie dematerialisiert, wie beim Beamen in ihrem Raumschiff Enterprise."

Otto versuchte vergebens, sie im Wasser einzuholen und sie unterzutauchen. Manuela kraulte mit ein paar Sätzen gewandt in Richtung Einstiegsleiter und kletterte an ihr empor. Ihr schöner, nasser Körper glänzte in der Sonne.

„Da müssten sie schon früher aufstehen, Dr. Spock, wenn sie ein Wesen von einem anderen Stern einfangen wollen."

„Hexe!", rief Otto ihr nach. „Wenn ich dich erwischt hätte, könntest du jetzt Frösche in deinem Wasserbauch quaken hören."

Christian und Tina lachten übermütig.

Die Eltern von Manuela kamen erst gegen acht Uhr abends von ihrer Bergwanderung zurück. Christian und Tina waren schon nach Hause gefahren. Manuela hatte den Tisch für das Abendessen für alle auf der Terrasse liebevoll gedeckt. Es gab nur kalte Speisen, aber das Essen schmeckte allen vorzüglich. Herr Gruber holte nach dem Essen noch eine Flasche Rotwein aus seinem Weinkeller und es wurde noch ein langer Abend. Das Gesprächsthema waren natürlich die Reisen der Grubers nach Asien.

„Auf der Rundreise in China, die wir vor zwei Jahren gemacht haben, besuchten wir auch die Hafenstadt Shanghai, Otto. Sie ist heute eine zehn-Millionen Stadt. Shanghai heißt übersetzt ‚Am Meer‘. Diese Stadt ist Chinas größtes Handels- und Weltzentrum. Im Opiumkrieg um 1840 hat die britische Kanonenbootpolitik die ungehinderte Einfuhr des Rauschgiftes nach China erzwungen und der Handelsort am Fluss Huangpu gehörte zu den ersten Vertragshäfen, die das Chinesische Kaiserreich dem Außenhandel öffnen musste. 100 Jahre lang lag dann der größte Teil der Stadt als Pachtgebiet in den Händen der Kolonialmächte, und diese ließen am sogenannten Bund, der berühmten Uferstraße von Shanghai, großartige Gebäude im klassizistischen Stil als Symbol fernöstlicher Handelsmacht errichten. Am anderen Flussufer wird gegenwärtig ein riesiges Wirtschaftszentrum aus dem Boden gestampft. Vor allem am Abend bietet diese Skyline mit den Tausenden von Lichtern der Wolkenkratzer ein eindrucksvolles Bild für den Besucher. In einer Nebenstraße dieser Uferpromenade befand sich in einem ganz modernen Gebäude ein chinesisches Restaurant, das einen seriösen Eindruck machte. Dort wollten wir, meine Frau, Manuela und ich, zu Abend essen. Das Restaurant war gut besucht. Ein Mädchen, eine der vielen Bedienungen, sauber gekleidet, hat uns höflich einen Tisch zugewiesen. Sie konnte aber kein Englisch.“

„Das ist doch erstaunlich für ein großes Restaurant“, wunderte sich Otto kopfschüttelnd.

„Auf der Karte standen viele Gerichte in chinesischer Schrift geschrieben, bei manchen war auch eine englische Übersetzung dabei“, fuhr Herr Gruber fort. „Wir haben alle das gleiche bestellt: Gemüse und Hühnerfleisch und zum Trinken Coca Cola und Bier. Kurz darauf brachte uns das Mädchen das Essen, aber ohne Reis. Ich nannte ihr das englische Wort für Reis, also ‚rice‘ und machte ihr damit klar, dass wir auch eine Schüssel Reis zum Gemüse und Fleisch wollten. Sie brachte aber nichts. Dann stand sie wieder in der Nähe unseres Tisches. Ich stand auf, ging zu ihr und zeigte ihr eine Schüssel Reis, die chinesische Gäste neben uns auf ihrem Tisch stehen hatten. Sie lächelte und brachte dann eine leere Schüssel. Wir haben laut gelacht. Das hat sie noch mehr verwirrt. Dann wiederholte ich mehrfach laut das Wort ‚rice'. Sie lächelte wieder und kam dann mit einer Schüssel Eis, also voll mit Eiswürfeln. Sie hatte offensichtlich ‚ice' gehört und dieses englische Wort kannte sie."

„Ist ja unglaublich", lachte Otto.

„Zum Glück rief sie dann den Geschäftsführer. Der war auch ein Chinese, sprach aber fließend englisch. In der Zwischenzeit sind das Gemüse und die Fleischstücke kalt geworden. Aber egal, wir hatten Hunger und haben alles brav aufgegessen."

Herr Gruber gab dann Otto und Manuela noch ein paar Tipps für ihre Rundreise: „Wenn ihr mit dem Taxi oder einem Tuk-Tuk unterwegs seid, müsst ihr den Preis für die Fahrt immer vorher aushandeln und nie nachher. Man geht mit seinem eigenen Preisvorschlag immer an die Schmerzgrenze des Fahrers. Wenn er aufgebracht oder wütend wird, weiß man, dass sich die Fahrt für ihn nicht mehr lohnt. So verfährt man auch bei den Händlern, wenn man etwas kauft", klärte sie Herr Gruber auf.

„Das weiß ich doch alles", ärgerte sich Manuela über die Belehrungen ihres Vaters.

Das Ehepaar Gruber war nach der Bergwanderung, dem guten Essen und dem Rotwein hundemüde. Manuela bekam von ihren Eltern noch einen Gutenachtkuss auf die Stirn, bevor sie in ihrem Schlafzimmer verschwanden. Otto und Manuela blieben auch nicht viel länger sitzen. Manuela war sehr müde. Sie trank sonst nur selten Alkoholisches.

„Komm, Otto", lächelte sie ihn an und dabei fielen ihr schon fast die Augen zu, „wir gehen auch in die Heia."

„Schade", meinte Otto, „wo heute der Mond doch so geheimnisvoll silbern scheint."

Manuela war nicht mehr aufzuhalten. Otto stützte Manuela, als sie die Treppe nach oben gingen. Manuela gab Otto noch einen zärtlichen Kuss. Otto drückte sie fest an sich. Dann befreite sie sich aus seinen Armen und verschwand hinter der Tür ihres Mädchenzimmers.

Otto lag schon fast eine Stunde mit offenen Augen auf seinem Bett im Gästezimmer. Er konnte nicht einschlafen. Es war sehr warm im Zimmer, obwohl er das Fenster weit geöffnet hatte. Von seinem Bett aus sah er den silbernen Mond. Eine Nacht zum Kindermachen, dachte Otto. Er spürte, wie sein Glied steif wurde. Wie schön wäre es doch, wenn er jetzt bei Manuela sein könnte. Der Alkohol hatte ihn leicht enthemmt. Warum eigentlich nicht, machte er sich Mut. Er richtete sich im Bett auf und dann stand er entschlossen mit einem Ruck auf, öffnete leise die Tür und schlich über den Korridor zu Manuelas Mädchenzimmer. Er öffnete vorsichtig ihre Tür und schloss sie hinter sich, ohne Lärm zu machen. Manuela hatte die Bettdecke zur Seite weggeschoben und lag ohne Nachthemd splitternackt vor ihm auf dem Rücken. Beide Arme hatte sie wie ein Baby im Schlaf leicht nach oben angewinkelt. Im fahlen Mondlicht sah man ihren ganzen, wunderschönen Körper, die üppigen Brüste, die schlanken Beine und das Kätzchen ihrer Scham. Otto starrte sie erregt an: ‚Manuela, seine schlafende Jungfrau!' Er zog seine Pyjamahose aus und näherte sich ihr ganz leise. Otto legte sich vorsichtig auf ihren Körper. Ihre Haut fühlte sich so herrlich nackt an.

„Manuela", flüsterte er ihr ins Ohr, „ich bin es, Otto."

Manuela schlug schlaftrunken ihre Augen auf.

„Otto", murmelte sie lächelnd. Und dann war sie hellwach. „Otto!"

Sie stieß ihn von ihrem Körper weg. „Bist du nicht ganz bei Sinnen! Du kannst mich doch nicht im Schlaf nehmen! Wie kommst du überhaupt in mein Zimmer?", rief sie entrüstet.

Otto war sehr enttäuscht. Er sagte kein Wort. Manuela zögerte.

„Ich dachte, wir lieben uns", flüsterte Otto.

„Da muss ich doch auch in Stimmung sein. Und außerdem habe ich das noch nie gemacht", wehrte sie ihn ab.

„Ich auch nicht", antwortete Otto betrübt.

„Heute Nacht nicht, Otto. Wenn wir in Thailand sind, finden wir sicher den richtigen Augenblick. Das verspreche ich dir. Ich liebe dich auch, Otto", tröstete sie ihn. Sie blickte in seine enttäuschten Augen. „Aber du darfst heute bei mir im Bett schlafen, wenn du artig bist."

Es war für Otto ein wunderschönes Ersatzerlebnis. Manuela kuschelte sich an seinen Körper. Sie spürte, dass er keine Hose anhatte. Otto zog die Bettdecke über ihre zwei nackten Körper. Nach ein paar Minuten hörte er den gleichmäßigen Atem von Manuela. Sie war schon wieder eingeschlafen.

Frau Gruber fuhr Otto und Manuela zum Flughafen nach Erding. Sie luden die zwei riesigen Trekkingrucksäcke und eine Reisetasche von Manuela vor der Abflughalle aus dem Landrover und Frau Gruber verabschiedete sich von ihrer Tochter und von Otto.

„Ich wünsche euch eine wunderschöne Reise und kommt wieder gesund nach Hause!"

Frau Gruber hatte Tränen in den Augen. „Wenn etwas sein sollte, du hast dein Handy dabei, rufe sofort an. Über D1 ist der Empfang auch über eine so große Entfernung noch ganz ausgezeichnet."

Otto war sehr aufgeregt. Manuela war schon Profi in Sachen Fernreisen. Sie hatten noch fast zwei Stunden Zeit bis zum Abflug.

„Komm, wir müssen da drüben einchecken." Manuela zog Otto am Arm in die entsprechende Richtung. Da stand schon eine lange Warteschlange, schwer beladen mit Koffern und Taschen vor ihrem Schalter nach Bangkok. Ein Stück weiter vorne sahen sie Christian und Tina.

„Gut, dass deine Eltern für uns eine Sitzplatzreservierung am Fenster vorgenommen haben", meinte Otto.

„Die war auch nicht umsonst", antwortete Manuela schnippisch. „Wenn wir in Bangkok sind, müssen wir uns den Rückflug wieder bestätigen lassen."

„Was du alles weißt!" Otto sah sie voll Bewunderung an.

So lange dauerte das Einchecken auch wieder nicht. Tina und Christian hatten auch ohne Vorbestellung noch einen Fensterplatz ergattert.

„Für das Visum für Thailand musste jeder von uns noch extra 50 US-Dollar bezahlen", sagte Christian todernst.

„Das hast du auch noch für mich übernommen?", wandte sich Otto an Manuela.

„Unsinn, war doch nur ein Joke von Christian", lachte Manuela.

„Otto, lass dich von mir nicht vergackeiern. Für Thailand braucht man kein Visum. Die freuen sich, wenn wir kommen. Da wird jedem von uns bei der Ankunft in Bangkok eine duftende Blumengirlande um den Hals gehängt."

„Du bist aber ein Insider", spöttelte Manuela. „So etwas gibt es doch nur auf Hawaii."

„Und ich habe gelesen, dass die Hawaiimädchen sofort mitkommen, wenn man ihnen als Gastgeschenk einen Schiffsnagel schenkt", sagte Otto todernst.

„So war es vielleicht vor 200 Jahren, als Captain Cook mit seiner Crew in einer Bucht vor der Insel ankerte", grinste Christian. „In Bangkok musst du schon in ein Bordell gehen, wenn du nageln willst."

„Ihr zwei seid aber tolle Kavaliere", ärgerte sich Tina. „Ihr habt zwei wunderschöne Begleiterinnen dabei und redet nur über fremde Mädchen. Die Thai-Männer sollen auch nicht ganz ohne sein. In Bangkok besuchen Manuela und ich einen Thai-Boxkampf und von der ersten Reihe aus werden wir uns an ihren durchtrainierten Körpern ergötzen", wandte sich Tina an Manuela.

Manuela nickte zustimmend und lächelte.

Zwei Stunden waren sie jetzt schon in der Luft auf ihrem Flug nach Abu Dhabi, wo der Flieger Zwischenstation machen und neu aufgetankt werden sollte. Ein bisschen eng bestuhlt waren die Sitzplätze schon. Aber das Abendessen, das nach einer Stunde serviert wurde, schmeckte trotzdem, auch wenn man mit enganliegenden

Armen Gabel und Messer kunstvoll einsetzen musste, um seinen Nachbarn nicht zu stoßen. Es gehörte schon eine Menge Konzentration und Geschicklichkeit dazu, die Speisen ohne zu kleckern in seinen Mund zu schieben. Manuela hatte Otto den Platz am Fenster überlassen, mit der Einschränkung in Abu Dhabi zu tauschen.

Es war schon ein besonderes Gefühl im Bauch gewesen, als der Flieger nach rasanter Beschleunigung und leichtem Rattern schließlich sanft abhob und in die Lüfte wie eine dicke Wildente abzog.

„Der Flieger sollte eigentlich Ente und nicht Jumbo heißen", meinte Otto schmatzend.

„Rede nicht mit vollem Mund", lachte Manuela, „sonst verschluckst du dich."

Bei der Getränkewahl hatten sich beide eine kleine Flasche Rotwein von der freundlichen Stewardess geben lassen. Sie prosteten sich zu.

„Auf eine schöne Reise mit dir", sagte Manuela.

„Auf ein schönes Abenteuer mit der bezaubernden Manuela", antwortete Otto.

Otto musste seinen Blick immer abwechselnd auf sein Essen und dann wieder auf die 10.000 Meter weiter unten vorbeiziehende Landschaft richten. Er war fasziniert vom Fliegen.

„Wie groß waren nochmal die Schubkräfte beim Start, Manuela?"

Manuela lächelte ihn an. „Das interessiert dich doch überhaupt nicht."

„Doch", erwiderte Otto, „alles was du sagst, interessiert mich. Sag einfach ‚ich liebe dich, Otto‘."

„Auf Befehl sage ich so etwas schon überhaupt nicht. Und außerdem esse ich jetzt zuerst meinen süßen Nachtisch."

Sie kostete das Dessert. „Das schmeckt ja vorzüglich."

Nach einer Weile flüsterte sie: „ich liebe dich, Otto."

Otto freute sich. „Ich habe es gehört, Manuela", sagte er ebenso leise.

Auch die dritte Person in der Reihe mit dem Platz zum Gang hin, ein älterer Mann mit Glatze und Knollennase, hatte es gehört und lächelte. Tina und Christian saßen weiter hinten, im rückwärtigen Teil des Jumbos. Auch Tina überließ Christian den Platz direkt am Fenster und der genoss die Aussicht nach unten. Ihre Plätze gehörten schon zum Raucherabteil und Tina hatte sich nach dem guten Abendessen eine Zigarette angezündet und blies Christian übermütig den Rauch ins Gesicht.

„Willst du wirklich keine?", fragte sie Christian und bot ihm ihre Zigarettenschachtel an.

„Nein, du weißt doch, dass ich kein großer Raucher bin. Es genügt mir, wenn ich deine Rauchschwaden mit inhaliere", grinste er. „Etwas anderes wäre mir lieber."

„Was denn?", fragte sie neugierig.

„Nach dem Essen sollst du rauchen oder deine Frau gebrauchen", flüsterte er ihr ins Ohr und streichelte ganz behutsam ihren rechten Oberschenkel.

„Du bist ein Schlimmer", lächelte sie, richtete ihren Blick auf ihn und sah ihn zärtlich an.

Christian und Tina waren erst in der Nacht zuvor intim geworden. Das war längst fällig gewesen. Aber irgendwie hatte es sich erst jetzt ergeben.

Wegen seiner Thailand-Reise hatte Christian seinen Bandmitgliedern Urlaub gegeben. Schon an diesem Samstagabend hatten sie keinen Auftritt mehr. Nach dem Besuch bei Manuela hatte er Tina wieder nach Hause gebracht und war mit auf ihr Zimmer gekommen. Ihre Oma war zu Besuch bei einer Nachbarin. Das war aber egal. Ihre Oma war sehr liberal und hätte ihre Enkelin nie gestört, wenn sie Herrenbesuch empfing. Christian und Tina hatten sich leidenschaftlich geliebt. Anschließend waren sie dann noch nach München ins Kino gefahren und hatten dann ausgelassen in einer Disco in Schwabing getanzt.

Die Strahltriebwerke des Jumbos erzeugten ein gleichmäßiges, nicht überhörbares Geräusch. Es war schon ein technisches Wunder, sich Tausende von Metern über der Erde mit hoher Geschwindigkeit zu bewegen, auch wenn man dies gar nicht so merkte. Das Bezugssystem war das Innere des Flugzeuges, und da lief alles wie gehabt ab, wie in einem Reisebus. Aber man sah keine Landschaft mit Bäumen und Häusern vorbeifliegen. Der Bus stand still, aber sein Motor war eingeschaltet. Nur wenn man durch die kleinen Bordfenster nach unten blickte, merkte man, dass man sich hoch oben in den Lüften befand und sich irgendwie langsam fortbewegte.

„Woran denkst du?", fragte Tina.

„An gestern Abend. Es war sehr schön mit dir."

„Für mich auch", hauchte Tina. Sie nahm seine Hand und legte ihren Kopf an seine Schulter.

„Und jetzt sind wir unterwegs nach Thailand."

Eine Stewardess teilte einen Katalog mit Duty-free-Angeboten aus. Tina blätterte in ihrem Katalog.

„Die sind aber wirklich mit ihren Parfümerie-Markenartikeln um einiges billiger als wir in der Drogerie. Aber ich decke mich erst beim Rückflug mit ihren Sonderangeboten ein. Eine Stange Marlboro kaufe ich aber jetzt schon ein."

„Du kannst es nicht lassen", grinste Christian. „Es ist mir aber lieber, du rauchst diese Glimmstengel und inhalierst keine Joints."

„Ich habe es dir auch versprochen. Großes Ehrenwort." Tina legte die Hand an ihr Herz.

Sie waren jetzt schon fast drei Stunden in der Luft. Draußen war es tiefschwarze Nacht geworden. Sie bekamen alle Kopfhörer und auf den kleinen Bildschirmen oben an der Decke des Passagierraumes flimmerte der erste Spielfilm.

Christian war eingeschlafen. Tina war eine Cineastin und ließ sich keinen Film entgehen. Schlafen hätte sie jetzt sowieso nicht können. Dazu war sie viel zu aufgeregt. Im Inneren der großräumigen Passagierkabine war es dunkel und ruhig geworden. Einige hatten ihre diskrete Lesebeleuchtung an der Decke eingeschalter. und schmökerten in einer Illustrierten oder in einem Buch. Die meisten sahen sich den Film an. Auch Manuela und Otto. Kino in 10.000 m Höhe war schon etwas Besonderes.

Als sie die Insel Rhodos im Ägäischen Meer überflogen, gab es ein paar Turbulenzen. Der Jumbo wurde aber nur schwach hin und her gerüttelt. Ein bisschen beunruhigend war das schon. Der Kapitän hatte die Turbulenzen angekündigt. Alle mussten sich anschnallen und das Rauchen einstellen, auch Tina. Christian schlief ganz fest und merkte von alledem nichts. Er träumte von einem Thai-Mädchen mit roten Haaren, namens Tina. Er versprach, mit ihr einen Joint zu rauchen, und sie versprach ihm Liebe.

In Abu Dhabi mussten alle raus aus dem Flieger. So angenehm war das zu später Stunde nicht. Einige wurden dadurch aus tiefem Schlaf gerissen und beschwerten sich lauthals. Aber raus mussten alle. Die Passagiere bekamen Tickets für den Zwischenaufenthalt und wurden in die Wartehalle des Flughafens geschleust. Diese war schon etwas Exquisites. Sie hatte die Form einer Kuppel. In der Mitte der Halle wuchs ein gekachelter Riesenpilz bis an die Decke empor. Die Halle war ein Einkaufsparadies für Goldschmuck, Uhren und elektronische Geräte. Von der rundum verlaufenden Galerie hatte man einen vorzüglichen Überblick über alle Geschäfte. Ein Menschenstrom von Passagieren aus aller Herren Länder wälzte sich durch die im Kreis angeordneten Geschäfte. Die arabischen Männer und Frauen in ihren langen, seidenen und baumwollenen Gewändern und moslemischen Kopfbedeckungen stachen besonders ins Auge. Vor allem die Juweliergeschäfte mit den erlesenen goldenen Ringen und Ketten zogen die weiblichen Passagiere an.

„Willst du nicht einen schönen goldenen Ring mit meinen Initialen kaufen?", fragte Otto Manuela.

„Blödmann!", lachte Manuela. „Aber wir fliegen schon noch einmal nach Abu Dhabi, wenn du fest verbeamtet bist, und dann suche ich mir eine der Kostbarkeiten aus, und du musst zahlen."

„Dieser Leistungsdruck durch euch Frauen macht uns Männer noch ganz kaputt", entrüstete sich Otto.

„Wie gefällt dir die Aufenthaltshalle vom Flughafen Abu Dhabi?", wechselte Manuela das Thema.

Otto blickte fasziniert von der Galerie aus in das Getümmel.

„Unglaublich", sagte er, „diese vielen Menschen und das alles mitten in der Nacht. Es macht Spaß, sich einfach jemanden von da unten herauszugreifen und dann zu schauen, wo er überall hinläuft. Schau mal, die arabische Familie mit den drei Kindern, zwei Mädchen und ein Junge, da unten. Der Vater ist mit Anzug und Krawatte ganz europäisch gekleidet und sie im arabischen Look mit Kopftuch und Schleier, die Mädchen haben aber keinen Schleier und der Junge ist wie der Papa angezogen. Jetzt verschwinden sie im WC. Die Damen laufen nach links und die Herren nach rechts. Ob die in der Menschenmenge wieder zusammenfinden?"

Otto wartete auf das Wiedererscheinen seiner anvisierten Personen. Da kam der kleine Junge schon wieder aus der Herrentoilette und mischte sich in das Menschengewühl.

„Den finden seine Eltern bestimmt nicht mehr", sagte Otto ganz aufgeregt. Er identifizierte sich mit dem Familienvater. Aus der Damentoilette kamen die drei weiblichen Personen und da war auch schon der Papa bei ihnen. Er gestikulierte wild mit den Armen.

„Jetzt haben sie ihren kleinen Mohammed verloren."

Der Papa machte sich auf die Suche nach ihm. Es war eigentlich unmöglich, ihn in dem sich ständig bewegenden Menschenstrom ausfindig zu machen. Aber Otto hatte den Kleinen im Visier behalten. Der Vater bewegte sich ziellos wie eine Arbeiterbiene auf der Wabe. Otto winkte von der Galerie aus wild mit den Armen, um auf sich aufmerksam zu machen. Zufällig schaute der Vater nach oben zur Galerie. Otto zeigte mit der Hand in die Richtung, wo der Kleine, eingekeilt in der Menschenmenge, vor einem Juwelierverkaufstisch mit Preziosen stand. Jetzt hatte der Vater seinen Buben entdeckt und hielt ihn ganz fest an der Hand. Er winkte nach oben zu Otto und neigte voller Dankbarkeit tief seinen Kopf.

„Ich komme mir hier oben wie der allwissende und allmächtige Allah vor. Und da unten bewegen sich die Menschen nach Allahs

271

Willen wie Marionetten an Fäden in seiner Hand. Ich spiele hier Schicksal."

„Jetzt übertreibst du aber, Otto. Nur wegen der mickrigen Familienzusammenführung. Zuerst bist du Otto der Große und jetzt Otto der Größenwahnsinnige."

„Okay", sagte Otto, „dann mischen wir uns eben auch unter das Volk."

Sie stiegen die Treppe von der Galerie hinunter zu den hell beleuchteten Geschäften mit den vielen Passagieren und bahnten sich einen Weg zu den Ausstellungstischen der Juweliere.

„Hier geht es zu wie auf einem Jahrmarkt", meinte Manuela.

Den ersten Aufruf, sich wieder in den Flieger zu begeben, hatten Tina und Christian schon überhört. Das englische Kauderwelsch aus dem Lautsprecher war wirklich schlecht zu verstehen.

Endlich saßen alle Passagiere wieder im Flugzeug, besser gesagt fast alle. Eine Dame fehlte. Eine Stewardess lief aufgeregt an ihnen vorbei.

„Sie ist auf der Toilette in der Aufenthaltshalle eingeschlafen", scherzte Christian lauthals.

Seine Nachbarn lachten.

Sie flogen dann mit einer Stunde Verspätung von Abu Dhabi ab. Die betreffende Dame, ein Single, war wirklich, versteckt hinter einer Säule, im Flughafenrestaurant eingeschlafen. Sie war wegen der fortgeschrittenen Stunde einfach eingenickt und hatte keinen der Aufrufe gehört. Ihre Suche hatte lange gedauert.

„Ich bin jetzt wieder putzmunter", sagte Tina zu Christian.

„Schadet nichts. Jetzt kommt gleich der nächste Spielfilm und Snacks und Getränke werden nach dem Aufenthalt in Abu Dhabi ebenfalls serviert. So hat es jedenfalls Manuela behauptet."

Otto hatte die lange Wartezeit besser genutzt. Er schrieb etwas in sein dickes Notizbuch.

„Was schreibst du denn da so emsig?", fragte Manuela neugierig.

„Stör' bitte jetzt nicht meine Gedanken", wehrte Otto sie energisch ab. „Ich habe gerade meine künstlerische Phase."

Otto überlegte immer wieder. Er murmelte Unverständliches, und dann schrieb er wieder etwas in sein Notizbuch. Manuela las in ihrem Reiseführer über Thailand. Nach einer langen Zeit sagte Otto: „Fertig". Er strahlte.

„Fertig mit was?", wollte Manuela wissen.

„Durch die arabischen Frauen mit ihren Gewändern wie aus Tausend und einer Nacht im Aufenthaltsraum bin ich zu einer künstlerischen Höchstleistung inspiriert worden", antwortete Otto stolz.

„Hast du dir neue Schnittmuster für ihre langen Gewänder ausgedacht?"

„Nein, ich habe ein Gedicht gemacht. Willst du es lesen?"

„Glaubst du, dass ich dein Gekritzel lesen kann?"

„Natürlich", sagte Otto, „ich habe fein säuberlich geschrieben."

Manuela las sein Gedicht.

Arabischer Traum

Ich habe einen arabischen Spleen.
Ich bin der Sultan Aladin.
Ich füll mir meinen Ranzen
Und lass den Harem tanzen.

Beim Raki und beim Baklava
Ist auch die schöne Mani da.
Die Mani wackelt mit dem Bauch,
Derweil ich Wasserpfeife rauch'.

Dann legt sich Mani zu mir hin,
Auf dass ich zärtlich zu ihr bin.
Doch leider ist es nur ein Traum,
Ich sitz' allein in meinem Raum.

Und die Moral von der Geschicht',
Du Sultan, trau der Mani nicht.

„Das klingt aber wirklich spleenig und nach Doofkopf. Die Mani soll wohl ich sein und Sultan Aladin ist der Otto. Hier kommen deine geheimsten Wünsche und Lüste zu Tage. Otto der Haremsbesitzer; statt Ali Baba und die vierzig Räuber, Otto Baba und die vierzig Haremsdamen."

„Du bist gemein", antwortete Otto verärgert. „Ich habe mir solche Mühe gegeben und gedacht,es ist witzig und es wird dir gefallen."

„Ihr Männer seid wohl alle gleich", attackierte Manuela Otto. „Viele Frauen zu besitzen ist wohl euer Traum. Den jungen Selbstmordattentätern in Palästina erzählen ihre Anstifter auch, dass sie als Märtyrer im Paradies von siebzig Jungfrauen empfangen werden. Kannst du dir überhaupt vorstellen, was die mit siebzig Jungfrauen machen sollen."

„Ich schon", sagte Otto. „Aber für mich sind das falsche Versprechungen."

„Du bist ein Blödmann", antwortete Manuela gereizt.

„Das war doch von mir jetzt nicht ernst gemeint", entschuldigte sich Otto.

„Aber tragisch ist das für diese jungen Männer schon."

Am frühen Nachmittag landete der Jumbo auf dem International Airport von Bangkok. Manuela war schon sehr oft mit ihren Eltern geflogen. Für sie war alles Routine und so auch das Auschecken.

Schwer beladen mit ihren Trekkingrucksäcken hatten sie die Passkontrolle gut hinter sich gebracht. Die Einreiseformulare hatten sie in Druckschrift fein säuberlich ausgefüllt und der junge Beamte in seiner sauberen Uniform, der sie kontrollierte, hatte wohlwollend genickt. Am Taxistand übernahm Otto die Führung. Er sprach am besten Englisch und zeigte dem Taxifahrer auf einem Zettel die Adresse eines Hotels in Bangkok, das sie sich aus ihrem Reiseführer für Globetrotter herausgesucht hatten. Es war in der Rama IV.-Road, direkt neben dem Hauptbahnhof, also für die Stadtbesichtigungen sehr zentral gelegen.

Der Himmel war wolkenverhangen und es war unglaublich schwülheiß. Gott sei Dank schaltete der Fahrer die Klimaanlage ein. Bangkok war ein Moloch, eine Millionenstadt. Die Straßen waren vollgestopft mit Fahrzeugen aller Art. Übler Benzin- und Ölgestank zog durch ihre Nasenlöcher. Der Straßenlärm war schon gewaltig. Aber es war alles interessant.

„Da ist schon der Zentralbahnhof", machte Manuela ihre Freunde auf ein Riesengebäude aufmerksam.

Manuela hatte im Flughafen noch Geld gewechselt. Otto bezahlte dem Fahrer den ausgehandelten Preis. Das Hotel war schäbig. Nicht der 5-Sterne-Luxuspalast, den Manuela von den Reisen mit ihren Eltern gewohnt war, aber eine Bleibe in der Stadt, die preiswert war.

„Kenntumi?", fragte Otto den älteren Herrn, einen beleibten Chinesen mit Schlitzaugen, an der Rezeption. Der verstand natürlich Ottos Joke nicht und blickte die vier jungen Leute mit ihren großen Rucksäcken erwartungsvoll an. Otto fragte dann in sauberem Oxford-Englisch ob sie für vier Tage zwei Doppelbettzimmer haben konnten.

September war noch nicht die ideale Reisezeit für Thailand. Ab und zu prasselte in dieser Jahreszeit ein heftiger Monsunregen nieder. Das Hotel war deshalb nicht ausgebucht.

„Gehen wir zusammen in ein Zimmer?", fragte Manuela Tina.

„Das darf doch nicht wahr sein!", entrüstete sich Otto.

Manuela lachte. „Das war jetzt mein Joke. ,Kenntumi' noch nicht? Otto, jetzt handle erst einmal einen guten Preis aus. Zeig einmal, was du von den arabischen Juwelierhändlern in Abu Dhabi gelernt hast."

Otto machte alles richtig.

„But at first we want to see if the rooms please us", sagte Manuela.

Ein Mädchen in adretter, weißer Bluse und schwarzem Rock zeigte ihnen ihre Zimmer.

Das Hotel war wirklich eine abgewohnte, billige Absteige, aber die Zimmer waren sauber geputzt und die Betten frisch überzogen.

„We take the rooms", erklärte Otto dem Chinesen an der Rezeption. Sie mussten im Voraus bezahlen und füllten die Anmeldeformulare aus.

„Wir treffen uns hier unten in einer Stunde wieder", schlug Manuela vor.

Im Zimmer war ein Ventilator an der Decke. Den schaltete Manuela sofort ein. Die Schwüle wurde dadurch ein bisschen erträglicher. In der Nasszelle ohne Fenster nach draußen war eine Dusche.

„Dreh dich um", sagte Manuela lächelnd und schon war sie nackt ausgezogen.

Das Wasser aus dem Duschkopf war lauwarm, aber trotzdem war es angenehm, den Schweiß vom Körper abzuspülen. Otto stand ebenfalls splitternackt vor der Dusche.

„Darf ich mitduschen?", fragte er demütig.

Er durfte. Aber es war schon verdammt eng zu zweit in der Duschkabine.

„Das ist schöner als Weihnachten und Ostern zusammen", erklärte Otto.

Sie küssten sich, während das Wasser sie berieselte. Bei Otto regte sich etwas ganz mächtig. Manuela hüpfte wie eine Nymphe aus der Dusche.

„Romantisch ist es hier wirklich nicht, Otto. Da musst du leider warten, bis wir Badeurlaub in Koh Samui machen. Aber in einer lauen Nacht im warmen Sand am Meer mit dem Rauschen der Wellen erfülle ich dir deinen sehnlichen Wunsch. Es ist ein Versprechen, das ich hundertprozentig einlöse."

„Oh Gott, Manuela", lächelte Otto gequält, „du kennst nicht den Leidensdruck junger Männer."

„Ein bisschen Petting erlaube ich dir", lenkte sie ein.

Otto legte sich zu ihr ins Bett und Manuela streichelte sanft seinen angeschwollenen Penis.

„Hast du das schon einmal gemacht?", fragte Otto.

„Nein, aber es ist irgendwie schön", lächelte sie leicht erregt.

276

Sie massierte mit ihren rhythmischen Handbewegungen immer heftiger werdend sein Glied.

„Manuela!", stöhnte Otto plötzlich und klammerte sich fest an sie.

Sie spürte seinen warmen Samen an ihrer Hand.

„Otto, ich wollte dich gar nicht so erregen", sagte sie leise und schaute ihn ganz schuldbewusst an. „Ich wollte das wirklich nicht."

Sie legte sich auf ihn und drückte ihre Lippen auf seinen Mund.

„Soll ich dich auch erregen?", fragte er nach einer Weile.

„Ein anderes Mal vielleicht, aber heute nicht", antwortete sie.

Manuela stellte den Wecker an ihrer Armbanduhr ein. „In einer halben Stunde treffen wir uns schon mit Christian und Tina. Ein bisschen Dösen schadet uns nicht."

Christian und Tina wurden durch den Alarm von Christians Armbanduhr aufgeweckt.

„Ich hätte jetzt durchschlafen können", gähnte Tina.

„Dafür sind wir nicht bis nach Thailand geflogen", erwiderte Christian.

Er war sofort putzmunter und schon aufgestanden.

„Ich dusche mich noch einmal. Ich habe mich vorhin auch mächtig angestrengt. Du weißt das gar nicht zu würdigen, bei dieser Schwüle hier."

„Doch, weiß ich wohl", lächelte Tina wieder verführerisch.

Alle Vier trafen sich pünktlich unten, im an die Rezeption angrenzenden, kleinen Empfangsraum des Hotels. Da standen zwei Garnituren mit alten, braunen Ledersesseln im englischen Clubstil und verschnörkelten Tischchen. An dem einen Tisch saßen zwei Thai-Mädchen, grell geschminkt, aber hübsch anzusehen.

Otto und Christian gaben die Zimmerschlüssel an der Rezeption ab und alle Vier stellten sich an die Straße, um ein Taxi heranzuwinken. Manuela übernahm die Führung.

„Heute lohnt es sich nicht mehr, groß etwas zu unternehmen. Ich schlage vor, dass wir die Zeit bis zum Sonnenuntergang nutzen, um das Wahrzeichen von Bangkok, den Wat Arun, zu besichtigen. Anschließend besuchen wir den Nachtmarkt. Der ist aufregend. Da geht es zu wie in einem Bienenstock."

Die anderen waren damit einverstanden. Sie nahmen ein Taxi zum breiten Menam-Strom und setzten mit der Fähre an das andere Ufer über, wo sich das eindrucksvolle Bauwerk erhob. Auf der alten, laut tuckernden Fähre wehte ein angenehmer Wind, der die Schwüle linderte. In den Strahlen der schon tiefstehenden Sonne stachen die spitz zulaufenden Türme des Wat Aruns wie juwelenbesetzte Schwertspitzen in den tropischen Himmel.

„Es sind keine Türme im üblichen Sinn sondern Chedis, d.h. Bauwerke, die Reliquien von Buddha oder Dinge, die mit seinem Leben in Zusammenhang stehen, enthalten", erklärte Manuela.

„Eigentlich muss man sich den Wat Arun in der Früh anschauen, da ist er am schönsten. Das Heiligtum hat deshalb den Namen ‚Tempel der Morgenröte'. Wenn wir näher dran sind, werdet ihr sehen, dass der farbenfrohe Schmuck, der da so glitzert, aus glasierten Keramikfliesen besteht. Der Wat Arun besteht aus dem großen achtzig Meter hohen Chedi, und vier ihn umgebenden kleineren Türmen."

Als sie das Heiligtum betraten, staunten sie nicht schlecht. Die glasierten Keramikfliesen formten zusammen mit dem Stuck und den Glasplättchen Tausende phantastischer Blumen und Girlanden und lange Reihen guter Geister und Dämonen und anderer Fabelwesen. Die Turmspitzen krönten jeweils der Dreizack des Hindugottes Shiva. Hier zeigte sich der starke Einfluss der indischen Mythologie.

„Sollen wir bis nach oben steigen?", fragte Tina.

„Oh Gott!", rief Otto. „Da geht es ja wahnsinnig steil hinauf und bei der Schwüle wird das eine Tortur."

„Aber heute hast du keinen schweren Rucksack auf den Buckel geschnallt. Das schaffen wir alle ganz leicht", ermunterte ihn Manuela.

Vor ihnen kletterten schon waghalsige Besucher den Hauptchedi empor. Andere waren ihnen schon weit voraus und wagten wieder einen vorsichtigen Abstieg. Aber es lohnte sich, die schmalen Treppen am großen Chedi emporzusteigen. Im unteren Drittel umgaben ihn vier Pavillons, in denen die vier wichtigsten Ereignisse im Leben Buddhas dargestellt waren: Seine Geburt, die Erleuchtung, die erste Predigt und sein Eingang in das Nirwana. Die Aussicht von der obersten Treppe war überwältigend. Man sah über den breiten Menam-Strom zu den bunten Türmen und Dächern des Königspalastes, des Königstempels und der Klosteranlage des Wat Pho. Manuela machte ihre Freunde auf die Gebäude aufmerksam.

„Morgen besichtigen wir dann den Königstempel und den Palast des Königs. Ihr werdet von dem Prunk geblendet sein."

„Dann werden wir vielleicht den König Bhumibol mit seiner Gemahlin sehen", meinte Tina.

„Bestimmt nicht," lächelte Manuela. „Der König hält sich jetzt fast nur noch in seiner Sommerresidenz in Hua Hin am Meer auf. Dort weht eine kühle Brise und die Luft ist gesünder als hier im verpesteten Bangkok."

„Ich finde Benzin- und Öldämpfe riechen aromatisch", meinte Otto und schnüffelte mit seinem großen Riechkolben wie ein Schäferhund. „Aber es ist verdammt heiß in Bangkok, schau mal mein T-Shirt an. Als ob ich angezogen aus der Badewanne gestiegen wäre."

„Jetzt kommt erst der beschwerliche Abstieg, Otto. Hier holt dich kein Hubschrauber ab", spöttelte Christian.

Jetzt erst merkten sie alle, wie steil die ungesicherte Treppe nach unten in die Tiefe ging.

„Oh Gott", stöhnte Otto. „Hoffentlich reiße ich niemanden von euch mit, wenn ich stolpere."

„Dann mach du den Anfang, Otto. Hals- und Beinbruch!", lachte Christian.

Sie kletterten fast auf allen Vieren mit dem Gesicht zu den Stufen wieder nach unten. Es dauerte eine Ewigkeit. Als Otto als erster wieder auf sicherem Boden stand, blickte er verschwitzt nach oben und meinte stolz: „Der nächste Gipfel wird der Mount Everest im

Himalaya und den besteigen wir wie Reinhard Messner ohne Sauerstoffmaske."

„Genau", grinste Christian. „Der ist auch leichter zu packen. Da ist es nicht so schwülheiß."

„Da wird aber deine Nase noch länger aussehen", meinte Manuela.

„Warum?", fragte Otto.

„Wegen des Eiszapfens in deinem Gesicht", lachte Manuela.

„Kinder, es ist so schwülheiß hier, ich brauche unbedingt etwas zu trinken und außerdem habe ich Kohldampf", meckerte Otto.

„Ich auch", sagte Christian.

„Kein Problem! Wir fahren jetzt auf direktem Weg zum Nachtmarkt. Dort sind auch kleine Garküchen. Da lassen wir uns verwöhnen", erwiderte Manuela.

Als sie im Taxi auf dem Weg zum Nachtmarkt waren, ging die Sonne schon unter. Je näher man sich am Äquator befand, umso schneller erfolgte der Wechsel vom Tag zur Nacht. Es wurde aber trotzdem nicht dunkel. Tausende von Lichter brannten in den Häusern. Die bunten Reklameschilder leuchteten in grellen Farben. Es war aufregend schön anzusehen. Auf dem Nachtmarkt waren dichtgedrängt Hunderte von Händlern, die auf ihren Verkaufstischen alle Arten von Waren anboten. Die Buden der Händler waren entlang der Geschäftsstraßen aufgebaut und gut beleuchtet, sodass man nicht die Katze im Sack kaufen musste. Das Warenangebot war überwältigend: Kleider, Unterwäsche, Schuhe, elektronische Geräte, Uhren, Parfums, Malereien, Stickereien, Plastikkitsch usw. Man konnte alles kaufen und die Händler waren nicht aufdringlich. Ein Menschenstrom schob sich zwischen den Buden entlang. Die meisten Artikel waren Imitate von bekannten europäischen Firmen: Ebel- und Rolexuhren für umgerechnet zwanzig Mark, Adidas-Sportschuhe für zehn Mark und französische Markenparfums für fünf Mark.

Manuela und Tina hatten an einem Händlerstand sofort die dort angebotenen schicken T-Shirts in der Hand und probierten vor einem aufgehängten Spiegel, ob sie ihnen standen.

„Das darf doch nicht wahr sein", schimpfte Otto zu Christian. „Wir haben Kohldampf und unsere Damen interessiert nur noch ihr Outfit.

Auch Christian schüttelte den Kopf. „Manuela, da vorne ist eine Garküche. Ihr habt doch noch die ganze Nacht für euch zum Einkaufen", störte Christian die zwei bei ihrer Modenschau.

„Alter Macho", schmollte Manuela.

Das Essen in der Garküche schmeckte allen prima. Zuerst löffelten sie eine Schale mit Gemüse, Reis und Brühe und dann verzehrten sie noch gegrillte Fleischstücke am Spieß.

„Das Essen schmeckt hier wirklich vorzüglich", meinte Manuela und saugte an dem Strohhalm in ihrer Coca-Cola Dose mit eiskaltem Inhalt.

Der junge Thai-Koch hantierte geschickt am Grill. An einem kleinen Tisch wurde in einem großen Topf über einem Gasfeuer die Gemüsesuppe erhitzt, in einem anderen Topf wurde der Reis gekocht. Sie saßen zu viert an einem kleinen Tisch am Gehsteig. Am zweiten Tisch aß ein junges Thai-Pärchen. Sie blickte öfters zu den vier Freunden und kicherte etwas zu ihrem Begleiter.

„Das ist eine Thai-Maus mit ihrem Zuhälter", grinste Otto.

„Du spinnst doch", erwiderte Manuela entrüstet. „Ihr europäischen Männer glaubt wohl, dass alle Thai-Mädchen Prostituierte sind. 95 Prozent der Frauen in Thailand sind sittsamer und tugendhafter als die Mädchen bei uns."

„War auch nur ein Joke", meinte Otto kleinlaut.

„Prostituierte gibt es da drüben in den Bars", belehrte ihn Manuela.

Sie zeigte auf die andere Straßenseite. Über dem Eingang eines Sex-Schuppens leuchteten die üppigen Formen einer Reklameschönheit immer rhythmisch in einem elektronischen Zeittakt auf.

„Dir wird nichts vorenthalten, Otto. Du darfst auch einen Blick in das Innere des Etablissements werfen."

Nachdem sie bezahlt hatten, überquerten sie die belebte Straße direkt zum Eingang der Bar. Die Tür war weit offen. Man sah im rötlichen, schummrigen Licht eine große Theke. Da saßen ein paar Mädchen und auch einige Europäer. An einer senkrecht stehenden Stange schlängelte sich ein fast nacktes Thai-Mädchen, nur unten mit einem goldglitzernden Tangahöschen bekleidet, und zwei goldenen Sternen auf ihren Brüsten zu einer erotisch aufwühlenden Musik. Sie sah wirklich hinreißend aus.

„Ein hübschen Mädchen", meinte Tina anerkennend.

„Das muss genügen", sagte Manuela. „Wenn ihr zwei hier hinein wollt, müsst ihr dann allein nach Hause zu unserem Hotel fahren. Wir wollen jetzt ein bisschen Shoppen."

„Aber keine sperrigen Souvenirs bitte! Denkt daran, ihr müsst sie auf der ganzen Rundreise mitschleppen", wandte Christian ein.

„Ich bin doch kein Newcomer. Ich kaufe meine Souvenirs alle erst am Schluss unserer Reise in Koh Samui, wenn wir Badeurlaub machen. Dort gibt es auch genügend Souvenirmärkte. Aber ein T-Shirt oder einen neuen Bikini möchte ich mir hier schon kaufen."

„Ich auch", stimmte Tina ihr zu.

„Ich nicht", sagte Otto. „Ich finde, ein Bikini steht mir nicht", grinste er Christian an.

Manuela lachte.

„In Thailand sind übrigens Transvestitenshows in. Vor allem Besucher aus Japan, Südkorea und Taiwan sind von solchen Aufführungen begeistert."

„Igitt", krächzte Otto, „ist ja ekelig. Da ist so eine geile Show mit einer geschmeidigen Schlange an der Stange schon etwas anderes, oder Christian?"

Christian nickte. „Trotzdem lassen wir unsere Damen beim Einkaufen nicht allein. Und ein neues T-Shirt könnten wir zwei auch brauchen. Deines riecht schon, Otto."

Es machte einfach Spaß, in Ruhe zwischen den Buden zu schlendern und die vielen Angebote zu studieren. Manuela und Tina kauften sich das gleiche T-Shirt, vorne mit dem Aufdruck ‚Koh Samui' und einer Palme am Strand. Die Idee fanden Otto und Christian nachahmenswert. Ihr T-Shirt-Aufdruck zeigte einen Tiger, der seine scharfen Zähne entblößte. Darunter stand ‚Maneater'.

„Entspricht mein Outfit deiner Vorstellung von einem Bodyguard?", fragte Otto Manuela, der sich wie Christian das neue T-Shirt gleich angezogen hatte.

„Geht schon", lächelte Manuela. „Deine Muskelmasse lässt aber noch zu wünschen übrig, wenn ich dich so mit Arnold Schwarzenegger vergleiche. Du hättest ein Fitnessstudio besuchen sollen."

„Aber ich habe wirklich in der ersten Septemberwoche jeden Abend in Rosenheim einen Jiu-Jitsu-Kurs besucht."

„Löblich", erwiderte Manuela, „falls es stimmen sollte."

„Soll ich euch etwas vorführen? Christian, greif mich mal von hinten an!"

Otto stellte sich martialisch in Pose.

„Heute nicht mehr", wehrte ihn Christian lachend ab. „Ich bin schon todmüde und hier zwischen den Buden kommt sowieso kein Notarzt durch."

Sie waren alle hundemüde.

„Wir treffen uns morgen, sagen wir mal um neun Uhr, im Frühstücksraum. Es ist euch doch recht?", schlug Manuela im Hotel vor.

Christian und Tina nickten.

Am nächsten Tag trafen sich alle vier pünktlich zur ausgemachten Zeit im Frühstücksraum. Hier nahmen schon ein paar Thai-Gäste, Geschäftsleute in dunklen Anzügen mit Krawatte, ihr Frühstück ein. Ein kleines Frühstücksbuffet war aufgebaut.

„Es gibt sogar gerösteten Speck mit Rühreiern wie in einem fünf-Sterne-Schuppen", sagte Manuela erfreut zu Otto, der einen Tisch vor dem Fenster zur Straßenseite hin ausgesucht hatte.

Trotz der Schwüle im Raum hatten sie alle großen Frühstückshunger.

„Heute sehen wir ein Highlight unserer Rundreise, den Königspalast und den Königstempel", klärte Manuela ihre Freunde auf.

Und so war es auch. Sie standen vor einer langen, zinnenbewehrten Mauer am Einlasstor für die Touristen. Dort hatte sich schon eine lange Besucherreihe aus aller Herren Länder, mit Fotoapparaten und Filmkameras ausgerüstet, gebildet. Hinter der Mauer erhob sich die glänzende Kulisse grellroter und grüner Teleskopdächer, goldener Spitzen und bunt leuchtender Türmchen. Manuela hatte ihren Reiseführer aufgeschlagen. Sie war mit ihren Eltern schon einmal hier gewesen und hatte damals auch eine Führung mitgemacht.

„Das Geld für einen Guide können wir uns sparen. Bleibt immer eng bei mir, ich erläutere euch alles."

„Und wenn ich austreten muss, Frau Lehrerin?", schwätzte Otto.

„Kusch, Otto", lachte Manuela, „und nimm den Finger aus der Nase!"

Manuela las aus ihrem Reiseführer vor: „Die Bauarbeiten zu diesem orientalischen Wunderwerk begannen um 1782 auf Befehl von Rama I., dem die alte Hauptstadt Thonburi auf der anderen Seite des Flusses nicht mehr zusagte. Das ganze Areal hier ist zwei Hektar groß und voll mit repräsentativen Palästen, prunkvollen Gästehäusern, aber auch einfachen Verwaltungsbauten. Die Krönung des Ganzen wurde das königliche Kloster. Es heißt Wat Phra Kaeo und zählt zu den märchenhaftesten Bauwerken Südostasiens."

Das, was man hier sah, war wirklich eindrucksvoll. Die Vier schlossen sich dem Besucherstrom an, der sich der Aufbahrungshalle näherte. Vor einem Torbau, der in den Hof der Halle führte, saßen zwei mächtige, chinesische Steinlöwen.

Manuela belehrte ihre Freunde: „Die Aufbahrungshalle verkörpert noch den reinen Thai-Stil. Seht mal nach oben. Die Mitte der sich überkreuzenden Teleskopdächer krönt ein spitzes Türmchen, das in den Ecken jeweils von einer vergoldeten Vogelfigur mit menschlichem Antlitz gestützt wird. Das ist das mystische Reittier Garuda des Hindugottes Vishnu, der die Welt vor allem Unheil beschützt."

„Ich dachte, die Thais sind Buddhisten", wandte Otto ein.

„Gut aufgepasst", erwiderte Manuela, „aber es gibt eben zahlreiche Stellen, an denen die hinduistische und buddhistische Mythologie miteinander verflochten sind. Buddha wird auch als zehnte Inkarnation Vishnus angesehen."

Otto war mit der Antwort zufrieden.

„Zu Lebzeiten von Rama I. wurde die Halle als Gästehaus für die Fürsten unterworfener Länder benützt und nach seinem Tod als Aufbahrungsort der verstorbenen Könige."

„Seht mal den herrlich vergoldeten Thron", rief Tina und zeigte auf die Stirnseite des Gebäudes.

In einem vergoldeten Vorbau stand ein prunkvoller Thron, der von einer Reihe kleiner Garudafiguren gestützt wurde.

„Hier fand die Begegnung der Abordnungen unterworfener Fürsten mit dem ‚Schatten Gottes auf Erden' statt. So wurde der König ehrfurchtsvoll genannt. Dieses Ritual wurde zum Beweis ihrer Loyalität alljährlich wiederholt. Erschien ein Fürst nicht, so standen alsbald die königlichen Truppen vor seinem Haus, um sich nach dem Grund des Fernbleibens zu erkundigen."

Die Gebäude der Palastanlage waren alle herrlich anzusehen, die Raj Karan Sapa Thronhalle, die große Empfangshalle und die Krönungshalle. Nach der Besichtigung der Königshalle verließen sie nicht gleich den Hof, sondern wandten sich einige Schritte rechts um die Ecke. Dort standen noch zwei kleine Bauwerke.

„Warum hast du uns hierher geführt?", fragte Otto. „Da ist doch nichts Außergewöhnliches zu sehen."

„Stimmt schon. Aber hier im ersten Gebäude finden sich an den buddhistischen Feiertagen am frühen Nachmittag immer die Mönche ein, um unter Musik und Gesang geweihtes Wasser für den König herzustellen. Und jeden Tag um 14 Uhr erscheint eine königliche Abordnung, um etwas von diesem Wasser abzuholen und damit die Residenz seiner Majestät zu besprengen. Ich dachte, wir sehen das schöne Ritual."

„Aber da ist niemand", wandte Christian ein.

„Es ist auch noch nicht 14 Uhr", meinte Tina. „Nach meiner Uhr haben wir noch fünf Minuten."

Und da kam auch schon eine Prozession von Mönchen in ihren safranorangenen, togaähnlichen Kleidungsstücken, kahlgeschoren und mit einem Singsang auf den Lippen. Sie verschwanden in dem Gebäude und kamen nach kurzer Zeit wieder mit ihrem kupferglänzenden Wasserbehälter heraus, und schon marschierten sie schnurstracks, ohne von den vier Asienfans Notiz zu nehmen, davon.

„Was du nicht alles weißt", bewunderte Christian Manuela.

„Und wo gibt es hier etwas für uns zu futtern? Mir hängen schon die Gedärme heraus", redete Otto.

„Natürlich im Gästehaus", antwortete Manuela. „Aber nur für geladene Besucher. Schau mal auf deine Eintrittskarte, Otto. Alle Besucher, deren Nummer auf dem Eintrittsbillet mit einer Null beginnt, sind Gäste des Königs und zum Mittagessen nach 14 Uhr eingeladen."

Otto kramte die Eintrittskarte aus seinem Portemonnaie. „Bei mir beginnt die Nummer wirklich mit einer Null", rief er erfreut.

„Bei mir auch", sagte Tina.

„Und auch bei mir", freute sich Christian.

„Wo findet das Gelage statt?", fragte Otto.

„Das ist das Geheimnis", flüsterte Manuela. „Das wissen nur die Eingeweihten, d.h. die Erleuchteten, Otto. Geht dir noch kein Licht auf?"

„Nein", sagte Otto energisch.

286

„Dann gehörst du auch nicht zu den erleuchteten Gästen. Das Essen findet im Nirwana statt", lachte Manuela.

„Du bist gemein zu uns", ärgerte sich Otto.

Und Tina und Christian stimmten in das Wehklagen mit ein.

„Jetzt schauen wir uns noch den Königstempel an und dann essen wir in einer Garküche am Flussufer. So lange werdet Ihr es noch aushalten. Ich habe gut gefrühstückt. Ich könnte es noch bis zum Abend ohne etwas zu essen aushalten."

Die drei Freunde zogen nur murrend hinter Manuela durch das Eingangstor zum Wat Phra Kaeo, dem Königstempel. Sofort hatten sie aber das ausbleibende Essen vergessen und waren von der Vielzahl buntbemalter Hallen, den exotischen Türmen und den grellfarbenen Fabelwesen fasziniert. Gleich neben dem Eingang fletschten zwei riesengroße Wächter grimmig ihre Zähne. Je zwei dieser Phantasiegestalten bewachten jedes der sechs Tore des Königstempels. Jeder Wächter war anders gekleidet und hatte eine andere Fratze.

Manuela blätterte in ihrem Reiseführer und belehrte wieder ihre Freunde: „Der größte Teil der Bauten wurde ebenfalls unter Rama I. errichtet. Diese Anlage war als Gebets- und Meditationsstätte für den König gedacht. Es ist kein Kloster im üblichen Sinn. Mönche haben hier nie gewohnt. Deshalb fehlen auch die Wohnquartiere und die Versammlungshalle der Mönche. Als erstes besichtigen wir im Königstempel das große Gebäude hier. Es ist der Tempel des Smaragd-Buddha."

Sie betraten einen Säulenumgang und wandten sich dann nach rechts. Seltsame Wesen schmückten die in blau und gold gehaltenen Außenwände des kunstvollen Gebäudes. Besonders dekorativ wirkte die Schmalseite des Baus. Sechs bissige, schwarze Bronzelöwen bewachten die Eingänge. Das Innere der Halle schmückten Gemälde, die wichtige Ereignisse aus dem Leben Buddhas und seiner früheren Inkarnationen illustrierten. Die berühmte, nur 66 Zentimeter große Statue des Smaragd-Buddhas ruhte auf einem hohen, vergoldeten Sockel. Sie bestand aber nicht aus Smaragd, sondern aus grüner Jade.

„Soll ich euch etwas über die Geschichte dieser Statue vorlesen?", fragte Manuela.

„Gern", sagte Tina. „Es ist alles so fantastisch hier. Ich bin dir so dankbar, Manuela, dass ich auf dieser Reise dabei sein darf."

Manuela las vor: „Um 1435 schlug ein Blitz in einen alten Chedi der Stadt Chiang Rai ein. Man fand zwischen den Trümmern eine Buddhafigur, deren Stuck außen in der üblichen Weise vergoldet war. Als der Gips nach einiger Zeit abfiel, erschien darunter die kostbare Jade. Der König von Chiang Mai, dem die Stadt Chiang Rai damals unterstand, befahl, die kostbare Figur in seine Hauptstadt zu bringen. Unterwegs weigerten sich aber die Elefanten den richtigen Weg zu gehen. Auf diese Weise gelangte die Statue nach Lampang, wo sie bis zur Eroberung der Stadt blieb. Erst im Jahre 1668 konnte sie nach Chiang Mai geholt werden. Infolge kriegerischer Ereignisse musste sie schon 84 Jahre später eine neue Reise antreten, bis nach Vientiane in Laos. Nach der Eroberung von Laos um 1778 kam die Figur dann in die neue Hauptstadt Thonburi, und von dort schließlich 1784 nach Bangkok in den Königstempel."

„Da hat die Figur eine wechselvolle Geschichte hinter sich", meinte Tina.

„Stell' dir vor", ereiferte sich Otto, „du kaufst im Nachtmarkt in Bangkok eine Buddhafigur aus Gips, verstaust sie in deinem Rucksack und packst sie zu Hause in Deutschland wieder aus und dann ist der Gips zerbrochen und ein Buddha aus massivem Gold glänzt dir entgegen. Das wär's, oder?"

„Ich stelle mir vor, ich bin der Aga Khan, und lasse mein Körpergewicht von meinen Gläubigen jedes Jahr in Gold aufwiegen. Das bringt mehr, Otto", lachte Christian.

Sie verließen die Halle und stiegen die Treppe wieder hinab. Der Weg führte sie dann zu den zwei goldenen Pagoden, die eine Kette von Affen und Athleten zu tragen schienen. Und weiter stiegen sie auf eine Terrasse mit mehreren Gebäuden hinauf. Der erste Raum beherbergte die lebensgroßen Statuen der verstorbenen Rama-Könige. Eine Halle nannte sich Mondhop. Der Name war aus dem indischen Sanskrit-Wort ‚mandapa' abgeleitet.

„Ins deutsche übersetzt heißt dieses Wort ‚Halle‘", erklärte Manuela.

„Sehr geistreich", grinste Otto.

„Da steht, es ist das schönste Bauwerk im Königstempel."

Das war es auch. Vergoldete Schnitzereien und leuchtende, bunte Glasmosaiken bedeckten alle Wände. Das Innere war leider für Touristen nicht zugänglich.

„Hier wird die Heilige Schrift, die Tripitaka, verwahrt. Sie ist die Grundlage des in Thailand praktizierten Buddhismus. Und jetzt zeige ich euch noch etwas ganz Besonderes. Ein riesiges Modell von Angkor Wat, einer Tempelstadt, die die Khmer-Könige im heutigen Kambodscha im 12. Jahrhundert errichtet haben. Das Modell wurde nach alten Unterlagen auf Veranlassung von Rama III. angefertigt. Da lag das echte Angkor Wat bereits unter einer dichten Urwalddecke verschollen. Voriges Jahr war ich mit meinen Eltern in Kambodscha. Da haben wir diese berühmte Tempelstadt besichtigt. Es war wirklich die strapaziöse Reise wert."

Das Modell war schon eindrucksvoll. Man konnte sich gut vorstellen, welche Faszination das vom Urwald umgebene Original auf seine Besucher ausüben musste.

Nach dem Besuch aller Sehenswürdigkeiten im Königstempel saßen die vier in einer kleinen Garküche direkt am Flussufer und ließen es sich schmecken.

„Der Unterschied ist schon verdammt krass", meinte Otto.

„Welcher Unterschied?", fragte Tina.

„Na hier die Garküche, mit den wackeligen Tischen und Stühlen, den Töpfen und dem bunten Plastikgeschirr, die Verkaufsbuden hier, aus alten Brettern zusammengenagelt, mit den Wellblechdächern, und ein paar hundert Meter weiter der Königspalast aus Marmor, Stein und erlesenen Hölzern, fachmännisch und kunstvoll konstruiert und zusammengebaut, dieser Prunk, diese herrlichen, mit Gold überzogenen Figuren, die wunderschönen Gartenanlagen mit den Blumenbeeten, den gepflegten Wegen und den Zierbüschen und sauber zugeschnittenen Zierbäumen. Das sind zwei verschiedene Welten im gleichen Land."

„Hier spiegelt sich eben die Welt der Habenichtse und die Welt der Mächtigen und Herrschenden wider. In Asien empfinden wir Europäer diesen Unterschied besonders stark", meinte Christian.

„Kein Wunder, dass bei diesen krassen Unterschieden der Lebensverhältnisse die kommunistischen Ideen von Marx und Engels in Indochina auf fruchtbaren Boden fielen", sagte Otto.

„In Thailand wurden die Kommunisten durch das Militär verfolgt", erläuterte Manuela.

„Hast du nicht erzählt, dass die Staatsform eine parlamentarische Monarchie ist, ähnlich wie in England, und der König das Land repräsentiert und beim einfachen Mann sehr beliebt ist?", fragte Otto.

„Das stimmt schon", antwortete Manuela, „aber das Militär hat öfters geputscht und die Macht übernommen. Dann wurde das Kriegsrecht über das Land verhängt und Verstöße, insbesondere kommunistische Aktivitäten,entsprechend geahndet. Auch heute hat das Militär noch großen Einfluss auf die gewählte Regierung. Der König aber ist die Integrationsfigur zwischen den rivalisierenden Gruppen im Land. Das Königshaus bemüht sich vor allem um das Wohl der kleinen Leute auf dem Lande. Schulen und Krankenhäuser wurden gebaut und die Infrastruktur weiter verbessert."

„Aber die krassen Unterschiede zwischen arm und reich bleiben doch", entgegnete Otto aufgebracht.

„Friß mich nicht gleich", lachte Manuela. „Der Kommunismus ist sicherlich nicht das Allheilmittel. Das haben die sozialistischen Experimente auf der ganzen Welt gezeigt. Ich war mit meinen Eltern auch schon im sozialistischen Kuba."

„Beim Fidel Castro und Che Guevara", unterbrach sie Tina. „Der Che Guevara schaut toll aus", sagte sie ganz begeistert.

„Der lebt doch schon lange nicht mehr", bemerkte Christian eifersüchtig.

„Aber sein Konterfei siehst du noch immer auf alten Plakaten und abbröckelnden Wänden im ganzen Land. ‚Socialismo o muerte' (Sozialismus oder Tod) lautet auch heute noch die Parole in Kuba. Aber damit kannst du keinen Staat mehr machen. Die kommunistischen Ideen sind sicher nicht schlecht, aber in der Realität führen sie zu einer stärkeren Verarmung der Bevölkerung. In Kuba zählt heute nur der US-Dollar. Nur wer Dollars hat, kann sich alles leisten. Und das ist nur eine kleine Funktionärsclique. Nur Angebot und Nachfrage bringen auch den Wohlstand für den kleinen Mann. Wenn er in die eigene Tasche arbeiten kann, wird er erfinderisch und fleißig. Und das funktioniert in einem freiheitlichen, demokratischen Rechtsstaat mit freier Marktwirtschaft am besten."

„Die Habenichtse bleiben dann aber auf der Strecke, weil sie kein Startkapital haben", erwiderte Otto mürrisch.

„Wenn du gute Ideen hast, unterstützt dich auch der Staat bei uns mit Fördermitteln. Es gibt z.B. zinslose Darlehen für junge Unternehmer. Aber darüber machst du dir bestimmt keine Gedanken, Otto. Du wirst einmal bestallter Beamter mit Pensionsberechtigung."

„Ich bin eben kein Unternehmertyp", sagte Otto, „und habe auch nicht Wirtschaft studiert. Dem schnöden Mammon nachlaufen, das ist sowieso nicht meine Sache. Mich interessieren eben mehr geistige und kulturelle Werte."

„Eine funktionierende Wirtschaft braucht aber Leute, die etwas erwirtschaften. Wenn der Staat von diesen Leuten keine Steuern kassiert, kann er dich als Beamten nicht bezahlen und Kunst und Kultur bleiben auf der Strecke."

„Ja, aber ich leiste auch etwas als Lehrer", ärgerte sich Otto. „Ich unterrichte einmal Schüler, die Zukunft des Staates."

„Mensch Otto", lenkte Tina ein, „ich habe nicht studiert und verstehe genau, was Manuela sagen will. Ein funktionierender Staat ist eine komplexe Sache. Da braucht man die Vielfalt von Interessen und Fähigkeiten. Der Staat sollte sich aber nicht zu viel in alle Belange einmischen."

„Genau", sagte Christian, „und die sozialistische Planwirtschaft hat an den Bedürfnissen des kleinen Mannes vorbei gewirtschaftet. Staatliche Unternehmen arbeiten offensichtlich nicht effizient genug. Erst wenn sie privatisiert sind, schreiben sie vielleicht wieder schwarze Zahlen."

„Aber der kleine Mann hat einen sicheren Arbeitsplatz", entgegnete Otto.

„Das sind dann wieder die Nachteile in der freien Marktwirtschaft", gab Manuela zu. „Bei uns in Deutschland ist das soziale Netz so eng geknüpft, dass keiner bei Arbeitslosigkeit verhungern muss oder ihm im Krankheitsfall die ärztliche Versorgung vorenthalten wird. Ich verstehe aber, was du meinst, Otto. Die sozialen Unterschiede hier sind enorm. Man kann Thailand auch nicht mit Deutschland vergleichen. Hier muss jeder selber schauen, wo er bleibt. Aber die Prachtbauten wie der Königspalast oder der Königstempel, die nur einer kleinen, privilegierten Schicht zugänglich waren, sind heute nur noch Museen und das Kulturerbe der ganzen Menschheit. Wir freuen uns doch, dass es solche herrliche Bauten, voll mit Kostbarkeiten, überhaupt gibt. Das ist doch ein wichtiger Grund, warum wir in Thailand sind und die Menschen hier sind sicher stolz, dass ihre Vorfahren zu solchen Kulturleistungen fähig waren. Die ganze Welt bewundert diese Bauwerke aus früheren Zeiten in ihrem Land."

„Otto", sagte Christian ironisch, „es gibt hier noch viel zu tun. Packen wir es an."

„Heute nicht mehr", wehrte Otto grinsend ab. „Ich bin jetzt hundsmüde vom vielen Laufen und würde am liebsten ein Nickerchen machen."

„Ich auch", nickte Tina. „Steht heute noch etwas auf dem Programm?", wandte sie sich an Manuela.

„Heute nicht mehr. Der gestrige Flug steckt uns noch allen in den Knochen. Wir nehmen wieder die Fähre über den Menam und dann tuk-tuken wir mit den offenen Minitaxis zurück ins Hotel. Aber toll war der Königspalast und der Königstempel schon, oder?"

„Einmalig", antwortete Tina. „Das muss ein Bild für Götter gewesen sein, wenn der König mit seinem Hofstaat Gäste in seinem Palast empfangen hat und ein großes Fest gefeiert wurde."

„Da bin ich euch jetzt voraus", sagte Otto. „Ich erinnere mich wieder, dass ich einmal im Fernsehen einen Spielfilm über den König von Siam und seinem Hofstaat gesehen habe. Der glatzköpfige Yul Brynner hat den König gespielt. Ich glaube, der Film hieß ‚Der König und ich'. Und bei der weiblichen Hauptrolle ging es um eine englische Erzieherin namens Anna, die dem König Englisch- und Französischunterricht gegeben hat."

„Hat sie nicht Otto geheißen, mit blonden langen Haaren, aber ein bisschen platt vorne auf der Brust?", lachte Christian.

„Warte nur Christian", erwiderte Otto, „bei der nächsten Gelegenheit wirst du aufgezogen wie ein schnurrendes Männlein, das auf seine Trommel schlägt."

„Den Spielfilm habe ich auch gesehen", sagte Tina plötzlich. „Jetzt, wo du von der englischen Gouvernante erzählst, erinnere ich mich an den Film. Es war ein sehr romantischer Film."

„Jetzt erinnere ich mich auch an den Film", scherzte Christian. „Die Gouvernante wird dann in eine Konkubine verwandelt und erhält vom König persönlich Unterricht in den siamesischen Liebeskünsten."

„Du bist gar nicht romantisch", erwiderte Tina leicht verärgert.

„Otto könnte doch den Prinzessinnen von König Bhumibol Englisch- und Französischunterricht geben. Und wir drei treten als Diener des großen Lehrers aus Deutschland auf. Und schon sind wir bei Hofe akkreditiert", grinste Christian hämisch.

Manuela fuhr dem hänselnden Christian über den Mund: „Christian, du weißt auch überhaupt nichts über die vier Königskinder. Die sprechen alle fließend englisch und sicher auch französisch. Die älteste Tochter war im Ausland verheiratet und hat auf alle Rechte und Pflichten ihrer königlichen Geburt verzichtet. Der Kronprinz studierte in Australien an der berühmten Duntroon-Militärakademie und die nächstjüngere Tochter unterstützt seit Jahren ihre Mutter bei der Erfüllung sozialer Aufgaben. Ihr Ansehen bei der Bevölkerung ist so hoch, dass die bis dahin ausschließlich männliche Thronfolge per Gesetz aufgehoben wurde. Theoretisch ist es damit möglich, dass sie das Amt ihres Vaters übernimmt."

„Was du alles weißt", sagte Christian bewundernd.

„Du liest eben keine Frauenzeitschriften. Da steht alles drin über Königsfamilien und über Prominente."

„Und was treibt das vierte Kind so?", fragte Otto neugierig.

„Mit Englisch- und Französischunterricht ist da für dich auch nichts mehr drin, Otto. Die jüngste Tochter studierte Land- und Forstwirtschaft. Ich glaube, sie ist sogar Professorin."

„Dann sehe ich im Augenblick keine andere Möglichkeit, dass wir bei Hofe eingeführt werden, und es wird auch kein königliches Schiff kommen und uns ans andere Ufer bringen. Wir nehmen also wieder die verrostete, nach Öl stinkende Fähre", meinte Tina mit gespielter Traurigkeit.

„Ein königliches Schiff wird nicht kommen", sagte Manuela. „Aber es ist üblich, dass man im Anschluss an die Besichtigung des Wat Arun die Königsbarken besucht. Das haben wir zwar gestern versäumt, könnten dies aber jetzt noch nachholen. Ich habe die königlichen Barken schon mit meinen Eltern besucht. Sie sind gar nicht so weit weg von hier, in einer Halle an einem Seitenkanal gegenüber dem Thonburi-Bahnhof untergebracht. Unser Reiseführer hat uns damals erzählt, dass früher das Ende der Regen- und Fastenzeit im Oktober mit einer königlichen Barkenprozession gefeiert wurde. Er hat dieses Schauspiel noch live erlebt. Die riesigen Barken sind schon etwas Besonderes. Die Barke des Königs hat vorne eine furchterregende Galionsfigur. Sie erinnert an einen Flugsaurier, und ihr schwarz-goldener Rumpf ist dem Körper einer Schlange nachgebildet."

Manuela schaute in die Runde. Der Vorschlag, noch die Königsbarken zu besichtigen, löste keine Begeisterung aus.

„Banausen", zischte Manuela. „Okay. Morgen haben wir wieder ein volles Programm. Am Vormittag besichtigen wir das Nationalmuseum und den Tempel des liegenden Buddhas, und am Nachmittag eine Schlangenfarm. Das ist jetzt mein Vorschlag für den morgigen Tag in Bangkok."

„Angenommen", sprach Otto auch für Tina und Christian.

„Die Hauptsache ist, wir müssen uns heute nichts mehr ansehen", stöhnte Christian.

„Der Besuch in der Schlangenfarm ist doch ungefährlich?", fragte Tina vorsichtig.

„Natürlich", antwortete Otto. „Keine Schlange tut einer anderen etwas."

„Das kenne ich aber etwas anders", sagte Christian. „Keine Krähe hackt der anderen ein Auge aus."

„Ist doch egal", wandte Otto ein.

„Ihr seid aber unheimlich witzig", spöttelte Manuela.

„Es ist bestimmt ungefährlich", beruhigte Manuela Tina.

Am nächsten Tag besuchten sie das Nationalmuseum auf der Westseite des Phramane-Platzes. In den Gebäuden war es wahnsinnig schwül. Sie machten eine deutschsprachige Führung mit und darum musste Otto auch keinen Dolmetscher spielen. Er war deshalb ein bisschen gekränkt. In der ersten großen Halle waren Waffen, Werkzeuge und Keramik aus der Stein- und Eisenzeit ausgestellt. Tina und Manuela waren ein bisschen enttäuscht von den Artefakten.

„So etwas sieht man auch im prähistorischen Museum bei uns", meinte Manuela.

Viele Gebäude des Nationalmuseums waren früher Teil des ehemaligen Palastes. Die ausgestellten Sammlungen waren wirklich umfangreich. Manuela und Tina waren vor allem von den herrlichen Theatermasken, chinesischen Marionetten und den mit feinen Perlmuttintarsien dekorierten Möbeln fasziniert.

„So ein Zimmer mit alten Thai-Möbeln eingerichtet, wäre doch ein Traum", flüsterte Manuela Tina ins Ohr.

Tina nickte zustimmend.

Auch der Überblick über die Stilentwicklung der thailändischen Bildhauer- und Bronzekunst war sehenswert.

„Oh Gott", stöhnte Otto gegen Ende der Führung. „Eine Cola, eine Cola, ein Königreich für eine eiskalte Cola."

Ihr Guide grinste: „Das können sie sich gleich kaufen. Aber zuerst sehen wir uns noch die königlichen Prunkwagen an."

Otto und auch den anderen lief der Schweiß herunter. Es war wirklich schwülheiß. Ihr Guide führte sie dann zum Restaurant des Museums.

„Alle unsere Freunde zu Hause beneiden uns um unsere Reise, aber keiner ahnt, wie strapaziös solche Besichtigungen sind", klagte Tina.

„Was hat dich jetzt am meisten beeindruckt, Otto?", fragte Manuela, als sie ermattet ihre Coca-Cola mit Eiswürfeln im Restaurant schlürften.

„Darf ich das wirklich frei heraus sagen?"

„Wahrscheinlich die nackten Statuen der vollbusigen Tänzerinnen, oder?", lächelte Tina.

„Nein", sagte Otto, „die Kanone!"

„Welche Kanone?", wollte Christian wissen.

„Mensch Christian, in dem einen Raum stand ein ein Meter hoher Revolver, eine große Kanone in der Form eines Revolvers. So etwas habe ich noch nie gesehen."

„Ja, stimmt", sagte Manuela, „ich habe diesen riesigen Revolver auch gesehen. Ob der einmal funktioniert hat, ist eine andere Frage. Aber beschämend ist es schon ein bisschen, Otto, dass dich so ein Blödsinn am meisten beeindruckt hat."

„Ich bin hier ein freier Mensch", antwortete Otto. „Ein Thai, d.h. doch ‚Freier', und ich erlaube mir zu sagen, was ich denke und fühle. Soll ich dich belügen und sagen, dass mich das golddurchwirkte Nachthemd von Rama V. am meisten beeindruckt hat und ich auch so eins möchte?"

Alle lachten.

„Ich stelle mir gerade vor, wie Otto darin wohl aussehen würde", kicherte Tina.

„Wie Otto der Große eben", sagte Otto hoheitsvoll.

„Schade, dass Bernd nicht auch hier ist. Der wäre sicher auch von Thailand und seinen Kulturschätzen fasziniert", meinte Manuela.

„Wie kommst du jetzt gerade auf Bernd?", fragte Christian.

„Wahrscheinlich wegen des großen Revolvers", grinste Otto ein bisschen hämisch.

„Das sind die unbewussten Assoziationen, würde Bernd sagen. Mit so einem großen Revolver pustest du jeden Nebenbuhler von der Bildfläche weg."

„Du bist ganz schön unfair", meinte Manuela irritiert. „Bernd wird Psychologe. Da sind die fremden Sitten und Gebräuche gerade im Vergleich mit unseren in Deutschland besonders aufregend, und sagen etwas über die Vielfalt menschlichen Verhaltens aus. Das hätte Bernd hier sicher alles sehr interessiert."

„Bernd sitzt an seiner Diplomarbeit. Der hat andere Sorgen als wir. Außerdem ist er wieder mit Ingrid versöhnt. Der klebt doch an ihr. Ohne Ingrid wäre Bernd sicher nicht mit uns mitgefahren", meinte Christian.

„Aber mit Bernd wäre alles noch ein Stück interessanter gewesen", wandte Manuela ein. „Er hätte sicher einiges aus seinem reichhaltigen Wissen über Sozial- und Völkerpsychologie zu unseren Diskussionen beisteuern können."

„Ich bin jetzt wieder für neue Schandtaten bereit", wandte sich Otto an Manuela und stand auf.

„Führer befiehl, wir folgen dir!"

Tina kicherte und Christian schüttelte den Kopf.

„Diesen Tatendrang sind wir von dir gar nicht gewöhnt."

„Okay", sagte Manuela und erhob sich ebenfalls. „Dann besichtigen wir jetzt den Tempel des liegenden Buddhas in Wat Pho."

„Wo liegt der Buddha?", fragte Otto ungläubig nach.

Manuela lachte. „Die Klosteranlage heißt Wat Pho. Das hat nichts mit deinem Po oder mit dem von Buddha zu tun und ‚Wat' ist einfach der thailändische Name für Kloster. Dieses Kloster ist das größte in Thailand. Hier leben auch heute noch etwa 300 Mönche. Das Kloster besteht aus einer Vielzahl von Bauwerken. Da müssen wir immer eng zusammen bleiben, sonst verirren wir uns in diesem Gewirr von Wandelgängen, Lehrsälen und Gebetshallen."

Am Zielort angekommen, gelangten sie von der Maharaj Road aus in einen Hof mit einem Steinhügel, auf dem ein Eremit saß.

„Er verkörpert den von Buddha gepredigten Verzicht auf irdische Güter", erklärte Manuela ihren Freunden.

„Was passiert denn hier?", fragte Tina und zeigte mit ihrer Hand in Richtung eines schwarzen, zylindrischen Steines, der mit bunten Schleifen und Blumen geschmückt war und vor dem eine Gruppe von Frauen beteten.

„Das ist ein Lingam", erläuterte Manuela. „Er wird besonders in Indien als Fruchtbarkeitsidol geehrt." Sie flüsterte: „Es ist der erigierte Penis des Hindugottes Shiva. Hier bitten kinderlose Frauen den Gott um Nachwuchs."

Eine der Frauen schüttete Milch über die Spitze des Lingams, die an allen Seiten des schwarzen Steins hinunterlief.

„Ist ja sexuell richtig aufregend", meinte Otto trocken.

„Spürst du das auch, Manuela?"

„Blödmann!", zischte Manuela. „Das ist hier ein heiliges Ritual. Die Gläubigen meinen das ernst. Du musst sie wegen ihrer Frömmigkeit in ihrer Not nicht auslachen. Auch bei uns Christen wurde Maria, die Mutter Gottes, von Frauen bei Kinderlosigkeit um Hilfe angerufen und bei Kindersegen wurde dann der Kirche eine schöne Votivtafel gestiftet."

Mit dem Besucherstrom bewegten sie sich dann auf der linken Seite des Hofes zu einem Tor, das von zwei großen chinesischen Steinfiguren bewacht wurde. Es führte direkt zum Tempel des liegenden Buddhas.

Manuela las aus dem Reiseführer ihren Begleitern vor: „Es ist der größte Buddha Bangkoks. Die unter Rama III. Gebaute, 49 Meter lange und zwölf Meter hohe Figur aus verputzten Ziegelsteinen stellt den sterbenden Buddha auf seinem Weg ins Nirwana dar."

„Der besteht doch aus Gold", wandte Christian ein.

„Nein", sagte Manuela, „da, schau doch, was der gläubige Thai da vorne gerade macht."

Ein älterer Mann klebte ein kleines Stück Blattgold an eine Stelle des riesigen Körpers.

„Im Laufe der Zeit vergoldeten gläubige Besucher die Figur durch Aufkleben von Millionen hauchdünner Blättchen des wertvollen Metalls. Solche Blättchen kann jeder hier kaufen, die kosten nicht die Welt."

Am Nachmittag besuchten die vier Asienfans die Schlangenfarm, die an der Rama IV.-Road gelegen war.

„Und der Besuch ist wirklich ungefährlich?", versicherte sich Tina noch einmal.

„Bestimmt", antwortete Manuela.

„Ich ekele mich vor Schlangen", fuhr Tina fort.

Ein junger Thai erzählte ihnen in Kauderwelsch-Englisch, dass die Schlangenfarm die zweitgrößte der Welt sei und hier über tausend Giftschlangen gehalten wurden, vor allem zur Gewinnung von Gegengift.

„Otto, frag ihn, wie man das Gegengift erzeugt", wollte Christian wissen.

Otto übersetzte.

„Mit Hilfe von kleinen, rothaarigen Mädchen aus Europa. Die Schlangen beißen sie und wenn die Mädchen überleben, nimmt man ihnen das Blut ab und daraus gewinnt man das Serum. Man braucht viel Blut. Darum schauen die rothaarigen Mädchen aus Europa immer so blutarm, so blass aus, so wie Tina."

Tina wurde wirklich blass.

„Jetzt sag schon, wie man es wirklich macht", lachte Christian.

„Er sagt, alle zehn bis 14 Tage werden die Giftdrüsen gemolken. In einem gegen die langen Giftzähne gedrückten Uhrglas sammelt sich die giftige, gelbe Flüssigkeit. Das Gift wird dann, genau dosiert, Pferden eingespritzt, und die sind nach spätestens acht Monaten immun gegen das Gift. Aus dem Pferdeblut wird dann das Schlangengegengift gewonnen."

„Ekelig", sagte Tina angewidert.

„Aber lebensrettend", bemerkte Otto. „Der Thai hat gesagt, auch heute noch sterben jedes Jahr Menschen auf dem Lande, weil sie nicht rechtzeitig mit dem Gegengift gespritzt werden."

Hinter Glaskästen sah man die verschiedensten Schlangen. Besonders gefährlich waren die Vipern.

„Schau mal, Tina", grinste Otto, „hier steht, diese schwarz-gelb gebänderte Viper beißt nur kleine Mädchen und zwar in ihren Allerwertesten."

„Mach dich nur lustig über mich", antwortete Tina. „Warte nur, bis du eine Schlange im Bett in deinem Hotelzimmers findest."

„Hab ich schon", grinste Otto, und Manuela trat ihm schmerzhaft auf den Fuß.

„Das war jetzt ein Schlangenbiss", sagte Otto gequält.

In einem Glaskasten döste eine Königskobra.

„Das ist aber ein großes Exemplar!", wunderte sich Manuela. „Die ist bestimmt vier Meter lang."

„Schaut mal, da drüben!", machte Otto die anderen aufmerksam.

In einem Gewächshaus hinter Glas sah man eine riesige Pythonschlange.

„Brutal", meinte Otto, „die frisst dich mit Haut und Haaren."

„An dir ist doch nichts dran", spöttelte Christian. „Aber da drüben steht die erste Wahl."

Er deutete auf eine kleine, dicke, amerikanische Touristin, die gerade Fotos von den Schlangen schoss.

Ein junges Thai-Mädchen, offensichtlich eine Angestellte der Schlangenfarm, bot eine kleine Pythonschlange zum Fotografieren an.

„Tina, häng sie dir um den Hals!", forderte Otto Tina auf. „Christian schießt ein Foto von dir."

„Bestimmt nicht!" Tina schüttelte sich bei dieser Vorstellung.

Manuela hängte sich die Schlange um den Hals, und Otto schoss ein Foto.

„Jetzt bist aber du dran, großer Beschützer", neckte sie ihn.

Todesmutig stellte sich Otto mit der jungen Python um den Hals in Pose.

Eine halbe Stunde später war für die Besucher eine Vorstellung mit Giftschlangen. In einem Kreis saßen die Touristen auf ihren Stühlen, wie in einem Zirkus, um eine Betonfläche, auf der zwei Junge Thais mit Giftschlangen hantierten. Die Reaktionsfähigkeit der Männer war unglaublich. Eine Kobra richtete sich gefährlich auf, blähte ihren Kopf auf und schnellte blitzartig nach der Hand des Wärters, der aber genau so blitzschnell auswich. Die Giftschlangen versuchten auch zu den Stühlen der Zuschauer zu entkommen. Aber im letzten Moment wurden sie immer wieder eingefangen. Es war ein großer Nervenkitzel. Am Schluss wurden noch ein paar Giftschlangen gemolken.

„Der Job hier ist sicher aufregender als deine Tätigkeit als Drogistin", neckte Otto Tina nach der Vorstellung.

„Du kannst ja deine Bewerbungsunterlagen da lassen", konterte Tina.

Das wollte Otto nun auch nicht.

Am frühen Abend fuhren sie zum Chinesenviertel von Bangkok. Sie wollten auch einmal chinesisch essen gehen.

„Ihr mögt doch alle chinesisches Essen?", hatte Manuela gefragt und alle hatten zugestimmt.

„Am liebsten gebackene Katzen und kleine, dicke Möpse", hatte Otto die Frage individuell beantwortet.

„Wir leisten uns heute einmal etwas Besonderes, als Hauptgericht eine gebratene Pekingente mit Reis und Gemüse, als Vorspeise Frühlingsrollen und zum Nachtisch einen Reispudding."

„Und zum Trinken Reiswein", plapperte Otto.

„Wer das will", meinte Manuela. „Mir ist ein eiskaltes Coca Cola als Getränk lieber."

Das Essen in dem kleinen chinesischen Restaurant schmeckte vorzüglich. Tina, Otto und Christian genehmigten sich wirklich eine Flasche Reiswein.

„Das mit der Pythonschlange war wirklich mutig von euch", meinte Tina bewundernd zu Manuela und Otto.

„Da muss ich euch etwas Interessantes mitteilen, was man meinen Eltern und mir auf der Rundreise in Indonesien erzählt hat. Wir waren auf einer Krokodilfarm. Da war auch ein Schlangenhaus mit eisernen Gitterstäben. Im Inneren lag eine riesige Python, aber aufgerollt. An der Wand bei der Eingangtür hing ein eingerahmtes Foto. Darauf sah man sieben oder acht Männer, die mit ausgestreckten Armen die Pythonschlange hochhielten. Sie war fast zehn Meter lang. Der Reiseleiter erzählte uns, wie man sie gefangen hatte. Im besagten Käfig war ein junger Orang Utan. Eines nachts hat ihn die Schlange durch die Gitterstäbe hindurch besucht und verschlungen."

„Das arme Tier", wehklagte Tina.

„Das war sicher ein Leckerbissen für die Schlange, so wie die Pekingente für uns."

„Die Schlange war dann zu dick, um durch die Gitterstäbe wieder ins Freie zu entweichen. So war sie im Käfig gefangen."

„Jetzt verstehe ich erst", sagte Otto „warum bei Hänsel und Gretel der dünne Hänsel am ersten Tag nicht durch die Gitterstäbe entkommen ist, als er von der Hexe eingesperrt wurde."

„Warum nicht?", fragte Tina spontan.

„Weil der Hänsel gleich zu viele Knödel gegessen hatte."

Alle lachten. Durch den Genuss des Reisweins war der Joke für Tina, Christian und für Otto selbst natürlich noch viel lustiger.

Manuela umarmte Otto zärtlich. „Ohne dich wäre es wirklich nur halb so schön hier."

Die dummen Sprüche von ihrem Otto waren schon das Salz in der Suppe bei ihrer Reise.

Die Besichtigungstage in Bangkok und Umgebung vergingen wie im Flug. Wunderschön waren auch der Tagesausflug zu den schwimmenden Märkten von Damnoen Saduak und über Nakhon Pathom zu den Rose Gardens. Die Vorführungen in den Rose Gardens durfte man auf keinen Fall versäumen. Hier präsentierte sich

Thailand von seiner farbenfrohen, prächtigen Folkloreseite, mit abwechslungsreicher Unterhaltung und der Darstellung siamesischer Sitten und Gebräuche. Anmutige Siamesinnen in bunten, golddurchwirkten Kostümen und mit kostbaren Hauben zeigten reizvolle Tänze. Junge Thai-Männer wirbelten beim Schwertkampf durch die Luft. In einer Arena flatterten Kampfhähne, mit den Flügeln wild um sich schlagend, aufeinander los. Elefanten zogen gewaltige Baumstämme aus einem Fluss. Bergstämme aus dem Norden Thailands führten ihre Tänze vor, und eine Hochzeitsgesellschaft lud die Zuschauer zum Mitfeiern ein. Alle Vorführungen wurden mit den besonderen Klängen der thailändischen Musikinstrumente untermalt. In einem Thai-Dorf der Rose Gardens konnte man Handwerker bei ihrer Arbeit beobachten. Man sah, wie sie mit einfachen Mitteln Tontöpfe drehten, Lackschirme fertigten und anmalten und Seidentücher herstellten. Eine große Attraktion waren auch die Vogelhäuser mit vielen tropischen Vogelarten und ein See mit einem schwimmenden Restaurant.

Tina war von den tausenden duftenden Rosenbüschen begeistert. „Das ist hier alles einmalig schön und so romantisch", schwärmte sie und Manuela stimmte ihr zu.

Am nächsten Tag fuhren sie am Vormittag mit der thailändischen Eisenbahn Richtung Norden nach Bang Pa In, zur ehemaligen Sommerresidenz der Könige. Von dort sollte es dann nach Ayutthaya, der alten Königsstadt, weitergehen. Sie hatten gar nicht gemerkt, dass sie am Bahnhofschalter Tickets erster Klasse bezahlt hatten. Sie stiegen in einen Waggon der dritten Klasse mit harten Holzbänken ein. Das Abteil war gut besetzt. Einige Bäuerinnen vom Land in Thai-Tracht fuhren wohl schon wieder heim zu ihren Höfen. Sie hatten ihre frische Ware auf den Morgenmärkten von Bangkok verkauft. Es herrschte ein lautes Durcheinander im Waggon. Dann kam der Schaffner und kontrollierte die Tickets. Er verwies die Asienfans aus Deutschland in ein Abteil erster Klasse mit gepolsterten Sitzen.

Dort saßen schon andere Touristen und auch zwei amerikanische Ladies in sexy Shorts und Strohhüten mit je einer Tochter im heiratsfähigen Alter. Die Töchter waren bildhübsche Mädchen, aber auch die Mütter sahen noch super aus. Otto war sofort mit der einen Lady in ein Gespräch verwickelt. Er sprach wirklich fließend Englisch. Manuela schmollte ein wenig. Sie fühlte sich von Otto vernachlässigt.

Schließlich wandte sich Otto wieder an seine Freunde: „Sie ist die Frau eines Missionars der Baptistengemeinde in Bangkok. Sie lebt hier schon seit fast zehn Jahren und spricht fließend Thai."

Die Lady lächelte die Gruppe an und sagte „Hello".

„Ihre Freundin mit Tochter ist bei ihr zu Besuch. Sie zeigt ihnen Bang Pa In und Ayutthaya. Wir dürfen uns ihnen anschließen. Sie spielt die Reiseleiterin für uns."

„Wollen wir das überhaupt?", fragte Manuela Tina.

Tina zögerte, nickte aber dann.

„Die Ladies fahren dann von Bang Pa In mit einem gemieteten Boot auf dem Menam-Strom weiter. Das wäre doch auch für uns eine tolle Sache", redete Otto aufgeregt weiter.

„Ist sie wirklich die Frau eines Missionars?", fragte Christian. „Vielleicht wollen die zwei Ladies nur ihre Töchter an uns verkuppeln."

„Warum sollte sie mich belügen?", antwortete Otto.

„Auf Otto kann ich mich schon verlassen", verteidigte Manuela Otto. „Aber vier hübsche Ladies noch zusätzlich für unsere zwei Begleiter, das ist schon ein bisschen happig. Was meinst du Tina? Vielleicht sollten wir auch noch einen Ausgleich suchen. Vier zusätzliche hübsche, junge Thai-Männer würden uns schon auch gefallen."

„Dann passt doch alles", sagte Otto. Das Boot wird sicher von Jungen Thai-Männern gesteuert."

„Toll wäre so eine Bootsfahrt bis Ayutthaya schon", meinte Tina.

„Also, dann ist alles paletti!", meinte Otto erleichtert.

Bang Pa In war der bevorzugte Aufenthaltsort von Rama V. im 19. Jahrhundert. Auf einer Insel im Menam-Strom mit einem kleinen See gruppierten sich malerisch die Palastgebäude der früheren Sommerresidenz der siamesischen Könige.

„Ist ja einmalig schön hier", bewunderte Tina die Anlage.

Otto übersetzte, was ihm die Missionarsfrau alles über die Bauwerke erzählte. Zwei Gebäude waren besonders sehenswert, der königliche Pavillon und der chinesische Palast. Der königliche Pavillon war das anmutigste Gebäude, inmitten eines kleinen Sees gelegen.

„Dieser Pavillon diente bisher immer als Vorbild für thailändische Pavillons auf Weltausstellungen", übersetzte Otto.

„Das haben wir schon verstanden", sagte Christian ein bisschen mürrisch. „Ich habe den Leistungskurs Englisch in der Kollegstufe belegt."

„Lass ihn doch", meinte Tina, „Ich verstehe ihren amerikanischen Slang überhaupt nicht."

Sie liefen dann über zwei Brücken auf die gegenüberliegende Seite des Sees und von dort nach rechts zu einem sechseckigen Turm, dem letzten Überrest der durch ein Feuer zerstörten Residenz von Rama V. Ein Stück dahinter erhob sich der chinesische Palast.

„Der Palast war ein Präsent wohlhabender Chinesen für Rama V.", übersetzte Otto. „Alle Einrichtungsgegenstände sind im chinesischen Stil."

Sie kamen dann an einem Marmordenkmal vorbei, das an den tragischen Schiffsunfall erinnerte, bei dem die Gemahlin Rama V. mit ihren Kindern tödlich verunglückte, da keiner der Anwesenden es wagte, die Ertrinkenden zu retten. Denn es war bei Todesstrafe verboten, königliche Personen zu berühren. Als sie wieder über eine steinerne Brücke, die mit Marmorfiguren geschmückt war, gingen, fing Otto zu lachen an.

„Schaut mal, ein bayerischer Seppel steht hier als lebensgroße Figur."

Es stimmte wirklich. Es war die Figur eines Südtirolers in seiner Tracht, einer ledernen Hose mit den breiten Hosenträgern, einem Tiroler Hut und Haferlschuhen. Auch die amerikanischen Ladies kicherten.

„Und das im exotischen Thailand", wunderte sich Christian.

„Rama V., der hier die Palastanlage ausbaute, war eben ein weltaufgeschlossener Regent", belehrte sie Manuela.

„Er führte die Eisenbahn, die Telegraphie und das Postwesen in Thailand ein. Er schickte junge Thais zum Studieren nach Europa und die USA und holte sich Hunderte von Ingenieuren und Wissenschaftlern aus Deutschland, Österreich und Italien."

„Die Figur sieht doch wie unser Otto aus", scherzte Christian.

„Vielleicht ist mein Ur-Urgroßvater dem Künstler Modell gestanden", grinste Otto. „Ich muss einmal bei uns auf dem Dachboden in den Kisten nachsehen, ob sich da so eine Lederhose unter den alten Kleidern befindet."

An der Bootsstelle am Menam-Fluss mietete die Missionarsfrau, sie hieß übrigens Nancy, ein schmales Boot mit einem dieser komischen Motor-Antriebssysteme, die wie ein elektrischer Küchenrührer aussahen. Der Mann am Bootsende kippte die lange Stange, an deren Ende die Schiffsschraube für den Antrieb befestigt war, nach unten in das Wasser, und schon schoss das Boot durch die schäumenden Fluten des Stromes. Nancy sprach fließend Thai und hatte einen guten Preis ausgehandelt.

In dem Gedränge beim Einsteigen in das schmale Boot – es saßen immer zwei Personen nebeneinander – hatte es sich so ergeben, dass Otto ganz hinten neben der hübschen Tochter von Nancy zum Sitzen kam. Otto quatschte gleich munter drauflos, und trotz des ohrenbetäubenden Lärms des nach Billigbenzin stinkenden Motors unterhielt er sich prächtig mit ihr. Man musste nur die Köpfe eng zusammenstecken, dann hörte man schon, was der andere redete.

Die Tochter hieß Tracy, hatte blaue Augen und lange, blonde Haare und sah wegen ihrer Jugend noch eine Klasse besser als ihre schöne Mama aus. Otto legte einen Arm um ihre Schultern. Der Fahrtwind des Bootes ließ die Haare von beiden lustig nach hinten wehen. Manuela saß ganz vorne neben der Missionarsfrau. Dahinter, eng umschlungen und mit strahlenden Gesichtern, hockten Christian und Tina. Und hinter ihnen die zweite Lady mit ihrer Tochter.

Das Boot glitt an einer wunderschönen Buschlandschaft mit tropischen Pflanzen vorbei. Ab und zu sah man ein paar halb zerfallene, aus Brettern und Balken zusammengezimmerte Holzhäuser auf hohen Stelzen von Fischern, die in kleinen Booten saßen. Auf den hölzernen Veranden der Fischerhäuser sah man braungebrannte, nackte Kinder umherlaufen und Frauen, die ihre Wäsche aufhingen. Es war ein wunderschöner, blauer Himmel ohne eine einzige dunkle Monsunwolke.

Manuela drehte sich nach Otto um und winkte ihm. Otto war aber zu sehr mit Tracy beschäftigt und beachtete sie gar nicht. Manuela war stocksauer.

Am Bootssteg des kleinen Ortes, nahe der alten Königsstadt Ayutthaya stiegen sie wieder aus und fuhren mit vier Rikschas, die immer Platz für zwei Personen boten, zu der Ruinenstätte mit den vielen Tempeln. Otto hatte sich leider von der hübschen Tracy trennen müssen. Manuela saß neben Otto in der Rikscha mit dem Sonnendach, Der kleine, magere Mann mit dem faltigen, sonnenverbrannten Gesicht, strampelte sich in der Mittagshitze mächtig ab. Otto merkte, dass Manuela auf ihn nicht gut zu sprechen war.

„Das war eine Superidee mit der Bootsfahrt hierher, nicht wahr, Manuela? Es war herrlich romantisch."

„Für dich vielleicht", erwiderte Manuela kurz angebunden.

Die Rikscha mit Tracy an Bord fuhr direkt vor ihnen. Tracy drehte sich nach ihnen um und winkte Otto mit breitem Lächeln im Gesicht zu. Otto winkte verlegen zurück.

„Du hättest ja auch zu deiner neuen Flamme zusteigen können", zischte Manuela. „Und übrigens, für mich war die Bootsfahrt zu windig und die Sonne hat mir direkt ins Gesicht gebrannt."

Otto wusste, was die Stunde geschlagen hatte.

„Aber das war doch ein einmaliges Spektakel, als die zwei Krokodile das mächtige Flusspferd angegriffen hatten", sagte Otto ganz ernst.

„Wer?", fragte Manuela ungläubig. „Und welches Flusspferd? Hier gibt es überhaupt keine Flusspferde."

„Ach, da muss ich mich wohl geirrt haben", grinste Otto.

Manuelas Gesicht hellte sich auf. „Du bist schon ein Blödmann", kicherte sie.

Sie blickte ihn verzeihend an. „Wenn du mich noch einmal eifersüchtig machst!", drohte sie ihm mit einem Schmunzeln.

Otto beugte sich zu ihr und küsste sie. Tracy, in der Rikscha vor ihnen, hatte sich gerade wieder umgedreht und bekam große Augen.

Als sie das ehemals von starken Festungsmauern umgebene Stadtgebiet von Ayutthaya an der Brücke über den Pasak-Fluss erreichten, ließ Nancy die vier Rikschas anhalten und erzählte ihnen Genaueres über die Geschichte der Stadt.

Ayutthaya soll die schönste Stadt der Welt gewesen sein, so hatten Reisende des 17. Jahrhunderts geschwärmt. Die alten Chroniken berichteten, dass über 30 Könige im Zeitraum vom 14. bis zum 18. Jahrhundert ihre Hauptstadt mit fast 400 Tempeln, 30 Festungen und drei Palästen schmückten. Über 90 Tore führten durch die dicken Stadtmauern. Und sogar große Schiffe aus Übersee, aus aller Herren Länder, löschten hier ihre Ladung. Die Stadt wurde schließlich von den Burmesen überfallen, geplündert, angezündet und fast dem Erdboden gleich gemacht. Ayutthaya ist heute nur noch ein Ruinenfeld. Aber trotzdem lassen die noch übriggebliebenen Bauwerke die vielen, durch die Feuersbrunst geschwärzten Chedis, den Glanz der früheren Epochen erahnen. Die lange Fahrt mit den Rikschas durch die vielen ehemaligen Klosteranlagen und Ruinen war doch sehr eindrucksvoll. Immer wieder stiegen sie aus und besichtigten die einzelnen Bauwerke.

Im Nationalmuseum von Ayutthaya bewunderten sie die vielen, noch erhaltenen Artefakte der Sammlungen, Buddhastatuen, buddhistische Altäre, bronzene Tempelmodelle und wunderschöne Holzschnitzereien.

Zurück nach Bangkok wollten sie alle wieder mit dem Zug fahren. Sie saßen in einem kleinen Restaurant nahe der Bahnhofsstation und ließen sich ihr Essen schmecken. Otto hatte sein eiskaltes Cola, das ihm der Boy gebracht hatte, in einem Zug ausgetrunken.

Nancy fragte die vier jungen Leute aus Deutschland, was sie so beruflich machten. Sie war erstaunt zu hören, dass Manuela Physik studierte. Otto brillierte natürlich bei dem Gespräch, das sie in Englisch führten.

„Sind sie auch berufstätig?", fragte Otto die zweite amerikanische Lady.

Sie hatte sich mit Mary vorgestellt. „Ich bin Lehrerin an einer High School in Atlanta. Ich unterrichte Kunst und Philosophie", antwortete sie, „und Susan, meine Tochter will das auch einmal studieren."

Susan nickte mit lächelndem Gesicht.

„Ich habe einmal von einem Klassenkameraden am Gymnasium, der über den Schüleraustausch mit den USA ein ganzes Jahr in den Staaten war, gehört, dass das Wichtigste für einen High-School-Schüler der Sport ist, Football, Baseball, Basketball und Rugby. Stimmt das?", fragte Otto.

„Leider," antwortete Mary. „Schlechte Noten in Mathematik und in den Naturwissenschaften kann man bei uns mit Sport bequem ausgleichen. Bei uns spielt auch das gesellschaftliche Leben in der Schule eine viel größere Rolle als bei euch in Deutschland. Bei uns sind alle Schüler in irgendwelchen Clubs ihrer Schule organisiert. Es gibt Theatergruppen, Malgruppen, Literaturzirkel, aber auch Science-Clubs, in denen sich z.B. die Computerfreaks versammeln."

„Ihre Tochter hat eine sehr gute Figur", schmeichelte Otto Mary. „Du bist doch sicher Cheerleader bei den Mädchen, die in den Pausen bei den Sportveranstaltungen ihrer Mannschaften vortanzen."

Susan nickte. „Ja, das stimmt wirklich, Otto", sagte sie lächelnd.

„Tanz uns doch einmal etwas vor!", forderte sie Otto euphorisch auf.

„Hier, vor allen Leuten?", fragte Susan überrascht.

„Warum nicht?", sagte ihre Mutter. „Die Thais sollen sehen, dass unsere Mädchen auch etwas zu bieten haben."

Susan legte den Fotoapparat, den sie an einem Lederriemen um den Hals trug, auf den Tisch, nahm den Strohhut ab und tanzte gekonnt ihr Programm, das sie sonst auf dem Footballrasen zur Begeisterung von Hunderten von Zuschauern mit ihren Girls vortrug. Sie hatte die Arme in die Hüften gestemmt und ihre hübschen Beine wirbelten nur so durch die Luft. Es sah hinreißend aus.

„Wahnsinn!", ereiferte sich Otto, als sie wieder außer Atem am Tisch saß.

Rund herum klatschten die Restaurantgäste, die alle auf den Zug nach Bangkok warteten.

„Super!", lobte Christian Susan.

Nur Manuelas und Tinas Beifall fiel verhalten aus.

Otto wollte von Mary noch etwas über das amerikanische Schulsystem hören.

„Bei uns in Atlanta bestimmt ein Ausschuss der Stadtverwaltung, was in unseren Schulen unterrichtet wird", sagte Mary. „In jeder Stadt oder Gemeinde kann das ganz unterschiedlich sein."

„Bei uns in Bayern sind die Anforderungen für alle Schüler gleich", erwiderte Otto. „Bei uns bestimmt alles das Kultusministerium in München und alle wichtigen Abschlüsse, wie auch das Abitur, werden zentral organisiert. Damit sind die Prüfungen für alle Schüler gleich."

Mary war erstaunt. „Die Wiege der heutigen Demokratie steht eben in den USA. Bei uns wird fast nichts zentral gesteuert."

„Aber für den Zugang zu den Universitäten wäre es doch gerechter, wenn alle Schüler die gleichen Prüfungen absolvieren würden", wandte Otto ein.

„Wir haben auch schulübergreifende Leistungstests", antwortete Mary, „beispielsweise den SAT, den Scholar Achievement Test. Und solche Tests sagen uns auch, ob ein Schüler später für ein Studium geeignet ist. Bei uns weiß auch jeder Schüler, wie hoch sein Intelligenzquotient ist. Der IQ ist schon ein guter Indikator dafür, ob man später im Studium erfolgreich sein wird."

„Wir wollten doch auch einen Intelligenztest machen, um festzustellen, wer von uns der Schlauere ist", wandte sich Otto an Christian.

„Du willst es wissen, Otto", erwiderte Christian. „Ich weiß das Ergebnis schon im Vorhinein."

Sie hatten untereinander auf Deutsch geredet und die vier amerikanischen Ladies wussten nicht, worüber sie sprachen.

Otto fragte Mary dann noch, ob sie gern in ihrer High School tätig war, oder ob es nicht manchmal für sie enttäuschend war, wenn die Schüler keinen großen Lernerfolg zeigten oder im Unterricht gar nicht verstanden, was man ihnen beibringen wollte.

Mary antwortete, dass sie gelernt hatte, keine zu großen Erwartungen an ihre Schüler zu stellen und dass sie mit dieser Einstellung gut leben konnte."

„Da weiß ich einen netten Joke, der die vergeblichen Anstrengungen eines Lehrers, den Schülern anschaulich etwas beizubringen, zum Inhalt hat."

„Erzähle ihn uns, Otto", ermunterte ihn Mary.

„Also, ein Lehrer will seinen Schülern demonstrieren, wie gefährlich und ungesund es für den Menschen ist, Alkohol zu trinken. Er hat zwei Trinkgläser mitgebracht, eines voll mit Wasser und eines voll mit hochprozentigem Alkohol, und einen langen Regenwurm. Zuerst taucht er den Wurm in das Glas mit Wasser. Der Wurm schwimmt umher und fühlt sich offensichtlich im Wasser wohl. Dann taucht er den Wurm in das Glas mit Alkohol. Der Wurm zuckt ein paar Mal zusammen und bewegt sich nicht mehr.

‚Was sagt uns das?', fragt der Lehrer. Ein Schüler in der letzten Reihe meldet sich und antwortet: ‚Wenn man viel Alkohol trinkt, hat man keine Würmer.'"

Am lautesten lachten Tracy und Susan.

Nancy, die Missionarsfrau holte eine Visitenkarte aus ihrer Tasche und reichte sie, noch kichernd, Manuela.

„Ich würde mich sehr freuen, wenn ihr uns in Bangkok auf der Missionsstation besuchen würdet."

„Wir rufen vorher an", antwortete Manuela.

Sie wusste aber jetzt schon, dass sie nicht hingehen würden. Vier zusätzliche schöne Frauen, da war ihr Otto in zu großer Gefahr.

Als Otto am Bahnsteig allein neben Christian stand, meinte er süffisant: „Ich würde auf jeden Fall hingehen. Stell dir das bildlich vor, Christian, die Missionsstellung mit einer Missionsfrau."

„Du bist ein alter Spinner, Otto", lachte Christian. „Ich merke, du bist nicht ausgelastet. Ich wette, du bist bei Manuela noch nicht zum Zug gekommen. Du solltest eine Annonce in der Zeitung aufgeben: Einsamer sucht Einsame zum Einsamen."

„Worüber lacht ihr beiden?", fragte Manuela und gesellte sich zu ihnen. „Tina und ich, wir wollen auch mitlachen!"

Der Zug nach Bangkok fuhr mit großem Getöse am Bahnsteig ein und sie stiegen alle ein.

Sie blieben noch ein paar Tage in Bangkok, ohne aber der Baptistengemeinde einen Besuch abzustatten. Von Bangkok aus ging es dann mit einem rasanten Überlandbus in den Norden Thailands nach Chiang Mai. Die Sehenswürdigkeiten dieser alten Königsstadt waren ebenfalls überwältigend. Am ersten Tag besichtigen sie am Vormittag mehrere wunderschöne Klosteranlagen und unternahmen am Nachmittag einen Ausflug zum berühmten Doi Suthep Tempel, der 700 Meter über Chiang Mai liegt. Um zu der Tempelanlage zu gelangen, steigt man am Schluss mühsam Hunderte von Treppen im Angesicht zweier riesiger bunt geschuppter Schlangen empor, die sich als Treppengeländer vom Tempel herabwinden. Im Inneren des Hofes erlebt man eine fremdartige Traumwelt. Das geblendete Auge erblickt einen vom Sockel bis zur Spitze in glänzendem Gold sich erstreckenden, über zwanzig Meter hohen Chedi, den ein siebenfacher Ehrenschirm königlicher Würde krönt.

Vom Doi Suthep Tempel aus besuchten sie dann noch die Meos, einen Bergstamm. Die schlechte Straße zum Dorf hatte große Schlaglöcher. Sie saßen in einem kleinen Geländewagen und wurden mehrmals fast mit ihren Köpfen an das Wagendach gestoßen, so ruckartig waren die Bewegungen des Fahrzeugs durch die Löcher hindurch. Die Meos waren Flüchtlinge aus dem südlichen Zentralchina und hatten von Laos aus den Mekong-Fluss überquert und waren im Gebiet von Chiang Rai, Chiang Mai sesshaft geworden. Sie hatten die Sprache und Schrift ihrer alten Heimat bewahrt.

Christian war der Besuch bei den Meos nicht ganz geheuer. Von Manuela hatte er erfahren, dass die Meos früher vor allem vom Opiumanbau lebten und auch heute noch mit Opium handelten. Opiumrauchen war bei ihnen noch immer in. Er fürchtete, dass sich Tina hier bedienen könnte.

Die schöne, dunkelblaue Bekleidung der Menschen im Dorf erinnerte Otto an Bergwerksleute beim Besuch des sonntäglichen Gottesdienstes.

„Jetzt weiß ich auch, wie früher bei uns Bergwerksfrauen, die im Stollen gearbeitet haben, ausgesehen haben", grinste Otto zu Manuela.

„Frauen haben bei uns nicht im Stollen gearbeitet."

„Aber so hätten sie dann ausgeschaut", lachte Otto.

„Der Silberschmuck und der Kopfputz der Frauen, den sie tragen, gefällt mir sehr gut", meinte Tina.

Das Dorf war völlig auf Touristen eingestellt. Sofort waren sie auch von bettelnden Kindern umringt.

„Dollar, Dollar!", schrien sie aufdringlich.

Mit ihrem Fahrer betraten sie auch eine der mit großen Teakholzblättern gedeckten Hütten. Tina durfte an einer Opiumpfeife ziehen.

„Muss das sein?", ärgerte sich Christian.

Jedes Foto, das man schoss, musste teuer bezahlt werden. Man bot ihnen schöne Silberarbeiten, Stickereien und bunte Webwaren an.

Manuela warnte ihre Freunde: „Das ist hier alles viel zu teuer. Das bekommt ihr in Chiang Mai auf dem Markt zum halben Preis."

„Ich hätte mir sowieso nichts gekauft", meinte Otto gelassen.

Christian wich Tina nicht von der Seite. „Wenn du rückfällig wirst, stecke ich dich hier in ein Kloster", warnte er seine Freundin. „Dort kannst du dann die Schwaden der Räucherstäbchen bei den Buddhafiguren inhalieren."

„Bäh", machte Tina und streckte ihm die Zunge heraus. „Alter Spielverderber!", meckerte sie ihn an.

Fast eine ganze Woche Chiang Mai war für Otto zu viel. „Ich will jetzt sofort ans Meer und den Strand und das Wasser genießen", schimpfte er. „Klosteranlagen, Buddhas, Buddhas, Buddhas. Ich kann keinen Buddha mehr sehen. Und die Haltungen und Gesten der Buddhafiguren sind mir schnurzegal. Lächerlich ist das alles. Sind seine Füße gekreuzt, nennen sie es Diamantenpose, liegen sie nur übereinander, ist das die Heldenpose und dann gibt es noch die Gnadenverweisung, die Meditationshaltung, den Augenblick der Erleuchtung."

„Super!", lächelte Manuela Otto an. „Das hast du fein gelernt. Aber es gibt auch noch die Geste der Argumentation, die Besänftigung der Fluten und die Zurückweisung des Mara."

„Nein, bitte nicht!", unterbrach sie Otto theatralisch. „Ich kann es nicht mehr hören!"

„Wer A sagt, muss auch B sagen", meinte Christian trocken.

„Mitgefangen, mitgehangen", neckte ihn Tina.

Otto sagte: „Shuay song san shai ma hai duay."

„Was soll denn das heißen?", fragte Manuela.

„Das heißt einfach ‚Schicken sie mir das Zimmermädchen!'"

„Du bist wirklich ein Blödmann", ärgerte sich jetzt Manuela. „Aber die Besichtigung von Chiang Rai und Mae Sai machst du trotzdem mit. Das ist jetzt die Strafe für deine freche Bemerkung."

Natürlich hätte Otto Manuela nie allein gelassen. Im Vergleich zu Chiang Mai war Chiang Rai, ‚die Krone des Nordens', allerdings recht schmucklos. Hier öffnete sich ein weites Tor zum goldenen Dreieck zwischen Burma, Laos und Thailand, aus dem etwa ein Drittel allen, in der Welt illegal gehandelten Opiums stammte. Die Landschaft war aber sehenswert und die Märkte mit ihrem bunten Treiben waren aufregend interessant.

Otto konnte aufatmen. Eine ganze Woche Badeurlaub am karibikblauen Meer stand jetzt für die vier Globetrotter zum Abschluss ihrer Thailand-Reise auf dem Programm. Mit dem Schiff waren sie am frühen Nachmittag von der Hafenstadt Don Sak zur Insel Koh Samui, im Golf von Siam gelegen, übergesetzt. Ein Monsungewitter hatte sich mit drohenden, schwarzen Wolken angekündigt, war aber an ihnen, ohne einen Tropfen Regen zu versprühen, vorbeigezogen. Am Chaweng Beach waren sie in einer preiswerten Lodge direkt am Strand untergekommen. Zur Lodge gehörte ein schon älteres, aber sauberes Restaurantgebäude, indem man preiswert seine Mahlzeiten unter offenem Himmel einnehmen konnte. Die Lodge bestand aus kleinen Bungalowgebäuden mit je zwei Wohneinheiten, die in einem großen Garten mit Palmen, dichten tropischen Büschen mit herrlicher Blütenpracht und bunten Blumenbeeten standen. Die Wohneinheiten hatten nur einen großen Raum mit einem Doppelbett, einem Kleiderkasten und einem Tisch mit zwei Stühlen. Alles Mobiliar war aus Rattan geflochten. Vor dem großen Fenster befand sich eine kleine Veranda mit vielen Blumenkästen.

„Es ist hier wie im Märchen", freute sich Manuela, als sie mit Otto ihr Appartement bezog.

Otto schaltete sofort den Ventilator an der Decke ein. Es war schwülheiß, aber wunderschön.

„Gott sei Dank ist in der Toilette eine Dusche", sagte Otto erleichtert.

Tina und Christian waren nebenan eingezogen. Da noch keine Hauptsaison war, waren die meisten Bungalows leer. Von ihren Veranden aus sahen sie an den grünen, exotischen Büschen vorbei, direkt zum Strand und zum blauen Meer.

Sie zogen ihre Badesachen an und mit Handtuch und Isomatte ausgerüstet, liefen sie zum Strand. Sie stürzten sich übermütig wie Kinder in die schäumenden Wogen.

„Wahnsinn!", rief Otto und plantschte mit Händen und Füßen auf dem Rücken schwimmend. „Das ist das wahre Leben, alles andere ist falsch."

Das Wasser war herrlich warm und doch erfrischend. Am Strand lagen noch andere junge Leute, auch Thais, die das Dolce Vita bei blauem Himmel und strahlendem Sonnenschein unter den schattenspendenden Palmen genossen. Otto lag neben Manuela und im kleinem Abstand dazu Christian und Tina auf ihren Matten. Manuela schloss die Augen und hielt Ottos Hand. Nach ein paar Minuten waren alle vier am Strand eingeschlafen. Die Besichtigungen hatten sie geschafft.

„Aber aufregend schön war die Rundreise schon", meinte Manuela, als sie alle wieder aufgewacht waren und den wolkenlosen Himmel und das türkisblaue Meer bewunderten.

„So eine interessante Zeit habe ich bisher noch nie erlebt", sagte Tina zustimmend. „Thailand ist eine ganz andere Welt. Diese wunderschönen Tempelanlagen, die tiefe Gläubigkeit der Menschen, wenn sie Blumen und Speisen als Opfergaben mitbringen und dann andächtig zum Beten niederknien."

„Und die vielen hübschen Thai-Mädchen, die alle darauf warten, einen Europäer zu beglücken", mischte sich Otto ironisch in das Gespräch.

„Heute lasse ich mich nicht provozieren", lächelte Manuela und sagte dann mit fast unhörbarer Stimme: „Aber sei vorsichtig, Otto. Nimm mir nicht meine schönen Gefühle. Das könnte sich sonst für jemanden ungünstig auswirken, der schon lange auf den heutigen Tag gewartet hat."

Otto war dann den ganzen Nachmittag lammfromm. Keine ironische Bemerkung entschlüpfte mehr seinen Lippen.

Immer wieder stürzten sich alle vier ins Meer und genossen es im warmen Wasser zu schwimmen. Die Sonne ging langsam unter.

„Wir treffen uns um acht Uhr im Restaurant zum Abendessen", informierte Manuela Tina und Christian und verschwand mit Otto händchenhaltend in Richtung Bungalow.

Als sie im Bungalow waren, streifte Manuela langsam ihren Bikini ab und legte sich verführerisch auf das weiche Bett. Das weiße Betttuch zum Zudecken verdeckte züchtig ihre Scham. Otto beugte sich über sie und küsste zart ihre heißen Lippen. Sie umschlangen sich leidenschaftlich.

„Ich liebe dich, Manuela", hauchte er ihr ins Ohr.

Manuela spreizte ihre schönen Beine und Otto glitt vorsichtig in ihre warme Scheide. Ganz zart und gefühlvoll führte er seine ruckartigen Bewegungen aus. Manuela hatte die Augen geschlossen. Ottos Stöße wurden heftiger. Manuela stöhnte plötzlich. Sie empfand ein unbeschreiblich schönes Gefühl. Otto konnte sich nicht mehr beherrschen. Ein lustvoller Glücksrausch durchströmte ihn.

„Manuela, ich liebe dich!", keuchte er.

„Ich dich auch", antwortete sie ganz sanft.

Sie kuschelte sich an ihn.

„Es war sehr schön mit dir", flüsterte Manuela Otto ins Ohr. „Jungfrau zu sein ist schön, aber eine Frau werden ist noch schöner."

Am Abend saßen die Freunde auf der großen Terrasse des Restaurants. Bunte, chinesische Lampions, mit elektrischen Lampen darin, waren überall aufgehängt. Das Meer rauschte, der Himmel war tief dunkelblau. Es war eine wunderschöne Stimmung. Sie aßen Hähnchenschenkel mit Gemüse und Reis. Christian und Otto ließen sich ein Singha-Bier schmecken, das in großen Literflaschen abgefüllt war. Tina und Manuela tranken einen gekühlten Früchtesaft. Zum Nachtisch gab es alle möglichen Früchte des Landes, in einer großen Schale aufgeschnitten serviert.

„Otto, jetzt zeig mal, was du alles gelernt hast. Was ist das für eine Frucht?", fragte Manuela und deutete auf die roten Fruchtstücke.

„Das sind Papaya-Stücke", grinste Otto. „Da staunst du, dass ich das weiß. Im Rohzustand, wie wir sie auf den Märkten gesehen haben, schauen sie wie langgestreckte Melonen aus und sind grün bis gelb. Man muss sie der Länge nach durchschneiden, die kaviarähnlichen Kerne entfernen und das Fruchtfleisch mit Zitrone beträufeln, so wie ich das jetzt mache."

„Und wie heißt diese Frucht?", bohrte Manuela weiter.

„Jetzt soll Christian mal antworten", sagte Otto und leckte sich die klebrigen Finger ab.

„Das sind Mango", antwortete Christian und schob sich ein goldgelbes Fruchtstück in den Mund.

„Jetzt frag ich euch Damen einmal etwas", redete Otto mit vollem Mund. „Wie nennt man denn diese sahnig weißen Fruchtstücke hier?"

„Die stammen von einer Stinkfrucht", lachte Tina. „Gut, dass du die harte Schale nicht öffnen musst, Otto. Der Geruch der frisch geöffneten Frucht ist nämlich krätzig."

Nach dem Abendessen gingen sie noch lange barfuß im warmen Sand am Strand spazieren. Es war eine tiefschwarze Nacht. Nur die Lichter von den Lodges und den Häusern der Einheimischen funkelten zwischen den tropischen Büschen und Palmen. Vom Meer her wehte ein warmer Wind.

„So stelle ich mir das Paradies vor", schwärmte Tina.

Am nächsten Tag war nur Baden angesagt. Die Sonne brannte heiß vom Himmel. Ab und zu zogen am Horizont Gewitterwolken auf, die sich aber wieder rasch verzogen. Es wurde ein „lazy day". Aber es war einfach herrlich, nichts zu tun, nur faul am Strand zu liegen und sich nach der anstrengenden Besichtigungstour zu entspannen. Den Tag darauf eröffnete Manuela beim Frühstück ihren Freunden, dass sie heute am nah gelegenen Riff tauchen wollte.

„Woher Kannst du denn tauchen?", fragte Otto.

„Als ich mit meinen Eltern in Kenia war, habe ich in unserem Hotel am Meer in der Nähe von Mombasa einen einwöchigen Tauchkurs mitgemacht. Seitdem bin ich fast jedes Jahr getaucht. Meine Eltern und ich haben nach unseren Besichtigungen in Asien auch immer noch einen Badeurlaub angehängt. An der Tauchschule hier sind wir doch gestern bei unserem Strandspaziergang vorbeigegangen."

Zur Tauchschule gingen alle mit. Manuela sah in ihrem schwarzen Taucheranzug mit ihren Gasflaschen auf dem Rücken wie ein Froschmann aus.

„Du siehst geil aus", grinste Otto.

Noch zwei weitere junge Touristen setzten sich in ihren Neoprenanzügen zu dem Thai, der das Boot mit dem starken Außenbordmotor ins offene Meer steuerte. Er würde auch die Führung beim Tauchgang übernehmen. Das Boot ankerte nicht einmal einen Kilometer weit entfernt vom Strand am Riff.

„Schade, dass ich kein Fernglas dabei habe", meinte Otto, der seiner Manuela sehnsüchtig nachblickte.

Am späten Nachmittag war Manuela wieder da. Die anderen drei lagen am Strand, als sie plötzlich wieder bei ihnen auftauchte.

„Es war wahnsinnig aufregend", freute sie sich. „Schade, dass ihr nicht tauchen könnt. Ihr könnt euch nicht vorstellen, wie faszinierend das Leben da unten am Korallenriff ist, diese Farbenpracht der Korallen, die Schwärme von bunten Fischen, kleine, große, gelbschwarz gestreifte, hellblaue und rote mit den unterschiedlichsten Körper- und Flossenformen, die vielen Kugel- und Igelfische. Am süßesten sind die Kugelfische. Bei Gefahr können sie sich bis zum Fünffachen ihrer Körpergröße aufpumpen."

„Ist das Tauchen da unten nicht gefährlich?", fragte Tina.

„Wenn man es gelernt hat, bestimmt nicht. Und es ist ein tolles Gefühl, wenn man da unten schwimmt. Unter Wasser ist alles still. Man hört nur das Blubbern der eigenen Atemblasen, die nach oben an die helle Oberfläche steigen. Der Anfänger muss sich erst auf die Schwerelosigkeit seines Körpers richtig einstellen. Es ist gar nicht so einfach, auf gleicher Höhe unter Wasser zu schwimmen. Wenn man absinkt, muss man Luft in seine Jacke blasen und dann kann es passieren, dass man steigt, weil es zu viel Luft war. Aber das lernt man alles. Um noch einmal auf deine Frage zurückzukommen. Manche Tiere da unten sind schon gefährlich, z.B. die Moränen. Die können dir mit einem Biss den Arm vom Körper trennen, ist mir gesagt worden. Ich habe aber bei meinen Tauchgängen noch nie eine gesehen."

„Wie sieht es dann mit Riesenkraken aus?", fragte Otto gespannt.

„Die gibt es vielleicht in großen Untiefen und in Gruselfilmen. Wenn du Glück hast, siehst du vielleicht einmal einen süßen Octopussy."

„Weißt du, dass die sich nach dem Rückstoßprinzip vorwärts bewegen?", erklärte Christian.

„Natürlich, actio gleich reactio, hat uns Newton gelehrt", erwiderte Manuela.

„Das musst du mir erklären, Manuela", sagte Tina wissbegierig.

„Pass auf, Tina. Unser Jumbo, mit dem wir geflogen sind und auch die Raketen bewegen sich nach dem Rückstoßprinzip vorwärts. Zu Jeder Kraft gehört eine Gegenkraft. Stell dir vor, du stehst auf einem Wägelchen, auf dem sich ein Berg von Ziegelsteinen befindet. Du wirfst in rascher Folge vom Wägelchen aus die Ziegelsteine in die eine Richtung. Dann bewegt sich das Wägelchen in die andere Richtung. Bei unserem Jumbo werden keine Ziegensteine, sondern heiße Verbrennungsgase im Strahltriebwerk nach hinten ausgestoßen und damit wird der Jumbo durch die auftretende Gegenkraft in die andere Richtung bewegt. Beim süßen Octopussy ist es genau so. Er stößt ruckartig Wasser aus seinem Körper und bewegt sich dadurch nach vorne."

„Genial, was die Natur schon alles erfunden hat", meinte Tina.

„Ja, die Natur ist schon genial", sagte Otto tiefernst. „Da muss ich dir etwas über Haie erzählen. Haie haben einen ausrenkbaren Kiefer und können dadurch einen erwachsenen Menschen im Ganzen hinunterschlucken."

„Wirklich?", fragte Tina. „Das ist ja furchtbar!"

„Lass dich von Otto nicht vergackeiern", mischte sich Manuela ein. „Haie reißen ihrer Beute Stücke vom Körper ab und verschlingen sie dann. Das ist aber genau so schrecklich. Aber Schlangen können ihre Kiefer wirklich ausrenken und damit größere Beutetiere verschlingen. Ich habe euch die Anekdote mit der großen Pythonschlange und dem jungen Orang Utan im Käfig erzählt. Ohne einen ausrenkbaren Kiefer könnte die Schlange so eine große Beute nicht auf einmal verschlingen."

„Bist du unter Wasser schon einmal einem Hai begegnet?", fragte Tina ein bisschen verängstigt weiter.

„Ja", antwortete Manuela, „damals als ich das Tauchen bei Mombasa gelernt habe. Ich schwamm das erste Mal in der Gruppe am Riff, da tauchte ein Hai auf. Er hat uns gar nicht beachtet und verschwand dann sofort wieder."

„Da würde ich mir vor Angst in die Hose machen", gruselte sich Tina.

„Dann würde er dich noch besser riechen und attackieren", grinste Otto.

„Das stimmt so nicht, Otto", meinte Christian. „Ich habe im vergangenen Wintersemester eine Vorlesung über Biophysik gehört. Da hat uns der Dozent etwas über intelligente Biosensorsysteme bei Tieren erzählt, über die wir Menschen nicht verfügen. Haie und auch Rochen besitzen zusätzlich zum Aufspüren von Beute noch ein hochempfindliches Sinnesorgan für elektrische Felder, die sogenannten Lorenzinischen Ampullen. Sie befinden sich als Poren in der Haut, für uns nicht gut sichtbar, auf beiden Gesichtshälften seines Kopfes. Mit diesen Ampullen kann ein Hai elektrische Feldstärkeänderungen im Wasser wahrnehmen. Dieses Sinnesorgan ist so empfindlich, dass der Hai den Pulsschlag einer im Sand des Meeresboden vergrabenen Flunder im Vorbeischwimmen aufspürt. Zur Demonstration der Funktionsweise dieses Sinnesorgans haben wir einen Videofilm über einen Hai in einem Versuchsbecken gesehen, dessen Boden dick mit Sand bedeckt war. Im Sand war ein isoliertes Kupferkabel versteckt. Der Experimentator schickte elektrischen Strom durch das Kabel. Dabei änderte sich die elektrische Feldstärke in der Umgebung des Kabels. Der Hai griff das Kabel sofort an, weil er glaubte, ein Fisch sei dort im Sand versteckt."

„Das ist wirklich interessant", staunte Manuela, „mit diesem Prinzip könnte man auch ein Gerät konstruieren, mit dem man Haie verjagen kann."

„Wie soll denn das funktionieren?", fragte Christian.

„Pass auf, wenn ich mit einem Tongenerator einen hohen Ton erzeuge und dann die Lautstärke gewaltig aufdrehe, dann halten das deine Ohren nicht mehr aus und du flüchtest."

„Und weiter?", sagte Christian. „Was hat das jetzt mit dem Hai zu tun?"

„Stell dir vor, du hast unter Wasser ein Gerät dabei, das elektrische Feldstärken von höchster Intensität erzeugt. Dann wird das für den Hai sicher auch sehr schmerzvoll und er sucht das Weite."

„Das solltest du dir patentieren lassen, Manuela", meinte Otto mit aufrichtiger Bewunderung.

„Wenn nicht ein anderer schon auf diese Idee gekommen ist", wandte Christian ein.

„Ich habe jetzt einen Mordshunger. Habt ihr schon etwas gegessen?", fragte Manuela.

„Wir haben alle auf dich gewartet", erwiderte Tina.

Sie saßen auf der Terrasse des Restaurants und ließen es sich schmecken. Manuela hatte ihre bunte Handtasche um die Stuhllehne gehängt.

„Dein Handy klingelt", sagte Tina zu Manuela.

Es war nicht das erste Mail, dass Manuelas Mutter wissen wollte, wie es ihrer Tochter erging.

„Hallo, Mani, wie geht es dir und deinen Freunden?", fragte sie.

„Es ist alles okay bei uns. Wir sitzen gerade unter offenem Himmel am Meer auf der Restaurantterrasse von unseren Bungalows und lassen es uns gut gehen. Schönen Gruß von allen hier. Wie geht es Papa? Sag ihm liebe Grüße von mir!"

„Papa geht es auch gut", antwortete Frau Gruber. „Passt Otto gut auf dich auf?"

„Natürlich", lachte Manuela. „Er trägt mich auf Händen."

Otto merkte, dass er gemeint war. „In der Wickeltasche", ergänzte er grinsend.

„Was ich noch fragen wollte", sagte Frau Gruber, „ist der Bernd Helwig nicht ein Freund von euch?"

„Ja, Bernd wohnt mit Christian und Otto im Studentenwohnheim in der Türkenstraße. Was ist mit Bernd?"

„In den Landkreisnachrichten in unserer Zeitung steht, dass er heute in Bruckmühl heiratet."

„Wen denn?"

„Eine Ingrid Knabl."

Das war eine Überraschung. Manuela erzählte es nach dem Telefongespräch ihren Freunden. Sie waren alle baff.

„Was ist mit eurem Bernd?", fragte Tina.

„Ach, nichts Besonderes", antwortete Christian.

„Und er hat dir vor unserem Urlaub nicht erzählt, dass er heiraten wird?", wunderte sich Manuela.

„Wahrscheinlich wusste er es selbst noch nicht, bevor wir nach Thailand starteten."

Otto und Manuela schwiegen irgendwie betreten und tauschten vielsagende Blicke aus.

„Irgend etwas stimmt doch mit eurem Bernd nicht", meinte Tina aufdringlich neugierig.

„Doch", erwiderte Christian, „die Hochzeit mit Ingrid ist nur ein bisschen überraschend für uns."

„Oder stimmt etwas mit dieser Ingrid nicht?", bohrte Tina hartnäckig nach.

„Es ist schon alles in Ordnung. Ingrid ist ein hübsches Mädchen und Bernd ist sehr verliebt in sie", antwortete Christian.

Manuela wollte etwas sagen, aber sie ließ es dann bleiben.

„Auf die Hochzeit von Bernd!" Christian hob sein Glas mit Coca Cola.

„Auf Bernd!", sagte Manuela irgendwie betreten.

„Hoffentlich werden die zwei glücklich miteinander."

Otto sagte gar nichts dazu.

„Heute Abend könnten wir in die Disco gehen", schlug Tina vor.

„Warum nicht", sagte Manuela. „Übrigens habe ich von dem thailändischen Tauchlehrer erfahren, dass übermorgen Abend auf der Nachbarinsel Koh Pha Ngan am Strand eine große Party abgeht, die sogenannte ‚full moon party'. Da muss man dabei gewesen sein."

„Toll", stimmte Tina sofort zu. „Da machen wir doch mit, oder?"

Otto und Christian waren ebenfalls einverstanden.

„Für morgen hat er uns noch etwas vorgeschlagen, und zwar mit einem Ausflugsschiff zum Mu Koh Ang Tong-Nationalpark zu fahren. Die Inselgruppe soll einmalig schön sein. Sie ist etwa 40 km von hier entfernt."

„Da machen wir auch mit. Eine lange Schifffahrt auf dem Meer, das wird herrlich", schwärmte Tina.

„Dann könnten wir aber den Discobesuch heute Abend ausfallen lassen", sagte Christian zu Tina. „Disco, das habe ich mit meiner Band jeden Samstag."

Tina war ein bisschen enttäuscht.

„Dafür machen wir heute als Ersatz einen Bummel durch den Nachtmarkt von Baan Chaweng Noi. Da können wir auch shoppen", schlug Manuela vor.

Mit diesem Vorschlag war Tina wieder versöhnt.

Der kleine Ort wimmelte von Touristen und Thais. Es war eigentlich schon stockdunkel, aber durch die vielen bunten Lichter von den Shops, den Verkaufsständen mit allen möglichen Waren, den kleinen Restaurants und den vielen Garküchen, war es auch draußen noch hell. Auf den Straßen knatterten Leichtmotorräder und parkende Autos verstopften die ungeteerten Gassen und Nebenwege. Man konnte sich nur mühsam seinen Weg durch die vielen Menschen bahnen.

In einem Laden mit schönen Holzschnitzereien erstand Manuela einen rot lackierten Schwan mit kleinen, glitzernden Glasplättchen auf seiner glänzenden Oberfläche. Er hatte eine große, kreisrunde Vertiefung auf dem Rücken, so dass man ihn als Behälter für ein Blumengesteck verwenden konnte.

„Der ist wirklich originell", bewunderte ihn Tina. „So einen hätte ich auch gern."

Der Verkäufer, ein älterer Thai, zauberte auch wirklich noch ein Exemplar auf den Ladentisch. Er war fast identisch mit dem Schwan von Manuela, nur schwarz lackiert.

„Zwanzig Dollar ist zwar ein stolzer Preis, aber der Schwan ist es wert", meinte Tina hocherfreut.

„Wenn ich gewusst hätte, dass du auch einen nimmst, hätte ich dem Verkäufer einen Mengenrabatt abgehandelt", ärgerte sich Manuela ein bisschen.

Auch Otto und Christian kauften ein Souvenir, jeder einen hölzernen Löwen.

Alle vier saßen sie dann noch lange am Strand. Es war sehr romantisch. Der Mond war aufgegangen und spiegelte sich auf der dunkelblauen Meeresoberfläche.

„Er ist wirklich schon fast voll", kommentierte Tina seine Größe.

„Wir gehen ja auch übermorgen auf eine ‚full moon party'", lächelte Manuela.

Am nächsten Tag standen sie gegen zehn Uhr vormittags auf dem wackeligen, hölzernen Bootssteg in einer langen Reihe mit vielen anderen Touristen, die ebenfalls die Schifffahrt zum marinen Nationalpark unternehmen wollten.

„Blauer Himmel und strahlender Sonnenschein. Eine Schifffahrt, die ist lustig", freute sich Tina.

Das Schiff war ein alter, für Touristenfahrten umgebauter Kutter. Überall blätterte die weiße bzw. gelbe Farbe ab. Große, braune Rostflecken schmückten den Bootskörper.

„Der sieht ganz schön vorsintflutlich aus", meinte Manuela etwas besorgt.

„Nur keine Panik auf der Titanic", grinste Otto. „Ich habe die Rettungsringe, die da vom Deck die Bordwand herunterhängen, gezählt. Auf der Längsseite, die wir sehen können, sind es neun Stück."

„Dann haben die maximal zwanzig Rettungsringe an Bord, für sagen wir mal, 80 Personen. So viele Leute stehen doch hier etwa auf dem Steg. Nach Adam Riese sind das dann immer für vier Personen ein Rettungsring", meinte Christian gelassen.

„Wenn sich jeder von den Vieren nur mit einer Hand im Wasser diszipliniert am Rettungsring festhält, kann jeder bei einem Schiffsunglück überleben", witzelte Otto.

Christian fing zu lachen an.

„Sollen wir wirklich einsteigen?" Jetzt war es auch Tina mulmig zu Mute.

„Das Schiff hat die Strecke bestimmt schon tausend Mal ohne Komplikationen überstanden", ermutigte Manuela ihre Freundin.

„Die Tickets haben wir auch schon gekauft."

„Dem Mutigen gehört die Welt", meinte Otto draufgängerisch.

Die anderen Touristen machten sich offensichtlich keine Sorgen. An Deck war es dann ziemlich eng für die vielen Passagiere. Unter einem großen Sonnen- und Regenschutzdach gab es viele Sitzplätze auf alten Bänken und eine offene Kombüse. Dort kochten zwei dickliche Thaifrauen unter ständigem Kichern in riesigen Töpfen schon das Essen für den Mittagstisch. Es roch gut. Es waren viele Junge Touristen an Bord, aus Europa, den USA, Australien, Japan und Taiwan, auch eine Gruppe junger Thai-Mädchen. Otto war natürlich sofort in ein Gespräch mit ihnen verwickelt. Sie sprachen ebenfalls gut Englisch und waren Schülerinnen aus Bangkok. Viele junge Leute saßen einfach vorne beim Bug auf dem Boden des Decks. Einige ließen ihre Beine von der Bugwand baumeln. Das Schiff zog eine schäumende Bugwelle. Es war wunderschön anzusehen. Manuela ließ Otto nicht aus den Augen. Eine bildhübsche Thai-Schülerin mit dunkelbraunen, mandelförmigen

Augen in engen, kurzen Shorts himmelte Otto mit seinen langen, blonden Haaren und blauen Augen an. Otto genoss das sichtlich und Manuela war eifersüchtig. Christian grinste.

Das war Otto Devise: "Reden, reden müß't ma kennen, dann möcht ma ok a jedes Madl um die Ecke bringen", auch ein Thai-Madl.

Die Inselgruppe, die sie ansteuerten, war wirklich malerisch schön. Sie ankerten genau in der Mitte zwischen den Inseln. Das Mittagessen wurde auf Papptellern serviert. Trotz der vielen Leute reichte es für alle.

„Seeluft macht hungrig", freute sich Manuela über das Essen.

Es gab sogar einen Nachtisch, einen süßen Reispudding mit Früchten. Von der größten Insel kamen dann vier lange Boote mit dem besonderen Küchenrührer-Antrieb auf ihr Schiff zu und machten längsseits an ihrem Kutter fest. Auf Strickleitern stiegen alle Touristen dann waghalsig in die schaukelnden Boote. Es gab auch keinen Landungssteg für die kleinen Boote auf der Insel. Alle mussten durch das fast einen halben Meter hohe Wasser zum Sandstrand waten. Zwischen Palmen am Strand war ein kleines Restaurant. Ein älterer Thai in einem grauen Beamtenanzug war wohl der Aufseher der Insel. Er hatte ein Handy in der Hand und gab einigen jungen Thais, die ihm offensichtlich untergeordnet waren, irgendwelche Anweisungen. Einer von ihnen führte die Touristen auf einem verschlungenen Höhenweg in das malerische Innere der kleinen Insel.

Tina ging nicht mit. Sie klagte über Bauchschmerzen. Inmitten von dicht bewaldeten, großen Felsen lag ein kleiner See. Es war wie in einer Zauberwelt, so herrlich und so aufregend. Nur die Nymphen und Feen fehlten. Stattdessen erschienen plötzlich auf dem hölzernen Aussichtsturm, der über ihren Köpfen auf einem Felsen emporragte, die bärtigen, finsteren Gesichter von drei zerlumpten Männern. Hinter ihnen erschien noch ein vierter, vermummter Mann mit einem wollenen Strumpf über dem Kopf, nur für die Augen waren Löcher ausgeschnitten.

„Ali Baba und die 40 Räuber", murmelte Otto erschrocken.

Es passierte aber nichts. Der Spuk dauerte nur ein paar Minuten. Der Thai, der die Touristen geführt hatte, schrie etwas und winkte allen aufgeregt. Im Eiltempo ging es wieder zurück zum Strand. Dort standen Tina und auch andere Touristen, die nicht mitgegangen waren, ganz betreten.

„Was ist denn los?", fragte Manuela.

Ein langes Boot mit vielleicht zehn zerlumpten Männern darin verschwand gerade knatternd hinter einem großen Felsbrocken, der bis in das Meer hineinreichte. Tina deutete auf das verschwindende Boot.

„Plötzlich war dieses Boot mit diesen Männern da. Sie sprangen alle heraus und kamen hier her zum Restaurant. Der Beamte lief ihnen entgegen. Er schrie sie an. Sie diskutierten mit Händen und Füßen. Auf einmal war dann dieses große, silbergraue Polizeiboot da."

Da lag wirklich, nur fünfzig Meter vom Strand entfernt, ein Riesenboot. Es sah wie eine Mini-Fregatte aus, mit einer kreisenden Radarantenne.

„Ein paar der zerlumpten Männer sind euch wohl nachgelaufen. Haben sie euch überfallen?", fragte Tina ganz aufgeregt.

„Nein", antwortete Manuela. „Sie kamen auch gleich wieder zurück. Und als sie das Polizeiboot sahen, rannten sie alle zu ihrem Boot und sind wieder abgedampft. Das habt ihr ja selbst noch gesehen."

Innerhalb von ein paar Minuten wurde es auf einmal sehr dunkel. Sie hatten gar nicht bemerkt, dass ein Monsungewitter aufgezogen war. In Windeseile bestiegen alle die Boote. Ein paar ältere, dicke Japanerinnen hatten Mühe, aus dem flachen Wasser heraus ins Boot zu gelangen. Die thailändischen Bootsführer machten aber keine Anstalten, ihnen zu helfen. Otto hievte eine der dicken Japanerinnen, die wegen ihrer Körperfülle auf halber Bootshöhe hängen geblieben war, in das Innere des Bootes, indem er mit großer Anstrengung ihren Po nach oben drückte. Sie war puterrot angelaufen und kicherte verlegen. Als Otto dann schwungvoll ins Boot kletterte, bedankte sie sich hundert Mal bei ihm. Immer wieder neigte sie ihren Kopf vor Otto und hatte dabei die Hände wie zum Gebet gefaltet.

„Mensch, Otto", grinste Christian, „die hält dich für einen Halbgott."

„So wirke ich nun mal auf Fremdlinge", sagte Otto trocken, und zu der älteren Japanerin gerichtet: „Koko wa doko deska."

Sie lächelte nur.

„War das japanisch", fragte Christian erstaunt.

„Natürlich."

„Und war heißt das?"

„Das heißt ‚wo sind wir hier?'"

„Sind das deine ganzen japanischen Sprachkenntnisse?"

„Leider", erwiderte Otto, „das heißt, einen weiteren Satz kenne ich noch. Der heißt ‚shitsumon ga arimaska?'"

„Und was heißt das?"

„Das heißt ‚noch irgendwelche Fragen?'"

„Damit kann man ja hervorragend japanische Konversation machen", lachte Christian.

Zum Glück waren sie in wenigen Minuten bei ihrem Kutter. Der aufkommende Sturm peitschte schon hohe Wellen auf der Wasseroberfläche. Sie kamen gerade noch trocken an Deck. Da zuckten schon die ersten grellen Blitze hernieder. Der Donner krachte fürchterlich und es goss in Strömen.

„Stellt euch vor", stöhnte Tina, „das Gewitter hätte uns auf hoher See auf diesem Seelenverkäufer erwischt."

Nach einer halben Stunde war alles wieder vorbei. Die schwarzen Monsunwolken hatten sich verzogen. Der Himmel wurde wieder strahlend blau und die Sonnenstrahlen vergoldeten die Inselgruppe. Die laut dröhnenden, stinkenden Dieselmotoren ließen dann den Kutter leicht erzittern und sie verließen wieder das kleine Paradies.

„Da haben wir wahrscheinlich noch einmal großes Glück gehabt", meinte Manuela.

Der Fahrtwind des Schiffes ließ ihre Haare lustig wehen.

„Glaubst du, dass das Piraten waren?", fragte Tina.

„Komisch war die ganze Situation schon", sagte Christian.

„Mir hätten sie nicht viele Baht aus meiner Geldbörse abnehmen können, und meine Scheckkarte habe ich in unserer Lodge gelassen", meinte Otto.

„Du hättest aber auch als Geißel enden können, Otto", erwiderte Christian.

„Meine dicke Japanerin war mit kostbaren Goldketten behängt. Die hätten sie sich eher geschnappt. So einen armen Schlucker wie den Otto hätten sie gar nicht beachtet."

„Vielleicht hätten sie dich als Dolmetscher gebraucht, ‚koko wa doko deska?'", lachte Christian.

Am nächsten Tag fuhren sie gegen Abend mit der Fähre zur Insel Koh Pha Ngan. Die ‚full moon party' am Strand sollte etwas ganz Außerordentliches sein. Otto hatte es auch noch von zwei australischen Studenten, die ebenfalls in ihrer Lodge-Anlage wohnten, bestätigt bekommen. Es war schon stockdunkel, als sie das Partygelände erreichten. Überall waren Strandbars aufgebaut, mit bunter Beleuchtung und lauter Musik. Kitschige, indische Götterfiguren, mit Blumengirlanden geschmückt, waren aufgestellt. Große Lagerfeuer brannten, und einige Wagemutige jonglierten mit brennenden Fackeln. Es herrschte ein dichtes Gedränge um die Strandbars.

„Falls wir uns in diesem Getümmel verlieren sollten, wir nehmen die erste Fähre morgen um sechs Uhr früh", informierte Manuela ihre Freunde.

Es herrschte schon eine tolle Stimmung. Zu den heißen Rhythmen wurde ausgelassen getanzt. Um Mitternacht schossen Touristen Feuerwerkskörper ab. Christian, Otto und Manuela tranken gerade ihren fünften Longdrink an einer Strandbar. Sie waren alle schon ein bisschen angesäuselt.

„Wo ist denn nur Tina?", fragte Christian mit leicht glasigem Blick.

Manuela lachte laut über jeden Blödsinn, den Otto verzapfte.

„Da drüben, bei dem hübschen, schlanken Thai", quakte sie.

Tina hatte einen Geldschein in der Hand und der Thai steckte ihr gerade etwas zu.

„Das darf doch nicht wahr sein. Tina!", rief Christian aufgebracht.

In dem dichten Gedränge war Tina aber nicht mehr zu sehen. Christian bahnte sich energisch einen Weg durch die vielen, jungen Leute. An der Stelle, wo er Tina gerade noch gesehen hatte, stand ein hübsches Thai-Mädchen in engen, roten Lackshorts, rotem Top und hochhackigen Schuhen.

Christian stammelte aufgeregt: „Where is the girl with the red hair?" (wo ist das Mädchen mit den roten Haaren)

Das Thai-Mädchen nahm Christian an der Hand und zog ihn durch das Gedränge. Christian lief bereitwillig mit. Hinter einer kleinen Hütte, abseits von den vielen Touristen, direkt am Wasser, blieb sie stehen. Sie lächelte Christian an. Der Vollmond spiegelte sich auf der Wasseroberfläche. Sie war wirklich bildhübsch. Sie zeigte auf den Mond und sagte: „the moon."

Sie zog ihre unbequemen Schuhe aus und setzte sich anmutig vor Christian in den Sand und deutete ihm an, das Gleiche zu tun. Christian setzte sich ebenfalls. Sie schlang ihre Arme um Christians Hals und küsste ihn auf den Mund. Christian ließ alles mit sich geschehen. Er war wie betört. Als sie sich wieder angezogen hatten, sagte das Mädchen: „Give me twenty dollars."

Christian war völlig überrascht. Er holte mechanisch zwei Zehn-Dollar-Scheine aus seinem Portemonnaie und gab ihr das geforderte Geld. Jetzt erst war ihm klar, worauf er sich da eingelassen hatte, auf ungeschützten Sex mit einer Thai-Prostituierten. Christian wurde es ganz heiß. Er stand wie versteinert da.

„Bist du denn wahnsinnig!", schrie er sich selbst an.

Das Thai-Mädchen war schon verschwunden. Er ging völlig benommen zurück zu den vielen, jungen Leuten, die ausgelassen ihre ‚full moon party' feierten. Auf was hatte er sich da eingelassen? Diese blöde Tina! Er wäre nie in diese Situation gekommen, wenn er nicht Tina wegen ihrer Drogen hätte zur Rede stellen wollen.

Tina war nirgends zu sehen und Manuela und Otto auch nicht. Ziellos lief er zwischen den Tanzenden und Singenden hin und her. Schließlich setzte er sich erschöpft auf einen hohen Hocker an eine der Strandbars. Es war trotz der fortgeschrittenen Stunde sehr schwül und er hatte Schweißperlen auf der Stirn. Er trank ein kühles Singha-Bier. Was war, wenn er sich mit AIDS infiziert hatte? Dann hatte er mit einem Schlag sein ganzes Leben ruiniert. Was würde er dafür geben, wenn er die Uhr noch einmal zurückdrehen könnte. Es waren nur zehn Minuten gewesen. Wieso hatte er sich mit dem Mädchen eingelassen? Er war doch sonst immer so ein kühler Denker und Rechner. Er verstand sich nicht mehr.

„Ich dachte, sie führt mich zu Tina. Und dann, als sie ihre Schuhe auszog und sich am Strand mit den seitlich angelegten Beinen so anmutig vor mich hingesetzt hat, da hätte es bei mir doch klingeln müssen. Und ich Blödmann setze mich dazu und sie umarmt mich und küsst mich auf den Mund und legt sich auf mich. Und alles lief dann so automatisch ab. Natürlich war es schön gewesen. Aber warum haben bei mir nicht die Alarmglocken geläutet? Warum habe ich nicht erkannt, dass es eine Prostituierte war? Warum? Warum?"

Das Grübeln hatte jetzt auch keinen Sinn mehr. Es war passiert. Wenn wir wieder in Deutschland sind, muss ich sofort einen HIV-Test machen lassen.

„Vielleicht habe ich mich gar nicht infiziert."

Der Alkohol dämpfte seine Ängste. Ein Mädchen mit einem großen Cowboyhut setzte sich neben ihn auf den leeren Hocker an der Bar.

„Woher kommst du?", fragte sie Christian auf englisch.

„Aus Deutschland", murmelte er.

„Da war ich schon. Und wo in Deutschland?"

„Ich wohne in der Nähe von München, in Bayern."

„Das kenne ich auch", lachte sie. „Hofbräuhaus und Schloss Neuschwanstein. Ich komme aus Denver, Colorado."

Christian war nicht nach Konversation zu Mute. Sie redete und redete und alles in einem amerikanischen Slang. Christian verstand nur die Hälfte von dem, war sie ihm erzählte. Aber sie ließ nicht locker. Sie spendierte ihm sogar ein Bier. Der Mond war schon untergegangen und am Horizont im Osten wurde es bereits rötlich hell.

„Komm, wir laufen noch ein bisschen am Strand entlang", forderte sie Christian zum Mitgehen auf.

Christian war eigentlich todmüde. Er schaute auf seine Uhr. Es war kurz vor fünf Uhr früh. Sie hängte sich bei Christian ein. Sie hatte ihre Sandalen ausgezogen.

„Ich mag dich", lächelte sie Christian an und drückte sich beim Gehen im warmen Sandfest an ihn.

Christian antwortete nicht. An einer einsamen Stelle des Strandes hielt sie an. Sie zog sich plötzlich ungeniert vor ihm splitternackt aus.

„Komm, wir baden im Meer", lachte sie übermütig.

Christian hatte seine Badehose unter seinen Shorts an. Er entledigte sich auch seiner Kleider und sie schwammen ins offene Meer hinaus. Das tat gut. Das Wasser war erfrischend und doch angenehm warm. Nachdem sie sich wieder angezogen hatten, kramte sie ein Adressenkärtchen aus ihrem Portemonnaie.

„Du musst mich unbedingt in den USA besuchen", sagte sie und gab ihm einen feuchten Kuss auf den Mund.

Christian nickte.

Kurz vor sechs Uhr früh war er an der Fähre zum Übersetzen nach Koh Samui. Da standen sie schon, Tina, Manuela und Otto.

„Wo bist du denn gewesen?", fragte Tina besorgt.

„Unser Christian ist versumpft", grinste Otto. „Ist mit einer Thai-Maus in ihr Mauseloch geschlüpft."

Christian war nicht nach Scherzen zu Mute. Aber Otto hatte wieder einmal mit seiner Bemerkung den Nagel auf den Kopf getroffen. Sie waren alle todmüde. Erst am späten Nachmittag fanden sich die vier wieder am Strand vor ihrer Lodge ein. Tina und Manuela saßen unter einer Palmengruppe im Schatten und lasen in ihren Reiseführern. Christian und Otto wateten durch das seichte Wasser den Strand entlang.

„Wohin bist du denn gestern so plötzlich verschwunden?", fragte Otto.

„Ich wollte Tina die Drogen, die sie sich gekauft hat, wegnehmen. Aber in dem Gedränge war sie auf einmal verschwunden. Ich glaubte, ein Thai-Mädchen hätte gesehen, wo sie hin ist."

„Und dann?", Otto wollte es genau wissen.

„Dann habe ich eine große Dummheit gemacht."

„Du hast mit dem schönen Kind gepoppt."

Christian erwiderte nichts. Die beiden blieben stehen. „Ich glaube, ich hatte schon zu viel getrunken."

„Du hast also mit ihr den Geschlechtsakt vollzogen?", sagte Otto kopfschüttelnd.

„Als wir fertig waren, musste ich ihr zwanzig Dollar geben."

„Du bist ja gut. Dann war das doch eine Prostituierte. Hast du wenigstens ein Kondom benützt?"

Christian schüttelte den Kopf.

„Weißt du, was das heißt, Christian. Mensch, wie konntest du nur!"

„Ich weiß es auch nicht. Ich war einfach in Stimmung dazu. Sie war so hübsch und so anschmiegsam. Es ging alles so schnell."

„Hoffentlich geht das gut aus und du bekommst kein AIDS", sagte Otto. „Hast du es Tina schon erzählt?"

„Bestimmt nicht."

„Aber du könntest sie anstecken."

„Sie hat seit vorgestern die Regel. Da brennt unser Sexualleben sowieso auf Sparflamme. Wenn wir in Deutschland sind, lasse ich mich sofort untersuchen."

„Soweit ich weiß, müssen fast drei Monate vergehen, um ganz sicher auszuschließen, dass du nicht an HIV erkrankt bist."

„Das halte ich so lange nicht aus", erwiderte Christian niedergeschlagen.

„Du musst jetzt einfach mit dieser Unsicherheit leben", machte ihm Otto Mut. „Außerdem muss man bei uns in Deutschland nicht mehr an AIDS sterben. Durch wirksame Medikamentenkombinationen kann man bei uns die Krankheit zwar nicht heilen, aber stoppen."

„Ich erinnere mich aber noch genau an den Vortrag eines Medizinalrats über AIDS an unserer Schule", sagte Christian. „Die Bilder von den AIDS-Erkrankten haben übel ausgesehen. Der Arzt vom Gesundheitsamt erzählte uns, dass das Immunsystem dieser Patienten sehr geschwächt ist und dann treten Erkrankungen der Lunge, Demenz und bösartige Geschwülste auf."

„Das war früher einmal", meinte Otto.

„Aber Nebenwirkungen haben die neuen Präparate sicher auch", meinte Christian bedrückt.

Otto sagte nichts dazu.

„Du schaust jetzt so, als ob du darüber Bescheid wüsstest", sagte Christian verängstigt.

„Es ist nicht der Rede wert. Es betrifft nur das Aussehen dieser Leute."

„Was ist mit ihrem Aussehen?"

„Ich habe im Warteraum meines Hausarztes in einer Fachzeitschrift gelesen, dass durch diese Medikamente der Fettstoffwechsel gestört ist."

„Was heißt das?"

„Das heißt, dass sich das Fettgewebe im Körper verändert. Die Betroffenen bekommen ganz dünne Arme und Beine und sehen im Gesicht total ausgemergelt aus."

„Oh Gott", sagte Christian „rede nicht weiter."

Tina und Manuela bemerkten sofort die niedergeschlagene Stimmung von Christian.

„Es ist nichts", beruhigte sie Christian. „Ich glaube, ich habe eine Magenverstimmung."

„Fieber hast du aber nicht?", fragte Manuela besorgt.

„Wenn grippeähnliche Symptome auftreten, könntest du an Malaria erkrankt sein. Dann müsstest du sofort mehrere Fansidar-Tabletten schlucken."

„Nein, ich habe kein Fieber", versicherte Christian.

Die restlichen Tage Badeurlaub auf Koh Samui vergingen viel zu schnell. Nach einem endlos lang erscheinenden Flug landeten alle vier wieder wie erschlagen auf dem Franz Josef Strauß-Flughafen bei München. Es war elf Uhr vormittags. Tina und Christian wurden von Christians Mutter abgeholt, Manuela und Otto von Manuelas Mutter.

„Es war einmalig schön", schwärmte Manuela von der Reise, als sie in Richtung Rosenheim fuhren, wo Otto abgesetzt werden sollte.

„Hat es Ihnen auch gefallen?", fragte Manuelas Mutter.

„So etwas habe ich vorher noch nie erlebt", antwortete Otto ganz traurig. „Jetzt weiß ich, welche Gefühle Adam und Eva hatten, als sie aus dem Paradies vertrieben wurden."

Frau Gruber lächelte.

„Es war herrlich warm und es hat nicht oft geregnet. Was haben wir nicht alles gesehen. Es war großartig." Manuela kam aus dem Schwärmen nicht heraus.

„Einmal Asien, immer Asien, sagt dein Vater, Manuela. Er hat dich schon sehr vermisst."

„Ich freue mich auch auf Papa."

„Reden eure zwei Freunde auch so begeistert wie ihr von ihrer Thailand-Reise?"

„Bestimmt", antwortete Manuela. „Und mit Tina habe ich mich prima verstanden. Mit Otto natürlich auch. Otto hat mich nie aus den Augen gelassen. Er war ein perfekter Bodyguard."

„Wie der von Stefanie von Monaco", grinste Otto vielsagend.

Frau Gruber lächelte wieder. Ottos Mutter wollte, dass Manuela und ihre Mutter noch auf einen Sprung mit in die Wohnung kommen sollten.

„Ein anderes Mal gern", sagte Frau Gruber. „Aber ich glaube, Manuela ist heute froh, wenn sie sich nach dem langen Flug so bald wie möglich in ihrem Bett ausschlafen kann. Der Jetlag von sechs Stunden macht ihr sicher zu schaffen."

Es war jetzt Ende September. Draußen regnete es und es war schon verdammt kalt. Christian war auffallend nervös.

„Hat es dir in Thailand nicht gefallen, oder war irgend etwas?", fragte seine Mutter besorgt.

„Doch, es war sehr schön. Es ist alles in Ordnung", log Christian.

Er hatte sich telefonisch bei seinem Hausarzt angemeldet. Als er dem Arzt gegenüber saß und dieser nach seinen Beschwerden fragte, erzählte ihm Christian von der Reise nach Thailand und dass er mit einer Thai-Prostituierten ungeschützten Sex hatte.

„Wie oft denn, Herr Treml?", fragte Dr. Petermann.

„Nur ein einziges Mal", erwiderte Christian.

„Auch ein einziges Mal kann schon zu oft sein. Wie alt war denn das Mädchen?"

„Sie war blutjung, vielleicht 15 oder 16 Jahre alt. Aber die Mädchen dort sehen ja alle so zierlich aus. Vielleicht war sie auch älter."

„Wissen sie, dass sich allein in Deutschland jährlich 2000 Menschen neu mit dem HI-Virus infizieren?"

Christian sagte nichts dazu.

„Einen Test auf HI-Viren kann ich im Augenblick nicht durchführen. Das bringt noch nichts. Kommen sie in einem Monat wieder, dann machen wir den Test. Aber selbst dann, wenn er negativ ausfallen sollte, kann ich noch nicht definitiv sagen, dass sie sich nicht angesteckt haben. Vielleicht haben sie Glück gehabt. Ich wünsche es Ihnen. Wenn in der Zwischenzeit irgend etwas sein sollte, kommen sie einfach wieder in meine Praxis. Ich bin immer für sie da."

„Darf ich in der Zwischenzeit mit meiner Freundin schlafen?"

„Auf keinen Fall", sagte der Arzt streng.

Christian blickte den Arzt ganz niedergeschlagen an.

„Nun", meinte Dr. Petermann, „Sie müssen eben in der nächsten Zeit enthaltsam leben. Es heißt zwar, mit einem Kondom kann nichts passieren. Aber ich rate ihnen, trotzdem keinen Geschlechtsverkehr zu praktizieren. Das sollte ihnen ihre Freundin schon wert sein. Haben sie ihrer Freundin überhaupt gebeichtet, dass sie mit einer Prostituierten ungeschützten Sex hatten?"

„Nein", antwortete Christian und errötete.

„Das sollten sie aber. Dann kann sie selbst entscheiden, ob sie mit Ihnen Geschlechtsverkehr haben will. Auch mit einem Kondom bleibt ein gewisses Restrisiko für eine Infizierung. Es kann z.B. beim Geschlechtsakt zerreißen und dann ist der Kontakt mit einer HIV-verseuchten Samenflüssigkeit lebensbedrohend."

Als Christian wieder zu Hause in seinem Zimmer war, überlegte er, was er Tina sagen sollte. Dass er auf der ‚full moon party' mit einer Prostituierten ungeschützten Sex hatte, wollte er ihr auf keinen Fall erzählen. Er hatte sie damals auf ihren Drogeneinkauf nicht mehr angesprochen. Das konnte er aber jetzt nachholen. Er würde ihr sagen, dass er in ihrer Beziehung wegen ihrer Drogengeschichten eine Auszeit nehmen wollte. Sie sollte sich überlegen, was ihr wichtiger war, er, Christian, oder ihre Drogen. Sie könnten sich ja noch treffen, ohne aber intim zu werden und das mindestens einen Monat lang. Das war eine gute Idee. Tina bedeutete ihm schon viel. Die Zeit mit ihr in Thailand war wunderbar gewesen, bis auf diesen verdammten Ausrutscher.

Dann rief er Bernd zu Hause an. Bernds Mutter war am Apparat. Sie sagte ihm, dass Bernd nicht mehr zu Hause wohnte. Er war nach der Hochzeit mit Ingrid in eine kleine Wohnung nach Bruckmühl gezogen. Ein eigenes Telefon hatten sie auch schon. Christian rief die Nummer an. Bernd war am Apparat.

„Wir wissen schon, dass du geheiratet hast. Herzlichen Glückwunsch!", sagte Christian. „Soll ich dich gleich besuchen kommen?"

Bernd gab ihm seine neue Adresse. Eine halbe Stunde später war Christian bei Bernd. Ingrid war noch in der Bank. Es war drei Uhr Nachmittag. Bernd servierte Christian eine Tasse gerade frisch zubereiteten Kaffee. Sie saßen im kleinen Wohnzimmer.

„Schön habt ihr es hier", sagte Christian.

„Die Wohnungseinrichtung hat die Großtante von Ingrid bezahlt. Es ist alles neu."

„Wie seid ihr denn auf die Idee gekommen, gleich zu heiraten?", fragte Christian.

„Es war Ingrids Idee. Wir haben sogar kirchlich geheiratet, aber nur im kleinsten Kreis. Nur die nächsten Verwandten von Ingrid und mir waren hier bei der Hochzeit in Bruckmühl."

„Wahnsinn!", bemerkte Christian.

„Wenn ihr nicht in Thailand gewesen wärt, hätte ich euch natürlich zur Hochzeit eingeladen."

„Schau mal, ich habe euch aus Thailand ein kleines Hochzeitsgeschenk mitgebracht."

Christian überreichte ihm den hölzernen Löwen, der eigentlich für seine Eltern bestimmt gewesen war. Christians Mutter hatte die Idee, den Löwen Bernd und Ingrid zur Hochzeit zu schenken. Sie hatte den Löwen in ein buntes Geschenkpapier eingewickelt. Bernd freute sich sehr über das originelle Präsent.

„Ich hätte gern mit meiner Band bei eurer Hochzeit gespielt", meinte Christian.

„Es war ja nur ein Hochzeitsessen in einem Restaurant, ohne Musik. Aber Ingrid hat toll ausgesehen in ihrem weißen Brautkleid, wie ein Topmodell."

„Bist du denn glücklich?", fragte Christian.

„Ich bin im siebten Himmel", antwortete Bernd. „Es ist so schön mit Ingrid. Ich kann es dir gar nicht sagen. Jetzt bekommt sie auch noch ein Kind. Wir werden eine richtige Familie. Davon habe ich immer nur geträumt. Otto und Manuela möchte ich diese Neuigkeit aber selbst mitteilen."

Christian erzählte ihm von der Thailand-Reise. Bilder hatte er noch keine dabei. Dann musste er seinem besten Freund auch das mit der Thai-Prostituierten sagen.

„Das tut mir aber für dich Leid", meinte Bernd besorgt. „Ich halte dir den Daumen, dass du dich nicht infiziert hast. Und wie geht es Manuela und Otto?"

„Die zwei sind wirklich sehr verliebt ineinander. Ich glaube, das ist etwas Festes."

Bernd schaute auf einmal ganz nachdenklich. Dann sagte er: „Christian, du bist mein bester Freund. Wir haben keine Geheimnisse voreinander. Ich muss dir etwas beichten."

„Das musst du nicht", wehrte Christian ab. „Ich weiß schon, was du mir sagen willst. Behalte es für dich. Ich bleibe dein Freund, was immer auch geschehen ist. Ich bin nur froh, dass ich dich nicht verloren habe. Ich weiß, dass du wegen deiner Liebe zu Ingrid zu allem fähig gewesen bist und hatte große Angst, dass du dir etwas antust. Aber billigen kann ich das nicht, was du getan hast. Du musst es selbst mit deinem Gewissen vereinbaren."

Sie schwiegen eine Weile.

„Du musst mir noch mehr von eurer Thailand-Reise erzählen", fing Bernd wieder zu reden an.

Christian erläuterte Bernd dann im Detail ihre Reiseroute in Thailand und erzählte ihm, was sie alles gesehen und erlebt hatten.

„Das wäre auch eine schöne Hochzeitsreise gewesen", meinte Bernd am Schluss der Ausführungen von Christian. „Aber ich habe im Augenblick überhaupt keine Zeit und auch kein Geld. Obwohl, das Geld für eine Reise hätten wir schon von unseren Eltern bekommen. Die Hochzeitsreise holen wir später noch nach."

„Wie weit bist du denn schon mit deiner Diplomarbeit?"

„Ich bin praktisch fertig. Ich gebe sie nächste Woche ab. Ich habe mich für die Abschlussprüfungen im Frühjahr angemeldet und lerne auch schon fleißig."

„Behältst du das Zimmer im Studentenwohnheim?"

„Bis zu den Prüfungen auf alle Fälle. Aber ich werde nicht mehr so oft in München übernachten. Ingrid ist in der Nacht nicht gern allein in der Wohnung. Von München nach Bruckmühl ist es nicht die Welt."

Es war kurz nach vier Uhr. Sie hörten, wie die Tür zur Wohnung geöffnet wurde.

„Bernd, ich bin wieder da!" Ingrid erschien mit strahlendem Gesicht. „Du hast Besuch. Hallo, Christian. Du bist ja noch braungebrannter als sonst."

Christian musste noch einmal alles über Thailand erzählen. Ingrid freute sich auch über das Hochzeitsgeschenk aus Thailand. Sie sah wirklich fabelhaft aus und Bernd las ihr jeden Wunsch von den Augen ab.

„Du bekommst ein Kind. Bernd hat es mir erzählt", lächelte Christian. „Das freut mich für euch." Er wandte sich an Bernd: „So schnell kann alles gehen. Heute Student und morgen Familienvater. Dann brauchst du nur noch eine gute Anstellung um alles zu finanzieren."

„Ach, darüber brauchen wir uns überhaupt keine Sorgen zu machen", meinte Ingrid. „Ich verdiene in der Bank auch nicht schlecht. Und zu Weihnachten bekomme ich sogar ein 13. und 14. Monatsgehalt. Bernd könnte auch den Hausmann spielen. Und einen Joker habe ich auch noch im Ärmel."

„Und der wäre?", fragte Christian neugierig.

„Der Joker ist meine Großtante. Eigentlich muss ich Erbtante sagen. Sie hat die ganze Wohnungseinrichtung hier bezahlt und irgendwann, ich wünsche ihr natürlich, dass sie noch lange lebt, tritt auch der Erbfall für mich ein."

„Ich wusste es schon immer", grinste Christian. „Bernd ist ein Erbschleicher und nur deshalb hat er dich zur Frau genommen."

Tina konnte es gar nicht glauben, als Christian ihr am Telefon verkündete, dass er für die nächste Zeit auf Abstand zu ihr gehen wollte.

„Hat es dir in Thailand mit mir nicht gefallen?", fragte sie verärgert.

„Doch, es war sehr schön mit dir", antwortete er.

„Hast du vielleicht jetzt eine Brieffreundin in Thailand, oder was ist sonst los?"

„Ich habe dir gesagt, dass ich keine Freundin brauchen kann, die Drogen nimmt."

„Hab ich doch nicht!"

„Doch, ich habe es mit eigenen Augen auf der ‚full moon party' gesehen, wie du diesem verhauten Thai-Jüngling etwas abgekauft hast."

„Die paar Ecstasypillen. Das war ein einziges Mal in den ganzen drei Wochen. Dass ich mit dir aber die ganze Zeit geschlafen habe, das war dir schon recht", reagierte sie heftig.

„Okay. Wir können uns noch so treffen, ohne intim zu werden. Du kannst dir alles in Ruhe überlegen. Ich gebe dir einen ganzen Monat Bedenkzeit, ob du in Zukunft ohne Drogen mit mir zusammenbleiben willst."

Tina hängte verärgert ein.

Das Wintersemester fing erst im November wieder an. Christian nutzte die Zeit zur Wiederholung der Aufzeichnungen, die er in den Physikvorlesungen und Seminaren im Sommersemester gemacht hatte. Mit seiner Band übte er neue Songs ein und am Wochenende spielten sie wieder in Diskotheken auf. Obwohl er immer erst sonntags in der Früh von seinen Auftritten nach Hause kam, besuchte er jetzt wieder mit seinen Eltern den Gottesdienst am Sonntagvormittag. Seine Mutter wunderte sich darüber. Vielleicht hatte ihn die tiefe Religiosität der Menschen in Thailand, von der er ihr berichtet hatte, dazu angeregt, mehr über den wahren Sinn des Lebens nachzudenken, dachte sie.

Tina sah er den ganzen Monat Oktober nur zwei Mal. Und das auch nur aus der Ferne, d.h. von der Bühne in der Hawaii Disco aus. In beiden Fällen stand sie mit diesem Mafiosi-Macker an der Theke und tat so, als ob er, Christian, überhaupt nicht existierte. Wenn er dann mit seiner Band in die Pause ging, war sie nicht mehr zu sehen. Einmal rief er sie an. Da war sie aber nicht erreichbar. Er sprach auf ihren Anrufbeantworter und bat sie, zurückzurufen. Das tat sie aber nicht.

Einen Monat nach dem Vorfall mit dem Thai-Mädchen, war Christian wieder bei seinem Hausarzt wegen dem HIV-Test. Vier-

342

zehn Tage später eröffnete ihm sein Hausarzt den Befund. Christian hatte weiche Knie und eine zittrige Stimme.

„Ihre Arzthelferin hat mir am Telefon gesagt, dass ich sofort in ihre Praxis kommen soll", sagte er aufgeregt, als er dem Arzt seine Hand reichte.

„Setzen sie sich doch erst einmal", erwiderte Dr. Petermann.

Der Arzt drückte einige Tasten seines Computers, blickte auf den Monitor und sagte dann nach einer Weile: „Herr Treml, der HIV-Test ist negativ ausgefallen. Es sieht bisher gut für sie aus. Es ist zwar noch nichts Endgültiges, aber ich denke, das Damoklesschwert über ihrem Kopf wurde zurückgezogen."

Christian spürte, welche große Erleichterung ihm diese Worte des Arztes brachten. Eine schwere Last, die ihn innerlich fast erdrückt hatte, war ihm durch diesen einen Satz wieder abgenommen worden.

„Gott sei Dank", murmelte er und hatte Tränen in den Augen.

„Ich kann es ihnen nachfühlen, was sie jetzt empfinden", sagte der Arzt. „Ich habe leider auch schon Patienten andere Befunde mitteilen müssen. Kommen sie Ende Januar noch einmal auf mich zu. Wir machen dann zur Absicherung des heutigen Ergebnisses einen Wiederholungstest. Übrigens, wenn sie ein Kondom bei Ihrer Freundin nehmen, ist das Restrisiko für sie jetzt wirklich gering."

Christian jubelte innerlich. Er hatte Tina schon sehr vermisst. Die Zeit mit ihr in Thailand war sehr schön gewesen. Ihm war klar geworden, dass er Tina brauchte. Für Tina musste er sich aber schon etwas ganz Besonderes einfallen lassen, um sie wieder für sich zu gewinnen. Vielleicht hätte er ihr damals am Telefon die Wahrheit sagen sollen. Er hatte ihr nicht gebeichtet, dass er Angst hatte, er könnte an AIDS erkrankt sein und sie anstecken. Er hatte sich geschämt. Das Risiko, dass sie mit ihm dann Schluss machen könnte, war ihm auch zu groß gewesen. Wenn er ihr noch etwas bedeutete, würden sie schon wieder zusammen kommen.

Christian rief dann auch bei Otto an und berichtete ihm, dass der Test negativ ausgefallen war. Otto war auch sehr erleichtert.

„Ich freue mich für dich. Jetzt musst du dich aber wieder um Tina bemühen", meinte er. „Das bist du ihr schuldig."

„Das werde ich ganz sicher. Die Zeit ohne Tina war sehr hart für mich."

An diesem Samstagabend spielte Christian wieder mit seiner Band in der Hawaii Disco. Manuela und Otto waren auch da. Christian freute sich, dass er die Zwei wieder einmal sah. In der ersten Pause setzte er sich zu ihnen an den Tisch und bestellte sich eine Cola.

„Das mit Thailand ist schon wieder eine Ewigkeit her", sagte Christian ein wenig wehmütig.

„Dabei waren wir erst vor einem Monat in dieser herrlichen, exotischen Welt", schwärmte Manuela.

„Ich habe den Eindruck, ich war gar nicht in Thailand, und alles war nur ein wunderschöner Traum", seufzte Otto. „Nur gut, dass wir Fotos gemacht haben, sonst würde ich nicht glauben, dass ich wirklich mit euch dort gewesen bin. Es war eine fantastische Zeit. Das war das wahre Leben. Alles andere ist falsch."

„Was ist dann mit mir? Dass du mit mir hier zusammensitzt, ist das nicht auch das wahre Leben?", entrüstete sich Manuela.

„Natürlich", erwiderte Otto. „Aber mit dir in Thailand, das war das Paradies. Dass wir wieder zurück in das nasskalte Deutschland mussten, das war doch wirklich wie die Vertreibung aus dem Paradies. Ich bin mir sicher, dass Adam auch heilfroh war, dass er wenigstens die Eva mitnehmen durfte, so wie ich glücklich bin, dass du noch bei mir bist, Manuela."

Manuela war wieder besänftigt. „Wo ist jetzt deine Eva?", fragte Manuela Christian.

Otto hatte Manuela nichts von dem Vorfall mit der Thai-Prostituierten erzählt.

„Ach, mit Tina und mir läuft es im Augenblick nicht so gut", wich Christian aus. „Sie kommt aber ab und zu hier her und hört sich unsere Songs an. Vielleicht kommt sie heute auch noch."

„So ein Zufall", lächelte Manuela, „da kommt doch Tina."

344

Manuela winkte Tina zu. Sie winkte zurück. Als sie sah, dass Christian mit am Tisch saß, steuerte sie aber auf die Theke zu.

„Sie will von mir nichts mehr wissen", sagte Christian zerknirscht.

„Du schaffst das schon wieder", ermunterte Otto Christian. „Denk an Bernd und Ingrid. Sie haben sich doch auch wieder zusammengerauft. Du musst dir einfach etwas einfallen lassen. Schreib ihr einen Song, nur für sie."

„Wenn das so einfach wäre", antwortete Christian. „Aber das bringt mich auf eine Idee."

Die Pause war vorüber und Christian war wieder bei seiner Band. Die Musiker steckten die Köpfe zusammen. Dann ergriff Vera das Mikrophon. Jochen, der sonst das Keyboard bediente, richtete einen roten Scheinwerferkegel direkt auf Tina, die an der Theke stand und gerade aus einem hochstieligen Glas an einen Longdrink nippte. Christian hämmerte mit seinem Schlagzeug einen Tusch und Vera hauchte dann mit schmachtender Stimme in das Mikrophon: „Der nächste Song, ‚love is in the air', ist für dich Tina, von Christian, unserem Bandleader, der dich sehr vermisst."

Jochen schaltete den Scheinwerfer wieder aus und die Band spielte Tinas Lieblingsmelodie. Tina war überwältigt. Natürlich war sie stolz, im Mittelpunkt der Gäste zu stehen. Alle an der Theke blickten verstohlen auf sie. Die Paare auf der Tanzfläche tanzten eng umschlungen nach der gefühlvollen Melodie. Der Song bewegte Tina sehr. Vielleicht sollte sie Christian noch einmal eine Chance geben. Sie hatte doch die Initiative in ihrer Beziehung ergriffen. Sie mochte Christian. Die Zeit in Thailand mit ihm war einmalig schön gewesen. Er hatte sie zwar mit seiner Auszeit sehr verletzt, aber das mit den Drogen in Thailand war von ihr nicht richtig gewesen. Tina setzte sich an den Tisch von Manuela und Otto.

„Es ist schön, euch wieder zu treffen", freute sie sich.

Sie plauderten über ihre Erlebnisse in Thailand.

„Komm doch morgen Nachmittag mit Christian zu mir zum Kaffee. Ihr müsst unbedingt meine Thailandfotos sehen", schlug Manuela vor.

„Ich weiß nicht", sagte Tina zögernd.

Bei der nächsten Pause war Christian sofort bei ihrem Tisch.

„Hast du für mich einen Augenblick Zeit, Tina?", fragte Christian schüchtern.

Tina nickte.

Sie gingen zur gut besetzten Theke und Christian bestellte sich ein Bier.

„Ich habe viel über uns nachgedacht", fing Christian zu reden an. „Ich habe dich sehr verletzt. Vielleicht kannst du mir das verzeihen."

Tina sagte zuerst nichts.

„Ich nehme keine Drogen mehr", antwortete sie nach einer Weile. „Du hast ja Recht. Drogen sind ein Verhängnis und ich möchte auch keine Drogenkarriere. Ich möchte dich."

Sie sah Christian tief in die Augen. Dann schlang sie ihre Hände um seinen Hals und küsste ihn auf den Mund. Er drückte sie fest an sich. Er fühlte sich zwar nicht ganz wohl in seiner Haut, aber sagen konnte er ihr nicht, warum er diese Auszeit genommen hatte. Irgendwie hatte Tina auch alles mitverschuldet, rechtfertigte er sein Verhalten. Er freute sich sehr, dass sie wieder ein Paar waren.

Sie setzten sich wieder zu Manuela und Otto.

„Ich habe Tina schon gefragt, ob ihr nicht morgen Nachmittag, so um drei Uhr, zu mir kommen wollt, um meine Thailandbilder anzusehen. Und ihr bringt eure Fotos mit. Kaffee und Kuchen gibt es auch. Ich backe sogar einen Kuchen für euch. Otto wird mir helfen. Meine Eltern sind zwei Wochen in der Südtürkei und ich habe eine sturmfreie Bude."

„Was meinst du?", wandte sich Christian liebevoll an Tina.

„Wir kommen gern", strahlte Tina.

„Aber nur unter einer Bedingung", wandte Christian ein.

„Und die wäre?", fragte Manuela.

„Otto lässt die Finger vom Kuchenbacken."

„Du bist gemein", entrüstete sich Otto. „Ich wasche mir immer die Hände, bevor ich Lebensmittel anfasse und außerdem ist meine Studentenbude im Gegensatz zu deiner immer picobello aufgeräumt und geputzt."

„War auch nur ein Joke", grinste Christian gut gelaunt. „Und außerdem hatte ich nur deine Koch- und Backkünste im Visier."

„Soll ich Bernd mit seiner Ingrid auch dazu einladen?", fragte Manuela.

„Ich finde die Idee gut", antwortete Christian. „Dann lernst du auch Bernd und seine große Liebe kennen", bemerkte Christian zu Tina.

Christian musste wieder zu seiner Band.

„Ich warte auf dich", flüsterte Tina in sein Ohr.

Am Sonntagnachmittag saßen die drei Paare im geräumigen Esszimmer der Familie Gruber in Bad Feilnbach und ließen sich den Kaffee und den selbstgebackenen Kuchen von Manuela schmecken.

„Mensch, Otto", meinte Christian und verputzte schon ein zweites Stück der Schwarzwälder Kirschtorte, „du bist ja der geborene Kuchenbäcker, ein wahres Naturtalent. Wer hätte gedacht, welche ungeahnten Talente in dir schlummern."

Manuela lachte. „Ich freue mich, dass dir der Kuchen schmeckt. Otto hat genau aufgepasst, wie man den Kuchen bäckt und mir auch brav geholfen."

„Na los", sagte Bernd, „jetzt kommt der Kuchentest. Erste Frage an Otto: Was waren die Zutaten?"

„Man merkt, dass du noch keinen Kuchen gebacken hast, Bernd", erwiderte Otto. „Du musst als erstes fragen, was waren die Zutaten für den Tortenboden. Aber die chemische Analyse erspare ich euch. Ich gehe gleich ‚in media res'. Öl und Zucker werden verrührt, es kommen Wasser und Eier dazu, dann werden Mehl, Kakao und Backpulver dazugemischt. Und alles kommt in eine runde Kuchenform und wird eine Stunde lang bei 180 Grad im Ofen gebacken.“

„Stimmt das so?“, fragte Bernd Manuela.

„Ja, stimmt so. Nur den Eischnee hat er vergessen.“

„Also“, sagte Bernd, „10 Punkte Abzug auf die vollen 100 Punkte bei der ersten Frage. Ich greife aber jetzt wegen Zeitmangels auf die Kurzform des Kuchentests und komme zur zweiten und letzten Frage. Welche Früchte werden in der Kirschtorte verwendet?“

„Kirschen?“, antwortete Otto zögernd.

„Bekomme ich jetzt noch Zusatzpunkte, um den Abzug bei der ersten Frage wieder wett zu machen, wenn ich weiß, wie die englischen und französischen Kuchenbäcker diese Früchte bezeichnen?“

„Genehmigt“, sagte Bernd gnädig.

„,Cherry‘ sagen die englischen und ,cerise‘ die französischen Kuchenbäcker.“

„Ausgezeichnet“, antwortete Bernd, „insgesamt wurde der Test von Otto mit ,summa cum laude‘ bestanden.“

„Darf ich auch noch eine Zusatzfrage stellen?“, lächelte Ingrid bescheiden.

„Natürlich“, lachte Otto, „ein Gourmet-Kuchenbäcker muss auf jede Fachfrage eine Antwort parat haben.“

„Müssen die Kerne vor dem Backen aus den Kirschen entfernt werden?“

„Eine sehr passende und interessante Frage“, antwortete Otto und kratzte sich am Kopf. „Sie muss differenziert beantwortet werden. Bei Kuchenfreunden mit dritten Zähnen und bei Kindern mit Milchzähnen lautet die Antwort ,Jein‘ und bei den restlichen Kuchenfreunden eindeutig ,Ja‘.“

„Zweifelsohne hat Otto auch diese Frage eindeutig mit sehr gut bestanden“, würdigte Bernd Ottos Antwort.

„Du solltest dich beim Biolek im Fernsehkochstudio anmelden“, spöttelte Christian. „Und Manuela nimmst du als Assistentin mit, für alle Fälle.“

„Mensch, Bernd, da fällt mir ein, du musst ja einen richtigen Test mit Christian und mir machen", wandte sich Otto an Bernd.

„Und was für einen?"

„Einen Intelligenztest."

Bernd schüttelte ungläubig den Kopf. „Warum denn?"

„Christian behauptet, er hätte einen höheren IQ als ich und das geht gegen meine Kuchenbäckerehre. Ich muss mich mit ihm duellieren."

„Mit Hilfe eines Intelligenztests?"

„So ist es", grinste Otto.

„So viel sagt ein Intelligenztest der Psychologen über die intellektuellen Fähigkeiten eines Menschen auch nicht aus", bemerkte Bernd.

„Du wirst doch nicht das eigene Nest beschmutzen", grinste Otto.

„Das will ich natürlich nicht. Wir Psychologen sagen, Intelligenz ist die Fähigkeit, neue Probleme angemessen zu lösen. Und dann stellen wir einen Satz von Aufgaben zu einem Test zusammen, und die Anzahl der gelösten Fragen in Abhängigkeit vom Alter der Testperson wird als Indikator für ihre Intelligenz genommen."

„Das hört sich doch ganz plausibel an", meinte Manuela.

„Ja, aber die Frage ist, welche Aufgaben soll man für einen Intelligenztest zusammenstellen. Und da scheiden sich schon die Geister. So gibt es auch, inhaltlich gesehen, ganz unterschiedliche Intelligenztests. Einige Tests sind stärker von unserer Sprache und unserem Allgemeinwissen abhängig und andere, sogenannte nonverbale Tests basieren fast nur auf anschaulichem Schlussfolgern von Bilderszenen. Der amerikanische Psychologe Howard Gardner hat in den achtziger Jahren mit seinem Buch ‚Abschied vom IQ' die Diskussion zur Intelligenzmessung neu angestoßen. Er wies darauf hin, dass es sicherlich neben der mathematisch-logischen und sprachlichen Intelligenz noch eine ganze Reihe anderer Typen von Intelligenz gibt. Bei dir, Otto, wird es so sein, dass du bei einem herkömmlichen IQ-Test in der Kategorie ‚sprachliche Intelligenz' sehr gut abschneiden wirst, und bei Christian wird es eben die Kategorie ‚mathematisch-logische Intelligenz' sein."

„Was gibt es denn sonst noch für Intelligenzkategorien?", fragte Ingrid.

„Das könnt ihr euch selbst beantworten", erwiderte Bernd.

„Also, ich denke da sofort an musikalische Intelligenz und an solche Genies wie Mozart und Beethoven", meinte Tina.

„Sehr gut", sagte Bernd, „und weiter?"

„Nun, wenn ich da an Auftritte von Bands und Tanzgruppen denke, und wie die Tänzer gekonnt ihren Körper und ihre Gliedmaßen zu heißen Rhythmen bewegen, dazu gehört auch eine bestimmte Form von Intelligenz."

„Genau, Tina", stimmte Bernd zu. „Die Psychologen sprechen hier von Körper-Bewegungs-Intelligenz."

„Es gibt auch eine Intelligenz, die ihren Träger befähigt, Gefühle und Stimmungen von anderen Personen zu erkennen", sagte Tina weiter. „Es gibt Leute, die genau wissen, wie es einem geht und was man ihnen eigentlich sagen will. Und die dann auch das Richtige in der betreffenden Situation tun."

„Du bist die geborene Psychologin", lobte sie Bernd. „Wir sprechen in diesem Zusammenhang von emotionaler und sozialer Intelligenz. Aber ihr könnt euch vorstellen, dass es nicht ganz leicht ist, dazu Testaufgaben zu konstruieren."

„Interessant ist das alles schon", bemerkte Manuela. „Ich spiele schon jahrelang Klavier. Da würde ich schon gerne wissen, was musikalische Intelligenz ist und wie man sie in der Psychologie definiert."

„Also, so aus dem Stegreif kann ich das sicher nicht sehr gut beantworten", gestand Bernd ein.

„Ich spiele auch kein Instrument wie du oder Christian. Ich höre aber gerne Musik. Ich würde sagen, dass das Musikverständnis eine grundlegende Eigenschaft jedes Menschen ist. Die Musik ist vielleicht für den Menschen von fast ähnlicher Bedeutung wie seine Sprache."

„Und zu allen Zeiten war sie auch Ausdruck seiner Kultur und seiner Lebenseinstellung", fügte Manuela hinzu.

„Wie wichtig sie für uns ist, sehen wir an der Popularität und dem Einkommen heutiger Spitzenmusiker", fuhr Bernd fort.

„Hörst du die versteckte Kritik, Christian? Warum bist du denn noch kein Millionär?", stichelte Otto.

„Mein Musik-IQ ist eben nur durchschnittlich", grinste Christian.

„Musik ist auch ein soziales Verständigungsmittel und kommt z.B. nicht nur bei Rockkonzerten, sondern auch bei religiösen Zeremonien zur Geltung, und dies nicht nur bei hochzivilisierten Völkern, sondern genau so bei Menschengruppen, die noch auf Steinzeitniveau hausen."

„Erst neulich habe ich dazu einen Dokumentarfilm über Tänze und Rituale von Eingeborenen in den Urwäldern von Neuguinea und Afrika gesehen", erinnerte sich Ingrid.

„Wenn die Psychologen musikalische Intelligenz testen wollen, müssen sie doch erst wissen, was die Bausteine der Musik überhaupt sind, Bernd, oder liege ich da mit meiner Frage nicht richtig?", bemerkte Manuela scharfsinnig.

„Doch, du hast mit deiner Frage den Nagel auf den Kopf getroffen. Als erstes muss man wissen, was die Elemente der Musikwahrnehmung und dem Produzieren von Musik sind. Es sind einfach die Töne, die Tongestalten und die verschiedenen Rhythmen. Du und Christian wisst das besser als ich. Man muss zum einen Tonhöhenunterschiede erkennen und zum anderen an seinem Musikinstrument verschiedene Töne zu wohlklingenden Harmonien verbinden können."

„Aber das ist sicherlich noch nicht alles, was die musikalische Intelligenz eines Menschen ausmacht", kritisierte Christian. „Man muss auch ein Bezugssystem für Töne im Kopf aufgebaut haben."

„Ja das stimmt", nickte Bernd. „Ein guter Musiker verfügt über eine besonders exakte Repräsentation der Tonleiter in seinem Gedächtnisbesitz. Es gibt sogar begnadete Musiker mit einem absoluten Gehör. Sie sehen z.B. eine bestimmte Note in einem Notenheft und haben sofort die richtige Tonhöhe im Kopf, und umgekehrt, hören sie einen bestimmten Ton, so können sie ihn auf der Tonleiter exakt einordnen."

„Für einen Dirigenten eines Orchesters ist das sicherlich von großem Vorteil", bemerkte Tina.

„Natürlich", sagte Bernd. „Jede Abweichung eines gespielten Tons vom absoluten Ton wird sofort bemerkt. Sie verstößt unmittelbar gegen das musikalische Empfinden."

„Aber diese Fähigkeit ist bei Otto, dem Normalverbraucher ja auch schon in gewisser Weise vorhanden", bemerkte Christian. „Wenn einer bei einem Allerweltslied falsch singt, fangen wir auch schon zu grinsen an."

„Otto, der Normalverbraucher hast du gesagt. Das ist jetzt das Stichwort für meinen Einsatz", unterbrach Otto Christian. „Ich habe aus der Schulzeit noch eine Merkregel für Tonleiter in meinem Gedächtnis."

„Spuck sie schon aus", ärgerte sich Christian.

„Also, die Eselsbrücke, mit der alle Dur-Tonleiter mit Kreuz-Vorzeichen zusammengefasst werden, lautet: ‚Geh du alter Esel, hole Fisch.'"

Tina und Ingrid fingen zum Kichern an.

„Eine sehr geistreiche Ergänzung", bemerkte Manuela und schüttelte den Kopf.

„Okay, ich sage schon nichts mehr", entschuldigte sich Otto.

„Wo war ich steckengeblieben in meinem Gedankengang?", fragte Christian.

„Du hast gesagt, dass auch Otto der Normalverbraucher bei einem Ohrwurm heraushört, wenn falsch gesungen wird", erinnerte ihn Bernd.

„Und die gelernten Musiker erkennen so etwas eben auch bei komplizierten und komplexen Orchesterstücken. Die Fähigkeit der exakten Tonhöhenwahrnehmung ist aber nur ein Faktor bei der musikalischen Intelligenz. Ein zweiter Faktor ist die zeitliche Einbindung der Töne und Tonfiguren. Du, Christian, spielst Schlagzeug. Du kannst uns aus erster Hand sagen, dass das Einhalten eines bestimmten Taktes und Rhythmuses ganz wichtig beim Produzieren von Musik ist"

„Das gilt aber nicht nur beim Schlagzeugspielen", wandte Manuela ein. „Es ist beim Klavierspielen auch sehr wichtig. Es gilt auch für jedes andere Instrument. Und besonders, wenn mehrere Instrumente zusammenspielen."

„Natürlich", stimmte Bernd zu. „Wenn ein Orchester unter einem guten Dirigenten eine Sinfonie spielt, dauert dies eine bestimmte Zeit. Und wenn man diese Zeit bei mehreren solchen Aufführungen stoppt, sind die zeitlichen Schwankungen nur minimal. Das ist experimentell nachgewiesen. Auch der musikalisch weniger Befähigte hat ein gutes Zeitgefühl beim Singen eines Liedes oder beim Spielen eines Musikstückes auf seinem Instrument."

„Das ist wirklich interessant", bemerkte Manuela, „worüber ihr Psychologen euch Gedanken macht."

„Die zeitliche Auflösungsfähigkeit und die zeitliche Integrationsfähigkeit sind eben wichtige Grundfaktoren der musikalischen Intelligenz. Das macht sich auch bei unserem Musikerleben bemerkbar. Bei normalen Musikstücken ist der Halbton der kleinste Tonabstand. Deshalb müssen in Tonfolgen zumindest Halbtonschritte vorhanden sein, damit wir ein Musikstück als harmonisch empfinden. Bei Vierteltonschritten ist das schon nicht mehr der Fall. Jetzt haben wir aber genug gefachsimpelt. Christian und Otto, ihr seid doch morgen auch im Studentenwohnheim. Wenn ihr darauf besteht, teste ich euch morgen. Ich habe von meiner Aggressionsuntersuchung bei Schülern noch genügend leere Testblätter zur Intelligenzmessung übrig. Wollt ihr sonst noch irgendetwas zum Intelligenztest wissen?"

„Nein", sagte Manuela. „Aber jetzt erzählt doch einmal ausführlich von eurer Hochzeit. Wir haben ja schon in Thailand über mein Handy von eurem großen Tag erfahren. Meine Mutter hat uns damals informiert, dass ihr zwei geheiratet habt."

„Die Welt ist doch wirklich ein kleines Dorf", lächelte Ingrid. „Ihr habt es schon in Thailand gewusst. Es war unsere gemeinsame

Idee, so schnell zu heiraten, aber nur im engsten Kreis", sagte Ingrid leise.

Bernd blickte sie verliebt an. „Wenn es nach mir gegangen wäre, hätten wir sofort, nachdem wir uns kennengelernt haben, heiraten können. Und jetzt verrate ich euch noch ein Geheimnis. Darf ich, Ingrid?"

„Ja, natürlich, es sind doch deine besten Freunde."

„Wir erwarten Nachwuchs."

„Ach so", grinste Otto, „ihr musstet heiraten."

„Da dürfen wir euch schon gratulieren. Ich freue mich für euch." Manuela streichelte die Hand von Ingrid. „Merkt man schon etwas von dem Baby bei dir?"

„Eigentlich noch wenig", lächelte Ingrid.

„Habt ihr auch Fotos von eurer Hochzeit dabei?", fragte Manuela weiter.

„Ja, haben wir", antwortete Bernd, „Ingrid hat sie in ihrer Handtasche."

„Jetzt hätte ich es fast vergessen", sagte Manuela abrupt, „Otto und ich haben noch ein verspätetes Hochzeitsgeschenk für euch."

Manuela rannte nach oben in ihr Mädchenzimmer und kam mit einem hübsch verpackten, flachen, rechteckigen Geschenk zurück.

„Ein Bildband über Thailand?", fragte Bernd.

„Nein", antwortete Otto, „ein Kochbuch für den Hausherrn."

„Schon wieder ein Kochbuch", lachte Bernd.

„Wir freuen uns auf jeden Fall", sagte Ingrid.

Es war kein Kochbuch, sondern ein typisch thailändischer kleiner Gobelin in einem goldenen Rahmen. Auf einem Elefanten ritt ein siamesischer Krieger und schwang ein Schwert in der rechten Hand. Im Gewebe waren viele kleine Metall- und Glasplättchen eingebunden, die wunderschön farbig glitzerten.

„Euer Geschenk ist wunderschön", freute sich Ingrid. „Vielleicht sollten wir unsere Hochzeitsreise auch nach Thailand machen."

„Wenn ich mein Examen habe, holen wir die Hochzeitsreise nach", beteuerte Bernd.

Ingrid zeigte allen die Hochzeitsbilder.

„Du warst ja eine wunderschöne Braut", sagte Tina. „Auch Bernd sieht auf den Bildern gut aus."

„Aber zeigt uns doch einmal die Bilder von eurer Thailand-Reise", sagte Bernd.

Manuela hatte auch Dias gemacht. Ingrid und Bernd waren begeistert von den Thailandaufnahmen.

„Die Bilder sind so scharf", sagte Christian, „man erinnert sich wieder an Szenen und Ereignisse, die man längst vergessen hat."

„Ach, war das schön in Thailand", seufzte Tina und küsste Christian, mit dem sie eng umschlungen in einem der breiten Polstersessel saß.

Als sich die Freunde zwei Stunden später voneinander verabschiedeten, fragte Manuela die zwei Frischvermählten: „Und wie fühlt man sich so, wenn man verheiratet ist?"

„Sehr gut", antwortete Ingrid. „Dadurch, dass wir eine eigene Wohnung haben, sind wir unabhängig von unseren Eltern. Keiner redet uns mehr drein und ich freue mich auf das Baby."

„Wir genießen unsere Zweisamkeit", fügte Bernd hinzu.

„Hörst du, Otto? Die zwei genießen ihre Zweisamkeit. Wäre das nicht auch etwas für uns?"

„Ich bin zu jeder Dummheit bereit", grinste Otto. „Auch eine finanzielle Abhängigkeit von deinen Eltern nehme ich in Kauf."

„Wie meinst du das?", stocherte Manuela nach.

„Nun, Ingrid kann Bernd schon ernähren. Sie hat eine gute Anstellung in einer Bank. Dein Vater ist Immobilienmakler. Mit einer Wohnung, die er uns besorgt und einem regelmäßigen, monatlichen Scheck wäre uns schon gedient, und wir steigen in die Fußstapfen von Ingrid und Bernd."

Manuela hatte verstanden, wie Otto das gemeint hatte.

„Otto hat Recht", sagte sie kleinlaut. „Ohne eine gesicherte finanzielle Basis sollte man so einen Schritt nicht wagen. Andererseits, meine Eltern sind sehr tolerant und unser Haus ist riesengroß. Da wäre noch genügend Platz für eine junge Familie. Und um das

Kind könnte sich meine Mutter kümmern, wenn ich in München bin."

„Oh Gott, Manuela", rief Otto aufgewühlt, „ist das wirklich dein Ernst? Willst du dich für immer und ewig mit Otto verbinden?"

Auch Christian und Tina hörten gespannt zu.

„Otto", meinte Christian, „das war jetzt indirekt ein Heiratsantrag, den Manuela dir gerade gemacht hat."

„Ich weiß, und ich nehme ihn auch an. Glaubst du, dass dir das Brautkleid von Ingrid passen würde?"

Manuela lächelte. „Ich meine es wirklich ernst" Sie zögerte. „Meine Eltern werden natürlich überrascht sein, wenn ich sie mit dieser Neuigkeit konfrontiere."

„Sag einfach, du erwartest von Otto ein Baby", schlug Tina vor.

„Nein, belügen werde ich meine Eltern nicht, aber ein Baby von Otto zu bekommen, wäre schon schön."

Ottos Glück hielt sich bei diesem Gedanken in Grenzen.

„Was meinst du, Otto?" Manuela blickte Otto fragend an.

„Ein Baby", stotterte er, „wenn es gesund ist, warum nicht?"

„Was heißt das, wenn es gesund ist?" Manuela wurde ärgerlich.

„Nun, so wie ich das gesagt habe. Ein behindertes Kind wäre doch eine enorme Belastung für unsere Beziehung."

„Wie kommst du jetzt auf so etwas? In meiner Familie sind solche Fälle nie aufgetreten. Wie sieht es denn in deiner Verwandtschaft aus?"

„Meine Eltern haben mir nie von einem Problemfall erzählt", antwortete Otto ausweichend.

„Na also."

„Aber das mit dem Baby müssen wir doch hier nicht ausdiskutieren, oder?", meinte Otto.

Am nächsten Tag hatte Manuela einen telefonisch vereinbarten Termin bei ihrem Frauenarzt. Vor der Reise nach Thailand hatte er ihr die Pille verschrieben. Sie hatte vorher noch nie etwas zur Empfängnisverhütung eingenommen und sollte dem Arzt mitteilen, wie sie die Pille vertragen hatte. Außerdem hatte sie einen leichten Ausfluss, und wollte, dass er bei ihr einen Abstrich machte. Die Unterleibsuntersuchung durch den Arzt mit den gespreizten Beinen auf dem gynäkologischen Stuhl war Manuela immer sehr peinlich. Eigentlich wäre ihr eine Ärztin lieber gewesen. Aber ihre Mutter war von Dr. Berghammers Qualitäten, einem erfahrenen, älteren Herrn, überzeugt.

„Das kriegen wir schon wieder hin", ermunterte er sie. „Wir legen eine Pilzkultur an und wenn ich das Ergebnis habe, bekommen sie ein wirksames Medikament von mir verschrieben. Haben sie sonst noch irgend etwas auf dem Herzen? Sie sind heute am späten Nachmittag meine letzte Patientin. Wenn sie noch irgend welche Fragen haben, ich habe noch Zeit für Sie."

„Ich habe seit kurzem einen festen Freund. Es ist etwas Ernstes. Ich studiere zwar noch, aber ich hätte trotzdem gern ein Baby von ihm."

Der Arzt schmunzelte. „Ein Kind ist natürlich schon eine Belastung, wenn man studiert."

„Ich würde nicht von zu Hause ausziehen. Und meine Mutter würde sich über ein Enkelkind, das sie mit mir zusammen aufziehen darf, sicher sehr freuen."

„Wenn Sie es sagen."

„Ich möchte nur darüber aufgeklärt werden, wie groß denn das Risiko ist, ein behindertes Kind zur Welt zu bringen."

„Diese Frage ist mir in meiner langjährigen Praxis schon von vielen Frauen gestellt worden, meistens aber dann, wenn schon ein Kind unterwegs war. Und es geht den Frauen mit Recht vor allem um das genetische Risiko. Genetisch bedingte Leiden sind, da Ernährungsstörungen und Infektionskrankheiten den Arzt in Mitteleuropa im allgemeinen nicht mehr vor unlösbare Probleme stellen, so in den Vordergrund getreten, dass genetische Kenntnisse entscheidend wichtig für die vorbeugende und familienberatende Aufgabe des Arztes werden."

„Ja", sagte Manuela interessiert, „meine Frage betrifft auch das genetische Risiko."

„Statistiken zeigen, dass etwa zwei Prozent der Neugeborenen eine genetisch bedingte Fehlbildung oder Behinderung aufweisen. Ein genetisch bedingtes Leiden oder eine Chromosomenaberration wird der Kinderarzt heute häufiger sehen, als ein Kind mit Diphtherie oder Kinderlähmung. Ich freue mich, dass sie sich Gedanken über das genetische Risiko machen. Leider ist es bei uns in Deutschland immer noch so, dass Eltern ahnungslos kranke Kinder bekommen, obwohl man ihnen das Risiko hätte voraussagen können. Andere Eltern wiederum trauen sich aus Sorge vor einer genetischen Belastung nicht, ein Kind zu bekommen, obwohl ihnen eine genetische Beratung diese Sorge hätte nehmen können. Sie haben ja das Abitur gemacht und wissen aus dem Biologieunterricht, dass die Gene in unseren Zellen die Träger unserer Erbanlagen sind. Sie sind in den Chromosomen verankert. Beim Menschen beträgt die Zahl 46. Bei der befruchteten Eizelle stammt die eine Hälfte der Chromosomen vom Mann und die andere von der Frau."

„Ja, das haben wir in Biologie durchgenommen."

„Funktionsgleiche, aber von verschiedenen Elternteilen stammende Gene nennen wir Allele. Außer im Fall von extremer Inzucht stimmen die von Vater und Mutter stammenden Allele normalerweise nicht überein. Man spricht von Mischerbigkeit oder Heterozygotie. Das viel seltenere Gegenteil, bei denen ein väterliches und mütterliches Allel fast identisch sind, nennt man Reinerbigkeit oder Homozygotie. In vielen Fällen benehmen sich heterozygote Allele nicht kooperativ. Kommt z.B., wie bei der menschlichen Augenfarbe, eine braune mit einer blauen Anlage zusammen, so schlägt in der Regel die braune durch. Es sieht so aus, als hätte der blauäugige Elternteil kein Erbgut beigesteuert. Das stimmt aber nicht. In späteren Generationen kann die verschwundene Farbe wieder zum Vorschein kommen."

„Ich weiß, sie konnte sich in der Gegenwart der braunen Anlage nicht durchsetzen."

„Genau", sagte Dr. Berghammer.

„Und man sagt, die Anlage zur braunen Augenfarbe ist dominant und die zur blauen rezessiv", ergänzte Manuela.

„Sie wissen das ja besser als ich", freute sich der Arzt. „Von Bedeutung ist, ein rezessives Allel kann sich im Erscheinungsbild des Organismus nur manifestieren, wenn es homozygot ist, d.h. wenn es sowohl vom Vater als auch von der Mutter beigesteuert wird. Rezessive Merkmale trifft man deshalb viel seltener an als dominante. Und Gott sei Dank ist das so, weil eben oft genetisch verursachte Krankheiten mit rezessiven Allelen verkoppelt sind. Nur, wenn salopp gesagt, Vater und Mutter das schlechte Gen haben, ist der Fall gegeben, dass die Krankheit beim Kind überhaupt auftreten kann. Ein klinisches Beispiel für eine autosomal rezessive Krankheit bei Neugeborenen ist z.B. die Mukoviszidose mit Schädigungen unter anderem der Lungen, der Bronchien und der Bauchspeicheldrüse."

„Was heißt autosomal?", fragte Manuela.

„Nun, alle Chromosomen, die nicht Geschlechtschromosomen sind, bezeichnen wir als Autosomen. Der Mensch hat 22 Autosomenpaare und zwei Geschlechtschromosomen, XY für den Mann und XX für die Frau. Autosomal heißt, dass die Gene für diese Krankheit sich nicht auf den Geschlechtschromosomen befinden."

„Wie häufig tritt denn diese Erbkrankheit auf?"

„Nicht sehr häufig. Auf 10.000 Lebendgeborene beobachtet man ganze fünf Fälle. Jeder Fall ist aber ein Fall zu viel", sagte Dr. Berghammer. „Bei autosomalen Aberrationen beobachtet man die verschiedensten Organfehlbildungen. Sie betreffen in erster Linie das Gehirn, die Lungen, das Herz- und Gefäßsystem, die Nieren und den Genitaltrakt. Auch schwere Spaltfehlbildungen von Lippen, Kiefer und Gaumen können ganz im Vordergrund der klinischen Symptomatik stehen."

Manuela wurde ein bisschen blass. „Da wird es einem als zukünftige Mutter ganz unheimlich", meinte sie eingeschüchtert. „Da traut man sich ja wirklich nicht mehr, ein Kind zur Weit zu bringen."

„Das war sicher nicht der Sinn meiner Ausführungen", bemerkte der Arzt ein bisschen schuldbewusst. „Aber eine genetische Beratung ist sicher nicht falsch."

„Was sind denn die wichtigsten Anlässe, wenn Eltern oder Paare zur genetischen Beratung kommen?"

„Die häufigsten Beratungssituationen sind die folgenden: Die Eltern haben schon ein Kind mit Fehlbildungen oder mit einem geistigen Entwicklungsrückstand und fragen, wie hoch das Risiko bei weiteren Kindern ist."

„Das ist auch sehr vernünftig von den Eltern", urteilte Manuela.

„Oder in der Familie eines Ehepaares ist ein auffälliger Fall vorgekommen. Die Frage der Eltern lautet dann ‚Müssen wir bei einem eigenen Kind mit ähnlichen Störungen rechnen?', oder ein Elternteil leidet schon an einem als genetisch bedingt angesehenen Leiden."

„Ist das dann nicht unverantwortlich, ein Kind in die Welt zu setzen, wenn man so etwas weiß?"

„Das sollte eben in so einem Beratungsgespräch geklärt werden. Manchmal kommt es auch vor, dass Verwandte untereinander heiraten wollen. Da besteht auch eine gewisse Gefahr, dass ganz unerwartet eine genetisch bedingte Krankheit bei ihrem Kind beobachtet wird. Die europäischen Königshäuser waren z.B. alle untereinander verwandt und bei Cousin-Cousinen-Ehen beobachtete man vereinzelt die Bluterkrankheit bei ihrem Nachwuchs. Diese Krankheit ist mit einem Defekt am X-Chromosom gekoppelt. Frauen haben bekanntlich zwei X-Geschlechtschromosomen. Bei ihnen kommt die Krankheit nicht zum Ausbruch, da immer noch ein gesundes Allel vorhanden ist. Beim Mann ist das zweite Geschlechtschromosom aber ein Y-Chromosom. Da fehlt dann das ausgleichende, gesunde Allel."

„Ja, diese Bluterkrankheit ist mir ein Begriff. Der Sohn des letzten Zaren in Russland litt darunter."

Dr. Berghammer nickte. „Eine weitere Beratungssituation bezieht sich auf eine Schädigung der Frucht, z.B. durch einen Virusinfekt der Mutter, auf erlebten Stress oder auf das erhöhte Alter der Eltern."

Manuela stellte keine weiteren Fragen mehr. Dann sagte sie: „Ich weiß nicht. Vielleicht sollte ich nicht überstürzt ein Baby bekommen. Mein Freund ist im Moment sowieso von dieser Idee nicht begeistert. Zum Schluss wirkt sich der ganze Uni-Stress wirklich noch nachteilig auf ein Baby in meinem Bauch aus. Aber ich liebe meinen Freund sehr. Da ist es als Frau wohl verständlich, dass man eine eigene Familie haben will."

„Ich kann es ihnen nachfühlen und freue mich, dass sie so eine positive Einstellung zu Kindern haben. Es gibt auch Frauen, die zugunsten ihrer beruflichen Karriere auf das Kinderglück verzichten."

Am Montag trafen sich Christian und Otto gegen Mittag in Bernds Studentenbude. Sie unterzogen sich dem Intelligenztest, und schon nach zwanzig Minuten hatte Bernd die Auswertung der Testblätter abgeschlossen und verkündete seinen Freunden das Ergebnis: „Ihr habt beide sehr gut im Test abgeschlossen. Christian hat einen IQ von 131 und Otto sogar von 133."

„Ich habe es gewusst", sagte Otto stolz, „ich bin der intelligentere von uns beiden. Ich habe mir auch Manuela geschnappt."

Christian ärgerte sich ein wenig über diese Äußerung.

„Du hast zwar den höheren IQ-Wert", sagte Bernd zu Otto, „aber das heißt für uns Psychologen nicht, dass dein sogenannter wahrer IQ-Wert höher ist als der wahre Wert von Christian. Jede Messung, auch die mit einem psychologischen Instrument, ist mit einem Messfehler behaftet. Deshalb ist der kleine Unterschied von zwei IQ-Punkten beim vorliegenden Test statistisch nicht bedeutsam. Und wenn ich mir eure Ergebnisse der Subtests ansehe, dann ist genau das eingetreten, was ich vorhergesagt habe. Otto, du hast im sprachlichen Bereich besser abgeschnitten und du, Christian, im mathematisch-logischen Bereich. Aber an den IQ-Wert von Einstein kommt ihr beide nicht heran."

„Was hast du denn für einen IQ-Wert?", fragte Otto neugierig.

„Das muss ich dir nicht sagen. Es genügt, wenn ich dir verrate, dass mein IQ höher ist als deiner."

„Angeber!"

„Okay, mein Wert liegt ein klein wenig über deinem. Der Unterschied ist aber statistisch bedeutsam. Das spüre ich. Aber ich kann dich beruhigen. Entscheidend ist nicht die absolute Höhe des IQs, sondern inwieweit es einem gelingt, sein intellektuelles Potential in Leistung umzusetzen. Dabei spielen noch ganz andere Faktoren eine große Rolle, vor allem das Wissen, das man auf seinem Fachgebiet hat, die Leistungsmotivation und die Kreativität."

„Das heißt mit anderen Worten, du glaubst, dass wir für die Menschheit noch etwas Großartiges leisten werden?", grinste Otto.

„Natürlich", antwortete Bernd. „Jeder ist seines Glückes Schmied. Du, Otto, erhältst einmal für dein Lebenswerk den Nobelpreis für Literatur und Christian den Nobelpreis für Physik."

„Mensch, Christian", erwiderte Otto, „wenn wir Bernd nicht hätten. Er ist der einzige, der an uns glaubt."

„Aber jetzt wirst du sehen, dass wir echte Freunde sind. Ich bin davon überzeugt, dass du einmal den Nobelpreis für Psychologie bekommst", ermunterte ihn Otto.

„Leider gibt es den überhaupt nicht", antwortete Bernd.

„Dann wird er eben für dich eingeführt."

Alle drei mussten lachen.

Als Manuelas Eltern wieder aus dem Urlaub zurückkamen und am Abend gemütlich im Wohnzimmer plauderten, wurde Manuela konkret.

„Ich möchte Otto heiraten", sagte sie mit bestimmter Stimme.

Manuelas Eltern blickten sich überrascht an.

„Da haben wir grundsätzlich nichts dagegen, oder?", sagte Manuelas Vater nach einer Weile und schaute seine Frau fragend an.

„Nein, natürlich nicht. Aber doch nicht gleich morgen, hoffe ich", fügte Frau Gruber hinzu.

„Doch, sobald wie möglich", antwortete Manuela ganz energisch.

„Bekommst du ein Kind von Otto? Ich dachte, du nimmst die Pille."

„Ich bekomme kein Kind von Otto, aber ich liebe ihn und möchte, dass er mit mir zusammenlebt."

„Wie stellst du dir denn das vor? Hier bei uns im Haus?", wunderte sich Frau Gruber.

„Warum nicht. Wir haben so ein großes Haus. Das Zimmer neben meinen zwei Räumen wird von euch nicht gebraucht. Es steht doch eigentlich leer. Das könnten wir als unser Wohnzimmer nehmen und in mein Mädchenzimmer stellen wir ein Ehebett."

„Ihr verdient doch beide noch nichts", wandte Frau Gruber ein.

„Aber Papa verdient so viel. Da kommt es auf einen Esser mehr nicht an. Und in den Semesterferien jobbt Otto."

„Hast du das mit der Heirat mit Otto schon besprochen?", fragte Frau Gruber besorgt.

Manuela zögerte. „Ich weiß, dass er mich auch liebt."

Tränen kullerten aus Manuelas Augen.

„So emotional kennen wir dich gar nicht," bemerkte Frau Gruber. „Du überlegst doch sonst alles so rational. Vielleicht hat die Pille deine Hormone durcheinander gebracht."

„Das hat überhaupt nichts mit der Pille zu tun", erwiderte Manuela gereizt. „Ohne Pille würde ich sicher schon ein Kind von Otto bekommen und dann würdet ihr sicher nichts gegen eine Heirat einwenden."

Frau Gruber wandte sich an ihren Mann: „Was sagst denn du zu alledem?"

Herr Gruber liebte seine Tochter über alles und hatte ihr noch nie einen wichtigen Wunsch abgeschlagen.

„Ein bisschen übereilt erscheint mir diese Hochzeit schon. Dass ihr zwei euch in diesem gemeinsamen Urlaub näher gekommen seid und euch liebt, ist ja erfreulich, und dass du auch weiterhin mit Otto zusammen sein willst, verstehe ich. Aber ihr müsst nicht gleich heiraten. Gegen eine Art Einliegerwohnung in unserem Haus habe ich nichts. Und wir kommen auch für die anfallenden Kosten auf. Otto könnte, wenn ihr nicht in München seid, bei uns wohnen. Grundsätzlich geht das in Ordnung. Vielleicht genügt es zuerst einmal, dass ihr beide euch nur verlobt. Du solltest das alles zuerst einmal mit Otto besprechen. Ich finde, es wäre eine passable Regelung."

Manuela telefonierte mit Otto.

„Du hast deinen Eltern gesagt, dass du mich heiraten willst?", rief er aufgeregt. „Oh Manuela, ich liebe dich. Und dein Vater hat gesagt, wir sollten uns erst einmal verloben und ich bekomme bei euch eine feste Bleibe? Das ist doch wunderbar. Dann sind wir öfter zusammen."

Otto war alles Recht, was Manuela mit ihren Eltern vereinbart hatte. Aber Ottos Eltern waren sehr enttäuscht, als sie hörten, dass ihr Sohn in Zukunft seine Wochenenden vor allem bei den Grubers verbringen würde.

Das Wintersemester war schon in vollem Gange. Einerseits war es schön, wieder die vielen Kommilitonen und Freunde zu sehen. Was die Dozenten einem da lehrten, war auch sehr interessant. Man hatte sich sein Studienfach schließlich selbst gewählt. Andererseits bedeutete es auch Stress, Referate halten zu müssen, Übungsblätter zu bearbeiten, zu büffeln und zu büffeln, am Schluss des Semesters Klausuren zu schreiben und Pflichtscheine zu machen. Manuela und Christian brauchten in diesem Semester einen weiteren Pflichtschein in Theoretischer Physik. Diesmal hieß die Veranstaltung „Quantenmechanik". Mit dieser Vorlesung und dem dazugehörigen Seminar verbanden die Physikstudenten gemischte Gefühle. Natürlich war es faszinierend zu erfahren, dass man die kleinsten Teilchen der Materie nicht nur als Korpuskeln, sondern auch durch eine sogenannte Wellenfunktion beschreiben konnte. Aber der mathematische Apparat, der sich hinter dieser Vorstellung verbarg und zu den ersehnten Einsichten führte, war verdammt kompliziert und abstrakt.

„Hast du nach unserer Thailand-Reise die Zeit bis zum Semesteranfang genutzt und schon für die Veranstaltung Quantenmechanik vorgelernt?", fragte Christian Manuela, als sie mit den anderen

Physikkommilitonen im Gang vor dem Seminarraum standen und auf ihren Dozenten warteten.

„Habe ich", antwortete Manuela, „du nicht?"

„Nein, ich hatte einfach nicht den Kopf dafür. Glaubst du, dass ich den Übungsschein mit deiner Hilfe wieder schaffen werde?", fragte Christian ein wenig kleinlaut.

„Du kannst dich auf mich verlassen", lächelte Manuela.

„Um was geht es denn in Quantenmechanik? Bei allen Studenten verspürt man das große Zittern."

„Die Quantenmechanik zu verstehen ist sicherlich noch schwieriger als die Spezielle Relativitätstheorie von Einstein. Dass die Ausbreitung von Licht als elektromagnetische Welle erfolgt, haben wir ja gelernt, und die Phänomene dazu, z.B. die Brechung und die Interferenz kennen wir alle. Aber einige Experimente haben gezeigt, dass das Licht aus einem Teilchenstrom, den sogenannten Photonen besteht. In der Quantenmechanik lassen sich nun viele Erscheinungen dadurch erklären, dass man umgekehrt aufzeigt, dass sich die kleinsten Teilchen als Materiewelle ausbreiten. Das war die Hypothese von de Broglie, und sie ist glänzend bestätigt worden. Die Eigenschaften von atomaren Teilchen werden in der Quantenmechanik durch eine abstrakte Wellenfunktion oder einen Zustandsvektor beschrieben."

„Weißt du auch, wie man diese Wellenfunktion eines Teilchen interpretiert?"

„Ja, ich habe mich schon ein wenig in das neue Fachgebiet eingelesen. Das Quadrat des absoluten Betrages der Wellenfunktion sagt etwas darüber aus, wie groß die Wahrscheinlichkeit ist, dass sich das Teilchen an einem bestimmten Ort befindet. Auf diese Wellenfunktion werden dann ganz komplexe Operatoren angewandt. Dadurch wird alles sehr kompliziert. Das ist aber erst der Anfang. Mit der sogenannten Schrödinger-Gleichung kann man dann z.B. die Zustände des Elektrons in einem Wasserstoffatom exakt erfassen und das beobachtete Wasserstoffspektrum erklären."

„Gut, dass ich dich habe", meinte Christian.

„Den Seminarschein in spezieller Relativitätstheorie hast du auch geschafft. Aber jetzt einmal etwas ganz anderes. Hat dir Otto schon das Neueste über uns zwei erzählt?"

„Nein", erwiderte Christian ganz neugierig.

„Otto und ich haben uns verlobt. Seine Eltern waren bei uns eingeladen, und wir haben uns ganz offiziell das Verlöbnis gegeben, ein Paar zu werden. Sieh mal meinen goldenen Ring am Finger."

„Sehr schön", sagte Christian erstaunt, „da gratuliere ich dir und Otto ganz herzlich. Weiß das Bernd schon?"

„Ich glaube noch nicht. Die Verlobung fand erst am vergangenen Sonntag statt. Und dann gibt es noch eine Neuigkeit."

„Du bekommst ein Baby von Otto?"

„Nein, leider nicht, aber Otto zieht zu mir nach Bad Feilnbach. Die Wochenenden werden wir in Zukunft gemeinsam wie ein Ehepaar verbringen. Mein Vater hat erlaubt, dass wir uns so etwas wie eine Einliegerwohnung in unserem Landhaus einrichten."

„Otto ist doch wirklich ein Glückspilz, dass er dich bekommen hat."

Der Dozent erschien und alle im Gang Stehenden drängten in den Seminarraum.

Zu Weihnachten bekam Ingrid von ihren Eltern eine fertige Ausstattung für ein Kinderzimmer, und die Babywäsche, die Strampelhöschen, die Mütze und die Hemdchen waren alle in hellblauer Farbe. Die Ultraschallanalyse bei ihrem Gynäkologen hatte ergeben, dass sie einen Jungen bekommen würde. Der Arzt sagte ihr, die männlichen Genitalien seien zwar nicht so normal entwickelt, wie er es von anderen männlichen Föten her kannte, aber es war ein Junge. Ingrid freute sich sehr auf das Kind. Ihre Eltern hatten gemischte Gefühle. Ingrid hatte sie gebeten, Bernd nicht zu sagen, dass das Kind von Jacky war. Sie fanden das nicht richtig. Andererseits fürchteten sie aber, dass Bernd das Kind ablehnen würde und durch seine negative Einstellung dem Jungen von Jacky gegenüber, seiner ganzen Entwicklung schaden könnte. Ingrid würde Bernd noch ein eigenes Kind gebären und damit würde schon alles ins rechte Lot kommen. Ingrid hatte schon einen sehr dicken Bauch. Der Arzt hatte ihr den 3. März als Termin für ihre Entbindung genannt, und es war nur noch eine Woche bis dahin.

Bernd lernte auf seine Abschlussprüfungen und unterstützte sie sehr in ihrem kleinen Haushalt.

„Wenn das Kind kommt, werde ich Bernd sagen müssen, dass ich eine Frühgeburt hatte", dachte sie.

Bernd wollte bei der Geburt im Kreißsaal dabei sein. Darüber war sie sehr froh. Sie war schon seit einigen Wochen im Mutterschutzurlaub. Bernd hatte sie aber erzählt, dass ihr ihre Arbeit in der Bank Beschwerden bereitete und sie von ihrem Arzt krank geschrieben sei. Heute Nachmittag hatte sie noch einmal einen Termin bei ihrem Frauenarzt. Ihre Mutter wollte sie mit dem Auto hinbringen.

Bernd hatte durch sein vieles Lernen so wenig Zeit. In den letzten Tagen war das Gehen für sie schon sehr mühsam. Beim Ankleiden in der Früh musste ihr Bernd helfen. Aber Bernd tat das gern.

Ihre Mutter half ihr fürsorglich beim Einsteigen ins Auto.

„Ist alles in Ordnung?", fragte sie ihre Tochter besorgt.

„Natürlich, Mama."

Im Wartezimmer ihres Gynäkologen musste Ingrid nicht lange warten. Die Sprechstundenhilfe führte sie in den Behandlungsraum. Der Arzt war freundlich wie immer. Er wollte noch einmal sehen, welche Position der Fötus im Mutterleib hatte, und auch sonst absichern, dass alles in Ordnung war.

„Nächste Woche findet voraussichtlich das große Ereignis statt" sagte er ihr.

Ingrid lag auf dem Rücken mit dem entblößten, dicken Bauch. Der Arzt fuhr mit der Sonde über ihren Bauch und beobachtete auf dem Monitor des Ultraschallgerätes den Fötus. Plötzlich stutzte er. Ingrid blickte die ganze Zeit direkt auf das Gesicht des Arztes.

„Stimmt etwas nicht?", fragte sie sofort nervös, als sie das angespannte Gesicht des Arztes sah.

Er antwortete zuerst nicht. Ihr Arzt änderte die Position der Sonde auf dem Bauch. Schließlich legte er die Sonde beiseite.

„Da muss ich bisher etwas übersehen haben", redete er hastig.

„Was ist mit meinem Baby?", fragte Ingrid weinerlich.

Der Gynäkologe zögerte. Dann sprach er leise: „Es tut mir leid, Ihnen das zu sagen, aber es scheint eine Polydaktylie vorzuliegen."

„Wie bitte?", fragte Ingrid und Tränen kullerten über ihr Gesicht.

„Entschuldigen Sie mein Fachchinesisch. Bei der linken Hand ihres Babys habe ich deutlich gesehen, dass es sechs Finger hat."

„Aber sonst ist es doch gesund?"

„Das kann ich ohne weitere Untersuchungen nicht sagen. Wir müssten eine Fruchtwasseruntersuchung durchführen. Dann könnte ich ihnen Genaueres sagen."

„Aber jetzt, so kurz vor meiner Entbindung ist das doch sicher nicht ohne Risiko für mein Kind."

„Es ist ihr Kind, sie müssten ihre Zustimmung für so einen Eingriff geben."

„Nein, das möchte ich nicht. Ich möchte auf keinen Fall, dass irgend etwas getan wird, das meinem Kind schaden könnte."

Es trat eine betretene Stille im Raum ein.

Schließlich fragte Ingrid schluchzend: „Welcher Defekt könnte denn im schlimmsten Fall bei meinem Jungen vorliegen?"

Der Arzt schwieg wieder eine Weile. „Im schlimmsten Fall könnte ein Gendefekt vorliegen mit einem uns Ärzten bekannten Krankheitsbild. Nur eine Fruchtwasseruntersuchung würde uns Klarheit darüber verschaffen. Ich muss mich auch noch bei Ihnen dafür entschuldigen, dass ich diese Anomalie der Finger nicht schon früher bemerkt habe. So etwas passiert ganz selten."

Ingrid kleidete sich wie in Trance an.

„Ist dir schlecht?" fragte ihre Mutter, als sie ihre verstört wirkende Tochter zum Auto brachte.

Im Auto fing Ingrid ganz bitterlich zum Weinen an.

„Wir bekommen ein behindertes Kind", schluchzte sie.

Ihre Mutter wurde leichenblass, als ihr Ingrid von der Anomalie berichtete. Auch Bernd war sehr betroffen.

„Wenn du die Fruchtwasseruntersuchung jetzt durchführen würdest, hätten wir Klarheit. Die Geburt ist doch erst in zwei Monaten."

Ingrid sagte nichts dazu.

Eine Woche später bekam Ingrid ihre Wehen.

„Bernd, es tut so weh. Ich glaube, das Baby kommt."

Ingrid hatte für die Entbindung im Krankenhaus schon alles vorbereitet.

„Das kann doch nicht sein", versuchte Bernd sie zu beruhigen.

Ingrid ließ nicht locker. Bernd musste sie ins Krankenhaus fahren. Der Stationsarzt der gynäkologischen Abteilung wusste wohl schon von Ingrids Frauenarzt über alles Bescheid.

Die Wehen waren noch stärker geworden. Ingrid lag im Kreißsaal und Bernd stand neben ihr. Er hielt ihre Hand ganz fest. Die Geburt war für Ingrid sehr schmerzvoll. Es war ihr erstes Kind. Aber überglücklich drückte sie dann den Kleinen an sich. Eine Kinderärztin holte den Neugeborenen. Die Untersuchungen ergaben einen traurigen Befund. Der kleine Hugo, so wollten sie den Jungen nach Ingrids Großvater nennen, litt an einer seltenen Genkrankheit, dem Bardet-Biedl-Syndrom. Man hatte Bernd als erstes über die Krankheit des Jungen informiert.

„Die äußerliche Anomalie der Finger ist nicht das gravierende Symptom bei dieser Krankheit", teilte ihm die Kinderärztin mit. „Leider sind auch eine geistige Retardierung und Blindheit Merkmale dieser Krankheit."

Das war ein erschütternder Befund für Bernd.

„Es handelt sich bei der vorliegenden Krankheit um einen autosomal-rezessiven Gendefekt. Nur wenn beide Elternteile die betreffenden defekten Gene in ihrem Erbgut haben, besteht die Gefahr, dass ein Kind diese Krankheit hat."

Auch Bernds Eltern waren über diese schlechte Nachricht sehr betroffen.

„Bei uns in der Verwandtschaft weiß ich von keinem Vorfall", sagte seine Mutter energisch.

Und Bernds Vater stimmte ihr zu. Ingrids Mutter war sich da nicht so sicher.

„Eine meiner Tanten hatte ein behindertes Kind", sagte sie, „das ist aber schon früh gestorben."

Bernd war beunruhigt, dass ihr zweites Kind vielleicht wieder behindert sein könnte. Er wollte wissen, wie groß das Risiko dafür war. Er ließ im Krankenhaus an sich einen Gentest machen. Dabei stellte sich heraus, dass er, Bernd, nicht der Vater des behinderten Jungen war.

„Jetzt weiß ich, wer der Vater von Ingrids erstem Kind ist", murmelte er, als er von der Klinik nach Hause fuhr. „Aber ich verstehe, dass es mir Ingrid nicht erzählt hat. Ich habe ihr auch nicht gebeichtet, dass ich Schuld an Jackys Tod habe. Es ist wohl die gerechte Strafe für mein Vergehen, dass ich den behinderten Jungen von Jacky in meiner Familie aufziehen muss. Aber ich liebe Ingrid."

Er schluckte und Tränen benetzten seine Wangen.

„Es ist wohl mein Karma in dieser Welt."

Das, was er getan hatte, stand doch im krassen Gegensatz zu seinen Lebensprinzipien, zu einer pazifistischen Grundhaltung, die ihm immer so wichtig gewesen war. Und dennoch hatte er dieses Verbrechen begangen. Diese blinde Wut auf Jacky, der ihm den liebsten Menschen auf der Welt genommen hatte, hatte ihn in seinem Denken und Fühlen mit archaischer Urgewalt verändert und zu dieser verabscheuungswürdigen Tat getrieben. Bernd fuhr wie in Trance dahin.

„Es war alles falsch, was ich gemacht habe!", stöhnte er plötzlich, und sein starrer Gesichtsausdruck entspannte sich.

„Ich werde Ingrid alles sagen und wenn sie es will, dann stelle ich mich den Behörden und büße für meine Schuld."